T0273952

La leyenda del último reino

Amélie Wen Zhao

La leyenda del último reino

Traducción de Jesús Cañadas

Argentina – Chile – Colombia – España
Estados Unidos – México – Perú – Uruguay

Título original: *Song of Silver, Flame Like Night*
Editor original: Delacorte Press
Traducción: Jesús Cañadas

1.ª edición: mayo 2023

Plaza de los Reyes Magos, 8, piso 1.º C y D – 28007 Madrid
www.mundopuck.com

ISBN: 978-84-19252-17-3
E-ISBN: 978-84-19497-25-3
Depósito legal: B-5.979-2023

Fotocomposición: Ediciones Urano, S.A.U.

Impreso por: Rodesa, S.A. – Polígono Industrial San Miguel
Parcelas E7-E8 – 31132 Villatuerta (Navarra)

Impreso en España – *Printed in Spain*

献给爸爸妈妈，姥姥姥爷，爷爷奶奶

A mis padres, a mis abuelos y a los suyos.

EL ÚLTIMO
永恒王国
PALACIO DE LA PAZ ETERNA
Donde la llama sube y las estrellas caen
永安宫
ESTEPAS BOREALES
高原
PLANICIES CENTRALES
中原
RÍO DEL DRAGÓN SERPENTEANTE
LAGO DE LA PERLA NEGRA
黑珍珠湖
SHAKLAHIRA
沙克拉徊拉
ESCUELA DE LOS PINOS BLANCOS
白松派
ESCUELA DE LOS PUÑOS CAUTELOSOS
佑拳派
DONDE LOS RÍOS FLUYEN Y LOS CIELOS LLEGAN A SU FIN
河流天尽处
DESIERTO EMARAN
俄玛然沙漠
MONTAÑA CAUTELOSA
佑拳山
MONTAÑAS YUÈLÙ
岳麓山
ALDEA DE LAS NUBES CAÍDAS
落云村
AL REINO DE MASIRIA
玛西莉亚王国
AL REINO DE ENDHIRA
恩蒂拉王国
RUTA DE JADE 碧玉之路

REINO
永恒王国
REY ALESSANDERBURGO
(CAPITAL CELESTIAL)
天京
CUENCAS SHŮ
大蜀盆地
SEÑORÍO DE SÒNG
宋大院
ALDEA DEL BRILLANTE
ESTANQUE DE LUNA
月湖村庄
BOSQUE DE JADE
玉林
MAR DEL RESPLANDOR
CELESTIAL
天烁海
BAHÍA DE
LOS VIENTOS
MERIDIONALES
南风湾
PUESTO FRONTERIZO
CENTRAL ELANTIO
(HAAK`GONG)
黑港

CRONOLOGÍA

La Era de las Guerras entre Clanes
~500 ciclos

Los Noventa y Nueve Clanes luchan entre sí para defender sus tierras. Varios clanes dominantes sobreviven (en especial el clan Mansorian de las Estepas Boreales y el clan Sòng de los Valles del Sur) y acumulan poder hasta someter a otros clanes a su hegemonía.

Primer Reino
ciclos 0 – 591

Los clanes hegemónicos establecen poderosas cortes. Sus líderes adoptan el título de «rey» en un intento por consolidar su poder. Comienzan las disputas territoriales, aunque los clanes hegemónicos mantienen un precario equilibrio.

A finales de esta era, el general Zhào Jùng, del poderoso Reino Central Hin, da comienzo a una guerra que pretende absorber a los demás clanes hegemónicos e incorporarlos a su visión: un único y estandarizado Reino Hin. El clan Mansorian y sus vasallos presentan batalla, pero sufren grandes pérdidas. El clan Sòng se rinde y sus miembros llegan a ser consejeros del Emperador. El general Zhào se convierte en el Primer Emperador Jīn.

Reino Medio
ciclos 591 – 1344

La unificación de los clanes hegemónicos antaño fragmentados da como resultado una era de estabilidad en la que el Primer Emperador Jīn y sus ancestros implementan varias políticas que desarrollan económicamente el recién creado Reino Medio. Cabe destacar la creación del Camino de Práctica, un modo de estandarizar todas las artes de práctica dentro del Reino Medio, así como de limitar el poder de los clanes conquistados. Durante toda esta era, el Ejército Imperial ahoga rápidamente cualquier escaramuza o intento de alzamiento dentro del reino.

A finales de esta era, el Emperador Yán'lóng (el Emperador Dragón), se obsesiona con la posibilidad de una rebelión instigada por los Mansorian. Cree que la decisión del Emperador Jīn de permitir que los Noventa y Nueve Clanes mantuviesen sus propias tierras, culturas e identidades acabará desembocando en rebelión. Débil, avaricioso y temeroso de que su poder disminuya, el Emperador Yán'lóng vincula su alma al Fénix Carmesí, el Dios Demonio que dormita bajo el control de su familia. Así da comienzo la campaña militar conocida como la Masacre de las Noventa y Nueve Cabezas.

Xan Tolürigin, general de los Mansorian, se vincula a otro Dios Demonio, la Tortuga Negra del Norte. Tolürigin lidera un contraataque junto con antiguos aliados del clan, pero acaba siendo derrotado. Poseído por la rabia, Xan Tolürigin huye hacia el norte. En su camino destruye todas las ciudades y masacra a todos los civiles con los que se cruza. A día de hoy se desconoce dónde descansa su espíritu…, ni si ha alcanzado descanso.

Último Reino
ciclos 1344 – 1424

Los Noventa y Nueve Clanes han quedado prácticamente erradicados o bien disgregados. A sus miembros se les ha obligado a convertirse en ciudadanos hin. El Reino Último apenas dura ochenta ciclos. En el trigésimo segundo ciclo de la Dinastía Qīng, bajo el mandato del Luminoso Emperador Dragón, Shuò'lóng, tiene lugar la invasión elantia.

Era Elantia

Año 1 (ciclo 1424) – presente

1

«El poder jamás se crea, solo se toma prestado».

Dào'zǐ, *Libro del Camino* (*Clásico de Virtudes*), 1.1.

Era Elantia, ciclo 12

Puerto Negro, Haak'gong

Si bien era cierto que el Último Reino había caído, desde aquel lugar se lo veía en plena forma.

Lan se recolocó el sombrero de bambú sobre la cabeza y esbozó una sonrisa de gozo al notar el fresco aire de la noche que le agitaba el sedoso pelo negro. Tenía el cuello empapado de pegajoso sudor tras haber pasado la tarde anunciando mercancías a voz en grito en el mercado vespertino. Le dolía la espalda a causa de los golpes que le había dado Madam Meng por haber robado confites de ciruela de las cocinas del salón de té. Sin embargo, en los pocos momentos como aquel, en que el sol flotaba en el cielo, maduro como una mandarina sobre el resplandeciente mar, aún podía encontrar resquicios de felicidad desparramados por aquella tierra sometida.

La ciudad de Haak'gong se extendía ante ella en retazos contradictorios. Hileras de linternas rojas colgaban de los aleros de los templos a las tejas grises de los tejados en líneas retorcidas y ondulantes, entre pagodas y patios envueltos en la aureola de los bazares y mercadillos nocturnos. Los elantios se habían instalado en las colinas lejanas, en las que habían erigido aquellos extraños edificios de piedra, cristal y metal desde los que contemplaban a los hin como si fueran dioses. Los edificios desprendían un oscuro tono áureo a causa de las farolas alquímicas que derramaban su luz por las vidrieras y arcadas de mármol.

Lan puso los ojos en blanco y giró sobre sus talones. Era muy consciente de que todas las historias que se contaban sobre los dioses, sin importar qué dioses fueran, no eran más que un montón de mierda humeante. Por más que los elantios mantuvieran otro relato, Lan sabía que habían venido al Último Reino por un único motivo: recursos. Naves cargadas de especias en polvo, granos dorados y frescas hojas de té; cofre tras cofre de sedas y brocados, jade y porcelana..., todo ello partía a diario de Haak'gong y cruzaba el Mar del Resplandor Celestial en dirección al Imperio Elantio.

Y lo que quedaba se acababa colando en los mercados negros de Haak'gong.

A aquella hora, el mercado vespertino estaba en su apogeo. Los mercaderes traían mercancías de la Ruta de Jade: joyas que resplandecían como la luz del sol, especias que evocaban sabores de tierras que Lan jamás había visto y telas que destellaban como el mismísimo cielo nocturno. El corazón de Haak'gong latía con un sonido que recordaba bastante a un tintineo de monedas. La sangre de la ciudad era el flujo del comercio, y sus huesos no eran más que los quioscos de madera de los mercados. Era un lugar para supervivientes.

Lan se detuvo en seco en el extremo del mercado. Se aseguró de bajarse el *dǒu'lì*, el sombrero de bambú que llevaba, hasta cubrirse la cara, por si acaso rondaba por allí algún oficial elantio. Lo que estaba a punto de hacer bien podría asegurarle la horca, como sucedía a todos los hin que quebrantaban las leyes elantias.

Tras echar una mirada furtiva alrededor, cruzó la calle y se dirigió a los barrios bajos.

Allí era donde acababa la ilusión del Último Reino y comenzaba la realidad de la tierra conquistada. Era allí donde desaparecían las calzadas adoquinadas que los elantios habían construido tras la conquista. Allí, las fachadas elegantemente renovadas y las resplandecientes ventanas de cristal daban paso a edificios medio derrumbados por falta de cuidados.

La tienda de empeños descansaba en una esquina ruinosa. Las puertas de madera barata estaban descascarilladas y descoloridas por el paso del tiempo. En las ventanas de papel había parches de grasa, hinchados y combados a causa de la humedad del sur. Lan entró y una campanita de madera resonó en algún lugar en las alturas.

Cerró las puertas tras de sí y el barullo del mundo exterior desapareció.

El interior estaba pobremente iluminado. Motas de polvo flotaban en la última luz de la tarde, que se derramaba sobre los tablones agrietados del suelo y los numerosos anaqueles surtidos de pergaminos, volúmenes y baratijas. Toda la tienda parecía un cuadro viejo que se hubiese dejado al sol hasta quedar desvaído. Olía a tinta y a madera húmeda.

Y, sin embargo, aquel era el lugar favorito de Lan en todo el mundo. Le recordaba a una época remota, a un mundo que había desaparecido largo tiempo atrás.

Una vida erradicada de las páginas de los libros de historia.

La casa de empeños del Viejo Wei comerciaba con mercancía extravagante y con lo que sobraba del mercado vespertino una vez que los elantios se llevaban lo mejor. El tendero las compraba al por mayor y luego las vendía a los clientes hin con un estrecho margen de beneficios. La tienda no solía estar en el punto de mira de los inspectores gubernamentales, pues los colonizadores no tenían mucho interés en objetos de segunda mano, siempre que no estuvieran hechos de metal.

Por ese motivo, la tienda se había convertido en todo un centro de contrabando. La mercancía que el Viejo Wei mostraba de cara a la galería era bastante inocente: rollos de lana y algodón, jarras con anís estrellado y laurel, rollos de papel barato hecho con corteza seca y machacada. No obstante, Lan sabía que en algún lugar del interior de la tienda había algo para ella.

Algo que bien podía costarle la vida.

—Viejo Wei —llamó—. Me han dado tu mensaje.

Silencio durante un instante, y a continuación:

—Ya me parecía haber oído esa campanita de plata que tienes por voz. ¿Vienes a causarme problemas otra vez?

El anciano tendero llegó con un repiqueteo de pasos y una acusada tos. En su día, el Viejo Wei había sido maestro en una aldea costera del noreste, antes de que su familia fuese asesinada y de perderlo todo en la Conquista Elantia de hacía doce ciclos. Huyó a Haak'gong y empezó a medrar como comerciante gracias a que sabía leer. El hambre constante lo había reducido a poco más que un montón de huesos y el aire húmedo de Haak'gong le había dejado una tos permanente. Eso era lo único que Lan sabía de su vida. Ni siquiera conocía su verdadero nombre, pues la ley elantia lo había prohibido y reducido a una única sílaba monótona.

Lan le mostró la más dulce de las sonrisas por debajo del *dǒu'lì*.

—¿Problemas? —repitió en el dialecto norteño del Viejo Wei, de tonos más duros y vibrantes en contraste con el acento cantarín y dulce del sur, al que estaba acostumbrada. Hablar con acento norteño era bastante raro en aquellos días—. ¿Cuándo te he causado yo problema alguno, Viejo Wei?

Él gruñó al tiempo que le dedicaba una mirada analítica.

—Tampoco es que me hayas traído alegrías, y sin embargo te sigo dejando entrar.

Ella contestó sin pensárselo:

—Debe de ser por mis encantos.

—¡Ja! —dijo él, un sonido que salió, crujiente, entre una densa capa de flemas—. Sabrán los dioses que te observan lo que esconden esos encantos.

—Ningún dios nos observa.

A Lan le encantaba discutir aquel tema con el Viejo Wei. El anciano tenía una fuerte creencia en el panteón de los dioses hin, sobre todo en su dios favorito, el dios de las riquezas. Al Viejo Wei le gustaba decirle a Lan que llevaba desde que era niño rezando devotamente a ese dios. Por su parte, a Lan le gustaba recordarle que el dios de las riquezas debía de tener un humor de lo más retorcido, pues había recompensado esos rezos con una decadente tienda de contrabando.

—Hay… —replicó el Viejo Wei. Lan alzó los ojos al cielo y dibujó con los labios las palabras al mismo tiempo que él las pronunciaba. Las había oído cientos de veces—: Hay dioses viejos y dioses nuevos, dioses benévolos y dioses veleidosos. Y los más poderosos de todos son los Cuatro Dioses Demonio.

Lan prefería creer que su destino no residía en las manos de un puñado de carcamales invisibles que vivían en los cielos, por más poderosos que supuestamente fueran.

—Lo que tú digas, Viejo Wei —replicó, al tiempo que se apoyaba en el mostrador y descansaba el mentón entre las manos.

El viejo tendero resolló un par de veces y preguntó:

—¿Y qué haces otra vez por el mercado vespertino? ¿Qué pasa, no te dan de comer bastante en el salón de té?

Ambos sabían la respuesta a esa pregunta: Madam Meng gestionaba el salón de té como si de una colección de figuritas de cristal se tratase, y las cancioneras eran las joyas de la colección. Las alimentaba lo suficiente como para que tuviesen la barriga llena y poco más; no permitieran los dioses que engordasen o se acomodasen hasta volverse vagas.

—Me gusta estar por aquí —dijo Lan, y era cierto.

Allí, paseando entre los comerciantes con el bolsillo lleno del dinero que ganaba, sentía que tenía un resquicio de control sobre su vida: una pizca de libertad, de libre albedrío, por más breve que fuese.

—Además —añadió en tono dulce—, cuando vengo por aquí puedo pasar a visitarte.

Él le lanzó una mirada torcida. Chasqueó la lengua y sacudió un dedo en el aire.

—Ni se te ocurra regalarme el oído con esas palabras melosas, *yā'tou* —dijo, y se inclinó hacia los armaritos que tenía bajo el mostrador.

Yā'tou. «Chica». Así la llamaba el Viejo Wei desde que la había encontrado, cuando apenas era una huerfanilla que mendigaba en las calles de Haak'gong. La había llevado al único sitio en el que sabía que aceptarían a una niña carente de nombre y de reputación: el salón de té de Madam Meng. Lan había firmado un contrato cuyos términos apenas había sido capaz de descifrar y cuya duración parecía extenderse más y más cuanto más duro trabajaba.

Sin embargo, podía decirse a las claras que el Viejo Wei le había salvado la vida. Le había conseguido un trabajo y un techo bajo el que cobijarse. Mucho más de lo que podía esperarse de cualquiera en aquellos tiempos.

Lan le dedicó una sonrisa al vejete amargado.

—Jamás se me ocurriría.

El gruñido del Viejo Wei se convirtió en un ataque de tos. La sonrisa de Lan se esfumó. Los inviernos sureños carecían del frío mortal del noreste, donde Lan había crecido, pero a cambio tenían una gélida humedad que se metía en huesos, articulaciones y pulmones hasta enconarse.

Contempló el desastroso estado en que se encontraba la vieja tienda, aquellos anaqueles que se le antojaron más llenos que de costumbre. Aquella noche, víspera de una de las grandes celebraciones del duodécimo ciclo tras la Conquista Elantia, las fuerzas de seguridad abundaban más que de costumbre por todo Haak'gong. Lo primero que la gente tendía a evitar en aquellas circunstancias era una tienda que vendiese mercancía ilícita. La propia Lan tampoco podía permitirse perder mucho el tiempo allí: pronto, las patrullas elantias pulularían por las calles. Una cancionera sola por ahí no indicaría más que problemas.

—Otra vez te están molestando los pulmones, ¿no, Viejo Wei? —preguntó mientras pasaba un dedo por una figurita de un dragón hecha de cristal de colores que descansaba sobre el mostrador.

Debía de ser algún objeto valioso proveniente de las naciones de la Ruta de Jade, al otro lado del gran Desierto Emaran. Los hin no habían conocido el cristal hasta la era del Reino Medio, bajo la que el Emperador Jīn, el Emperador Dorado, estableció rutas formales de comercio que se extendían hacia el oeste, hasta los fabulosos desiertos de Masiria.

—Ay, sí —dijo el tendero con un estremecimiento. De los dobleces de la camisa sacó lo que en su día debió haber sido un elegante pañuelo de seda. Se lo llevó a la boca, la tela empapada y grisácea de pura mugre—. El precio del ginseng ha subido muchísimo desde que los idiotas de los elantios se enteraron de que tiene propiedades curativas. Pero, bueno, llevo toda la vida viviendo con estos viejos huesos y hasta ahora no me han matado. No hay nada de lo que preocuparse.

Lan tamborileó con los dedos sobre el mostrador de madera, cuya superficie estaba pulida a causa del contacto de todos los que habían pasado por allí antes que ella. El Viejo Wei acababa de poner en práctica un antiguo truco para sobrevivir en una tierra colonizada: no mostrar preocupación. Todos los hin con los que una se cruzaba tenían sus propias tragedias: familias masacradas en la conquista, hogares saqueados y desvalijados, y hasta cosas peores. Preocuparse suponía resquebrajar la armadura de la supervivencia.

Así, pues, Lan formuló la pregunta que llevaba todo el día albergada en su pecho:

—Bueno, ¿qué tienes para mí?

El Viejo Wei le mostró una sonrisa mellada y se inclinó tras el mostrador. El pulso de Lan empezó a acelerarse. De forma instintiva se llevó los dedos a la cara interior de la muñeca izquierda. En ella, trazada entre carne, sangre y tendones, había una cicatriz que nadie más que ella podía ver: un círculo perfecto que rodeaba un símbolo que representaba una palabra hin. Una palabra que Lan no era capaz de leer, y cuyos trazos se expandían como una flor de elegante equilibrio: pétalos, hojas, tallo.

Lan tenía dieciocho ciclos de vida. Había dedicado doce de ellos a buscar aquel símbolo, pues era la única clave de su pasado que su madre le había dejado antes de morir. No había día en que no sintiese el punzante calor de los dedos de su madre sobre el brazo, en que no la asaltase el recuerdo: el agujero en el pecho de Māma, del que manaba un fluido rojo al tiempo que una blancura cegadora inundaba el mundo; aquellos caros muebles de madera barnizada que se mancharon de sangre oscura; el amargo aroma a metal chamuscado que llenó el aire…, y algo más. Algo antiguo. Algo imposible.

—Creo que este te va a gustar.

Lan parpadeó. Los recuerdos se esfumaron al tiempo que el Viejo Wei salía de entre las polvorientas estanterías. Colocó un pergamino sobre el mostrador que los separaba. Lan aguantó la respiración y lo desenrolló.

Era un pergamino muy gastado, pero a Lan le bastó una ojeada para percibir que era distinto. La superficie era suave, a diferencia del papel barato hecho con cáñamo, harapos o malla de pesca, más común en aquellos días. Aquello era papiro de verdad, quizás hecho de vitela, algo chamuscado en los bordes y con lamparones que indicaban lo antiguo que era. Hacía una vida entera, Lan había estado acostumbrada a aquel tacto.

A pesar de lo gastado que estaba, Lan identificó algún que otro signo descolorido de opulencia. Sus ojos sobrevolaron los dibujos de los Cuatro Dioses Demonio de las esquinas, apenas visibles pero aun así presentes: dragón, fénix, tigre y tortuga. Todos inmóviles, orientados hacia el centro del pergamino. Remolinos de nubes pintadas adornaban la parte superior y la inferior. Y además…, en el mismo centro, cómodamente instalado dentro de un círculo casi perfecto, había un único símbolo trazado con el delicado equilibrio de la caligrafía hin, pero que Lan no reconocía. Se le subió el corazón a la garganta al inclinarse sobre el símbolo. Apenas podía respirar.

—Pensé que te interesaría —dijo el Viejo Wei. La contempló con atención, los ojos resplandecientes ante la perspectiva de realizar una venta—. Verás cuando te diga dónde lo he conseguido.

Lan apenas lo oía. El corazón le atronaba en los oídos mientras recorría los trazos del símbolo. Seguía cada línea y la comparaba con otro símbolo que había memorizado tanto que podría reconocerlo hasta en sueños.

La emoción menguó mientras sus dedos vacilaban sobre un trazo concreto. No…, no. Había una línea demasiado corta, faltaba un punto, una diagonal estaba algo desplazada…; eran diferencias minúsculas, pero aun así…

No era lo que buscaba.

Hundió los hombros y dejó escapar un suspiro. Sin apenas darse cuenta, giró la muñeca y trazó con el dedo un círculo descuidado sobre su propio símbolo, el que tenía grabado en la piel.

Y entonces sucedió.

El aire en el interior de la tienda cambió. Lan sintió como si algo se rompiese dentro de sí, una corriente invisible que brotó de las puntas de sus dedos y se derramó por la tienda. Fue como experimentar electricidad estática en invierno.

La sensación desapareció en medio segundo. Fue todo tan rápido que creyó haberlo imaginado. Parpadeó y vio que el Viejo Wei todavía la contemplaba con los labios apretados.

—¿Y bien? —preguntó en tono ansioso, inclinado sobre el mostrador.

Así, pues, él no lo había sentido. Lan se llevó la punta de los dedos a las sienes. No había sido nada; una desconcentración momentánea, una mala pasada de los nervios provocada por el hambre y el cansancio.

—Es un poco diferente —respondió, ignorando la familiar decepción que le anidaba en el estómago.

Había estado tan cerca..., pero no.

—O sea que no es lo que buscas —dijo el Viejo Wei, y carraspeó—, pero aun así es un comienzo. Fíjate, el alfabeto silábico parece estar compuesto con un estilo muy parecido al de tu símbolo, con las mismas curvas y trazos... Sin embargo, lo que más me ha llamado la atención es el círculo exterior. —Dio un golpecito con dos dedos callosos sobre el pergamino—. Todo lo que hemos visto con un círculo que rodea el símbolo no era más que decoración. Sin embargo, ¿ves cómo en este caso los trazos desembocan en el círculo? Están escritos en una línea continua..., un final y un principio claros.

Lan permitió que el viejo siguiera con la perorata, pero en realidad lo único que había en su mente era una devastadora certeza: nunca llegaría a comprender lo que había sucedido el día en que murió su madre, el mismo día en que cayó el Último Reino. Quizá jamás llegaría a comprender cómo su madre, con dedos temblorosos y empapados en aquel líquido rojo, había sido capaz de alargar el brazo hacia ella y, con nada más que su piel desnuda, grabarle aquel símbolo en la muñeca. Un símbolo que había permanecido todos aquellos ciclos en su brazo, una marca visible solo para Lan.

Entre el sueño y la imaginación residía un recuerdo: el más leve destello de esperanza de algo que no debería ser posible.

—¿ ... oído algo de lo que te acabo de decir?

Lan parpadeó. El pasado se alejó como un remolino de humo.

El Viejo Wei le estaba clavando una mirada enojada.

—Te estaba diciendo —dijo en el tono irritado de un maestro a quien su pupilo ha estado ignorando— que este pergamino me llegó de la biblioteca de un antiguo templo. Se rumorea que podría provenir de una de las mismísimas Cien Escuelas de Práctica. Sé que los practicantes de antaño escribían de un modo diferente.

A Lan se le alteró la respiración al oír aquella palabra. *Practicante.*

Esbozó una sonrisa y se echó hacia delante, con un codo apoyado en el mostrador.

—Estoy segura de que los practicantes escribieron estos símbolos, junto con los *yāo'mó'guǐ'guài* a quienes les vendieron sus almas —dijo.

Al Viejo Wei se le descompuso la cara.

—«¡Si hablas del demonio, el demonio acude!» —siseó, y miró en derredor como si uno de esos demonios pudiese estar a punto de saltar desde detrás del armarito donde guardaba las bayas goji resecas—. ¡No maldigas mi tienda con esas palabras aciagas!

Lan puso los ojos en blanco. En las aldeas de las que provenía el Viejo Wei, las supersticiones estaban mucho más enraizadas que en las ciudades. Cuentos de demonios necrófagos que embrujaban las aldeas desde los bosques de pinos y bambú, de demonios que devoraban las almas de los bebés por la noche.

En su día, ese tipo de historias habría conseguido que un escalofrío le recorriese la columna vertebral y que se pensase dos veces salir a caminar en la oscuridad de la noche. Sin embargo, había aprendido que había cosas peores a las que temer.

—No son más que cuentos, Viejo Wei —dijo.

El Viejo Wei se inclinó hacia ella, tan cerca que pudo ver las manchas que el té le había dejado en los dientes.

—Puede que el Emperador Dragón prohibiese hablar de estos temas cuando fundó el Último Reino, pero yo recuerdo todas las historias que ya contaban los abuelos de mis abuelos. He oído historias de antiguas órdenes de practicantes que dominaban tanto la magia como las artes marciales, que podían caminar por los ríos y lagos del Primer Reino y del Reino Medio. Que luchaban contra el mal e impartían justicia en el mundo. Por más que los emperadores del Reino Medio intentaron controlar la práctica, no pudieron ocultar las pruebas de su existencia por todas nuestras tierras. Libros escritos en caracteres que ahora son indescifrables, templos y cuevas secretas llenas de tesoros y artefactos de propiedades inexplicables..., la práctica mágica siempre ha sido parte integrante de nuestra historia, *yā'tou*.

El Viejo Wei creía con pasión en aquellos míticos héroes llamados *practicantes*, los que en su día caminaron sobre las aguas y volaron sobre las montañas, y que también empleaban la magia y aniquilaban demonios. Quizá fuera todo cierto, pero había sucedido hacía mucho, mucho tiempo.

—¿Y ahora dónde están los practicantes? ¿Por qué no han venido a salvarnos de... esto? —Lan hizo un gesto hacia la puerta, hacia las calles destrozadas. Frunció los labios ante la vacilación del anciano—. Aunque hubieran existido, eso fue probablemente hace siglos, quizás incluso dinastías enteras. Por más que creas en esos héroes y practicantes de la creencia popular, ahora están todos muertos. —Suavizó el tono de voz—: Ya no quedan héroes en el mundo, Viejo Wei.

—¿De verdad lo crees? —dijo él—. En ese caso, dime: ¿por qué vienes aquí una vez por semana en busca de un extraño símbolo que tienes en una cicatriz que solo tú puedes ver?

Sus palabras se hundieron en el corazón de Lan como una espada y azuzaron una diminuta chispa de la que ni ella se había atrevido a hablar. La posibilidad de que, a pesar de lo que se había dicho a sí misma, lo que había presenciado el día de la muerte de su madre... hubiera sido algún tipo de magia.

Y que en la cicatriz residiera la clave, la única clave, para desentrañar lo que realmente había sucedido aquel día.

—Porque así puedo albergar la esperanza de que hay algo más ahí fuera. Algo aparte de esta vida.

Las motas de polvo revolotearon a su alrededor, rojas y anaranjadas a causa del sol del ocaso, como brasas moribundas de un incendio. Lan colocó una mano sobre el papiro. Quizá podría aprender algo de los inescrutables trazos de aquel símbolo. A fin de cuentas, era lo más cerca que había estado en los últimos doce ciclos.

—Me lo quedo —dijo—. Me quedo el pergamino.

El viejo tendero parpadeó, claramente sorprendido por aquel giro de los acontecimientos.

—Ah. —Le dio un golpecito al pergamino—. Pero ten cuidado, ¿eh, *yā'tou*? He oído demasiadas historias de marcas creadas por energías oscuras y demoníacas. Sea lo que fuere lo que contenga esa cicatriz que tienes en la muñeca..., bueno, esperemos que quien te la hizo haya tenido buenas intenciones.

—Eso no son más que supersticiones —repitió Lan.

—Toda superstición proviene de una verdad —dijo el tendero en tono ominoso. Acto seguido, flexionó los dedos—. Bueno, hablemos del precio. Nadie da nada gratis. Tengo que pagar el alquiler y comprar comida.

Lan vaciló apenas un instante. A continuación se inclinó sobre el mostrador, apartó una bolsita de polvo de hierbas que el Viejo Wei había estado pesando y dejó caer un monedero andrajoso sobre la superficie. El monedero aterrizó con un tintineo.

Las manos del Viejo Wei salieron disparadas y comprobaron el contenido del monedero. Sus ojos se desorbitaron al sacar algo del interior.

—Por los Diez Infiernos, *yā'tou* —susurró, y acercó la vieja lámpara de papel. Bajo la luz de la llama resplandeció una delgada cuchara de plata.

Al verla, Lan sintió una punzada anhelante en el corazón. Había sido todo un hallazgo. La habían tirado por accidente junto con un montón de platos rotos en la parte trasera del salón de té.

Contaba con venderla para poder rebajar una o dos lunas de su contrato en el salón de té. Sin duda valía una pequeña fortuna, pues el metal, fuera del tipo que fuere, era una reliquia del pasado. Una de las primeras iniciativas de los elantios tras la conquista fue monopolizar el suministro de metal en todo el Último Reino. Oro, plata, cobre, hierro, latón…, hasta una pequeña cuchara de plata era una rareza en aquellos tiempos. Los elantios apenas dejaron unos pocos restos de metal en el Último Reino. Lan suponía que unas cuantas cucharas, algunas monedas y joyas caras no bastaban para forjar armas con las que empezar una revolución.

Lan sabía dónde iba a parar todo el metal confiscado: a los magos elantios. Se decía que canalizaban la magia a través del metal. Eso sí se lo creía Lan. Había visto con sus propios ojos el aterrador poder que dominaban. Habían sido capaces de destrozar el Último Reino solo con sus manos desnudas.

Y habían matado a Māma sin tocarla siquiera.

—No he sido capaz de vender esta cuchara —mintió—. Nadie quiere metal estos días, y si me atrapa algún oficial elantio me va a suponer un problema más grande de lo que vale tenerla. Por no mencionar que Madam Meng es capaz de despellejarme si se entera de que la he robado. Tú puedes revenderla para buscarte un poco de ginseng para esos pulmones, ¿te parece? Cada vez que te oigo toser se me irritan los oídos.

—Ya veo —dijo el Viejo Wei despacio, sin dejar de mirar la cuchara, como si estuviera hecha de jade. El resto del monedero que Lan le había ofrecido, y que apenas tenía diez monedas de cobre que había conseguido con las ventas de aquel día, permaneció intacto sobre el mostrador—. Tener metal puede ser peligroso estos días…, será mejor que me lo dejes a mí…

De pronto, la mirada del Viejo Wei se agudizó. Esbozó una sonrisa dentuda y se inclinó hacia adelante para susurrarle:

—Creo que la próxima vez que vengas tendré algo muy bueno. Uno de mis contactos me ha presentado a un hin de la corte. Ahora mismo anda por el mercado… —El tendero hizo una pausa para tomar aire de repente. Sus ojos oscilaron entre Lan y las pantallas de papel que había abierto en las ventanas para que entrase la fresca brisa del ocaso. Cambió a la lengua elantia y dijo en un siseo—: Ángeles.

La palabra provocó en Lan un hormigueo de terror que le corrió por las venas. «Ángeles» no era sino una forma abreviada de «Ángeles Blancos», el coloquialismo con el que los soldados elantios se identificaban a sí mismos.

Lan giró sobre sus talones. Atisbó movimiento tras el marco de las ventanas de la tienda del Viejo Wei. La bilis le subió a la garganta. Un destello de plata, el resplandor de un emblema de oro blanco con una corona alada, una armadura del color del hielo invernal…

No había tiempo que perder. Tenía que marcharse enseguida.

Le lanzó al Viejo Wei una mirada asustada, pero algo se había endurecido en el semblante del tendero. Tenía los labios presionados hasta formar una fina línea en una expresión resuelta. Le sujetó de la mano cuando fue a agarrar el pergamino.

—Déjalo aquí conmigo, *yā'tou*. No sea que te atrapen con algo así la víspera del duodécimo ciclo. Vuelve a por él cuando no sea tan peligroso. ¡Vete!

En menos de un parpadeo, el pergamino y la cuchara desaparecieron.

Lan se bajó el *dǒu'lì* para cubrirse la cara en el mismo momento en que repiqueteaba la campanita de la entrada, un tintineo que en aquel momento sonó teñido de amenaza.

El aire mismo se espesó. Unas sombras cayeron sobre el suelo, largas y oscuras.

Lan se aproximó a la puerta. Por suerte, llevaba una basta *duàn'da* de cáñamo que ocultaba su figura. Bastante tiempo había trabajado en el salón de té como para saber lo que los elantios les hacían a las chicas hin.

—Que los Cuatro Dioses te guarden —oyó murmurar a Wei. Era una vieja bendición hin que presuponía que los Cuatro Dioses Demonio velaban por la seguridad de su patria y de su gente.

Sin embargo, Lan sabía con toda claridad que no había dioses en aquel mundo.

Solo monstruos con forma de hombres.

Eran dos. Robustos soldados elantios vestidos con armadura completa. Los pasos repiquetearon al pasar junto a ella. Por mero instinto, la mirada de Lan fue hacia las muñecas de los dos. Fue entonces cuando dejó escapar el aliento, aliviada. No había rastro de los temibles brazaletes de metal tan apretados que parecían fundirse con la carne. Aquellas manos no podían invocar sangre y fuego con apenas un chasquido de dedos pálidos.

Solo eran soldados.

Uno de ellos se detuvo al verla pasar. La puerta estaba a pocos pasos de ella, un gajo de fresco aire nocturno que ya le soplaba en la cara. El corazón le latía como el de un conejo bajo la mirada de un águila.

La mano del Ángel salió disparada, dedos que se cerraron sobre la muñeca de Lan. La semilla del miedo que anidaba en su estómago floreció.

—Oye, Maximilian —dijo el soldado.

Con la otra mano alzó el borde del *dǒu'lì* de Lan. Ella le miró a los ojos, que tenían el juvenil tono verde de un día de verano, y se preguntó cómo podía parecer tan cruel un color así. Aquel rostro parecía haber sido tallado en el mármol del que estaban hechas las estatuas de ángeles alados que los elantios erigían sobre sus puertas y en sus iglesias: era hermoso y completamente inhumano.

—No pensaba que fuera a encontrar un espécimen tan bueno de garrapata en un sitio como este.

Lan había aprendido el idioma elantio, pues lo necesitaba para trabajar en el salón de té. Era una lengua que siempre la helaba al oírla. Tenían palabras largas y vibrantes, muy diferentes de los vocablos afilados de libélula del idioma hin. Los elantios hablaban con el denigrante tono lento y falto de prisas de quien está borracho de poder.

Lan se quedó muy quieta. No se atrevía ni a respirar.

—Deja tranquila a esa cosa, Donnaron —dijo su compañero, que ya se acercaba al mostrador, donde el Viejo Wei aguardaba, inclinado y con una sonrisa obsequiosa—. Estamos de servicio. Ya te divertirás cuando acabemos.

El rostro de Donnaron sobrevoló el de Lan. Su mirada le recorrió el cuello y siguió descendiendo. Se sintió violada con apenas una mirada. Quiso arañarle aquellos juveniles ojos verdes hasta sacárselos.

El Ángel le dedicó una amplia sonrisa.

—Qué lástima. Pero no te preocupes, mi querida florecilla. No te vas a escapar tan fácilmente.

La presión en la muñeca de Lan aumentó un poco, como una promesa o una amenaza. Acto seguido, el Ángel la soltó.

Lan avanzó a trompicones. Había sacado un pie al exterior, tenía el pomo de la puerta entre las manos, y de pronto vaciló.

Miró hacia atrás.

La silueta del Viejo Wei parecía muy pequeña entre las moles de los elantios. Apenas una sombra en el sol del crepúsculo. Aquellos dos ojos legañosos la miraron apenas un instante y Lan captó el gesto apenas perceptible con la cabeza: *Vete, yā'tou.*

Lan salió de la puerta y echó a correr. No se detuvo hasta haber pasado los parapetos de piedra que marcaban la entrada del mercado vespertino. Frente a ella se extendía la masa oscura de la Bahía de los Vientos Meridionales, en cuyas olas el sol del ocaso arrancaba pequeños destellos carmesíes. Allí los vientos soplaban fuertes y salobres, azotando los embarcaderos de madera y silbando sobre las viejas murallas de piedra de Haak'gong como si pretendiesen alzar al vuelo la mismísima tierra.

¿Qué se sentiría al ser tan libre, tan poderosa como el viento? Quizá Lan lo averiguaría algún día. Quizá algún día podría hacer algo más que darle una cucharita de plata a un anciano enfermo y echar a correr cuando el peligro llamase a la puerta. Elevó la cabeza a los cielos e inspiró. Se masajeó la parte de la muñeca por donde el soldado la había agarrado, aunque en realidad quería restregarse hasta borrar de la mente el contacto de aquellos dedos. Aquella noche era el solsticio de invierno, que marcaba el duodécimo ciclo de la Conquista Elantia. Los oficiales elantios de mayor grado acudirían a las festividades. Tenía todo el sentido que el gobierno hubiese incrementado la vigilancia y las patrullas en las ciudades hin de mayor tamaño. Haak'gong era el puesto fronterizo del sur de los elantios, la joya del comercio de las colonias elantias. Solo la superaba en tamaño la Capital Celestial, Tiān'jīng..., o, como se la iba a empezar a llamar, Rey Alessanderburgo.

Doce ciclos, pensó Lan. Por los dioses, ¿tanto tiempo había pasado ya?

Si cerraba los ojos era capaz de recordar a la perfección el día en que su mundo había acabado.

Nieve, que caía como ceniza.

Viento, que soplaba entre el bambú.

El sonido de un laúd de madera que ascendía a los cielos.

En su día había tenido un nombre. Un nombre que su madre le había dado. Lián'er, que significaba «loto». La flor que brotaba del fango, una luz en la hora más oscura.

Y se lo habían arrebatado.

En su día había tenido un hogar. Una enorme casa-patio, con sauces llorones repartidos entre estanques de cristal, pétalos de cerezo que alfombraban caminos adoquinados en abanico, porches desde los que se veía la naturaleza más lujuriante.

Todo ello se lo habían arrebatado.

Había tenido una madre que la amaba. Una madre que le había contado historias, recitado poesía, cantado canciones. Una madre que le había enseñado caligrafía, trazos sobre suaves páginas de papiro con los dedos cerrados alrededor de los suyos. Manos que protegían todo su mundo.

También le habían arrebatado a su madre.

El tañido estruendoso de las campanas que anunciaban el ocaso resonó en la lejanía y la sacó de sus pensamientos. Abrió los ojos y volvió a ver aquel mar solitario y vacío que se cernía ante ella, en el que reverberaba todo lo que había perdido. Puede que, en su día, Lan se hubiese detenido allí mismo, frente al precipicio de su mundo, y hubiese intentado comprender qué había sucedido: cómo había podido estropearse todo hasta aquel punto, cómo había acabado allí, con nada más que recuerdos fragmentados y aquella extraña cicatriz que solo ella podía ver.

Sin embargo, la realidad se abalanzó sobre ella mientras el tañido de las campanas seguía resonando por los cielos. Tenía hambre, estaba cansada y llegaba tarde a la función de la noche del salón del té.

En cualquier caso, aquel pergamino sí que había parecido prometedor… Se pasó la mano por la muñeca una vez más. Cada trazo de aquel extraño e indescifrable símbolo estaba grabado a fuego en su mente.

La próxima vez, se dijo, tal y como no dejaba de repetirse desde hacía once ciclos. *La próxima vez encontraré el mensaje que me dejaste, Māma.*

Por el momento, sin embargo, lo único que hizo Lan fue ajustarse el *dǒu'lì* en la cabeza y sacudirse las mangas.

Tenía que regresar al salón de té.

Tenía que cumplir su parte del contrato.

Tenía que servir a los elantios.

En una tierra conquistada, el único modo de ganar era sobrevivir. Sin echar la vista atrás, Lan se giró hacia las coloridas calles de Haak'gong y empezó a avanzar colina arriba.

2

«En la vida, el qì llamea y se mueve como el yáng. En la muerte, el qì se enfría y se queda inmóvil como el yīn. Un cuerpo cuyo qì está inquieto es señal de un alma inquieta».

Chó Yún, invocador espiritual imperial, *Clásico de Muerte.*

La tienda estaba en ruinas. El agrio aroma de la magia del metal flotaba punzante en el aire nocturno.

Zen se encontraba en medio de las sombras de las casas medio derruidas en un callejón de Haak'gong. Apenas podía dominar la conmoción que le causaba el destrozo que veía ante sí. Aunque algo así no era inesperado ni poco común durante los primeros ciclos tras la conquista, Zen no estaba preparado para presenciar semejante derroche de violencia y represión en lo que supuestamente era la joya de la corona del poder elantio. El mensaje era casi personal: a los elantios les gustaba que los traidores y rebeldes hin sirvieran de ejemplo. Adoraban dejar grabado en sangre y hueso un simple mensaje: no había esperanza, resistirse no tenía sentido.

Y Zen casi se lo creía.

Vaciló apenas un instante antes de quitarse los guantes. Notó el aire frío en los dedos, el soplido del viento y la humedad que le acariciaba la piel. También percibía el fuego de las velas que ardían en aquel distrito: personas demasiado pobres para permitirse las luces alquímicas que suministraban los elantios. Notaba el suelo, firme, bajo los pies. El metal y la madera en las estructuras que se alzaban por toda la calle.

No había nada más que alterase el flujo de energía a su alrededor. El qì.

Zen se recompuso y salió de entre las sombras. Con tres enérgicas zancadas se plantó ante la puerta de la tienda, aquel frágil marco de madera vieja y medio podrida que podía tumbarse con facilidad. Las campanas que anunciaban el ocaso acababan de sonar, lo cual significaba que los festejos del duodécimo ciclo de la conquista estaban a punto de empezar. Los oficiales de mayor rango del bastión meridional del gobierno elantio estarían reunidos en el distrito más acomodado de Haak'gong, mientras los soldados de a pie patrullaban las calles.

Aunque, en realidad, Zen no temía a los soldados. Aquel chaquetón largo y negro, el gorro plano y las horribles botas de charol componían un perfecto disfraz de mercader hin bajo el yugo elantio.

Los únicos oficiales gubernamentales a los que tenía que evitar Zen eran los magos.

Miró a ambos lados de la calle y, al no ver nada, entró en la pequeña tienda.

Todo el lugar estaba empapado de sangre. Lo notó en cuanto lo envolvieron las corrientes qì: la sangre se componía de agua y metales, todo ello manchado de yīn: la parte del qì que representaba el frío, la oscuridad, la ira y la muerte. La contrapartida del yáng, que representaba el calor, la luz, la alegría y la vida.

Yīn y yáng: dos mitades del todo que era el qì, dos caras de una moneda en constante oscilación, que cambiaba de una a otra en un continuo ciclo de equilibrio: calor y frío, luz y oscuridad..., vida y muerte.

El problema surgía cuando se rompía el equilibrio.

Zen se abrió paso entre los restos: estanterías volcadas y astilladas, tablones del suelo hechos pedazos por los que asomaban los cimientos de la construcción. Vio algunos objetos entre las ruinas:

un cepillo de cola de caballo partido en dos, una talla rota que había representado a un dragón, un abanico plegable doblado como un ala rota. Objetos que tenían significado para los hin, pero que los elantios habían destruido sin pensárselo dos veces.

Zen inspiró hondo para calmarse y se giró hacia la figura que yacía en el suelo. Contempló el cadáver, las extremidades dobladas en ángulos extraños, la boca desencajada en una expresión de sorpresa o de súplica. El tendero era un anciano; manchas de vejez en la frente, canas que resplandecían bajo la luz de la luna. Zen sintió una humedad antinatural en los pulmones del hombre; quizás una enfermedad, resultado de la eterna humedad que dominaba el entorno sureño.

Zen se esforzó por aplacar la rabia que se le arremolinaba en el pecho. Despejó la mente y recordó las enseñanzas de su maestro. «Calma la tormenta de tus emociones. No es sabio navegar por un océano agitado». Tenía que tratar aquel cadáver como una prueba y nada más, como un puzle que había que separar en sus partes componentes para volver a montarlo después.

Viejo Wei, pensó mientras absorbía con una mirada desapasionada todos los detalles del cadáver. *¿Qué ha pasado?*

Zen había conseguido el contacto del tendero tras muchas lunas de búsqueda. Se decía que el tipo comerciaba con contrabando: objetos que los elantios habían prohibido e información estrictamente clasificada por parte del gobierno.

Zen había venido con un objetivo: el registro de comercio de metales adquiridos por el gobierno, que iba a ser la clave para comprender los movimientos de tropas elantias. Durante los últimos doce ciclos, los conquistadores habían ignorado las Planicies Centrales, una enorme extensión de terreno salvaje del Último Reino. En cambio, habían preferido establecerse en las principales ciudades y puertos comerciales del litoral este y sur.

Sin embargo, algo había cambiado en las últimas lunas: se atisbaban las características armaduras metálicas elantias en lo profundo de los bosques de bambú, mucho más adentro que antes. Empezaban a reunirse tropas en los puestos fronterizos elantios del sur. Por todo ello, Zen se había decidido a investigar.

Y ahora su contacto había muerto.

Apretó la mandíbula para aplacar las brasas de la ira y la decepción. Un viaje tan largo, tanto tiempo malgastado para nada. Los elantios no solo habían eliminado una fuente de información cuya ausencia los pondría en desventaja tanto a él mismo como a su escuela, sino que también habían cometido lo que a ojos de cualquier hin era el mayor de los crímenes: el asesinato de un anciano.

Poco a poco se dio cuenta de que en aquel lugar había algo que olía raro. La magia elantia olía a metal quemado a causa del modo en que los magos dominaban el poder alquímico de los metales para canalizar sus sortilegios. Sin embargo, en la tienda flotaba un aroma casi indetectable a algo distinto. Algo que casi se le antojaba familiar.

Zen se llevó la mano al saquito de seda negra que siempre llevaba en la cadera y sacó dos barritas de incienso. Inspiró, señaló con el índice la punta de las barritas y empezó a trazar el Sello que localizaba calor en el aire. Movió el dedo con rapidez y precisión nacidas de la experiencia, de un modo análogo a como se escribe caligrafía. La única diferencia fue que trazó un símbolo que ningún calígrafo podría haber entendido.

En el momento en que cerró el círculo que contenía el símbolo, Zen sintió que el qì se alteraba a su alrededor: una concentración de fuego se arremolinó en el Sello que resplandecía ante él, una energía que empezó a despertar en las puntas del incienso, que refulgió en un tono rojo durante un instante antes de convertirse en una retorcida nube de humo gris.

Todo sucedió en apenas un parpadeo.

Zen alzó las barritas de incienso y apuntó con ellas al cadáver. Las sostuvo sobre el corazón del anciano.

En un primer momento, no sucedió nada. Entonces, bajo la fluorescencia plateada de la luna que atravesaba el papel destrozado de las ventanas, el humo comenzó a retorcerse. En lugar de ascender lentamente en espiral, el humo flotó hacia Zen, apartándose del cadáver como si… huyese.

Zen se inclinó hacia delante y dio una inspiración breve y precisa. El humo estaba caliente y arrastraba consigo la fragancia del sándalo con un leve matiz de bambú. Y aun así, por debajo, como una sombra aferrada a la luz que la proyecta, se percibía un aroma peculiar. Un olor agrio que Zen había tomado erróneamente por magia elantia.

Pero..., no, aquello no era el tipo de rastro que dejaban los magos reales elantios.

Zen soltó todo el aire de los pulmones y contempló el cadáver con una débil sensación de alarma. Los hin quemaban incienso en honor a sus muertos, aunque el origen de aquella tradición había sido olvidado hacía mucho, eliminado de las páginas de la historia. Mucho antes de la era del Último Reino, cuando el Emperador Dragón había limitado la práctica a los confines de su propia corte y erradicado el resto, los practicantes usaban el incienso para diseccionar las energías que provenían del yīn y del yáng. El yáng, la energía del sol, del calor, de la luz y de la vida, atraía al humo. El yīn, la energía de la luna, del frío, de la oscuridad y de la muerte, lo repelía.

El qì de la mayoría de los cadáveres estaba equilibrado..., pero el del Viejo Wei desprendía el hedor del yīn.

Aunque las historias populares que se contaban en las aldeas indicaban lo contrario, la energía inherente al yīn no tenía nada de malo. Era una necesidad, la otra cara de la moneda que constituía el qì.

Los problemas surgían cuando la energía del yīn no estaba en equilibrio.

Pues el yīn también era la energía de lo sobrenatural.

Mò. Eso fue lo primero que pensó Zen. *Demonio*. Un alma que contuviera una insuperable cantidad de ira o de odio, es decir, un exceso de energía yīn, junto con la fuerza de una voluntad no cumplida, no se disiparía en el qì natural del reino de la muerte. En cambio, se enconaría hasta formar algo malvado. Algo demoníaco.

A Zen se le encogió el estómago. Echó mano del puño de la daga que llevaba en el interior de la bota. Echaba de menos las dimensiones de su *jiàn*, pero resultaba demasiado arriesgado llevarla en territorio elantio, sobre todo con la cantidad de patrullas que había por las calles con motivo de los festejos del duodécimo ciclo tras la conquista. Además, aquella daga, de nombre Tajoestrella, había sido creada para combatir contra demonios.

La mera idea de que un alma se convirtiese en demonio o en alguna especie de necrófago en aquel lugar, en el puesto fronterizo del sur de los elantios, se le antojaba incongruente, casi ridícula. Si una horda de demonios se lanzaba sobre la élite militar de los generales del imperio, aquel episodio sería material de leyenda.

Por otro lado, así como el número de ciudadanos hin habían empezado a menguar en sus tierras tras la conquista, el número de espíritus también era cada vez menor.

Así, pues, no, no parecía acertado suponer que el espíritu del anciano se hubiese corroído hasta formar algo demoníaco. El núcleo del demonio, la concentración de qì que le otorgaba vitalidad, tardaba ciclos y a veces décadas en formarse. Además, al concentrarse en el caudal de energías a su alrededor, Zen dio con una leve diferencia: el yīn que sentía no provenía del cuerpo en sí, sino que flotaba sobre algunas partes, como una nube de perfume. Al expandir los sentidos, Zen percibió que había rastros de aquel yīn en el aire, en el suelo, junto a la puerta y por toda la tienda.

Abrió los ojos, con la daga tan apretada que los nudillos se le tornaron blancos. La respuesta a aquel misterio era mucho más enigmática y ominosa.

Alguien había dejado aquel rastro de energía yīn en ese lugar. Dado que los únicos capaces de manipular el qì eran los practicantes entrenados, a Zen solo se le ocurría un tipo de practicante capaz de manejar un qì compuesto de una gran cantidad de energía yīn: un practicante demoníaco. Alguien que usaba la rama prohibida de la práctica que tomaba prestada la energía de un demonio vinculado a su alma.

Imposible.

Las restricciones sobre la práctica demoníaca se habían endurecido durante los casi ochocientos años que duró la era del Reino Medio. Sin embargo, dicha rama de la práctica no fue erradicada del todo hasta el final de esa era. El Emperador Yán'lóng, el Emperador Dragón, había masacrado a los practicantes demoníacos del clan rebelde, los Mansorian. Y así, el Reino Medio se había convertido en el Último Reino: una era de paz, libre de tumultos y tensiones entre los Noventa y Nueve Clanes y el gobierno imperial hin. Los clanes supervivientes se habían rendido y habían jurado obediencia a la Corte Imperial. Durante la mayor parte de aquella era se dio caza a quienes se negaron a someterse, hasta que quedaron extintos.

Aquello había durado ochenta ciclos. Hasta la invasión de los elantios.

Zen retrocedió como si lo hubiesen quemado. Rompió el Sello con un rápido gesto del dedo. Las puntas de las barritas de incienso se apagaron con un siseo. En el silencio que siguió, los latidos del corazón de Zen se fueron calmando.

Dejó de pensar en el libro de registro que había venido a buscar y se concentró en examinar todo el lugar en busca de más rastros de aquel qì.

Dio con otra concentración de poder: un pergamino que yacía aplastado bajo una de las manos del Viejo Wei. Lo sacó, lo abrió y limpió restos de escombros y astillas de la superficie. Y se le aceleró el pulso.

El pergamino contenía un Sello de Encantamiento, probablemente copiado de un tomo de práctica. Zen sintió una punzada de sorpresa al estudiarlo. Tenía una estructura balanceada, una combinación de trazos rectos y curvos que imitaba los símbolos hin, si bien en una configuración completamente diferente, todo ello dentro de un círculo. Se dio cuenta de que no lo reconocía, a pesar de los numerosos ciclos que había dedicado a estudiar Sellos. Giró el pergamino, pero no había nada en el reverso. Examinó las marcas en los márgenes de la página: los Cuatro Dioses Demonio posados sobre remolinos de nubes pintadas.

La página no provenía de ningún tomo que Zen hubiese visto con anterioridad, pero la cuestión era: ¿qué hacía aquel pergamino allí? El diminuto rollo en su mano parecía crecer, hincharse con la imposibilidad que representaba. Era un objeto que se había colado entre las grietas del tiempo, entre las aguas y los fuegos de la historia contra todo pronóstico. Después de que el Emperador Dragón derrotase al clan Mansorian y los demás clanes capitulasen, la práctica había sido restringida por decreto imperial a los límites de la corte. Toda práctica que se llevase a cabo en el exterior quedó erradicada. Se eliminó de los libros de historia la Purga de las Cien Escuelas por parte del Emperador Dragón, pero su recuerdo había pasado oralmente de generación en generación entre los practicantes, que aún recordaban aquel aciago acontecimiento.

A finales del Último Reino, el pueblo corriente había olvidado a los practicantes de las Cien Escuelas, como si no fueran más que una leyenda popular.

Luego llegaron los elantios y quemaron los templos hin que quedaban. Asesinaron a todos los practicantes de la Corte Imperial para que los hin jamás recuperasen su gloria perdida. Las pocas escuelas de práctica que el Emperador había permitido que subsistieran cayeron a los pocos días de la conquista.

Todas menos una.

Con suma delicadeza, como si el pergamino estuviese decorado con oro y lapislázuli, Zen lo enrolló y se lo metió en el saquito de seda negra. Podía dar por perdidos sus negocios con Wei. Dentro del mercado negro hin, el viejo tendero había hecho correr la noticia de que le interesaba cualquier tomo de las Cien Escuelas que hubiese sobrevivido hasta esos días. Zen, al ver a qué se dedicaba el anciano, le había prometido un tomo a cambio de que hallase un registro comercial elantio de metales.

Específicamente, de metales preciosos.

Metales que los magos reales elantios acumulaban y empleaban para canalizar su magia.

Zen no pretendía darle un verdadero tomo de práctica al anciano. Todas las reliquias de las Cien Escuelas que hubiesen sobrevivido de las ruinas de la corte eran más valiosas que el mejor jade.

¿Por qué?, se preguntó al pensar en el cadáver del anciano mientras el humo del incienso se retorcía a su alrededor como una sombra. *¿Por qué querías un tomo de práctica?*

Y, aún más importante, ¿a quién pretendía vendérselo el anciano?

Zen sospechaba que la respuesta era simple: a la misma persona que había dejado aquel rastro de energías yīn en el aire.

Acarició el saquito de seda negra con una mano. El pergamino estaba a salvo, guardado en su interior. Ojalá pudiera hablar con el anciano. Zen conocía a practicantes mucho más diestros que él en el arte de invocar espíritus. Además, llevar a cabo una invocación podía costarle todas sus fuerzas. Y aunque no fuera así, crear la más leve alteración de energía alertaría a los magos reales, que no tardarían en caer sobre él tan rápido como un grupo de hormigas sobre un montón de dátiles cubiertos de miel. Llevar a cabo una invocación espiritual sería igual que prender fuego a un barril lleno de pólvora y lanzarlo al cielo nocturno.

Y para Zen, como buen practicante superviviente de los hin que era, caer en manos de los magos reales elantios sería un destino peor que la muerte. Para empezar, descubrirían la existencia de la última escuela de práctica del Último Reino.

Se planteó qué opciones tenía mientras doblaba las barritas de incienso entre los dedos. El incienso no mentía: había un practicante demoníaco en algún lugar de aquella ciudad corrupta. La partida había cambiado; era vital que Zen lo encontrase antes que nadie, no solo para evitar que los elantios descubriesen sus habilidades sino también para descubrir qué tenía que ver con su contacto. Tenía que interrogar a aquel practicante, descubrir de qué lado estaba..., y determinar el origen de los restos de energías yīn que habían quedado en la tienda.

El Sello en aquel pergamino sería la clave para iniciar la búsqueda.

Zen se inclinó hacia delante. En medio de la oscuridad, los ojos del anciano seguían abiertos, el rostro congelado en una expresión de miedo. La luz de la luna pintaba aquellas facciones de blanco, el color del luto entre los hin.

Zen volvió a ponerse los guantes y, con dos dedos, le cerró los ojos al mercader.

—Que la paz sea con tu alma —murmuró—. Y que encuentres el Camino a casa.

Acto seguido se irguió, se arrebujó en el chaquetón largo y negro y salió de la tienda destrozada. Instantes después, las sombras lo engulleron y no fue más que una silueta en la noche.

3

«Para conocer el futuro antes es necesario comprender el pasado».

Analectas kontencianas (*Clásico de Sociedad*), 3:9.

Lan recordaba las palabras exactas que su madre le había dicho cuando hablaron del futuro. «Habrás de sucederme como consejera imperial», le había dicho, de pie junto al marco de palisandro de la ventana de su estudio, mientras contemplaba cómo Lan pintaba trazos caligráficos. El cabello de su madre era un borrón de tinta negra. La pálida túnica *páo* de seda que llevaba revoloteaba bajo la brisa del solsticio de primavera. «Tu deber será para con el reino. Protegerás a los débiles e intentarás mantener el equilibro del mundo».

Todo aquello había parecido posible en su día.

Lan se preguntó qué pensaría si la viese ahora.

Las campanas que anunciaban el ocaso habían dejado de sonar en el momento en que llegó al salón de té. Conocido en lengua hin como *Méi'tíng Chá'guan*, que podía traducirse en lengua elantia como «Salón de Té del Rosal», aquel lugar descansaba bajo las Colinas del Rey la zona más rica de todo Haak'gong. Allí se habían establecido los elantios.

Desde donde estaba, Lan veía las casas extranjeras que se alzaban en las montañas por todo el confín este de la ciudad: edificios afilados, de varios pisos, hechos de metal y mármol, que se erigían como pálidos centinelas que vigilasen las tierras conquistadas desde los puntos más altos de la ciudad. Las Colinas del Rey dominaban la Calzada del Rey Alessander, antaño conocida como la Calzada de los Cuatro Dioses: la zona más próspera de Haak'gong, atestada de restaurantes, tiendas y servicios iluminados con el resplandor dorado de las lámparas alquímicas desde el ocaso hasta el alba.

Mientras tanto, el resto de Haak'gong, que se extendía bajo el mercado vespertino hasta la Bahía de los Vientos Meridionales, seguía desatendido y en ruinas. Sus habitantes se morían de hambre en arrabales llenos de basura.

Y aun así, no había duda de que los elantios adoraban la cultura hin. La adoraban tanto que conservaban las partes más hermosas y se las quedaban para su propio uso.

No había mejor ejemplo de ello que el Salón de Té del Rosal.

Lan avanzó a trompicones por el callejón trasero del salón de té, cuyas alcantarillas estaban veteadas de grasa y residuos de las cocinas. Giró un recodo familiar y abrió una puerta de bambú apenas una rendija.

De inmediato la asaltaron los olores de la comida caliente y las ráfagas de vapor que brotaban de las cubas de agua hirviendo. Varias cocineras vestidas con batas grises de lino se alineaban de rodillas junto a la puerta y fregaban un plato tras otro. La llamaron al pasar junto a ellas.

—Perdón…, disculpa, cocinero…, llego tarde.

—¿Alguna de vosotras ha vuelto a escupir en mis ollas? —aulló Li, el cocinero, que apareció con la cara enrojecida por entre una nube de vapor.

—¡No! —gritó Lan, aunque el exabrupto del cocinero le recordó algo: tenía que pensarse qué hacer con las ganancias que había obtenido de su victoria aplastante en la partida de «escupitajo en la olla» con las demás cancioneras.

Las mujeres ricas jugaban al juego del escupitajo con elegantes mazos de cartas ribeteadas de oro entre sus dedos enjoyados. Las chicas pobretonas tenían que jugarlo con ollas robadas y bocas que salivasen a toda velocidad.

Oyó que Li le gritaba algo. Atrapó al vuelo la empanada de cebolleta que el cocinero le lanzó a la cabeza y le dio un buen bocado.

—¡Gracias, Tío Li! —exclamó con la boca llena.

Se agachó para pasar bajo el tabique que daba a las escaleras del sótano. Una muralla de biombos de papel ocultaba aquel corredor trasero desde el comedor principal del salón de té. Al otro lado de los biombos se oía la charla de los clientes y el tintineo de los cubiertos. El corredor olía a rosas, el aroma característico del salón de té y flor nacional de los elantios. Madam Meng podía ser implacable y amoral, pero había que admitir que era una mujer de negocios excepcional.

Lan bajó por las escaleras y entró en tromba en el vestidor. Chocó con el grupo de cancioneras que había dentro y provocó una oleada de protestas al pasar. Las ignoró y se abrió paso hasta la parte frontal del vestidor. Allí empezó a desvestirse. Se quitó la prenda de cáñamo sudada y comenzó a restregarse con jabón y agua fría que había en una pileta de piedra. Tras un par de miradas malintencionadas y carraspeos, las cancioneras volvieron a comentar el gran espectáculo que había sido preparado para aquella noche. Los numerosos y diferentes acentos se mezclaban como el canturreo de un pájaro.

—Por los Diez Infiernos, Lanlan, ¿dónde te habías metido?

El espejo bajo la luz amarillenta de una lámpara reflejó a una chica con unas facciones que tenían todo lo que le faltaba a Lan: pómulos rosados y suaves, tiernos ojos de gacela y unos labios de cereza que en aquel momento se fruncían en una expresión preocupada.

Si había una persona a la que Lan odiaba preocupar, esa era Yīng'huā, cuyo nombre era Ying en la nueva era en la que vivían. Ying era la única persona del mundo que conocía el verdadero nombre de Lan, el que había tenido antes de que llegasen los elantios y obligaran a todos los hin a identificarse con un único apodo monosilábico. Al parecer, tres sílabas eran demasiado para aquellos hipócritas que tenían nombres horrísonos como Nicholass, Jonasson o Alessander. A veces Lan se quedaba dormida pronunciando para sí los nombres de los oficiales de alto rango de los elantios; retorcía la lengua entre aquellas extrañas sílabas para acostumbrarse, para poder pronunciar de forma más suave y rápida semejantes nombres. Para poder sacar ventaja, cosa que en aquel momento implicaba introducirlos en las canciones picantonas que se coreaban en el salón de té.

—Madam decidió realizar un ensayo de última hora esta tarde —la siguió reprendiendo Ying mientras le azotaba el pelo a golpes de peine—. Al parecer esta noche vienen varios oficiales elantios de alto rango. Magos reales.

Aquellas últimas palabras las pronunció en un tono a caballo entre el miedo y el asombro.

—Te hemos buscado por todas partes —añadió.

—¿Ah, sí? —La idea de haber contravenido una de las órdenes de Madam Meng le heló la sangre a Lan—. ¿Acaso Madam ha dicho algo?

—Solo preguntó si sabíamos dónde estabas. Te he cubierto. —Ying le lanzó una mirada afilada a Lan, que dejó escapar todo el aire de los pulmones—. ¿Dónde estabas?

—Lo siento —le dijo Lan a su amiga. Se volvió a echar agua en la cara y se la secó con su propia prenda de cáñamo—. Solo había ido al mercado vespertino.

Ying tensó los músculos de la mandíbula, con un brillo de desaprobación en los ojos. Sin pronunciar más palabra sacó el traje del espectáculo de aquella noche del cajón de Lan y empezó a vestirla.

—No sé por qué te empeñas en seguir yendo ahí —dijo en tono alterado mientras le ponía una de las mangas de seda—. Las cancioneras del salón de té no deben dejarse ver por ese sitio. Podríamos meternos en problemas. Además, está todo… sucio. Y se te va a broncear la piel, más de lo que ya está. ¡Va a parecer que perteneces a algún clan étnico!

Lan se obligó a no poner los ojos en blanco. Ying adoraba las suaves comodidades y los pequeños lujos que ofrecía el salón de té, mientras que Lan era demasiado inquieta para apreciarlos. Aun así, pensó mientras ladeaba la cabeza y se aplicaba colorete en pómulos y labios, ya había aprendido que a veces era preferible una mentira piadosa a una verdad dura. Jamás podría confesarle a Ying el motivo de su visita al Viejo Wei, la razón por la que iba allí unas cuantas veces cada luna. Estudió su propio rostro en el reflejo del cristal. Tenía un tono algo más oscuro de lo que le gustaba a Madam Meng. Los estándares de belleza que los elantios esperaban de los hin requerían rostros pálidos como la nieve y figuras esbeltas, pero Lan no podía evitar ser como era. Había nacido así. En todo caso, había decidido que tendría que destacar a ojos de los Ángeles Blancos como sobresalen las espinas clavadas.

—No todos los miembros de los clanes tenían la piel bronceada —replicó, y le sacó la lengua.

Incluso después de la conquista, los hin consideraban una especie de tabú hablar de los clanes. De los Noventa y Nueve Clanes, como se denominaron en su día. Lo único que Lan sabía de ellos era que habían amenazado la paz y la estabilidad del Reino Medio, y que el Emperador Yán'lóng los había derrotado, lo cual había dado comienzo a la era de paz y prosperidad conocida como el Último Reino. Los clanes no habían tardado en disgregarse o en desaparecer por completo. Muchos habían adoptado la extendida identidad hin para evitar que el imperio los persiguiese.

La mayoría de los hin actuales tenían un par de ancestros que habían pertenecido a los clanes, aunque no lo supieran.

—¿Puedes ayudarme a ponerme el delineador? —preguntó Lan.

Los labios de Ying se curvaron en una sonrisa. Le quitó a Lan el lápiz bañado en kohl de las manos. Trazó la línea de las pestañas de Lan con dedos cálidos, suaves y cuidadosos. Lan siguió poniéndose colorete en los labios mientras tarareaba una cancioncilla.

—¿Qué canción es esa que no dejas de canturrear? —preguntó Ying, desconcertada.

Lan se encogió de hombros. No llegaba a ubicar la melodía. A veces se le antojaba que la música se le había aparecido en sueños una noche. La conocía desde siempre.

—Puede que sea alguna vieja nana —respondió.

—Hmmm. —Ying se echó hacia atrás y escrutó el resultado de los ojos de Lan, con los labios apretados. Esbozó una sonrisa radiante—. Algún día encontrarás a un noble rico, te casarás con él y eso te solucionará la vida.

Lan soltó un resoplido, con lo que se granjeó un pellizco por parte de Ying.

—¡*Ai'yo*, que me haces daño! Casarte con un noble es tu sueño, Yingying, no el mío.

—¿Puedes dejar de moverte aunque sea solo por cinco segundos? Y sí, es mi sueño. —Mientras arreglaba un par de mechoncitos rebeldes del pelo de Lan, la voz de Ying se endureció levemente—. No hay nada malo en intentar sacar lo mejor de una situación mala. Sé que te horroriza solo pensarlo, pero yo sueño con ir algún día a la Estancia de la Flor del Durazno.

A Lan se le encogieron las tripas. La Estancia de la Flor del Durazno había protagonizado muchas de las discusiones entre las dos. En el salón de té le habían puesto el apodo de la Sala de las Delicias. Se trataba de una parte del segundo piso en la que absolutamente nadie podía entrar. Se rumoreaba que reservar una noche en su interior costaba cien lingotes, y que si algún oficial o noble elantio pedía que entrase alguna cancionera, lo que pagaba no era la estancia. Si la cancionera tenía suerte, su contrato era transferido a manos del cliente, que pasaba a ser su dueño.

Por otro lado, si no había suerte, el cliente disponía de una sola noche con la cancionera, tras lo cual Madam la echaba del salón de té. Nadie quería a una flor mancillada. Sin embargo, las cancioneras no tenían voz ni voto en todo el proceso, pensó Lan mientras estudiaba su propio rostro en el espejo, los mechones de cabello aún húmedos y el polvo que le cubría la piel.

Trabajar en el salón de té o morirse de hambre en las calles. Satisfacer a un elantio o morir por su mano.

Lan se llevó un dedo al saquito de cáñamo lleno de pétalos secos de azucenas que portaba consigo en todo momento. Negarse a oler a rosas, la flor nacional elantia, era un pequeño acto de rebeldía.

—Bueno, no se ha introducido ningún cambio en el espectáculo de esta noche, ¿verdad? —preguntó, cambiando de tema. Las demás cancioneras ya estaban vestidas, relucientes flores listas para ser expuestas noche tras noche tras noche—. Vamos a cantar *La balada del Último Reino*, ¿verdad?

Ying abrió la boca para responder, pero en ese instante una voz fría cercenó la conversación entre las dos con la precisión de un escalpelo.

—Lo sabrías si hubieses aparecido por el ensayo.

El alegre bullicio de las cancioneras murió al momento. La temperatura en la estancia pareció desplomarse. Una sombra atravesó la puerta.

Los pasos de Madam Meng, suaves y sinuosos, atravesaron el suelo de madera. La túnica de seda se deslizaba tras de sí. Si bien se solía decir que la belleza desaparecía con la edad, la dueña del Salón de Té del Rosal había envejecido como el mejor licor de ciruelas. Los cabellos negros le caían como ráfagas de humo por los hombros hasta quedar recogidos en el tradicional moño hin, que le enmarcaba como un retrato aquel rostro de ojos delineados en negro y labios de color rojo sangre.

Madam Meng se alzó el dobladillo de la túnica. Destellaron los protectores de uñas que llevaba, largos y afilados, al estilo de los de las antiguas concubinas hin.

Al igual que la propia Haak'gong, Madam Meng y su salón de té habían sobrevivido a la conquista e incluso habían prosperado, mientras que otros restaurantes y tabernas eran erradicados, reemplazados con adaptaciones más adecuadas a los gustos de los elantios. Madam Meng había usado su belleza como un arma. Había dejado atrás el orgullo, los valores y la moralidad del reino caído, y se había lanzado en brazos de los conquistadores.

Quienes podrían haberla juzgado…, bueno, habían muerto.

En aquel momento, Madam Meng atravesó la estancia como una emperadora en sus dominios. Las cancioneras se alineaban en fila y murmuraban un escueto «Madam» cuando pasaba a su lado.

—Vaya, vaya, mira quién ha decidido dejarse ver —dijo Madam Meng.

Su voz era delicada, apenas un susurro, pero Lan se sobresaltó como si hubiera soltado un grito.

—Perdón, Madam, es que...

Las manos de Madam Meng salieron disparadas, y los protectores de uñas curvos se clavaron en los brazos de Lan. Ella reprimió un resoplido de dolor. El corazón le batía como las alas de un pájaro enjaulado. Alzó la mirada hacia Madam Meng, cuyos ojos eran de un terrorífico tono obsidiana.

—¿Acaso he de recordarte —murmuró Madam Meng— lo que les pasa a las cancioneras que se acomodan demasiado?

Las uñas se le clavaban, pero Lan sabía que Madam no iba a permitirse derramar sangre en la noche del mayor espectáculo del ciclo.

Lan bajó la mirada.

—No, Madam. No volverá a suceder.

Con un movimiento repentino, Madam alzó una mano como si fuese a golpearla. Lan se encogió y cerró los ojos. Sin embargo, un instante después, aquellos afilados protectores de uñas se le posaron en las mejillas. Madam Meng jamás golpeaba a sus cancioneras donde pudieran verse las marcas.

—Para esta noche no espero nada que no sea tu mejor actuación —canturreó mientras recorría con un dedo el contorno de la mejilla de Lan. Le dio un toquecito en la cara para limpiar una diminuta mancha de colorete—. Ahora sí. Tan perfecta como una muñeca. Ningún hombre que te mire podrá sospechar que eres una chica artera con espíritu de raposa.

Madam Meng tenía la notable habilidad de pronunciar amenazas bajo la apariencia de cumplidos. Giró sobre sus talones y salió por la puerta. A su paso solo quedó una nube de horror con aroma a rosas.

En algún lugar del piso de arriba resonó un gong. Las cancioneras se pusieron rectas, los disfraces se recolocaron y las zapatillas se deslizaron por los suelos de madera. Todas las chicas se situaron en fila frente a la puerta.

Lan lanzó una última mirada a su reflejo. Como siempre, vestía el *qípáo* de seda blanca, sobrio y anodino comparado con los lujosos vestidos de las otras chicas. Tal y como ella prefería. En aquellos tiempos era mejor estar escondida bajo un disfraz de anodina paloma que destacar como un pavo real. Lan era la cantante principal (y única) en los espectáculos del salón de té. Siempre interpretaba el papel de la relatora. Hacía diez ciclos, Madam le había echado una mirada a su esquelético cuerpo y había afirmado que no pensaba malgastar ropas elegantes en una «raposa de arrabal».

Sin embargo, Lan poseía algo que las demás no tenían: una voz más pura que el mejor jade. Incluso de niña, cuando cantaba tras los biombos de papel, su voz parecía hipnotizar a los clientes. Los espectáculos del Salón de Té del Rosal no tardaron en llamar la atención de los generales elantios y el negocio floreció. Cuando los labios y el pecho de Lan aumentaron de tamaño, Madam se dio cuenta de que no había crecido mal: una descarriada escuálida cuyas facciones eran más afiladas que hermosas, pero que aun así serviría como muñeca que añadir a la colección del salón de té.

Lan se apresuró a unirse al final de la fila de cancioneras, que ascendieron las escaleras tras el segundo tañido del gong. Tras las pantallas de madera de cerezo que daban a las cocinas y los dormitorios, Lan empezó a oír el bullicio de las conversaciones en el salón de té. Al parecer estaban al completo, como correspondía a la víspera de la celebración del duodécimo aniversario del dominio elantio.

Sonó un tercer gong y se oyó la voz aguda de Madam Meng.

—Distinguidos clientes, les agradezco que hayan acudido al Salón de Té del Rosal en esta noche tan especial. Les prometo que será una velada que no olvidarán. Esta noche, en honor del duodécimo ciclo de iluminación elantia, les presento *La balada del Último Reino*. ¡Demos la bienvenida a nuestras queridas cancioneras!

A través de las grietas de la pantalla separadora, Lan contempló a las chicas entrar al escenario con un revoloteo de telas vaporosas. Cada traje representaba a una criatura distinta del folclore hin, si bien ajustadas a los gustos elantios. Estaban los Cuatro Dioses Demonio, la serpiente verde con resplandeciente jade y esmeraldas, el colorido *qí'lín* con una diadema de cuernos de ciervo, el conejoluna con un delicado vestido que imitaba su pelaje, etcétera. Como siempre, el vestido de Ying representaba la mágica flor de loto, con hermosos trazos rosa y fucsia.

—¡La relatora!

Al oír su entrada, Lan se deslizó hasta el escenario tal y como le habían enseñado. Avanzó hasta el centro y paseó la vista por los clientes de aquella noche. Un borrón de rostros pálidos y cabellos que iban desde el tono del trigo al cobrizo o a un castaño arenoso. Todos vestían la librea de color blanco invernal del ejército elantio, con ornamentados cuellos y puños.

Lan hizo una reverencia con las manos en las caderas, acompañada de un asentimiento de cabeza. Al agacharse se fijó en un cliente sentado solo en una mesa en primerísima fila.

En principio sintió una ráfaga de sorpresa, por la única razón de que se trataba de un hin. En la primera fila estaban las mesas más caras, pues proporcionaba la vista más cercana del escenario. Solía estar reservada a los generales elantios de mayor rango. Aquel hombre, reclinado hacia atrás en la silla de palisandro y con la mejilla apoyada con gesto displicente en una mano cubierta con un guante negro, parecía acostumbrado a que le dispensaran un trato excepcional. Alguien con autoridad.

Era el hombre más sorprendentemente hermoso que Lan había visto en su vida. Una maraña de cabello del color de la medianoche, recortado al estilo elantio, se derramaba por un rostro delgado de facciones esculpidas como tinta sobre porcelana. Los ojos, de un tono gris humo, estaban enmarcados bajo dos cejas negras y rectas, y manchados del más leve apunte de insolencia. Completaba el retrato la curva insolente de la boca, en aquel momento torcida en una mueca de aburrimiento. Vestía como un mercader elantio, o quizá como un oficial de la corte de paisano: tersa camisa blanca, abrigo y pantalones negros. Ni rastro de color en su persona.

Un cortesano hin, pensó Lan. Un hin que había traicionado a los suyos para trabajar para el gobierno elantio. Se le encogió levemente el estómago.

Aquel hombre le clavaba la mirada.

Se obligó a controlar sus propios latidos. Volvió a erguirse tras la reverencia y ocupó su lugar en el borde del escenario. Sentía a cada paso que la mirada de aquel hombre la seguía. Y sin embargo… no había lujuria ni sordidez en esos ojos, a diferencia de los ojos de los soldados elantios que contemplaban a las cancioneras como si de presas se tratase. En cambio, en la mirada de aquel hombre había algo que… la evaluaba.

Lan se centró en las demás chicas, ya reunidas en el borde: Wen, con el caramillo de bambú en los labios; Ning, con la cítara de cinco cuerdas sobre el regazo; y Rui con la pipa apoyada en el hombro.

En cuanto sonó la primera nota de la canción, no obstante, el resto del mundo desapareció: el olor del té, los brillantes ramos de peonías que adornaban las mesas, los resplandecientes biombos de bambú y oro de las paredes, los clientes que se removían a la espera en las mesas. Todo.

Lan empezó a cantar.

La melodía, cálida en sus labios, fluyó con suavidad desde su interior, como en un sueño. La estancia se desvaneció y una imagen clara y nítida surgió ante ella. Aquella noche vio un cielo al atardecer, un sol de mandarina que flotaba en el borde del mundo y cuya luz destellaba sobre un bosque de alerces dorados más allá de unos muros blancos como cáscara de huevo. Una mujer se apoyaba en el arco de una puerta luna. Sus dedos bailaban sobre las cuerdas de un laúd de madera que derramaba una canción sobre el mundo.

Māma.

Cada vez que Lan cantaba esa canción sentía que su madre estaba viva de nuevo, como un eco de su espíritu que se agitase dentro de su corazón y la guiase.

La balada del Último Reino contaba la historia de los Cuatro Dioses Demonio que habían caído del cielo hasta llegar al mundo de los mortales, donde gobernaban con poderes grandes y terribles. Los hin los adoraban y temían..., y una dinastía por vez, se decía que prestaban sus poderes a grandes guerreros capaces de cambiar las mareas del destino.

Sin embargo, los Cuatro Dioses Demonio habían desaparecido hacía casi cien ciclos.

La balada en sí había sido escrita hacía miles de ciclos. Había quien decía que la habían escrito los antiguos chamanes poetas. Aquellos versos irregulares, tradicionales del estilo en prosa, sonaban preciosos en lengua hin. A Lan se le antojaban deliciosos incluso traducidos al elantio.

Largo tiempo atrás, los Cielos se abrieron
como lágrimas, sus fragmentos cayeron a la tierra.
De un trozo del sol surgió el Fénix Carmesí.
De un gajo de luna brotó el Dragón Plateado.
De una esquirla de estrella germinó el Tigre Azur.
De una astilla de noche nació la Tortuga Negra.

Así proseguía el relato, una melancólica leyenda de una tierra que había caído, olvidada por sus dioses. Era una historia que los elantios conocían bien. Para ellos era un hermoso recordatorio de que el destino del Último Reino les pertenecía.

Las cancioneras se desplegaron por el escenario en un abanico de sedas y joyas que resplandecían bajo la luz de las lámparas, un baile que representaba la historia de su tierra, el destino de sus gentes.

Lan solo abrió los ojos cuando la última nota vibrante de la balada se desvaneció como la nieve al sol. El salón de té permaneció en silencio bajo la suave luz roja de las lámparas; los clientes estaban inmóviles como estatuas mientras las cancioneras, agachadas, se mantenían en la posición final de la danza.

Lan se humedeció los labios. Dejó que el silencio se alargase durante varios instantes más mientras se preparaba para hacer la reverencia.

Y entonces sucedió algo completamente extraño.

Desde algún lugar frente al escenario llegó el discordante e inconfundible sonido de un aplauso.

Del mismo modo que el amo no aplaude a su perro cuando hace un truco, los elantios jamás aplaudían en los espectáculos del salón de té. Los clientes empezaron a murmurar mientras intentaban localizar el lugar del que provenía el sonido. Las cancioneras se movieron, inquietas. Aquellas sonrisas empalagosas se iban tiñendo de sorpresa.

En una de las primeras filas, un hombre se había puesto de pie y aplaudía lentamente una y otra vez.

Lan lo miró. Sus ojos se encontraron y se le heló la sangre. Ojos verdes del color del verano, rostro tallado en mármol, una sonrisa que se ensanchó en el mismo momento en que el tipo vio su semblante. Se trataba del soldado elantio de la tienda del Viejo Wei.

—¡Bravo! —gritó. Al venir de él, aquello sonaba a burla—. ¡Me la quedo, vaya que sí!

Dos de los soldados que lo acompañaban lo obligaron a sentarse. Una risita a medio disimular se extendió entre los demás clientes elantios del salón de té, que volvieron a girarse hacia el escenario. Un hin bien podría haber acabado decapitado si se hubiese atrevido a hacer semejante afrenta, pero los escándalos de un soldado elantio ebrio en una noche de celebración como aquella no servían más que para mejorar el ánimo de los presentes.

El pulso de Lan se aceleró. Se giró y salió del escenario junto con sus compañeras, pero aun así oyó cómo el Ángel la llamaba. Además, sabía con toda certeza que el tipo no bromeaba. Dejó de escuchar el mundo a su alrededor, la conversación de las demás chicas se convirtió en un murmullo lejano. El pánico le inundó la mente.

Las cocinas bullían de actividad. Las cancioneras agarraron las bandejas de té y los refrigerios que les habían colocado para que las llevasen a sus clientes. Lan echó pipas de girasol y dátiles en su bandeja sin apenas ser consciente de lo que hacía. Las cocinas a su alrededor desaparecieron y de pronto se encontró de nuevo en la tienda del Viejo Wei, rodeada de las estanterías y los armaritos. Unos dedos duros le apretaban la muñeca y dos ojos de tono verde hierba le recorrieron el cuerpo como si les perteneciese. Un aliento caliente le sopló en las mejillas. El rostro tallado en mármol del soldado se abalanzó sobre el de ella.

«No te preocupes, mi querida florecilla. No te vas a escapar tan fácilmente».

Las náuseas le inundaron el estómago al recordar la conversación que había tenido antes con Ying, cuando hablaron de la Estancia de la Flor del Durazno. Era sabido que los soldados no tenían mucho dinero; el precio por el contrato de una cancionera no estaría a su alcance.

Lo máximo que podría permitirse un soldado era pagar por una noche. Lo cual significaba…

Le temblaron tanto las manos que se le cayó el cuchillo de mantequilla que sostenía.

—¡Lanlan! ¿Te encuentras bien?

Ying se agachó a recoger el cuchillo y lo puso en la bandeja de Lan, con bollitos, mantequilla y mermelada. Ella casi no podía hablar. Ying le echó una mirada al rostro de Lan y su sonrisa se esfumó.

—¿Lanlan?

Lan miró a su amiga a los ojos. ¿No habían estado chinchándose una a otra sobre posibles maridos y sobre su futuro hacía menos de una campana? En aquel momento, Lan pensó en el futuro y solo le vino a la mente el contacto de aquellos dedos pálidos en la muñeca, el brillo de aquellos ojos verdes demasiado cerca de su rostro.

«Ayúdame», quiso decir, pero no le salían las palabras. Y aunque se lo pidiese, ¿qué podría hacer Ying por ella? El corazón de su amiga era suave y frágil como una peonía. Contarle la verdad, que

Lan podía estar a punto de ser vendida como ganado y expulsada a la calle, le rompería el corazón.

En cierta ocasión, Māma le había dicho a Lan que, cuando fuera mayor, protegería a aquellos que la necesitaban.

Lan se obligó a esbozar una sonrisa.

—Estoy bien. —Las palabras le supieron a porcelana rota.

Los ojos de Ying le inspeccionaron el semblante unos instantes más, los labios separados. Durante los ciclos venideros, Lan siempre se preguntaría qué habría pensado su amiga entonces.

En ese instante, Li, el cocinero, se asomó desde detrás de un armarito.

—¿Qué hacéis las dos charlando ahí? —preguntó, al tiempo que colocaba pasteles de luna en una bandeja—. Es la noche más ajetreada de todo el año, hay que atender a los clientes. ¡Vamos, vamos, fuera!

Ying echó mano de una bandeja, le lanzó a Lan una mirada de impotencia y se apresuró a salir.

La bandeja se le antojó muy pesada a Lan. Al entrar al comedor del salón de té, la envolvieron los sonidos de las conversaciones, las risas y el tintineo de platos y copas. La luz tenue de las lámparas parecía cubrir la estancia con una niebla sangrienta.

A través de la neblina de sus propios pensamientos, Lan experimentó una certeza aplastante: si la iban a echar aquella noche, quizá sería mejor huir enseguida. ¿Por qué esperar a que un soldado elantio se aprovechase de ella? ¿Por qué esperar a que Madam Meng la golpease y la lanzase en cualquier zanja como la raposa arrabalera que siempre había pensado que era?

El corazón le latía como un tambor llamando a la batalla. Comprendió que no tenía alternativa. Ya había huido antes, cuando su hogar fue conquistado y su mundo quedó hecho trizas. Había sobrevivido.

Podía volver a hacerlo.

El salón de té pareció concretarse a su alrededor; regresaron los sonidos, aromas y formas. Vio a las demás cancioneras, que se movían entre las caras mesas laqueadas. Vio a Ying, de pie con aire recatado junto a un grupo de nobles elantios que se deshacían en risotadas, con piedras preciosas que destellaban en sus dedos y abrigos. Ying se mantenía junto a ellos, insegura. Uno de aquellos tipos le rodeaba la cintura con un brazo mientras Ying intentaba servirle el té.

A Lan se le hizo un nudo en la garganta. No era justo. No era justo que la última vez que vería a Ying fuese así. A alguien a quien amaba, alguien junto a quien había pasado ciclos de su vida. Que no volviesen a verse jamás y que las últimas palabras que habían intercambiado fueran… ¿qué era lo último que se habían dicho?

—Que los Cuatro Dioses te guarden —susurró Lan.

Al darle la espalda a la única persona a la que podía considerar familia en todo el mundo, no pudo sino rezar para que, de algún modo, por pequeña que fuese la posibilidad, los dioses existiesen de verdad y la protegiesen.

Giró sobre sus talones y empezó a dirigirse hacia las puertas mientras sonreía a los clientes y esquivaba manos curiosas. *Calma*, se dijo a sí misma. Todo acabaría en diez segundos. Menos, incluso.

Las puertas del salón de té estaban a la vista. La noche se derramaba hacia el interior como un cuenco de tinta fresca. El corazón le latía esperanzado: el miedo se alternaba con la esperanza, la emoción de la adrenalina y la certeza de que, por primera vez en mucho tiempo, era ella quien había tomado esa decisión.

Entonces vio a dos figuras de pie tras las filigranas de los biombos.

Madam Meng iba armada con su sonrisa más arrebatadora, que dejaba ver todos sus nacarados dientes, esos mismos dientes que había comprado con la sangre, el sudor y las lágrimas de sus cancioneras. Se echó a reír y los dientes despidieron un destello. Lan sintió deseos de arrancárselos de la boca.

Frente a Madam, con una sonrisa que más bien parecía una mueca de depredador, estaba el Ángel elantio de los ojos verdes. Mientras hablaban, aquellos venenosos ojos primaverales se desviaron hacia Lan como la punta de la lengua de una serpiente.

El Ángel se enderezó levemente. Alzó una mano y señaló. La señaló a ella.

El plan de Lan se fue al traste.

La dominó el pánico. Se giró con rapidez. Tenía la vista borrosa y un zumbido en los oídos. No sabía lo que estaba haciendo ni a dónde podía ir. Solo sabía que tenía que alejarse de él.

Apenas tuvo tiempo de atisbar la figura alta y oscura contra la que chocó.

«Que la paz sea con tu alma y que encuentres el Camino a casa».

Rito funerario hin.

—Mis disculpas. —Una mano cubierta con un guante blanco salió disparada a la cintura de Lan y la sujetó, mientras que la otra mano agarraba el borde de la bandeja antes de que se volcase y cayese al suelo—. No pretendía sobresaltarte.

Una voz, encantadora y profunda como el terciopelo de la medianoche, se dirigía a ella en un elantio casi perfecto.

Lan parpadeó mientras recuperaba el equilibrio. Su salvador le devolvió la bandeja y dio un rápido y leve paso atrás, como una sombra que se retirase. Fue entonces cuando Lan le vio el rostro.

Era el hin en el que se había fijado antes, el que estaba sentado en primera fila. El que la había estado mirando. Se mantuvo a dos corteses pasos de distancia de ella, una nota por completo discordante entre los resplandecientes paneles de madera laqueada y los biombos rojos que decoraban las paredes del salón de té. Al mirarlo de cerca, Lan comprobó que era joven, de piel suave y cabello negro. Puede que fuera un ciclo o dos mayor que ella, no más. Un chico tan hermoso que parecía salido de un cuadro.

—Eh…

Cambió de postura y miró tras de sí, demasiado alterada como para preocuparse por sutilezas. Madam Meng acababa de lanzar una risotada, con la cabeza echada hacia atrás. Sus dedos punzaban el aire en un gesto que Lan había aprendido a reconocer: estaba hablando de dinero. Era cuestión de minutos.

—Perdón, es que..., disculpa, pero...

—Un momento, por favor. —La mano del chico se enganchó a su mano, un toque leve, suelto, totalmente distinto del contacto del soldado elantio. Los dedos trazaron lo que podría haber sido un signo de interrogación—. Me gustaría hablar contigo.

Normalmente, Lan se habría sentido extremadamente halagada ante algo así. A ningún elantio le habría cabido en la cabeza la idea de pedirle a una chica hin que hablase con él. Siempre se comunicaban con órdenes. Órdenes que había que obedecer.

El destino había enviado a aquel chico hasta Lan justo en la noche en la que su camino iba a desviarse.

—Lo siento —dijo ella en tono distraído—, pero ahora mismo estoy...

En ese momento, el chico hin metió la mano entre los dobleces del abrigo y sacó un pergamino ajado, polvoriento y completamente familiar.

El resto del mundo se alejó cuando Lan vio a los Dioses Demonio en las esquinas del pergamino y en la parte superior del símbolo que había estudiado hacía apenas unas cuantas campanas. Parpadeó y miró al chico. Acababa de captar toda su atención.

Mantenía el rostro cauteloso e impasible, pero esos ojos... parecían hurgar dentro de la mente de Lan, en un intento por revelar todos sus pensamientos.

Sin embargo, debajo de aquella apariencia había un atisbo de sorpresa mezclada con confusión, como si hubiese encontrado en ella algo inesperado.

—¿Qué sabes de este pergamino?

Se le acababan tanto el tiempo como la paciencia para aguantar gentilezas y jueguecitos.

—¿De dónde lo has sacado?

Él siguió contemplándola con aquellos ojos inquietantes. Como respuesta, Lan sintió que algo se agitaba en su interior, algo profundo y antiguo que anidaba en su estómago…, y sintió un repentino tintineo en la muñeca izquierda, justo donde estaba la cicatriz.

—¿Quién eres? —preguntó el chico.

Una pregunta tan amplia, tan inesperada, que Lan sintió que un sobresalto en forma de risa empezaba a ascenderle por la garganta. Echó un vistazo a la puerta. Madam Meng seguía enfrascada en la conversación, pero ahora clavaba la mirada en ella. Aquellos labios carmesíes se curvaron en una sonrisa, aunque los ojos eran gélidos. Alzó una mano y le hizo un gesto con una afilada uña de oro: *ven.*

Lan se giró hacia el chico hin, con la cabeza funcionando a toda velocidad. En medio segundo se le ocurrió un nuevo plan.

—Puedo contártelo todo —dijo. De pronto hablaba con un tono dulce y obsequioso—. Pero tendrás que decirle a Madam que quieres reservar todo mi tiempo de esta noche.

Las mejillas del chico se sonrojaron. Entrecerró los ojos en una expresión que parecía de desdén.

—No tengo la menor intención de hacer algo tan bochornoso —dijo.

Lan apenas sintió el carácter hiriente de sus palabras.

—Por favor, señor.

—¿Señor? —Él alzó una ceja.

—*Gē'ge*. Hermano mayor. —Esbozó la más melosa de las sonrisas—. Tienes dinero. Puedes cubrir el coste de mi contrato. Te prometo que te contaré todo lo que sé de este pergamino.

Tampoco sabía mucho, pero, bueno, Lan no pensaba admitir tal cosa.

La expresión del hin se suavizó un poco. Abrió la boca y, durante un instante, Lan pensó que iba a aceptar. Pero luego dijo:

—Mis disculpas, pero no está en mi mano hacer tal cosa. —Dio un golpecito al pergamino—. Por favor, cuéntame qué relación tenías con Wei.

—¿Con el Viejo Wei? —El nombre salió de los labios de Lan con un dejo sorprendido—. Pues… nos conocemos, sí.

Volvió a echar un vistazo a la puerta. La sonrisa de Madam Meng había desaparecido. Tenía una expresión afilada que no hacía sino aumentar la violencia que subyacía bajo sus gestos exquisitos.

El chico hin seguía mirando a Lan.

—Tenía que reunirme con él —dijo al fin.

En medio del pánico que no hacía sino crecer en su mente, Lan recordó: «Creo que la próxima vez que vengas tendré algo muy bueno», le había confiado el Viejo Wei con una sonrisa desprovista de dientes. «Uno de mis contactos me ha presentado a un tipo hin de la corte. Ahora mismo anda por el mercado…».

¿Acaso… era aquel chico el cortesano que había mencionado el Viejo Wei?

Las siguientes palabras que pronunció el chico la golpearon como un puñetazo en la barriga:

—Ha muerto.

Lan soltó todo el aire de los pulmones, como si el golpe hubiera sido físico.

—¿Que ha…? —ni siquiera podía pronunciarlo.

—Arrasaron su tienda. La mayor parte de lo que había dentro quedó destruido. Cuando llegué me lo encontré muerto. —Los ojos del chico seguían firmes como una espada—. Si has tenido algo que ver, no me mientas. Pienso llegar al fondo de esto.

Ella apenas podía oírle. Sus pensamientos aún giraban alrededor de la revelación: el Viejo Wei estaba… estaba…

Luego pensó en la cucharita de plata. De pronto comprendió. Los Ángeles Blancos que habían irrumpido en la tienda del Viejo Wei. La cuchara era lo único que podía haberlos llevado hasta allí. En aquellos tiempos, todos los hin sabían lo que implicaba ser descubierto con una cantidad importante de metal…, sobre todo un metal tan precioso como la plata.

«Viejo Wei». Cerró los ojos, con una presión en la garganta que casi no la dejaba respirar. Había muerto porque… porque a Lan se le había ocurrido darle una estúpida cuchara de plata para ayudarlo a paliar algunos de sus problemas. Para que comprase ginseng y se tratase la tos.

El cortesano hin se inclinó hacia ella con una mirada penetrante.

—Si sabes algo te aconsejaría que me lo contases ahora mismo.

Madam Meng se acercaba a ellos desde el otro extremo de la sala. Pasó entre las mesas como una tormenta en ciernes, dejando una estela de ira tras de sí al paso del hermoso *qípáo* de seda que llevaba. Junto a los biombos cubiertos de filigranas, Donnaron miró a Lan, guiñó un ojo y le hizo un gesto obsceno con deliberada lentitud.

Lan se giró hacia el cortesano hin. Si aquel chico trabajaba para los elantios, confesarle que había estado con el Viejo Wei no serviría sino para asegurarle un puesto en la horca. Se enterarían de que era ella quien había traído la cuchara..., y, mucho peor, descubrirían que había estado buscando el pergamino.

Tragó saliva y miró al chico a los ojos. A pesar de lo poco que sabía de él, Lan experimentó la extraña e instintiva certeza de que no quería hacerle daño.

Ayúdame, quiso suplicarle. Abrió la boca.

—Aquí estás, pequeña cantora —oyó la voz de Madam Meng en la oreja.

De pronto la agarraron con fuerza de los hombros. Madam apareció al lado de Lan y repasó al cortesano hin de la cabeza a los pies con una mirada destinada a evaluar si merecía su atención. Evidentemente, la respuesta era «sí».

—¡Por todos los cielos, Lan! ¡Qué popular eres! ¿Disfruta de su compañía, mi señor?

Algo parecido a la repugnancia sobrevoló el rostro del cortesano y desapareció al instante. Él inclinó la cabeza hacia Madam Meng. El pergamino se había esfumado.

—Es una delicia, Madam.

—Maravilloso. —Madam se giró hacia ella con un brillo en los ojos que evidenciaba una venta recién cerrada—. Tengo noticias excelentes para ti, querida. Vamos, ven.

Sin esperar a que Lan replicase, Madam Meng empezó a tirar de ella, clavándole las uñas en la piel.

Lan miró por encima del hombro.

El cortesano hin la contemplaba, plantado en el sitio. Sus miradas se cruzaron. Lan sintió que algo se tensaba entre ellos. El chico frunció las cejas y abrió los labios en una mueca en la que cabía todo lo que podría haber dicho.

A continuación giró sobre sus talones y le dio la espalda.

Lan guardó silencio y miró al frente. No podía hacer una escena delante de aquellos elantios que bien podían decidir que les había arruinado la velada festiva y mandarla matar por traición contra el Imperio Elantio. Dejó que Madam la llevase escaleras arriba hasta el segundo piso.

Todo estaba vacío, en silencio.

Esperó hasta que hubieron girado un recodo y se libró del agarre de la mujer de un tirón. Los objetos que aún cargaba en la bandeja repiquetearon, a punto de volcarse.

Lan miró directamente a Madam e inspiró hondo.

—No pienso ir.

Madam Meng ya no sonreía.

—¿Disculpa? —preguntó en el tono de voz más suave que Lan le había oído jamás.

—He dicho que no…

ZAS.

Un rayo de puro calor le atravesó la mejilla y el mundo a su alrededor se apagó por un instante. Lan retrocedió, apenas capaz de mantener el equilibrio. La cara le empezó a hormiguear y sintió que algo cálido y líquido le bajaba por la mejilla. Un sabor cobrizo le subió a la boca.

Los dedos de Madam la agarraron del mentón, tan fuerte que le empezó a doler.

—¿Acaso crees que tienes algo que decir al respecto, desgraciada? —siseó. El empalagoso aroma del perfume de rosas la ahogó—. Un Ángel te ha reservado esta noche. Ahora le perteneces a él. Si te dice que te arrodilles, tú te arrodillas. Si te dice que te arrastres, tú te arrastras. ¿Lo entiendes?

Lan fue lejanamente consciente de que Madam abría unas puertas de madera y la metía de un empujón dentro de una estancia;

de que sacaba un pañuelo de seda y le limpiaba la sangre del mentón.

—Mucho mejor —murmuró al tiempo que se erguía y le pasaba un frío dedo por la mandíbula—. No puedes parecer una muñeca rota. Ahora vas a esperar aquí mientras yo voy a buscarlo. Y si intentas algo…, bueno. —Una fría mueca que pasaba por sonrisa—. Será el Ángel quien decida qué hacer contigo.

Le arrebató la bandeja a Lan, la apoyó en una mesita de té junto a la pared y salió. Las puertas de madera volvieron a cerrarse con un golpecito. Lan se quedó atrapada en el interior.

En los muchos ciclos que llevaba en el salón de té, Lan jamás había entrado en las habitaciones superiores, excepto para limpiar. Recordaba hasta el último detalle de esos tersos suelos de sándalo, los pulcros paneles laqueados de las paredes en los que había dibujados árboles en flor. Los pétalos de rosa que caían como lluvia sobre un par de amantes junto a un lago.

Lan odiaba fregar aquellos paneles, repasar las muescas y las ranuras de cada uno de aquellos malditos pétalos.

Se fijó en un resplandor junto a las puertas. Provenía de la bandeja que Madam había dejado en la mesita. El té ya estaba frío, pero no era eso en lo que se había fijado Lan.

En el borde de la bandeja, junto al plato de bollitos, descansaba el cuchillo de mantequilla hecho de cristal con el que casi se había cortado la mano. El que Ying había recogido del suelo y vuelto a poner en la bandeja. Le soltó un guiño en forma de destello bajo la luz baja de la lámpara alquímica.

Se oyeron pasos por el corredor: lentos, pesados, con aquel repiqueteo típico de las gruesas botas de cuero de los elantios.

Lan cruzó la estancia antes de pensarlo siquiera. Sintió el cuchillo en la mano, frío y liso, ideado para cortar mantequilla y materiales igualmente blandos, aunque daba igual. Mejor eso que nada.

Recorrió la estancia con la mirada, hasta el último rincón y la última ranura: el sofá escarlata de dos plazas, la mesita baja, las ventanas de cristal, cerradas, tras las que asomaba una noche oscura y ciega.

Al final, Lan se colocó en el centro de la habitación, con el cuchillo escondido bajo la manga. Sucediera lo que sucediere, pensaba plantarle cara.

Los pasos se detuvieron justo frente a las puertas de madera, que se abrieron. El soldado apareció con una sonrisa. Había dejado la pesada armadura metálica que llevaba antes y en aquel momento vestía un jubón con bordados en hilo azul que formaban el emblema de una corona alada tanto en la parte frontal como en la trasera.

En las iglesias y lugares de culto elantio, los ángeles eran representados como criaturas puras y amables. Según las enseñanzas de los predicadores elantios, los ángeles tenían como misión salvar a los pobres y derrotar al mal. Lan intentó imaginar el lejano Imperio Elantio, al otro lado del Mar del Resplandor Celestial. *Si los ángeles existían de verdad*, pensó Lan, *¿no les parecería horrendo que un hombre que llevaba su rostro se apartase tanto del camino, que convirtiese su belleza en algo tan cruel y corrupto? ¿O acaso su belleza había nacido de la crueldad?*

—Bueno, querida —dijo Donnaron. El idioma elantio se derramaba, oleaginoso, por su boca—. Te prometí que te encontraría otra vez, ¿verdad?

El corazón de Lan era un pajarillo atrapado en una jaula. El sudor corría por el mango del cuchillo de mantequilla.

—Donnaron J. Tarley —prosiguió el soldado con una reverencia burlona—. General Donnaron J. Tarley. He de decir que has sido toda una presa. No me gustan las mujeres que me ponen las cosas fáciles.

—Apostaría a que tampoco te gustan las mujeres que te dicen que no.

Las palabras se habían escapado de la boca de Lan, tersas y afiladas, con toda intención. Aquel iba a ser uno de los momentos que definiese su vida; no pensaba acobardarse ni suplicar.

El Ángel soltó un ladrido que pretendía ser una risa encantada.

—Pero si eso lo hace todo mucho más emocionante —dijo, y se abalanzó sobre ella.

Lan se agachó. Era lo que había estado esperando. Se giró y avanzó a trompicones por el suelo, luego se dio la vuelta y atacó con el cuchillo resplandeciente...

Una de las carnosas manos del soldado la agarró de la muñeca y se la giró. Un relámpago de dolor cegador le recorrió el antebrazo. Sus dedos sufrieron un espasmo y el cuchillo cayó por el aire, despacio, sin pausa. Repiqueteó en el suelo a sus pies.

Las manos de Donnaron se cerraron sobre la garganta de Lan y la alzó hasta que las puntas de los dedos de los pies apenas pudieron arañar el suelo. Un mechón de pelo rubio trigo le caía al soldado sobre los ojos.

Lan no podía respirar.

Él lanzó una risotada.

—Me muero de ganas de contárselo a los muchachos. ¡Un cuchillo de mantequilla! Casi me dan ganas de quedarme contigo por ese coraje que tienes.

La estrelló contra el muro. Se le nubló la vista. De un modo lejano notó que las caderas del soldado se apretaban contra las suyas, que aquellas manos se apartaban de su cuello hasta las clavículas para luego seguir descendiendo. Una suerte de dolor empezó a crecer en el espacio entre su frente y sus dientes, una especie de energía que se le antojó distinta a cualquier dolor de cabeza que hubiese tenido antes. Hubo una vibración en el aire..., algo que solo había sentido una única vez con anterioridad.

Entonces la mano derecha de Donnaron le aplastó el antebrazo izquierdo. Una explosión de dolor.

Fue una agonía: una quemazón al rojo vivo que engulló todo el mundo, que se expandió como la luz de las estrellas, como una luna del pálido tono del jade. De aquella luz blanca emergió una enorme sombra serpentina que no dejaba de retorcerse. Algo salió de su interior al tiempo que la llenaba por dentro. La conciencia de Lan se alejó.

Había conocido un dolor parecido en otra ocasión: el día en que murió su madre.

El día en que su mundo acabó.

Era el solsticio de invierno del trigésimo segundo año de la Dinastía Qīng: la Era de la Pureza, como se la denominaba, justo antes de que todo se derrumbase. El Luminoso Emperador Dragón, Shuò'lóng, ocupó el trono ochenta ciclos después de la Rebelión de los Clanes, en la que su ancestro, el Emperador Yán'lóng, derrotó a los clanes disidentes y estableció la paz en el reino, lo cual supuso la transición del Reino Medio al Último Reino. Los hin habían vivido en un periodo de opulencia gracias al éxito de la Ruta de Jade, y sus barrigas cada vez más llenas habían distraído su atención de las alteraciones que el nuevo emperador hizo sobre la historia. Una historia que muchos empezarían a olvidar a medida que pasaba el tiempo.

Lan tenía seis ciclos de edad, los ojos brillantes y todo el futuro por descubrir. Su madre había tenido que hacer un viaje de dos meses al norte, hasta la Capital Celestial de Tiān'jīng. El motivo del viaje, al parecer, era una disputa con mercaderes extranjeros a causa de navíos y territorios. Al ser el eje de la Ruta de Jade, el Último Reino ocupaba una posición cómoda entre sus estados vecinos: el Reino de Masiria, que comerciaba con cristal; el gran Imperio Aquemmano, situado más allá de un creciente desierto, etcétera. Sin embargo, contactar con una nación del otro lado del Mar del Resplandor Celestial, que en su día se creía que llevaba hasta el confín del mundo, era toda una novedad. Al regresar, Māma le habló de personas con rostros del color de la nieve y con cabellos que parecían hechos de oro y cobre. Habían rebasado el horizonte en naves de brillante metal que flotaban incomprensiblemente sobre las olas del océano. *Yī'lán'shā rén*, los había llamado Māma: el pueblo elantio. Se interesaban por todos los recursos naturales con los que contaba la enorme extensión del Último Reino y la civilización hin que se había extendido a lo largo de miles de ciclos. Solicitaron establecer relaciones comerciales con el Último Reino y aprender de la cultura hin en la Corte Imperial a cambio de sus extraños ingenios metálicos. Y el Luminoso Emperador, convencido de la grandeza de su reino, había aceptado.

Lan recordaba el momento exacto en que había apartado la vista de sus sonetos, recordaba cómo la ventana del estudio enmarcaba a la perfección el patio de la casa: los alerces y sauces cubiertos de nieve, los lagos bajo una capa de hielo tan azul que reflejaba el cielo, los tejados grises de la casa, que sobresalían y se curvaban hacia los cielos. Una figura a caballo atravesó los penachos de nieve que más bien parecían plumas de ganso, con un *páo* de color negro y rojo que resplandecía en medio del rapidísimo galope de la montura. Lan pensó en los héroes de los libros que leía: los inmortales y practicantes que cruzaban lagos y ríos del Último Reino y que entraban en comunión con los dioses de antaño.

Aunque, en aquel día, la profecía no supondría un buen augurio.

Su madre regresaba a caballo. Pero tras ella llegaba la marea que habría de acabar con el mundo tal y como lo conocían.

Más tarde, Lan estaba escondida entre los respiraderos de agua caliente bajo el estudio, temblando de miedo. La nieve del exterior se había pintado de rojo. Los cadáveres del servicio yacían desparramados como amapolas en la campiña. Soldados extranjeros con armaduras de un tono azul hielo se repartían por el patio. Las gruesas botas de cuero aplastaban la nieve, las placas de armadura resplandecían con alas de un blanquecino tono dorado que rodeaban una corona. Lan los oyó gritar en un idioma extranjero. Oyó el sonido de las espadas al salir de sus vainas.

En aquel momento no lo sabía, pero ese fue el inicio de la Conquista Elantia.

La bilis le atoraba la garganta y el miedo le aplastaba el pecho. Se asomó por las grietas de los tablones del suelo y vio a su madre, con la postura que siempre mantenía: espalda erguida, orgullosa, como cualquiera de los hombres que servían en el palacio imperial. En aquel momento, Lan albergó la esperanza de que su madre hiciese lo imposible, algo asombroso, como sacar una espada y acabar con aquellos desconocidos que habían irrumpido en su casa.

Lo que Lan no esperaba era que su madre alzase tranquilamente el laúd de madera y empezase a tocar. El primer rasgueo de las cuerdas vibró en el aire. El tiempo pareció detenerse. Las notas, que correspondían a una obertura, flotaron como una promesa: aquel no era más que el principio de la canción.

El frío lo invadió todo.

Tres notas más. *Do, do, sol*. La última, retorcida habilidosamente hasta subir media nota, un ápice de tensión. En todos los años en que su madre se había sentado a su lado y había tocado el laúd para que se durmiese, Lan jamás había oído aquella melodía. Las notas, entrecortadas, vibraban por el aire con un tañido que disminuía hasta esfumarse, fino como el filo de una espada. Había algo diferente en aquella canción; la música se desplazaba por el aire como una ola invisible hasta despertar algo en el interior de Lan. Algo que hasta aquel momento había permanecido dormido.

Los soldados extranjeros gruñeron algo. Una espada trazó un arco de plata.

Los rasgueos de su madre aumentaron. El aire se rompió como olas que restallaran contra un acantilado, olas que danzaran y chocaran frenéticas bajo un cielo preñado de nubes de tormenta. Lan podía ver las notas, afiladas como cuchillos y curvas como guadañas, cortando el aire.

Luego sucedió algo de lo más peculiar.

El peto metálico de un soldado se rompió. Del centro de la insignia de la corona brotó un chorro de sangre. Las alas se mancharon de rojo.

El soldado retrocedió a trompicones. Los tablones del suelo impedían que Lan pudiera ver; lo único que pudo captar fue a su madre, que tocó una nueva nota.

Acto seguido, algo cayó al suelo con un golpetazo.

Otro soldado chilló y cargó contra ella, un borrón plateado entre las grietas del suelo. La música resonó. Un chorro rojo salpicó las junturas de los tablones del suelo como notas musicales. Lan estaba inmóvil, la realidad fragmentada entre lo que podía y lo que no podía ver. Su madre estaba ahí sentada, tocando el laúd. La sangre, carmesí como el cinabrio, salpicó contra la pared como las notas de una canción roja, roja, roja.

A continuación cayeron las sombras. Cambió el rumbo de la batalla.

Lan sintió una fuerza que recorría los soldados, que se separaron como las olas de un océano. Un hombre pasó entre ellos. Lan supo de inmediato que era diferente. Tenía los ojos azules como el invierno y la piel del color del hielo. No llevaba armas, pero al alzar la mano hubo un destello plateado en sus muñecas.

—Entrégamelo.

Lan no había entendido las palabras en aquel momento, solo los sonidos que brotaban de su boca, que reverberarían, prístinos y perfectos, en su recuerdo durante las largas noches de los ciclos venideros. Se aferró a aquellos sonidos hasta que aprendió el idioma elantio lo suficiente como para descifrar las últimas palabras que había dicho el asesino de su madre.

En cambio, Lan sí comprendió las palabras de Māma. Unas palabras que la llenaron de pavor.

—Jamás.

Nunca olvidaría la sonrisa congelada en el rostro del soldado elantio, que en aquel momento juntó los dedos.

Clic.

Las cuerdas del laúd de su madre se rompieron. Fue el mismo sonido de un hueso al quebrarse.

Clic.

Y de pronto, su madre retrocedió. Lan parpadeó y, de repente, las manos del hombre estaban teñidas de rojo. Entre sus dedos, como una preciada gema salida de una pesadilla, había un corazón que aún no había dejado de latir.

Ciclos más tarde, Lan aún lamentaría haber parpadeado. En el espacio de un único movimiento de sus párpados, aquel elantio había realizado lo imposible. Quizá, si Lan no hubiese parpadeado, su madre seguiría con vida. *Un mago*, pensó de un modo lejano, aturdido. Un mago que había traído consigo el invierno.

Su madre se desplomó en el suelo justo por encima de ella. Lan sintió el regusto de la sangre en su boca. Caliente, con sabor a cobre, inconfundiblemente humana. Los héroes de sus relatos jamás sangraban. Abrió la boca para gritar, pero su madre hizo un movimiento repentino, apenas un gesto con una mano, y de pronto Lan notó que tenía la garganta cerrada, que el grito seguía enterrado en su pecho. Los ojos de su madre, desorbitados, se clavaron en los de ella.

Ya fuese a causa de la magia o solo de la fuerza de voluntad de una mujer que aún tiene una tarea por cumplir, su madre tardó mucho, mucho tiempo en morir. Para cuando Lan salió del respiradero, el Mago Invierno y los soldados ya se habían marchado. Quedó una estela de gritos y manchas escarlata a su paso. En el aire flotaba el aroma inconfundible del metal quemado.

Lan sentía en la frente una creciente presión, como si hubiera algo atrapado dentro que quisiera salir. Las lágrimas le recorrían las mejillas. Se arrastró por el suelo de madera hasta el lugar donde su madre se moría. Con dedos temblorosos, Māma tomó las manos de Lan, aferrada a todo su mundo con las fuerzas que le quedaban.

En aquel momento, su madre se giró hacia ella, con los ojos más brillantes que todas las estrellas de la noche. Ojos que resplandecían.

Llevó un dedo al interior de la muñeca izquierda de Lan. Y el mundo alrededor de Lan explotó con una cegadora luz blanca.

La luz menguó poco a poco. El mundo regresó a ella. Los paneles laqueados del salón de té, el sofá escarlata de dos plazas, el leve murmullo del exterior. El doloroso latido en la cabeza, la vibración en los oídos. El sabor a bilis y a algo metálico en la lengua.

Despatarrado sobre el suelo de madera de sándalo, entre ella y el sofá, yacía el cadáver del general Donnaron J. Tarley.

5

«Una mentira piadosa puede acabar con un reino».

General Yeshin Noro Surgen, del Clan del Acero Jorshen,
Clásico de Guerra.

Lan estuvo segura de que un grito pugnaba por abrirse paso desde su pecho hasta la garganta. Sin embargo, lo único que fue capaz de hacer fue contemplar el cadáver.

Lo contempló como si fuese a moverse de nuevo si lo miraba con suficiente intensidad.

Igual que su madre quizá no habría muerto si Lan no hubiera parpadeado. Sin embargo, el amortiguado latido de su corazón resonó en sus oídos al tiempo que una risotada de Madam Meng llegó hasta ella a través de los tablones del suelo. Y con ese sonido retornó la realidad. Volvió a mirar el cadáver, pero en aquella ocasión lo miró de verdad. Comprendió el ángulo extraño en el que tenía doblado el cuello, los ojos aún abiertos y la boca desencajada en una mueca. En él había el más leve ápice de sorpresa, una sombra perceptible solo si Lan ladeaba la cabeza y lo contemplaba. Para cualquier observador casual solo parecería que se había caído y se había roto el cuello. Un lamentable accidente, quizá, debido a una compañía de cama demasiado frívola.

No seas idiota. Solo cabía una conclusión ante un Ángel elantio muerto en compañía de una hin. ¿La llevarían a la horca? ¿Ejecución pública? ¿O quizás una dolorosa tortura a manos de uno de los magos antes de matarla?

Unos pasos que se acercaban por el pasillo interrumpieron el caudal de pensamientos siniestros. Eran pasos suaves como el viento que se colaba por las grietas de las viejas paredes del salón de té.

El sonido rompió la conmoción de Lan. Echó mano del cuchillo de mantequilla, que yacía a sus pies en el lugar donde Donnaron J. Tarley la había obligado a soltarlo segundos antes de morir. Los pasos se acercaban. No había tiempo de esconder el cadáver. Tenía... tenía que...

Sus ojos aterrizaron en el sofá escarlata que descansaba a pocos pasos de distancia. Lan agarró el cadáver y lo arrastró sin el menor decoro, como si de un saco de arroz rematado por cabeza y extremidades se tratase. Escondió de una patada un brazo que asomaba y se recompuso.

Estaba lista cuando las puertas se abrieron.

—A no ser que quieras sorprenderme con unos pastelitos, yo en tu lugar dejaría ese cuchillo de mantequilla.

Se quedó paralizada. Reconoció la voz, rica y oscura, con los rasgos de un cielo nocturno y nebuloso.

El oficial hin de antes entró con dos taconeos de aquellas botas de charol y volvió a cerrar las puertas. Lan se percató al instante de que se había quitado uno de los guantes negros. Había esperado que la piel de sus manos fuese tan suave como la madera pulida, señal de cuna aristocrática. Sin embargo, estaba cubierta de pequeñas cicatrices pálidas que atravesaban la piel.

—Bueno, ¿qué? No te quedes ahí plantada. ¿Dónde está?

En el silencio de la habitación, la voz del hin sonaba totalmente autoritaria. Tenía un tono hermoso... casi imperial.

Tardó un momento en percatarse de que el chico se dirigía a ella en idioma hin; el hin perfecto que era típico de la Corte Imperial, el que hablaban su madre y sus tutores, libre de la influencia de la miríada de dialectos que se multiplicaban por todo el reino.

Se había establecido la norma de que los hin hablasen en elantio entre ellos en público. Aquellos a quienes aún les importaba y se atrevían, intentaban hablar hin en privado, siempre a puerta cerrada. Los elantios los habían obligado a hablar su idioma como una ley para «promover una mayor unidad dentro del Gran Imperio Elantio». Sin embargo, Lan sabía cuál era el verdadero motivo. Pretendían eliminar por completo el lenguaje hin para evitar alzamientos y movimientos políticos secretos. Porque, a fin de cuentas, ¿cómo se destruía a un pueblo entero? Había que empezar por arrebatarle las raíces.

Así pues... ¿qué hacía aquel oficial del gobierno elantio hablando con ella en hin?

Lan se lamió los labios. Todo aquello daba igual; ni el idioma ni la voz del chico importaban. Lo único en lo que debería estar pensando era en cómo clavarle aquel cuchillo de mantequilla en la garganta.

El joven cruzó la estancia. Lan contempló con creciente abatimiento cómo rodeaba el sofá y se agachaba para examinar el cadáver, dejado de cualquier manera, como si de una muñeca se tratase, con piernas y brazos retorcidos, la cabeza doblada contra el suelo y los ojos aún abiertos.

El chico se giró hacia ella. Tenía las cejas juntas en una expresión que no auguraba nada bueno.

—¿Qué has hecho? —dijo en tono grave—. ¿Quién eres?

Los dos intercambiaron una mirada, incapaces de añadir algo más.

¿Qué había hecho? Lan abrió la boca.

Y fue entonces el desafortunado instante en que su estómago decidió ceder.

Se giró y vomitó sobre los paneles de madera laqueada y meticulosamente pulida. Lo primero que pensó al volver a erguirse fue que Madam Meng la iba a matar. Y a continuación: *Por los Cuatro Dioses. Estoy perdiendo la cabeza.*

—Bebe un poco de agua —escuchó que decía el cortesano. Oyó un tintineo de la porcelana y el sonido de un líquido al verterse—. Estás conmocionada. No te preocupes.

Le tendió una taza. Sin pensar, Lan la aceptó y se la tragó entera para quitarse el horrible sabor de la boca. Al apartarla vio que los bordes de la taza tenían una mancha roja donde la había tocado con los labios.

Sangre.

El oficial hin dio un paso atrás y la estudió con una mirada tan intensa que casi la sintió físicamente.

—¿Puedes decirme qué ha pasado? —preguntó.

Ella bajó la vista a la taza de porcelana que sostenía entre los dedos y al cuchillo de mantequilla en la otra mano. Por fin consiguió adueñarse de sus pensamientos.

Primero: de algún modo, se las había arreglado para matar a un Ángel Blanco elantio de alto rango.

Segundo: un cortesano hin la estaba interrogando.

Tienes que escapar, se dijo a sí misma. *Ya.*

Lan estudió la taza que sostenía, los trazos blancoazules que representaban conejos que hacían cabriolas entre sauces. Desvió la mirada hasta la bandeja sobre la mesa, en la que descansaba la tetera, llena pero ya fría. Recordó lo pesada que le había parecido cuando llegó por primera vez al salón de té, apenas una niña que acababa de cumplir ocho ciclos de vida. Madam Meng las azotaba cuando les temblaban las manos y derramaban el té. Aquella tetera era la razón por la que Lan se había obligado a fortalecerse, para que jamás volvieran a pegarle.

Sabía lo que tenía que hacer.

Lan alzó la mirada. El chico hin se acercó a las ventanas y se asomó por el cristal. Se veía toda la calle bajo la luz baja de la lámpara alquímica. Miró abajo y luego de nuevo a Lan, con la expresión abierta, a la espera.

Lan se metió el cuchillo de mantequilla en un doblez de la cintura, un huequecillo donde solía esconder nueces, dátiles secos y, de vez en cuando, caramelos de sésamo. Recuperó la voz, casi sin aliento, mientras empezaba a acercarse a la mesita del té.

—No… no estoy segura. —Necesitaba representar un papel dócil, una máscara de sumisión, lo que se esperaría de cualquier chica hin—. Estaba…, bueno, estábamos los dos…, cerca de la pared, supongo. —Alzó con una mano la taza que el chico le había dado. Con la otra fue a agarrar la tetera, como si fuese a servirse otra taza—. Y entonces él… él…

Cayó de rodillas con un resoplido calculado.

El cortesano hin se acercó para ayudarla. Cruzó la habitación con notable rapidez, apenas una sombra recortada contra la lámpara roja.

—¿Te encuentras…?

No llegó a acabar la frase. Lan aferró el asa de la tetera y, con toda su fuerza, fue a estrellársela contra la cara.

Y una fracción de segundo antes de hacer contacto sintió que algo cambiaba en el aire.

La tetera se hizo pedazos en una explosión de porcelana y té frío. Al instante sintió la presión de unos dedos cálidos que le agarraron la muñeca. Bajó la vista y vio fragmentos de tetera esparcidos por doquier, el líquido que manchaba los hermosos suelos de palisandro de Madam Meng.

Lan alzó la vista. La cara del chico estaba impoluta. Ni una sola gota de té había salpicado aquellos suaves pómulos.

Imposible, pensó al ver el destrozo a sus pies. Ni siquiera había captado el movimiento.

A juzgar por su expresión, el cortesano no estaba nada contento. Tenía la boca apretada en una fina línea y la seguía sujetando del brazo.

—Si quieres escapar vas a tener que esforzarte más.

—De acuerdo —dijo Lan, y le golpeó la cara con la taza que aún sostenía en la otra mano.

No esperó a ver si lo había conseguido. La presión de la muñeca se aflojó y, para cuando Lan se percató del dolor agudo que le recorría la palma de la mano, ya había llegado a las puertas correderas y las había roto al atravesarlas. El pasillo estaba vacío; lo recorrió a toda prisa, pasando frente a biombos de gasa y puertas de madera laqueada. El cortesano la seguiría en cualquier momento, tenía que alejarse todo lo que pudiera del salón de té…

Un chorro de sangre cayó al suelo y salpicó el lienzo de su vestido como flores rojas en la nieve. La sangre le corría por el brazo.

Lan se metió la mano herida bajo la manga mientras corría hacia las escaleras. El salón de té se desplegaba ante ella, una mezcla de los colores blancoazulados elantios, mesas de ébano y cancioneras que revoloteaban de aquí para allá. Había bajado tres escalones cuando un movimiento en las puertas captó su atención.

A través de los biombos cubiertos de filigranas que habían colocado entre la entrada y el comedor principal apareció la figura de un elantio. Lan sintió que se mareaba. Una pálida armadura cubría al hombre de la cabeza a los pies. El único rastro de color que lo acompañaba era el azul de su capa, que se revolvió en la brisa nocturna, y el hielo invernal de los ojos.

No. No, no podía ser cierto. Estaba soñando. Tenía que ser un sueño.

El hombre cambió de postura y Lan atisbó algo en sus muñecas. Al echarse la capa hacia atrás, Lan vio una serie de muñequeras de metal que le cubrían los brazos con varios tonos de gris, dorado y óxido. Diferentes tipos de metal.

Sintió que se congelaba por dentro. Una única palabra se deslizó hasta el interior de su mente, un tajo de plata sobre un paisaje cubierto por la nieve.

Mago.

Madam Meng se acercaba al tipo, con los labios ya retraídos en una sonrisa deslumbrante y los ojos brillantes ante la promesa de riquezas que tendrían los bolsillos de un mago real elantio.

Y fue entonces cuando el mago chasqueó los dedos y rompió en dos el torso de Madam Meng.

El tiempo pareció detenerse en ese instante. Lan se sintió atrapada en un recuerdo de hacía doce ciclos, contemplando cómo se derramaba la sangre por la túnica de su madre, intentando conciliar la imagen del corazón aún latiente en las manos del mago y del agujero en el pecho de su madre.

Era él.

Era el monstruo de sus pesadillas.

El Mago Invierno. El que había masacrado a su madre hacía doce ciclos. Estaba de pie allí mismo, en el salón de té. Con la precisión de una flecha que sobrevolase un campo de batalla, el mago clavó los ojos en Lan. La realidad volvió a ponerse en marcha.

Madam Meng cayó al suelo. Alguien gritó.

Y se desató el caos.

Lang se agarró a la barandilla. El cerebro le gritaba que hiciese una cosa, mientras que el corazón le gritaba la contraria. El mago avanzaba directo hacia las escaleras, hacia ella. Y sin embargo, Lan paseó la vista por el comedor, en busca de una chica con un *páo* rosa pálido.

Ying..., Ying, ¿dónde estás?

Vio a su mejor amiga, agachada junto a un biombo. Una bandeja hecha pedazos yacía junto a ella. La mirada de Ying se posó en el mago y trazó la ruta que seguía hasta dar con Lan.

Intercambiaron una mirada. Ying tardó un instante en atar cabos.

Y entonces echó a correr hacia el mago.

La madre de Lan le había dicho en una ocasión que estaba destinada a hacer grandes cosas, que preservar el reino sería su deber y que protegería a su pueblo.

Lan hizo un aspaviento y gritó:

—¡No! ¡No te acerques a él, Ying!

Eso fue su perdición.

El mago real alzó los brazos. Los brazaletes metálicos resplandecieron y Lan soltó un grito. Sintió que algo punzaba sus venas y le congelaba las entrañas. Una sensación del todo ajena, una violación agónica. Ardía por dentro y al mismo tiempo se helaba. Empezaba a agrietarse como un jarrón de porcelana, y de entre las grietas emanaba una ardiente luz blanca.

Y de pronto, con dolorosa brusquedad, todo cesó.

Inspirar, espirar. Chirrido de costillas, pulmones que se hinchaban, palisandro bajo sus uñas ensangrentadas. El insoportable calor de un fuego que se apagaba y que le había abrasado las entrañas.

Una voz resonó, clara como la primavera, en medio de las brumas del dolor.

—¡Basta!

Más tarde, Lan recordaría haber estado tirada en el suelo, con sangre en la boca. Veía el mundo invertido; las lámparas alquímicas parecían a punto de caer sobre el rostro familiar que apareció al pie de las escaleras. Un rostro preñado de una hermosa amabilidad y de un amor fiero. Unos ojos negros y llameantes.

Lan solo había sentido un miedo igual en una ocasión.

Ying dio un paso al frente. No había nada que pudiera hacer. Se estremeció bajo las muselinas y las sedas del corto vestido de cancionera, con el pelo suelto como madejas de seda negra. Habló con voz temblorosa, apenas capaz de pronunciar torpemente en el idioma elantio.

—Por favor, mi señor...., ¡dejadla en paz, por favor!

La mirada del Mago Invierno contempló insensible a la chica. Alzó una mano. Lo siguiente que pasó ocurrió lenta, muy lentamente.

Lan percibió un temblor en el aire. Una energía invisible, casi como el restallido de un látigo, que llegaba hasta Ying.

Un tajo rojo se abrió en el cuerpo de Ying, del cuello al estómago. Una herida de la que empezó a manar el rojo, que chorreó por el vestido y se derramó a sus pies. Los labios de la chica se entreabrieron en una expresión de sorpresa.

Despacio, como el último pétalo florecido, Ying cayó. El Mago Invierno se volvió hacia Lan.

Hubo una repentina ráfaga de viento helado. Una sombra se cernió sobre ella.

Alguien dio un paso al frente. Un abrigo batía tras él como la misma noche encarnada. Ojos de medianoche, más duros que la obsidiana.

Alzó una mano.

Se desprendió del guante negro que llevaba.

Y en las puntas de sus dedos hubo una explosión de luz.

Era él. El cortesano. El mismo al que Lan le había estrellado una taza contra la cara.

Parecía haber sufrido un cambio drástico. Sus movimientos, que antes habían sido sutiles y tan delicados como una canción, se habían vuelto abrasadores, afilados como una espada.

El chico hin movió las manos en el aire, un movimiento que recordaba a una postura de artes marciales. Lan parpadeó. El tiempo pareció volver a acelerarse mientras su mente intentaba comprender lo que veía. Un movimiento después, de las manos del hin brotaron llamas que recorrieron el rellano de la escalera y lo cubrieron todo: al mago real, el caos que imperaba en el salón de té y a Ying, al cuerpo sin vida de Ying...

El chico hin se volvió hacia Lan. Ella contempló un atisbo de aquel rostro: hermoso, terrible, furioso como una tormenta que sacudiese la noche. Un reguero de sangre le corría por un lado de la cara. El chico le dijo algo; sus labios se movieron con rapidez, urgentes, pero las palabras esquivaron el cerebro de Lan, que miraba hacia otro lado.

En mitad del aire frente a ellos dos flotaba un símbolo desconocido que casi, casi parecía una palabra en hin, pero no lo era. Lo rodeaba un círculo resplandeciente. Un muro de llamas parecía brotar del símbolo como lava líquida que surgía de la nada y se extendía por el suelo.

La escena hizo que Lan recordase la nieve que caía como ceniza, el corazón que latía y sangraba con la melodía de un laúd roto. Algo imposible.

El chico hin la ayudó a levantarse, con las manos en la cintura, aupándola de los codos. De pronto se encontró corriendo a trompicones mientras el chico tiraba de ella pasillo abajo. El mundo a su alrededor se emborronaba como si se hubiese pasado con las copas de licor fuegoblanco.

Irrumpieron de nuevo en la Estancia de la Flor del Durazno. El chico hin aminoró el paso y giró la palma de la mano hacia las ventanas. En aquella ocasión Lan no parpadeó.

El dedo del chico dibujó trazos fluidos en el aire con movimientos tan elegantes como espectrales, de un modo muy parecido a como la madre de Lan ejercitaba la caligrafía. El aire alrededor de la ventana también empezó a temblar y a titilar. Con cada gesto de su mano aparecieron trazos de luz resplandeciente que se marcaron en el cristal. Si a Lan no le fallaba la memoria, el chico estaba escribiendo un símbolo distinto del que había trazado antes.

Contempló todo el proceso hasta el último trazo: un círculo continuo que rodeó aquel símbolo desconocido. En cuanto el chico trazó el círculo completo, una onda de energía pareció recorrer la habitación.

El cristal se hizo pedazos. Las esquirlas llovieron por el aire y cayeron a su alrededor.

Él se giró hacia Lan, que se sintió totalmente subyugada bajo aquella mirada.

—Si quieres vivir —dijo el chico en tono quedo—, ven conmigo.

«Si quieres vivir». Parecía una elección fácil y sin embargo no lo era. Lan pensó en el cuerpo retorcido de su mejor amiga, tirado en el suelo y abierto en canal. Oyó los gritos que llegaban desde el pasillo, las cancioneras en medio de la carnicería como flores arrastradas por una tormenta invernal…

¿De verdad quería vivir? ¿Cuántas vidas valía la suya?

—M-mis amigas… —dijo con voz diminuta, patética.

Māma le dijo en cierta ocasión que, cuando fuese mayor, protegería a sus seres queridos.

En cambio, Lan los había dejado morir.

Los ojos del chico tenían una mirada dura, implacable, como implacable era el modo en que la sujetaba.

—No hay nada más que puedas hacer por ellas —prosiguió en aquel tono monocorde y entrecortado—. Están muertas.

En el pasillo retumbaron unos pasos.

El chico alzó la mirada hacia la puerta tras ellos.

—No nos queda tiempo —dijo, y se encaramó al borde de la ventana de un salto decidido.

Los dos se balancearon en el borde. Las calles a sus pies eran un caudal de luces áureas y movimientos ensombrecidos.

—Sujétate.

El chico se la acercó aún más. Le rodeó la cintura con el brazo y la agarró de la muñeca, con cuidado de no tocar la herida que le habían causado las esquirlas de porcelana. Lan se estremeció ante el recuerdo de cómo intentaban tocarla los clientes del salón de té.

El contacto del chico era más leve, cortés. Los dedos pegados a su piel eran cálidos.

Lan vio por el rabillo del ojo que una figura aparecía entre las puertas corredizas de la Estancia de la Flor del Durazno.

Giró la cabeza para mirar por encima del hombro. Lo último que vio fue la mirada invernal del mago real elantio, preñada de una punzante promesa.

La encontraría.

Y le haría lo mismo que les había hecho a todos sus seres queridos.

El mundo entero se sacudió bajo sus pies. De pronto, los dos cayeron al vacío.

«Según la prohibición de prácticas demoníacas, la Corte Imperial someterá a interrogatorio, castigo y muerte a aquellos practicantes sospechosos de emplear poderes demoníacos».

Emperador Jīn, *Segundo Decreto Imperial de la Práctica,* era del Reino Medio.

Zen no estaba preparado para algo así.

La práctica había comenzado como una agradable comunión entre el mundo natural, los espíritus y los antiguos chamanes de los Noventa y Nueve Clanes. Cada uno de ellos se ocupaba de sus asuntos. Las incontables prácticas habían crecido y florecido con la unión de los clanes hasta formar el Primer Reino, un periodo de relativa paz y prosperidad económica. La educación se había extendido, y con ella habían comenzado las Cien Escuelas de Práctica. El arte de la práctica se enseñaba a todos aquellos que hubiesen nacido con talento para controlar el qì, el flujo natural de energías que existía en todo el mundo pero que solo unos pocos podían manejar.

Sin embargo, había un único punto que unía a los profesores y practicantes de las Cien Escuelas y las enormemente diversas ramas de práctica en todo el reino: todo practicante debía operar en sintonía con el flujo de energías que lo rodeaba y recurrir a ellas en momentos de necesidad. El equilibrio y la armonía eran los puntos clave en el Camino.

La práctica no debía emplearse para hacer daño.

Aquella filosofía había dado forma a la cultura hin, incluso cuando el Reino Medio intentó refrenar el arte de la práctica bajo el control imperial, e incluso cuando el Último Reino erradicó a los Noventa y Nueve Clanes y desterró la práctica de la historia. Quizá fue esa la causa de la horrible derrota que sufrieron los pocos practicantes que quedaban en la Corte Imperial en el Ejército del Dragón del Emperador a manos de los magos reales elantios durante la conquista.

Zen se consideraba a sí mismo un devoto discípulo del arte de la práctica. Sin embargo, dejarse caer de un edificio de tres plantas no era algo que hiciese a menudo, así que fue necesario improvisar un poco.

Por desgracia, Zen era el tipo de persona que casi siempre sigue las reglas. La improvisación no se le daba nada bien.

El aire resopló en sus oídos como un grito. La chica también le gritaba en la oreja, y el cielo y las estrellas se convirtieron en un remolino en su cabeza. Estiró una mano e intentó emplear el arte de los Sellos que tenía grabado en la mente tras años de estudio y práctica. Trazó en el aire un Sello que enganchó sus cuerpos al balcón que había sobre sus cabezas y frenó la caída sobre la tierra que se abalanzaba sobre ellos.

En cuanto completó el Sello, la caída empezó a frenarse. Aterrizaron en el suelo con brusquedad, pero no se hicieron daño.

Zen se tambaleó hasta recuperar el equilibrio. A su lado, la chica yacía despatarrada en mitad de la calle. Los viandantes les lanzaban miradas de soslayo. Siguió ahí tirada, como si hubiese perdido la voluntad de volver a ponerse en pie.

Normalmente, Zen jamás se habría arriesgado a revelar su identidad por una cancionera contratada en un burdel de clase alta en un bastión elantio.

Sin embargo, ninguna cancionera habría sido capaz de matar a un soldado elantio en apenas un parpadeo. Desde el piso de abajo,

Zen había sentido una onda de qì que había recorrido todo el salón de té, algo que solo un practicante entrenado podría detectar. Se trataba de un qì lleno de sombras y oscuridad, de energías yīn en completo desequilibrio.

Era el mismo qì que había seguido desde la tienda del Viejo Wei. El rastro se había vuelto demasiado leve en el interior del atestado salón de té como para poder ubicarlo.

El problema era que Zen no era el único que lo había percibido. Hubo un movimiento arriba. Una sombra apareció junto a la ventana rota. La luz de las lámparas pintó de rojo la pálida armadura. La silueta alzó una mano y el aire a su alrededor empezó a hormiguear.

El aroma del metal quemado inundó la garganta de Zen.

Magia. Magia metalúrgica elantia.

Mientras que los practicantes hin extraían las energías del qì de los elementos del mundo natural, los magos elantios dominaban el poder de los metales para crear magia. Que Zen supiera, cada tipo de metal proporcionaba diferentes fortalezas y debilidades. Cada mago nacía con una conexión especial hacia un metal concreto. El tipo de metal que llevaban en sus brazaletes.

Zen suponía que había muy pocos que pudieran domeñar múltiples metales.

El hombre que iba tras ellos pertenecía a un escaso tipo de magos conocidos como aleadores. Cuantos más brazaletes metálicos llevaba un mago aleador, más metales podía controlar y más poderoso era. El antebrazo de aquel hombre era todo un arcoíris de metales. Zen no quería enfrentarse a él en combate, sobre todo si tenía que cargar con un peso muerto. Un peso muerto que le había roto una taza en la cabeza.

Dibujó una serie de trazos en el aire. Un remolino de sombras brotó como llamas negras del Sello que hizo en el aire y cubrió la zona en la que se escondían. Era un truco que había aprendido de un maestro que desempeñaba el cargo de asesino imperial.

Se giró y alzó a la chica por las axilas.

Aún había muchas preguntas que responder. Para empezar, de qué lado estaba la chica. Que Zen supiera, los únicos practicantes que habían sobrevivido eran los de su escuela, tan escondidos como él mismo. Sin embargo, ya habría tiempo de interrogarla más tarde. En aquel momento, lo más urgente era alejarla de manos elantias antes de que la convirtieran en otra arma que pudieran usar para tener acceso al arte de la práctica de los hin.

Zen se pasó el pulgar por las cicatrices que tenía en las manos, un gesto que se había convertido en un reflejo a lo largo de los ciclos. A aquella chica más le valdría morir que tener que pasar por todo lo que le harían si la atrapaban.

—Tenemos que irnos —dijo. A su alrededor, la gente empezaba a chillar cuando el humo negro ya comenzaba a envolverlos. Atraerían la atención de las patrullas en menos de dos minutos—. Por favor, muévete.

Oyó el silbido del metal a su espalda demasiado tarde.

Se giró y vio el filo de una hoja pasar a su lado. Sintió un dolor abrasador en el costado. Dejó escapar el aire en un resoplido. Las rodillas le cedieron de pura sorpresa. Se llevó la mano al estómago y comprobó que estaba empapado de sangre caliente.

Supo de inmediato que aquella hoja estaba envenenada, cubierta de algún tipo de sortilegio metalúrgico que empezó a recorrerle las venas insidiosamente. Esencia de mercurio, quizá, o a lo mejor arsénico o antimonio.

Se le nubló la mente.

Unas manos pequeñas y firmes le rodearon la cintura. Sintió que un hombro huesudo apuntalaba su brazo. Una pelambrera sedosa le acarició la mejilla. Entre el aroma del metal quemado y la sangre agria, Zen olió un aroma a lirios.

Centró la vista con dificultad. La chica lo arrastraba por la Calzada del Rey Alessander. Las luces áureas eran apenas un borrón. El sudor le corría por las mejillas y sus propios pasos sacudían el mundo a su alrededor. Lo que lo mantenía anclado a la realidad era el contacto de los brazos de la chica en la cintura, el aroma a lirios que flotaba en medio de la bruma que le ahogaba la mente.

Poco a poco, la multitud en la calle fue menguando, al igual que las barracas a su alrededor. Las calles se fueron oscureciendo y la luz de las farolas disminuyó.

Se metieron por un callejón lateral cubierto de mugre y avanzaron entre chapoteos. El penetrante olor a desperdicios de cocina y a alcantarilla flotaba en el aire…, mezclado con el salado aroma del océano. Por fin, la chica aminoró la marcha y lo apoyó contra una pared, para alivio de Zen. La quemazón en el costado había menguado un tanto al haber puesto distancia entre ellos y el mago. A más distancia, más débil se volvía el poder de la magia…, o más poderoso tenía que ser quien la emplease. Al menos en ese punto coincidían tanto la magia elantia como la práctica hin. Era estremecedor lo poco que los practicantes hin supervivientes habían aprendido de la magia metalúrgica elantia en aquellos doce largos ciclos.

Zen alzó una mano temblorosa y se enjugó el sudor de la frente. Al apartarla vio que la tenía manchada de sangre. Se preguntó de dónde provendría aquella sangre y de pronto lo recordó. Casi soltó una risita.

La chica le había estrellado una taza contra la cabeza.

—¿Se encuentra bien, señor?

Su voz era como una canción: dulce como una halesia y clara como un cielo despejado. Zen alzó la mirada y vio que la chica lo estaba contemplando. La luz de la luna envolvía su pálida vestimenta como leche derramada. El pelo que le llegaba al mentón estaba empapado de sudor, pero aun así era encantadora. Ya se había dado cuenta en el salón de té, no había podido evitarlo. Labios curvados sobre una mandíbula afilada, pestañas oscuras que ribeteaban unos ojos curvos como una sonrisa. Unos ojos que en aquel momento lo escrutaban del mismo modo que él la escrutaba a ella.

Zen apartó la mirada.

—Sí —dijo con voz bronca—. Gracias.

Ella dejó escapar un suspiro y dio un paso atrás.

—Así que no eres un cortesano hin.

Zen parpadeó con expresión cansada.

—¿Te parece que trabajo para el gobierno elantio?

Ella arqueó las cejas y lo recorrió despacio con la mirada, desde las botas de charol al abrigo típico de un mercader elantio.

Zen se ruborizó. Vestía exactamente como un cortesano hin. Como un traidor.

—¿Cómo lo has hecho? —el tono de la chica había cambiado. Lo miraba con atención, con el rostro medio envuelto en sombras—. Esos trucos baratos de luces, el fuego, lo de romper la ventana de cristal…

—No son trucos baratos —dijo Zen. Los ojos de la chica resplandecieron, pero no dijo nada, así que contraatacó—: Yo también tengo que hacerte algunas preguntas: ¿cómo ha podido una cancionera de un salón de té matar a un Ángel elantio de alto rango?

¿Y cómo es que hay tanto yīn en las energías que empleas?

Volvió a escrutarla con atención tras aquel pensamiento. Asimiló el contorno de la chica, pequeña y agazapada como un animal listo para atacar. Sin embargo, por más que se esforzó no captó traza alguna de las energías yīn que había percibido en la tienda del Viejo Wei y que habían flotado en la Estancia de la Flor del Durazno, aferradas al cadáver de aquel Ángel elantio.

Aquello no tenía sentido. Si esa chica era una practicante demoníaca, o incluso una practicante normal, ¿cómo era posible que Zen no captase rastro alguno de qì en su persona?

El descaro de la chica se convirtió en una pose defensiva:

—Eso no es asunto tuyo.

—Ahora sí que lo es.

—No te he pedido ayuda.

Le tocó a Zen el turno de arquear las cejas.

—Ah, ¿no? ¿Lo recuerdo mal o fue justo eso lo que hiciste en el salón de té?

Sin pestañear siquiera, la chica se aproximó a él y extendió una mano con la palma hacia arriba.

—En ese caso, señor hechicero que no es cortesano, enséñame el dinero con el que me habrías reservado.

Zen, traspuesto, se aplastó tanto como pudo contra la pared de ladrillos en la que se apoyaba. Maldita ingrata descarada, ¿cómo se atrevía a usar truquitos de cancionera con él? Semejante ultraje bastaría para que la echasen de su escuela de práctica.

Pero Zen estaba por encima de aquellos juegos. Intentó calmar el pulso, la ignoró y echó un vistazo en derredor. Los estrechos callejones, la calle de suelo irregular, la oscuridad que se le antojaba más cómoda que las superficiales luces áureas que usaban los elantios.

—¿Dónde estamos?

—En los arrabales.

La chica señaló con el mentón en la dirección en la que se encontraba la calle principal. Seguía desconcertantemente cerca de Zen. El aroma a lirios competía con el asfixiante perfume de rosas que había imperado en el salón de té. Como si hubiese oído sus pensamientos, la mirada de la chica volvió de golpe a él, brillante, osada.

—Ya sé que este lugar no es de tu gusto, mi señor, pero las patrullas nunca miran por aquí.

«Mi señor». Zen ignoró la pulla.

—Puede que ahora sí lo hagan —dijo, irguiéndose un poco. El sortilegio del mago había menguado lo suficiente como para que el dolor en la herida fuese soportable. Aún sangraba, pero en aquel momento no disponía del tiempo ni de los materiales que necesitaba para tratarla—. Tenemos que salir de la ciudad.

Apenas se extinguieron aquellas palabras en el aire, un sonido llegó hasta ellos: una letanía rítmica que repiqueteaba en la noche.

La chica dio una rápida inspiración.

—Las campanas —susurró. Sus ojos se clavaron en Zen—. Las campanas que anuncian el ocaso y el alba.

Zen no estuvo muy seguro de cómo reaccionar. No había crecido en ninguna ciudad hin convencional, y apenas había pasado tiempo en el Último Reino antes de la caída. Los elantios habían invadido aquella tierra y las ciudades se habían convertido en trampas mortales para la gente como él. Sabía que la lejana capital de Tiān'jīng, una ciudad que su familia se esforzaba por evitar, tenía unas campanas que sonaban indefectiblemente cada día al ocaso y al alba. Lo que no sabía era por qué aquel sonido inquietaba tanto a la chica.

Ella lo miraba como si se hubiese vuelto loco.

—Por los Cuatro Dioses, ¿acaso te has criado en un convento? Van a cerrar la ciudad.

Ah. Zen inclinó la cabeza en dirección a las campanas, los ojos entrecerrados. Con una mano en el costado, se apartó de la pared y, para su alivio, comprobó que podía mantenerse de pie. El mundo había dejado de dar vueltas.

—Hemos de llegar a las puertas de la ciudad —dijo—. No hay tiempo que perder.

Ella negó con la cabeza.

—Es el primer lugar donde nos buscarán. Las puertas estarán cerradas, y los alrededores, repletos de Ángeles.

—Entonces, a las murallas.

—Imposible escalarlas. Hay patrullas que nos matarán en cuanto nos vean.

Él vaciló. Si no salían pronto de Haak'gong, todo el lugar se llenaría rápidamente de soldados elantios y, peor aún, de magos del gobierno. Pensó que a aquellas alturas ya debían de haber dado parte al bastión militar elantio. No tardarían en obligarlos a salir a la luz como hormigas en una trampa.

Y si llegaba ese momento…

Zen tomó una decisión en una fracción de segundo.

—Si puedes llegar hasta las murallas, yo puedo conseguir que salgamos.

Los ojos de la chica resplandecieron como guijarros oscuros. Miró en la dirección del salón de té, a una docena de calles de distancia. Varias emociones le sobrevolaron el rostro como nubes por un cielo nocturno: duda, culpa y una honda pena.

Zen comprendió. La brusquedad de su voz se suavizó.

—¿Es la primera vez que presencias una masacre?

—No.

La respuesta le sorprendió. Aquella única palabra afilada contenía mil palabras más. La mirada de la chica bien podría haber sido las páginas sin leer de un libro, una historia que ardía en su interior.

Una historia que Zen sospechaba que le sería dolorosamente familiar.

Apretó la mandíbula.

—En ese caso ya sabes que lo único que podemos hacer es sobrevivir.

La chica parpadeó y aquellas emociones frescas en su rostro desaparecieron. Dio un paso al frente y echó a andar con ritmo firme, constante, como si fuese una cancionera en el salón de té que cambiase de acto.

—No te quedes atrás —dijo, y se internó en las sombras.

Las campanas resonaban por toda la ciudad de Haak'gong.

La muchedumbre se movía frenética por las calles. Las patrullas de la guardia elantia envolvían a los viandantes como si de redes de pesca se tratase. La chica llevó a Zen por los callejones, siempre a través de calles empantanadas de mugre y muros estrechos y medio derruidos que exudaban penurias. Avanzaba a toda prisa frente a él, como un fantasma, con paso tan seguro como el de una cabra montesa.

Haak'gong era una ciudad portuaria, con un flanco abierto al mar y los otros tres rodeados de altas murallas. Las habían construido hacía miles de ciclos para proteger la ciudad de los invasores del clan Mansorian, y luego las habían reforzado a finales del Reino Medio, durante el reinado de terror del infame practicante demoníaco conocido como Muertenoche. Los elantios las usaban para controlar el funcionamiento de la ciudad y para mantener dentro a sus habitantes. Los muros eran altos, imposibles de escalar. Zen vio en aquel momento que los patrullaban varios arqueros.

Zen y la chica aprovecharon la oscuridad de un tejado de arcilla desportillada para agazaparse entre casas desastradas. Habían llegado al extremo de los arrabales, cuyas casas se apelotonaban a la sombra de las murallas del oeste. En las torres vigía resplandecían las llamas de las antorchas, la única fuente de luz en la noche en aquella zona. Zen vio las patrullas de Ángeles Blancos, aquellas pálidas armaduras que asomaban entre las almenas como si jugasen a un macabro juego del escondite. Tendría que medir bien el tiempo, llegar al punto más alto que pudiese aprovechar, resguardarse entre la oscuridad de las torres vigía, en el espacio entre un Ángel y el siguiente… y luego arriesgarse.

Se giró hacia la chica.

—Tenemos que subir al tejado.

—¿Qué piensas hacer, otro de tus truquitos?

Hizo un gesto errático con la mano. Zen tardó un instante en entender que imitaba con un ademán burlón los trazos de práctica que empleaba él.

—No —dijo, intentando no sentirse insultado—. Lo percibirían. Los magos, digo.

Ella lo contempló durante otro instante. Zen comprendió que no iba a entender ninguno de los tecnicismos de la práctica que le comentase. A fin de cuentas, la gente corriente pensaba que los practicantes no eran más que seres mitológicos de leyenda.

La Corte Imperial se había asegurado de que así fuera.

La chica movió las cejas con una expresión que podría haber sido descarada, el tipo de expresión que ciertos maestros de la escuela de Zen jamás habrían tolerado, y a continuación giró sobre sus talones. Con un leve salto se apoyó en el alféizar de una ventana. Otro más, y se aupó sobre las tejas sobresalientes de terracota.

Resultó casi humillante el tiempo que Zen tardó en subir sin emplear la práctica. Para cuando se encaramó al tejado había empezado a sudar profusamente. El costado le dolía con latidos que más bien parecían puñaladas, cosa que no lo puso de mejor humor.

La chica estaba agazapada, los ojos fijos en las murallas. Le lanzó una mirada de soslayo y se llevó un dedo a los labios.

—Magos —murmuró y señaló.

Zen parpadeó para aclarar la vista y entrecerró los ojos. Al otro lado de los tejados de los arrabales, en las calles principales de Haak'gong, vio algo que le heló la sangre. Por la calle se paseaba una unidad completa de magos reales elantios. Eran fácilmente reconocibles por las capas que llevaban, que se agitaban como trozos arrancados de cielo azul. Incluso en la lejanía, Zen atisbó los destellos del metal que lucían en los antebrazos.

La chica y él tenían que marcharse ya.

Se llevó una mano a la herida del costado. Aún sangraba, pero ya se ocuparía de ello cuando estuviesen fuera de las murallas. Se dio cuenta de que le costaba respirar, no podía inspirar hondo. Empezaba a nublársele la visión.

Con un esfuerzo tremendo se puso en pie y tendió una mano.

—Tendrás que agarrarte fuerte a mí.

Volvió a atisbar la sombra del miedo que sobrevoló el rostro de la chica ante la perspectiva del contacto físico. Zen comprendió..., empatizaba con esa sensación más de lo que aquella chica podía sospechar.

Los elantios los habían marcado a los dos, tanto de un modo visible como invisible.

La chica enarcó una ceja.

—¿No deberíamos centrarnos más en escapar y menos en darnos abrazos?

A pesar de la alarma creciente que sentía, Zen notó que se sonrojaba.

—Estamos centrándonos en escapar —dijo. El aturdimiento que sentía empezaba a extenderse hacia su estómago. Pronto no tendría fuerzas para sacarlos a los dos—. Yo me encargo de que salgamos.

—¿Cómo?

Zen apretó los dientes.

—Tú... confía en mí. Necesitaría más que unos pocos segundos para explicarte lo que voy a hacer.

Ella le dedicó una mirada escéptica, pero al cabo se encogió de hombros y se le acercó un paso. Una mano sobrevoló con delicadeza la de Zen, a punto de tocarlo. Una pregunta flotó entre ellos.

—¿Por qué me ayudas? —En aquel momento no hablaba en tono de burla—. Tu contacto ha muerto y yo no tengo nada que ofrecerte.

Zen separó los labios para responder cuando su mirada captó algo. Un pálido símbolo que asomaba bajo la manga de la muñeca izquierda de la chica, como la curva de una luna creciente. Una ráfaga de viento sopló entre ambos en aquel momento y le levantó un poco más la manga. Fue entonces cuando Zen lo vio: una cicatriz recorría la piel de la chica, con trazos que se asemejaban a un símbolo hin, rodeados por un suave círculo.

Un Sello.

Un Sello que Zen no había visto jamás.

Se quedó boquiabierto. Cuando por fin volvió a mirarla, fue como si la hubiese estado mirando a través de una pantalla de humo que finalmente se hubiera evaporado.

Las energías yīn que había sentido en la tienda del Viejo Wei.

El modo en que había matado al soldado elantio en una explosión de qì.

El motivo por el que la perseguían los magos reales.

La chica tenía un Sello en el cuerpo, lo cual implicaba una única posibilidad: alguien que conocía la práctica había trazado aquel Sello en ella. Dentro de ese Sello había dejado sus secretos. Quizás incluso un secreto que explicase las energías yīn que la acompañaban.

¿Lo sabría la chica?

Seguía esperando a que Zen respondiese.

La respuesta falsa que pensaba darle se desvaneció antes de pronunciarla. El instinto despertaba en su interior y en aquella ocasión le decía que improvisase. Giró la muñeca de la chica y le subió la manga con el pulgar, con cuidado de no tocarle la piel.

—Por esto —le dijo.

—Puedes verlo —susurró ella. El asombro reemplazó al miedo que había ocupado su voz.

Zen se preparó mentalmente para más preguntas punzantes, pero la chica se limitó a dejar escapar el aire de los pulmones. Con un repentino e inesperado movimiento se acercó a él del todo y le rodeó la cintura con los brazos. Su cabeza le chocó contra el hombro. No hubo nada romántico en el gesto; fue un movimiento desesperado que provocó un extraño pinchazo de dolor en el pecho de Zen. Una jovencita que se aferraba al último refugio de un mundo agonizante.

Con delicadeza, Zen le pasó los brazos por la espalda.

El pelo de la chica le hizo cosquillas en el mentón. Aquel aroma a lirios lo invadió. Resultaba tranquilizante. De pronto se sintió exhausto. De algún modo, aquella chica también era para él un asidero en la tormenta. Una presencia sólida y constante.

Lo peor, pensó, *está por venir.*

—Agárrate fuerte —dijo, y dejó que el qì fluyese a través de él.

Las Artes Ligeras constituían una rama de la práctica que canalizaba el qì de un modo muy concreto a través de puntos focales en el cuerpo de manera que se pudiesen conseguir movimientos extraordinarios, si bien a veces eran exagerados en historias y leyendas que circulaban entre el pueblo llano, que hablaban de practicantes capaces de volar o de bailar sobre el agua. Y sin embargo, rebasar aquellas murallas iba a requerir la habilidad de un practicante extremadamente avanzado… y un control impecable del tiempo.

Zen reunió el flujo qì de su alrededor. El caudal de energía se derramó en su interior y él lo atrapó dentro de sí. La gente normal también tenía qì, pues este fluía por todas partes y constituía todo en el mundo. Sin embargo, lo que le daba poder a los practicantes era la habilidad de atraer y controlar el qì. Los practicantes pasaban ciclos cultivando y expandiendo la cantidad de qì que eran capaces de contener dentro de sí. En aquel momento, Zen era consciente de que se había iluminado como un faro, las energías que reunía en su interior señalarían su ubicación a los magos elantios que había cerca. Se abalanzarían sobre él en pocos instantes.

La chica lo abrazaba con fuerza, como si notase la corriente de qì que los envolvía. En la lejanía, Zen oyó gritos y vio destellos de metal. Empezó a oler el agrio aroma a quemado de la magia elantia.

Un poco más…

Las plantas de los pies le empezaron a hormiguear. El flujo de qì brotó de él y lo llenó de vitalidad, de una embriagadora oleada de poder. Los colores a su alrededor se acentuaron, los sonidos se volvieron más claros, como si el mundo se hubiese derramado en fragmentos de cristal pintado, afilados como hojas y relucientes como diamantes. Al mismo tiempo, algo se agitó en su interior: una gran bestia que inhalaba, que iba despertando con una retumbante ráfaga de energía.

Zen la reprimió.

Las armaduras plateadas asomaban y volvían a desaparecer entre las almenaras, las patrullas aún ignorantes de lo que sucedía. Zen contó hasta cero en silencio. Las energías a sus pies llameaban.

Y entonces las liberó.

El mundo se abrió ante él en una gigantesca oleada de luz y oscuridad, de yīn y yáng: los callejones que zigzagueaban entre tejados medio derruidos de casas destartaladas, hileras de ropa tendida en las ventanas como pálidas almas, temblorosas llamitas de vela por aquí y por allá, apenas un susurro amarillo tras las ventanas de papel. Lo sintió todo, los elementos del mundo que constituía el flujo del qì: la tierra empapada que lloraba bajo las calles cubiertas de mugre y desechos, el aire enrarecido que flotaba sobre los edificios encorvados. Los pequeños estanques llenos de detritos, las hogueras de carbón que prestaban algo de calor en medio del frío del otoño.

Podrías hacer algo, le susurró una voz desde los rincones más ocultos de su mente. *Podrías acabar con el sufrimiento de tu gente. Todo este poder es tuyo, puedes controlarlo.*

Si te liberas.

La chica soltó un chillido amortiguado en sus brazos. Zen se envaró. El aire de pronto se volvió asfixiante, el aroma a metal quemado lo ahogó. Notó en los oídos la presión que aumentaba…

Un látigo de hierro se abatió sobre ellos, salido de ninguna parte.

Por mero instinto, Zen dobló el cuerpo y se giró para proteger a la chica.

Sintió el momento en que el látigo le golpeó la espalda, tan fuerte que vio las estrellas. Un dolor agónico se derramó por sus venas con la fuerza de un fuego abrasador. No pudo respirar, no pudo moverse, no pudo pensar.

Perdió el foco. El qì que lo había impulsado hacia arriba se desparramó. El cielo empezó a alejarse, mientras que el suelo se abalanzaba hacia él.

La oscuridad lo envolvió.

«Quienes practican el Camino acuerdan un intercambio justo, pues nada se entrega sin llevarse algo a cambio. El poder que se toma prestado ha de devolverse, del mismo modo que el poder en sí mismo requiere un pago».

Dào'zǐ, *Libro del Camino (Clásico de Virtudes)*, 1.4.

El chico se había desmayado.

Algo que parecía un látigo de metal, un arma que quizás había empuñado el mago elantio, había aparecido de la nada y lo había golpeado. El impacto había roto la trayectoria que llevaban y los había lanzado en espiral por los aires.

Lan le gritó mientras ambos caían, con los puños cerrados sobre su cintura y las solapas del abrigo azotándole la cara como las alas rotas de un pajarillo. El viento le chilló en las orejas, le arrebató la voz y revolvió los bucles negros del pelo del muchacho.

El duro suelo se abalanzó a toda prisa hacia ellos. No, no se trataba del suelo. Eran las almenas de la muralla. Las llamas de las antorchas se cernieron sobre ellos como los dientes y la lengua de una gran bestia con las fauces abiertas. Lan vio un destello de plata y metal bajo sus pies; patrullas que les darían alcance en pocos segundos.

Volvió a gritar y, con un supremo esfuerzo, liberó una mano y le atizó un bofetón en la mejilla al chico.

Sus ojos se abrieron de golpe. A Lan se le heló la sangre.

Sintió que contemplaba un rostro inhumano, una expresión tan glacial que bien podría haber pertenecido a una de esas estatuas elantias de mármol que representaban dioses y ángeles. Aquel chico prudente y cortés con el que Lan había hablado antes había desaparecido.

Y sus ojos… estaban completamente negros. Del todo.

Algo se revolvió en la oscuridad de esos ojos: un ápice de luz, estrellas lejanas en una noche del color negro de la tinta. Lan sintió que las manos del chico, en su espalda, se movían. Notó alrededor de ambos una ráfaga de algo inexplicable… ¿Energía? ¿Poder? ¿Viento?

El aire se espesó como sirope de arroz. Algo le rozó la espalda a Lan. Como si los llevase en volandas la mano de un gigante, ella y el chico disminuyeron la caída y flotaron hasta aterrizar en una de las murallas de piedra.

Él se despatarró encima de ella. Tenía la cabeza hundida y no dejaba de parpadear. Tras un leve suspiro volvió a perder la conciencia y la aplastó bajo su peso.

Botas atronando contra el suelo. Presión en los brazos. El mundo se irguió cuando la alzaron de un tirón hasta quedar de rodillas. Unas manos enguantadas la agarraron del mentón con tanta fuerza que a buen seguro le saldría un moratón. Le retorcieron los brazos a la espalda en un ángulo doloroso. Lan elevó la mirada y vio que la inmovilizaban varios soldados de patrulla de las murallas.

—¿Qué diablos? —El lenguaje elantio se derramó sobre ella como un cubo de agua helada—. ¿Lo habéis visto?

—¿Habrán saltado de algún sitio más elevado? Está demasiado oscuro y no se ve.

Si Lan no hubiese sentido cómo el chico saltaba por el aire casi en un vuelo desde las casas a la sombra de las murallas hasta cruzar al otro lado, ella también lo habría encontrado difícil de creer. ¿Cómo lo había conseguido? Pensó en las llamas que se habían derramado de los dedos del chico. Aquel extraño símbolo que había trazado en el aire y con el que había destrozado una ventana a varios pasos de distancia.

Recordó la conversación que había tenido con el Viejo Wei aquella misma tarde.

«Por más que creas en esos héroes y practicantes de la creencia popular, ahora están todos muertos. Ya no nos quedan héroes en el mundo, Viejo Wei».

«¿De verdad lo crees?».

Un áspero pulgar le recorrió la mejilla y espantó sus pensamientos.

—Preciosa —canturreó uno de los Ángeles elantios—. Sería una pena dejarla escapar.

Lan forcejeó. Intentó hurgar en su interior, en sus recuerdos, en busca de un resquicio del poder milagroso que la había salvado de Donnaron J. Tarley.

En aquella ocasión no sucedió nada.

Los Ángeles la tiraron contra aquel suelo de piedra. Lan ahogó un grito. Notó el cálido sabor metálico de la sangre y el frío de una armadura al pegarse a su espalda después de que le desgarraran la parte trasera del fino *páo* que había llevado en el espectáculo, con tanta facilidad como si de papel de arroz se tratase.

¿Así iba a terminar todo? ¿En manos de un puñado de Ángeles, a pocos pasos de la libertad que la aguardaba al otro lado de la muralla?

—Dejadla.

La voz rompió la niebla que aturdía sus pensamientos como el trueno de una tormenta invernal. De inmediato, la presión en la espalda se aflojó. La pusieron de pie de un tirón.

Tras haber parpadeado para limpiarse las lágrimas, Lan alzó la vista hasta contemplar los ojos azul hielo del recién llegado.

El Mago Invierno se les acercó. La luz de las antorchas cubrió de tonos carmesíes la librea blancoazulada que llevaba. Su pelo era una descarga de hielo blanco. Lan lo recordaba rojo, rojo como la sangre del corazón de su madre el día en que lo había visto. Sin embargo, aquella vez él también la veía. Arrastraba tras de sí un látigo resplandeciente que lo seguía como una víbora. Lan vio cómo aquella cosa ascendió retorciéndose por el brazo del Mago

Invierno hasta desvanecerse en el interior de uno de los brazaletes metálicos.

—Tú —dijo en tono quedo—. Me parecía haber reconocido la magia de hace doce ciclos; la misma que me dije que jamás olvidaría.

Se arrodilló y sus guantes de dedos azulados se cerraron sobre la mandíbula de Lan con tanta fuerza que le arrancó un resoplido al girarle la cara hacia sí. Aquellos ojos se entrecerraron en una mirada triunfal.

—Si no hubieses asesinado al general Tarley, podrías haber seguido bailando delante de mis narices sin que me hubiese percatado.

La había reconocido. Y lo que era peor..., la había estado buscando.

Por su magia.

¿Qué magia?, pensó Lan, desesperada. Sin embargo, una llameante certeza creció en su mente en una serie de imágenes: el general Tarley, muerto ante ella a causa de aquella misteriosa ráfaga de luz blanca; su madre, con los dedos en el laúd, el pelo y el *páo* revoloteando como si los moviese un viento invisible; aquellos dedos que aferraban la muñeca de Lan y que le dejaron una cicatriz que solo ella podía ver, un símbolo escrito en un lenguaje que nadie comprendía.

Nadie..., hasta aquella noche.

El mago alzó una mano y se desprendió del guante. Al ver esos dedos largos, flacos y de un enfermizo tono blanco, Lan sintió una oleada de repugnancia.

—Ha llegado el momento de acabar lo que empecé en su día.

Lan se había jurado a sí misma que, la próxima vez que se encontrasen, no sería la misma chiquilla asustada y temblorosa que se agazapaba en los respiraderos de agua caliente. Que se volvería poderosa. Que le plantaría batalla.

Y sin embargo, al mirarlo a los ojos notó que se le secaba la voz en la garganta. El miedo la dominó hasta el punto de echarse a temblar.

—Esta vez —susurró el mago real—, me lo vas a entregar.

Lan no podía apartar la vista de esa mirada de invierno. No era capaz de separar la mente de aquellas palabras que llevaban persiguiéndola doce ciclos.

«Entrégamelo», le había dicho a Māma.

«Jamás», había respondido ella.

El mago le sujetó la muñeca izquierda con la mano desnuda. El tiempo se detuvo. El metal de uno de sus brazaletes empezó a retorcerse hasta convertirse en una fina aguja que le pinchó la piel.

Un estallido de dolor la recorrió del brazo al pecho y envolvió todo su cuerpo. Era como si el mago le abriese la piel y le rajase los huesos con un cuchillo al rojo vivo. Pero esa vez, cuando el recuerdo de la muerte de su madre llegó de nuevo hasta ella, lo hizo de un modo distinto. Lo acompañaba algo más.

En aquella ocasión, Lan vio una forma serpentina que se separaba de la sombra de su madre y se retorcía mientras Māma le agarraba la muñeca para trazar aquella cicatriz invisible en su piel.

Lan gritó. Una luz blanca iluminaba el rostro del Mago Invierno y trazaba grietas en sus mejillas. Una luz blanca que, Lan comprendió, provenía de su propia muñeca.

La cicatriz había empezado a brillar. El símbolo y el círculo que lo rodeaba llameaban como oro blanco. El fuego zigzagueaba en sus venas, se le agrietaba la piel como si se estuviese rompiendo desde dentro. Un chillido agudo resonó en sus orejas mientras el mundo a su alrededor ondulaba y cambiaba.

Con un gemido, el Mago Invierno la soltó. Lan cayó de rodillas y se agarró el brazo izquierdo. Algo se había desatado en su interior, algo que aumentaba la presión en su cabeza y que le aullaba en los oídos.

Una sombra se deslizó entre el caos. Unas manos frías se cerraron sobre los hombros de Lan y la apartaron de allí. El cielo giró y las estrellas retrocedieron, de pronto brillantes como cristales, tan cercanas que Lan casi podía saborearlas.

Luego, los dos desaparecieron.

Un viento frío que arrastraba un aroma a hierba. Humedad en las mejillas.

El suave repiqueteo del agua despertó a Lan. En las alturas, el cielo parecía alfombrado de hojas de bambú. La luna no era más que un susurro de plata oculto tras nubes de tormenta. Lan no reconoció el entorno. Parecía estar en medio de un bosque de bambú. Ni rastro de elantios ni de las puertas de la ciudad. No había dolor ni miedo, solo el suave murmullo del agua que se derramaba por aquellos tallos musgosos y goteaba sobre la tierra durmiente.

Lan ignoró las agudas punzadas de dolor que le atravesaban la mandíbula y giró la cabeza. Junto a ella, con parte de la mejilla apoyada en el barro y el pelo negro sobre la cara como regueros de tinta, se encontraba el chico.

Estaba del todo inmóvil excepto por el leve ascenso y descenso de su espalda al respirar. Un lento río de sangre le discurría por la frente y le goteaba de la nariz. Tenía la piel cenicienta. El abrigo lo cubría como un charco de agua negra.

Estaban vivos.

Y sin embargo había algo distinto. Algún rasgo del mundo se había vuelto más definido, como si, durante toda su vida, Lan lo hubiese contemplado a través de un cristal agrietado que de pronto hubiese terminado de romperse y por fin pudiese ver con claridad.

Sentía cada gota de lluvia que caía del cielo, la humedad que preñaba la tierra bajo sus pies, las frías corrientes de viento que soplaban entre aquellas hojas de bambú que, de algún modo imposible, sentía vivas. Un extraño murmullo de energías del bosque, el agua, las nubes…, todo ello se unía en la más pura armonía de una canción.

Era como si el mundo hubiese despertado por fin…, o quizás había sido ella quien había estado dormida todo el tiempo.

Lan cerró los ojos y se llevó los dedos a la sien.

Debía de haberse dado un buen golpe en la cabeza.

Se obligó a erguirse hasta quedar sentada. Le dolieron los huesos. Con cierto esfuerzo le dio la vuelta al chico para ponerlo bocarriba.

Fue al sujetarse un extremo de la manga para limpiarse las heridas cuando se vio el brazo izquierdo. El mundo pareció alejarse de ella. Tuvo que apretarse el estómago para reprimir las ganas de vomitar.

Era como si alguien le hubiese inyectado plata derretida en las venas, en la cicatriz: líneas grises y resplandecientes que sobresalían de debajo de su piel y se extendían por todo el brazo como las raíces de un árbol enfermizo y retorcido. La lluvia le empapaba el pelo y le caía por la cara. No pudo sino quedarse sentada contemplando aquel brazo mermado…, hasta que una sombra se movió a su lado.

El chico se había despertado y también se irguió. Se limpió el agua de lluvia y el barro de la cara y la miró con ojos empañados mientras parpadeaba varias veces. Entonces su mirada se afiló.

—Por los Cuatro Dioses —susurró—. Tu qì…

—¿Qué? —graznó ella.

Él la contempló unos instantes más y luego se fijó en su brazo.

—Deja que lo vea mejor.

Tenía la voz ronca de puro cansancio, pero aun así controlaba el tono con el que hablaba. No dejaba entrever nada de sus emociones.

Lan tragó saliva y extendió el brazo hacia él. Los dedos del chico le recorrieron la piel. Ella intentó no encogerse.

Los ojos del chico ascendieron hasta los suyos. Sin pronunciar palabra, apartó las manos y las apoyó en el regazo. Se inclinó hacia el brazo de Lan y lo contempló durante un largo rato. Al cabo habló con expresión inescrutable:

—Creo que ese mago elantio te ha inyectado un sortilegio metalúrgico en las venas con la esperanza de romper el Sello que tienes en el brazo. Si no lo curamos, el metal se extenderá por tu sangre y te acabará matando.

Lan oyó aquellas palabras de un modo lejano, amortiguado. Cerró los ojos apenas un instante, cosa que no consiguió detener el caudal de imágenes que destellaban en su mente: Ying, con el cuerpo abierto en canal a causa de la magia del Mago Invierno. Las manos del Ángel Blanco sobre su cuerpo, desgarrando la tela del vestido.

Su madre, desangrada hasta la muerte sobre el suelo de palisandro de su casa.

Después de haber pasado doce ciclos escondida, huyendo, los elantios habían vuelto a destruir el pequeño refugio que había encontrado para resguardarse de la tormenta. Habían matado a las únicas personas que aún le importaban en el mundo. Las ropas de Lan colgaban como harapos, tenía desnudos espalda y hombros y había escapado de una violación por un pelo.

Si sobrevivía, ese era el tipo de vida que le esperaba: fragmentos astillados de una existencia a medias en una tierra saqueada, a merced de los conquistadores elantios, como ratas en una jaula.

La lluvia que le caía sobre las mejillas se volvió cálida.

—No... —le falló la voz—, no quiero vivir así...

Algo pesado le cayó sobre los hombros. El chico se había inclinado hacia ella y la había envuelto con el abrigo. Empezó a limpiarle el rostro con una de las mangas, con pequeñas pausas momentáneas para estudiar su reacción. Ella lo dejó hacer, permitió que la lluvia la mojase y se llevase sus emociones mientras él le limpiaba la sangre de las mejillas y del labio partido. El chico era cuidadoso, amable, eficiente. Cada pasada de la tela alejaba el recuerdo de las manos de los elantios.

Al acabar, el chico retrocedió y unió los dedos.

—Sé cómo te sientes —dijo en tono quedo—. Sé lo que se siente cuando te lo arrebatan todo. Y sé lo difícil que es... seguir viviendo.

Ella lo contempló, abrazada con fuerza a sí misma. No había rastro de aquella negrura antigua y desconocida en sus ojos. Tenía el semblante regio, contenido. Tampoco había benevolencia en él, solo una empatía dura y acerada.

—Sin embargo, has de recordar que, si decides vivir, no vives solo para ti misma. —Se llevó la mano al corazón—. Vives para aquellos que has perdido. Llevas su legado contigo. Los elantios destruyeron todo lo que componía las raíces de nuestro reino: nuestra cultura, nuestra educación, nuestras familias y nuestros principios. Quieren que caigamos de rodillas, someternos hasta que jamás nos atrevamos a alzar la cabeza de nuevo.

»Sin embargo, lo que no saben es que mientras vivamos llevaremos en nuestro interior todo lo que han destruido. Ese es nuestro triunfo. Esa es nuestra rebelión.

Ninguno de los dos apartó la mirada del otro. Gotas de lluvia prendidas en las pestañas del chico.

—No permitas que hayan ganado hoy.

Ella cerró los ojos. El chico la dejó llorar en silencio. Si llegó a emitir algún sonido, la lluvia se encargó de engullirlo. Cuando le dejaron de temblar los hombros y se le calmó la respiración, Lan alzó la cabeza una vez más. Se recolocó bien el abrigo sobre los hombros y miró al chico, de pronto consciente de que no llevaba más que una fina camisa blanca bajo la lluvia. La tela empapada, semitransparente, dejaba entrever los delgados y definidos músculos de su torso como si de un boceto al carboncillo se tratase. El lateral estaba desgarrado y la sangre lo cubría como una fea mancha de tinta.

—¿Puedes curarme el brazo? —dijo apenas en un susurro.

Él volvió a mirarla. Lan percibió en sus ojos que los pensamientos que tenía en aquel momento se disipaban como humo.

—No, no puedo. Pero, si confías en mí, puedo colocar un Sello temporal sobre el metal… y sobre tu qì.

—¿Mi… qì?

Él compuso una expresión suspicaz.

—¿De verdad que no sabes qué es?

Ella lo miró a la cara. Un leve presentimiento se agitó en su interior.

—Así que no eres practicante —decidió él tras unos instantes de silencio. Juntó las cejas en una expresión cavilosa. Fuera lo que fuere lo que iba a decir, decidió descartarlo y en cambio dijo—: Tienes una conexión muy fuerte con el qì. Ya sentí un leve rastro de tu conexión en la tienda del Viejo Wei y en la cámara del salón de té, pero no llegó a más… hasta ahora. Parece que el mago elantio desbloqueó tu poder al penetrar en el Sello que llevas en la muñeca. Ahora exudas qì.

«Sello».

«Qì».

Palabras que Lan solo conocía de los libros de historia. Palabras que solo se oían en viejas leyendas.

Se llevó un dedo a la frente. Aquel estruendo de energías que había sentido cuando aterrizaron en el bosque…, el modo en que el mundo había cobrado vida con la armonía más pura e increíble que hubiera experimentado jamás. ¿Era posible…?

El chico ladeó la cabeza. Pequeños regueros de lluvia le caían por el pelo negro. La contempló con una chispa de cansada sinceridad.

—Sé que todo el mundo piensa que los practicantes de antaño no son más que leyendas y mitología. Pero somos reales. Siempre lo hemos sido. Y tú…

Hizo gesto de alargar la mano hacia ella, pero se arrepintió en pleno movimiento y acabó señalándole la cicatriz con el dedo.

—Si no eres una de nosotros, al menos has estado en contacto con uno de nosotros. Hace falta un gran dominio de la práctica para grabar un Sello en otra persona.

El corazón de Lan jamás había latido con tanta fuerza como en aquel momento. Mientras contemplaba al chico sintió el poderoso impulso de abrazarlo, de asegurarse de que no se desvaneciera en la oscuridad como el humo, como una sombra.

Como Māma.

El chico respondió al silencio de Lan con un suspiro.

—Deja que te lo muestre —dijo—. Dame el brazo, te prometo que te dolerá mucho menos que lo que te ha hecho el mago elantio.

A pesar de todo, a Lan le gustaba el modo en que el chico hablaba: directo, honesto, le decía la verdad por más difícil que fuera oírla. Ya estaba harta de mentiras, de verdades a medias.

Pero vaciló.

—¿Qué vas a hacer?

Él tenía un aire cansado.

—Voy a colocar un Sello de Contención en la metalurgia incrustada en tu piel y tus venas para que la plata no se extienda tan rápido. Tendré que combinarlo con un Sello de Filtrado para que la sangre siga fluyendo y no se te gangrene el brazo. Y luego… te pondré un bálsamo para el dolor.

Despacio, Lan alargó el brazo. Intentó no moverse mientras las manos del chico le rodeaban la piel. Sin embargo, el contacto era amable, apenas le rozó la muñeca con la punta de los dedos para sujetarla. Luego le colocó el dedo índice y corazón de la otra mano sobre la piel.

Lan dio una inspiración entrecortada. El aire pareció titilar aunque no visiblemente, sino de un modo que resonó dentro de su alma, como los acordes perdidos de una armonía. Sintió que algo fluía de los dedos del chico a la piel de su brazo, que se mezclaba con la sangre y el hueso.

En medio del silencio, dijo:

—¿A qué te referías cuando dijiste que el mago desbloqueó mi poder al… penetrar en mi Sello?

Una expresión sorprendida aleteó en el semblante del chico.

—¿No sabes nada del Sello que tienes en el brazo? ¿O del motivo por el que te persiguen los magos elantios? Y no cualquier mago, sino un alto general.

—¿Alto general? —repitió Lan, aturdida.

—Aquel tipo responde directamente al gobernador elantio de este reino. Creo que está al mando de los demás magos elantios. ¿No viste las insignias que llevaba?

—Estaba ocupada contemplando aquellos brazos asesinos metálicos.

El chico frunció el ceño.

—No has contestado.

Lan quería contestar pero no sabía qué decir. Pensó en el Mago Invierno, en aquellos ojos penetrantes como el hielo clavados en ella. «Me parecía haber reconocido la magia de hace doce ciclos; la misma que me dije que jamás olvidaría». Y luego había pronunciado la misma palabra que le había dicho a su madre hacía doce ciclos, solo que ahora Lan lo había entendido.

«Esta vez me lo vas a entregar».

¿Entregarle qué?, fue la nueva pregunta que se formó en su mente, una pregunta que se endureció hasta formar unas aristas tan afiladas que le pareció haberse tragado una piedra. El Mago Invierno quería algo que Māma juró que jamás le daría. Algo que había muerto para proteger.

Lo último que había hecho antes de morir había sido trazar aquella cicatriz, aquel Sello, en la muñeca de Lan.

Y ahora el Mago Invierno la perseguía.

El chico la contemplaba mientras esperaba a que respondiese. Pero Lan jamás había confiado en nadie lo suficiente como para contarle aquello. Ni siquiera en el Viejo Wei o en Ying.

No sabía ni cómo se llamaba el chico.

—No lo sé —mintió—. Supongo que me perseguía porque maté a su general.

Los ojos del chico se entrecerraron apenas una fracción, pero no insistió.

—Posees una conexión latente con el qì que el mago ha liberado esta misma noche al penetrar en tu brazo con su magia metalúrgica. —Se inclinó un poco hacia adelante. La curiosidad aleteó en su semblante al estudiar el brazo de Lan con interés de erudito—. Este Sello es notablemente complejo. Contiene muchas capas… pero no distingo en ninguna de ellas el poder de reprimir la conexión natural que tienes con el qì. Creo que en el Sello hay otras capas funcionales que el mago no ha conseguido penetrar. Sea como fuere, lo que está claro es que llevas la marca de un practicante extremadamente hábil.

La recorrió una oleada de alivio tan grande que casi se echó a llorar. Durante doce ciclos no había estado segura de si el último recuerdo que tenía de su madre no era una alucinación nacida del trauma de aquel día.

Pero no. Todo lo que le había parecido imposible resultaba ser cierto. Su madre era una de esos practicantes de antaño, o al menos tenía algo que ver con ellos. Había muerto para proteger un secreto. Un secreto que había escondido dentro de Lan… y había reprimido la conexión que Lan tenía con el qì para que los magos elantios no la encontrasen.

Esos practicantes de antaño, los que eran capaces de caminar por las aguas de lagos y ríos del Último Reino según los mitos y leyendas, seguían vivos. Por imposible que pareciese.

Lan se inclinó hacia adelante.

—¿Puedes contarme algo más del Sello? —pidió.

—No sé leerlo.

Con delicadeza, el chico apartó los dedos del brazo. La cicatriz, el Sello, que Lan tenía en la muñeca, seguía impregnada de un apagado tono plateado, pero había dejado de extenderse casi a la altura del codo. En ese lugar, entre la maraña de venas metálicas y protuberantes, se veía un nuevo Sello: del color negro de la tinta con hilos rojo cinabrio. Emitía un leve resplandor. Cuando Lan apartó la mirada del Sello, este pareció desvanecerse.

—El Sello que te he colocado en el brazo durará más o menos una luna. La plata no se adentrará más en tu sangre y la necrosis del brazo se ralentizará.

—¿Necrosis? —repitió ella.

—Así es. Si no lo curamos, tu brazo morirá.

Y con él, pensó Lan, *el Sello. Y lo que hubiera oculto en su interior.*

Eso que el Mago Invierno llevaba doce ciclos buscando. La razón por la que había muerto su madre.

Lan abrió la boca pero el caudal de preguntas que se le acumulaba en la lengua desapareció al mirar al practicante: el chico acababa de apoyarse con cautela en un tallo de bambú. De pronto Lan fue consciente de lo cansado que estaba. La sangre se le apelmazaba en un lado de la cabeza, mientras que la mancha del costado no dejaba de crecer.

El chico cerró los ojos. Le costaba respirar.

Le había salvado la vida. Y era la única posibilidad que tenía de averiguar más sobre todo aquello; sobre el Sello que su madre le había dejado y el motivo por el que la perseguía el Mago Invierno.

Lan se arrancó la tela de la manga destrozada y la separó en dos largas tiras. Se arrodilló junto al chico, que la contempló con sorpresa remota.

Quiero vivir, pensó, y al instante: *Y te necesito.*

Lan había aprendido que nada en la vida era gratis. Aquel desconocido la había ayudado hasta ese momento. Era probable que no quisiera proseguir sin recibir nada a cambio.

—Llévame contigo —dijo—. Puedo serte útil. Sé cocinar, cantar y hacer tareas domésticas.

El practicante contempló las dos tiras de tela que Lan sostenía en las manos. La comprensión le asomó en el semblante. Ella alargó las manos y le quitó la camisa empapada en sangre, con las vendas improvisadas aún sujetas.

El corte del costado se veía rojo y crudo. A pesar de la fresca lluvia invernal, la piel del chico estaba caliente, como si ardiese con un fuego que Lan no alcanzaba a ver. Empezó a envolverle el torso con las vendas. Él tensó los músculos.

La mano del chico la agarró de la muñeca. Lan se quedó inmóvil.

—No te voy a pedir nada —dijo—. Ni soy tu enemigo ni pretendo embaucarte. Tampoco soy un comerciante versado en el idioma del regateo. —Dejó escapar el aire en un suspiro tembloroso y le soltó la mano—. Pero en este momento te estaría infinitamente agradecido si me ayudaras.

Una suerte de presión se aflojó en el pecho de Lan. Lo ayudó a colocarse más erguido, apoyado en el tallo de bambú. Los dos guardaron silencio mientras Lan le vendaba la herida y le secaba el corte de la frente. Apoyó los dedos en la frente del chico para que los dedos le entraran en calor. En medio de aquel silencio, entre la suave lluvia que caía sobre las hojas de bambú, una nueva conexión se forjó entre los dos.

Confianza.

El practicante habló al cabo:

—Creo que olvidé mis modales cuando nos conocimos. —Aún tenía los ojos empañados de cansancio, pero volvía a hablar con tono agradable, regio y autoritario, como cuando se habían cruzado por primera vez en el salón de té—. Me llamo Zen.

Zen. El tipo de apodo monosilábico que las leyes elantias les obligaban a adoptar. Aun así, ya era algo. Medio nombre, media verdad..., aunque por el momento tendría que bastar.

Lan descorrió el fantasma de una sonrisa.

—Yo me llamo Lan.

8

«La meditación consiste en la práctica de separarse por completo del mundo físico, de entrar en comunión con el flujo interno y externo del qì, con la constante armonía entre en yīn y el yáng».

El camino de la práctica, Sección Dos: «Sobre la meditación».

«Lián'ér. Sòng Lián. Significa "loto"», le había explicado Māma en cierta ocasión. Siempre tenía un tono de voz que sonaba a campanillas cantarinas.

«¿Una flor?». Lián'ér sacó la lengua. Había visto lotos florecidos en el patio de casa. Qué fáciles eran de extraer, se podían arrancar del tallo casi sin pensar y no dejaban más que un puñado de pétalos esparcidos tras sus breves vidas.

Māma la había tomado de la mano. «Sí, flores. Yo también tengo nombre de flor: *méi*, la flor del ciruelo. ¿Sabías que son más fuertes de lo que parecen?».

Lián'ér se dirigió al exterior junto con su madre. Atravesaron el suelo de baldosas en abanico hasta el pequeño puente que se arqueaba sobre el estanque. El solsticio de primavera había dado aliento a la flora, la pantalla de colores apagados de la nieve invernal había cedido el paso al tímido verdor. Sobre el estanque pulido como el jade flotaba un único loto.

«Fíjate cómo florecen a cada ciclo sin saltarse ni uno», dijo su madre. «Florecen de nada más que el barro. La resiliencia que tienen trae luz y esperanza».

La flor del ciruelo, había dicho mamá, también era un símbolo de coraje y persistencia, por el modo en que florecía a través de las más gruesas capas de nieve invernal.

Pero todo había sido mentira. El invierno había vuelto. Y Māma se había ido para siempre.

Lan se despertó de un sobresalto. Se quedó tendida muy quieta durante un instante, intentando aferrarse al sueño que ya se alejaba de su conciencia. A la voz de su madre, que no oía desde hacía doce ciclos. Al nombre que había tenido en esa otra vida.

El sueño se disipaba como la niebla bajo el sol, pero algo permaneció: una canción que oyó entre el sueño y la vigilia. La melodía la atraía como un fantasma en la oscuridad. Como si alguien la llamase.

El viento le acarició las mejillas, la hierba le hizo cosquillas en los pies. La rodeaba el chirrido de las cigarras y el murmullo del bosque. La fría humedad matutina del rocío llenaba el aire. La lluvia había empapado la tierra.

En las alturas, las hojas de bambú enmarcaban una franja de cielo presa en el espacio liminal entre la noche y el alba, entre la oscuridad y la luz; una escena que Lan no consiguió ubicar durante unos instantes. Cuando vivía en el salón de té, al despertarse al alba solo veía los techos bajos y oía la respiración suave de Ying a su lado, en medio del calor de los veintipocos cuerpos que yacían junto a ella.

La armonía del bosque se rompió como la cuerda de un instrumento que se parte en dos.

Los recuerdos de la noche pasada volvieron en tromba a ella.

El Mago Invierno, con los ojos tan intensos como los recordaba de hacía doce ciclos.

La silueta de Madam Meng tras el biombo de gasa, cayendo entre la risa de las cancioneras y los patrones bordados de flores y montañas.

Y Ying…

Lan se irguió de pronto hasta quedar sentada. Emitió un chillidito con la garganta e inspiró hondo. Se llevó una mano al pecho ante el dolor del recuerdo…, y entonces vio la piel mermada de la muñeca bajo las mangas hechas jirones del *páo*. La cicatriz, el Sello, era un tajo pálido de piel arrugada entre los trazos plateados de sus venas. Algo más arriba estaba el otro Sello, negro envuelto en carmesí, trazos ondulantes como llamas.

El practicante.

Zen.

El claro estaba vacío. Lan se puso de pie como pudo. El corazón le retumbaba en el pecho. Miró en derredor en busca de alguna señal de que el chico había estado allí, de que no se había imaginado todo lo que sucedió la noche anterior. Parecía demasiado bueno para ser verdad.

Lan se abrazó a sí misma. El tacto de la tela que tocó con los dedos le pareció desconocido.

Bajó la vista y vio que seguía con aquel abrigo negro. Las mangas colgaban, largas, de sus hombros. El practicante se lo había dado porque los Ángeles le habían desgarrado la espalda del *páo*.

Se envolvió con fuerza en el abrigo y acarició la tela con los dedos: *jǐn*, una elegante seda que solía usar en su día la nobleza hin. Estaba confeccionado a la moda elantia, con cuello alto y cintura estrecha, con bucles por los que podría entrar un elegante cinturón de samito. Lan dudó un instante y luego metió la cara bajo el cuello del abrigo. Percibió el olor de la hierba y el bambú, y un resquicio de algo más, un agrio aroma a humo e incienso…, junto con un olor indudablemente masculino.

—Buenos días.

Lan dio un respingo. Zen apareció entre los tallos de bambú. Parecía descansado y desconcertantemente limpio, con el pelo húmedo y dispuesto en algo que se asemejaba a un peinado estiloso.

La piel limpia de sudor y mugre se veía resplandeciente como pálido jade. Incluso sin el abrigo tenía un porte regio, con aquella camisa blanca metida bajo los pantalones negros. Se había quitado las botas, los pies desnudos no hicieron el menor ruido al acercarse.

—El desayuno —dijo, y le tendió dos caquis de tono naranja—. Deberíamos ponernos en marcha. El Sello de Portal que tracé ayer nos ha dejado en el Bosque de Jade. Está lejos de Haak'gong, pero no quiero arriesgarme a que los exploradores elantios descubran nuestro rastro.

Lan aceptó uno de los frutos.

—¿A dónde vamos? —preguntó.

Bajo la luz del alba en ciernes, aquel caqui se le antojó demasiado brillante, demasiado normal, en comparación con el desastre que tenía en el brazo. ¿Cómo podían seguir existiendo las cosas hermosas y ordinarias en aquel momento en que todo su mundo se había vuelto del revés?

Zen se detuvo y la recorrió con una mirada que parecía evaluarla.

—Al noroeste —dijo al fin—. Hacia las Planicies Centrales. Allí los elantios no tienen tanto poder.

Las Planicies Centrales. Lan había oído historias de aquellas enormes extensiones de tierra que formaban la mayor parte del Último Reino. Los elantios habían conquistado con facilidad las regiones costeras más pobladas, pero el área central seguía siendo un misterio para ellos, al igual que para la mayor parte de los hin. Según las leyendas y los mitos, las Planicies Centrales, al igual que las Cuencas Shǔ y las Estepas Boreales, eran las tierras que habían ocupado en su día los clanes…, incluyendo el clan Mansorian, al que pertenecía el legendario Muertenoche.

—¿Pero no están encantadas? —balbuceó Lan.

El Viejo Wei le había dicho que, tras la masacre de los Noventa y Nueve Clanes, los espíritus de los practicantes de los clanes habían empezado a vagar por aquellas amplias extensiones de terreno, desde desiertos vacíos que aullaban como llantos de viudas plañideras a bosques de abetos plagados de fantasmas.

Viejo Wei.

Otro espasmo de dolor punzante le atravesó el pecho. Lan cerró los ojos de golpe durante un instante. *Céntrate. Céntrate en lo que has de hacer ahora.*

En sobrevivir.

—Pues sí —dijo Zen en tono distraído. Se puso las botas y Lan captó el destello de un puñal oculto entre los dobleces—. Pero nada de lo que no pueda ocuparme.

Ella lo contempló.

—¿No podemos ir a ninguna otra parte? ¿O es que la cura para mi brazo solo se encuentra en… las Planicies Centrales?

—Correcto. —Zen alzó la mirada y Lan captó un atisbo burlón en aquel rostro siempre serio—. Imagino que no creerás en esos cuentecillos populares.

—No creía —dijo Lan—, pero llegaste tú y resulta que son reales, ¿verdad? —El practicante le respondió con una mirada vacía—. He oído hablar de encantamientos y demonios que campan por las aldeas de las Planicies. Alguna de esas historias tiene que ser cierta.

Él reflexionó varios instantes.

—¿Deseas conocer la verdad de este mundo? ¿Quieres descubrir la leyenda y el misterio del mundo de la práctica?

Ella lo contempló. Por mero instinto se tocó la muñeca izquierda. Tenía la respuesta en la punta de la lengua, una respuesta tan enorme, tan obvia y tan cierta que le dio miedo formularla. Una respuesta que le había sido otorgada hacía mucho tiempo, una puerta que el último aliento de su madre había dejado abierta apenas un resquicio.

Una puerta a las preguntas que le había dejado Māma.

Algo destelló en los ojos de Zen.

—Si quieres saber la verdad…, si te internas en este camino, has de saber que no hay vuelta atrás.

Jamás la había habido desde que el camino al futuro y a la vida que había planeado le había sido arrebatado hacía doce ciclos. Desde entonces, Lan había recorrido un camino diferente, un camino marcado por la cicatriz con forma de Sello que llevaba en la muñeca.

Marcado por un mago con los gélidos ojos del invierno. Marcado por la muerte y la destrucción.

Pensó en Ying. La noche había pasado y aquella pesadilla que no era una pesadilla regresó a ella. Una mancha de sangre que ni la luz del día ni el paso del tiempo conseguirían borrar. El dolor llegó a ella tan repentinamente que contuvo la respiración y retorció las manos tras la espalda, con los dedos clavados en las palmas.

«¿De qué sirve derramar lágrimas?», le había susurrado Ying en cierta ocasión, cuando acababan de cumplir doce ciclos de edad y las heridas de la pérdida le seguían doliendo cada noche. «Los muertos no las perciben y tampoco sirven para invocarlos. El dolor pertenece a quienes sobreviven, y creo que, en lugar de vivir la vida con dolor, voy a vivirla entre risas y amor. Al máximo».

Lan alzó la mirada hacia Zen. Él la contemplaba con aquella expresión inescrutable.

—Sí —dijo Lan—. Quiero respuestas. Quiero saberlo todo.

—Muy bien —dijo él con una levísima inclinación de cabeza—. En ese caso, he decidido lo siguiente: me gustaría llevarte a la Escuela de los Pinos Blancos, la última de las Cien Escuelas de Práctica, para que podamos comprender el Sello que un practicante te dejó en la muñeca.

Aquellas palabras flotaron entre ellos durante varios instantes. Los primeros rayos de sol rompieron en el horizonte y derramaron unos brillantes y rabiosos tonos rojos sobre la tierra.

—Tómate tu tiempo para considerar mi propuesta.

Zen se puso en pie y alargó una mano. Sin pensar, Lan se la agarró. Zen se había vuelto a poner los guantes negros. La sostuvo con fuerza de los codos y se la acercó. Aquellos ojos la atravesaron como relámpagos negros.

—He de advertirte que, si te niegas, no me quedará más alternativa que matarte.

Fue una frase tan exagerada que Lan soltó una risa. El practicante frunció el ceño.

—No es ninguna chanza —dijo.

—No me lo ha parecido —dijo ella, y cualquier resquicio de hilaridad se desvaneció al devolverle la mirada—. ¿Crees que me da miedo la muerte? Ya he muerto muchas veces al ver cómo los elantios se llevaban a mis seres queridos uno tras otro, al saber que no estaba en mi mano salvarlos.

¿Cuánto tiempo había pasado bajo el yugo de Madam Meng, como un pájaro enjaulado, forzada a bailar, a sonreír, a cantar bonitas canciones? ¿Cuántas noches había yacido despierta al lado de Ying, aferrada a los suaves dedos de su amiga, soñando con una época en la que no existía el hambre, el frío, el miedo? ¿Cuántas veces había estado en la costa de Haak'gong, junto a las olas rompientes, en la frontera entre tierra, mar y aire, y se había preguntado cuánto valía su vida?

No había podido proteger a Māma. Ni al Viejo Wei. Ni a Ying. Ni a ninguna de las demás del salón de té. Y sin embargo, el destino había llamado a su puerta y le había proporcionado aquella oportunidad.

Iba a aprovecharla.

Dejaría de ser una flor. Iba a ser la hoja de la daga.

Lan apretó la palma del practicante.

—Sería capaz de cruzar el Río de la Muerte Olvidada si con ello pudiera traerlas de regreso —dijo—. Lo único que voy a pedirte es esto: enséñame el arte de la práctica. Enséñame a ser poderosa para que no tenga que ver caer a más seres queridos a manos del régimen elantio.

Lan volvió a ver una vez más aquel parpadeo de oscuridad en los ojos de Zen; un muro de llamas negras. La luz del alba caía sobre su rostro, roja como la sangre, y acentuaba ángulos y sombras en él. Las manos de Zen apretaron las suyas un instante y luego se aflojaron hasta no ser más que un leve contacto.

—Come algo —dijo—, y pongámonos en marcha. Si vas a estudiar en la Escuela de los Pinos Blancos, no te vendrá mal que empecemos hoy mismo a formarte.

—¿Por qué tenemos que ir a pie? Pensaba que los practicantes podían volar.

—No podemos volar. Podemos dirigir ráfagas concentradas de qì a nuestros talones para propulsarnos más alto y más lejos de lo normal. Es un método de práctica llamado Artes Ligeras.

—Muy bien, ¿y por qué no puedes transportarnos mágicamente a la Escuela de los Pinos Blancos del mismo modo que nos has llevado de Haak'gong al Bosque de Jade?

Llevaban varias horas caminando. Lan estaba exhausta. Las chanclas de seda que se había puesto estaban hechas para los suelos de madera laqueada y barnizada del salón de té, no para atravesar irregulares caminos embarrados. El *páo* era demasiado largo y no dejaba de tropezarse todo el tiempo. Además, el abrigo del practicante no le quedaba bien y se le resbalaba de los hombros una y otra vez.

—No nos hemos «transportado mágicamente». Se trataba de un Sello de Portal —replicó Zen. No parecía que le faltase la respiración ni mostraba la menor señal de cansancio físico, aparte del rubor en las mejillas..., cosa que lo hacía parecer aún más atractivo, percibió Lan con irritación mientras se enjugaba el sudor de la frente—. Es extremadamente difícil de llevar a cabo, incluso en distancias cortas. Los practicantes deben canalizar el qì con mesura. Abusar de las energías puede provocar accidentes.

Lan pensó en aquel momento en el aire, cuando los ojos de Zen se habían puesto completamente negros, pupilas y blanco incluidos, y se preguntó si eso tendría algo que ver con lo que acababa de decir. Por algún motivo, le pareció que había visto algo privado, así que no preguntó.

—Pero has dicho que hay personas que tienen más talento que otros a la hora de usar el qì. ¿Podría hacerlo un practicante más fuerte?

Chincharlo era la única distracción que evitaba que se quedase dormida. Además era divertido ver cómo endurecía el rostro y apretaba la mandíbula. Le lanzó una mirada de soslayo y, a todas luces, decidió ignorar la pulla.

—Todo el mundo nace con qì dentro y al mismo tiempo rodeado de qì. El qì es lo que da forma al mundo. Es el flujo del agua, el soplido del viento, el rugido del fuego, la firmeza de la tierra. Es el día y es la noche. Es el sol y la luna, la vida y la muerte. Algunas personas tienen afinidad a la hora de canalizar el qì, de tejer sus diferentes hilos hasta formar Sellos. Con el suficiente entrenamiento pueden cultivar esa habilidad hasta convertirse en practicantes. No es muy diferente de la música: todo el mundo puede oírla pero solo unos pocos llegan a ser músicos de talento.

Lan sonrió.

—Pues resulta que yo soy una música excelente. ¿Qué fue lo que dijiste, que exudo qì?

Zen cerró los ojos como si elevase una plegaria para obtener más paciencia.

—Ciertos individuos —dijo— son capaces de albergar más qì en su interior y canalizarlo. Eso los hace más poderosos. Y sin embargo, es necesario cultivar y entrenar mucho tiempo esta capacidad, a la que denominamos «el núcleo» del practicante. Sin entrenamiento, ni los más dotados son capaces de hacer poco más que un par de trucos de mono de feria. A menos que eso sea lo que pretendas, te sugiero que sigas meditando.

Lan frunció el ceño. Había esperado que Zen empezase a enseñarle los gestos de la mano necesarios para trazar los Sellos. O, al menos, algún tipo de entrenamiento preliminar de artes marciales para poder canalizar el qì, tal y como había leído en los libros de historia.

En cambio, lo que Zen le había dicho era que cerrase los ojos y respirase.

—Las circunstancias no son ideales —había dicho—. El mejor modo de meditar es sentarse en el suelo y expandir la propia conciencia del mundo físico que nos rodea. Sin embargo, no parece que vayamos a contar con semejante lujo durante un tiempo.

Resultaba muy difícil expandir la propia conciencia con el mundo físico mientras estaba huyendo de una legión de soldados. El terreno del bosque era un laberinto de raíces y suelo irregular que amenazaba con hacerla caer de un tropezón. Lan había intentado meditar en un primer momento, de verdad que sí, pero a medida que el sol ascendía por el cielo y aumentaba el calor, el sudor empezó a gotearle incómodamente por las sienes y bajo la ropa. El cansancio y el hambre se aliaron para minarle las fuerzas. La última gota fue una caída de boca sobre un montón de mugre del camino.

—No pienso seguir meditando —dijo mientras se pasaba las mangas sucias por la cara—. ¿Qué mierda seca de profesor le dice a su alumna que cierre los ojos mientras corre por un bosque?

—¿«Mierda seca de profesor»? —repitió el acusado de ser una mierda seca de profesor, con las cejas enarcadas.

Lan, indignada, se puso de pie a duras penas.

—¿Qué pasa, nunca has oído hablar a una chica de campo?

El sol había empezado a descender en el cielo. Apenas había pasado un día y Lan ya estaba harta de aguantar los aires de superioridad del chico. Él era refinado mientras que ella era tosca. Él era un estudioso y ella una cancionera. Él hablaba con acertijos que ofuscaban la mente inculta de ella.

—Supongo que no —dijo Zen con una sinceridad que hizo imposible que Lan se enfadase con él—. Te tropiezas y te caes porque no estás conectada con el flujo del qì. Has de sentir las hendiduras de la tierra, la protuberancia de la raíz de un pino, el movimiento que te acerca a un charco de agua.

—Ya siento todo eso —gruñó Lan—. Lo siento en la cara en cuanto me caigo redonda encima.

Él la ignoró.

—Haz caso a lo que te digo. No importa cuánto talento tengas, jamás conseguirás nada sin entrenamiento ni disciplina. Hasta que puedas mover el qì a tu alrededor con tu conciencia, no podrás avanzar a la siguiente fase.

La siguiente fase serían los Sellos. Eso pensó Lan, con una mirada codiciosa a las manos enguantadas de Zen. No podía decirse que hubiese sido la más dispuesta a trabajar duro o a estudiar en el salón de té. La perspectiva de pasar días dándose de bruces con raíces de bambú se le antojaba insoportable en aquel momento.

Dejó escapar un teatral suspiro por la nariz y se agarró la barriga.

—Me he esforzado al máximo hoy, oh, estimado practicante.

Las cejas de Zen se alzaron.

—Ah, ¿ahora soy un «estimado practicante»?

—Señor estimado practicante.

—Tenemos más o menos la misma edad. No me llames «señor».

—Bueno, es que te comportas como si fueras un señor —replicó ella. Compuso un mohín ante la mirada irritada de Zen—. No me siento bien. Me ha llegado la sangre de esta luna. ¿Podemos… podemos comer un poco y buscar un sitio para meditar…, y aprender algunos Sellos?

Dos puntitos rosados asomaron a las mejillas de Zen, y a continuación se expandieron por su cuello hasta pintarle la cara del color de la vergüenza.

—Tu… tu sangre de esta… —balbuceó y retrocedió un paso—. Sí. Sí, claro. Descansa… descansa aquí… Yo voy… a buscar comida…

Giró sobre sus talones y prácticamente salió huyendo por entre los árboles.

Con un ronquido que pretendía ser una risa, Lan se dejó caer contra un tronco de bambú. ¿Con eso había bastado? Debería habérsele ocurrido antes. Había oído decir que los discípulos más devotos, sin importar la religión, la práctica o el monasterio a los que pertenecieran, juraban mantener una vida de castidad y dejar atrás todas las posesiones y deseos terrenales. Con una cara tan hermosa como la de aquel chico sería toda una lástima, pensó mientras cerraba los ojos y adoptaba una posición cómoda.

Cuando despertó de la cabezada que había dado, el crepúsculo empezaba a dar paso a la oscuridad total de la noche. Sin embargo, algo había cambiado en el aire, pensó Lan. Se irguió y se recolocó el abrigo del practicante. No eran el aroma del aire ni la temperatura, que a aquella hora ya era más baja…, no, se trataba de una nítida sensación a su alrededor que no conseguía ubicar. Algo frío que le corría por las venas y que sacudía algún tipo de respuesta en algún lugar de su corazón.

Se oyó un crujido de ramas y hojas secas. Una figura emergió de entre los árboles. Lan se sobresaltó. La luz de las estrellas lo envolvió: alto y definido, se movía con la precisión de un cuchillo.

—Perdón por haber tardado tanto —dijo Zen, que se detuvo a varios pasos de ella—. He traído algo de sustento.

Pues sí, llevaba dos peces y un racimo de bayas al cinto. Le pasó la jícara llena de agua fresca. Lan bebió mientras Zen se sentaba frente a ella y sacaba una tira de papel amarillento con símbolos rojos. La tocó con el dedo y el papel empezó a arder.

—¿Qué ha sido eso? —preguntó Lan.

El fuego trazó sobre el suelo un anillo demasiado perfecto para ser natural. Zen la miró mientras atravesaba cada uno de los peces con una ramita.

—*Fú* —respondió—. Un Sello escrito.

Sostuvo los dos peces en una mano y rebuscó en la cintura. Sacó un saquito de seda negro, algo viejo y desgastado pero con un emblema bordado que representaba llamas carmesíes. Lan había visto suficientes prendas caras en el salón de té como para reconocer seda de la buena y bordados sofisticados.

El practicante extrajo del saquito otro trozo de papel amarillo.

—Los practicantes pueden canalizar el qì de diferentes maneras. La más básica son los Sellos escritos —dijo, y le tendió el trozo de papel.

Lan lo acarició con el pulgar. A juzgar por la textura, estaba hecho de bambú. Zen prosiguió:

—Los practicantes pueden escribir Sellos con ciertas funciones en papel *fú*. Se pueden activar con apenas un toque durante la batalla. Es rápido y muy cómodo.

—Pero durante la batalla… —dijo Lan al recordar los trazos que había dibujado Zen en el aire—, tú… —Agitó los dedos en varios trazos circulares en una imitación de los movimientos de Zen.

Él torció el labio en una mueca a caballo entre la indignación y el humor.

— ... dibujé Sellos —dijo—. Las funciones que necesitaba no estaban en ninguno de mis Sellos ya escritos.

—¿Y por qué no escribirlos todos?

—Hay miles, si no decenas de miles, de Sellos. Y eso solo contando los que han creado los maestros del arte de los Sellos. Un solo trazo en una dirección ligeramente distinta podría dar como resultado un Sello totalmente diferente. Sería imposible escribirlos todos. —Giró los peces que se asaban al fuego—. Los practicantes suelen usar el *fú* para llevar consigo los Sellos más básicos, como el que acabo de emplear para encender esta hoguera. Lo bueno del *fú* es la velocidad y la accesibilidad; mientras que lo malo es que sus funciones son limitadas. Dibujar Sellos demora más tiempo pero las posibilidades son casi infinitas.

Aquel *fú* que tan inocuo parecía en manos de Lan se le antojó de pronto más peligroso.

—¿Y este en concreto para qué sirve? —preguntó con cautela.

—Si piensas que podrías activarlo por accidente, no te preocupes —respondió Zen, y se le acercó un poco más—. Escribo todos mis papiros *fú* con mi propia sangre, lo cual significa que llevan mi propio qì dentro y, por lo tanto, solo los puedo activar yo.

—Qué siniestro.

Él la ignoró y volvió a quitarse el guante. El aspecto de su piel la sobresaltó de nuevo: era de tono pálido y la recorrían docenas de pequeñas cicatrices diminutas y escalofriantemente uniformes que resplandecían blancas bajo la luz de la luna. Lan ya las había visto la noche anterior en Haak'gong durante un breve instante.

Prefirió centrar su atención en el *fú*.

—Este trazo —señaló Zen— invoca a la madera para luego retorcerse a lo largo de estos símbolos que representan metal y tierra hasta formar una sólida estructura de malla. Y mira aquí: estos trazos defensivos se arquean sobre la estructura de malla... Este Sello invoca un escudo protector. Uno de muchos.

—¿Puedes escribir alguno para mí? —pidió ella.

Él le lanzó una mirada perspicaz.

—Quizá sí, una vez que domines el flujo del qì tal y como hemos ejercitado esta tarde. —Le quitó el *fú* de las manos y le tendió uno de los peces, ensartado en la rama—. Aquí tienes, come.

Lan empezó a devorar el pescado a la brasa. Zen se quedó sentado a su lado y colocó con cuidado en el suelo todos los papiros *fú* que llevaba en el saquito de seda negra. Con paciencia infinita le fue explicando todos los trazos enlazados y los símbolos de cada uno, para luego resumirle qué era lo que hacían. Por primera vez en su vida, Lan apenas prestó atención a la comida. El fuego, cálido, espantaba el frío que había sentido en cuerpo y alma. La luz atravesaba las facciones de Zen y le marcaba rostro y cabello de rojo, como la caricia de un pincel de pelo de caballo de buena factura. Durante toda su vida, Lan había tenido que regatear e incluso comerciar para obtener aunque solo fuese fragmentos de información, tanto de pregoneros como de taberneros o incluso del Viejo Wei. Que aquel chico cuyo estatus social y educación eran para ella lo que el Cielo para la tierra se sentase a su lado a enseñarle sin la menor intolerancia suponía toda una novedad.

Una de las buenas.

—Pásame la jícara —dijo Zen cuando terminaron de comer. Sacó del bolsillo del pantalón un puñado de frutos rojos y los echó dentro de la jícara. A continuación, sin pronunciar palabra, dibujó varios trazos en el aire y los rodeó con un círculo. Le tendió de nuevo la jícara, que de pronto estaba caliente.

Del interior emanaba un aroma familiar.

—¡Dátiles! —exclamó Lan—. Solíamos rob… digo, tomarlos prestados, de las cocinas. Eran muy caros, y Madam Meng, muy tacaña.

Algo se suavizó en el rostro de Zen.

—Bebe —dijo—. Nuestro Maestro de Medicina siempre recomienda que las chicas beban dátiles hervidos… eh… en ciertos… momentos.

Bajo la luz de la hoguera, Lan vio que se había vuelto a sonrojar. Apartó la mirada de ella y se puso a recoger todos los papiros *fú* y a guardarlos de nuevo en el saquito de seda.

Lan reprimió una sonrisa. No conocía a suficientes chicos como para entender el motivo de aquel azoramiento a causa del cuerpo femenino. Aun así, la reacción de Zen se le antojó graciosísima, tierna incluso.

—Gracias —dijo en tono dulce y se llevó la jícara a los labios. El calorcito de aquella bebida la recorrió de la cabeza a los pies.

—Vamos a meditar otra vez —dijo el practicante—, pero ahora de verdad.

Toda la gratitud que Lan podía haber sentido se esfumó. Con la barriga llena y calentita había empezado a sentirse amodorrada. Lo último que quería era tener que centrarse en la nada.

—No sé si puedo —se apresuró a decir—. La sangre de esta luna…

—Hace apenas unos instantes, cuando te he explicado los *fú*, eras la alerta personificada —replicó Zen de inmediato—. ¿Quieres que te escriba algunos o no?

Ante eso, Lan se irguió y se sacudió la mugre de las palmas. Acto seguido adoptó lo que esperaba que fuese una expresión de dócil estudiante.

El fuego del *fú* se había apagado y los había dejado bajo la leve capa de luz de la luna creciente. Zen se sentó con las piernas cruzadas frente a ella, perfectamente inmóvil sin esfuerzo alguno. Lan hizo lo posible por imitar su postura.

—Recuerda, el qì es el flujo de energía a nuestro alrededor y en nuestro interior —empezó Zen—. Comprende todos los elementos naturales del mundo: los hilos de energía que forman la base de la práctica y de la vida. Estas diferentes formas de energía se bifurcan en dos mitades que crean un todo: el yīn y el yáng. Se encuentran en constante cambio pero no pueden existir la una sin la otra. El murmullo de una cascada es yáng, mientras que un estanque tranquilo es yīn.

Su voz era agradable, aterciopelada, en medio de la oscuridad que los rodeaba. Se mezclaba con el agradable susurro del viento y el coro de chicharras que había empezado a resonar en medio del bosque nocturno.

—Cierra los ojos y vibra con la armonía del qì a tu alrededor, del qì en tu interior.

Lan obedeció y se concentró en los elementos que la rodeaban: la humedad de la hierba, los chasquidos de la madera de los árboles y demás sonidos del bosque, el resto del calor de la hoguera de Zen, que flotaba hacia ella. Se estaba bien allí, en la oscuridad, y Lan estaba tan cansada…, el susurro de las hojas de bambú y la cháchara de los insectos empezaron a mezclarse hasta formar algo que recordaba a una lejana melodía… ¿Era la melodía que había intentado captar en su sueño? Se imaginó el laúd de madera de su madre, aquellos dedos que emitían notas musicales. La melodía se retorcía frente a ella, un fantasmal trazo de plata, y Lan la perseguía, intentaba alcanzarla…

—¿Lan?

Dio un respingo y abrió los ojos de golpe. No estaba segura de cuánto tiempo había pasado. Hacía más frío. Las nubes ocultaban las estrellas. El bosque de bambú parecía haber guardado silencio. Aquella canción… ¿dónde estaba aquella canción?

—¿Sí? —preguntó, y para su horror, oyó su propia voz pastosa a causa del sueño.

—Te has quedado dormida —dijo Zen en tono incrédulo.

—Es que… —Tragó saliva y decidió decir la verdad—. Perdón.

—¿Entiendes que lo primero que vas a aprender en la escuela son reglas y modales? —El practicante estaba indignado—. Literalmente están todos recogidos en un libro, el *Clásico de Sociedad*, que también se conoce como *Analectas kontencianas*. Y cada escuela tiene sus propios principios grabados en piedra, principios que has de respetar. Cualquier afrenta será castigada con la férula.

Lan no tenía la menor idea de qué era eso de la férula, pero se imaginó una versión aún más severa de Madam Meng cuando la azotaba.

—Bueno, todavía no estamos en tu escuela —murmuró.

Aquello pareció enojar aún más al practicante.

—Hazlo o no lo hagas. No hay excusas ni atajos en el Camino. Si mi entrenamiento te da sueño será mejor que…

—¡No! —se apresuró a decir Lan.

Jamás había sido la más estudiosa ni la más trabajadora en el salón de té. Era conocida por hacer las tareas a medias y aprenderse las canciones y los bailes a última hora. Ying siempre suspiraba ante sus bufonadas: «Esa capacidad de cháchara tuya siempre te libra de todo», solía decir. «Sabes emplear bien ese ingenio rápido y esa lengua de plata que tienes. Los que somos más lentos tenemos que trabajar duro para sobrevivir».

El recuerdo cayó sobre su mente como cenizas. La culpa le encogió el corazón. Seguía viva, pero las demás habían muerto. Los dioses le habían proporcionado la oportunidad de aprender la práctica, y sin embargo ella ya estaba pensando en modos para no tener que esforzarse y quitarle hierro a la situación.

Egoísta.

Cobarde.

—Por favor, Zen —dijo en tono más calmado—. Deja que lo intente de nuevo.

El practicante la contempló con ojos entornados. Suspiró.

—Si puedes, procura rememorar lo que sentiste en… la Estancia de la Flor del Durazno —dijo—. ¿Fue la primera vez que se manifestó por completo tu conexión con el qì?

No.

—Sí. —Desvió la vista para evitar la mirada de Zen, que la contemplaba con curiosidad creciente.

—Interesante —dijo—. Trata de pensar en esa sensación.

Lan asintió. Cerró los ojos y dejó escapar el aire… y en lugar de abrirse al exterior, se centró en su interior.

En el recuerdo de Ying, con los ojos brillantes y las mejillas sonrojadas, entrando en el salón de té con una remesa completa de lichis que le acababa de dar el hijo del frutero que había en la Calzada del Rey Alessander. Ying, con esos labios pintados de carmín curvados en una sonrisa, revoloteando con su suave vestido de camelia.

Ying, con un chorro rojo que se derramaba como pétalos desde un tajo que le recorría el torso…

«Por favor…, ¡por favor, dejadla en paz!».

El calor llameante tras los ojos de Lan se extendió hasta su frente, le pasó por las sienes y descendió hasta el corazón, que empezó a retumbar cuando aquellas emociones que había reprimido comenzaron a rugir, vivas de nuevo. El mundo se alejó de ella: la hierba, el viento, el suelo..., todo desapareció barrido por la marea de la culpa.

El recuerdo cambió. Se encontró de pie en medio de un mundo cubierto de blancura cenicienta. Los cielos lloraban nieve. Frente a ella, una figura vestida con un largo *páo*, una figura de la que manaban ríos de lágrimas... y una canción que flotó hacia Lan, ligera como el recuerdo de la primavera en lo profundo del invierno. Una canción que pulsó las cuerdas de su alma.

La figura se giró. Era su madre y al mismo tiempo no lo era: una versión del aspecto de Māma, envuelta en hielo y sombras. Había una tristeza infinita en aquellos ojos. Los dedos que habían pulsado el laúd de madera tocaban una canción tan familiar como olvidada.

«Por fin has despertado», dijo la ilusión de su madre, «Sòng Lián».

«*Māma*», susurró Lan.

«Nuestro reino ha caído. Nuestras últimas líneas de defensa se han roto. Mi última esperanza reside en ti. En la Montaña Cautelosa hay un Sello de Barrera que protege algo que solo tú puedes encontrar». La ilusión alzó una mano y de los dobleces de las largas mangas cayó un símbolo que Lan tenía grabado en la memoria: el Sello que llevaba en el brazo.

«¿Montaña Cautelosa? No entiendo», exclamó Lan. «¿Dónde está la Montaña Cautelosa?».

«Sigue mi canción hasta llegar a la Montaña Cautelosa». La voz disminuyó. La nieve, el cielo..., el sueño empezaba a hacerse pedazos. La oscuridad se derramaba por entre las grietas. «Sigue mi canción y me encontrarás...».

La visión desapareció con una ráfaga de luz blanca y cegadora. Cuando Lan volvió a abrir los ojos, Zen y ella ya no estaban solos.

«El espíritu del zorro yāo entró en la aldea de noche con forma humana. Allí cautivó los corazones de los hombres y los convenció para que lo siguieran hasta su cueva, donde consumió sus almas».

«El espíritu del zorro», *Antología de cuentos populares hin.*

La chica había invocado a un espíritu.

Zen lo sintió: hubo un sutil cambio en las energías que lo rodeaban en cuanto Lan empezó a sumirse en la meditación. Acto seguido percibió el gran latido del qì que emitió su núcleo. Abrió los ojos de golpe al notar que otro latido respondía al de Lan desde algún lugar del bosque.

Un latido que apestaba a energía demoníaca.

—¿Qué es eso? —oyó la voz asustada de Lan detrás de él.

Zen también lo vio: una sombra recortada contra la oscuridad, que se desplazaba fluida entre el bosquecillo de coníferas hasta el claro. Las energías que lo rodeaban empezaron a estremecerse. Se alzó un viento repentino que sacudió las hojas de bambú y les arrancó las ramas muertas hasta lanzarlas por el suelo.

La criatura entró en un claro de luna. Aquel ser, aquella cosa, era del color de la carne muerta, con una mata de pelo que llegaba al suelo, como puñados de serpientes. Se acercó con movimientos extraños, tambaleantes, propios de un recién nacido. Los brazos le colgaban de los flancos y la cabeza oscilaba a un lado y a otro. Lo más perturbador eran los ojos: tanto el iris como la esclerótica no eran más que una extensión negra desprovista de lustre.

—No tengas miedo —dijo Zen—. Se trata de un *yāo*.

—¿Un *yāo*? —repitió ella. Se le había acercado de un salto y contemplaba a la criatura, con el rostro blanco y demudado—. ¿Un espíritu malvado? ¿El tipo de espíritu que ronda las aldeas y devora las almas de la gente?

Zen reprimió un suspiro. Las leyendas populares combinaban cuatro tipos distintos de criaturas sobrenaturales. Antaño se contrataba a los practicantes para investigar posesiones, asesinatos y demás asuntos sangrientos en aldeas remotas, acontecimientos que siempre eran achacados a motivos sobrenaturales. Todo aquello se había visto reducido a material de leyendas que los aldeanos y pueblerinos contaban en susurros sin creérselas del todo.

—Supongo que no es mal momento para impartirte la primera lección sobre espíritus sobrenaturales —dijo Zen en tono perplejo.

—¿Lección? —la voz de la chica salió en un tono exageradamente agudo. El *yāo* se había detenido a medio camino del claro, con la cara fláccida y los ojos negros fijos en ellos dos—. ¿Qué he de aprender aparte de que ese ser quiere devorarme?

El labio de Zen volvió a alzarse contra su voluntad..., una vez más sintió aquella sensación cosquilleante que casi había olvidado.

—Nadie quiere devorarte —dijo, y a continuación aclaró—: Bueno, depende del tipo de criatura que encuentres. Los espíritus sobrenaturales están compuestos en su totalidad de yīn. Contienen un núcleo qì que ha ganado cierto tipo de conciencia. Su objetivo, hablando en términos básicos, es continuar consumiendo energías yīn para alargar sus fuerzas y su existencia, pero ahí acaba toda similitud. Los libros que has leído consideran a los *yāo*, *mó*, *guǐ* y *guài* como una misma categoría de monstruo. En las escuelas de práctica los separamos en cuatro clases con marcadas diferencias.

—¿Y qué importa? Si veo a uno de ellos voy a salir corriendo.

Zen cerró los ojos para contener la risa.

—Pues importa, porque reconocer a qué categoría pertenece el ser te dará la clave para derrotarlo. Por ejemplo, el que está frente a nosotros, un *yāo*, pertenece a la primera categoría de las cuatro. No es más que un espíritu...

—¡Se ha movido! —exclamó Lan, y tiró de Zen para que retrocediera un paso—. Se ha vuelto a mover..., creo que viene a por nosotros.

—... típicamente asociado con un *guài*, que pertenece a otra categoría. Ambos nacen de animales y plantas que han absorbido qì hasta desarrollar conciencia. La diferencia es que el *yāo* adopta forma humana mientras que en *guài* adopta forma monstruosa. Son las criaturas sobrenaturales más comunes y solemos encontrarlas a menudo en nuestros viajes.

Observó al *yāo* de expresión vacía, aquel rostro perfectamente inhumano que los contemplaba sin el menor rastro de terror o de miedo.

—Lo más probable es que sea un espíritu de bambú. Relativamente benigno a no ser que sienta algo en tu interior que quiera consumir para reforzar su existencia.

El viento a su alrededor se calmó y captaron otro sonido: el eco vacío y flotante de una melodía. Resonaba desde fuera del claro a través del susurro de las hojas y las ramas hasta convertirse en una música delicada y hechicera.

A su espalda, Lan se quedó helada. Aflojó la presión en el brazo de Zen y dio un paso al frente.

—Esa canción —dijo con voz maravillada. Se giró hacia él con una expresión que Zen jamás olvidaría: abierta curiosidad en unos ojos brillantes como una noche estrellada—. La conozco. Es... la tocaba mi madre. Estaba pensando en ella ahora mismo.

Zen la contempló con atención. Desde aquellos dos momentos en Haak'gong, no había vuelto a sentir nada parecido a energías yīn en la chica. Incluso cuando el mago elantio desbloqueó el Sello de su muñeca, el yīn y el yáng de su qì habían permanecido en equilibrio. La había escrutado con atención todo el día mientras ella avanzaba a trompicones por el bosque de bambú, intentando meditar.

¿Sería posible que se hubiese equivocado? ¿Podría ser que las energías yīn que había sentido... hubieran pertenecido a algo o a alguien distinto? Parecía muy improbable que una chica que pensaba que los practicantes eran meras leyendas fuera capaz de ocultar la composición de su propio qì.

—Has sido tú quien ha despertado al *yāo* —dijo muy despacio—. Antes has enviado un latido de energía qì. Esta criatura ha respondido.

—¿Eso es... normal?

—Antes sí.

El *yāo* se balanceó ante ellos. Zen vio un atisbo de su verdadera forma: un tallo y hojas enterradas bajo la piel humana que había adoptado.

—La mayoría de los *yāos* y *guàis* buscan el qì para mantener sus formas humanas en nuestro mundo. Les sirve como sustento. Antes de la invasión elantia, el Último Reino estaba repleto de pozos ciegos de qì que se había acumulado en plantas y animales en lugares lejanos a lo largo del tiempo. Y a veces despertaban. —Hizo una pausa antes de añadir—: Al igual que nuestra coexistencia con plantas y animales en el mundo, su existencia era... natural. Parte de la vida.

Lan volvió a mirar al *yāo*.

—No creo que quiera hacernos daño —dijo—. Lo siento en la canción. Solo quiere... vivir. —Giró la cabeza hacia Zen—. Todas las historias que he leído sobre ellos los representan como criaturas malignas. ¿Por qué?

Zen sabía la respuesta a esa pregunta, la verdadera razón. La sabía muy bien, pues esa razón le fluía por la sangre y la llevaba grabada en los huesos.

Pero no, la verdad era demasiado dolorosa. Tan dolorosa que, hacía doce ciclos, había decidido mirar para otro lado.

Iba a darle la respuesta escrita en los registros imperiales. La respuesta correcta, aceptada.

—En la era del Reino Medio, cuando la civilización hin alcanzó la prosperidad, los espíritus sobrenaturales campaban por nuestras tierras. El Primer Emperador Jīn clasificó a todas las formas de energía espiritual como «demoníacas» y ordenó que los practicantes las destruyeran en cuanto dieran con ellas. Luego intentó poner límites al arte de la práctica por todo el reino.

Zen alzó ambas manos hacia el *yāo*. La criatura no se había movido; seguía contemplándolos y aquella canción melancólica brotaba de su ser.

—Yīn y yáng, mal y bien, negro y blanco. Así funciona el mundo. —Las manos de Zen empezaron a moverse, el qì fluyó de las venas en sus brazos mientras dibujaba con los dedos trazos en el aire—. Lo que está muerto ha de permanecer muerto, lo que no pertenece a la práctica ha de ser aniquilado. Ese es el Camino.

El Sello que acababa de dibujar explotó y apareció en el aire como un conjunto de resplandecientes trazos del color de la tinta que temblaban como el fuego. El qì brotó del centro del Sello y envolvió al *yāo* en un círculo de llamas negras. El grito de la criatura reverberó, un largo lamento de pesar que exudaba energías yīn.

Lan endureció las facciones y contempló al ser, los ojos convertidos en oscuros estanques.

—Suena como si le doliese —dijo en tono quedo.

La expresión de Zen también se endureció.

—No sabe lo que es el dolor. Que no te engañen su forma humana ni sus quejidos lastimeros, Lan. Es un ente demoníaco y le estoy dando lo que se merece.

Como si quisiese apuntalar sus palabras, Zen encauzó más qì hacia el Sello. Las energías se derramaron desde el rincón más furibundo y oscuro de su interior. El aire mismo se abrió y las sombras se extendieron por el suelo.

Oyó que la chica hablaba desde muy lejos:

—... ya está, Zen.

La tormenta se interrumpió. El qì de Zen se enfrió. El Sello se disipó y, cuando Zen volvió a parpadear, los dos estaban solos en el claro.

Dejó escapar una larga respiración para calmarse.

—¿Te encuentras bien? —se encontró preguntando.

—Sí —dijo ella en tono incierto mientras contemplaba la arboleda junto a la que se había detenido el *yāo*.

Zen se acercó. Aquel anillo de llamas negras no había dejado marca alguna. En el lugar donde había estado el espíritu no había más que un solitario tallo de bambú. Sintió que el remolino de qì demoníaco se disipaba a su alrededor.

—El espíritu del bambú —dijo Lan con voz queda.

Se acercó a Zen y se arrodilló a su lado. Él asintió.

—Mi Sello rompió su existencia y liberó el núcleo de qì que le daba vida. Ahora ha vuelto a adoptar su verdadera forma: un tallo de bambú.

Ella le dedicó al tallo una larga mirada.

—En los libros de leyendas… se hablaba de practicantes que se vinculaban con espíritus demoníacos.

—¿Ah, sí? —preguntó en un tono que a él mismo le sonó apagado.

Ella asintió y dijo con voz grave:

—Los aldeanos y pueblerinos solían contar muchas leyendas. Supongo que la más popular es la que habla de la derrota que sufrió el general del clan Mansorian a manos del Emperador Dragón a finales del Reino Medio. Sé que así se fundó el Último Reino, pero… bueno, las leyendas urbanas cuentan que el general de los Mansorian perdió el control de su demonio al final de la contienda y que por eso se lanzó a una espiral de muerte y destrucción tras ser derrotado. —Zen sintió que la mirada de la chica se deslizaba hacia él—. Pero… esa leyenda no es cierta, ¿verdad?

Zen conocía las leyendas. Sabía que los plebeyos siempre se contaban historias de demonios y magia negra, horrorizados, como si se tratase de una enfermedad que pudiesen contraer.

—Todo es cierto —dijo con voz rasposa—. Todo lo que hayas oído sobre la historia de Muertenoche es cierto. Tras perder la batalla final contra el Emperador Yán'lóng, el practicante Xan Tolürigin, general del clan Mansorian, perdió el control y canalizó el poder de la Tortuga Negra, con lo cual masacró a miles de inocentes civiles hin.

Oyó que la chica tomaba aire.

—¿La Tortuga Negra? —preguntó en tono suave, lleno de asombro y temor—. ¿El Dios Demonio? Pensaba que los Cuatro Dioses no eran más que mitología.

Zen miró al frente.

—Hace mucho tiempo, los clanes practicaban chamanismo espiritual: manipulaban energías espirituales en armonía con el qì natural. Una rama del chamanismo espiritual ganó notoriedad por los peligros que entrañaba: la práctica demoníaca. Cuando un practicante permite que un demonio acceda al núcleo de su qì, de su poder, corre el riesgo de perder el control. De sucumbir a la voluntad del demonio.

»Puede que los ejemplos más conocidos de los que quizás hayas oído hablar en leyendas sean los Cuatro Dioses Demonio. Un demonio es una criatura que cobra conciencia y voluntad a través de un pozo ciego de yīn. Los Cuatro Dioses Demonio son seres que se formaron al principio del tiempo y que cultivaron sus poderes y su conciencia a lo largo de miles de ciclos y cientos de dinastías hasta borrar la frontera entre dioses y demonios. Muchas guerras fueron disputadas a causa de una posesión por parte de alguno de los Cuatro. Incontables muertes, baños de sangre incalculables por culpa de su poder. Los emperadores hin reconocieron la amenaza que aquellos Dioses Demonio suponían para la paz y la unidad de su reino y, por ello, intentaron prohibir por completo la práctica demoníaca en la época del Reino Medio. Puede que el propósito de la espada lo dictamine el brazo que la empuña, pero si se elimina el arma del todo, ni el piadoso ni el cruel derramarán sangre con ella.

Los ojos de Lan, desorbitados, reflejaban el cuenco de tinta llena de estrellas que era el cielo en las alturas.

Zen se puso en pie de repente. La noche había refrescado. Un viento solitario sopló entre la tela de sus ropajes y se le pegó a la piel.

—Por eso la práctica demoníaca es un tabú que va en contra del Camino —concluyó.

—Y eso que acabo de hacer…, invocar al espíritu del bambú…, ¿eso era…? —Lan tragó saliva—. ¿Eso era práctica demoníaca?

Él vaciló.

El qì demoníaco se componía exclusivamente de yīn, pero no todas las energías yīn eran demoníacas. Resultaba descabellado pensar que una chica convencida de que toda la práctica no era más que material de leyenda pudiese llevar a cabo práctica demoníaca.

Como mucho, esas energías yīn que abundaban en el qì de la chica tenían algo que ver con ese Sello escondido en su muñeca.

—No —respondió Zen. Ella dejó escapar un evidente suspiro de alivio—. Solo quienes han hecho un pacto con un demonio para tomar prestado su poder pueden llevar a cabo práctica demoníaca. Al canalizar el poder del demonio, las energías que se usan, el tipo de Sellos que se invocan…, todo ello está compuesto únicamente de yīn, basado en el poder del demonio.

—Bueno, yo no he hecho ningún pacto —dijo Lan—. Por desgracia, el salón de té andaba corto de demonios.

Él no sonrió.

—Harías bien en no mencionar estos temas cuando lleguemos a la escuela. Intenta no canalizar más qì sin que te guíe yo. Solo hay un Camino en la práctica. Todo lo que se desvíe del Camino es tabú. A los maestros no les gustará ver algo como lo que acabas de hacer…, ni a los maestros ni a nadie.

—¿Por qué no?

Zen giró sobre sus talones y empezó a alejarse.

—Basta de preguntar «por qué». No cuestiones el motivo de que las cosas sean como son, Lan. Solo te causará penurias.

—Espera —llamó ella.

Zen se puso tenso, listo para otra pregunta sobre práctica demoníaca. Sin embargo, la chica dijo en voz suave:

—¿Conoces un lugar llamado Montaña Cautelosa?

Zen se giró hacia ella.

—Montaña Cautelosa —repitió. Hacía muchos ciclos que no había oído ni pronunciado aquel nombre—. Sí que lo conozco.

Los ojos de Lan se iluminaron.

—Sé que te va a sonar extraño, pero... mientras meditaba he tenido un sueño que me ha dicho que allí están las respuestas que busco. Respuestas... sobre esto.

Alzó la mano. El pálido Sello destacaba entre los horrendos trazos metálicos que el mago elantio le había inyectado bajo la piel.

Zen frunció el ceño.

—¿Un sueño?

—Algo así. Creo que ha sido una visión. Vi a mi madre, y me dijo... —La chica inspiró hondo y le dedicó una mirada asustada, la mirada de alguien que había hablado de más—. Creo que puedo averiguar lo que hay en esta cicatriz. En este Sello.

Zen guardó silencio durante varios instantes mientras estudiaba a la chica: despeinada, el *páo* desgarrado, las manos callosas e hinchadas tras una vida entera de trabajo en el salón de té, acento de clase trabajadora. Lan no le había contado nada de sus orígenes, de dónde venía ni de quién era.

Una pregunta volvió a aparecer en su mente. Una pregunta que se había hecho varias veces desde que captó el rastro de qì en la tienda arrasada del anciano. ¿Qué hacía una chica con un Sello de practicante y una poderosa conexión latente con el qì trabajando de cancionera en un salón de té de tres al cuarto?

Zen se irguió levemente e inclinó la cabeza.

—Conozco la Montaña Cautelosa. En su día fue el hogar de la prestigiosa Escuela de los Puños Cautelosos.

Así como uno de los últimos bastiones de los Noventa y Nueve Clanes, pensó, pero no lo dijo.

—Por suerte, no está a más de dos días de viaje de nuestro destino. Puedo llevarte.

Intentó ignorar la mirada de gratitud de la chica. Misteriosas canciones que oía por la noche, un mago aleador elantio que la perseguía, una visión que la llevaba a una de las escuelas de los clanes de antaño... Si llevarla hasta allí lo ayudaba a descubrirlo todo, Zen no dudaría en hacerlo.

Los inviernos al sur eran diferentes de los de su patria en el norte. A pesar de ello, mientras avanzaban hacia el noroeste, aquella apariencia de verano adoptó maneras de otoño: el bambú dejó paso al fresco aroma de alerces dorados y pinos helados. Zen se despertó una mañana y descubrió que la niebla los rodeaba, un resquicio de escarcha que desaparecía a medida que el sol se filtraba a través del dosel de nubes lluviosas.

Habían puesto especial cuidado en evitar los caminos principales. Sin embargo, en aquel lugar en el que se espesaban los bosques y las sombras se alargaban no había asentamientos humanos de gran tamaño. Haak'gong, en el extremo sur del Último Reino, estaba situada entre una maraña de ondulantes colinas y suaves playas. Por otro lado, las regiones central y septentrional estaban poco pobladas y menos desarrolladas en comparación con la costa oriental, en parte debido al paisaje montañoso, que proporcionaba pocas tierras de labranza. Aparte de la Ruta de Jade, no se habían excavado muchos caminos en aquella zona. El paisaje era muy accidentado y los árboles crecían muy juntos, con lo cual costaba avanzar. Aquel terreno indomable había detenido incluso a los elantios. La región central del Último Reino, que los hin conocían como las Planicies Centrales, era una de las zonas que no habían conseguido conquistar. Brillaban por su ausencia los bastiones y las calzadas pavimentadas que eran señal de las rutas de comercio de los elantios por todo el reino.

A Zen le encantaba aquel lugar. Esa tierra tenía una belleza enorme y salvaje a la que ningún poema o época conseguía hacer justicia. Las montañas se alzaban hacia los cielos plateados, las nieblas se retorcían alrededor de sus picos como dragones dormidos. Los ríos corrían amplios y caudalosos hasta derramarse en lagos tan grandes que podrían ser océanos. Cierta mañana, Zen avistó una bandada de garzas blancas que alzaban el vuelo. Los majestuosos aleteos resonaron mucho después de que se hubiesen alejado hasta no ser más que pequeños puntitos en el sedoso cielo azul.

Era aquella una tierra que los elantios no habían conseguido mancillar. Una tierra por la que Zen aún podía luchar.

La chica era obediente. Seguía sus pasos sin quejarse y llevaba a cabo diligentemente los ejercicios de meditación que Zen le mandaba. Por más alerta que estuvo, Zen no volvió a captar restos de aquellas energías yīn. También era agradable, propensa al tipo de risa que se le abría en el rostro como un viento que agitase unas campanas. Conversar siempre le había parecido a Zen una obligación más a cumplir, mientras que a ella parecía encantarle charlar; un talento que Zen achacó a los ciclos que había pasado trabajando en el salón de té. En un par de ocasiones le pareció atisbar un resquicio de la muchacha terca que le había estrellado una taza en la cabeza, pero el resto del tiempo Lan parecía resuelta a llevarse bien con él, o al menos a intentarlo. Se aseguró además de no mencionar el incidente con el *yāo* ni de volver a preguntar nada relacionado con la práctica demoníaca. Escuchaba con atención las lecciones de Zen sobre los principios del Camino. Cada noche se sentaba a su lado y extendía el brazo para que él lo examinase. Zen comprobaba el Sello y comprobaba que siguiera lo bastante fuerte como para contener el metal. La metalurgia del mago, que estaba hecha de plata, se adentraba más y más en la carne y el hueso de Lan. Cuanto más permaneciese en su interior, más difícil sería de erradicar sin dañar su habilidad de canalizar el qì. Lo más preocupante era que las partes del brazo donde había golpeado el sortilegio empezaban a adoptar un tono violáceo.

—¿Estás segura de que quieres ir a la Montaña Cautelosa? —le preguntó Zen tras la primera semana de viaje.

Habían encontrado un riachuelo en el que pudieron lavarse y acampar para pasar la noche. Zen hizo una hoguera para mantener el calor mientras se secaban. Lan apoyaba el brazo izquierdo en las rodillas mientras él concentraba pequeñas ráfagas de qì en puntos de acupuntura. Quizá no fuera correcto, pero tuvo que admitir que le agradaba el hecho de que Lan hubiese dejado de encogerse o apartarse cada vez que le tocaba el brazo.

Ella alzó la vista, con la mejilla apoyada en la mano y los ojos empañados de sueño.

—¿No dijiste que estaba de camino?

—Así es. —Zen presionó otro nervio—. Pero está protegida tras un Sello de Barrera, tal y como tú mencionaste. Puede que tardemos en encontrarla.

Ella esbozó una sonrisa amodorrada.

—Estoy segura de que tú podrás.

Zen se centró en el brazo. Le resultaba especialmente difícil mantener la guardia alta en aquellos momentos en los que Lan lo miraba con total confianza.

—Usas muy poco la práctica. —Había cerrado los ojos y su voz flotaba lentamente hacia él—. Si yo fuese tan poderosa como tú, la usaría todo el tiempo.

Él apretó los labios.

—«El poder ha de ponerse en práctica pocas veces, a discreción de quien lo usa. No hay que abusar de él». *Clásico de Virtudes,* capítulo uno, verso cinco.

Lan abrió un ojo y lo miró.

—Has memorizado todo el libro.

—Sí.

Ella cambió ligeramente de postura. Las siguientes palabras que pronunció fueron apenas un murmullo.

—Mi madre me dijo que el deber de quienes tienen poder es proteger a quienes no lo tienen.

Zen no supo qué replicar a eso. Esa frase no aparecía en ninguno de los clásicos que había memorizado, ni en ninguno de los textos adicionales con los que se había cruzado.

Lo que hizo fue aplicar presión en otro nervio.

—¿Te duele? —Lan negó con la cabeza—. Hmm.

Zen frunció el ceño.

—¿Debería dolerme? —Lan se espabiló al captar su tono y abrió los ojos—. ¿Pasa algo?

—Me temo que cuanto más tiempo tengas el brazo así, peores serán las repercusiones.

Ella se irguió, del todo alerta.

—¿No habías dicho que tu Sello me protegería por un tiempo?

—Sí, pero... —Pensó por un instante cuál sería el mejor modo de explicárselo—. Ese tiempo solo es una estimación. Seguirá empeorando a una velocidad impredecible, dependiendo de la fuerza del sortilegio del mago... y del poder de mi Sello.

Ella sonrió de un modo que consiguió que Zen apartase la mirada a toda prisa.

—Bueno, poderoso maestro Zen, seguro que podrás protegerme.

No muy seguro de qué responder, Zen le bajó la manga y volvió a ponerse los guantes negros.

—Llegaremos mañana a la Aldea de las Nubes Caídas. Se encuentra a los pies de la Montaña Cautelosa, así que deberíamos tener tiempo de comer algo caliente y descansar un poco antes de empezar a buscar.

Lan se puso en pie y se estiró.

—Comer caliente —soltó un gemido—. ¿Tendrán camas de verdad?

Los labios de Zen se curvaron en una sonrisa.

—Diría que así funcionan todas las posadas.

—¿Y tantos bollos de cerdo como pueda comer? ¡Son mis favoritos! Madam Meng siempre era una rácana con los bollos de cerdo, porque el cerdo es muy caro.

—Tendrán todos los bollos de cerdo del mundo.

Lan soltó un gritito de placer y giró sobre sí misma. Entonces, aquella mirada pícara volvió a asomarle a los ojos y se inclinó hacia él.

—¿Cuál es tu canción favorita? —preguntó—. Estoy tan de buen humor que te la voy a cantar.

Zen vaciló.

—No creo que la conozcas.

—Seguro que sí —insistió ella.

Zen contempló la hoguera.

—En mi hogar natal nevaba mucho. Solíamos despertarnos en medio de un silencio diferente que acarreaba la certeza de que el mundo había girado una vez más y que el invierno había llegado. De ahí proviene la canción: *El sonido de la nieve al caer.*

—Pues tenías razón. No la conozco. —El rostro de Lan se iluminó con aquella sonrisa traviesa. Se acercó a él, apoyó los codos en el regazo y descansó el mentón entre las manos—. Así que tendrás que enseñármela.

—No. Se me da muy mal cantar.

—Yo mejoraré con creces tu actuación.

—Te burlas de mí —dijo, pero la chica mantenía una expresión implacable—. Está bien, de acuerdo. Pero solo una vez.

Cerró los ojos y dejó que el recuerdo creciese en su mente. Empezó a tararear. Praderas que se extendían hasta el horizonte en todas direcciones. Cielos tan azules y enormes que uno tenía la impresión de que podría alargar la mano y tocarlos. Y la nieve, copos grandes como plumas de ganso, que cubrían la enorme tierra con una manta impoluta. Al acabar abrió los ojos y comprobó que Lan lo estaba observando. La luz de la hoguera aleteaba por su semblante.

—Es hermosa —dijo, y se puso de pie.

El *páo* de Lan se desplegó con un revuelo blanco. Aunque tenía aún el abrigo sobre los hombros para tapar las partes desgarradas, empezó a bailar de un modo tan grácil como si no lo llevase.

De sus labios brotó la canción más hermosa que Zen había oído jamás: una versión dulce y magistral de la que había cantado él. La pálida luz de la luna cubría la silueta de Lan e iluminaba los bordes de su sonrisa. Zen se permitió disfrutar de la figura de la cancionera, tal y como había hecho en el salón de té. La noche alrededor de ambos se desvaneció; Zen cayó en el hechizo de nieve y plata de Lan, que hablaba de una tierra natal que ya solo conocía en el recuerdo.

10

«No importa lo lujosa que sea la vida del pájaro enjaulado, siempre está a merced de su amo».

Colección de textos apócrifos y prohibidos, de origen desconocido.

La chica se encontraba en una habitación rodeada de biombos de hierro que iluminaba el tenue resplandor de las lámparas alquímicas. Se apreciaba movimiento al otro lado de las pantallas. Voces plateadas flotaban en el aire hasta ella. Chicas que reían y se chinchaban unas a otras con palabras indiscernibles. Una sombra se movió tras un biombo: una chica de cabello largo y facciones delicadas que empezó a cantar.

Ying. Se trataba de Ying.

Lan se lanzó hacia adelante. El alivio la inundaba…, aunque no sabía muy bien el motivo.

«Te he echado de menos», intentó decir. Sus labios se movieron pero no emitió sonido alguno. Tenía que decirle algo a Ying, algo importante, algo que podría cambiar el curso de sus vidas…, pero no recordaba qué era.

Alargó la mano hacia el biombo para volver a colocarlo en su lugar, pero pareció alejarse cada vez más de ella. La estancia, el calor, la luz…, todo ello se desvanecía. De pronto contemplaba a su amiga tras un muro de hielo. Las cancioneras se deshicieron en risitas, todas reunidas bajo un exuberante ciruelo en flor.

Un frío viento atravesó los huesos de Lan y sacudió el árbol, cuyos pétalos empezaron a caer.

Al posarse en el suelo se convirtieron en sangre.

Tras el muro de hielo, las cancioneras empezaron a chillar. Lan alargó los brazos hacia ellas y corrió tan rápido como pudo, pero el aire se volvió tan espeso como masa de arroz. Lan sintió que corría bajo el agua a contracorriente. En la lejanía atisbó una figura que se acercaba. La silueta se apreciaba con toda claridad tras el hielo. Cuando estuvo a diez pasos de distancia, Lan se dio cuenta de que no estaba tras el hielo.

Sino dentro.

El Mago Invierno salió del muro de hielo, con la armadura de plata y la ondulante capa azul intactas. Sonreía, una expresión que no se alteró lo más mínimo cuando las chicas a su espalda se desvanecieron en la niebla y solo quedó el eco de sus gritos.

«Hola, pequeña cantora», canturreó en su idioma. «Te veo».

«Ahora me lo vas a entregar».

El terror inmovilizó a Lan en el sitio. El Mago Invierno alargó una mano hacia ella. Unos dedos largos y flacos se acercaron a su garganta.

«Te encontré», dijo, y el hielo a su alrededor se hizo pedazos.

Lan se despertó con la sensación de que le habían rajado el brazo con un cuchillo al rojo. Abrió la boca para soltar un grito y sintió un sabor cobrizo en la lengua. El alba no era más que un susurro en el cielo cubierto por el dosel gris de las nubes. Una capa helada cubría el suelo. Atisbó la cabeza de Zen, que asomaba por encima de las matas de hierba. El chico siempre se echaba a dormir justo a seis pasos de ella, aunque a medida que avanzaba el viaje al norte y las noches se volvían más frías, Lan se acercaba más a él después de que su respiración se acompasara, hasta acurrucarse a su lado en busca de calor.

Intentó pronunciar su nombre una vez más, pero todo lo que consiguió fue sufrir un ataque de tos que la dobló por la mitad. La sangre le goteó por el mentón.

Zen se agitó. Se volvió hacia ella y, en cuanto la vio, la niebla del sueño se desvaneció de sus ojos.

—¿Lan? ¡Lan!

En apenas un instante estaba de rodillas, con los guantes quitados y las manos en las muñecas de Lan. Tenía los dedos fríos como el hielo al contacto; Lan se apartó.

—El mago —jadeó. Las palabras le sonaron incomprensibles—. El Mago Invierno..., dice que me ha encontrado.

—Lan, cálmate. —Zen le apretó más los brazos mientras ella se revolvía—. Has tenido un mal sueño.

Un sueño..., había sido solo un sueño. Pero, entonces, ¿por qué le había parecido tan real?

Zen le agarró el brazo izquierdo y lo giró. Lan contempló con horror que la piel se le había puesto de color verde. El metal que le corría por las venas había adoptado un enfermizo tono grisáceo.

—Está infectada —oyó que decía Zen. Hablaba con la voz turbada y el ceño fruncido mientras examinaba el Sello que le había grabado—. No lo comprendo. Solo ha pasado una semana desde que dibujé el Sello. El sortilegio del elantio parece haberse vuelto más fuerte...

Una punzada de dolor le recorrió el brazo hasta el hueso. Lan reprimió un grito. Tenía la frente perlada de sudor, lo sentía correr por la sien.

—Puedes puedes hacer algo, ¿verdad? —preguntó con la respiración alterada.

—Pues... —por primera vez, una sombra hecha de pánico puro revoloteó por la cara de Zen—. La verdad es que no, o al menos no puedo hacer nada duradero. Tenemos que llevarte a la escuela. Hay practicantes de Medicina que podrán ayudarte...

Entre las nieblas del dolor, una imagen asaltó a Lan, una resolución que se agarraba con fuerza a su corazón y se negaba a dejarla.

Nieve, una mujer con túnica blanca, la canción de un laúd de madera.

—Tengo que ir a la Montaña Cautelosa —graznó.

—No hay tiempo…

—¡Por favor!

El grito de Lan sobresaltó a Zen, que compuso una expresión perpleja. Ella notó que las lágrimas le corrían por las mejillas, frescas sobre la piel. Y sintió una vez más que la garra de la impotencia tiraba de ella, que la apartaba de lo que había estado buscando toda la vida, justo en aquel momento en que estaba tan, tan cerca.

—Es lo último que me dejó mi madre: la última oportunidad de comprender el motivo de su muerte. Tengo que encontrarlo. Lo necesito.

Se le emborronó la visión, ya fuese a causa de las lágrimas o por estar cerca de perder la conciencia. Parpadeó y se obligó a centrar la vista, y vio que el rostro del practicante se cernía muy cerca del suyo. De algún modo, Lan lo había agarrado de la camisa y se lo había acercado de un tirón. Zen tenía mechones de pelo pegados a la frente y le miraba alternativamente ambos ojos. Buscaba algo. Una tormenta residía en sus ojos, un remolino de humo que provenía de una guerra que se libraba, cruenta, en el interior del chico.

Luego, su expresión se calmó. Cerró con delicadeza la mano sobre la de Lan.

—Te acompañaré a la Montaña Cautelosa —dijo—, pero ahora he de llevarte a mi escuela para que puedan neutralizar la metalurgia que se está cebando con tu brazo.

Ella no soltó la camisa ni apartó la mirada.

—¿Me lo prometes?

—Te lo juro.

Entonces sí que lo soltó, sin un ápice más de energía. Sintió que el practicante se echaba hacia delante y le levantaba la muñeca izquierda. Sus mangas la rozaron. Los dedos de Zen toquetearon el Sello. Pequeñas descargas tranquilizantes le recorrieron el brazo. Sintió que la conciencia la abandonaba.

Cuando volvió a abrir los ojos, el cielo estaba más claro. Aún le dolía el brazo, pero el dolor se había amortiguado en comparación con la agonía al rojo vivo que había sentido antes. Al girar la cabeza vio que tenía otro Sello en la muñeca. Reconoció las ondulaciones negras que se asemejaban a llamas. Alzó la mirada y vio al practicante apoyado en el tronco de un árbol de hoja perenne.

Lan se obligó a erguirse hasta quedar sentada.

—¿Zen?

Aquellos ojos de largas pestañas aletearon y se centraron en ella.

—¿Te encuentras bien?

Lan asintió.

—¿Y tú?

Él volvió a cerrar los ojos.

—Contrarrestar la metalurgia elantia… requiere energía. Necesito un poco de tiempo para reponer el qì.

A Lan no le gustó verlo así: los labios resecos y agrietados, el rostro y la ropa empapados de sudor. Echó mano de la jícara, pero estaba vacía.

—Voy a buscar agua —dijo.

Zen no respondió. La tranquilidad se hizo dueña de sus facciones, algo que Lan había aprendido a identificar como señal de que estaba sumido en la meditación. Se había quitado los guantes y las botas y había plantado ambos pies en el suelo, un método para reponer el qì basado en rodearse el cuerpo de elementos naturales tanto como fuera posible, según había aprendido Lan.

Ella se puso de pie y se dirigió al riachuelo cercano. Aún tenía el cuerpo caliente, si bien no tan febril como antes. La cabeza empezaba a despejársele. Se había levantado una bruma mañanera que flotaba entre los dorados alerces y pintaba las hojas de gris. Lan oyó el borboteo del arroyo antes de encontrarlo entre dos riberas cubiertas de musgo.

Se agachó junto al arroyo y metió la jícara bajo la superficie. La corriente de agua le refrescó la mano. El bosque estaba inusualmente tranquilo a aquella hora de la mañana, ausentes los chirridos de los zorzales y el correteo de urogallos y demás animalillos por los arbustos. De hecho, pensó mientras levantaba la jícara para dar un trago, en el aire flotaba una tensión parecida al silencio antes de la tormenta. Como si el mismísimo bosque estuviese aguantando la respiración.

Dio un sorbo de agua… y se quedó helada.

En primer lugar notó la sensación densa y opresiva del metal en el qì.

Y luego los vio.

Al otro lado del riachuelo, entre las fantasmales siluetas de los alerces dorados, algo se movía. No eran sombras, sino luz: el gris del cielo que se reflejaba contra la plata. Esquirlas de tono azul que aparecían y volvían a desaparecer de la vista. El símbolo de una corona alada.

El hielo se rompió en sus venas.

Elantios.

Imposible.

¿Cómo podía ser que estuvieran allí? Zen le había dicho que la región central del Último Reino era segura, que los elantios aún no habían conseguido conquistar aquella extensión de tierra enorme y salvaje. Allí, donde los pinos crecían libres y retorcidos, no había calzadas de cemento que rajasen la tierra. Allí, donde las montañas reinaban bajo el cielo sin fin, no había bastiones elantios de metal y mármol.

Allí solo estaba su tierra, la de los hin, la última que quedaba. Pero los elantios también la habían encontrado.

De repente, los recuerdos de la semana pasada, el viaje bajo la protección de los bosques de bambú y los pinares, el aprendizaje de las antiguas artes del reino; todo se alejó de ella como un remoto sueño. Dejó de sentir los brazos y se le escapó la jícara de las manos. La atrapó por el cuello antes de que cayese, y se escondió bajo unos arbustos. Se asomó y vio a uno de los soldados, que rompía la formación y contemplaba la ribera del riachuelo en la que ella se escondía. Cuando estuvo segura de que no la veía, Lan empezó a retroceder despacio.

Casi había llegado a la seguridad de los árboles cuando sucedió.

Un conejo salió disparado de entre la maleza y chocó contra su talón. Lan ahogó un grito, pero no pudo evitar caer de boca. Detuvo la caída con las manos pero la jícara se hizo pedazos en el suelo.

Al otro lado del riachuelo, todos los soldados elantios se giraron y le clavaron la vista como se clava una mariposa en un corcho.

En el momento en que empezaron los gritos, Lan abandonó toda precaución. Giró sobre sus talones y echó a correr.

El corazón le retumbaba en los oídos, el aire frío del invierno penetraba en sus pulmones como esquirlas de cristal. Elantios. Había elantios allí, en la seguridad del bosque, en las Planicies Centrales. Una vez más la habían encontrado. Una vez más habían invadido la tierra de sus ancestros, un espacio privado en el reino que hacía apenas unos instantes les había pertenecido solo a ella, a Zen y a su pueblo.

Algo pasó silbando junto a su oreja. Una flecha se clavó en el tronco de un alerce ante ella. El asta se sacudió hasta detenerse. La flecha estaba hecha por entero de un metal pulido, suave y antinatural; muy distinta de las astas de pino y plumas de ganso de las flechas del ejército hin. Lan pasó a la carrera junto al metal brillante cuya punta estaba hundida en la piel del alerce.

Y pensar que había empezado a creer que el peligro no era más que un recuerdo lejano. Debería haber sabido que no iba a ser así y que el peligro sería una sombra que los elantios proyectarían sobre todo su mundo mientras existieran.

Corrió con las manos apretadas. Las lágrimas de miedo se convirtieron en lágrimas de furia que se le agolparon en la garganta hasta derramarse.

¿Cuándo sería libre del todo? ¿Cuándo estaría del todo a salvo?

Sabía la respuesta.

Cuando sea poderosa.

Lan irrumpió en el claro donde había dejado a Zen. Él alzó la mirada, sobresaltado. Lan se hincó de rodillas con una nueva punzada de dolor en el brazo y en el costado. Le ardían los pulmones al respirar. Consiguió resoplar una única palabra:

—Elantios.

11

«Yīn y yáng, mal y bien, negro y blanco, demonios y humanos. Así se divide el mundo, ese es el Camino. Todo lo que no pertenezca al Camino de la práctica ha de ser aniquilado».

Emperador Jīn, «Primer Decreto Imperial de Práctica», Era del Reino Medio.

—Imposible.

Zen se puso en pie a duras penas, agarrado al tronco del árbol a su espalda para estabilizarse. Luchar contra la metalurgia elantia siempre suponía un tremendo esfuerzo. La magia que usaban era la antítesis del modo en que los practicantes empleaban el qì: era como si tomasen uno de los elementos naturales y lo retorciesen de alguna manera hasta convertirlo en algo todopoderoso, pero eso se cobraba un altísimo coste… y terminaba siendo completamente monstruoso.

Lan estaba apoyada en manos y rodillas, los ojos cerrados.

—Los he visto. Nos han encontrado.

En todos sus años tras la conquista, Zen jamás se había cruzado con fuerzas elantias más allá de los puestos fronterizos y las grandes ciudades hin. ¿Qué posibilidades había de que una legión se hubiese adentrado en las Planicies Centrales y encontrado a la chica a la que habían estado buscando? A esa chica con extrañas energías yīn y con un misterioso Sello a la que buscaba el mago aleador de alto rango de los elantios.

Y sin embargo... al expandir la conciencia hacia las corrientes de qì que fluían a su alrededor, Zen lo sintió por fin: la pesada y abrumadora presencia del metal.

Tenían minutos, o quizás incluso menos, antes de que los hallaran. Zen miró a la chica, así como la abominable metalurgia del brazo. Y su propio Sello, que había dibujado para refrenar el veneno y rejuvenecer su qì. Aun así, la chica temblaba. No llegarían muy lejos; no tenían la menor posibilidad de escapar de los elantios. Si avanzaban al paso que llevaban se arriesgarían a guiar a los elantios hasta la ubicación de la escuela. La Escuela de los Pinos Blancos había permanecido escondida durante siglos bajo un poderoso Sello de Barrera. Mientras que otras escuelas habían caído a su alrededor, la Escuela de los Pinos Blancos había resistido el paso de dinastías, el ascenso y la caída de emperadores y hasta la invasión elantia.

Zen prefería morir antes que revelar su ubicación. Solo quedaba una solución: un Sello de Portal.

Todo Sello de Portal constaba de dos únicos principios que el practicante debía recordar. En primer lugar debía llevar a una ubicación que el practicante conociera y que pudiera visualizar fácilmente a partir de sus recuerdos. En segundo lugar, la distancia a la que era posible transportarse era directamente proporcional a la cantidad de qì requerido.

Zen jamás había usado el Sello de Portal para desplazarse más allá de cien *lǐ*, el equivalente aproximado a cien días de viaje. Según sus cálculos se encontraban a cinco días de viaje de la escuela.

En su estado actual, intentar un salto de semejante distancia resultaría casi mortal.

No tiene por qué ser así. Una voz dormida ascendió en un susurro en su mente como polvo que agita el viento. *Sabes que no.*

Con un estremecimiento, Lan se irguió, aún de rodillas, y se llevó la mano derecha a la cintura. Sacó algo de un bolsillito interior. Zen tardó un instante en reconocerlo.

Se trataba del cuchillo de mantequilla del salón de té, el que había enarbolado cuando se topó con ella en la Estancia de la Flor del Durazno junto a un Ángel muerto en el suelo. La chica lo alzó, con la resolución pintada en el rostro, como si toda su vida dependiese de aquel pequeño cubierto de cristal.

Y con esa misma expresión se giró hacia los elantios que se aproximaban. Zen comprendió que aquello no era el valor de una guerrera dispuesta a morir matando, sino la desesperación de una muchacha que no tenía escapatoria alguna ni escondite posible.

Pensó en la primera mañana después de que se conocieran, la luz del alba que le pintaba el rostro con fieros trazos rojizos y dorados. «Enséñame a ser poderosa para que no tenga que ver caer a más seres queridos a manos del régimen elantio».

Zen se aproximó a ella con tres pasos. La agarró de la muñeca derecha y se la acercó de un tirón.

En la expresión de la chica aleteó el desconcierto.

—¿Qué…?

—Voy a usar un Sello de Portal para que salgamos de aquí —dijo.

Ella parpadeó y contempló alternativamente los ojos de Zen con esa mirada sagaz que tenía. Zen vio que repasaba todo lo que le había enseñado en la última semana y llegaba a una conclusión:

—No vas a poder —balbuceó—. Aún no te has recuperado del todo…

—Me queda suficiente fuerza —dijo Zen en tono amable—. ¿Para qué sirve el poder sino para proteger a quienes no lo tienen?

El rostro de Lan cambió al reconocer las palabras parafraseadas de su madre. Durante las últimas noches, Zen había permanecido despierto, contemplando las estrellas y reflexionando sobre el significado de aquellas sencillas palabras.

—El lugar en el que estamos a punto de entrar se llama Allí Donde los Ríos Fluyen y los Cielos Llegan a su Fin —prosiguió Zen—. Es donde se encuentra la Escuela de los Pinos Blancos, escondida tras un poderoso Sello de Barrera. Mi Sello de Portal no puede romper el Sello de Barrera, pero nos dejará muy cerca. Si sigo consciente...

—¡Zen!

— ... tendrás que dejarme y subir la montaña en busca de ayuda. No te pares, da igual lo que veas u oigas. —Le apretó la muñeca—. ¿Lo has entendido?

Los ojos de Lan, ardientes, le escrutaron el rostro. Tenía la respiración agitada.

—Yo tenía razón —susurró—: Estás loco.

—Llegará un punto en el que accionarás el Sello de Barrera. No podrás cruzarlo pero acudirán a ti discípulos de la escuela. Diles que estás conmigo y te ayudarán.

Otro asentimiento. Las energías a su alrededor se agitaban; a cada momento que pasaba se hacía más presente el peso del metal. No muy lejos, Zen oyó el sonido de ramitas al partirse, los pasos uniformes de las botas en el suelo. El ejército elantio se acercaba.

Tragó saliva.

—Agárrate fuerte a mí.

Los brazos de Lan, pequeños pero vigorosos, se cerraron sobre su cintura. Apretó la mejilla contra el pecho del chico, la oreja apoyada a la altura del corazón.

Zen inspiró hondo, alzó la otra mano y empezó a dibujar. Recordaba el Sello de memoria. Cada trazo y su función brillaban con fuerza en la mente de Zen. El qì fluía de la punta de su dedo. Los trazos de tierra y tierra, enfrentados desde cada extremo del círculo y separados por líneas de distancia. Un remolino aquí, un punto allá, trazos que representaban partida y destino.

Los pasos retumbaron en el terreno del bosque. Más allá de la espesura se oyó el sonido de las espadas al desenvainarse. Con los ojos cerrados, Zen trazó un círculo completo. El inicio se unió al final, el yīn se unió al yáng, y el Sello se abrió ante él con una llamarada de fuego negro. El qì empezó a hacer efecto y Zen se concentró en el Fin de los Cielos. El lugar apareció en su memoria, las montañas ondulantes que se extendían hasta donde alcanzaba la vista, rodeadas de nubes y niebla, tocadas con ríos blancos, repletos de vida y belleza. Vio el lugar más de cerca: los templos que descansaban en él, los muros blancos como caracolas y los tejados de tejas grises que se curvaban hacia el cielo. El impoluto peñasco que descansaba en lo alto de los escalones que ascendían por la montaña y en la que estaba grabado el nombre de aquel lugar con fluidos trazos caligráficos:

Allí Donde los Ríos Fluyen y los Cielos Llegan a su Fin.

Un trazo recto que conectaba punto de partida y destino final.

Y luego un barrido que cerraba el círculo.

La energía fluyó de él hacia el Sello: el principio del intercambio equivalente según las leyes de la práctica. El Sello absorbió la energía de su qì y cobró vida, y Zen... Zen proporcionó más y más energía. Sintió que se le agostaban las extremidades y se le marchitaban los pulmones. Se hundía bajo el agua, se ahogaba, la luz sobre él disminuía..., pero el Sello seguía absorbiendo más.

Unos puntos aparecieron ante sus ojos. Se derrumbó sobre la chica y sintió que las manos de ella se apretaban más en torno a su cintura. *Es demasiado. Ha sido demasiado ya desde el principio.*

Se le ralentizaron los latidos del corazón. La conciencia descendía y descendía en espiral hacia el borde de la oscuridad, hacia el abismo que se abría para engullirlo.

Y entonces surgió una voz que lo envolvió.

Aquí estoy.

Unas llamas negras estallaron ante su vista, le rodearon brazos y piernas y lo lanzaron hacia delante. Algo cobró vida en los más profundos rincones de su mente: un eco hondo y retumbante seguido de una ráfaga de poder. El qì lo inundó como un soplo de aire fresco. El Sello de Portal era de pronto muy pequeño, insignificante, y Zen no pudo recordar una época en la que invocarlo hubiese sido difícil.

Esto es solo para que lo pruebes, dijo esa voz que era su voz, los pensamientos de ambos mezclados en uno. *Libérame y tendrás todo el poder del mundo.*

No, *no*, no podía, no iba a hacerlo. Aquella cosa en su interior era una abominación, una monstruosidad, una plaga, una afrenta al Camino que, de alguna manera, su maestro había tolerado durante todos aquellos ciclos. Lo que no pertenecía al Camino de la práctica debía ser aniquilado.

Con toda la fuerza que pudo reunir, Zen se apartó de aquel abismo negro. Cuando se le aclaró la vista, vio que las llamas de su Sello lo envolvían. Una ilusión resplandeció ante él: montañas verdes, pálida niebla y una hilera de garzas que avanzaban por el cielo como un trazo de pintura blanca. Una escena familiar, un lugar seguro.

Su hogar.

Zen cerró los ojos y se agarró fuerte a Lan. Ella se estremeció contra él, apretada contra su pecho, con un pequeño gimoteo.

Y juntos se lanzaron hacia delante.

Zen aterrizó sobre un manto de hierba tersa. Tardó un instante en orientarse. El aire era de pronto más liviano. El frío de la humedad lo calaba hasta los huesos. Percibió a su alrededor el canto de los pájaros, el chirrido de los insectos y el soplo del viento a través de las hojas.

Al frente se alzaba una montaña. No se distinguía camino alguno para llegar a ella, y tampoco había señales de ningún tipo, aparte de un viejo y nudoso pino que se inclinaba hacia él, con ramas irregulares y extendidas como brazos, como si le diera la bienvenida.

Zen dejó escapar un largo suspiro. Se trataba del Muy Hospitalario Pino, una señal que había colocado allí el maestro supremo de la escuela. Solo quienes conocían la verdadera ubicación de la escuela sabían que caminar bajo aquel pino suponía activar el Sello de Barrera: un Sello antiguo y muy usado que protegía los límites de un territorio dado. Los criterios de paso variaban. En aquel caso, el Sello había sido trazado para permitir la entrada a quienes no pretendían hacer daño al Fin de los Cielos. Era un Sello muy sagaz: quienes se tropezaban de casualidad con la zona se encontraban con un banco de niebla y un camino montañoso que desaparecía cuanto más avanzaban. Y quienes pretendían hacer daño a la Escuela de los Pinos Blancos y a sus ocupantes se topaban con la ira de practicantes muertos largo tiempo atrás y enterrados allí. Sus espíritus defendían la santidad de la escuela por toda la eternidad.

Incluso si se conseguía pasar el Sello de Barrera era necesario ascender los casi mil escalones de piedra que llevaban hasta las puertas de la escuela. La mayoría de los discípulos empleaba las Artes Ligeras para subir a saltos de diez o veinte escalones. Sin embargo, en ese momento Zen casi no se tenía en pie.

En semejante estado iba a necesitar ayuda.

—Lan —murmuró.

Fue entonces cuando percibió un calor pegajoso en las manos y se dio cuenta de que Lan seguía entre sus brazos, pero inusualmente callada. Ambos yacían a los pies de la montaña hechos una maraña. El *páo* de Lan se le enredaba en los pantalones. La chica aún le rodeaba la cintura con las manos. La sangre empapaba la hierba a sus pies, un charco rojo que resaltaba sobre el agradable paisaje de tonos verdes y grises.

El pánico lo sacó de las nieblas del cansancio al ver de dónde provenía la sangre: una flecha de metal que asomaba del costado de Lan. Recordó que se había encogido en sus brazos justo antes de que el Sello se los tragase. Recordó el sonido que emitió. No había sido un gemido de miedo, sino de dolor.

Lan tosió; un sonido húmedo y bronco. De sus labios manó sangre, que le trazó un retorcido camino rojo en el mentón. Zen observó las curvas de los pómulos de la chica, las medialunas oscuras de las pestañas, esa boca amplia deslenguada, tan propensa a reír a pesar del dolor. Si no la ayudaba, moriría.

«Mi madre me dijo que el deber de quienes tienen poder es proteger a quienes no lo tienen».

A Zen apenas le quedaba energía para caminar, mucho menos para trazar un Sello. Sin embargo, sabía que si aprovechaba ese abismo en su interior encontraría mucho poder. Poder en ciernes, como una tormenta.

Cerró los ojos y miró dentro de sí.

El mundo se oscureció. El qì fluyó hacia él con el estruendo de un océano furibundo. Sintió que se ahogaba y al mismo tiempo revivía.

Cuando volvió a abrir los ojos, había algo, alguien, a su lado. Alguien que veía por sus ojos y respiraba por su boca. Alguien que movía sus brazos y piernas.

Se inclinó y alzó a la chica que yacía a sus pies. La acunó contra el pecho. Era extrañamente ligera. Le apoyó la cabeza en el hueco del cuello como si de una muñeca de trapo se tratase. Contempló la sangre que manaba de la herida con una indiferencia extraña, clínica.

Parpadeó. La frente se le perló de sudor. *Soy Zen*, pensó. *Tengo el control. Mando sobre ti.*

La presencia en su mente retrocedió. Se le aclaró la vista. El Sello de Barrera fluctuó ante él. El pino de apariencia inocua pareció vigilarlo mientras se acercaba.

Zen aguantó la respiración y cruzó.

Sintió cierta resistencia durante un instante, el qì se arremolinó a su alrededor como una niebla espesa. En esa niebla se oían los susurros de almas perdidas en el tiempo. El aliento de fantasmas no olvidados le acarició la nuca. Garras invisibles se introdujeron en las profundidades de su corazón para ponerlo a prueba. Durante un instante temió lo que podría encontrar el Sello en su interior, quizás el monstruo que había sido cuando su maestro supremo lo llevó montaña arriba hacía once ciclos. O el material del que estaban hechas sus pesadillas: cuchillos forjados en metal que ardían, los conquistadores que los empuñaban contra gente como él. O retazos aún más antiguos: lejanos gritos, el olor de la hierba en llamas, sangre que salpicaba sus zapatos. Un banderín dorado que ondeaba bajo un cielo azul.

La respiración farragosa de Lan, pegada a él, lo sacó de sus cavilaciones. La chica apoyaba la mejilla en su pecho. La parte más suave de la garganta de Lan era visible. Podía ver la vena oscura que le recorría el cuello, y lo que parecía ser el latido que la sacudía levemente.

«Puedo serte de utilidad», le había dicho la noche en que se conocieron. Pestañas ensombrecidas, ojos como guijarros bajo el agua, labios temblorosos.

Pero bajo toda esa apariencia había fuego. Zen lo había percibido. Cualquier persona se habría rendido, pero aquella chica… lo había mirado a los ojos y le había pedido un intercambio equivalente.

Zen se la acercó para afianzarse en medio del torbellino que tenía en la cabeza.

La niebla, los susurros y las garras retrocedieron con un suspiro múltiple. La tormenta se disipó. El Sello de Barrera le permitió el paso y un camino se abrió entre los pinos. Las nubes dejaron ver un cielo soleado con la cualidad afilada del invierno.

Zen empezó a subir.

La presencia, el poder que tenía dentro, desaparecía. Se retiraba al abismo en el que residía. Cada paso le exigía más. Lan pesaba cada vez más en sus brazos.

Novecientos noventa y nueve escalones hasta la cima. La primera lección de la práctica estaba tallada en la mismísima entrada de la escuela: en el Camino no había atajos.

Ya fuera por fuerza de voluntad o desesperación para vivir, Zen llegó a la cima. A medida que ascendía, el aire se volvió más frío y neblinoso. La condensación humedecía los escalones, las hojas y ramas susurraban en armonía con el murmullo del agua que corría no muy lejos. Por fin, los escalones de piedra culminaron en una extensión plana de terreno. El bambú y los árboles de hoja perenne se espaciaron para revelar un zigzag de templos engarzados en la montaña, un *pái'fāng* compuesto de dos columnas de piedra y una enorme roca pulida que parecía haber brotado del mismo suelo.

Y frente a todo eso, aguardaba un hombre vestido con una túnica que se derramaba por su cuerpo como la nieve.

Zen cayó de rodillas. El maestro supremo de la Escuela de los Pinos Blancos habló con voz clara como una gota de tinta que se ramificaba al caer en el agua.

—Ah, Zen, justo a tiempo. Las camelias rojas ya han florecido.

12

«Quien tiene nobleza se muestra amable tanto con sus iguales como con sus inferiores».

Analectas kontencianas (*Clásico de Sociedad*), 6:4.

Lan volvió en sí poco a poco, quitándose de encima jirones de sueño. La escena se presentó ante ella con tintes oníricos. La luz del sol se le derramaba por la piel, cálida y suave. Una brisa fresca le besaba la mejilla y arrastraba con ella el aroma de la lluvia y los pinos. Sobre su cabeza se alzaba un techo de madera de secuoya cuyas cornisas estaban adornadas con tallas de criaturas mitológicas y dioses del panteón hin. A su lado había un biombo pintado con figuras que representaban a sabios hin encorvados sobre pergaminos entre montañas escarpadas y ríos serpenteantes. La imagen podría haber pertenecido a un estudio de su antigua casa con patio. En el estado entre el sueño y la vigilia en el que se encontraba, Lan casi esperaba que entrase una criada por las puertas de madera, cargada con una bandeja de arroz humeante cubierto de frutos secos y dátiles.

Lan giró la cabeza y se arrepintió de inmediato. Tenía el brazo izquierdo desnudo. De la piel le brotaba una docena de largas agujas más finas que un cabello. Reprimió un grito y se irguió hasta quedar sentada. Luego agarró un puñado de las agujas del brazo y se las sacó de un tirón. La herida del costado le dio una punzada. Lan apretó los dientes, arrojó las agujas al suelo y agarró otro puñado.

Algo se movió tras el biombo en el momento en que tiraba el último puñado de agujas al suelo.

—¿Señorita? —preguntó una voz desconocida. Un tono de tenor suave y poco impresionante—. ¿Estás despierta?

Asomó un hombre joven vestido con un anodino *páo* blanco ceñido en la cintura con una sobria faja azul. Presentaba una estampa clara como el agua de un estanque: un rostro delgado y amable enmarcado por una melena que se curvaba a la altura del pálido y esbelto cuello. Tenía una marca en el centro del labio superior. *Labio leporino*, pensó Lan, lo que los aldeanos solían llamar «labio de conejo» en un alarde de crueldad.

La boca del chico se abrió en una expresión de sorpresa al contemplar la escena ante sí: Lan resoplaba y se estremecía sentada en la cama, las vendas del costado casi rotas y el suelo cubierto de agujas.

—Oh, no —dijo el recién llegado.

—¿Qué es esto? —resopló Lan—. ¿Quién eres tú?

El joven pareció de pronto muy azorado.

—Mis disculpas. Mis estudios han hecho que olvidase mis modales, como diría mi *shī'fù*. Me llamo Shàn'jūn, soy discípulo de Medicina. Estaba... estaba intentando curar tu brazo con acupuntura.

Shī'fù: maestro. Discípulo de Medicina. Lan paseó la vista en derredor. Al otro lado del biombo atisbó las estanterías de madera que se repartían por la pared del fondo..., solo que, en lugar de libros, estaban llenas de cajas y cajones.

—Esta es la Cámara de las Cien Curaciones —prosiguió el chico, Shàn'jūn—. No sé si lo sabes, pero... estás en la Escuela de los Pinos Blancos.

A Lan se le despejó la cabeza. Volvió a estudiar el entorno con más atención. Apenas un par de lámparas de papel iluminaban pobremente la estancia. La luz del sol se derramaba, suave, por la puerta abierta. Estuvo bastante segura de que llevaba varias horas inconsciente, como mínimo.

Se llevó la mano al costado. Alguien le había quitado el *páo* desgarrado del salón de té y le había puesto una túnica limpia, demasiado larga para su complexión pero aun así cómoda. Tenía el torso envuelto en delicadas vendas.

La flecha. Los elantios…

—Zen —balbuceó Lan—. ¿Dónde está Zen?

—Está con nuestro maestro supremo —fue todo lo que dijo el discípulo, tras lo que se agachó para recoger las agujas desparramadas por el suelo—. Mis disculpas si te he sobresaltado. Estas agujas sirven para equilibrar el qì en tu cuerpo. De tu brazo izquierdo mana un exceso de yīn. He colocado las agujas en el yáng para drenarlo.

Alzó una de las agujas. El metal parecía haberse ennegrecido levemente.

—Puede que nuestra medicina tradicional hin no sea muy efectiva contra la metalurgia elantia, pero al menos ayudará algo.

Lan volvió a examinarse el brazo izquierdo. Las venas seguían de un color gris oscuro y la sangre alrededor estaba salpicada de manchas púrpuras y grises, como si el metal del interior hubiese empezado a oxidarse. La parte infectada había llegado hasta el codo. El Sello de Zen empezaba a desvanecerse sobre la piel. La cicatriz, en cambio, se veía pálida. La metalurgia del Mago Invierno no había penetrado el círculo.

Cicatriz. Sello.

Montaña Cautelosa.

Tenía que ir a la Montaña Cautelosa.

Le dedicó al discípulo de Medicina una mirada analítica.

—¿Puedes arreglarme el brazo? —preguntó.

—La medicina tradicional hin es un proceso lento, y tu brazo requiere atención inmediata. Por suerte, en la Escuela de los Pinos Blancos hay un maestro versado en el lenguaje de los metales. Seguro que podrá hacer algo. Si combinamos nuestros esfuerzos podrás volver a la normalidad muy pronto. —Le dedicó una sonrisa alentadora—. Debes de estar muerta de hambre... ha pasado la hora del cordero. Te voy a traer algo de comer.

La hora de la cordero. Lan no oía expresiones cronológicas hin desde que era niña. La mayoría de la gente de Haak'gong se había adaptado a los relojes elantios, que sonaban a cada hora. Una campana hin equivalía más o menos a dos horas elantias. A cada segmento le correspondía uno de los doce animales de los signos del zodiaco. Todo ello se basaba en un ridículo razonamiento que Lan nunca había conseguido memorizar de pequeña. La hora del cordero empezaba con la primera campana tras el mediodía.

En aquel lugar de infraestructura, ropajes y costumbres tradicionales hin, parecía como si el pasado hubiese sido conservado en una botella. Algo que, de un modo imposible y milagroso, había sobrevivido al paso del tiempo y a las manos elantias.

Quiso seguir al discípulo de Medicina al otro lado del biombo, pero este ya se había retirado a la habitación de atrás. Del interior llegaron hasta ella repiqueteos y un aroma penetrante.

Se oyeron pasos por la cámara: rápidos, altos y pesados, casi militares. Un instante después, una figura apareció en el dintel y amortiguó la luz que entraba. La recién llegada vestía un *páo* con placas de armadura metálica que cubrían hombros, pecho y muslos. Tenía una densa mata de cabello negro peinada a la raya en medio y recogida en dos moños apretados en la coronilla. El tajo rojo y grueso que era la boca cortaba su rostro largo y anguloso. Un parche negro le tapaba uno de los ojos, mientras que el otro tenía el tono gris de las tormentas y las espadas. Dicho ojo se entrecerró cuando su dueña entró en la cámara y se detuvo ante Lan.

—Así que eres tú quien está causando todo este alboroto —dijo. A pesar de su altura parecía tener más o menos la misma edad que Lan. El modo en que hablaba exudaba desdén.

Lan resistió la tentación de poner los ojos en blanco.

—Este sitio parece muy tranquilo —dijo.

La chica apretó la mandíbula. Señaló a Lan.

—He venido a examinar la metalurgia elantia.

Lan ladeó la cabeza.

—¿Te refieres a mi brazo?

—A la metalurgia de tu brazo.

—Normalmente te lo permitiría —dijo—, pero con esa actitud de mierda seca has conseguido que cambiase de opinión. Vuelve cuando tengas modales.

Durante un instante la otra chica guardó un silencio aturdido. No tardó en recuperarse, y retorció las facciones en un gesto de rabia ultrajada.

—¿Dónde te has criado tú, cachorrita insolente? —espetó—. Hay que destruir la metalurgia que tienes en el brazo. Desde aquí puedo percibir el hedor corrosivo que suelta, por más que el Sello de Zen intente ocultarlo.

—¿Dónde está Zen? —quiso saber Lan.

Los labios de la chica se curvaron.

—¿Tienes la osadía de pronunciar su nombre? Pero claro, a fin de cuentas, casi se convierte en Renegado por tu culpa... —Se contuvo de decir nada más.

Renegado. Era la primera vez que Lan oía aquella palabra pero, por algún motivo, pensó en aquel momento en Haak'gong en que los ojos de Zen se habían tornado de color negro, en el frío que le había asomado al rostro, como si algo hubiese tomado el control de su cuerpo. Había sucedido justo antes de que trazase el Sello de Portal para transportarlos a ambos al Bosque de Jade.

Zen había usado el mismo Sello para llevarlos hasta la escuela... a mucha más distancia.

—¿Dilaya *shī'jiě*? —Shàn'jūn asomó por la puerta de las cocinas. Se había referido a ella con tono amable y con el título honorífico que indicaba que la chica era discípula superior.

Shàn'jūn sostenía un cuenco de porcelana que había estado revolviendo y sobre el que había estado soplando para enfriarlo un poco. Paseó la vista entre las dos chicas y se encogió.

—¿Os han presentado ya? Si no, permitidme hacer los honores. Señorita Lan, te presento a Yeshin Noro Dilaya, discípula de Espadas. Dilaya *shī'jiě*, te presento a...

—No necesito que me presenten a una ramera elantia que solo tiene una sílaba por nombre —ladró Dilaya.

—Ni yo a otra ramera con un nombre de tres sílabas —replicó Lan.

Shàn'jūn estuvo a punto de dejar caer el cuenco. Solo por eso casi valió la pena.

Dos manchitas rojas aparecieron en las mejillas de Dilaya.

—Quítate de mi camino —prácticamente escupió a Shàn'jūn—. ¿Acaso no has oído los rumores que corren por toda la escuela hoy? Los elantios van tras ella, ¡y el muy cretino de Zen los ha guiado hasta nuestras puertas!

—Dilaya *shī'jiě* tiende a exagerar mucho cuando habla —dijo Shàn'jūn tras volverse hacia Lan—. Estoy seguro de que todo esto no es más que un gran malentendido. Pero bueno, veamos, no soy cocinero, pero te he preparado un cuenco de…

—¿A qué te refieres con eso de que «Zen los ha guiado hasta nuestras puertas»? —le preguntó Lan a Dilaya—. Si usamos el Sello de Portal fue precisamente para que no pudieran seguirnos.

—Están más cerca de lo que nunca han estado en los últimos doce ciclos, desde que destruyeron todas las escuelas cercanas —ladró Dilaya—. No puede ser casualidad que una chica que lleva su marca en el brazo aparezca dentro de nuestro Sello de Barrera. Esa asquerosa metalurgia elantia no debería haberlo atravesado. Pero ya me encargaré yo ahora de destruirla, no importa lo que cueste.

—Dilaya *shī'jiě*, por favor —se apresuró a decir Shàn'jūn—. Necesito que el Maestro de Medicina le examine el brazo y decida si extraer la metalurgia causará secuelas a largo plazo. Que yo vea, el sortilegio se ha introducido muy profundamente. Extraerlo sin saber más sobre él podría ser peligroso.

Lan se agarró el brazo izquierdo. La metalurgia elantia rodeaba el Sello de su madre; Zen había dicho que había desbloqueado su qì. ¿Y si al extraerla resultaba dañado el Sello de su madre… o algo peor?

No podía correr ese riesgo, al menos no antes de saber qué significaba. Tenía que averiguar por qué llevaba el mago elantio doce ciclos buscando la marca que su madre le había dejado en el brazo… y por qué había matado a Māma por ella.

No iban a extraer nada hasta que Lan llegase a la Montaña Cautelosa.

—No me toques —le dijo a Dilaya—. Ni a mí ni a mi brazo.

Dilaya le enseñó los dientes. Hubo un sonido metálico cuando extrajo una hoja larga y curva que enarboló como si fuera una extensión de sí misma. En aquel momento Lan se dio cuenta de que la chica solo tenía un brazo bajo todas aquellas placas de armadura. La manga del brazo derecho colgaba suelta.

—Eso ya lo veremos —replicó Dilaya, y se abalanzó sobre ella.

Lan rebuscó en su interior, en sus recuerdos, tal y como había hecho la noche en que despertó al *yāo*. Recordó la voz de Zen, que le había enseñado a abrir sus sentidos al flujo de qì tanto en el exterior como dentro de sí. El modo en que se sacudía una antigua llamada en el núcleo de Zen cada vez que dibujaba un Sello. Los suaves ecos de una canción de plata que se colaba por las grietas de su mente y la colmaba como una pleamar oceánica.

La canción se derramó sobre ella y de su muñeca izquierda latió un pulso como respuesta. La cicatriz, el Sello que tenía en la piel, empezó a brillar. Bajo su mirada, aquel brillo adoptó una intensidad cegadora.

Una veta de luz blanca, monocroma, brotó ante ella, atravesó la estancia y ascendió al cielo. Lan soltó todo el aire de los pulmones y se llevó las manos a los ojos. Oyó el ruido de la porcelana al hacerse pedazos. Alguien emitió un siseo. Unos pasos hostiles se acercaron a ella…

Y unas llamas negras envolvieron la luz de plata.

13

«La hoja en sí no es más que un frío pedazo de metal; solo quien la enarbola derrama sangre».

General Yeshin Noro Surgen del Clan del Acero Jorshen, *Clásico de Guerra.*

La Escuela de los Pinos Blancos, impermeable a las mareas del tiempo, tenía el mismo aspecto que la primera vez que Zen había llegado a ella, hacía once ciclos. Arropada entre el verdor de las montañas y custodiada por densos penachos de bruma que se alzaban de los ríos, la escuela bien podría haber pertenecido a otro mundo, a una tierra indiferente a las vidas y muertes de los emperadores, al ascenso y caída de las dinastías, al eterno movimiento del sol y las estrellas en el cielo.

Zen se despertó sobre un lecho *kàng* en lo que reconoció como la salita de atrás de la Cámara de la Cascada de Pensamientos, el salón principal de la Escuela de los Pinos Blancos y la cámara de meditación favorita del maestro supremo. Tras las cornisas del techo se extendían grecas decorativas. La cámara estaba abierta por completo excepto por las persianas de bambú que se sacudían suavemente bajo el viento entre las columnas de palisandro. Desde el exterior llegaba el rumor de una corriente de agua y el canto de los pájaros.

Era por la tarde. La luz del sol derramaba gotas doradas sobre el paisaje.

Alguien había equilibrado el qì de Zen. Tenía la cabeza despejada, y la horrible experiencia de la energía yīn, aquella voz que reverberaba en su cabeza, parecía un sueño de otra época. Aún se sentía débil, necesitaría descansar y meditar como mínimo durante un día más para recuperarse, pero al menos estaba operativo. Tras bañarse se puso el *páo* suelto y las botas limpias que le habían dejado junto a la cama. A continuación fue a buscar al maestro supremo.

Lo encontró caminando por la escuela. La túnica blanca oscilaba al ritmo de sus pasos. Con el rostro ladeado, apreciaba la serenidad del entorno. En aquellos once ciclos, Dé'zǐ también parecía haber resistido el paso del tiempo. Zen desconocía su edad pero tenía la impresión de que debía de tener cuarenta y tantos años. Lo bastante mayor como para ser una figura paterna. El cabello, negro azabache en su día, estaba salpicado de gris, pero aun así, en aquel rostro había una dulzura calmada que podría haberse descrito como atractiva.

Si Zen pensaba en sí mismo como fuego, Dé'zǐ era agua: movimientos fluidos y amables, aunque capaces de explotar en una tormenta; superficie clara que escondía profundidades nunca vistas. Tras once ciclos, Zen aún no había llegado al fondo de su maestro.

Dé'zǐ se movía con la fluidez de una espada, con aquella media sonrisa inescrutable. La faja que llevaba a la cintura tenía el emblema de la escuela, un aserrado pino hin sobre un círculo negro. Dicho emblema lo identificaba como maestro supremo.

—Ah —dijo—. Zen.

Zen llevó el puño a la palma contraria e inclinó la cabeza a modo de saludo.

—*Shī'fù*.

Tenía que contarle muchísimas cosas: la chica, Haak'gong, el mago, los elantios en las Planicies Centrales… pero guardó silencio, a la espera de que su maestro hablase, tal y como se acostumbraba a hacer. No había manera de saber cuándo Dé'zǐ daría comienzo a la conversación.

—Tienes aspecto de estar sufriendo por amor.

Zen se sobresaltó.

—*¿Sh-shī'fù?*

Dé'zǐ le lanzó una mirada de soslayo.

—La chica se repondrá —dijo—. Shàn'jūn es un médico experto.

Zen sintió calor en el rostro. Lo que más le preocupaba era Lan, por supuesto, dado que los últimos acontecimientos parecían seguir su estela. Sin embargo, no había hecho partícipe a su maestro de nada de ello. Y desde luego no «estaba sufriendo por amor».

—Te confundes, *shī'fù* —replicó en tono duro—. La chica no me preocupa. Hemos de discutir muchas cosas, incluyendo mis alarmantes descubrimientos en el frente elantio.

Dé'zǐ contempló el rostro de su pupilo.

—Ah. ¿No te preocupa si la chica vive o muere? Has arriesgado mucho al traerla aquí.

A veces su maestro lo ponía a prueba de veras.

—Mis disculpas, *shī'fù* —dijo con voz envarada—. Por supuesto que deseo que se reponga. Quería decir que no es una prioridad en el esquema superior de los acontecimientos.

—Hmm. Puede que todos nos llevemos una sorpresa —dijo Dé'zǐ, y se giró del todo hacia Zen—. Hablas de «disculpas»..., eso es otro asunto.

Algo se tensó en el interior de Zen. Lo que había arriesgado para usar el Sello de Portal y transportar a Lan hasta allí..., el modo en que había perdido el control dos veces en la última semana..., si se enterasen los demás maestros de la escuela sería un escándalo. La voluntad de Dé'zǐ era lo único que aseguraba que Zen pudiera permanecer en el Fin de los Cielos.

Un monstruo. Una abominación. Un advertencia sobre lo que sucedía cuando uno se apartaba del Camino.

Zen inclinó la cabeza.

—He errado, *shī'fù*. Rompí una regla fundamental del Camino. Lo acepto, merezco la férula.

Ante la mención de la gran vara que se usaba para administrar castigos, las cejas del maestro se fruncieron. La férula era una tradición hin que había sido muy popular tanto en las escuelas como en la corte.

—Zen —dijo su maestro—. Tanto tú como yo sabemos que voté en contra de que se siguiese usando semejante método de castigo tan anticuado. La férula resulta efectiva siempre que interiorices aquí su enseñanza. —Se tocó el pecho con un dedo—. No solo nuestros cuerpos y nuestra carne han de complementar el Camino… también ha de hacerlo nuestra mente. El Sello que coloqué en tu corazón es tan fuerte como lo sea tu propia fuerza de voluntad.

—No me quedó otra opción, *shī'fù* —consiguió por fin mascullar las palabras—. Los elantios nos habrían atrapado…, podríamos haber muerto.

—Tanto tú como yo sabemos que en este mundo nos aguardan cosas peores que la muerte —dijo Dé'zǐ en tono calmado.

Zen se encogió. Sabía que ambos compartían un recuerdo: el del propio Zen, poco antes de ingresar en el Fin de los Cielos. Rememoró cómo lo había encontrado el maestro supremo: apenas un cascarón con apariencia humana, molido, ensangrentado y roto tanto por dentro como por fuera.

—Los primeros practicantes, que fundaron las Cien Escuelas y escribieron los clásicos antes de que la Corte Imperial les diera otro propósito, pretendían que la práctica fuese una senda de equilibrio —prosiguió Dé'zǐ—. El qì puede proporcionar un gran poder, pero también supone un inmenso peligro. Todo depende de cómo se lo use. Los humanos somos criaturas codiciosas. Nos hacemos promesas que no podemos cumplir, establecemos límites que luego rompemos. Eso es lo que enseñan los clásicos: no cómo llevar a cabo la práctica, sino por qué.

Zen bajó la vista.

—Eso es blasfemia, *shī'fù*.

Dé'zǐ se echó a reír.

—¿Y quién va a venir a castigarme? ¿Las almas de los emperadores que fallaron a este reino y al anterior?

A veces Zen pensaba que el maestro supremo de la Escuela de los Pinos Blancos se movía justo en la línea entre la brillantez y la locura.

—El qì natural, el qì demoníaco..., da igual lo que la Corte Imperial quiera que creamos, su naturaleza no cambia —prosiguió el maestro supremo—. Todo el qì no es más que una herramienta que podemos usar a discreción. Por desgracia, el poder que proporciona ha seducido a muchos de nosotros, que han perdido el camino.

Dé'zǐ contempló a Zen con ojos entornados.

—Te lo he dicho muchas veces, Zen: según mis enseñanzas, «Renegado» no es un término que se refiera al tipo de qì que usas, sino a quién controla qué. ¿Controlas tú el poder o permites que el poder te controle? ¿Eres capaz de mantenerlo en equilibrio? Albergas un gran poder en tu interior, Zen. Pero no debes permitir que te controle jamás.

Bajo el penetrante escrutinio de su maestro, lo único que pudo hacer Zen fue guardar silencio. Pensó en la voz atrapada en su interior, la fuente de qì que se había derramado de él con la más ligera de las invocaciones. Volvió a inclinar la cabeza.

—Sí, *shī'fù*.

—Bien, veamos. —Dé'zǐ inclinó el rostro una vez más hacia el hermoso arbusto de camelias rojas florecidas—. Dejemos de admirar estas preciosas flores de invierno y vayamos a la Cámara de las Cien Curaciones a visitar a nuestra nueva amiga. ¿Qué te parece si por el camino me cuentas tus aventuras de las últimas lunas?

Zen empezó a contarle al maestro la búsqueda del libro de registro de metales. Le explicó que había perdido el rastro tras la muerte del Viejo Wei en Haak'gong, pero que, en cambio, se había cruzado con la chica. Le habló del mago aleador que los había perseguido y de las fuerzas elantias que los habían seguido a los bosques del corazón del reino.

Sin embargo, no le habló a su maestro de la visión de Lan ni de que le había prometido llevarla a la Montaña Cautelosa. Tampoco le habló del extraño qì que había sentido, o creía haber sentido, en el interior de la chica. Tras la conversación que habían tenido sobre qì demoníaco, no deseaba tratar más temas tabúes.

—Estos acontecimientos me proporcionaron la oportunidad de observar de cerca al mago aleador en combate cara a cara —dijo Zen—. Los magos elantios siguen extrayendo sus poderes de los metales. Emplean sus propiedades para encauzar rayos, provocar fuegos y forjar espadas del aire.

Dé'zǐ emitió un zumbido y asintió para sí. Recorrieron los caminos de piedra que surcaban el interior de la montaña y pasaron las escuelas medio ocultas tras lozanas arboledas de hojas perennes. Tejas grises curvadas hacia el cielo, adornadas con motivos tanto florales como animales y divinos. De vez en cuando, la brisa del atardecer traía hasta ellos algún tintineo de campanillas. A esa hora, las campanas del día ya habían sonado y los discípulos se dirigían a sus siguientes clases.

La Cámara de las Cien Curaciones, donde el Maestro de Medicina enseñaba sus artes, descansaba en una extensión plana de terreno fértil, salpicada de discípulos que cultivaban todo tipo de hierbas. La atravesaba un tranquilo estanque sobre el que se arqueaba un puente de piedra. Sobre el agua crecía una colección de plantas acuáticas.

—Lástima que el maestro Nóng se encuentre de viaje —dijo el maestro supremo—. Me habría venido muy bien su ayuda a la hora de curar las heridas de la joven dama. Puede que tengamos que esperar, aunque, por otro lado, la maestra Ulara acaba de regresar. Dado el conocimiento que su clan tiene sobre los metales, será toda una ayuda a la hora de tratar la metalurgia del brazo de la chica. Acabo de solicitar que se una a nosotros. Parece que hay mucho que discutir…

Un repentino latido de energía cercenó la conversación. A Zen le resultó del todo conocido. Era energía exclusivamente yīn. Tanto Dé'zǐ como Zen se giraron cuando una veta de qì blanco destelló como un rayo, proveniente de la Cámara de las Cien Curaciones. Entonces Zen sintió que aquel qì provenía de la activación del Sello que había grabado en el brazo de Lan.

Echó a correr a toda prisa. Las botas golpetearon contra el suelo de piedra. El *páo* era más flexible que las rígidas ropas de mercader elantio con las que se había disfrazado mientras viajaba. Se acercó al jardín de medicinas, cruzó a la carrera el puente de piedra sobre el estanque de carpas, dejó atrás la colección de plantas medicinales y subió a toda velocidad los escalones que llevaban a la cámara.

El interior estaba pobremente iluminado: para conservar las hierbas resecadas, la cámara estaba mejor sellada que la mayoría de las escuelas del Fin de los Cielos. En el centro, las llamas negras de su Sello rodeaban una columna de luz blanca, en un intento por contenerla.

Apenas duró un instante. Una tercera onda de qì se bifurcó en dos y las apagó a ambas como si de sendos fuegos se tratase. Zen reconoció la constante luz de terroso color dorado que emitía aquella onda.

Provenía de Dé'zǐ.

La escena ante ellos se despejó. Shàn'jūn, el discípulo de Medicina, estaba muy tieso entre un montón de porcelana rota. Restos de caldo se derramaban por los tablones del suelo entre las otras dos figuras que había en la cámara.

La primera era alguien a quien Zen no habría querido ofender de ningún modo: Yeshin Noro Dilaya. Discípula de Espadas, Dilaya tenía un temperamento afilado como una hoja y ningún reparo a la hora de usarlo. De linaje noble, su madre era la última matriarca del Clan del Acero Jorshen, además de maestra en la Escuela de los Pinos Blancos. No había duda de que ocupaba una posición de privilegio firmemente cimentada.

Y la otra figura..., al contemplarla, algo se tensó en el interior de Zen. Lan se había puesto ropas de discípula, demasiado grandes para su complexión pequeña. Alzaba ambas manos en gesto defensivo. Una franja de vendas le cubría el torso. Bajó los brazos y se encogió. Se llevó una mano a la herida de la flecha elantia. Tenía el rostro pálido y demudado, pero en sus ojos brilló una chispa de puro fuego al mirar a Dilaya.

—Que no me toques, espíritu de raposa, cara de caballo —escupió.

Zen reprimió el ridículo impulso de echarse a reír.

Yeshin Noro Dilaya, que había estado inclinada hasta ese momento, se enderezó cuan larga era. Tenía el rostro crispado de rabia. Esgrimió la espada.

—Practicante Renegada —dijo con palabras suaves pero envenenadas—. La gente como tú jamás debería cruzar el umbral de la Escuela de los Pinos Blancos.

Zen se interpuso entre ambas.

—Apártate —le espetó Dilaya a Zen. La espada emitió un destello anaranjado bajo la luz del sol del ocaso.

—Dilaya —Zen inclinó la cabeza y habló con tono calmado. Como siempre, no tuvo valor para mirarla a la cara, para asomarse a aquel ojo gris y al parche negro, señal de un fallo que él mismo había cometido y que no había dejado de obsesionarlo—. Esta chica está a mi cargo. Sean cuales fueren las faltas que haya cometido, y los tabúes de la escuela que haya roto, son responsabilidad mía. Aun así, te pido que te lo pienses antes de realizar acusaciones atroces.

Notó la rápida mirada que le lanzaba Lan.

—¿Qué sucede, acaso mis acusaciones te han escaldado? —dijo ella en tono desdeñoso—. ¿Te recuerdan quizás a algo que aconteció en esta misma cámara no hace ni diez ciclos? Quizá deberías respetar tus propios tabúes antes de cargar con los de los demás, Zen.

Él sintió que todo el cuerpo se le helaba. Jamás podría limpiar aquella mácula en su nombre. La prueba de que el temor que inspiraba el poder demoníaco en los estudiosos y en los emperadores del Reino Medio estaba bien fundado.

—Aún no es capaz de controlar su qì lo suficiente como para respetar el Camino —dijo al fin—. No te apresures, Dilaya.

Los labios de Dilaya se curvaron.

—Imagino que también sientes las energías yīn que emite. Habría dicho que precisamente tú podrías comprender qué significan. ¿O quizás es ese el motivo por el que la escudas? —Ante el silencio de Zen, Dilaya prosiguió—: Esa chica casi nos descubre ante el ejército elantio. Siento el infecto metal que tiene en el brazo. Hay que destruirlo. Así, pues, por última vez te lo digo: o te apartas de mi camino o te apartaré yo.

—Me parece que las luchas, los duelos y todo tipo de altercado físico dentro de los límites de esta escuela contravienen el Código de Conducta —dijo una voz suave.

Al instante, el color abandonó el rostro de Dilaya.

Dé'zǐ entró en la cámara con cuidado al cruzar el umbral elevado de la puerta. Había hablado en tono comedido, pero el efecto fue mucho peor que si hubiese lanzado un grito.

Yeshin Noro Dilaya perdía rápido los nervios, pero también era la primera y principal discípula de una de las Cien Escuelas de Práctica, así como heredera de su antaño gran clan. Cambió de actitud con una rapidez casi cómica: la ira desapareció de su rostro y cayó de rodillas ante el maestro supremo.

—Mis disculpas, *shī'zǔ*, maestro supremo.

—Quizá recuerdes —dijo Dé'zǐ— que te pedí que vinieras aquí a examinar la metalurgia del brazo de la chica y a informarme, no a asumir la tarea de destruirla. Una decisión tan drástica no puede tomarse sin haberla discutido en primer lugar.

—Mis disculpas, *shī'zǔ* —repitió Dilaya—. Es que sentí el peligro que emana de la metalurgia elantia. Creo que no debería haber cruzado nuestro Sello de Barrera…

—Vaya, vaya, qué jaleo para una noche tan agradable —se oyó una voz.

Zen se envaró. Una sexta persona entró en la Cámara de las Cien Curaciones.

El paso del tiempo había forjado a la matriarca del Clan del Acero Jorshen, al igual que el metal más refinado, hasta convertirla en algo mucho más afilado, cruel y hermoso que su propia hija. La maestra Yeshin Noro Ulara también llevaba el pelo a la manera clásica, con dos moños en la coronilla, pero a diferencia del pelo de su hija, de un negro intenso, el de Ulara tenía el lustre gris de la experiencia.

—Ah —dijo Ulara cuando sus ojos cayeron sobre Zen—. Por supuesto.

Echó la cabeza hacia atrás y lo contempló con la boca torcida en una mueca de desdén. Durante un instante se contemplaron el uno a la otra. Zen sintió que le hervía la sangre con los ecos de una hostilidad cultivada a lo largo del tiempo. Los miembros de la escuela, por más que los uniese la misión de enfrentarse a los elantios, se veían enfrascados en enemistades históricas y en luchas de poder que a menudo formaban parte de su propio linaje.

Yeshin Noro Ulara despreciaba a Zen por obligación familiar.

Él tragó saliva y se obligó a componer algo parecido a una expresión de cortesía. Acto seguido hizo una inclinación de cabeza.

—Ulara.

Era la falta de respeto más manifiesta que podía dirigirle sin romper las convenciones sociales. Zen ostentaba una posición de privilegio en la Escuela de los Pinos Blancos desde hacía mucho. El mismo Dé'zǐ lo había seleccionado como discípulo suyo en calidad de maestro supremo de la escuela, un rango que no compartía ningún otro discípulo.

Como consecuencia, Ulara no podía considerarse formalmente su maestra, y por lo tanto Zen no tenía obligación alguna de reconocerla como tal, aparte de por respeto.

Y debido al modo con que Ulara lo había tratado desde que llegó a la escuela, Zen no tenía la menor intención de hacerlo.

—Dilaya —dijo la Maestra de Espadas—. Ven aquí.

Cualquier resquicio de rebeldía había abandonado la mirada de Dilaya. Se puso de pie y se acercó a su madre como un perro al que su ama ha reprendido.

—*É'niáng* —dijo en tono respetuoso—. Madre.

Yeshin Noro Ulara alzó la mano y le cruzó la cara a su hija.

El golpe reverberó por toda la cámara. Zen miró a Dé'zǐ. En el rostro del maestro supremo no se adivinaba ninguna expresión. El *Clásico de Modales* dividía la sociedad hin en cinco relaciones diferentes: gobernante y súbdito, maestro y estudiante, marido y mujer, anciano y joven, padre e hijo, con sus contrapartidas femeninas. Interferir en alguna de dichas relaciones era tabú.

En el silencio que siguió, Yeshin Noro Ulara se sacudió la palma.

—Quizá con esto recuerdes tu lugar —dijo—. Has de respetar las reglas de esta escuela y jamás desobedecer las órdenes del maestro supremo.

Dilaya se llevó una mano a la mejilla, con el rostro vuelto. No dijo nada.

—Maestra Ulara —dijo Dé'zǐ en tono calmado—. Te aseguro que todo ha sido inofensivo. Dilaya ha actuado movida por la lealtad a la escuela. Vamos a sentarnos y a conversar como personas civilizadas. ¿A alguien le apetece té? Shàn'jūn, ¿te importaría tomarte la molestia de traer una tetera del mejor *pǔ'ěr* que tengas?

El discípulo de Medicina hizo una reverencia y fue a las cocinas. Dé'zǐ se sentó en el suelo. Zen lo imitó y percibió que Lan caía de rodillas a su lado.

—En primer lugar abordemos el tema de las fuerzas elantias que se han visto acercándose a nuestra ubicación —empezó Dé'zǐ—. Nuestro Sello de Barrera oculta toda la práctica y cualquier actividad relacionada con el qì. Así se ha mantenido en secreto esta escuela desde hace miles de ciclos. La vigilancia es necesaria, pero un exceso de esta se convierte en paranoia y solo habrá de servir para apartarnos de nuestro rumbo.

—Maestro supremo —fue Ulara quien habló—. Sugeriría un ataque preventivo. Librémonos de esos imbéciles antes de que tengan la oportunidad de acercarse a la escuela.

—Combatir el fuego con el fuego solo ocasionará más daños, Ulara. Lo sabes bien. No permitas que la ira te nuble el juicio. Es preferible combatir el fuego con el agua, ajustarse a la situación y estar preparados para cuando surja la oportunidad. En la actual situación nos superan tanto en número como en estrategia. La paciencia es la clave. No se gana una batalla sin conocer al oponente y a uno mismo.

—Mi gente, o lo que quedaba de ella, murió a manos de los elantios —dijo Ulara. Fue la primera vez que Zen oyó un temblor en la voz de la mujer—. Perdóname si carezco de paciencia.

Zen apartó la vista. En cierta ocasión, hacía mucho tiempo, él había conversado en esos mismos términos con su maestro.

El exabrupto de Ulara no pareció tener efecto en Dé'zǐ.

—Tu clan hizo un gran trabajo al escribir el *Clásico de Guerra*: «Quien se apresura a entrar en batalla sin prepararse ha aceptado ya la derrota». Yo estoy preparado para seguir la guía de tus ancestros, maestra Ulara.

Ulara apretó los labios. Zen se maravilló del tacto del que hacía gala su maestro. Al recordar las palabras de los ancestros de Ulara, Dé'zǐ presentaba sus respetos a su nombre y, al mismo tiempo, le recordaba que el razonamiento que respaldaba su decisión se originaba tanto en la sabiduría de su clan como en la de sus mayores.

Shàn'jūn reapareció con una bandeja de té y rompió el silencio. Dé'zǐ tomó la primera taza. Todos los presentes lo imitaron excepto Ulara, que señaló en dirección a Zen y dijo:

—¿Y qué pasa con ella?

Lan, al lado de Zen, hizo un pequeño movimiento, como si hubiese agarrado la manga que le cubría la muñeca izquierda.

En el rostro de Dé'zǐ apareció una sonrisa arrugada.

—Ah, nuestra nueva amiga. Lan, ¿verdad?

Zen elevó una plegaria a sus ancestros para que las siguientes palabras de la chica no rompiesen algún tabú de la escuela y acabase expulsada antes siquiera de empezar. Sin embargo, todo lo que dijo Lan, con voz aguda y clara como una campanita, fue:

—Sí.

Dé'zǐ alargó una mano.

—¿Me permites que vea ese brazo? Tengo entendido que ha sido el origen de todo este alboroto.

—Está bien —dijo Lan.

Se inclinó hacia delante y, con cautela, le enseñó la muñeca izquierda al maestro supremo.

Con gesto delicado, Dé'zǐ colocó un dedo en la parte interior del antebrazo de Lan y cerró los ojos. Emitió un canturreo y asintió varias veces, con las cejas encrespadas. A Zen siempre le había parecido tierno y al mismo tiempo vergonzoso el hecho de que el practicante más poderoso del Último Reino tuviese los mismos hábitos que un tío abuelo lejano.

Al cabo, Dé'zǐ se echó hacia atrás.

—¿Te supondría un gran problema —le dijo a Lan— que la maestra Ulara echase un vistazo?

Algo en su tono de voz despertó la cautela en Zen. Lan accedió con apenas un murmullo. Yeshin Noro Ulara se acercó con dos pasos enérgicos. Con modos bruscos agarró el brazo de Lan y presionó dos dedos contra su piel. Pasaron unos instantes. Zen contempló las emociones que sobrevolaban la cara de la Maestra de Espadas como nubes en el cielo.

Ulara entrecerró los ojos y soltó a Lan. Dio un paso atrás y miró al maestro supremo. Ambos intercambiaron una mirada en la que había alguna especie de acuerdo.

—¿Qué sucede? —preguntó Lan.

—La metalurgia de tu brazo contiene un sortilegio localizador —dijo Dé'zǐ en tono suave—. No temas; el Sello de Barrera ha neutralizado sus efectos temporalmente. Sin embargo, si sales del Fin de los Cielos, creo que quien te haya lanzado ese sortilegio podrá dar contigo.

De pronto lo comprendieron todo. Así la habían encontrado los elantios en el bosque.

—Hemos de librarnos de la metalurgia de inmediato —dijo Ulara, cruzándose de brazos. Se dirigía solo a Dé'zǐ—. En vista de lo mucho que ha progresado el sortilegio, extraerla podría costarle la vida a la chica.

Aquellas palabras golpearon a Zen como algo físico. Se le cortó la respiración. Podía costarle la vida. Pensó en Lan, empapada por la lluvia y con el *páo* desgarrado, arrodillada ante él y transida de llanto. Sintió que se la había arrebatado a la muerte a manos de los elantios solo para volver a ponerla en peligro.

He hecho todo lo que he podido.

Ah, ¿sí?, siseó aquella voz susurrante en su interior. *Podrías haber usado el Sello de Portal para ir directamente a la Escuela de los Pinos Blancos desde Haak'gong. Lo único que tenías que hacer era liberarme.*

No. Zen sabía bien que ni siquiera podía considerar esa opción. Conocía los riesgos, y sentada frente a él, en aquella misma cámara, podía ver las consecuencias de lo que había hecho hacía diez ciclos.

—El maestro Nóng regresará de viaje en la próxima quincena —respondió Dé'zǐ—. Necesitaremos que el Maestro de Medicina supervise esta difícil operación.

—Esperaré —balbuceó Lan. La cabeza de Zen se giró como un látigo en su dirección—. Mientras tanto…, por favor, permitid que me quede aquí. Quiero aprender la práctica.

Ulara emitió un ruido furioso, pero Dé'zǐ pareció intrigado. Se inclinó hacia adelante, olvidada la taza de té entre sus manos.

—¿Deseas unirte a la Escuela de los Pinos Blancos para estudiar la práctica y los principios del Camino?

—Así es.

Al ver la expresión acerada de Lan, Zen pensó en la mañana del día después de que se conocieran, el modo en que el sol le iluminaba el rostro. Sabía de la jovialidad de aquella chica, lo ingeniosa y deslenguada que era. Y sin embargo en aquel momento no había habido resquicio alguno de burla. «Enséñame a ser poderosa para que no tenga que ver caer a más seres queridos a manos del régimen elantio».

—*Shī'fù* —dijo Zen con voz áspera. No pudo evitar hablar—: Yo respondo por ella. Permíteme que la entrene aquí como mi discípula.

De repente, Lan hizo una inclinación y tocó el suelo con la frente y los brazos.

—Por favor, maestro supremo.

Dé'zǐ los miró de hito en hito. Al cabo dio un sorbo al té y suspiró.

—Maestra Ulara, sé tan amable de trazar un Sello para frenar el avance de la metalurgia y bloquear el sortilegio localizador. Lan, te voy a pedir que descanses esta noche y que recuperes fuerzas con las más que adecuadas atenciones del discípulo Shàn'jūn.

Shàn'jūn se ruborizó. Ulara frunció el ceño. Zen contuvo la respiración. Y detrás de todos ellos, Dilaya puso una mirada asesina.

—Mañana darán comienzo tus clases. —Dé'zǐ alzó la taza de té—. Bienvenida a Allí Donde los Ríos Fluyen y los Cielos Llegan a su Fin.

14

«El hongo oruga (también conocido como yartsa gunbu, o «gusanoinvierno, hierbaverano»), que es parte animal y parte vegetal, contiene un excelente equilibrio entre yīn y yáng con numerosos efectos curativos».

Maestro de Medicina Zur'mkhar Rdo'je, *Modo de empleo de diez mil hierbas curativas.*

Lan no recordaría mucho del reposo de aquella tarde. Shàn'jūn le dio una taza con un líquido tranquilizante y le dijo que se recostase en el lecho *kàng*. El líquido templado le llenó el estómago, sintió el contacto cálido y suave de las sábanas contra la piel. El sol se acercaba al horizonte, con el color de una mandarina madura, cuando por fin Yeshin Noro Ulara estuvo lista para trazar el Sello.

—Te va a doler —dijo la Maestra de Espadas. Sin más dilación llevó los dedos al antebrazo de Lan.

Lan sintió un dolor vibrante y sordo antes de abandonarse a los efectos del líquido tranquilizante, que le nubló el cerebro y embotó sus sentidos hasta que perdió la noción del tiempo. La luz cambiante del sol se desplazó como un caudal que fluyese rápido. Las voces resonaban a su alrededor como si estuviese bajo el agua. Vio fantasmas en aquel borrón de conciencia. Vio la forma fantasmal de Ying, que se convirtió en la silueta de su madre en medio de la nieve hacía doce ciclos. Luego, la oscuridad se lo llevó todo. En esa oscuridad llegó hasta ella una sombra que se retorcía con tonos grises y adelantaba la cabeza para contemplarla.

«Ven a buscarme, Sòng Lián».

La sombra se convirtió en una luz carente de color, brillante y aguda, que hizo pedazos todo su mundo.

Cuando volvió en sí, la luz del sol derramaba un resplandor dorado por el alféizar. Una brisa de última hora de la tarde le soplaba en las mejillas y traía con ella un lejano repiqueteo de campanas y el rumor del agua. Durante un instante casi pensó que había vuelto al salón de té y que se acababa de despertar de una siesta de tarde en medio de la cháchara de las cancioneras, que se oía en el piso de abajo.

—Ah, estás despierta.

Estaba claro que no era la voz de una cancionera, aunque hablaba en tono amable y nada autoritario.

Lan se giró y vio a Shàn'jūn, sentado en un taburete cerca del cuarto de atrás, con un tomo abierto en el regazo. Lo cerró con cuidado, lo dejó a un lado y se puso en pie. Entró en el cuarto de atrás y regresó unos instantes después con un cuenco humeante. La taza de porcelana que usaba para revolverlo tintineaba contra el borde.

—Mi brazo —graznó Lan tras bajar la vista.

El antebrazo izquierdo era un desagradable mapa salpicado de manchas verdes y púrpuras de piel amoratada. Los lugares por donde la metalurgia del Mago Invierno se había extendido por sus venas presentaban un tono rojo hinchado. En el centro del antebrazo había un pequeño y concentrado manchurrón de metal, tan oscuro que era casi negro. Por encima de la mancha, Lan percibió los trazos del Sello que contenía la magia que parecía supurar de la metalurgia.

Y lo más importante de todo: la cicatriz de la muñeca destacaba, pálida y brillante, en medio de la carnicería que era el brazo.

—Han contenido la metalurgia allá donde se expandía por la sangre —explicó Shàn'jūn—. Ahora está concentrada en una zona en la que el sortilegio sigue activo, pero donde el Sello de la maestra

Ulara lo contiene. ¿Te importa si…? —Hizo un gesto hacia el extremo del *kàng*.

—Adelante —dijo ella. Se irguió e intentó no contemplar la extraña visión que era su brazo.

Shàn'jūn se sentó. Llenó la cuchara de lo que fuera que contenía el cuenco y sopló.

—Admito que no soy cocinero, pero te prometo que te sentirás mejor si bebes esto.

Le acercó el cuenco y la cuchara, con una ceja arqueada y una sonrisilla que pretendía engatusarla.

Lan obedeció. Se arrepintió al instante. Era la peor sopa que había probado jamás, como si alguien hubiese creado la medicina más amarga y hubiese intentado disimularla a base de sal y azúcar junto con pastosos trozos de… ¿qué era aquello? ¿Ajo?

Escupió aquel mejunje sobre las sábanas limpias.

—Oh —dijo Shàn'jūn, consternado—. Era el último hongo oruga que nos quedaba.

—¿Me has dado de comer una oruga? —se atragantó Lan.

—Hongo oruga —corrigió Shàn'jūn con un ápice de orgullo—. Es uno de los materiales menos comunes de la medicina hin. Las orugas anidan en el suelo de un clima concreto y se convierten en hongos durante el invierno. Son muy difíciles de recolectar; uno de los discípulos más jóvenes jura y perjura que casi se le congeló un dedo mientras escarbaba para sacar una.

Lan sintió náuseas.

—¡Pensaba que me dabas esto para que mejorase!

—¡Pues claro! Pero no he dicho que fuera a tener buen sabor.

El chico pareció tan compungido que Lan se apiadó de él. Agarró la cuchara y se preparó. Dio otra cucharada de aquel estofado.

—Bueno —dijo en un intento por centrar la conversación en algo que no fuesen sortilegios mortales elantios o repugnantes estofados de oruga—. Así que te llamas Shàn'jūn. «Noble, amable».

Él sonrió y bajó la vista en un gesto que le otorgaba una belleza exacerbada. Una suave melena negra le enmarcaba el esbelto rostro y sus ojos se curvaban con el aleteo de unas pestañas largas y oscuras. Los ojos de Lan, sin embargo, volvieron a tropezar con aquel labio leporino. Recordó lo que contaban las otras cancioneras sobre los niños con labio de conejo en las aldeas; decían que estaban malditos y que traían mala suerte a sus padres. Que eran producto de tratos con los demonios.

Sin embargo, Lan ya había aprendido las cuatro clasificaciones de los espíritus sobrenaturales, así que sabía que todos esos cuentos no eran más que un montón de mierda.

—Fue el maestro supremo Dé'zǐ quien me puso el nombre. Me encontró una noche, llorando en un bosque cerca de una aldea. —Shàn'jūn adoptó una pose pensativa por un instante—. Creo que el maestro supremo albergaba la esperanza de que un nombre así cambiase mi destino, que las circunstancias bajo las que vine al mundo no obstaculizasen a la persona que podía llegar a ser.

Lan se estremeció.

—¿Los elantios llegaron hasta tu aldea?

—No. —Se llevó un dedo al labio—. Mis padres me abandonaron.

Descubrir que había sido un hin quien había decidido abandonar al bebé y darlo por muerto se le antojó a Lan una traición aún peor. Tras la Conquista Elantia se había convertido en un acto casi instintivo pensar que los invasores eran los únicos capaces de cometer actos crueles.

—Bueno, supongo que ahora estarán arrepentidos —dijo.

Shàn'jūn sonrió.

—No sé si puede decirse que haya cumplido las expectativas que tenía el maestro supremo al ponerme este nombre…, pero lo intento. Carezco de buena salud, así que tiendo a ocuparme más de actividades que tienen que ver con el estudio. Mi amigo siempre dice en broma que debo de haberme leído toda la biblioteca.

—¿Biblioteca? —preguntó Lan.

—Tenemos biblioteca.

No debería haberse sorprendido. Aquella era una escuela de verdad, con estudiantes y maestros hin. Con vidas. Con risas.

—Ah, claro.

Shàn'jūn se echó a reír, un sonido tan cristalino como las aguas de un río.

—Es mi sitio favorito de todo el mundo. Una vez que te ubiques con tus clases te llevaré a verla.

Lan se encontró sonriendo. Era muy fácil dejarse arrastrar por la despreocupada calidez de la seguridad que proporcionaba la escuela. Sin embargo, los recuerdos de Haak'gong llegaron a ella como sombras. Pensó en los Ángeles vestidos de metal que habían irrumpido por las delgadas puertas de madera del salón de té, los gritos que habían reverberado por aquellas estancias en las que en su día solo se oían canciones y risas.

Pensó en Ying, lápiz de kohl en mano, labios apretados y ceño fruncido mientras trazaba una línea perfecta por los ojos de Lan.

Se llevó las rodillas al pecho y apartó aquellos recuerdos antes de que la presión en la garganta se convirtiese en algo más. Tenía que hacer algo. No estaba segura de qué, pero tenía que hacer algo. Lo único que se le ocurría era encontrar a Zen, buscar con él la Montaña Cautelosa y descubrir qué era lo que su madre había guardado en su interior con el Sello.

— ... percatado del Sello que tienes en la muñeca —la voz de Shàn'jūn la sacó del remolino de sus pensamientos y la trajo de nuevo al presente.

Por puro reflejo hizo ademán de tapar el Sello, pero las siguientes palabras que pronunció el discípulo la contuvieron.

—No se parece a nada que yo haya visto antes. La maestra Ulara parecía bastante impresionada. Mientras dormías ha venido con el maestro Gyasho, el Maestro de Sellos, para echarle un vistazo. —Shàn'jūn negó con la cabeza—. Pero hasta él estaba desconcertado. Creo que nunca se ha encontrado con un Sello que no haya sido capaz de descifrar.

—¿Todos ellos podían verlo? —balbuceó Lan.

En realidad tenía sentido. Zen había podido verlo, lo cual significaba que solo los practicantes podían ver el Sello. Aun así, se le antojó algo intrusivo, como si los maestros se hubiesen asomado a una capa íntima de su interior. Al repasar sus recuerdos creyó rememorar unos ojos grises como una tormenta y una boca roja torcida en una mueca de consternación.

«¿Qué es esto?», llegó la voz de Ulara hasta ella como surgida de un sueño. «Por los Diez Infiernos, ¿qué es?».

—La maestra Ulara parecía muy alterada —dijo Shàn'jūn, y añadió en tono quedo—: Por otro lado, la maestra Ulara siempre está muy alterada. Tiene motivos para estarlo, casi perdió a un ser querido por culpa de la práctica demoníaca.

Shàn'jūn volvió a colocarle el cuenco por delante.

—¿Más sopa?

—Me encuentro mejor, gracias —se apresuró a decir Lan, y con un gesto empujó el cuenco hacia él—. ¿Estás seguro de que este mejunje es saludable?

—Estás en buenas manos —dijo una voz.

Zen estaba en la puerta. El *páo* de practicante colgaba de sus hombros con aire elegante. El sol del ocaso lo bañó de oro. Cruzó el umbral; sus botas negras resonaron en el suelo de madera. Inclinó la cabeza y dijo:

—Mis disculpas por la interrupción.

Shàn'jūn se puso de pie, de pronto envarado y tenso. La sonrisa despreocupada se esfumó de su rostro como el sol sobre el agua al anochecer. Hizo una reverencia.

—No has interrumpido nada. Siempre eres bienvenido en la Cámara de las Cien Curaciones.

Habló con voz suave pero en un tono muy diferente al que había usado con Lan.

—Gracias —dijo Zen. Sus ojos vagaron por el aire hasta Lan—. He venido a ver cómo se encuentra Lan.

Ella se puso en pie de golpe.

—Me encuentro estupendamente —dijo en tono enérgico—. De hecho creo que estoy lista para dejar la cámara medicinal.

Zen le lanzó una mirada analítica. La esperanza de Lan se hizo añicos. ¿Cómo había podido pensar que aquel practicante estirado y serio iba a serle de ayuda?

Él confirmó sus sospechas al decir:

—Esta noche te vas a quedar en la Cámara de las Cien Curaciones. En tu estado necesitas que alguien con experiencia se encargue de ti.

Lan le lanzó una mirada furtiva a Shàn'jūn. Algo tendría que planear para no tener que tomarse otro cuenco de esa maldita sopa una noche más.

—Está bien.

—Shàn'jūn —prosiguió Zen en el mismo tono—. ¿Puedes ocuparte de las clases de Lan mañana? Que vaya a las sesiones matutinas de meditación y luego a ver al Maestro de Textos.

Shàn'jūn inclinó la cabeza.

—Por supuesto.

Zen se giró hacia Lan.

—¿Vienes a dar un paseo conmigo, por favor?

Zen se movía con una cautela desconocida junto a ella, como si Lan fuese un barril de pólvora capaz de explotar en cualquier momento. Fueron hasta un patio natural delimitado por rocas. La sangre con la que el ocaso pintaba el mundo menguaba para dar paso a la penumbra gris y acuosa a la que seguiría la tinta de la noche. El chirrido de las cigarras entre los arbustos había reemplazado al canto de los pájaros. El Fin de los Cielos era un lugar tan hermoso que Lan sintió que se había sumergido dentro de un sueño. Un milagro, algo imposible.

Se dio cuenta de que Zen la estudiaba con atención. Al girarse hacia él, Zen se apresuró a bajar la mirada hasta su brazo.

—¿Cómo te encuentras? —preguntó—. ¿Te sientes mal, o inestable o...?

Ella se llevó al mentón un dedo del brazo bueno.

—Pues ahora que lo mencionas...

El rostro de Zen se encendió de alarma.

—¿Qué?

—Siento algo en mi interior. Una voz que me dice... que me dice que ansía...

Zen se inclinó hacia ella.

—¿Que ansía qué?

— … bollitos de cerdo ahumado —terminó Lan.

El practicante retrocedió un paso y le dedicó una mirada seca.

—Te burlas de mí.

—Jamás se me ocurriría.

—Hay temas sobre los que no se debe bromear.

—¿Para convertirse en alguien tan gracioso como tú? —Lan le sacó la lengua.

Zen frunció el ceño.

—Pues ahora que lo dices, te quería preguntar algo: ¿cómo se te ocurrió canalizar qì delante de Yeshin Noro Dilaya precisamente? Sobre todo cuando especifiqué que no debías hacerlo sin mis instrucciones.

—Pues lo hice porque esa cara de caballo, esa espíritu de raposa… ¡quería cortarme el brazo! Además, no he hecho nada malo. Hice lo mismo que la noche en que invoqué al *yāo* sin querer.

—No se trata de hacer nada malo —dijo Zen—. Se trata de cómo te ven los demás. Una cancionera huérfana con un Sello que nadie sabe descifrar aparece aquí, y encima la persiguen el ejército elantio y un mago aleador… En cuanto la gente vea el modo en que usas el qì empezará a hacer preguntas.

—¿Qué pasa con el modo en que uso el qì?

—Pues que no está… equilibrado —dijo Zen al fin, sin mirarla a los ojos—. Creo que en ese Sello que tienes en la muñeca hay algo que afecta a la composición de tu qì. A veces…, bueno, en tres ocasiones, para ser exacto, he sentido que manaba de él una abrumadora cantidad de yīn.

De yīn. La energía que el pueblo asociaba con los demonios, la oscuridad y la muerte. Con la magia negra.

—¿Y qué? ¿Qué significa eso? —preguntó Lan. Como Zen no respondía, prosiguió—: No me vino mal cuando tuve que defenderme de ese cerdo elantio que se creyó que mi cuerpo era un juguete.

La expresión de Zen se suavizó, pero Lan insistió:

—Lo volvería a hacer. Tú nunca te has visto en una situación así. No sabes lo que es sufrir a manos de los elantios.

—¿Ah, no? ¿Y tú qué sabes? —dijo con una mirada oscura y afilada como una espada.

Estaban cerca, tan cerca que Lan sintió que Zen se tensaba como la cuerda de un arco. Había algo íntimo en sus palabras, privado. La miraba con ojos llameantes en los que ardía una mezcla de rabia y vulnerabilidad, todo a la vez.

Lan no cedió:

—Si lo supieras comprenderías que quien está desesperada no puede elegir qué tipo de poder usa. ¿Qué más da que mi qì esté desequilibrado si consigo el resultado que quiero?

La rabia desapareció del rostro de Zen y solo quedó una pena tan honda que, por un momento, los ojos del chico parecieron ahogarse en ella, como si de un lago en una noche sin estrellas se tratase. Se apartó de ella y alzó la vista al cielo. Un mechón de cabello le cayó sobre la frente. Lan sintió el repentino y extraño impulso de recolocárselo.

—Lan —dijo. De algún modo, oír su nombre en boca de Zen la sumió en un silencio intranquilo—. Cuando llegué aquí, los maestros hicieron todo lo que pudieron por librarse de mí. Créeme cuando te digo que no te viene bien apartarte de las enseñanzas del Camino. La Corte Imperial redujo y reguló brutalmente el uso de la práctica desde el inicio del Reino Medio. Tras la derrota de los Noventa y Nueve Clanes y el establecimiento del Último Reino, ese escrutinio no hizo sino aumentar. La paranoia que inspira usar el qì de un modo contrario a las reglas del Camino tal y como las definieron nuestros emperadores sigue presente entre los practicantes..., me refiero a los practicantes que han sobrevivido hasta nuestros días. Quienes contravenían dichas reglas... fueron asesinados.

Lan jamás había oído aquella parte de la historia del reino. Los últimos rayos del sol habían abandonado el mundo. Como si ascendiese en una balanza, la luna asomó por el otro extremo del cielo. La fluorescencia plateada bañó las facciones del chico frente a ella con un tono blanco y negro, con resquicios iluminados y otros escondidos. Lan pensó en aquellos ojos que se habían tornado negros, en las cicatrices en las manos de Zen, en las tormentas que se adivinaban en sus ojos. De pronto sintió vergüenza por haber hablado del tema con tanta ligereza.

—Está bien —dijo, y bajó la mirada—. No lo volveré a hacer…

Él la contempló un instante.

—¿Pero…?

Lan volvió a levantar la cabeza de golpe.

—Pero tienes que llevarme a la Montaña Cautelosa.

—Ah —dijo Zen, despacio.

Lan conocía esa mirada. Era la que precedía a una negativa.

—Me lo prometiste —insistió—. Pensé que eras un hombre de honor.

El practicante le dedicó una mirada de cansada resignación.

—El sortilegio localizador que descubrió Ulara en tu brazo lo complica todo. Seremos vulnerables en cuanto dejemos atrás el Sello de Barrera del Fin de los Cielos.

—Tengo que ir antes de que intenten extraerme la metalurgia —dijo Lan—. No puedo morir sin saber lo que dejó mi madre dentro de este Sello.

—Tu madre.

Ella vaciló. Si iba a pedirle ayuda tendría que contarle lo suficiente como para convencerlo. Inspiró hondo y asintió.

—Creo que lo que esconde este Sello… y lo que hay en la Montaña Cautelosa…, ambas cosas tienen que ver con el motivo por el que me persigue el mago elantio. El motivo por el que lleva tantos ciclos buscándome. Esa noche en Haak'gong me dijo que le entregase algo. Es lo mismo que le dijo a mi madre antes de matarla.

Los ojos de Zen llameaban.

—Fue tu madre quien trazó ese Sello —preguntó sin hacerlo en tono de interrogación.

Un nudo apareció en el pecho de Zen.

—Sí.

—Y ese mago elantio la mató en un intento por arrebatarle algo.

Ella asintió.

—Y tú crees... —los ojos de Zen tropezaron con la muñeca izquierda de Lan— que la clave para saber qué es lo que buscaba..., sea lo que fuere lo que lleve tantos ciclos buscando..., reside en tu Sello.

—Sí. Todo apunta a la Montaña Cautelosa —dijo Lan en tono quedo—. Sea lo que fuere lo que encontremos allí, quizá nos ayude a comprender por qué sentiste tanta energía yīn en mi qì.

Zen guardó silencio un largo rato.

—Tendremos que ir rápido —dijo—. Hemos de regresar antes de que los elantios puedan usar el sortilegio localizador para ubicarnos. Aunque el Sello de Ulara es fuerte, el sortilegio sigue dentro de tu brazo. Salir de los límites del Sello de Barrera eliminará la capa extra de protección que supone.

La embargó el alivio. Sintió ganas de echarle los brazos al cuello.

—¿Cuándo podemos irnos?

—En algún momento de la próxima quincena. Antes de que el Maestro de Medicina regrese para operarte el brazo.

El pulso de Lan le retumbó en las orejas. En algún momento de la próxima quincena. Tras doce ciclos de búsqueda, la respuesta estaba a días de distancia.

—Pero antes de irnos has de centrarte en entrenar —dijo Zen—. Basta de experiencias cercanas a la muerte antes de que puedas resistirme en combate y sepas suficiente práctica como para no ser un lastre.

La alegría intensa que sentía se evaporó y la reemplazó una fiera resolución. Retrocedió y cruzó los brazos.

—Está bien. Ese ese caso, más te vale dormir con un ojo abierto, señor practicante.

—Deja de llamarme «señor». No soy mucho mayor que tú.

—Pues deja de comportarte como si lo fueras.

—Se me ha ocurrido algo mejor. —Se inclinó hacia ella y le lanzó una mirada tan penetrante que Lan pensó que toda aquella sobriedad había sido fingida—. ¿Qué tal si te enseño yo mismo?

Lan lo miró a los ojos y, por primera vez, sintió ganas de esbozar una sonrisa sincera, una sonrisa cálida que provenía de su interior. Bajó la vista.

—Sé que te di una impresión equivocada cuando nos conocimos, con lo del cuchillo de mantequilla…

—Y la tetera —contribuyó él—. Y la taza.

—Fuiste tú quien me dijo que me esforzase. Tuve que pensar rápido. —Sonrió—. Estoy segura de que bajo tu tutelaje me convertiré en una gran estud…

Lo que fuera a añadir se esfumó de su mente, porque en ese momento Zen sonrió. Fue una sonrisa lenta y diminuta, una pequeña curva en los labios que le arrugó los ojos y le alzó los pómulos. La fachada de rigidez de su semblante quedó hecha añicos; ante ella estaba el chico que Zen podría haber sido. Una noche de nubes oscuras que se aclaraban de pronto para descubrir una luna brillante.

—Si te entreno y te llevo a la Montaña Cautelosa —dijo—, ¿me prometes que te aplicarás en tus estudios y que no volverás a canalizar el qì de forma irresponsable?

Lan unió puño y palma ante él.

—Lo juro por todos los bollitos de cerdo del Último Reino.

—Vaya, vaya. —En los ojos de Zen apareció un tono juguetón, como polvo de estrellas—. Un juramento de lo más serio.

15

«En un viaje con tres discípulos pretendo encontrar maestro».

Analectas kontencianas (*Clásico de Sociedad*), 2:3.

Como no podía ser de otro modo, Lan se levantó tarde el primer día de clases. Las campanas matutinas ya sonaban cuando se lavó con el agua clara de la fuente con la que los discípulos llenaban el cubo cada noche. Luego se puso el nuevo *páo* de practicante y siguió el caudal de discípulos de túnicas blancas por los caminitos que llevaban a los salones de la escuela.

Los discípulos comenzaban la jornada realizando tareas matutinas que rotaban cada día para distribuir equitativamente las tareas más favorables (como organizar tomos en la biblioteca) y las menos (como limpiar las letrinas). Luego, al sonido de la campana, los estudiantes se apresuraban a ir al refectorio para tomar un desayuno compuesto de arroz, guiso de verduras y algún plato de tofu. Lan se hizo amiga de la cocinera, una chica jovial de mofletes inflados llamada Taub, cuyo hijo, Chue, era discípulo. Ambos habían huido de su aldea del sudoeste tras la Conquista Elantia y se habían cruzado con el Maestro de Puños de Hierro, quien los había traído al Fin de los Cielos, según le contó Taub a Lan mientras le echaba un par de cucharadas extra de tofu y sopa de alubias rojas.

A Lan se le antojaban fascinantes tanto las clases como los maestros que las impartían. Nur, el Maestro de Artes Ligeras, era un hombre amable y menudo que se movía como las aguas corrientes de un río. En la primera clase de Lan, Nur la puso a canalizar el qì hacia partes concretas de su cuerpo. Lan vio cómo los demás discípulos saltaban hasta lugares imposiblemente altos o escalaban paredes planas. Cáo, el Maestro de Arquería, le dio a Lan una cesta de dátiles y le dijo que lanzase uno al aire. Antes de que Lan pudiera parpadear siquiera, el maestro atravesó el corazón del dátil con una flecha.

Y lo hizo con los ojos cerrados.

Ip'fong, el Maestro de Puños de Hierro, era un tipo de piel sonrosada con un torso más duro que una piedra. Lan aprendió que los Puños de Hierro eran un estilo concreto de las artes marciales. Ip'fong había impartido clase en la Escuela de la Eterna Primavera, que se especializaba en artes marciales. Era el único superviviente de todos los maestros y discípulos de la escuela. En la primera clase de Lan, Ip'fong le puso una serie de ejercicios destinados a desarrollar la fuerza. Mientras sudaba la gota gorda intentando hacer flexiones apoyada en los dos índices, Lan vio cómo los demás discípulos hacían ejercicios de lucha y decapitaban limpiamente varios muñecos de madera con patadas voladoras.

Yeshin Noro Ulara, Maestra de Espadas, fue implacable con ella. Lan sospechaba que Ulara no veía la hora de castigarla por sus transgresiones del primer día en la Cámara de las Cien Curaciones. En la primera clase, la maestra la puso a luchar con Dilaya, armadas ambas con palos de madera pero sin darle la menor instrucción ni consejo. Dilaya no se molestó en ocultar el placer que sentía a cada nuevo golpe que le daba a Lan.

Por su parte, Lan no llegó siquiera a tocar a Dilaya.

—Qué mala suerte —dijo Shàn'jūn con una sonrisa compasiva cuando Lan se derrumbó a su lado en el refectorio, cubierta de moratones. Shàn'jūn echó mano del saquito de cáñamo que siempre llevaba consigo. Lan oyó un repiqueteo en el interior del saquito—. Menos mal que siempre voy preparado. No te muevas.

—Todo el mundo sabe que Yeshin Noro Dilaya haría cualquier cosa por ganarse el favor de su madre —intervino Chue mientras acometía contra un humeante cuenco de guiso de tofu—. Quiere ganarse el derecho a empuñar la espada de Ulara.

—¿Por qué? —preguntó Lan mientras extendía el brazo para que Shàn'jūn pudiese aplicarle un bálsamo de olor agrio sobre los cardenales.

—Porque se trata de Garra de Halcón —dijo Chue en tono soñador—. No hay discípulo de Espadas que no la conozca: el *dāo* legendario del Clan del Acero Jorshen. El mango está hecho de ébano y quien la empuña puede ponerse el anillo de pulgar que los cazadores Jorshen llevan durante la caza. Se dice que, en cada generación, el líder del Clan del Acero Jorshen elige a un heredero o heredera entre las ocho casas nobles de los Jorshen.

Eso avivó el interés de Lan.

—¿Clan? —repitió mientras dejaba aparte el cuenco de arroz—. ¿Te refieres a un clan como los de los Noventa y Nueve Clanes?

—Claro. ¿Por qué lo preguntas?

Al igual que la mayoría de los hin, Lan había crecido pensando que los clanes eran una mezcla de historia antigua y mitología. Nada que ver con gente real de carne y hueso que caminase por ahí con mal talante.

—¿Hay más miembros de clanes por aquí?

—Yo desciendo de un clan —dijo Chue en tono jovial—. El Clan Muong.

—La presencia de los clanes empezó a debilitarse a finales del Reino Medio —contribuyó Shàn'jūn, y se echó hacia atrás para examinarle el brazo tras ponerle el bálsamo—. Para tratar de apaciguar la inquietud que su presencia causaba en la Corte Imperial, muchos clanes menores se disgregaron e intentaron adaptarse a la cultura hin imperante. La mayor parte de los hin desciende de algún clan, aunque tras la instauración del Último Reino, las familias empezaron a mantener en secreto cualquier vínculo con los clanes.

—Los hin pueden considerarse un clan enorme —intervino Chue—. Es solo que se expandieron tan rápido que acabaron equiparándose al pueblo entero y a la cultura del reino. La mayor parte de las dinastías, exceptuando un puñado, han sido fundadas por emperadores hin.

—¿Y los demás clanes se rebelaron contra la Corte Imperial hin? —preguntó Lan.

Al parecer había dicho algo inapropiado. Shàn'jūn mantuvo el semblante impertérrito, un estanque sin el menor movimiento, pero el rostro de Chue se demudó.

—Todos no —dijo en tono herido—. Lo único que pretendíamos los Muong era conservar nuestra cultura y nuestras costumbres.

—Era sabido que muchos clanes habían desarrollado sus propias ramas de práctica —dijo Shàn'jūn. Le bajó la manga a Lan y empezó a guardar los frasquitos y los bálsamos en el bolso de cáñamo. Lan tuvo la sensación de que evitaba mirarla a los ojos—. Eran artes que se heredaban dentro del linaje. Algunos llegaron a ser excepcionalmente poderosos, así que la Corte Imperial empezó a temerlos. Por eso intentaron limitar la práctica y la presencia de los clanes. Sin embargo, los Noventa y Nueve siguieron presentes en el mundo..., hasta el final del Reino Medio.

Eso último lo dijo con la mirada baja. Chue también bajó el rostro mientras comía arroz ostensiblemente.

Por primera vez en su vida, Lan no supo qué decir. Había aprendido a grandes rasgos la historia del reino siendo niña, en las clases que le daban los tutores. A partir de ahí había reunido fragmentos a partir de cuentos que repetían los viejos, los aldeanos, los friegaplatos.

Se sentía como si acabase de aprender una parte de la historia que se había desvanecido de los libros, como si la hubiesen borrado de la memoria colectiva de los hin.

Acabó de comer en silencio.

Lo que mejor se le daba a Lan eran los Sellos, la clase que impartía Gyasho en la Cámara de la Cascada de Pensamientos. El maestro se cubría los ojos con un paño de seda. Lan había oído decir a los demás discípulos que eran de color blanco como la nieve: señal de que descendía de un clan. Se rumoreaba que el clan al que había pertenecido tenía la costumbre de entrenar con los ojos vendados desde la infancia para aumentar la percepción del mundo del qì.

Mientras los demás discípulos practicaban Sellos en el pabellón exterior, Gyasho llevó a Lan a la cámara, que en realidad era más bien un corredor abierto. Velos traslúcidos de gasa oscilaban entre las columnas de piedra, una brisa fresca soplaba por ellos y agitaba el pelo de Lan y la túnica dorada del maestro. Las lámparas de loto repartidas por los suaves suelos de piedra parpadeaban levemente. Tras ellos, desde el otro extremo del corredor, se oía el murmullo de una cascada. Gyasho puso a Lan a distinguir flujos de qì. Lan iba rápido porque ya había aprendido mucho de aquellos conceptos durante el viaje con Zen. El qì estaba presente en absolutamente todo: el agua, el aire, la luz, la piedra, el suelo, la hierba, la piel, la sangre… e incluso, tal y como Gyasho dijo, en el plano metafísico: las emociones, los pensamientos y el alma.

Al final de la clase, cuando la vara de incienso que usaban para medir el tiempo se consumió del todo, Lan intentaba invocar diferentes tipos de qì.

—Muy bien —dijo el maestro en tono alentador después de que sonasen las campanas y Lan le hiciera una reverencia en señal de respeto—. Recuerda que has de pensar en cada combinación de qì como una nota musical. No se puede crear música sin conocer las notas como conoces cada uno de tus dedos. —Le mostró una sonrisa enigmática—. Me encantará volver a verte en la próxima sesión.

Lan le contó todo lo que había dicho el maestro Gyasho a Chue, que la esperaba fuera de la cámara tras la clase. El discípulo pareció emocionado.

—Quizá te acepte como discípula de su arte —sugirió.

—¿Discípula de su arte? —preguntó Lan.

—Cada discípulo suele especializarse en un arte de la práctica. El mío es la Arquería. Cuando seas lo bastante buena te iniciarán como *xiá*, es decir, como practicante. Eso es lo que son Zen o Dilaya.

Solo los practicantes tienen el privilegio de aprender el Arte Final y convertirse en maestros de su escuela.

—¿Y qué es el Arte Final?

—Es una técnica secreta de práctica, diferente en cada escuela. —Los ojos de Chue adoptaron una cualidad soñadora—. He oído que aquí, si el maestro supremo te selecciona, te llevan a la Cámara de las Prácticas Olvidadas.

—¿Eso dónde está? —preguntó Lan—. ¿Y cuál es el Arte Final de esta escuela?

—¡Nadie lo sabe! De lo contrario, todos lo aprenderíamos y nos convertiríamos en maestros. Ni siquiera Zen o Dilaya han sido seleccionados aún. —Chue guiñó un ojo—. Pero creo que con los Sellos tienes una buena oportunidad. El maestro Gyasho es amable, pero no suele ser tan elogioso.

Lan recordó lo que Zen había dicho sobre su qì: que lo exudaba. No dijo nada.

Sin embargo, la última clase del día le estropeó el buen humor. Era la clase de Textos. El Maestro de Textos, un anciano difícil llamado maestro Nán, se mostró horrorizado al enterarse de que Lan no había memorizado las ochenta y ocho reglas del Código de Conducta de la escuela. La puso a correr arriba y abajo los escalones de la montaña, haciendo equilibrio con una piedra en la cabeza mientras leía la lista del reglas. Le prohibió volver antes de habérselas aprendido de memoria.

Sin embargo, Lan aceptó el castigo sin problema. No en vano había crecido en el salón de té. Madam Meng la castigaba más que a nadie, así que pasaba horas solitarias recitando poemas o textos que había aprendido de pequeña, para espantar el aburrimiento. Al volver a la Cámara de la Cascada de Pensamientos a última hora de la tarde, recitó sin pausa ni vacilación las ochenta y ocho reglas. Sin embargo, el desagrado del maestro no hizo más que aumentar.

—Pues ahora recita el primer capítulo del *Libro del Camino* —exigió el Maestro de Textos con malos modos.

Lan reprimió una hilera de insultos de lo más variado. Con el tono más dulce que fue capaz de componer, dijo:

—*Shī'fù*, soy nueva en la escuela. No he tenido tiempo de…

—¡Insolente! —ladró el maestro—. ¡Una estudiante jamás debe cuestionar a su maestro! ¿Cómo pretendes ser estudiante de esta escuela si ni siquiera conoces la primera *Analecta kontenciana*, que aborda la relación entre estudiante y maestro? —Señaló a un montón de tomos apilados junto a su asiento—. Te llevarás los Cuatro Clásicos y los copiarás todas las veces que sean necesarias para que te entren en esa cabeza tan dura que tienes. No saldrás de esta cámara hasta que los hayas copiado todos, palabra por palabra.

Lan contempló la pila.

—¡Deben de ser miles de páginas!

—Y aun así malgastas aliento señalando lo evidente —dijo el maestro en tono cruel.

Con un rugido en el estómago y la túnica nueva de practicante empapada ya de sudor y polvo a causa del entrenamiento matutino, Lan se sentó en el último rincón de la Cámara de la Cascada de Pensamientos para empezar a escribir. Cada uno de los clásicos era más grueso que su muñeca, por no mencionar que las páginas estaban hechas de papel *xuān*, un tipo de papel especialmente fino que absorbía muy bien la tinta.

Iba a tardar una eternidad.

Se restregó los ojos y contempló el cuenco de la pintura, en el que había apoyado una barra de tinta sólida y un delgado pincel de pelo de caballo.

Se le cerró la garganta.

La última vez que había tomado uno de esos pinceles entre los dedos había sido en el estudio de Māma. Lan negó con la cabeza y agarró el pincel con gesto firme para espantar el recuerdo. Tenía que copiar cuatro mil páginas de aquellos tomos. El sol siguió descendiendo. Cuando estaba justo por encima del horizonte sonaron las campanas que llamaban a la cena por todo el Fin de los Cielos. Lan cambió de postura; le dolían los hombros. Se llevó una mano al estómago, que emitió otro rugido de hambre. Más allá de la escarpada línea de los pinos atisbó el blanco de las túnicas de los practicantes y los demás discípulos, que se dirigían a toda velocidad al refectorio.

Si pudiese escabullirse... y agarrar algo de comer..., el maestro Nán no tenía por qué enterarse...

Pero también podría imponerle un castigo aún más duro, estaba segura. Se masajeó las muñecas doloridas, frunció el ceño y se echó hacia atrás para retorcerse y estirarse. El sudor sobre su piel se había secado hasta dejar solo una mancha de sal. La túnica de practicante se había endurecido y la incomodaba. Además tenía tanta, tanta sed...

Un sonido llegó hasta ella: el rumor del agua.

Lan se puso de pie y se acercó a la terraza trasera. La cámara estaba ubicada frente a una empinada ladera de la montaña. De los salientes en las alturas caía una catarata, una cortina de agua que se precipitaba hasta un estanque. Penachos de niebla ascendían del agua cristalina, que destelleaba bajo el resplandor del sol del ocaso.

Lan paseó la mirada por la montaña vacía. Si no podía arriesgarse a ir al refectorio, al menos podría darse un rápido baño y beber algo.

Se acercó al estanque. Los tablones del suelo dieron paso a roca resbaladiza. Lan se quitó las sandalias, se sacó la túnica por la cabeza y saltó al agua con la elegancia de una roca que se hunde en las profundidades. Estaba tan fría que casi soltó una maldición al instante, cosa que contravendría la regla número cincuenta y siete del Código de Conducta. Sacó la cabeza, resoplando y escupiendo. Se apartó el pelo de los ojos y parpadeó para sacudirse el agua de las pestañas. Con un castañeteo de dientes se apresuró a restregarse los brazos mientras entonaba una cancioncilla.

Mierda seca, alma de perro, seso de ñu.
Así te describo yo, Nán shī'fù.
Pedo de yegua, huevo de tortuga, culo de olla.
Maestro, tienes diminuta la...

—¿Pero qué...?

Lan se giró al oír aquella voz y se apresuró a cubrirse los senos con las manos. De pie en la terraza trasera de la Cámara de la Cascada de Pensamientos, inmóvil y a caballo entre la incredulidad y el ultraje, estaba el mismísimo Zen. El sonido de la catarata había ahogado sus pasos.

Casi presentaba una estampa cómica, con los ojos desorbitados, la boca desencajada y las orejas enrojecidas. Lan no tenía ni idea de si era de furia o de vergüenza. Zen la señaló con un dedo y se cubrió los ojos con la mano libre.

—Tú... —barbotó—. Ese... ese estanque... es sagrado. Fuera. ¡Fuera!

Lan salió a trompicones, con los pies resbalando sobre las rocas mojadas. Se puso la túnica y se dirigió al patio de suelos de madera, goteando y con la túnica empapada.

Zen se giró hacia ella con una mano sobre los ojos. La miró asomado entre los huecos de los dedos, con los ojos entornados. Al ver que estaba vestida, se recompuso. Tragó saliva y cerró los ojos apenas un instante, como si elevase una plegaria a sus ancestros para que le dieran paciencia.

—Eso de ahí —dijo— es la Fuente del Frío Cristalino.

Por eso estaba tan fría el agua, pensó Lan, pero lo que hizo fue inclinar la cabeza y decir:

—Lo siento.

—Es una fuente sagrada en la que, según se dice, fluyen las lágrimas de la luna, que representan el corazón de las energías yīn de esta montaña. Durante miles de ciclos, los maestros y devotos se han postrado ante estas aguas para orar, con la esperanza de conseguir equilibrar sus energías..., y tú te acabas de dar un baño.

Un poderoso impulso de echarse a reír se apoderó de Lan, pero consideró que lo mejor en aquel momento era guardar silencio.

Zen se pasó la mano por la cara y suspiró. El rubor en sus mejillas empezaba a desaparecer. Por fin carraspeó y la miró de frente.

—El maestro Nán ya me ha informado de tu lentitud y tu insolencia.

—¡Mentira! —dijo Lan, y se detuvo un segundo—. Bueno, sí que he sido lenta, pero insolente no.

Zen le lanzó una mirada escéptica.

—Una estudiante no puede poner en duda a su maestro —dijo—. *Clásico de Sociedad*, también conocido como *Analectas kontencianas*, capítulo dos, principio uno.

—¿Y qué pasa si el maestro se equivoca? —replicó ella.

Él suspiró, se pasó la mano por la boca y la contempló con una expresión tan cansada que Lan prácticamente oyó el «¿qué voy a hacer contigo?» que debía de resonar en su cabeza.

Acto seguido, Zen se enderezó un poco y carraspeó.

—Tengo una idea. ¿Qué tal si aprendes los clásicos antes de cuestionarlos? —Alzó una cesta de bambú—. Vamos, vengo a ayudarte... y te he traído bollitos ahumados.

Los bollitos estaban deliciosos. Cómo le gustaría que todo lo que había en el mundo le proporcionase un placer tan sencillo como el de comer bollitos ahumados. Cierto era que se trataba de bollitos de verdura, no de cerdo («No se quitará ninguna vida dentro de los límites del Fin de los Cielos», Código de Conducta, regla número diecisiete), pero cualquier cosa le sentaba bien a un estómago vacío.

—Los Cuatro Clásicos —dijo Zen, y su voz resonó en la cámara vacía.

Las cortinas de gasa se movían bajo la suave brisa de la noche. La luz de la luna las atravesaba y convertía el suelo en plata. Zen había encendido las lámparas de loto que colgaban de las tejas del techo. Un resplandor cálido los envolvía a Lan y a él.

—¿Ha repasado el maestro Nán lo más básico contigo?

Lan negó con la cabeza. No se había preocupado por asimilar el contenido; se había limitado a abrir uno y empezar a copiar los símbolos tan rápido como pudo.

—Bueno. —Zen se arrodilló en una postura perfecta y alargó la mano hacia los tomos. Alzó los libros uno tras otro con mucha delicadeza. Cada libro estaba encuadernado con hilo de seda y gruesa pasta de papel en la que había inscritos símbolos demasiado complicados como para que Lan los pudiese leer—. Primero está el *Clásico de*

Virtudes, también conocido como *Libro del Camino*. Luego viene el *Clásico de Sociedad*, también llamado *Analectas kontencianas*. El tercero es el *Clásico de Guerra* y el cuarto el *Clásico de Muerte*. Cada uno supone un pilar fundacional del que han surgido las Cien Escuelas de Práctica. Contienen registros históricos e interpretaciones que el pueblo del Último Reino ha observado desde hace miles de ciclos.

Zen echó mano de lo que llevaba copiado Lan. Ella sintió una oleada de vergüenza al pensar que Zen iba a ver los garabatos irregulares que había trazado, las partes en las que se había frustrado o que había copiado sin muchas ganas, aquellas en las que los símbolos apenas eran legibles.

Zen dejó la página.

—Es físicamente imposible copiar los cuatro tomos esta noche —dijo—. Hablaré con el maestro Nán. De momento vamos a hacer lo mejor que podamos. Veo que has empezado con el *Clásico de Sociedad*. No le encontrarás sentido alguno hasta que no hayas leído el primer clásico, el *Libro del Camino*. —Agarró un pincel, lo mojó en la tinta y lo sostuvo sobre un trozo de pergamino—. Sigue, yo escribiré contigo.

La caligrafía de Zen era perfecta. Escribía sin esfuerzo y cada trazo del pincel tenía la precisión de un escalpelo y la elegancia del arte. Lan sintió calor en las mejillas; escribía lo mejor que podía, pero su educación se había frenado a los seis años. Hasta aquella misma tarde había pasado doce ciclos sin agarrar un pincel.

—Lo sujetas con demasiada fuerza —dijo Zen.

Lan sintió que evaluaba la página que estaba escribiendo. Los símbolos sobresalían como trozos de hierba crecida.

Le entró calor por el cuello y se alteró aún más. Siempre se había enorgullecido de ser de ingenio rápido y de tener lengua de plata, así como de su tendencia a meterse en problemas. Sin embargo, en aquel momento en que Zen la observaba, Lan habría dado lo que fuera por ser una noble de buena educación.

—Intenta no agarrarlo tan fuerte; que el pincel fluya como una extensión de tu propia mano —dijo Zen—. Tardarás un poco, pero… mira.

Cerró esos dedos tan fríos que tenía sobre los de ella. El calor que sentía Lan en el rostro ya no tuvo nada que ver con la vergüenza.

Sintió el aliento de Zen contra el cuello. El chico se inclinó sobre ella para recolocarle los dedos hasta que sostuvo el pincel de la manera correcta. El corazón de Lan retumbaba en el pecho. En un susurro, Zen le explicó métodos para equilibrar el pincel, pero lo único que percibía Lan era su contacto.

Ya no tenía los guantes negros que había llevado puestos la mayor parte del viaje. La luz de las lámparas delineó las cicatrices de sus manos, demasiado regulares como para haber sido causadas por un accidente.

—Tus cicatrices —se encontró diciendo en un momento de silencio—. ¿Cómo te las hiciste?

Zen se detuvo y giró la cabeza hacia ella. Un mechón de pelo negro le cayó sobre el rostro. A aquella corta distancia, Lan distinguía cada una de las pestañas de sus ojos. Vio su propio rostro reflejado en la medianoche del iris de Zen.

Él bajó la vista pero no se apartó. Lan sintió el aleteo de una emoción.

—Un accidente —dijo. A continuación, para sorpresa de Lan, se alzó parte de la manga. En el antebrazo había cicatrices pálidas que evidenciaban tajos de espada—. Estas, en cambio, me las hicieron los elantios.

El aleteo de emoción se convirtió en horror.

—Me capturaron durante la conquista y me tuvieron prisionero un ciclo entero.

Hablaba en tono monocorde, la vista nublada. Lan reconoció aquella mirada. Era la mirada de alguien que se esforzaba al máximo por mantener los recuerdos a raya.

Lan había oído historias, rumores que se extendían por temerosas aldeas: se decía que los elantios habían capturado a algunos hin tras la conquista y los habían encerrado para usarlos como sujetos de experimentos. La mayor parte de ellos había muerto y sus cuerpos habían acabado en el Río del Dragón Serpenteante. Algunos pescadores habían encontrado cuerpos con horribles deformaciones, con los ojos y las uñas arrancados, la carne abierta o bien con todo tipo de objetos metálicos incrustados.

—Fuiste sujeto a experimentos —susurró Lan.

—Así es.

Si alguna cancionera le hubiese contado aquello, Lan la habría abrazado hasta la salida del sol. Pero se trataba de Zen. Del elegante, hermoso y lejano Zen. Lo único que se le ocurrió hacer a Lan fue seguir sentada agarrando el pincel con tanta fuerza que los nudillos se le pusieron blancos. Zen aún apoyaba la mano débilmente sobre ella, como si se le hubiese olvidado.

Una idea brotó en su mente.

Quiero ser poderosa.

No había podido proteger a su madre.

No había podido proteger a Ying. Ni a las cancioneras. Ni el salón de té. Ni siquiera a Madam Meng. Sus nombres pesaban sobre ella como lastres: su risa, sus lágrimas, el final que habían tenido.

—Zen —dijo en tono quedo.

Él parpadeó lentamente. Se le aclaró la vista como si regresara del caudal de sus recuerdos y volviera a verla.

—¿Hmm?

—Gracias —dijo Lan—. Por todo. Voy a trabajar duro.

Aquella mirada lejana y medio somnolienta había desaparecido. Zen ahora tenía una expresión acerada. Como por instinto, le acarició el dorso de la mano con el pulgar. La recorrió un escalofrío por todo el brazo.

—Bien —dijo, y se puso de pie—. Es hora de empezar la segunda lección de esta noche.

La llevó por un camino pedregoso hasta una explanada de la montaña que daba a unos abruptos acantilados. El Último Reino se extendió ante ella bajo la luna menguante: el cielo era un cuenco de tinta negra salpicada de polvo plateado. Las montañas formaban siluetas escarpadas. La brisa, fresca, transportaba un frío invernal que casi nunca se notaba en aquellas latitudes sureñas.

Zen se giró hacia ella.

—Tengo un regalo para ti —dijo.

Se llevó la mano a una tersa vaina de cuero y extrajo una daga que despidió un destello plateado. Sostuvo la parte plana de la hoja entre los dedos, agarró la mano de Lan y le puso la empuñadura en la mano. Estaba fría al tacto. El mango tenía grabados de estrellas que bailaban entre llamas, así como elegantes símbolos curvos que no llegó a reconocer.

—Es mejor empezar a practicar con el arma que usarás en combate, porque cada arma tiene una longitud y un peso diferentes y pueden resultar difíciles de equilibrar.

—Es muy pequeña. —Lan contempló el *jiàn* que Zen llevaba al cinto. El arma le llegaba a la pantorrilla—. ¿No puedo tener una espada como la tuya?

—No juzgues la potencia de una hoja por su longitud —dijo Zen—. Fíjate bien en tu daga.

Lan obedeció. La giró en la mano. La hoja reflejó un rayo de luna y entonces Lan percibió que el metal emitía un constante goteo de resplandeciente qì desde los símbolos hin.

—Tiene un Sello —dijo al fin tras haber alzado la mirada.

Zen curvó levemente los labios.

—Lo que tiene es qì —corrigió Zen—. Se suele contar que las armas de los practicantes contienen sus almas. No es cierto del todo; lo que pasa es que vertemos nuestro qì en ellas para que nos protejan mejor. El nombre de esta daga es Tajoestrella. No solo es capaz de cortar carne humana, sino materia sobrenatural. No servirá para destruir a un demonio, pero sí que conseguirá lo que las armas ordinarias no pueden: herirlo, aunque sea de forma temporal.

Un escalofrío recorrió la columna vertebral de Lan al oír la palabra «sobrenatural». Aquella diminuta hoja que sostenía en la mano la protegería contra los demonios.

—¿Cómo te corta la carne de un demonio?

—Así. —Zen tiró de la mano que sostenía Tajoestrella hasta apoyarse la punta contra el pecho. Tenía una leve sonrisa y los dedos cálidos y firmes sobre los de ella—. Igual que con la de un humano. Hay que apuntar al núcleo de qì del demonio, el equivalente al corazón.

La mirada de Zen aleteó sobre el rostro de Lan.

—Y luego se la clavas.

Por algún motivo, el corazón le dio un vuelco y se le aceleró la respiración.

—No lo olvidaré —dijo.

—E intenta no fallar. Los demonios no suelen dar segundas oportunidades.

La hoja seguía apretando la tela del *páo* negro de Zen.

—No fallaré.

Zen le tocó sin querer la piel de la mano con el pulgar.

—Supongo que esto supone una mejora con respecto a tu última arma: la taza de té —dijo.

Fue una broma ligera, pero de pronto Lan se preguntó si Zen recordaría que lo que más ansiaba en el mundo era un modo de protegerse a sí misma y a sus seres queridos. La daga que le acababa de regalar, por más pequeña que fuera, suponía una gran diferencia.

Dio un paso atrás.

—Gracias.

Hubo un susurro de metal que se desliza por una vaina y, de pronto, Zen la apuntaba con su espada. Una hoja larga y recta hecha de acero oscuro. El mango era negro y tenía grabadas lo que parecían ser llamas negras. Lan se percató de que era el mismo emblema que había visto en el saquito de seda que Zen llevaba consigo.

—Lan, te presento a Llamanoche —dijo Zen, enarbolando el arma ante sí—. La tarea que tendrás que llevar a cabo será sobrepasar sus defensas antes de que acabe esta luna.

Zen entrenó a Lan durante el resto de la noche. La puso a practicar movimientos preestablecidos, asegurándose de que colocase bien los pies y corrigiéndole la postura cuando era necesario.

—La hoja ha de ser una extensión de tu cuerpo —dijo—. Canaliza el qì hacia la punta cuando apuñales y hacia el filo cuando cortes. Cuando retrocedas canalízalo hacia la empuñadura. Por eso la gente cree que un *jiàn* contiene parte del alma del practicante, porque no solo luchamos con técnica sino con qì.

Lan se detuvo, con el *páo* encharcado de sudor a pesar de la fresca brisa de la noche.

—Zen, ¿cuándo vamos a ir a la Montaña Cautelosa? Una quincena dura mucho.

—Como mínimo tardaremos una semana más —fue la respuesta—. Ahora mismo, todo el Fin de los Cielos está revuelto por tu llegada. Hemos de darles a los maestros algo de tiempo para que se centren en algo que no seas tú. Sobre todo a Ulara y a Dilaya. —Soltó un suspiro—. Marcharnos iría en contra de su juicio, así que prefiero no atraer ninguna atención sobre nuestro viaje.

Una semana más. La idea la emocionaba y la aterraba al mismo tiempo.

—¿Y entonces seré lo bastante buena como para luchar a tu lado?

Zen esbozó media sonrisa.

—¿En una semana? Los practicantes tardan ciclos solo en controlar el qì. —Apoyó con delicadeza la mano en la empuñadura de la daga de Lan, que notó el frío contacto de sus dedos—. Cuando puedas apuñalarme el corazón con esta daga serás lo bastante buena como para considerarte mi igual en el manejo de la práctica.

16

«Tras la muerte, un alma puede dejar huella en este mundo, ya sea en un objeto o en otro ser vivo. Dicha alma pasará incompleta al otro mundo y jamás hallará descanso».

Chó Yún, invocador imperial de espíritus,
Clásico de Muerte.

Seis días después de la llegada de Lan al Fin de los Cielos, el maestro supremo la convocó ante su presencia.

Llegó a la clase del día en la Cámara de la Cascada de Pensamientos. Un huraño maestro Nán le dijo que el maestro supremo de la escuela la había mandado llamar, y que debía reunirse con él en la Cumbre de la Conversación Celestial.

—¿Por qué? —intentó preguntarle al Maestro de Textos.

Él se limitó a mirarla con el ceño fruncido y a soltar:

—Recuérdame qué dice el principio uno, capítulo dos, de las *Analectas kontencianas*.

—Si necesitas que te lo recuerden, maestro, no deberías dar clase —dijo Lan, y salió corriendo.

Las nieblas se arremolinaron a sus pies mientras subía los gastados escalones de roca que llevaban a la cumbre del Fin de los Cielos, donde se encontraba la Cumbre de la Conversación Celestial.

El camino de piedra se fue estrechando a medida que ascendía. Las nieblas se volvieron más densas hasta que apenas pudo ver a cinco pasos de distancia. Un lateral de la escalinata daba a lo que parecía ser una seria caída, un abismo que en aquel momento estaba envuelto en bruma, una masa gris tan quieta y silenciosa que parecía estar contemplando un mar muerto.

Y de pronto, tras el último escalón, las nubes desaparecieron. Fue como si de repente hubiese salido de las profundidades del océano.

Estaba en lo alto del Fin de los Cielos. Los acantilados que la rodeaban estaban rodeados de niebla. Sin embargo, el aire estaba despejado allí arriba. El cielo era una extensión infinita de tono gris pálido, interrumpido solo por las ondulantes sombras de las Montañas Yuèlù. El sol empezó a ascender en el cielo y la luz y el color se derramaron sobre el mundo como tinta. Las nubes se pintaron de fogosos tonos rojos y dorados, mientras que los famosos pinos que dibujaban el paisaje del Último Reino se tiñeron de esmeralda.

—Es hermoso, ¿verdad?

Lan se sobresaltó. Dé'zǐ había aparecido en lo alto de la escalinata, silencioso como un fantasma. Se acercó hasta Lan y se detuvo a su lado. La brisa le agitaba el cabello y la túnica. Su rostro era una máscara de absoluta serenidad. Los maestros supremos de las historias con las que Lan había crecido eran viejos y marchitos, con un semblante más parecido al del maestro Nán, arrugado y de barba blanca. El cabello de Dé'zǐ, sin embargo, era negro como la tinta, manchado apenas con un par de vetas grises, y desde luego era ágil y fuerte. Parecía más bien un padre que un abuelo.

En las manos sostenía una taza humeante de té.

—Pues sí, maestro supremo —consiguió decir Lan, en un intento por causar buena impresión.

Prefirió ser parca en palabras, porque por dentro la comían los nervios por encontrarse a solas con el maestro supremo. La presencia de Dé'zǐ tenía una cualidad tranquilizadora, casi familiar, que le dio ganas de relajarse y confiar en él.

—Fue en esta cumbre donde el primer maestro de los Pinos Blancos alcanzó la iluminación de los dioses y fundó esta escuela. Por eso se llama Cumbre de la Conversación Celestial. —Dé'zǐ esbozó una sonrisa enigmática—. Veo que ya te has habituado a las clases. El maestro Ip'fong te ha tomado cariño, la maestra Ulara considera que careces de talento y el maestro Nán afirma que tienes tofu en lugar de cerebro.

Puede que Lan fuese desvergonzada con los demás maestros, pero la presencia de Dé'zǐ, por algún motivo, le daba ganas de impresionarlo.

—No soy más que una cancionera de pueblo, maestro supremo. Carezco de talento y de educación. Si me das más tiempo...

—El maestro Gyasho dice que eres una pupila extremadamente prometedora —interrumpió el maestro supremo. Lan se ruborizó—. Además, entre tú y yo, me da igual las veces que el maestro Nán afirme que tu caligrafía es muy fea. Me gustaría que me enseñases qué es lo más importante que has aprendido en estos días.

Esa era fácil. Lan pensó en la Cámara de la Cascada de Pensamientos, en la sonrisa amable del maestro Gyasho, con el rostro alzado al cielo y los labios separados mientras sentía que el Sello que trazaba Lan empezaba a funcionar.

Lan cerró los ojos y abrió los sentidos al flujo de qì a su alrededor. Dibujó los trazos con exuberancia: un grueso arco de tierra estructurado con murallas de madera, una malla de piedra para fortificarlo y, ya que estaban en una montaña, un poderoso soplo de viento. Seleccionar hilos de qì, pensó, era como encontrar las notas en las cuerdas de una cítara o un laúd. Trazar un Sello era como componer una canción.

Cerró el círculo y el Sello de Defensa que había trazado se elevó del suelo. Un sólido escudo compuesto por los elementos que los rodeaban se curvó entre ella y Dé'zǐ.

—No está mal —dijo el maestro supremo, aunque Lan tuvo la impresión de que, de alguna manera, no había pasado la prueba—. Cuéntame por qué es esto lo más importante que has aprendido.

Lan borró el Sello por la mitad y el muro defensivo se convirtió en una nube de polvo rosa.

—Porque quería usar mi poder para proteger a mis seres queridos —dijo en tono quedo.

El maestro guardó silencio un rato mientras estudiaba el rostro de Lan. Ella tembló bajo el escrutinio.

—Has mencionado justo lo que quería discutir contigo hoy —dijo al fin—. El poder. ¿No es esa la razón por la que la mayoría de los que pueden emprenden el camino de la práctica?

Lan pensó en las cancioneras, el salón de té, el juramento silencioso que había hecho. Asintió.

—Todo lo que aprendas aquí, Lan, se centrará en ejercitar tu poder. En hacerte más fuerte, mejor, invencible. Arquería, Espada, Puños, Artes Ligeras, Sellos, así como todas las formas de conocimiento. Y sin embargo, nada de eso importa si no sabes para qué debes usar ese poder.

—Lo sé. Lo usaré para que ninguna persona vulnerable tenga que sufrir.

—¿Y qué darías a cambio de semejante poder?

Lan había encontrado la respuesta a aquella pregunta la mañana en que su mundo se había acabado, en el mismo momento en que había visto cómo se le escapaba la vida a su madre ante ella.

—Todo —susurró.

—Y ese —dijo Dé'zǐ— es el primer paso para convertirse en Renegado.

Esas palabras la golpearon como un mazazo en la barriga. Lan había entendido que ser Renegada era algo malo, que de algún modo se asociaba con el yīn, con los practicantes demoníacos y con todo el mal que había en el mundo. No era algo inocente, como pretender ser poderosa para proteger a los seres queridos.

—Yo no… —farfulló—, yo nunca…

—Ser Renegado —dijo el maestro supremo— no tiene nada que ver con el tipo de qì que se emplea…, solo tiene que ver con el modo y el motivo por el que lo emplea.

Lan vaciló. Las numerosas diatribas del maestro Nán sobre el *Clásico de Sociedad* la previnieron de expresar lo que sentía.

—Pero, maestro supremo —dijo—, yo pensaba que ser Renegado tenía que ver con... eh... con el qì demoníaco.

El maestro supremo emitió un canturreo pensativo. Al cabo, en lugar de replicar, dijo:

—Cuéntame lo que has aprendido sobre el Camino.

Lan dio gracias por las horas que Zen había pasado junto a ella copiando los clásicos.

—Sigo estudiando los clásicos, maestro supremo —se apresuró a decir, con miedo a haberlo ofendido—. Si lo deseas puedo recitar...

Dé'zǐ agitó una mano en el aire.

—Mis ancestros se revolverían en las tumbas al oír esto, pero no tengo mucha paciencia para los métodos hin de aprendizaje de memoria ni sus costumbres estrictas. Todo eso no es más que conocimiento superficial, estipulado por un puñado de aburridos viejos recalcitrantes hace cientos de ciclos y aún mantenido por un puñado de jóvenes recalcitrantes hoy en día en la escuela.

—¡Maestro supremo! —exclamó Lan, incapaz de contener una risa sobresaltada.

Dé'zǐ esbozó una sonrisa conspiradora y se dio un golpecito en el pecho:

—Quiero que me cuentes qué te inspira el Camino aquí dentro.

Lan pensó en todos los principios que había estudiado en los últimos días.

—Creo que el Camino se basa en el equilibrio —dijo con cautela— y en el control. Siempre se toma algo prestado y se entrega algo, un intercambio justo. Los practicantes hemos de tener especial cuidado, pues cuanto más poder acumulamos, más hemos de restringirnos.

El maestro supremo pareció complacido.

—Exactamente —dijo. Lan notó una sensación cálida en el estómago—. El Camino no es más que equilibrio. Un equilibrio que está escrito en todo lo que estudiamos, en la sangre y los huesos del propio mundo.

Volcó la taza que tenía en las manos. El líquido cayó en un chorrito que manchó la superficie de la roca. Dé'zǐ dibujó un círculo con el té y coloreó la mitad del interior excepto un puntito. La otra mitad permaneció inmaculada, salvo por una gotita diagonal.

Lan conocía el símbolo, pues se solía usar en decoraciones.

—Yīn —dijo el maestro supremo, señalando la parte coloreada. Acto seguido apuntó a la parte limpia—. Y yáng. El principio fundamental que gobierna no solo el qì, sino el mundo. Este es nuestro Camino.

Lan formuló la pregunta que le rondaba la mente desde hacía días:

—Entonces, ¿el yīn no es malo? Yo había oído… bueno, he oído que es la energía de la que se alimentan los demonios.

—Ah —dijo Dé'zǐ con una sonrisa torcida—. Has estado prestando oídos a Zen y a las demás verduleras. Tienes razón; todos los tipos de qì sobrenatural se componen únicamente de yīn. Sucede así porque esas criaturas pertenecen a la muerte, no a la vida. Y por supuesto, eso incluye también el qì demoníaco. Sin embargo, ¿de verdad es malo el yīn? —Un movimiento de cabeza, una pequeña alteración en las cejas—. El yīn es tan malo como malas son las sombras. O la oscuridad, o el frío o la muerte. A esos conceptos se los suele temer, o bien se les otorgan connotaciones negativas al compararlos con la luz, la calidez y la vida… y sin embargo, ¿se te ocurre un mundo en el que no existieran?

No, no se le ocurría.

—El concepto fundamental del Camino es el equilibrio. Fíjate en los dos puntos de cada mitad. Una no puede existir sin la otra. El mundo se encuentra en constante cambio, el yīn se convierte en yáng y el yáng se convierte en yīn en un ciclo perpetuo de equilibrio. La vida pasa a ser muerte y la muerte engendra vida. El día se convierte en noche y la noche siempre da paso al día. El sol y la luna, el verano y el invierno…, ambos están presentes eternamente en el mundo.

»Por lo tanto, ser Renegado indica justo lo contrario: cuando algo se desequilibra, cuando se pierde el control. Por ejemplo, piensa en la creación de un demonio: sucede cuando un pozo ciego de yīn permanece desequilibrado durante demasiado tiempo. Del mismo modo, el peligro de los practicantes demoníacos no reside en la naturaleza de su arte, sino en la pérdida de control.

—Disculpa, maestro supremo —dijo ella—, pero entonces no entiendo por qué ansiar poder da pie a convertirse en Renegado.

—Ah. El poder también necesita equilibrio. Demasiado poder conduce a la corrupción. Demasiado poco lleva a la derrota. Estar dispuesto a darlo todo a cambio de poder…, bueno, resulta peligroso. Supongo que conoces la historia del general del clan Mansorian al que se conocía como Muertenoche. Un hombre con buenas intenciones que acabó ahogado por el poder. Al final no fue capaz de controlar al Dios Demonio al que se había vinculado; fue el Dios Demonio quien lo controló a él.

Lan asintió con solemnidad. El maestro supremo tenía una mirada lejana. La luz del sol envolvía su contorno con tonos rojos y dorados.

—Entonces para seguir el Camino es necesario alejarse de los demonios. —Lan sonrió—. No parece difícil.

—Te sorprendería —replicó el maestro supremo. Parpadeó como si acabase de despertar de un largo sueño. Contempló el ocaso con ojos entrecerrados—. Te agradezco mucho que hayas reservado tiempo del día para estar conmigo, pero no deseo quitarle al maestro Nán una nueva oportunidad de criticar tu caligrafía. Volveremos a vernos, Lan.

Esa noche, al igual que todas las noches de aquella semana, Lan se dirigió a la Cámara de las Cien Curaciones. El único momento de descanso que tenía era cuando se reunía con Shàn'jūn junto al estanque de carpas cerca de la cámara. El discípulo de Medicina escuchaba con una leve sonrisa todo lo que le había pasado a Lan cada día. A veces ella lo ayudaba con las hierbas que tenía que cultivar. Luego, con Tajoestrella en el cinto, se dirigía a encontrarse con Zen para seguir con su entrenamiento. Aquella noche, sin embargo, la Cámara de las Cien Curaciones estaba vacía a excepción de otro joven discípulo de Medicina que vigilaba los estofados. Al parecer Shàn'jūn había ido a la biblioteca.

La noche estaba despejada. La luna brillaba sobre los caminos de piedra y los teñía de plata pulida. Lan fue a buscar a Shàn'jūn. Subió los escalones en dirección a la biblioteca según le había indicado el joven discípulo. Atravesó el Fin de los Cielos hasta la parte trasera de la montaña, en una zona más elevada que las demás cámaras de la escuela. Por fin cruzó una arboleda de coníferas y se topó con una colina de inclinación leve plagada de orquídeas en flor que se agitaban con la brisa de la tarde.

En medio de la colina se alzaba uno de los edificios más elegantes que Lan había visto en su vida. Las nieblas se arremolinaban suavemente a su alrededor de un modo que hacía pensar que descansaba sobre nubes. Balconadas abiertas daban a altas cataratas que caían a ambos lados. Había ventanas con forma de luna llena cubiertas con cortinas de bambú. El edificio tenía dos plantas y estaba rematado por tejas grises que se curvaban hacia los cielos.

A diferencia de las cámaras de la escuela, los aleros de la biblioteca eran delgados y carentes de ornamentación. No había allí grabados de flora, fauna ni dioses.

Biblioteca de la Escuela de los Pinos Blancos, proclamaba un letrero de madera sobre las puertas de madera de cerezo. Las puertas estaban cerradas. De los aleros colgaba una campana, silenciosa una vez terminada la jornada de clases.

Lan cruzó las puertas correderas.

Mientras que el salón de té estaba decorado con opulencia, aquellos salones exhibían la más modesta elegancia. Los muros eran de un suave blanco parecido al de la cáscara de huevo, con columnas y aleros de palisandro. Varios huecos enrejados contenían tomos de brillante encuadernado en seda blanca. Varias ventanas salpicaban el interior. La luz de la luna se derramaba por la gasa sujeta al calado, de modo que todo el interior estaba bañado de un resplandor de nácar.

Lan se preguntó si el joven discípulo de Medicina se habría equivocado al mandarla allí. La biblioteca estaba desierta. Todos los discípulos habían vuelto a sus aposentos para descansar antes de volver a levantarse al alba. Por todo el lugar flotaba un aire de reverencia teñido del aroma vetusto del pergamino y la tinta. Las habitaciones a cada lado del salón principal estaban separadas con biombos hechos del mismo armazón de palisandro y gasa que las ventanas. De ese modo podían circular tanto la luz como el aire sin dañar los libros.

La pálida luz gris y las gasas que se agitaban con la brisa plagaban el lugar de sombras fantasmales. Lan se sintió como si caminase entre fantasmas. Tuvo la extraña sensación de que podía girar un recodo y toparse con un estudio muy familiar, con una ventana circular que daba a un patio nevado y la melodía de un laúd en el aire.

Un lugar que ya solo existía en sus recuerdos.

Oyó voces a través de unas puertas correderas. Al otro lado había una terraza que daba a una hilera de sauces tras la que discurría un río. En la terraza había sentada una figura; Lan se asomó a las puertas apenas abiertas un resquicio y reconoció el perfil esbelto de Shàn'jūn. Abrió la boca para llamarlo, pero antes de emitir sonido alguno captó sus palabras.

—¿ … dado con algún rastro?

No estaba solo. A juzgar por el modo en que hablaba su amigo, Lan pensó que era una conversación privada. Íntima.

Se mordió el labio. No sabía si dejar a Shàn'jūn con su conversación privada o escuchar algo más para poder chincharlo al día siguiente. En la Escuela de los Pinos Blancos no se veían con buenos ojos las relaciones íntimas, porque se consideraba que distraían de los estudios. Shàn'jūn le había parecido un discípulo obediente y algo mojigato. Aquel descubrimiento la llenó de satisfacción.

El supuesto amante de Shàn'jūn habló con una voz profunda y masculina.

—No, no —hablaba despacio, como si tardase tiempo condensar sus pensamientos en palabras—. Muertenoche está muerto. Su alma ha desaparecido hace mucho. Su Dios Demonio, la Tortuga Negra, se ha esfumado.

Lan se quedó helada. «Muertenoche». La palabra le reverberó en la cabeza.

«La Tortuga Negra».

—Siempre me pregunto por qué se empeña el maestro supremo en mandarte a ti en estas misiones. Pasas mucho tiempo fuera. —Shàn'jūn hablaba en tono cariñoso—. Supongo que cree que vas a recordar algo de tu época en la Corte Imperial hace doce ciclos.

Aquellas palabras golpetearon el pecho de Lan. Le vino una imagen a la mente: Māma, vestida con el *hàn'fú* de la corte, con bordados de oro y brocados, en lugar del largo *páo* que solía llevar.

Se inclinó, con el corazón retumbándole en el pecho.

—Eso piensa el maestro supremo —dijo el otro hombre con tono burlón—. Pero no recuerdo nada. Cuando el Último Reino cayó, yo no era más que un niño. Desde entonces he estado en el Fin de los Cielos.

—Pero sabrás más que el resto de nosotros, que somos plebeyos. —Un tono ligero y juguetón preñaba la voz de Shàn'jūn—. Vamos, Tài'gē, si me dices que no aprendiste nada en tu infancia en la Corte Imperial, me temo que...

—Sí que aprendí algo, sí —dijo el otro a regañadientes—. A los descendientes de clanes nos enseñaban disciplina en la Corte Imperial. Una total obediencia al Emperador. Solo podíamos usar la práctica al servicio del Emperador. Y debíamos olvidar las atrocidades que habían cometido contra nuestros mayores, contra nuestros ancestros. Lo único que se permitía mencionar de los clanes era lo que ellos habían decidido que era la historia oficial.

Lan atisbó movimiento en la terraza: Shàn'jūn acababa de apoyar la cabeza en el hombro del otro chico.

—Y mientras estabas en la corte, ¿no llegaste a averiguar qué miembro de la familia imperial se vinculó al Fénix Carmesí?

—Creo que fue el príncipe.

Lan se quedó boquiabierta. El Fénix Carmesí era uno de los Cuatro Dioses Demonio. Se rumoreaba que había desaparecido hacía cientos de ciclos, pero Shàn'jūn y el otro chico hablaban de él como si aún existiese. Como si conociesen su paradero.

Hubo una pausa, un rumor de seda. Shàn'jūn volvió a hablar con un tono lúgubre en la voz:

—No creo que el maestro supremo tema un nuevo alzamiento de los clanes, pero entonces, ¿qué pretende? ¿Querrá saber más de su historia? ¿Hay algo de esa historia que ni siquiera tú conozcas?

—Mucho. Muchísimo —el otro chico habló con voz vehemente—. La historia de este reino ha sido reescrita. La Corte Imperial decidió cuál era la versión oficial. Los elantios destruyeron esa versión y el maestro supremo quiere que yo la recupere. Interrogando a un fantasma tras otro.

—¿Pero crees que busca algo en concreto? No dejo de preguntarme qué pretende el maestro supremo. No sé por qué se ha apartado de las creencias estándares de los hin. Me dio cobijo cuando no era más que un chiquillo con labio de conejo. También te acogió a ti y a muchísimos otros miembros de los clanes. Además ha criado a Zen...

Shàn'jūn se detuvo de pronto. Lan percibió un movimiento repentino y de pronto la puerta se abrió. Ella retrocedió, demasiado tarde.

Recortado contra la luz de la luna se encontraba uno de los hombres más atractivos que había visto en su vida. Si Zen tenía una belleza imperial y autoritaria, la hermosura de aquel chico era más parecida a la de una bestia salvaje: de facciones afiladas, ángulos rectangulares y músculos duros. Llevaba el pelo corto, igual que Zen, pero con rizos rebeldes que se movían al compás de la brisa. Sin embargo, lo más fascinante eran sus ojos: unos iris grises ribeteados de un dorado pálido bajo unas gruesas y expresivas cejas negras.

Un rostro que la contemplaba, fruncido, con una expresión que parecía sentarle mejor que cualquier sonrisa.

—Tú —dijo el joven—. No te he visto antes por aquí. ¿Cuánto? ¿Cuánto has oído?

—¿Oír qué? Acabo de llegar —se apresuró a decir Lan, pero el chico dio un paso amenazante hacia ella.

—Mientes —gruñó. La recorrió con una mirada que acabó en su brazo izquierdo—. Lo he oído. He oído el sonido de tu alma.

Podía ser que se refiriese a algún concepto de la práctica del que Lan no estaba al tanto, o bien se había vuelto loco de atar.

—Pues mejor para ti —dijo ella.

—Lan'mèi. —Shàn'jūn cruzó la puerta abierta.

El aire de desenfadada insolencia que Lan había mantenido se esfumó.

—Por fin te encuentro, Shàn'jūn —dijo en tono ligero—. Te he ido a buscar a la Cámara de las Cien Curaciones y un discípulo me dijo que estabas aquí.

Bajó la mirada, lista para recibir una reprimenda o incluso una reacción furibunda por haberlos espiado.

Los ojos de Shàn'jūn se curvaron al esbozar una sonrisa.

—Pues ya me has encontrado. Pero ¿dónde están mis modales? —Dio un paso atrás y se restregó la mano contra la cabeza—. Tài'gē, esta es Lan'mèi, una discípula nueva.

Los ojos del otro chico se estrecharon al oír que Shàn'jūn empleaba «-mèi» tras el nombre de Lan, un sufijo que significaba «hermanita» y que solía emplearse como muestra de cariño, de igual modo que a él lo llamaba con «-gē»: «hermano mayor».

—Lan'mèi, te presento a Chó Tài...

—Para ti, solo Tai —dijo el chico. Empleó la versión abreviada elantia como insulto directo hacia Lan.

— ... discípulo de Textos —prosiguió Shàn'jūn—. Estábamos discutiendo la misión de la que acaba de volver Tài'gē. Dime, por favor, ¿nos has oído?

Lan quería preguntar por eso de los Dioses Demonio. A fin de cuentas, ¿quién en su sano juicio no lo preguntaría? Sin embargo bastó una mirada al otro chico para que otra pregunta asomase a sus labios:

—¿Eras parte de la Corte Imperial?

Tai pareció enfurecerse, pero Shàn'jūn se interpuso entre Lan y él.

—Lan'mèi es una buena amiga —dijo el discípulo de Medicina—. Podemos confiar en ella. Nos guardará el secreto.

El otro chico le lanzó una mirada a Lan que dejaba claro que era la última persona del mundo a quien le confiaría un secreto.

—¿Cuándo serviste en la corte? —preguntó Lan.

—Durante la dinastía de «métete en tus asuntos» —gruñó Tai.

Quizá debería haberse esforzado por engatusarlo, pero dado que ya la habían descubierto, lo único que hizo fue poner los ojos en blanco. Él le miraba la muñeca, con el ceño fruncido.

—Tú —dijo de pronto en tono muy diferente—. Cargas con la voluntad de los muertos.

El modo en que pronunció esas palabras consiguió que un escalofrío le recorriese la columna vertebral. Se recompuso y cruzó los brazos.

—¿De qué hablas?

—De eso. —Extendió una mano de largos dedos y señaló la muñeca izquierda de Lan—. Hay algo ahí. Siento una voluntad encadenada.

—Tài'gē es invocador de espíritus, Lan'mèi —dijo Shàn'jūn—. Es capaz de percibir el qì espiritual… el qì de los muertos, un tipo de energía yīn.

—En el nombre de los Diez Infiernos, ¿de qué hablas? —preguntó Lan sin apartar la vista del otro chico.

—Es la especialidad de mi clan —explicó Tai con una mirada hosca—. Encontrar e invocar fantasmas.

—Los practicantes ordinarios a veces sentimos el qì de los espíritus, puesto que pertenecen a las energías yīn —dijo Shàn'jūn en tono paciente. Lan pensó de pronto en el *yāo*, la aparición fantasmal que había visto en el bosque de bambú—. Pero el clan de Tài'gē tiene afinidad con las huellas que los fantasmas y los espíritus de los muertos dejan en este mundo. Se puede decir que es una rama de la práctica, un arte que se puede aprender en esta escuela… aunque, en el caso de Tài'gē, lo lleva en la sangre.

—¿Y sientes un fantasma… en mi brazo? —le preguntó Lan a Tai.

—Nada de fantasmas. Una huella —insistió el invocador de espíritus—. Las almas dejan huellas inconscientes que adoptan muchas formas. Un recuerdo. Un pensamiento. Una emoción. Una huella de algún tipo que indica que existieron en algún lugar de este mundo. Es lo que usamos los invocadores de espíritus para localizar los rastros que dejan los fantasmas. Las huellas no son intencionadas; a veces son una maraña de pensamientos o un caudal de conciencia que se deja en momentos de extrema emoción. Algunos son leves. Otros se ubican enseguida. Algunos son muy altos. Y el tuyo… —Hizo una pausa—. El tuyo está gritando.

Lan se dio cuenta de que se estaba clavando las uñas en la palma de la mano. Un viento frío sopló por entre las cortinas de gasa y las sombras bailaron a la luz de la luna. Ella intentó reprimir un escalofrío.

—¿Y qué dicen los gritos? —susurró.

Tai alargó una mano hacia ella.

—Tendría que ponerme a escucharlos.

Los latidos del corazón le retumbaban en los oídos. Despacio, le tendió la muñeca izquierda.

Tai sacó tres barritas de incienso de un saquito de seda gris que llevaba en la cintura, muy parecido al que portaba Zen pero con un emblema diferente. Las barritas empezaron a desprender un brillo rojo bajo que desentonaba con la luz plateada de la luna, la montaña y el caudal de agua que los rodeaban.

Con la otra mano se sacó una campanita blanca de la manga. La colocó con mucha cautela sobre el brazo de Lan y la tocó una vez.

La campana resonó con una nota alta y clara que pareció ondular a su alrededor… y también en su interior. El tintineo repercutió en un espacio que parecía no existir, un lugar intermedio. El frío aumentó. La luz en la terraza y sobre el agua menguó. Fue como si Lan desapareciese poco a poco del mundo.

El Sello en la muñeca de Lan fue lo único que siguió brillando. Por encima del Sello se formó una pálida mano. Lan recordó haber visto esos dedos ensangrentados sobre su muñeca el día en que su madre murió a su lado.

En la oscuridad de aquel espacio intermedio se oyó una voz.

—Dioses, si queda alguna misericordia en el mundo, cuidad de mi hija.

Era Māma. La voz de Māma. No hubo nervio en el cuerpo de Lan que no se crispara. Se le cerró la garganta y sintió una dolorosa punzada en el pecho. Se le nubló la visión.

—Ojalá hubiera tenido tiempo de contárselo todo —prosiguió la voz de Sòng Méi en tono débil.

Parecía estar perdida en sus propios pensamientos, como si no hablase con nadie más que consigo misma. Lan comprendió que así era. Esas eran las palabras que su madre hubiera querido decirle pero no había podido. Habían quedado impresas accidentalmente en forma de huella, de caudal de conciencia.

—Le habría hablado de la rebelión encubierta que su padre y yo liderábamos, de la verdadera historia de este reino. Ojalá pueda perdonarme algún día, porque he de entregarle la clave para formar el destino de nuestro pueblo y habrá de cargar con ella sola.

Las palabras menguaron y empezaron a sonar arrastradas, débiles. La mano sobre la muñeca de Lan se desvanecía.

Lan supo lo que iba a pasar. Comprendió en qué momento se había formado aquella huella. Eran los últimos instantes de vida de su madre.

—No, Māma —se atragantó—. No, espera…

—Que los dioses la guíen hasta oír la canción de la ocarina —murmuró su madre, aún más perdida en sus pensamientos—. Que siga su poder para proteger a quienes lo necesitan. Que salve a nuestro reino.

La voz se alejó como el viento y la huella desapareció. Las sombras y la oscuridad se alzaron y Lan volvió a encontrarse sola, arrodillada sobre los tersos tablones de madera de pino de la terraza. Tenía las mejillas calientes y temblaba de la cabeza a los pies. Percibió una voz amable y un brazo firme que le cubrió los hombros. Era Shàn'jūn, que intentaba consolarla.

—Eso… —hasta Tai parecía conmocionado—, eso ha sido un caudal de pensamientos no intencionados. Tu madre… ha debido de confiarte una tarea muy importante, porque la huella de su conciencia ha permanecido a tu lado.

—Y pronto descubriremos qué tarea es esa —dijo una voz afilada y familiar.

Lan alzó la vista. A través de las lágrimas vio una figura alta que se les acercaba a zancadas. Un *dāo* curvo destellaba al costado.

—Pensé que me iba a costar más averiguarlo —dijo Yeshin Noro Dilaya con una sonrisa en sus intensos labios rojos. Sacó la espada y señaló con ella al cuello de Lan—. ¿Quieres que te quite la vida ahora mismo para ahorrarte problemas o prefieres explicarte ante el Consejo de Maestros?

El dolor de la pérdida que Lan sentía en el estómago no hizo sino aumentar.

—Puerca —susurró—. ¿Cuánto has oído?

Dilaya esbozó una mueca que pretendía ser una sonrisa.

—Lo suficiente. Sé que buscas algún tipo de instrumento de poder, algo que te legó tu madre. Siempre supe que tenías intenciones ocultas.

Los brazos de Lan temblaban de pura ira. Una ira avivada por el hecho de que Dilaya hubiese oído hablar a su madre muerta y que fuese tan cruel como para usarla en su contra. La chica parecía haber oído solo el final del caudal de pensamientos… aunque eran algo que la madre de Lan había dejado para ella y para nadie más. Lan no hubiese querido que Dilaya oyese ni una fracción.

Una extraña energía empezó a llamar dentro de ella. Todas las lecciones de los últimos días del maestro Gyasho habían incrementado su afinidad con el qì, incluyendo el qì que almacenaba en su núcleo. En aquel momento no había querido oír a nadie. La satisfacción y la curiosidad asomaron a los ojos de Dilaya. Lan se dio cuenta de que la chica quería avivar el qì que albergaba en su interior. Un qì desequilibrado. Un qì que los maestros cuestionarían. Un qì que Zen le había advertido que no debía usar.

La turbulencia de sus emociones se aplacó. El qì que se agitaba dentro de Lan menguó.

Se centró en Yeshin Doro Dilaya con afiladísima claridad.

—No tengo la menor idea de lo que estás hablando —dijo, vocalizando con cuidado cada palabra—, pedazo de puerca, cara de caballo.

Dilaya no movió un músculo ante el insulto.

—¿Ah, no? Entonces explícame qué era esa voz.

—Seguro que Tai puede responder a tu pregunta —dijo Lan con jovialidad fingida—. No tengo ni idea de qué ha hecho, pero acaba de regresar de una misión que le encomendó el maestro supremo. —Se llevó un dedo a los labios, como si acabase de darse cuenta de algo—: A no ser que quieras preguntarle directamente al maestro supremo qué se trae entre manos con Tai.

Dilaya apretó los labios.

—Maldita intrigante, espíritu de raposa —dijo, agarrando el *dāo* con más fuerza—. Voy…

—Te vas a disculpar —dijo una voz fría—, por haber roto las reglas número siete y doce del Código de Conducta en apenas medio minuto: «No se han de cometer actos violentos» y «Se ha de tratar a los hermanos y hermanas practicantes con respeto».

Zen emergió de las sombras del corredor de la biblioteca. No enarbolaba arma alguna, Llamanoche estaba envainada, pero cuando él y Dilaya cruzaron una mirada, fue como si tuviese la espada a punto. Tenían más o menos la misma altura, pero mientras que la furia de Yeshin Noro Dilaya era salvaje e imparable como un fuego forestal, la de Zen era una hoja forjada en el corazón de una llama.

—¿Y bien? —insistió Zen con un tono de voz capaz de cortar—. ¿Vas a pedirle perdón a Lan o prefieres esperar a que enumere el resto de las reglas que has roto esta noche, Yeshin Noro Dilaya? Quizá debería hablar de este asunto con el maestro supremo. Tendrá curiosidad por saber por qué cuestionas sus decisiones…

—No finjas que respetas tanto el Código de Conducta, practicante Renegado —escupió Dilaya.

El aire cambió al instante. Shàn'jūn, que había contemplado la escena en silencio, se encogió. Tai se quedó boquiabierto. Zen palideció. La rabia en sus ojos se vio reemplazada por algo que Lan no comprendió. Algo parecido a la culpa.

Dilaya esbozó una sonrisa triunfante.

—Eso es, Zen. Piénsatelo bien antes de darme lecciones sobre contravenir el Camino. —Dio un paso atrás y envainó la espada con un único movimiento que le agitó la manga del *páo*—. Algún día, el maestro supremo no estará por aquí para protegerte, pero será tarde para que se arrepienta de no haberte dejado morir en aquel laboratorio elantio, que es lo que debería haber hecho.

Sin siquiera mirar por encima del hombro, Dilaya pasó entre ellos y se perdió por el pasillo de la biblioteca.

17

«Las davidias florecen en los equinoccios de primavera y verano. También se conocen como árboles fantasma debido al color blanco de sus flores. Se dice que cada una de ellas representa un alma en tránsito».

«Los árboles fantasma», *Antología de leyendas populares hin.*

—Lan. —Ella se encogió al oír el tono de voz de Zen, que no había movido un músculo—. Vámonos.

Tenía el rostro desprovisto de emoción, vacío como una pizarra recién limpiada. Era hermoso pero también inspiraba temor, como una noche sin estrellas. Esa expresión le recordó a Lan aquella ocasión en que los ojos de Zen se habían vuelto completamente negros, junto a las murallas de Haak'gong. Zen giró sobre sus talones, pero se detuvo y miró al discípulo de Medicina.

Shàn'jūn bajó la vista. Junto a él, Tai se tensó. Siguió a Zen con los ojos cuando pasó a su lado y se alejó por la biblioteca.

Sin pronunciar palabra, Lan lo siguió.

Las nubes cubrían la noche. Las orquídeas del exterior se habían oscurecido y se agitaban furiosas a causa del viento que se había levantado. Zen caminaba con brío, sin esperar a Lan.

Ella se apresuró a alcanzarlo y se obligó a poner un tono despreocupado:

—Parece que Dilaya es muy popular por aquí. Eh, tengo una idea: ¿qué tal si les ponemos su nombre a los muñecos de madera que usamos en el entrenamiento…?

—No vamos a entrenar —dijo Zen con brusquedad—. Nos vamos a la Montaña Cautelosa.

El paso de Lan flaqueó. Se dio cuenta de que estaban yendo por un camino diferente al que llevaba a la explanada de entrenamiento. Zen avanzaba en dirección a los edificios de la escuela… y a la entrada del Fin de los Cielos.

Se apresuró a ponerse a su lado.

—¿Eso significa que me he graduado? ¿Soy lo bastante buena como para luchar junto a ti?

—No. Vamos esta noche porque el maestro Nóng regresa mañana y querrá tratarte el brazo. Prometí llevarte antes de que eso sucediera y pretendo cumplir mi promesa. —Una pausa—. Además, ahora que Yeshin Noro Dilaya se ha hecho una idea de lo que te ha dejado tu madre, la situación se ha complicado. Debemos arriesgarnos a ir antes de que se lo cuente a su madre y quizás hasta a *shī'fù*.

Shī'fù. «Maestro». Zen era el único que llamaba así al maestro supremo. Lan recordó las palabras de Dilaya.

—Zen —dijo—. Si llevarme a la Montaña Cautelosa supone un riesgo para tu estatus o tu reputación, quizá…

Zen se detuvo y se giró hacia ella con tanta brusquedad que Lan chocó contra él. La agarró del hombro y le dijo:

—Nada de lo que yo haga va a cambiar la reputación que tengo en la escuela ni tampoco el modo en que me ven los maestros. —Sus ojos llameaban—. Si tienes alguna pregunta sobre los rumores que hayas oído estos días, no dudes en formularla.

Lan escrutó el rostro de Zen, con la garganta tomada. Pensó en las cicatrices que le cubrían las manos y las que le marcaban los brazos, ocultas ante el mundo. «Algún día, el maestro supremo no estará aquí para protegerte. Será tarde para que se arrepienta de no haberte dejado morir en aquel laboratorio elantio, que es lo que debería haber hecho».

Sin apartar la mirada, Lan negó con la cabeza.

—No tengo nada que preguntarte —dijo en tono quedo—. Gracias por llevarme hasta la Montaña Cautelosa. Gracias por encontrarme y salvarme en Haak'gong. Y gracias por entrenarme. Gracias, Zen.

El fuego en los ojos del chico se aplacó. Dio un paso atrás.

—Sígueme y no te quedes atrás —fue todo lo que le dijo.

Lan había estado inconsciente cuando Zen subió la montaña con ella a cuestas, pero esa noche, ya consciente, sintió de algún modo lo viva que estaba. Parecía imbuida de una vitalidad que trascendía el mundo material. En varias ocasiones percibió una vibración de energías, vio una sombra por el rabillo del ojo, sintió un aliento en la nuca. Zen le había advertido que había noventa y nueve escalones de descenso, pues «no hay atajos en el Camino». Lan se había horrorizado, pero al bajarlos se mantuvo en silencio y siguió al practicante contando un escalón tras otro.

Los escalones llegaron a su fin después de lo que parecieron horas, para dar paso a una extensión de hierba musgosa y pinares.

—Este es el confín del Sello de Barrera —la voz de Zen era un rumor bajo. Su silueta era una sombra a medio proyectar bajo la luz cambiante de la luna—. Lo marca ese árbol, al que denominamos Muy Hospitalario Pino. Sentirás una leve resistencia al cruzar el Sello.

Zen pasó a través de la barrera. Su silueta vibró y luego se volvió a definir, como si hubiese atravesado una catarata.

Lan no pudo evitar una mirada por encima del hombro. En lo profundo de la noche, la montaña era una franja de sombras que olía a tierra húmeda y a pinos, por la que reverberaban los chirridos de las criaturillas de la foresta.

Parte de ella quería quedarse, extraer la metalurgia del brazo, destruir el sortilegio de localización y seguir en el Fin de los Cielos, aquel lugar en el que había empezado a sentirse como en casa en el transcurso de la última luna.

Sin embargo, había pasado buena parte de su vida escondiéndose. Doce largos ciclos, la mayoría de los cuales tuvo que pasar sin pensar en la verdad subyacente en su reino natal, bajando la mirada e inclinándose ante los elantios. Y mientras tanto, sus amigos, seres queridos y demás personas a su alrededor no dejaban de morir.

Había llegado la hora de dejar de huir. La hora de enfrentarse a la verdad de lo que le había confiado su madre.

Con el corazón pendiente de un hilo, Lan siguió a Zen.

Atravesar el Sello de Barrera fue como caminar a través de una nube de aire cargado. El qì se remolinaba en sombras blancas y, durante lo que dura un aliento, el mundo entero desapareció. Frente a ella, en la lejanía, en la espiral de viento, Lan atisbó la silueta de una mujer de pie en mitad de un campo nevado, poco más que un fantasma. En el silencio percibió el embrujo de los ecos de una canción. Había figuras que se movían a su alrededor, figuras que se desvanecieron cuando intentó mirarlas directamente. Gente que hablaba, demasiado lejos como para entender lo que decían, voces conocidas y desconocidas que sonaban al compás de la música…

Si Lan pudiese internarse algo más en la nieve… quizá podría alcanzarlos…

Algo la agarró de la muñeca y le dio un tirón. De inmediato, la nube y las voces y la canción se desvanecieron.

Salió al otro lado de la barrera. La mano de Zen se cerraba con firmeza sobre su muñeca. El contacto de su piel la estabilizó y la perturbó a un tiempo.

—Creo… —Lan tragó saliva—. Creo que acabo de ver a mi madre.

Zen apretó los labios. No la soltó. Lan no quería que la soltara.

—El Sello de Barrera se introduce en las profundidades de tu corazón para comprender las intenciones que albergas con respecto a la escuela —explicó—. Lo sostienen los espíritus de los maestros y maestros supremos que sirvieron en vida a la escuela y que ahora la protegen en la muerte. Mientras no albergues aviesas intenciones hacia la escuela, el Sello te permite pasar.

Lan miró hacia atrás. Los escalones de piedra se habían desvanecido. En su lugar se veía un afloramiento de rocas cubiertas de helechos musgosos. Ni rastro de la escuela.

—Vamos —prosiguió Zen—. No tenemos mucho tiempo.

El Sello de Portal que iba a dibujar los llevaría a un emplazamiento por el que ya habían pasado, mucho más cerca de la Montaña Cautelosa. Puesto que se hallaba a un día de distancia del Fin de los Cielos, aseguró Zen, no supondría un gasto excesivo de qì.

Volver a rodear la cintura de Zen con las manos y apoyar la mejilla en su pecho se le antojó casi natural. Sintió que los dedos del chico se apoyaban con suavidad en su espalda. A continuación, Zen alzó la otra mano. Las energías a su alrededor empezaron a aumentar con la invocación.

—Zen —dijo ella, alzando la cabeza para mirarlo—. ¿Qué ves tú cuando pasas el Sello de Barrera?

El Sello de Portal resplandeció en mitad de la noche, llamas negras ribeteadas de plata. La mano de Zen la apretó contra sí tras haber dibujado el último trazo.

—Bollitos de cerdo —respondió, y dio un paso al frente.

La escena en torno a ellos se difuminó. Los árboles se alzaron, el suelo cambió y el cielo se revolvió en menos de lo que dura un aliento.

Cuando todo volvió a centrarse y la llama de las energías se apagó, se encontraron en un camino embarrado en medio de un bosque de hoja perenne.

Zen le lanzó una mirada a Lan.

—Ya estamos aquí —dijo mientras estudiaba los alrededores—. Pasé por este lugar una vez hace muchos ciclos. ¿Sabes a dónde hemos de dirigirnos o qué debemos buscar?

Despacio, Lan negó con la cabeza. Ni siquiera sabía por dónde empezar.

Zen inclinó la cabeza y comenzó a caminar.

—Yo nunca he subido a la Montaña Cautelosa, pero sé que a sus pies hay una aldea. Puede que sea un buen comienzo; debería estar por aquí.

Los árboles empezaron a escasear. Ellos siguieron el camino embarrado. A través del dosel de nubes atisbaron las siluetas escarpadas de varias montañas, cuyo contorno era más oscuro que la noche.

De pronto, en mitad del bosque, se toparon con dos *pái'fāng*, columnas de piedra blancas como el hueso bajo la luz de la luna que marcaban la entrada a la aldea. Puede que en su día hubiesen tenido algún símbolo grabado, pero su superficie se había erosionado por culpa de las implacables condiciones atmosféricas y del tiempo, que habían borrado cualquier mensaje que pudiera haber en ellas. Lo único legible era un letrero en lo alto del camino: ALDEA DE LAS NUBES CAÍDAS.

Se alzó un viento frío que removió las hojas en el suelo. Cruzaron los *pái'fāng* y se internaron en una calle de casas de arcilla con cumbreras cuyos aleros se curvaban para desviar el agua en la temporada de lluvias. Cuando más caminaban, más evidente les resultaba que la aldea había sido abandonada. Las ventanas estaban abiertas, igual que algunas puertas. Tras algunas de ellas se atisbaban pantallas de papel rajadas. Se apreciaba el destrozo del interior de las casas, como costillares al aire.

Lan se estremeció. Algo anidaba allí, algo podrido que permeaba en el aire y en las energías.

Zen se giró hacia ella. Estaba claro que había captado su inquietud.

—Aquí la energía yīn es fuerte.

Lan se abrazó a sí misma.

—¿Y eso qué significa? ¿Más espíritus?

—No necesariamente. ¿Recuerdas que hablamos de la composición del qì? —Zen unió las dos manos curvando una sobre la otra—. A nuestro alrededor, los elementos se mantienen en movimiento continuo. Se crean y se consumen en un círculo sin fin. Del agua florece la madera, la madera alimenta el fuego, el fuego nutre la tierra, y el ciclo continúa. Sucede lo mismo con el espectro del yīn y el yáng: ambos se encuentran en perpetuo cambio, uno sobre el otro.

»Los problemas aparecen en las ubicaciones donde las energías se acumulan en exceso. Aquí ha habido mucha muerte. Una muerte que no se debe a causas naturales, ocasionada con dolor, miedo y agonía. Como resultado, se ha acumulado el yīn. ¿Lo sientes?

Las nubes se desplazaban por el cielo y bañaban la escena con una luz blanca y fría. En un lateral hubo un destello.

—Sí que lo siento, y creo que sé qué ha sucedido aquí —dijo Lan, y señaló.

Una muñequera yacía medio enterrada entre la mugre. Zen la sacó y vio que estaba grabada con una corona alada. Mientras la estudiaba, la brisa le agitó el cabello y la tela del *páo*.

—Elantios —dijo en tono quedo.

Sin embargo, la atención de Lan se había centrado en algo distinto. Algo tan leve que en un principio pensó que se trataba del viento.

Música.

«Que los dioses la guíen hasta oír la canción de la ocarina», había implorado la huella que dejó su madre.

Lan se giró de pronto. El frío se le derramaba por las venas. Aquella era la señal que había estado buscando.

—Alguien está tocando una canción —dijo. La melodía no era la que recordaba, aunque sí le pareció haberla oído con anterioridad, como si proviniese de un sueño a medio olvidar—. ¿La oyes?

Zen se irguió, con el ceño fruncido y la muñequera colgando de una mano.

—No —dijo.

—¡Escucha! —Lan lo agarró de la manga e inclinó la cabeza hacia la canción—. Es una ocarina. ¿Has oído alguna vez el sonido que hace una ocarina? Suena como… suena como una flauta, pero no del todo.

Lan cerró los ojos y empezó a darle golpecitos en el brazo siguiendo el ritmo.

Zen la agarró de la mano y abrió los ojos para mirarlo. Él la contemplaba con el ceño cada vez más fruncido.

—Creo que no lo oigo —dijo despacio.

Lan se estremeció. Una canción que solo ella podía oír… Recordó las palabras de la visión que había tenido en el Bosque de Jade. «En la Montaña Cautelosa hay un Sello de Barrera que protege algo que solo tú puedes encontrar».

—Sé a dónde tenemos que ir —dijo.

Echó a caminar siguiendo la música a través de las calles desiertas, junto a aquellas casas que en su día estuvieron llenas de vida y de risas, y que ahora se encontraban silenciosas y abandonadas. Toda una aldea arrasada, al igual que tantas otras a lo largo y a lo ancho del Último Reino. Zen la seguía de cerca, con la mano en la empuñadura de Llamanoche.

Aquella canción incorpórea sonó con más fuerza. Lan tuvo la sensación de que la estaba guiando hacia su hogar. Las notas causaron acordes que resonaron en su corazón.

—Mira.

Lan se sobresaltó al oír la voz de Zen, que la sacó de aquel trance en el que la había sumido la música. Frente a ellos se alzaba una hilera de figuras. Pálidas y altas, con los brazos alzados cimbreando al viento.

El corazón se le subió a la garganta.

—Son davidias, Lan —dijo Zen.

Lan se dio cuenta de que había vuelto a agarrarlo de la manga. Más de cerca, lo que parecían fantasmas blancos se concretaron en la forma de árboles florecidos; las pálidas extremidades y el cabello no eran en realidad más que ramas de las que colgaban flores con forma de campanilla. Zen se detuvo ante uno de los árboles y tocó un pétalo con el dedo.

—Se les suele llamar «árboles fantasma» —murmuró—. Florecen en verano. Ver un árbol fantasma florecido en esta época del año es… inusual.

Más allá de las davidias había un muro de piedra. La pintura roja que lo cubría estaba descascarillada y sin lustre. La música provenía del otro lado y no dejaba de atraer a Lan.

—Ahí.

La puerta al patio interior al otro lado del muro apareció ante ellos; un hueco entre la línea de davidias que se alzaban como centinelas frente al muro. Aquel lugar debía de haber sido en su día una casa prestigiosa en la que se apreciaba la riqueza y la atención que habían puesto en el *fēng'shuǐ* a la hora de diseñar la arquitectura. Pesadas puertas de color bermellón se alzaban bajo un arco decorado con tallas de piedra de los Cuatro Dioses Demonio: tigre, dragón, fénix y tortuga. Los animales circundaban un letrero que decía: YÒU QUÁN PÁI.

Zen inspiró hondo.

—La Escuela de los Puños Cautelosos —susurró—. Así que este era su emplazamiento.

Lan le lanzó una mirada de soslayo a Zen. El chico tenía la tez pálida bajo la luz de la luna, una figura monocroma. Esos ojos de fuego negro estaban desorbitados de pura reverencia.

Lan sabía que la Escuela de los Pinos Blancos era la única de las Cien Escuelas que había sobrevivido a la conquista. Aun así, ver con sus propios ojos la ruina que había caído sobre lo que en su día fue un lugar de prestigio y poder le causó gran impresión.

Lan contempló el patio deslucido de la casa. Tenía la sensación de que el tiempo fluía hacia atrás, de que aquella grandeza caída se recuperaba, que los tajos en las puertas se cerraban, las cicatrices en las paredes desaparecían y los escombros desparramados por las puertas se recomponían.

Al dar un paso al frente, los doce ciclos que la separaban de las palabras de su madre parecieron desvanecerse. Bien podría haber tenido seis ciclos de edad una vez más. Volvía a estar llena del valor necesario para albergar esperanzas con respecto al futuro. Al destino.

Alargó la mano hacia las aldabas, un par de cabezas de león hechas de bronce. Las puertas no se movieron.

—Están cerradas —dijo.

Zen alzó una mano.

—Atrás.

Trazó un Sello en el aire con movimientos pulcros y rápidos. Lan captó los símbolos de madera, romper por la mitad y metal. Las energías a su alrededor se agitaron. Se oyó el sonido de algo que se quebraba en el interior. Acto seguido, como empujadas por sirvientes fantasmales, las grandes puertas rojas se abrieron.

Y la música se detuvo.

18

«En la muerte, tanto el cuerpo como el alma se unen al flujo natural del qì en este mundo y en el otro. Es una gran calamidad que un alma se quede atrapada en este mundo como un eco, aprisionada a causa de un deseo no realizado, pero incapaz de llevarlo a cabo».

Lim Sù'jí, invocador de espíritus imperial,
Clásico de Muerte.

El patio era un pozo ciego de energías espirituales. Zen las sintió tan pronto como cruzaron el umbral, agazapadas en las sombras, anidando en rincones escondidos. Por ese motivo temía tanto la gente de a pie al yīn. Y tenían razón al temerlo. Las energías demoníacas y espirituales se componían única y exclusivamente de yīn, con lo que el yīn se había terminado equiparando con la magia negra y oculta.

De algún lugar frente a ellos llegó una agitación levísima de qì, tan sutil como la caricia de un dedo sobre la cuerda de un instrumento. Aun así, Zen la sintió. Estrechó los ojos e intentó atisbar algo entre las hileras de sauces llorones retorcidos que gemían bajo la brisa nocturna.

El patio estaba vacío, pero algo se ocultaba en algún lugar.

—Ahí dentro —dijo Lan. Señalaba hacia la casa principal, al otro lado del patio.

En el cielo, las nubes cubrían la luna y las estrellas. Zen sintió que Lan, a su lado, reprimía un escalofrío. Tuvo el impulso de abrazarla.

En cambio, lo que hizo fue alzar la mano y decir en tono muy quedo:

—Ponte detrás de mí.

Empezó a caminar en dirección a la casa principal.

Un viento frío revolvió las hojas caídas por el gran patio, huesos secos que crujieron al rascar contra los azulejos. Por extraño que pareciese, aquel lugar estaba impoluto, como si el tiempo y la Conquista Elantia no lo hubiesen mancillado. Zen ladeó la cabeza. No se libraba de la fastidiosa sensación de que había algo que se le escapaba, algo que no veía. Algo extraño, fuera de lugar…

Apenas unos segundos después lo encontró: una única silla de bambú colocada frente a las puertas de la casa principal bajo una hilera de davidias. Estaba vacía, pero las sombras arremolinadas a su alrededor parecían más negras que el resto, como si ocultasen algo sentado en ella. Algo que los observaba.

El contorno era tan oscuro que casi no se fijó en el *fú*. Casi.

Alzó un brazo.

—¡Para! —dijo, pero fue demasiado tarde.

Lan caminaba justo detrás y chocó con él. Tropezó y, aunque mantuvo el equilibrio, los dedos de sus pies rozaron la desvaía línea de sangre con la que habían trazado un Sello en el suelo.

Zen la agarró del hombro y tiró de ella hacia atrás, pero ya no había nada que hacer. Un resplandor carmesí empezó a brillar en el punto donde el pie de Lan había tocado el *fú* y se extendió por los trazos como fuego.

El aire en el patio mutó de inmediato. Los alféizares de las ventanas se cubrieron de escarcha, el hielo les subió por las botas. Estalló una repentina tempestad que aulló y se abatió sobre ellos como una manada de lobos invisibles. Zen oyó el grito de Lan, la agarró y tiró de ella hasta colocársela a la espalda. Llevó la mano al saquito de seda negra y sacó otro *fú*. El Sello escrito se activó con una chispa de su qì; llamas negras prendieron el papel y atravesaron el viento, en el que resonó un alarido inhumano.

Cuando las llamas desaparecieron, Zen y Lan vieron que la silla del patio no estaba vacía.

Una silueta empezaba a formarse en ella. Las sombras escapaban de grietas y recodos del patio para fluir hasta allí y dibujar el contorno de una cabeza, un torso, brazos y piernas. En pocos instantes, una forma humana surgió en la silla y se volvió hacia ellos. De apariencia esquelética, apenas tenía una piel reseca y azulada que cubría los huesos. Las cuencas de los ojos estaban sumidas en una oscuridad en la que brillaban dos globos oculares amarillentos que miraban al frente sin movimiento o expresión alguna. Mechones sueltos de cabello colgaban sobre un rostro demacrado. Las largas mangas y faldones de un *hàn'fú* aleteaban a su alrededor.

No había duda posible.

Mó. «Demonio». La categoría más aterradora y escasa de todas las criaturas sobrenaturales. Los practicantes de antaño les daban caza, aunque el entrenamiento de Zen había tenido lugar después de la conquista y las prioridades de los practicantes supervivientes habían cambiado rápidamente. Aún peor; Zen contempló el *fú* que habían activado, la escuela de práctica en la que estaban, y sintió que se le encogían las tripas.

Los *mó* que nacían de personas corrientes eran excepcionalmente difíciles de vencer. Pero aquel... aquel podría ser un *mó* nacido del alma de un practicante. Un practicante con un gran dominio sobre el qì, alguien que habría pasado una vida entera cultivando su poder.

Era la segunda vez en su vida que se topaba con un *mó*... y la primera que tendría que luchar con uno de ellos. Sacó la espada con la mano derecha y la enarboló frente a él. De las puntas de sus dedos manaba el qì.

—Quédate detrás de mí —le ordenó a Lan por encima del hombro.

El *mó* se abalanzó sobre Zen, que fue a su encuentro.

Para derrotar a un *mó* primero había que entender los principios de su composición: un exceso de energías yīn junto con rabia, ruina y una voluntad que no se había cumplido en vida. Si todo eso provenía de un ser ya versado en el manejo del qì, seguramente un practicante, esas energías pudrían el núcleo del ser hasta convertirlo en algo peligroso, demoníaco. Para destruir al *mó* había que compensar las energías yīn con energías yáng: una inyección de qì compuesta exclusivamente de yáng.

Zen trazó un Sello de Disipación mientras corría y reunió el qì a su alrededor. Las energías yáng que se imbricaban con armonía en los elementos se convirtieron en hojas afiladas listas para cortar y apuñalar. Zen había aprendido aquella maniobra mientras estudiaba el arte de los Sellos, así como los principios que regían a las criaturas sobrenaturales. Sabía bien la teoría, los pasos a seguir para disipar la energía que componía al *mó*.

El Sello que había creado llameó en las puntas de sus dedos. En aquella ocasión, en lugar de liberarlo, Zen lo encauzó hacia la espada. A diferencia del *yāo* al que había expulsado en el bosque, los *mó* eran criaturas conscientes, inteligentes. Sabían cómo repeler un ataque.

Si no lo colocaba en un lugar adecuado, el Sello de Zen quedaría desviado. La espada emitió un destello. En el acero negro había grabados antiguos símbolos que empezaron a llamear cuando las energías del Sello se derramaron sobre el arma. Llamanoche era una de las pocas reliquias de familia que Zen aún tenía en su poder. La había forjado el mejor herrero del norte del Último Reino y la había imbuido con la esencia del fuego y del calor.

El demonio se arremolinó en el aire y atacó con unas manos rematadas por garras que la podredumbre había vuelto verdes. Los cabellos oscuros revolotearon como colgajos de cuerda de aquel cráneo medio calvo. Abrió una boca llena de dientes ennegrecidos y emitió un gemido larguísimo. Nocivas espirales de energía yīn manaron de su boca, invisibles a la vista, y envolvieron a Zen en un huracán de rabia, odio, desesperación y oscuridad.

Zen, a dos pasos de la criatura, envió un chorro de qì a los talones y saltó. Gracias a la técnica de las Artes Ligeras, se impulsó y ascendió mucho más alto de lo que lo haría una persona normal. El *páo* se abrió mientras Zen arqueaba la espalda y aprovechaba la inercia para rebasar al *mó*. Alargó el brazo de la espada.

Llamanoche derramó sangre, un chorro negro verdoso que salpicó el suelo embaldosado. Un aroma amargo cuajó el aire.

Zen aterrizó. Se giró.

Y se encontró frente a un demonio que estaba lejos de haber sido derrotado. Llamanoche había abierto un pálido tajo en el pecho de la criatura.

Y sin embargo, Zen contempló los torrentes de energías yīn que se derramaron de la herida como sombras y que ahogaron el Sello de Disipación hasta extinguirlo.

Una mano del *mó* latigueó..., y Zen sintió el agudo dolor de las energías yīn en el pecho.

Retrocedió a trompicones y tosió un líquido cálido que olía a cobre y que le bajó por el mentón. El qì en su interior se agitó, desestabilizado tras el ataque del demonio. Le dio vueltas la cabeza y la sacudió en un intento de aclarársela.

Había dibujado el Sello correcto. Lo había inyectado en la espalda y abierto un tajo al *mó*. Si el Sello entraba en contacto con el demonio, una única incisión debería haber bastado. ¿Qué había salido mal?

Un gruñido flotó por el aire. Zen alzó la vista y vio al demonio agazapado, listo para saltar de nuevo. Alzó Llamanoche, consciente de que no estaba preparado para repeler la embestida.

Un destello de pálida seda y cabellos negros. Una figura pequeña y rápida apareció como una flecha entre el *mó* y él.

Lan elevó el brazo. El tiempo pareció ralentizarse mientras ella movía los dedos por el aire: un trazo que invocaba la madera y se retorcía entre los símbolos de metal y tierra en una estructura de malla, y a continuación un trazo de defensa que se arqueaba por encima. Lan dibujó el Sello de escudo defensivo que Zen le había enseñado durante su viaje hacía apenas dos semanas.

Y lo dibujaba con trazos perfectamente fluidos, como si llevase ciclos usándolo. Empleó los diferentes elementos en la energía del

Sello con precisión de laudista experta. Los entretejió, como si enarbolase un pincel.

Zen la contemplaba con total asombro. Lan completó el Sello en menos de un parpadeo; el círculo que lo envolvía se cerró del todo. El Sello cobró vida y emitió un apagado resplandor plateado en medio de la noche oscura. Se oyeron crujidos a su alrededor a medida que el suelo, los árboles y el metal de las estructuras que los rodeaban acudieron en su defensa. Todo ello se unió, invocado por el Sello, hasta formar una barrera.

El *mó* soltó un aullido y se detuvo.

Zen reprimió la conmoción y se obligó a reflexionar a toda prisa sobre por qué habría fallado el Sello de Disipación. Repasó ciclos enteros de lecciones y teorías.

Mó: un alma atrapada en una eternidad inmortal, fermentando con odio energías yīng de furia y mala voluntad.

Había que contrarrestar el yīn con el yáng: retazos del mundo físico a su alrededor que había escrito en el Sello, afianzado en los elementos… y en los sentimientos del yáng que debían contrarrestar el odio iracundo del demonio. La piedra angular del Sello, solía decir siempre el maestro Gyasho, era la voluntad. Un Sello carente del núcleo de la voluntad era como un cuerpo sin alma. La voluntad que debía contrarrestar al *mó* debía ser la paz, el amor. Todo lo que hacía que valiera la pena el mundo, vivir la vida.

Todo lo que separaba a los vivos de los muertos.

El *mó* lanzó una ráfaga de su propio qì, que chocó con la barrera. Por todas partes llovieron escombros.

Lan soltó un grito y cayó hacia atrás. Tajoestrella destelló.

Zen se puso en movimiento sin siquiera pensárselo. Un latido después estaba a su lado. La sostuvo antes de que cayera del todo y la apretó contra sí mientras las astillas del escudo llovían a su alrededor. Sentía una inexplicable punzada en la garganta. La mirada en los ojos de Lan al trazar el Sello…, Zen la había visto antes, en el salón de té, cuando todo el mundo de la chica se hizo trizas; y también en el claro, cuando se había girado para enfrentarse al escuadrón de soldados elantios. Apenas una muchacha con un vestido desgarrado y armada solo con un cuchillo de mantequilla.

«¿Es la primera vez que presencias una masacre?».

«No».

Aquella era la mirada de alguien que lo había perdido todo y aun así había seguido luchando. Una mirada que Zen conocía muy bien, como si se hubiese asomado a un reflejo de su propio pasado.

Al infierno los modales, el comportamiento adecuado, las buenas costumbres y los códigos... una llama empezó a arder en el corazón de Zen, que se rindió a ella cuanto más crecía. Su brazo afianzó con más fuerza la cintura de Lan. Se le aceleró la respiración cuando ella también se apretó contra su cuerpo y le enterró la cara en el hueco del hombro, con las manos en su espalda. Zen alzó la mirada hacia el *mó* y su mente se afiló como la hoja de una espada. Comprendió qué había faltado en el Sello de Disipación. Aunque estaba seguro de que jamás volvería a sentir paz, alegría o amor, en aquel momento experimentó un sentimiento que se acercaba.

«El deber de quienes tienen poder es proteger a quienes no lo tienen».

Zen ladeó la cara y acarició con la mejilla la frente de Lan, los suaves mechones del cabello de la chica. Sintió los latidos del corazón de Lan junto a los suyos, el movimiento del pecho, la respiración acelerada.

Lan había puesto su vida en manos de Zen.

Aquella certeza fue como un relámpago que le recorrió las venas y lo incendió por dentro.

Zen dibujó el Sello. En aquella ocasión, el qì fluyó de sus dedos hacia Llamanoche como un río grande, inmutable. El *jiàn* resplandeció y se bifurcó en dos por el canalón: una mitad sombría, la otra resplandeciente de luz.

El demonio se abalanzó sobre ellos y Zen alzó Llamanoche.

Sintió el impacto de la punta al entrar en el pecho del *mó*. El Sello de Disipación fluyó del arma al demonio y empezó a llamear.

El efecto fue instantáneo. Zen tuvo la impresión de que contemplaba un cuadro desvaído que de pronto volvía a recuperar el lustre. Aquella piel que se había marchitado y vuelto de color verde azulado a causa de la podredumbre recuperó la suavidad y el agradable color beis de la vida. Los ropajes mugrientos y ensangrentados volvieron a ser tela tan tersa como la seda. La expresión amenazante del demonio desapareció y se encontraron contemplando el rostro sereno de un hombre atractivo. Llevaba una túnica de erudito en cuyos faldones habían bordado nubes amarillas y anaranjadas. Tenía el pelo largo y negro, brillante como la tinta.

Zen dejó escapar el aire de los pulmones al ver la faja que llevaba la aparición en la cintura. Una faja que evidenciaba el estatus del hombre que fue.

Maestro supremo. El núcleo del *mó* había pertenecido al maestro supremo de la Escuela de los Puños Cautelosos.

Zen se apartó de Lan y envainó la espada. Se arrodilló, con un nudo en la garganta, y llevó las palmas al suelo ante él.

—*Shī'zǔ* —dijo—. Maestro supremo.

El hombre, el eco de su alma, inclinó la cabeza. Sin pronunciar palabra alguna empezó a desvanecerse. La pálida luz disminuyó hasta que solo quedaron pequeñas partículas de claridad que se alejaron como arrastradas por un viento caprichoso. No quedó más que el silencio de una época pasada largo tiempo atrás.

Zen permaneció en el sitio, postrado a los pies del alma liberada de las cadenas del mundo. El dolor de las lágrimas se había congelado varias veces en su pecho. Por debajo no había más que un abismo de rabia pura.

Los elantios eran los responsables de aquello.

Alguien le rozó el hombro. Una voz de campanillas plateadas.

—¿Zen?

Él se irguió. Lan lo contemplaba con expresión cautelosa.

—¿Era… era un practicante demoníaco? —preguntó al fin.

—Sí —dijo con voz ronca.

—Shàn'jūn me dijo que, para tomar prestado el poder de un demonio, hay que entregar algo a cambio —dijo Lan en tono quedo—. Suele ser una parte del cuerpo físico. Pero ¿cómo… cómo pudo convertirse un maestro supremo en un demonio?

La mera idea de hablar le daba náuseas, pero se obligó a responder.

—Los demonios menores suelen aceptar partes del cuerpo físico como pago. Sin embargo, los demonios más poderosos requieren algo más valioso. Algo que aumente su núcleo de energía, con lo que ganan más poder y pueden afianzarse más en el mundo. —Cerró los ojos—. Este maestro supremo debió de prometerle su alma a un demonio, lo cual los encadenó a ambos a este lugar. Por eso él y el demonio se hicieron uno.

—Tenemos que seguir —dijo Lan con voz suave. Zen volvió a abrir los ojos y vio que la chica lo contemplaba con una mirada brillante como guijarros en un río—. Ese *mó*... era el maestro supremo de esta escuela. Y encadenó su alma a este lugar al mezclarla con algo tan... retorcido.

Se estremeció y apartó la mirada.

—Debió de hacerlo para custodiar algo muy valioso —prosiguió—. Algo que no quería que cayese en manos elantias. —Otra pausa, al cabo de la cual dijo con voz aún más apagada—: Quizá sea lo mismo que mi madre murió para proteger.

Zen contempló la silla vacía. Pensó en el Sello escrito con sangre en el suelo, en la aldea arrasada. En la muñequera de plata que se había guardado en el saquito y el emblema de los magos elantios grabado en ella.

Tuvo la sensación de que había algo que les escapaba. Por el patio fluían diferentes corrientes de qì que habían sido entretejidas hasta formar Sellos. Algunas de ellas eran tan antiguas que habían permeado en los huesos de las casas y las raíces del terreno; mientras que otras, más nuevas, emitían un suave latido.

Zen se llevó la mano al saquito de seda y sacó tres barritas de incienso. Trazó un rápido Sello y los encendió. La luz y el humo dulzón fueron toda una mejora con respecto a la pesada oscuridad que los rodeaba.

Caminaron en dirección opuesta al humo, hacia un edificio lateral situado al oeste con una quejumbrosa puerta de madera que tenía la pintura descascarillada. Estaba bloqueada.

Lan dio un paso al frente y tocó la madera con un dedo.

—Aquí hay un Sello. Está hecho mayormente de madera —murmuró. Miró a Zen como a una estudiante en busca de la aprobación del maestro—. Madera y metal. Están entrelazados en un patrón muy complicado. Yīn y yáng…, equilibrados.

Zen intentó que no se le notara el asombro en el semblante. Normalmente, cualquier discípulo necesitaría muchas lunas de meditación hasta ser capaz de discernir los elementos que componían el qì a su alrededor, así como uno o dos ciclos hasta poder trazar hasta los Sellos más básicos. Para alguien que acababa de descubrir hacía pocas semanas la existencia de la práctica, percibir los rastros de los Sellos, su composición y sus patrones, era poco menos que milagroso.

—Correcto. Fíjate en cómo lo abro.

Zen se llevó los dedos a la palma de la otra mano. Lan, conteniendo la respiración lo observó con mucha atención.

—¿Qué combinación de elementos crees que debería componer el Contrasello?

—Según el ciclo de destrucción entre los elementos —respondió ella de inmediato—, el fuego derrite el metal y el metal corta la madera. Así, pues, si trazo el Sello opuesto empleando fuego y metal para romper la malla de metal y madera, debería funcionar, ¿no?

—Es una manera de hacerlo, pero no la única. En esencia, dibujar Sellos puede parecer ciencia, pero cuanto más se aprende, más se convierte en una forma de arte. —Cerró la mano en torno a la de ella, intentando no centrarse en el tacto de sus pieles—. Canaliza el qì. Yo guiaré tus trazos.

Fue toda una maravilla sentir las energías que Lan invocó con precisión. Cada una de ellas era como si hilvanase la hebra de un tapiz.

Dibujaron el Sello juntos, trazo a trazo, y a continuación dibujaron el círculo que lo contenía de principio a fin.

El Sello emitió un breve destello de plata antes de fundirse con la puerta. El calado de las ventanas se iluminó. Los motivos decorativos de flores y animales resplandecieron con un lustre metálico.

Y con un chasquido, la puerta se abrió.

El interior estaba oscuro y húmedo. Un frío sobrenatural flotaba por los pasillos. En cuanto Zen cruzó el umbral de madera, el humo de las barritas de incienso empezó a ondular.

Miró por el pasillo cubierto de sombras. Por el rabillo del ojo le pareció ver que se movían.

Ambos recorrieron el pasillo. Dejaron atrás puertas cerradas con complicados patrones grabados. Zen pensó que resultaba extraño que no hubiera señales de que hubieran saqueado el lugar. En las paredes se sucedían los armaritos laqueados de palisandro que contenían vasijas de porcelana y joyeros de sándalo. Vieron un altar de oración intacto y estatuas de un auténtico ejército de inmortales que resplandecían ante la luz tenue de los palitos de incienso.

Lan habló en un susurro:

—¿Por qué es tan fuerte el yīn aquí dentro?

—Porque este lugar está repleto de fantasmas —respondió Zen—. Sin invocarlos no podemos verlos, pero el incienso los percibe. El humo huye del yīn.

Se giró hacia ella. Las brasas de las barritas de incienso se reflejaron en sus ojos, en la curva de las pestañas.

—En una casa de muertos custodiada por demonios y fantasmas, ¿cómo podemos encontrar un objeto fuertemente protegido?

—Hay que buscar la concentración más pura de yīn.

—Exacto.

Llegaron al final del pasillo. Una puerta de color rojo desvaído se cernió sobre ellos en las tinieblas, cubierta de polvo y telarañas. Tenía aldabas de cobre con la forma de remolinos de nubes.

Zen alzó las barritas de incienso. El humo se alejó de la puerta en línea recta.

—Ahí dentro —dijo Lan, con una nota de anticipación y pavor en la voz.

—Ahí dentro —confirmó Zen.

Ella escrutó la puerta.

—¿Otro Sello de Cerradura?

—No. —Zen pasó la mano por la madera—. Creo que lo único que hay que hacer es…

Llevó una mano a una de las aldabas de cobre y llamó.

El golpe sonó como una piedra que se rompe en dos, con un eco que reverberó por el aire a su lado.

Acto seguido, sin que nadie las empujase, las puertas se abrieron.

Ante ellos se desplegó una cámara amplia, del tamaño de un aula. Estaba completamente vacía excepto por una elegante mesa de palisandro en el centro.

Había una única silla orientada hacia ellos.

Zen pensó en la silla que habían encontrado antes en el patio. En aquella ocasión, sin embargo, no había Sello alguno. Nada que atase las almas de los muertos a esa estancia aparte del leve eco de sus voluntades.

Zen tenía experiencia buscando huellas de muertos en el mundo físico. A fin de cuentas, eso era lo que había salvado y al mismo tiempo destruido su vida hacía trece ciclos.

Se giró hacia Lan.

—Parece que ha llegado la hora de darte otra lección imprevista sobre la clasificación de los seres sobrenaturales. Observa con atención: voy a invocar los espíritus de los muertos para averiguar qué destruyó la Escuela de los Puños Cautelosos.

19

«El reino antes que la vida. Con honor hacia la muerte».

Maestro supremo de la Escuela de los Puños Cautelosos,
Era Elantia, segundo ciclo.

Zen le tendió a Lan las tres barritas de incienso. Las puntas encendidas eran la única fuente de luz, que bañaba la cámara con un espectral tono rojizo. Un escalofrío recorrió la columna vertebral de Lan. Estaba segura de que se encontraba a punto de apartar el velo que había cubierto su vida desde la invasión elantia. La muerte de su madre, la persecución del Mago Invierno, aquella canción medio olvidada, el eco de la huella de su madre... todo llevaba a aquel lugar.

Zen estiró los dedos.

—Pensaba que la invocación de espíritus solo se heredaba dentro de un clan.

—Te refieres al Clan Chó —dijo Zen—. Y estás en lo cierto: invocar espíritus es su especialidad. Es un arte de la práctica que se hereda dentro de su linaje, pero también lo enseñaban a discípulos que no fueran del clan en la Escuela de la Luz Pacífica durante los reinos Primero y Medio.

—¿Y luego qué pasó?

Lan tenía cierta idea sobre la siguiente parte de la historia.

—La Corte Imperial prohibió la invocación de espíritus a principios del Último Reino. Los emperadores mantuvieron a algunos pocos invocadores de espíritus del Clan Chó en la corte y masacraron al resto de los invocadores conocidos. Tai es el último de su clan, que sepamos.

Zen hablaba con tono duro.

—Las regulaciones tenían sentido: quienes dominaban el arte de la invocación podían encontrar espíritus poderosos acechando por cualquier lado y vincular sus poderes a ellos. —Estrechó los ojos—. Creo que en esta cámara hay un fantasma encadenado que mantiene un Sello muy poderoso. Quiere algo. Voy a intentar invocarlo.

Lan paseó la vista por la cámara vacía, demasiado oscura y demasiado quieta. Una vez más sintió que algo aguardaba entre las sombras. Algo que los vigilaba.

—¿Hay algún modo de invocar a un alma… del otro mundo?

Zen comprendió y suavizó la mirada.

—No —dijo—. Las almas que han trascendido ya no están y no pueden regresar. La gente cree que las almas cruzan el Río de la Muerte Olvidada para desprenderse de sus recuerdos, pero lo que sucede en realidad es que el qì que formaba el núcleo del fallecido se disipa y se une al viento, a la lluvia, a las nubes…, a todo el mundo a nuestro alrededor.

»Lo que hizo Tai fue capturar la huella del qì de tu madre, una huella que su alma dejó mientras aún estaba en este mundo. Son ecos, o huellas, si prefieres llamarlas así, de lo que fue en su día. Pero a menos que un alma esté encadenada al mundo en forma de *guǐ* o de *mó*, todo lo que vemos son reflejos de cuando seguían con vida.

Lan apartó la mirada.

—Lan —dijo Zen en tono delicado. Lan alzó la vista y tuvo la sensación de que el chico se asomaba directamente a su corazón—. Por suerte, las almas de tus seres queridos han cruzado más allá del Río de la Muerte Olvidada. Que un alma se quede encadenada a este mundo tras la muerte… es algo peor que una eternidad de sufrimiento.

Dicho lo cual empezó a dibujar. Los símbolos del Sello eran mucho más complicados que nada de lo que hubiese visto Lan antes. Y sin embargo sintió que la mayor diferencia era el qì que Zen empleaba. Notaba la presencia de elementos naturales, pero, por primera vez, las energías yīn los superaban. Las corrientes yīn fluían junto a Lan como caudales negros de aguas frías hasta mezclarse con el Sello. Vio los anchos trazos del Sello de Zen, los principios que lo fundaban. Una parte de yáng, que representaba su mundo, el mundo de los vivos y de la luz; y otra parte de yīn, que representaba el mundo de la muerte, de las almas, de los necrófagos. Y en el medio, una barrera que los separaba.

Zen trazó una última línea que atravesaba esa barrera y cerró el Sello. Lan vio que los símbolos formaban un gran ojo envuelto en llamas. El Sello empezó a latir.

La cámara respondió. Las llamas negras del Sello de Zen se extendieron por el suelo y, al instante, una fría tempestad se alzó, con un hedor a huesos y ruinas. Las tres barritas de incienso, o lo que quedaba de ellas, se apagaron con una llamarada. Y sin embargo siguió habiendo luz. Un resplandor suave y blanco que expulsó las tinieblas, como si le hubiesen arrancado una capa al mundo y eso fuera lo que había debajo: un eco, una huella. Varias figuras cobraron vida a su alrededor; compartían espacio con ellos y al mismo tiempo estaban en otro lugar. Se oyeron voces que se alzaban y morían en el caudal de una corriente invisible de días, lunas, ciclos y dinastías pasadas.

Por fin, aquella luz sin luz se calmó y todo desapareció, excepto una figura sentada en la silla vacía. Se trataba de una mujer con el pelo apretado en un moño trenzado. Llevaba un *páo* que se derramaba sobre su cuerpo como una cascada iluminada por la luz de la luna. Parecía estar dormida, con un brazo sobre un armarito de palisandro y la mejilla apoyada en la muñeca.

La mujer se agitó al tiempo que Lan oía a su espalda el sonido de unas puertas que se abrían. Giró sobre sus talones, pero vio que las puertas de la cámara seguían tal y como las habían dejado.

—Ah —dijo Zen en tono quedo. Lan lo miró y se sorprendió al ver lo sólido y lleno de vida que parecía en comparación con la mujer—. Esto es un recuerdo. Este *guǐ* ha decidido comunicarse con nosotros a través de un recuerdo.

—*Maestra Shēn Ài* —Una suave voz masculina atravesó el espacio y el tiempo en un ligero eco, como si llegase hasta ellos desde un sueño lejano.

La mujer, la maestra, se puso en pie. Debía de tener más o menos la misma edad que la madre de Lan.

—*¿Ha llegado?* —la voz era encantadora, aunque desvaída como rosas cubiertas de herrumbre.

—*No.* —La palabra sonó como el golpe seco de un hacha. Una pausa, y a continuación—: *No creo que vaya a venir, Ài'ér.*

Los labios de la maestra Shēn temblaron.

—*Y mi hermano…*

—*El gobierno imperial ha caído. Estamos solos.*

La maestra Shēn se llevó la mano a la boca. Cerró los ojos como para intentar recomponerse.

—*¿Y su hija?*

Una premonición fría y repentina golpeó a Lan y le arrebató el aliento.

—*Los invasores llegaron al Sòng dà'yuàn hace varios días. Todos los informes que nos han llegado por paloma mensajera afirman que no quedan supervivientes.*

Lan no podía respirar. La habitación pareció distorsionarse ante sus ojos. Las sombras se curvaron, empezaron a cimbrear. Nieve blanca. Armaduras azules. Sangre roja. Cuerdas de un laúd de madera, rotas con la misma facilidad que los huesos de su madre…

—*Ha llegado esto para ti del Palacio Imperial de Tiān'jīng* —prosiguió el hombre.

Shēn Ài volvió a abrir los ojos. Tenía la mirada despejada y la expresión resuelta. Se irguió y atravesó la estancia.

La cámara se iluminó a su paso. El entorno cambió, como si de ella manase la pálida luz que iluminaba aquel otro mundo, aquella época pasada. Florecieron las estanterías repletas de pergaminos y tomos. Las paredes se cubrieron en cascada de cuadros que representaban paisajes de ríos y montañas, pagodas y pabellones cubiertos con la caligrafía de poemas perdidos para siempre. Esterillas de bambú se desplegaron por el suelo; tinteros y rollos de papel de arroz aparecieron junto a cada esterilla. Aquel lugar debió de ser un aula en la que se cultivó el conocimiento, la historia y la cultura. Y sin embargo, cuando la luz carente de luz de Shēn Ài desapareció, todo se desvaneció a excepción de las paredes y los suelos vacíos.

Shēn Ài se detuvo frente a la puerta, que también había cambiado: la pintura se veía viva, brillante. Y bajo el dintel…

Lan dio una rápida inspiración. Sintió el contacto de la mano de Zen en la manga: un gesto destinado a calmarla pero también a formular una pregunta. El corazón y la mente de Lan iban en caída libre. Por puro instinto se agarró a Zen. Los dedos del chico se cerraron, ardientes, sobre los suyos, fríos como el hielo.

El hombre que había hablado era el maestro supremo de la escuela. Alto y completamente humano, se encontraba en la puerta, vestido con la misma túnica de seda que llevaba su espíritu en el patio. En las manos sostenía una cajita de madera laqueada con incrustaciones de nácar.

Lan y Zen se acercaron con cautela. Shēn Ài agarró la caja y la abrió.

—*¿Un xūn?* —le preguntó al maestro supremo tras desenvolver el pañuelo de seda roja que cubría lo que parecía ser un huevo de gran tamaño hecho de cerámica vidriada de color negro. Lo recorrían varias hileras de agujeros del grosor de un dedo. En la superficie, las incrustaciones de nácar formaban el contorno de un loto blanco.

Lan sintió que la realidad a su alrededor se enfocaba. «Que los dioses la guíen hasta oír la canción de la ocarina», había dicho su madre. Lan comprendió de inmediato que todo confluía en aquel objeto que sostenía el fantasma. El Sello en la muñeca, la canción, la huella de su madre…, todo.

La maestra Shēn se llevó la ocarina a los labios y sopló.

Nada.

El maestro supremo de la Escuela de los Puños Cautelosos ladeó la cabeza, desconcertado.

—*Una ocarina que no suena* —dijo.

Shēn Ài la envolvió con cuidado en el paño de seda roja y la dejó de nuevo en la caja. Del interior de la caja sacó una nota escrita en papel de arroz que decía:

El mapa yace en el interior.
Cuando llegue la hora
la ocarina cantará
la Ruina de los Dioses.

A ambos lados del velo hubo un silencio absoluto que perduró mucho después de que se hubieran extinguido las palabras de Shēn Ài.

—*Esta nota es de Méi'ér* —dijo la mujer—. *Debe de haber escondido los mapas dentro. Su último recurso debe de haber sido enviarnos la ocarina para que la custodiásemos.*

La sangre atronaba en los oídos de Lan. *Méi*: flor del ciruelo. Flores que crecían contra viento y marea, en lo más frío del invierno. Las flores que le daban nombre a Māma.

—*En ese caso* —dijo el maestro supremo en tono quedo—, *hemos de esconder la caja y cumplir la última voluntad de Méi'ér. Que nadie la encuentre hasta que no entone su canción. Hemos de defenderla con nuestras vidas si es necesario. Este es el legado de la Orden. Quien pueda tocar esta ocarina tendrá la clave para salvar el Último Reino… y el mundo.*

La expresión de Shēn Ài se endureció.

—*Sí, shī'fù.*

Se oyeron unos pasos huecos, tras los que irrumpió una figura en la estancia. Era bastante más joven y tenía una expresión de pánico.

—*Shī'zǔ* —resopló—, *¡los invasores han traspasado las puertas de la aldea! Nuestros discípulos han caído.*

El rostro del maestro supremo se ensombreció. Con aires sobrios se llevó una mano a la empuñadura de la espada.

—*Reúne a los discípulos que quedan y comenzad a dibujar el Sello de Barrera. Iré enseguida. Vete.*

El discípulo se alejó y el maestro supremo se giró hacia Shēn Ài.

—Puedo retrasarlos como mucho una campana. ¿Podrás llevar a cabo esta última tarea?

Frente a la muerte, la expresión del maestro supremo era de serenidad.

—Sí, shī'zǔ, maestro supremo.

Shēn Ài cayó de rodillas. De algún lugar más allá de aquella luz espiritual que la rodeaba e iluminaba la escena para ellos dos empezaron a oírse fuertes explosiones. Gritos lejanos atravesaron el aire. Una lágrima solitaria le corrió por las mejillas. Shēn Ài dijo:

—Lo juro por mi vida.

—El reino antes que la vida. Con honor hacia la muerte. —El maestro supremo desenvainó la espada—. *Que la paz sea con tu alma y que encuentres el Camino a casa.*

Shēn Ài se puso de pie, con la caja apretada contra el pecho. En medio de un pesado silencio caminó hasta el extremo trasero de la cámara. Cada paso y cada aliento sacudieron a las almas en pena que aún pululaban por la estancia.

La maestra alzó una mano, tocó la pared con un dedo en un gesto parecido a quien dibuja con pincel sobre un papel y comenzó a trazar un Sello. Lan se perdió a los pocos trazos. Junto a ella, Zen contemplaba con intensa concentración; su mirada seguía cada trazo como si quisiera grabárselo en la mente.

Por fin, la mano de Shēn Ài trazó un suave círculo. Zen emitió un sonidito con la garganta.

—*El Arte Final* —murmuró.

Sucedió algo de lo más extraño: la pared se transmutó ante los ojos de Lan. Aparecieron crestas donde antes había piedra lisa, brotaron aldabas. En unos instantes, frente a Shēn Ài se formó una puerta sobre la que se leía un letrero:

CÁMARA DE LOS SUEÑOS PROHIBIDOS.

Zen dio un paso al frente, con los ojos brillantes de curiosidad.

—Cada escuela mantiene la tradición de albergar una cámara que contiene el arte más sagrado de la práctica que en ella se realiza. Se considera el más alto de los honores que los maestros y el maestro supremo de la escuela elijan a un discípulo para que entre en esa cámara.

—La Cámara de las Prácticas Olvidadas de nuestra escuela —dijo Lan, pensando en la breve conversación que había tenido con Chue el primer día de clase.

En el recuerdo que se desarrollaba ante ella, las puertas se abrieron de par en par. Dentro de la cámara había una mesa sobre la que descansaba un único pergamino. La maestra Shēn dio un paso al frente y colocó la caja con la ocarina al lado del pergamino. Le dedicó una última mirada a la caja y a la nota, la nota de la madre de Lan, y la cerró. La tapa cayó con un chasquido.

Acto seguido, Shēn Ài salió y agitó una mano en el aire. La pared volvió a cerrarse.

—¡No! —Lan se abalanzó sobre ella, pero Zen la sujetó del brazo y la obligó a retroceder de un tirón—. La cámara se va a cerrar…

—No es más que un recuerdo —replicó Zen—. Y presiento que está a punto de acabar. No perturbemos el mensaje que la maestra nos ha dejado con tanto esfuerzo.

La escena ante ellos se sacudió como una llama bajo el soplo del viento. Cuando Lan volvió a parpadear, la imagen cambió. La luz gris atravesó la estancia como una ola crecida.

Las puertas se abrieron de golpe y la luz anaranjada de una llama prendió en la estancia. Por toda la entrada yacían discípulos muertos. Se oían gritos de puro terror, llantos y lamentos de dolor que se le clavaron a Lan en el corazón.

La maestra Shēn se detuvo en el centro de la estancia. Acababa de trazar un Sello que se estremeció en el aire con un pálido resplandor azul momentos antes de desaparecer. Toda la habitación había cambiado: desaparecieron las esterillas de bambú, los tinteros, los pinceles y el papel de arroz. Desaparecieron las estanterías, los tomos que contenían silenciosas palabras centenarias, los poemas y las historias de todo un pueblo. La cámara quedó desnuda a excepción de la mesa de palisandro y la silla en el centro.

De algún lugar cercano se oyeron pasos que atravesaban el edificio a toda velocidad, metal que golpeaba la madera de aquella vieja casa lateral. Los gritos atravesaron el aire; palabras extranjeras que a Lan le sonaron demasiado familiares.

La maestra Shēn dio un paso al frente. Bajo el resplandor de la llama era una figura grácil y serena, cubierta del lustre dorado del tiempo. Una daga apareció en su mano y reflejó la luz. Tomó asiento en la silla.

—*Se ha cumplido* —susurró a aquel espacio repleto de muerte, de los lamentos y gritos de los discípulos que habían aprendido de ella, de los maestros de los que ella misma había aprendido—. *El reino antes que la vida. Con honor hacia la muerte. No nos falles, Ruina de los Dioses.*

Las lágrimas brillaron en los ojos de Shēn. Se le agolparon en las pestañas al cerrarlos.

—*Que la paz sea con nuestras almas y que encontremos el Camino a casa.*

El filo de la daga le abrió un tajo profundo en la garganta.

La luz carente de color se desvaneció y el fantasma de Shēn Ài desapareció. Tras ella, la cámara quedó oscura y silenciosa, tal y como la habían descubierto al entrar. En el centro seguían estando la mesa de palisandro y la silla, vacía, envuelta en un aire de paz, como si Shēn Ài se hubiese despertado en ella hacía unos minutos.

—Hay un tipo de Sello. —Las botas de Zen se arrastraron por el sueño al separarse de Lan. Empezó a recorrer la cámara, con una mano en la pared—. Lo he sentido en cuanto entramos, pero no consigo ubicarlo.

Una pausa.

—Creo que lo oculta la voluntad de los fantasmas que siguen encadenados aquí. Quizá sean las mismas almas de los discípulos que estudiaron y murieron en la escuela.

Lan abrió la boca para contestar, pero lo que estaba por decir se vio reemplazado por otro sonido que flotó por el aire.

Do-do-sol.

Tres pequeñas notas, todo un mundo del revés. Lan conocía aquella canción. Era la que su madre había tocado la mañana en que invadieron los elantios.

De pronto supo qué hacer.

Inspiró y empezó a tararear con la boca cerrada. *Do-do-sol.* Una respuesta. Una confirmación.

Do-do-sol, respondió un canturreo.

Lan respondió a su vez. Las notas brotaban de sus labios como si las extrajese una fuerza desconocida.

Una fuerza mágica.

Cuando llegue la hora
la ocarina cantará…

Y cantó. Las respuestas de Lan parecieron funcionar como si de una llave invisible se tratase. La música fluyó; una melodía solitaria que flotó por la cámara. Atravesó a Lan y le llenó la mente y las venas hasta colmar su mismísima alma. Algo se sacudió dentro de ella. Algo antiguo, una llamada que, se le antojó, provenía de su hogar.

Lan se acercó a la fuente de la melodía. La música la atraía hacia la pared, al mismo lugar donde, hacía doce ciclos, Shēn Ài se enfrentó a la muerte y abrió la puerta a la Cámara de los Sueños Prohibidos. La rodeaba un Sello, y cuando Lan tocó la piedra lisa de la pared con la palma de la mano, el frío se propagó por sus dedos.

Sin dejar de emitir aquel suave tarareo, Lan empleó su qì. El Contrasello exacto apareció en su mente, completo, con un brillo de plata. Dibujó los trazos al compás de la música.

La puerta apareció ante ella tal y como había sucedido con la maestra Shēn. Lan la abrió y entró.

Dentro vio la mesa sobre la que descansaban el pergamino y la cajita de madera laqueada. Apartó la gruesa capa de polvo que la cubría y el nácar de la tapa soltó un resplandor blanco. La música aumentó de ritmo.

Lan abrió la caja y ahí estaba la ocarina. La superficie de cerámica vidriada había permanecido ajena al paso del tiempo y a la caída de las dinastías. La caja la había protegido del polvo; la incrustación de loto resplandecía como si albergase en su interior la luz de la luna.

Un nudo se formó en la garganta de Lan. Alargó la mano y agarró la ocarina.

—«Una ocarina que no suena» —Zen repitió en tono quedo las palabras que el maestro supremo había dicho hacía muchos ciclos en aquella misma cámara—. ¿Qué pretendía tu madre que hicieras con ella?

Lan lo sabía. La ocarina le encajaba a la perfección en las manos, como si la hubiesen moldeado según los surcos de sus propias palmas. Impulsada por algún tipo de instinto se la llevó a los labios.

Cuando llegue la hora
la ocarina cantará
la Ruina de los Dioses.

Lan sopló.

Sonó la más pura de las notas, una campanilla de invierno en medio del aire viciado de la cámara.

Se oyó un suspiro fantasmal al lado de Lan. Y entonces, como la cuerda recién cortada de un instrumento, el Sello que quedaba en la cámara se rompió. Lan oyó el grito de Zen en medio de la vibración de qì por toda la cámara. Sintió la implosión de la red de energías que Shēn Ài había tejido a su alrededor. Aquel era el Sello que Zen había estado buscando.

Zen llegó hasta Lan en el mismo momento en que ella caía de rodillas y se encorvaba sobre la ocarina. El chico la agarró con fuerza entre la marea de energías yīn que rugían a su alrededor con los gritos de cien almas asesinadas, el dolor y la pena de un modo de vida que se había perdido. La cámara entera se sacudió. La ilusión caía y se hacía pedazos alrededor; la verdadera naturaleza de aquella estancia se revelaba. Las esterillas de bambú destrozadas, los tinteros rotos y los pinceles partidos en dos, todo ello desparramado como huesos por el suelo. Los cuadros habían caído de las paredes y yacían torcidos, los lienzos esparcidos por la habitación como cenizas. Las sillas y mesas estaban volcadas. Por toda la estancia se repartían los cadáveres de los discípulos de la Escuela de los Puños Cautelosos, que ya no eran más que esqueletos vacíos.

Cuando la cámara dejó de sacudirse, Lan contempló la verdad de lo que había pasado en la Escuela de los Puños Cautelosos en toda su crudeza: otro monumento de los hin que caía en la conquista.

—Lan. Lan, mírame.

Se topó con la mirada de Zen. El chico tenía una expresión helada, parecida a la que vio en él la noche que la sacó de Haak'gong. No había la menor piedad en aquel rostro, solo una empatía afilada.

«No permitas que hayan ganado hoy».

Lan pensó en la maestra Shēn, que había encadenado su alma a aquella cámara durante doce ciclos para proteger la ocarina. Pensó en el maestro supremo, reducido a una cáscara demoníaca, amenazante e inconsciente. Pensó en los discípulos cuyos espíritus no habían podido trascender, atrapados en forma de *guǐ* en una eternidad inmortal.

Pensó en Māma, cuya última acción había sido sacrificarse para que Lan viviese.

¿Y todo para qué?

Cuando llegue la hora la ocarina cantará la Ruina de los Dioses.

La Ruina de los Dioses..., ni siquiera sabía qué significaba aquello.

Lo único que sabía era que la ocarina había decidido cantar para ella. Que los doce ciclos de búsqueda infructuosa del origen del Sello que su madre le había dejado en la muñeca la habían conducido hasta allí. Y que una escuela entera había dado su vida por aquel momento: maestros, discípulos y un maestro supremo.

Agarró con más fuerza la pulida superficie de la ocarina.

No había podido salvarlos, ni hacía doce ciclos ni aquel mismo día.

No volvería a permitir que algo así sucediera.

Apretó los dientes y se restregó las mejillas para enjugarse las lágrimas. Se puso de pie con rapidez y apartó el brazo del de Zen.

—Gracias por haberme acompañado aquí, Zen —dijo.

Él hizo una leve inclinación de cabeza. La contempló con un parpadeo de pestañas negras.

—¿Tienes idea de qué contiene esta ocarina? —preguntó.

Lan iba a responder que no, pero algo la interrumpió.

Hubo un cambio de energías. De pronto percibieron la abrumadora presencia del metal. Luego llegó hasta ellos el lejano sonido de una conversación con palabras largas y vibrantes. Y, por último, el repiqueteo de botas que atravesaban el patio del exterior.

Elantios.

20

«El Arte Final es el arte único de cada escuela de práctica. Es el mayor honor que el maestro supremo puede otorgarles a sus discípulos».

El camino de la práctica, Anexo: Las Cien Escuelas.

Zen agarró a Lan del brazo.

—Entra aquí —dijo y tiró de ella para cruzar las puertas aún abiertas de la Cámara de los Sueños Prohibidos, la única zona que parecía haber escapado a la destrucción de la Conquista Elantia.

Lan se resistió.

—Nos quedaremos atrapados —susurró.

—No nos encontrarán —corrigió Zen. Cuando se rompió el Sello de Ilusión que Shēn Ài había impuesto sobre toda la estancia, esta había revelado su forma verdadera, incluyendo la Cámara de los Sueños Prohibidos y la red de Sellos que había en ella—. Los Sellos que esconden la Cámara del Arte Final están incrustados en los mismísimos ladrillos y piedras de las paredes. Ni siquiera los elantios la descubrieron durante la invasión.

Lan reflexionó sobre aquel razonamiento antes de dar su brazo a torcer. El interior de la cámara era de dimensiones reducidas, apenas más grande que una letrina. Solo cabía la mesa de la ocarina.

Aun así, era la única Cámara del Arte Final que Zen había visto, así que no podía comparar.

Cerró las puertas y vio cómo se ponían en marcha los Sellos. Los trazos de los símbolos empezaron a despedir un leve brillo. Los diseños de aquellos Sellos eran demasiado avanzados para él. Con la mano apoyada en la madera, percibió que un Sello levantaba la ilusión de una pared de piedra al otro lado y ocultaba así la puerta. Otros Sellos se activaron para proporcionar protección, para esconderlos. Acto seguido, y para sorpresa de Zen, se activó algo que recordaba a un Sello de Portal. Tras estudiarlo un instante, el chico dejó escapar todo el aire de los pulmones.

—Qué ingenioso —murmuró—. Crearon un Sello de Portal avanzado que transporta esta cámara a otro espacio. Cuando se abre la puerta, el Sello de Portal se invierte y la transporta de nuevo a su lugar, para que se pueda acceder a ella. Y sin embargo, es casi imposible saber de la existencia de la puerta… y mucho menos encontrarla y trazar un Contrasello para abrirla.

No tenía la menor idea de cómo había conseguido Lan dar con la puerta y abrir la Cámara del Arte Final. En cualquier caso, una cosa estaba clara: todo residía en la ocarina. El yīn en el qì de Lan, la velocidad con la que aprendía y esas canciones que solo ella podía oír.

La oscuridad de la cámara se atenuó gradualmente gracias al tembloroso resplandor tenue de los Sellos que se iban activando. Las ondas de qì eran tan antiguas que se habían hundido en los cimientos de la propia estructura, de manera que los ladrillos parecían brillar. Lan, al lado de Zen, tenía los ojos desorbitados, las pupilas dilatadas. La magia de los Sellos le acariciaba las mejillas como reflejos en el agua. Estaba tan cerca que Zen notaba la tela del *páo* contra su cuerpo. Lan apoyaba delicadamente una de las manos en su manga.

—Creía que los Sellos se desvanecían una vez que trascendía el alma del practicante —murmuró.

—Correcto, pero en muchos casos, el qì se hunde tan profundamente que los objetos retienen el Sello en sí. Es parecido a los fosos ciegos de qì que formaron el *yāo* de bambú al que nos enfrentamos. En este caso, los muros y raíces de esta escuela han retenido los Sellos como si fueran parte suya. Casi... casi se han convertido en entidades conscientes. Algo así como memoria muscular.

Lan tocó una de las paredes resplandecientes con el dedo. Algo parecido a la maravilla le asomaba al rostro. El resplandor menguó enseguida.

—Los oigo —susurró. Los pasos y voces aumentaban de volumen—. Los siento.

Se apretó la ocarina contra el pecho. Zen captó que se acariciaba la cicatriz con el pulgar.

—Creo... —dijo Lan—, creo que me han encontrado gracias al sortilegio localizador.

Una fría sensación de culpabilidad recorrió la espalda de Zen. Salir de los límites del Sello de Barrera había sido un error. Ulara sostenía que el sortilegio en el brazo de Lan se mantendría activo mientras lo conservase. El Sello que los maestros le habían administrado solo servía para menguar su poder, junto con el poder del Sello de Barrera. Al salir del Fin de los Cielos se habían desprendido de una de las capas protectoras.

Zen alargó la mano hacia ella y le tocó la muñeca con cuidado.

—Los Sellos en esta cámara nos proporcionan un espejo que funciona en una única dirección. Podemos oírlos, pero si echan la pared abajo no verán más que hierba y árboles en el lugar donde estamos.

—Gracias al Sello de Portal —replicó ella.

Él asintió y se llevó un dedo a los labios. Los elantios acababan de entrar en la cámara de fuera.

— ... magia provenía de aquí.

Una voz femenina que hablaba con eficiencia militar. A Zen le picaron las orejas. Magia. Así llamaban ellos al qì. La mujer era maga.

El sonido del lenguaje elantio siempre conseguía provocarle aquellas náuseas y el miedo que tan bien conocía. Atrapados en ese espacio estrecho, sin salida y sin modo de defenderse, la mayor parte de sus fuerzas consumidas al trazar el Sello de Invocación, la sensación no hizo sino aumentar. Cerró los ojos e intentó calmar la respiración, centrando la mente en un espacio vacío tal y como Dé'zǐ le había enseñado que tenía que hacer cada vez que los recuerdos amenazasen con provocarle una oleada de pánico.

—Esto está vacío —comentó otra persona.

Se oyó un sonido: alguien le dio una patada a un montón de escombros. Acto seguido, la misma persona dijo:

—Está claro que tu ejército pasó por aquí en los primeros días de la invasión.

Quien había hablado soltó una risita. A Zen se le heló la sangre. No había duda en el tono jocoso en que había pronunciado aquella frase: el tipo bromeaba sobre la masacre de toda la Escuela de los Puños Cautelosos.

La rabia se agitó en su interior, amarga, afilada, ardiente. No tenía que ser así. Si se lo permitía, si dejaba que resurgiese esa parte oscura de sí mismo, tendría la oportunidad de acabar al menos con unos cuantos magos elantios.

—Sobre esas cosas no se bromea —dijo la voz femenina en tono severo—. Esos bellacos amarillos practican magia con las almas de sus muertos. No queremos invocar por error la ira de sus fantasmas.

—¿De verdad te crees toda esa palabrería espiritual de los hin? —el tipo soltó una risita.

Zen frunció el ceño y reflexionó sobre aquellas palabras pronunciadas en idioma extranjero. Ese tipo no era mago.

—*Silencio* —dijo una tercera voz.

La palabra cortó la cháchara como el restallido de un trueno. Lan se tensó junto a Zen, quien de pronto se dio cuenta de que la nueva voz le resultaba familiar.

Era él, el mago aleador de Haak'gong. Zen imaginaba el resplandor blanco como el hueso de su armadura, esos ojos que ardían como llamas azules en un rostro carente de color. El Mago Invierno, lo había llamado Lan.

—¿Dices que has rastreado a la chica hasta aquí, Erascius? —dijo la mujer en tono deferente al dirigirse a él.

El otro tipo había cerrado la boca. El repiqueteo de las botas elantias sonaba por la habitación mientras se movían en círculos por ella.

Lan emitió un ruidito.

—Eso me pareció. —El tono de Erascius, el Mago Invierno, era frío y plano. Una enorme e inmaculada extensión de hielo que parecía llenar la cámara—. Mi sortilegio se debilita a medida que pasa el tiempo…, pero me pareció… estar cerca.

Su voz se había aproximado poco a poco al lugar donde los Sellos habían escondido la Cámara de los Sueños Prohibidos. Donde se escondían Zen y Lan.

—¿Habrán modificado tu sortilegio? —sugirió la mujer en tono irónico—. Tú mismo dijiste que hubo un periodo en el que no notabas conexión alguna, pero que luego se activó de nuevo. ¿Y si es una trampa?

Siguió un silencio amargo.

—¿Hay sortilegios aquí? ¿Podrían estar escondidos?

Lan se abrazó a sí misma y se encorvó. Aun así seguía con los ojos bien abiertos.

La estampa que presentaba se le clavó en el corazón a Zen. Conocía aquella sensación de indefensión ante la violencia. A fin de cuentas, él también se había visto en la misma situación hacía trece ciclos, frente a otro grupo de soldados con banderines de cola de dragón y armaduras de oro.

—¿Y habías dicho que la chica tenía algo que buscabas? —preguntó el otro tipo.

—Cualquiera habría pensado que Su Majestad el rey nos habría asignado un capitán más capaz —gruñó la mujer.

—Lishabeth —dijo Erascius—. El capitán Tímosson y sus soldados nos acompañan como muestra de nuestra nueva colaboración. Te aconsejaría que tuvieras paciencia, pues no todo el mundo está al tanto de los asuntos de los magos reales.

—Sí, Erascius.

—Capitán Tímosson —Erascius hablaba con cierta gracilidad helada—. Mantener el poder de un imperio tan grande como el de Elantia requiere orden a todos los niveles. El gobernador, bajo orden directa de Su Majestad, el rey Alessander, que los ángeles guarden Su nombre, nos ha asignado a Lishabeth y a mí la tarea de establecer el Puesto Fronterizo Central Elantio. Hace ya demasiado tiempo que estas Planicies Centrales del Último Reino carecen de un gobierno sólido. En su día pensamos que no eran más que un puñado de bosques y tierras de tundra…, pero nuestras recientes escaramuzas con los dos practicantes de Haak'gong nos han llevado a pensar lo contrario. Sobre todo teniendo en cuenta el modo en que desaparecieron en la región central. —Una pausa—. Creo que aún existe un… nido de practicantes hin que se nos ha escapado de entre los dedos. Y creo que se esconden en las Planicies Centrales, en algún lugar cercano…, justo ante nuestras narices.

A Zen se le cortó la respiración. El mago aleador se refería a ellos dos, a su encuentro en Haak'gong. Al salvar a Lan, Zen había confirmado la existencia de la Escuela de los Pinos Blancos.

Tras una pausa, la segunda voz, la del capitán Tímosson, dijo en tono áspero:

—No, si eso lo entiendo. Ahora que hemos establecido nuestro poder en las costas orientales nos expandimos al oeste. Más recursos, mejor control.

—Lo que no entendéis es la razón de que esta misión sea de vital importancia —dijo Erascius en tono frío—. Si sigue existiendo una orden de practicantes hin, el gobierno elantio podría verse amenazado algún día. No habéis presenciado sus poderes ni sabéis nada de la magia que poseen, una magia que parecen extraer de esta tierra de un modo que los magos reales desconocen. Podemos aprender esa magia para contribuir a la civilización elantia y continuar nuestra expansión más allá de los océanos. Es una magia tan vieja como el tiempo que los hace tan poderosos como dioses. Por supuesto, no espero que comprendáis por qué controlar esta tierra resulta crucial para el rey Alessander. Lo que sí espero es obediencia.

La última palabra restalló como un látigo.

—Sí, mi señor —dijo Tímosson, sin aliento. En su tono ya no había rastro alguno de descontento—. ¿Creéis que podemos obligarlos a salir de su escondrijo?

Erascius estaba tan cerca de la cámara oculta que su voz resonó en la oreja de Zen.

—Quiero matar dos pájaros de un tiro: encontrar el santuario secreto de los magos hin… y destruirlos con el poder de sus Cuatro Dioses Demonio.

El cuerpo entero de Zen se quedó helado.

—No creeréis que esas cosas son reales —dijo Tímosson, aunque una nota de inseguridad le vibraba en la voz.

—Sé que lo son. He presenciado su poder de primera mano en el Palacio Imperial. Se me escaparon de entre los dedos y desde entonces no he dejado de perseguirlos. En el centro de investigación que estaba a mi cargo pude confirmar lo que sospechaba: los hin vinculan sus almas a demonios para tomar prestado su poder. He visto el poder de un demonio normal y corriente. Imaginad lo que se podría hacer con el poder de un Dios Demonio.

El centro de investigación.

Lo único que pudo hacer Zen para anclar la mente al presente fue unir las manos. Manos y brazos cubiertos con las cicatrices que le había causado la metalurgia elantia en ese mismo centro de investigación al que se refería Erascius. Zen apretó las manos para que dejaran de temblar.

—Hace doce ciclos estuvimos a punto de arrancarle los secretos de la magia hin a una practicante imperial. Por desgracia, la mujer presentó una terca resistencia y no tuve más alternativa que matarla —decía en aquel momento Erascius—. Pensé que, con su muerte, la pista se había perdido, pero hace varias semanas, en Haak'gong, percibí cierto rastro de magia parecida a la de la mujer. Fue entonces cuando comprendí: aquella practicante tenía una hija que había estado viviendo escondida justo bajo nuestras narices todo este tiempo. Es por eso por lo que debemos encontrarla.

Una practicante imperial hin. Lan le había dicho a Zen que aquel mago, Erascius, había matado a su madre para arrebatarle algo.

¿Podría ser eso lo que la madre de Lan había muerto para proteger? ¿Un secreto que tenía que ver con la práctica demoníaca..., con los mismísimos Dioses Demonio?

Imposible, pensó Zen con una mirada de soslayo a la chica a su lado. Lan también guardaba un silencio absoluto. Zen la veía bajo el pálido resplandor de los Sellos, la boca entreabierta, la caja de la ocarina apretada contra el pecho del mismo modo que una niña se aferraría a una muñeca en busca de consuelo. Cuanto más la contemplaba, más se avivaba el fuego de las preguntas que ardían en su interior. ¿Quién era su madre? ¿Cómo podía haber tenido semejante conocimiento? Las huellas de los Cuatro Dioses Demonio se habían perdido en el pasado. Se habían vuelto cada vez más secretas a medida que los poderosos practicantes de antaño luchaban por poseerlos por todo el Último Reino. Por último, la Corte Imperial había intentado apoderarse de los Cuatro Dioses Demonio. El último de ellos, la Tortuga Negra, se había desvanecido tras la muerte del último practicante al que se vinculó, Muertenoche.

—Aquí no hay nada, Erascius —dijo por último Lishabeth. Sonaba amortiguada, como si hablase desde el otro extremo de la cámara—. Quizás algún necrófago que vagaba por aquí haya accionado ese viejo Sello.

El ruido de las botas al pisar los escombros sonó cerca.

—Rara vez me equivoco —se oyó la voz de Erascius a menos de dos pasos de la cámara oculta. Parecía haber estado agazapado ahí mismo todo el tiempo—. Pero a lo mejor esta vez tendré que admitir que he errado.

—Lo cierto —se apresuró a decir Lishabeth— es que yo también lo he sentido. Aquí se desencadenó hace poco algo mágico.

—Se me han vuelto a escapar de entre los dedos. La próxima vez no tendrán tanta suerte. —Las palabras de Erascius eran una promesa envenenada—. No malgastemos más tiempo en estas ruinas. Ni en doce ciclos se ha ido de aquí la peste a hin.

Los pasos se alejaron hasta desaparecer. Zen se quedó en el sitio, apoyado contra la pared. La conmoción de los últimos minutos reverberaba en su mente, le corría por las venas. Hacía mucho que el corazón no le latía tan rápido.

—¿Zen?

Parpadeó y volvió a centrarse en el presente. Lan estaba frente a él. El pálido resplandor de los Sellos que los rodeaban le teñía el rostro de blanco, como si fuera un fantasma. Zen contempló a aquella chica, aquella cancionera que había encontrado en un salón de té cualquiera de Haak'gong, y por primera vez sintió que el destino tiraba de él en una dirección que no había previsto.

Todas las señales estaban ahí. Las huellas del qì compuesto de yīn que había percibido en la tienda del viejo comerciante de Haak'gong. La explosión de energías, el modo en que Lan había matado a aquel soldado elantio en apenas un parpadeo. La cicatriz con forma de Sello en la muñeca, el talento natural que tenía para trazar Sellos avanzados con apenas unas semanas de práctica.

Y la ocarina... aquella misteriosa ocarina que había cantado solo para ella.

Puede que la madre de Lan le hubiese entregado a su hija la clave para encontrar a los Dioses Demonio.

—¿Zen? —repitió Lan.

Él la contempló, a ella y a la caja con la ocarina que acunaba en el pecho. Aquel objeto que podía ser la llave para hallar un poder incalculable.

El que podía cambiar el rumbo de la historia.

Zen no tenía la menor duda de qué pensarían Dé'zǐ y Yeshin Noro Ulara sobre los Dioses Demonio y sobre la posibilidad de tomar prestado su poder para derrotar a los elantios.

«Los Cuatro son dioses, Zen», le había dicho Dé'zǐ hacía varios ciclos, cuando Zen le había sugerido aquella misma idea. «Has estudiado la historia de nuestra tierra, las guerras de los clanes, el ascenso del Primer Reino, el puño de hierro del Reino Medio y el camino sangriento del Último Reino. Sabes bien el precio a pagar para conseguir el poder. Los poderes de los dioses han de quedarse con los dioses. Los humanos no hemos de aspirar a convertirnos en dioses».

Aun así, Zen pensó en el maestro supremo que habían visto en el patio, convertido en un salvaje *mó* en un desesperado intento por proteger su escuela. Pensó en Shēn Ài y en los discípulos de la Escuela de los Puños Cautelosos, obligados a atar sus almas al limbo entre la vida y la muerte. Pensó en aquel símbolo de la civilización que era la escuela, arrasada por culpa de los conquistadores elantios. Pensó en los cuerpos sin enterrar de aquellos que la habían defendido, y en el modo en que sus asesinos se burlaban de ellos.

Un círculo vicioso que había visto por todo el Último Reino, por su pueblo.

Esa era la consecuencia de haber rechazado el poder. Esa era la condenación que ocasionaba negar la idea de convertirse en dioses: acabar gobernados por dioses nuevos, más crueles e implacables.

Los hin habían presenciado el proceso en las eras de los reinos Primero, Medio y Último: el ascenso y la caída de clanes, emperadores y dinastías. Los elementos seguían un flujo constante, unos acababan con otros en un ciclo de destrucción y renacimiento.

Quizás ahí residía la verdad del Camino. Quizá todo estaba destinado a suceder así.

Y en la oscuridad, una nueva idea se le apareció como una llama.

«El deber de quienes tienen poder es proteger a quienes no lo tienen».

Si los hin tuvieran el poder de los Dioses Demonio…, si pudieran dominar ese poder y emplearlo contra los elantios…

No. Zen había vivido toda su vida a la sombra del error de Muertenoche, el practicante que les había dado mala fama a los Noventa y Nueve Clanes, el que había destruido la posibilidad de que regresaran. El que había convertido la práctica demoníaca en un pecado en la historia de los hin.

Zen sabía bien los peligros que acarreaba intentar algo así.

Alargó la mano.

—Deja que te guarde la ocarina —dijo.

Lan le clavó la mirada. Vaciló menos de un segundo, pero lo suficiente para que Zen lo percibiera. Tocó el saquito de seda negra que llevaba el emblema del fuego rojo en su cintura.

—Esto de aquí es un saquito de almacenaje de practicante. Tiene espacio para contener cualquier cosa que se introduzca en él. —Se obligó a esbozar una sonrisa—. Te prometo que cuidaré bien de la ocarina por ti. ¿Acaso he roto alguna de las promesas que te he hecho?

Durante apenas un instante pensó que Lan se negaría, pero al cabo, la chica se inclinó hacia adelante y lo miró con ojos entrecerrados.

—¿Por qué sonríes? Me pones nerviosa cuando empiezas a soltar palabras dulces y melosas.

Él frunció el ceño.

—¿Preferirías que estuviese todo el tiempo preocupado?

Ella sonrió.

—Pues sí —dijo, y de buenas a primeras le tendió la caja que contenía la ocarina.

No pesaba más que una piedra, y aun así, al sostenerla en las manos, Zen percibió que contenía el peso de todo un mundo. El peso de la confianza de Lan. Con delicadeza la guardó en el saquito.

—Vámonos, pues —dijo.

Colocó los dedos en la puerta de piedra. El qì de los Sellos se arremolinó. Zen tiró de los hilos de qì para formar el Contrasello.

La puerta se abrió y salieron. Fue entonces cuando Lan soltó un grito.

Zen se puso alerta. Apenas había sentido que el qì se agitaba a su alrededor cuando, de pronto, una llamarada le recorrió las venas y lo dobló con un dolor que brotaba de dentro de su cuerpo. Apenas fue consciente de que caía al suelo. Estaba paralizado. El qì de su carne y su sangre se vio desequilibrado a causa de la intrusión de un metal frío y duro que se le clavó en los huesos. Se le llenó la boca de algo cálido, del fuerte sabor de la sangre mezclado con la presencia del metal a su alrededor.

—Hola, pequeña cantora. —La voz llegó hasta él desde algún lugar cercano. Era más fría que el hielo invernal. Empezó a perder la conciencia—. ¿De verdad creías que volvería a permitir que te escaparas?

21

«La fuerza sin restricciones y el poder sin equilibrio son como atravesar sin luz un camino que se interna en las tinieblas».

Dào'zǐ, *Libro del Camino* (*Clásico de Virtudes*), 1.7.

Atrapada en un carromato hecho de metal y oscuridad, Lan se sintió como si hubiera regresado al salón de té, a Haak'gong, bajo la atenta mirada de sus conquistadores, que estudiaban cada uno de sus movimientos y tomaban cada una de sus decisiones. La libertad del Fin de los Cielos, los días que había pasado aprendiendo a luchar con las artes de la práctica, todo ello parecía una ilusión. Como si jamás hubiese sucedido.

Le latía el brazo izquierdo. La metalurgia que tenía en la carne respondía a la abrumadora presencia de la magia elantia a su alrededor. El metal le encadenaba las muñecas a la pared, y el carromato bloqueaba el flujo de qì de los demás elementos. Zen estaba también encadenado frente a ella. Le caían mechones de pelo por la cara. El Mago Invierno lo había electrocutado hasta dejarlo inconsciente.

Lan no sabía cuánto llevaban de viaje. Podían haber sido unas pocas horas o quizás incluso días. Por fin se detuvieron y abrieron las puertas del carromato. Un par de Ángeles elantios sacaron a Lan de un tirón.

Aún era de noche. Los contornos de unas montañas escarpadas se alzaban por encima de las copas de los árboles de un pinar a su espalda. Tras los árboles se apreciaban unas murallas repentinas y robustas, una intrusión de piedra y metal que borraba las estrellas, totalmente extrañas en medio del flujo del viento y el agua. Lan oyó un repiqueteo de cadenas y un golpe; los guardias acababan de sacar a Zen.

Una sensación de impotencia embargó a Lan al contemplar el Puesto Fronterizo Central Elantio. Estaba despierta, el qì fluía a su alrededor, pero no era capaz de conjurar ni un solo Sello que pudiese ayudarlos a salvar la vida.

El camino que seguían desembocó en una pulcra calzada de cal y mortero que atravesaba el bosquecillo y llevaba a las murallas de la fortaleza.

Lan nunca había visto murallas así. Debían de ser tan altas como los tres pisos del salón de té. Eran robustas y extrañas, con puertas rectangulares y una torre vigía plana y cilíndrica, muy diferente de las elegantes curvas de la arquitectura hin. Lan sintió la abrumadora presión del metal imbricado en los cimientos, un metal que fortificaba todo aquel lugar como si de una armadura elantia se tratase. Al parecer, las almenas eran uno de los pocos puntos en común de las arquitecturas hin y elantia. Incluso a esa distancia, Lan atisbó el destello de las armaduras blancas bajo las llamas de las antorchas. Se abrieron unos pesados portones de hierro que daban paso a la extensión del patio interior. Un caminito adornado con escasas flores que llevaba hasta la entrada del castillo. En Haak'gong, los elantios habían construido sus puestos fronterizos mezclando su influencia sobre la arquitectura hin. Aquella era la primera vez que Lan veía una construcción de diseño completamente elantio. La primera impresión que tuvo fue que el sitio era muy basto y poco refinado en comparación con los exquisitos detalles de los edificios hin. Aquel puesto fronterizo no era más que una enorme estructura gris de piedras irregulares que asomaban de la tierra, protuberantes. Las ventanas de cristal eran estrechas y las antorchas despedían luz áurea.

Resaltaban dos torres rematadas por chapiteles metálicos en punta.

Las patrullas apostadas en el patio no hicieron movimiento alguno mientras los guardias llevaban a Zen y a Lan por el caminito hasta la entrada. A cada lado del camino había flores que crecían en jaulas de hierro forjado. Lan se fijó en las flores y se dio cuenta de que las conocía todas. Crisantemos, azaleas, peonías, orquídeas, camelias... todas ellas eran flores nativas de su tierra. Todas enclaustradas pulcramente en jaulas de metal.

Eso era justo lo que los elantios querían hacer con los hin.

Las puertas del castillo se los tragaron. Cruzaron pasillos de piedra iluminados con velas. De las paredes colgaban decoraciones metálicas resplandecientes.

Los soldados se detuvieron ante dos pesadas puertas de metal, distintas de las puertas de nogal con pomos de plata que habían visto al pasar.

Erascius puso las pálidas manos sobre los pomos metálicos de aquellas puertas. En ese momento, Lan tuvo una repentina y enfermiza premonición. Fuera lo que fuere lo que aguardaba al otro lado de aquellas puertas, no quería verlo.

Erascius abrió las puertas de un tirón. El hedor de las energías yīn se derramó sobre Lan como aguas desbordadas de un río. Se llevó una mano al corazón a causa del resentimiento, el miedo y el odio que brotaban del lugar; unas sensaciones tan fuertes que podría haberse ahogado en ellas.

Tras ella oyó que Zen emitía un sonidito estrangulado.

Uno de los soldados alzó una lámpara para iluminar una escalinata que descendía hasta otro segmento de túnel. Allí abajo el aire estaba tan repleto de energías yīn que a Lan le costó trabajo respirar.

Muerte. *Ahí abajo hubo mucha muerte,* pensó.

Tardó varios instantes en darse cuenta de por qué.

Algo se movió a un lado al pasar. Cuando la luz iluminó el corredor, Lan vio a qué se debían aquellos sonidos furtivos.

No había paredes en el corredor, sino celdas. Dentro de todas ellas, encorvados y atrapados como animales, con ojos vacíos bajo el resplandor de la luz, había prisioneros hin. Hombres, mujeres y niños sentados, arracimados todos juntos, los brazos delgados como ramitas. Retrocedieron al oír el sonido de los pasos de los guardias, para resguardarse en los rincones más alejados.

A Lan se le revolvieron las tripas. En su mente hubo un destello de blancura, el color que había visto antes de la muerte de su madre y antes de matar al Ángel elantio. Algo se sacudió en lo más profundo de su mente. Un borrón azul y blanco le nubló la vista.

Una mano salió disparada, se le cerró sobre la garganta y le estrelló la cabeza contra la pared. Aquel blanco cegador se convirtió en un frío color negro. Lan parpadeó entre las estrellas que salpicaban su visión. Los ojos de invierno de Erascius estaban a centímetros de su cara.

—¿Pasa algo, pequeña cantora? —susurró—. ¿No quieres cantar para mí?

No podía respirar. Se le iba la cabeza, empezaba a sentir un hormigueo en brazos y piernas. Lan reunió todas las energías que tenía y le soltó una patada… justo en la entrepierna.

La carne chocó contra el metal. La espinilla de Lan chocó con la armadura del Mago Invierno. Erascius apretó los labios y aplicó más presión con los dedos a la garganta de Lan.

—¿Es que tu madre no te enseñó modales? —preguntó—. Ah, se me olvidaba. Está muerta.

Lan le escupió en la cara.

Despacio, el Mago Invierno se apartó de ella. Sacó un pañuelo y se limpió. Cuando volvió a mirarla le llameaban los ojos.

—Te vas a arrepentir de eso —dijo. Hizo un gesto a los soldados y ordenó—: Llevadlos a la cámara de interrogatorios.

Al final del largo pasillo había una cámara hecha por completo de metal. En el interior había dos sillas de acero, una frente a la otra. Lan forcejeó mientras los soldados la sujetaban con grilletes metálicos. Zen, frente a ella, seguía inconsciente.

Erascius se inclinó sobre Zen y, con total precisión y rapidez, le clavó un dedo en un punto concreto del cuello. Aquel movimiento le recordó a Lan algo que había visto hacer a los maestros: un golpe en ciertos nervios del cuerpo que almacenaban qì para bloquear el flujo de energía del oponente…, o para reavivarlo.

Zen se sacudió. Satisfecho, Erascius alargó el brazo izquierdo. Los brazaletes de metal le cubrían de la muñeca al codo. Cada uno resplandecía con un tono diferente de gris, dorado y cobrizo. Con la otra mano, el mago hizo un gesto como si tirase de un hilo.

Un filamento de uno de los metales plateados empezó a desliarse de la muñeca como si fuera líquido. Se endureció hasta formar una docena de pequeñas y finas agujas que resplandecieron bajo la luz de la cámara. Las agujas flotaron en el aire sobre la silla de Zen.

Erascius se giró hacia Lan y dijo:

—Bueno, veamos con qué te hacemos cantar, ¿te parece? A cada pregunta que te haga, si no me das una respuesta satisfactoria, introduciré una de estas agujas en la piel de tu amigo.

A Lan se le quedó la mente en blanco. Zen acababa de despertar. La aguja flotó hasta apuntar a la palma de la mano del chico. Él se quedó inmóvil. Una terrible sombra le sobrevoló la cara. A pesar de estar a varios pasos de distancia, Lan creyó ver que se le desorbitaban los ojos. La luz que desprendían las agujas de plata destelló en ellos.

—Primera pregunta —la voz de Erascius la sacó de sus cavilaciones—. ¿Quién era tu madre?

Lan apretó los dientes. Erascius lo sabía. Lo sabía pero la obligaba a responder a la pregunta.

—¿No? —Erascius se envaró levemente. Retorció la mano. La aguja que apuntaba a la muñeca de Zen le acarició la piel.

—Espera. —Si Lan le daba respuestas inofensivas, respuestas que no tuvieran información alguna, quizá ganaría algo de tiempo para que se le ocurriese un plan. Le pasó la lengua por los labios resecos—. Sòng Méi.

El nombre le supo a pena, a recuerdo medio olvidado.

—Se llamaba Sòng Méi —concluyó.

—Muy bien. —La aguja tembló pero siguió en el sitio—. Veamos, ¿qué te dejó tu madre?

El corazón de Lan se desbocó. Pensó en todo lo que habían visto en la Montaña Cautelosa, en el fantasma de Shēn Ài y el demonio del maestro supremo, en la ocarina que ambos habían protegido contra viento y marea... y que estaba dentro del saquito negro de Zen en aquel mismo momento.

Se obligó a no apartar la mirada de Erascius y respondió en tono seguro.

—Fuera lo que fuere lo que quería dejarme, tú lo destruiste.

La sonrisa de Erascius se ensanchó.

—¿Sabes cuánta información les he sacado a todos los rebeldes hin que se han sentado ahí antes que tú? Lo he conseguido porque se me da bien ver las intenciones de la gente. Me basta el modo en que me miran o el más leve cambio en sus rostros para saber si me dicen o no la verdad. Y tú... —Se acercó a ella—. Tú estás mintiendo.

Erascius sacudió los dedos. Lan captó un destello por el rabillo del ojo. Zen dio una rápida inspiración y se tensó en la silla. Clavó los pies en el suelo y sacudió las manos en los grilletes metálicos. Con precisión clínica, la aguja se había hundido en la piel de su muñeca hasta desaparecer del todo.

—No, para. Para —boqueó Lan—. Te lo diré..., te lo diré.

Zen apretaba la mandíbula con tanta fuerza que las venas del cuello resaltaban. Y sin embargo, cuando miró a Lan a los ojos negó con un gesto casi imperceptible de la cabeza.

Lan vaciló.

Una segunda aguja se acercó a la otra muñeca de Zen.

—Una ocarina —las palabras salieron a trompicones de los labios de Lan, calientes, rápidas—. Me dejó una ocarina. Dijo que tocaría una canción, pero está rota.

La aguja se detuvo. Erascius alzó la cabeza.

—Una ocarina —repitió—. Sigue. Cuéntame más.

—Por favor. —La desesperación en su voz era tan patente que ni siquiera tuvo que fingir—. No sé nada más. Por favor, mi señor.

—Mientes —canturreó Erascius y, sin vacilación alguna, la segunda aguja se introdujo en la muñeca de Zen.

Los grilletes tintinearon contra los brazos de Zen, que tenía el rostro bañado en sudor. Miró a Lan. El pecho le ascendía y le descendía con rapidez.

Una vez más negó con la cabeza.

—En toda mi vida he mantenido el principio de que las armas más efectivas no son las de mayor tamaño ni las que más estragos causan..., sino las más precisas —dijo Erascius. El resto de agujas resplandeció bajo la luz de las llamas—. Estas agujas están hechas de mercurio..., un metal venenoso para los humanos. Una vez que entran en el caudal sanguíneo tardan sesenta segundos en llegar al corazón. Si lo pinchan, el veneno se esparce y paraliza el corazón hasta detenerlo.

Se inclinó hacia adelante y le recolocó un mechón de pelo a Lan tras la oreja. Tenía los ojos muy azules.

—¿Cuántas agujas crees que harán falta para matar a tu amigo?

A Lan se le nubló la visión al mirar a Zen. Sentía el rostro muy caliente.

—No, por favor —dijo con un susurro quebrado—. Te lo contaré. Te lo contaré todo, mi señor.

Erascius sonrió aún más.

—Muy bien —dijo en tono quedo—. Háblame de lo que te dejó tu madre.

—No lo sé, no lo sé. —Le corría el sudor por las sienes, era incapaz de apartar la vista de Zen. No podía valerse de nada..., excepto de su rápido ingenio. Tenía que seguir hablando—. Acabábamos de llegar a la escuela cuando nos encontrasteis. Dejé allí la ocarina, no tuvimos oportunidad de examinarla, pero si me das tiempo podré descubrir todas las respuestas que necesitas. Todo lo que necesites.

¿Cuánto tiempo había pasado? ¿Veinte, treinta segundos? La primera aguja llevaba más tiempo dentro de Zen.

—Por favor, pregúntame otra cosa. Por favor, mi señor.

Erascius la estudió un instante más.

—Está bien. La escuela de práctica. Quiero que me digas dónde está exactamente.

Lan se agarró a los brazos de la silla para evitar que le temblaran las manos. Notaba la mirada de Zen sobre ella. Sabía que, si lo miraba, Zen le haría un gesto para que guardase silencio, incluso con las dos agujas que avanzaban hacia su corazón.

«El reino antes que la vida. Con honor hacia la muerte», habían susurrado los fantasmas de la Escuela de los Puños Cautelosos. Había ciento veintisiete discípulos y diez maestros en la Escuela de los Pinos Blancos. Revelar su ubicación significaba condenarlos a todos a muerte. Y no hacerlo suponía condenar a muerte a Zen.

Cerró los ojos y una lágrima le cayó por la mejilla. Mientras los elantios gobernasen, los hin seguirían enfrentándose a ese tipo de disyuntivas.

—Está a menos de cinco días al noroeste de aquí —dijo en tono quedo—. Se esconde a los pies de una montaña. La entrada está junto a un pino viejo y nudoso. Puedo llevarte allí, milord, si le perdonas la vida.

Lan había aprendido hacía mucho que las mentiras más fáciles de contar eran las que venían envueltas en medias verdades. Abrió los ojos de nuevo para mirar fijamente a Erascius y vio algo parecido a la satisfacción en el rostro del mago.

—Soltadla —les ordenó a los Ángeles en posición de firmes junto a la puerta.

Los dos se apresuraron a desatarla de pies y manos, pero Lan no pudo evitar la sensación de que estaba a punto de suceder algo peor.

—Ponte de pie —ordenó Erascius.

El mago se llevó la mano al interior de la capa… y a Lan se le heló la sangre al ver el objeto que sacó.

La ocarina resplandecía en la mano de Erascius, que la alzó a la luz.

—Vamos —dijo—. Toca. Quiero oír una de tus cancioncitas.

El mundo entero se redujo a la ocarina, a aquel emblema de loto blanco hecho en nácar sobre la cerámica negra. La pálida mano del mago que se cerraba sobre ella parecía totalmente fuera de lugar.

Entonces, detrás de ellos, Lan vio el montón de agujas que flotaba sobre las muñecas de Zen.

Fuera lo que fuere lo que había dentro de aquella ocarina... Māma había muerto por apartarlo de las manos de los elantios.

—Por si no te ha quedado claro —dijo Erascius con tono suave y envenenado—, no era una petición, sino una orden.

Alzó la mano y, antes de que Lan pudiese reaccionar, otras dos agujas se introdujeron en la muñeca de Zen.

Zen emitió un sonido que Lan deseó no tener que oír de nuevo.

Alargó la mano y cerró los dedos sobre la superficie de la ocarina. Se la quitó de las manos al mago con un único pensamiento retumbando en la cabeza: *Mía. Es mía.* No pensaba dejar que los elantios le arrebatasen ni una cosa más. Se llevó la ocarina a los labios y pensó en el Fin de los Cielos, en Shàn'jūn, en el salón de té, en Ying y en las demás cancioneras, en las aldeas arrasadas y quemadas hasta los cimientos. Los recuerdos de los últimos doce años le pasaron por la mente como las páginas de libro hasta detenerse en el primero, en la muerte de Māma. Se aferró a aquel recuerdo y buscó la música en su interior.

Fue la canción la que la encontró a ella. Una melodía salió de sus labios a través de la ocarina. Una canción embrujadora, que parecía personificar el paso del tiempo, el flujo de los ríos hasta el mar, el soplo del viento entre hojas de bambú, el goteo de la lluvia sobre tejas grises. De pronto, Lan estaba en aquel espacio liminal entre la realidad y el subconsciente en el que entraba cuando cantaba en el salón de té. Y supo tocar sin saberlo realmente, supo dónde colocar los dedos para extraer las notas de la cerámica.

La canción brotó de ella como un sueño medio olvidado. Era la tonadilla que a veces tarareaba cuando hacía las tareas del salón de té, aquella que jamás había sido capaz de ubicar. En aquel momento, mientras repasaba sus recuerdos, oyó que la canción reverberaba por los salones de la casa de su infancia, proveniente de la ventana del estudio de su madre.

Luego se encontró ascendiendo más allá de la casa..., o más bien era el cielo lo que se expandía, lo que se le acercaba hasta mezclarse con ella. Las estrellas resplandecieron como esquirlas de cristal ante ella, a su alrededor. La música fluyó de su interior en una polvareda plateada, un caudal que subía hasta las mismas estrellas. Plata que resplandeció, brillante, hasta formar una temblorosa constelación.

Poco a poco, otros tres conjuntos de colores se asentaron entre las estrellas. Una hilera de estrellas cercanas empezó a brillar con un tono blanco azulado. Más lejos, un grupo de estrellas se apagó y la noche las inundó hasta delinear su existencia negra, como ausencia de luz. Por último, en la lejanía, una cuarta constelación se iluminó con llamas carmesíes, flotando sobre la curva del horizonte.

La música aumentó el ritmo para después volverse más abrupta, el estruendo lejano de un trueno. Las estrellas empezaron a retorcerse. El contorno de las constelaciones se rellenó. Se volvieron hacia ella con ojos que resplandecían en la oscuridad.

Plata. Azur. Negro. Carmesí.

Dragón. Tigre. Tortuga. Fénix.

Lan flotaba en una noche ilusoria que ella misma había creado. La canción de la ocarina había invocado constelaciones refulgentes que se habían convertido en criaturas encarnadas que existían solo en leyendas y mitos.

Lan alzó la cabeza y miró a los ojos a los Cuatro Dioses Demonio.

Estaba tan conmocionada que no acertaba a moverse. No tenía la menor idea de cuánto tiempo pasó hasta que consiguió apartar la mirada.

Al igual que ella, el resto de la cámara estaba hipnotizado. La luz de las antorchas parecía haber disminuido. Sobre ellos había cuatro cuadrantes de cielo nocturno, cada uno con una constelación.

Zen alzaba el rosto al cielo. Fue su expresión lo que sacó a Lan de su ensimismamiento. Zen contemplaba aquella ilusión con una mezcla de esperanza y miedo tan intensa que casi le ardía en los ojos.

De pronto se dio cuenta de que Erascius también estaba contemplando las constelaciones. Las estrellas se reflejaban en esos fríos ojos azules. Sin embargo, en lugar de esperanza y miedo, lo que había en su semblante era codicia.

Alargó las manos y los brazaletes metálicos de los antebrazos empezaron a fluir, a desplazarse en espiral hacia la ilusión. En menos de un parpadeo, las hebras metálicas se dividieron en cuatro cuadrantes: una réplica perfecta en metal de los cielos nocturnos y los Dioses Demonio que había creado la ocarina de Lan. Acto seguido, las hebras de metal se encogieron y regresaron a los brazos de Erascius.

El mago le estaba robando los secretos de la ocarina.

La conmoción de Lan se convirtió en ira. Flexionó los dedos y en su mente apareció una única y concreta afirmación: *Míos. Son míos. No me los vas a quitar.*

Las energías que se derramaban desde su núcleo se alteraron. La canción cambió.

Do-do-sol.

Las notas salieron de la ocarina, entrecortadas, vacilantes, rotas. Un recuerdo volvía a la superficie.

Do-sol-do.

Los siguientes acordes salieron más rápido, sin dificultad. Y cuando empezó a desgranar el siguiente verso del último recuerdo que tenía de su madre, Lan sintió que el fantasma de Sòng Méi había regresado al mundo para tocar. El qì se sacudió en su interior y atravesó la humedad, la oscuridad y la muerte que la rodeaban. De algún modo, sus energías respondieron al sonido de la música y se entrelazaron con las notas para fluir desde lo más profundo de su interior.

Y, sin el menor aviso, estallaron.

Erascius gritó. Una ráfaga de qì impactó contra la armadura de metal con un destello agresivo. Se protegió la cabeza con las manos justo a tiempo. La magia metalúrgica surgió de los brazaletes para bloquear el ataque. El mago volvió a alzar la mirada con una expresión de furia..., y de algo más, algo indescriptible. Como si estuviese contemplando a sus propios fantasmas del pasado.

La canción de Lan brotó de ella como una marea imparable. Les arrebató las armas a los Ángeles, les hendió las armaduras y les abrió tajos en el rostro. Los guardias retrocedieron a trompicones y echaron a correr por la puerta. Durante unos breves y felices momentos, Lan creyó que tenía el control. Creyó que podría ganar.

—Basta o lo mato.

La voz de Erascius atravesó el remolino de qì, de magia, que brotaba de ella. Las últimas notas de la canción murieron. Lan se giró hacia el mago, que se había acercado a Zen. El grupo de agujas se había convertido en una única hoja metálica que apuntaba en aquel momento al pecho de Zen.

—Deja la ocarina —dijo Erascius.

El qì en el interior de Lan, que había aumentado hasta alcanzar un clímax, le retumbaba en las sienes. Apartó la ocarina y el silencio llenó los rincones en los que hasta entonces había resonado la canción.

Entonces volvió a llevarse la ocarina a los labios y sopló.

El qì explotó desde su interior en una oleada musical que derribó a los Ángeles que quedaban junto a la puerta. Erascius chocó contra la pared del otro extremo de la cámara y soltó un gruñido.

Una oleada triunfal recorrió a Lan. Ocarina en mano, se giró hacia Zen... y vio que todo su mundo se sacudía.

El chico estaba doblado sobre sí mismo en la silla, con las manos apretadas contra las ataduras. Una larga hoja plateada se le hundía en el pecho. Un líquido rojo cubría la pálida piel de sus manos.

Lan se le acercó a trompicones. Bastaron un par de acordes para que la música rompiese los grilletes. Zen cayó hacia delante y Lan lo sujetó con cuidado de no tocar la hoja que se le clavaba en el pecho.

—Zen —susurró—. Zen.

Él tosió y la sangre le salpicó el mentón con un color carmesí. Se tambaleó en brazos de Lan y acabó por derrumbarse en el suelo. Tras un último estremecimiento, se quedó inmóvil.

Al otro lado de la sala, Erascius se irguió. Desenvainó la espada. El susurro del metal contra el cuero se repitió cuando el resto de los Ángeles lo imitaron y sacaron sus armas.

—Pequeña… —Erascius siseó una palabra que Lan sabía que era uno de los peores insultos de su idioma. Dio un paso hacia ella y alzó la espada—. Ahora que he visto los mapas de los Dioses Demonio con mis propios ojos, no tienes nada que me interese. Contempla el destino que te esperaba hace doce ciclos.

La espada trazó un arco que llevaba consigo una promesa de muerte. Jamás llegó a entrar en contacto con ella.

Una ráfaga ascendente de qì le arrebató la empuñadura de las manos a Erascius. El mago y su escuadrón de guardias se vieron obligados a retroceder una vez más. Lan se tambaleó; las rodillas no parecían capaces de sostenerla.

Se encontró delante de Zen.

El chico se había levantado tanto como había sido capaz, hasta quedar de rodillas. Apoyaba una mano en el suelo y la otra en el pecho. La sangre que le manaba de la herida se había vuelto negra y ascendía como una nube de humo.

—Lan —tosió. Ella apenas reconoció su voz. Tenía el pelo pegado a la cara, empapado de sangre y sudor—. Lan, corre.

—¿Qué? ¡No! —Alargó la mano hacia él, pero Zen se zafó—. ¿Zen, qué pretendes…?

—Que corras —gruñó. El fluido negro que se le derramaba del pecho se volvió más denso. Las energías a su alrededor se sacudían—. Pase lo que pase… ahora… no podré… controlarlo…

—¿De qué hablas? —exclamó ella.

El qì alrededor de Zen se había vuelto tan denso, impregnado del hedor de algo horriblemente corrompido, que Lan casi sintió náuseas. Aferrada a la ocarina, volvió a intentar agarrarlo, pero sus dedos solo pudieron aferrarse a la tela del *páo*.

—Zen, mírame.

Él alzó la cabeza y aquel telón de pelo negro que le cubría el rostro se apartó un poco. Tenía una expresión tan salvaje, los labios curvados y enseñando los dientes, que Lan retrocedió. Y los ojos…, Lan había visto aquellos ojos en Haak'gong, la negrura que se contagiaba de los iris a las escleróticas y que apenas dejaba un resquicio de blanco.

—Lan —consiguió jadear Zen mientras la negrura se derramaba por sus ojos—, hay un demonio en mi interior. Erascius lo acaba de liberar.

22

«Aquellos que siguen la armonía del punto medio se hallan en un camino sujeto al deber que jamás deben abandonar».

Doctrina del Punto Medio, Kontenci.

Trece ciclos antes.
Dinastía Qīng del Luminoso Emperador Dragón (Shuò'lóng)
Estepas Boreales

Las llanuras se extendían bajo el eterno cielo azul y el chico estaba perdido. Hundido hasta las rodillas en la nieve contemplaba un paisaje que resplandecía de blancura, roto solo por un par de abedules despojados de hojas que sobresalían como esqueletos. El cambio de estación. La desaparición de todo un clan. Un linaje borrado de las páginas de la historia.

La nieve se acumulaba sobre las praderas que en su día el chico consideró su hogar, hasta sepultar lo que quedaba de su familia. Hacía un ciclo, en aquel lugar habían proliferado las yurtas rematadas por estandartes en los que ondeaba el emblema de las llamas rojas que ardían sobre un campo negro. Rebaños de ovejas se repartían por el verdor como si de nubes se tratase. Hileras de camellos proyectaban largas sombras mientras los mercaderes iban y venían por la Ruta de Jade. El chico casi podía verlo todo; las figuras fantasmales que recorrían aquel paisaje. Casi podía oír los gritos espectrales de los niños que bailaban sobre los pastos sin fin.

Habían sido los últimos de su clan. Tras la caída de Muertenoche, el resto de los clanes habían jurado lealtad a la Corte Imperial o bien habían sufrido ejecuciones masivas. Aun así, algunos miembros de los clanes se habían ocultado, habían huido para evitar la persecución del Ejército Imperial. El padre del chico era el líder de una de esas facciones, la última de su linaje. Se habían escondido en lo profundo de las implacables estepas hasta escapar de la mirada de la Corte Imperial.

No había sido suficiente.

El Ejército Imperial había sido lo bastante listo como para atacarlos en pleno verano. El invierno en las estepas era demasiado frío, incluso para los hin norteños.

El chico avanzó a trompicones, envuelto en ropajes de algodón demasiado finos para esas latitudes. Las botas de piel de oveja le quedaban demasiado pequeñas.

Había empezado a nevar. La nieve le encantaba. Al haber nacido en lo más profundo del invierno, justo antes del cambio de ciclo, había pasado cada nueva etapa de su vida contemplando copos de nieve caer, grandes como plumas de ganso.

No podía dejar de pensar en su padre, empalado por una espada dorada. En el cuerpo de su madre, de la que habían abusado los soldados imperiales. De sus primos, tías y tíos, amontonados en una pira ardiente, en el fuego que consumía sus cuerpos hasta que desaparecieron en una columna de humo denso y asfixiante.

Por alguna razón, el aire cambió al acercarse a su lugar de nacimiento, al lecho de muerte de su familia. Había algo en la atmósfera que se le enroscaba en el pecho. Le costaba respirar, como si algo le presionase el corazón. Cuanto más se acercaba, más fuerte se volvía la sensación. Llegó a pensar que se ahogaría de dolor y rabia.

Entonces vio el techo de una yurta que asomaba como una lápida: el estandarte de seda negra con las llamas medio enterradas en la nieve. El emblema del líder del clan.

El emblema de su padre.

Los vientos empezaron a aullar. La nieve caía a ráfagas a su alrededor. Cayó de rodillas en el suelo justo donde se había alzado en su día la yurta de su familia. Dejó escapar un grito largo y angustiado.

Y en medio de la ventisca creciente, algo le respondió.

La furia que le corría por la sangre se convirtió en miedo. El chico alzó la mirada. Entre las vaharadas de su propio aliento y la constante cortina de nieve, algo se movió. No era una sombra ni una figura, sino algo que habitaba los huecos entre mundos. Algo que carecía de forma pero que tenía los vagos bordes de un aura podrida, de sangre y hueso y ruinas.

Aquella cosa contempló al chico, y el chico le devolvió la mirada. Pasado el miedo inicial solo quedó la curiosidad, acompañada de un fatalismo resignado, la certeza de que nada en el mundo podía hacerle más daño del que ya había sufrido.

Se equivocaba.

—¿Qué eres? —habló en el lenguaje de sus ancestros, no en el hin estándar que había decretado la Corte Imperial, con la voz rasposa por falta de uso.

El viento arreció y una voz llegó hasta él desde todas partes y ninguna.

—*Soy la ira. Soy el dolor. He nacido de la muerte, de la destrucción, de una voluntad no cumplida.*

Y lo supo. Había leído los tomos prohibidos de sus ancestros, guardados bajo llave en el arcón de madera de abedul de su padre. Había oído historias susurradas que hablaban de lo que podían hacer los antiguos. Mientras pronunciaba las siguientes palabras echó mano de la bota, en la que guardaba una pequeña daga capaz de cortar los huecos entre las estrellas.

—Eres un demonio. Ten presente que esta daga puede cortar en dos tu núcleo y romper tus energías.

—*¿Acaso no me has llamado tú?* —murmuró aquella voz carente de cuerpo—. *¿Acaso no has elevado una plegaria silenciosa que imploraba poder, venganza? ¿No deseas la oportunidad de hacerles a ellos lo que le han hecho a tu familia?*

Hubo una risita aserrada que sonó como uñas que arañasen hueso.

—*No me contemples con tanto desagrado, mortal, pues me ha invocado el yīn del dolor, la ira y la muerte. Te guste o no, has sido tú quien me ha llamado.*

El chico aferró con más fuerza la daga.

—¿Tienes nombre? —preguntó.

—*Me conocen como Aquel que Tiene los Ojos Ensangrentados* —fue la respuesta.

El nombre no le resultó conocido al chico. Debía de ser un demonio menor, no tan importante como para aparecer en los libros de historia. El demonio prosiguió con un canturreo servil:

—*¿Qué es lo que deseas? ¿Cuál es tu anhelo más profundo, más oscuro? ¿Qué es lo que consume la llamita brillante de tu alma desde hace un ciclo?*

El chico sabía, *sabía*, que no debía confiar en aquel ser. Había leído que los demonios eran criaturas malvadas a las que solo los chamanes y practicantes de más experiencia podían derrotar. Sin embargo, contempló la yurta enterrada en la nieve, la llama negra del estandarte que en su día había ondeado alto y poderoso sobre las extensas estepas de su tierra natal. Y la rabia y la impotente desesperación que sentía en su interior se convirtieron en algo distinto. Algo afilado.

Era preferible arder en el fuego de su propia furia, saborear la amargura de aquel deseo de venganza, que sentir el devastador vacío de la nada que le había ocasionado la pérdida.

Alzó la vista hacia la criatura sin forma.

—Quiero poder —dijo—. Quiero detentar el suficiente poder como para no tener que volver a vivir algo así. Quiero poder para hacerles experimentar lo que he pasado, lo que ha sufrido mi familia.

La respuesta fue inmediata.

—*¿Y qué darías a cambio de ese poder?*

El chico reconoció el tono ladino de la voz del demonio, pero no reprimió la respuesta.

—Cualquier cosa.

Cualquier cosa, pensó, *no es mucho para alguien que lo ha perdido todo.*

La nieve ante él empezó a tomar forma. O más bien empezó a caer sobre algo que tomaba forma. Una enorme figura, del tamaño de un camello, hecha solo de oscuridad.

—*Te puedo conceder más poder del que tenga cualquier mortal* —dijo el demonio—. *Juntos podemos acabar con el Ejército Imperial en un parpadeo. Nos bastará un pensamiento para derribar palacios enteros hasta que de ellos no quede más que humo. Lo único que pido a cambio es la sangre de cien almas.*

El chico ya imaginaba una gran ciudad cubierta de rojo y oro, las pagodas y los tejados curvos brillantes bajo un prístino cielo azul, las armaduras del ejército resplandecientes como el sol. Cien almas… era capaz de darle mil al demonio con tal de acabar con el Ejército Imperial.

—*¿Y bien, niño mortal? ¿Cerramos el pacto? Lo único que necesito es tu palabra.*

La forma en la nieve se definió aún más. El chico atisbó un par de ojos negros circundados del color de la sangre, los huesos y la piel que adoptaban la forma de algo parecido a un rostro retorcido.

No tuvo miedo. Sabía que los verdaderos demonios del mundo tenían rostro humano.

—Sí —dijo Zen. La palabra brotó de sus labios como el tajo de una espada—. Cerramos el pacto.

Presente

Planicies Centrales

Olas negras. Arena gris. Y un cielo que, hasta hacía unos instantes, había estado en la palma de su mano.

No…, algo iba mal. Algo iba terriblemente mal. Hacía unos instantes había contemplado un par de ojos negros circundados de rojo, como un eclipse, en un rostro demacrado cuya apariencia de carne y hueso se esfumaba como el humo. Aquella boca sin labios había descorrido una mueca con varias hileras de dientes afilados y resplandecientes que pretendía ser una sonrisa.

La deuda queda saldada, siseó la voz dentro de Zen. De entre los dientes empezó a gotear la sangre. *El pacto se ha cumplido.*

No, no, no. Imposible. Porque si la deuda quedaba saldada, entonces…

Zen miró en su interior, en lo más profundo de su corazón, donde había albergado aquel secreto durante todos esos años.

En lugar de un abismo retorcido, atrapado bajo el Sello dorado que había trazado su maestro, lo que encontró fue la nada. Apenas unos restos de su propio qì, un qì natural, de yīn y yáng en equilibrio. Un silencio tan profundo como el de una montaña dormida. Y, por primera vez en doce ciclos, paz.

Intentó evocar sus recuerdos, que le devolvieron una pesadilla ya conocida. Lo habían atado a una silla de interrogatorios. Había un mago elantio. Un mago aleador, con los brazos llenos de brazaletes de los diferentes metales que podía canalizar. El mago aleador había apuntado a Zen con agujas metálicas.

Luego le había atravesado el corazón con un puñal, justo en el lugar donde residía el demonio. Justo en el centro del Sello. Zen recordaba el momento en que Dé'zǐ había atrapado el poder del demonio bajo un Sello, como si hubiese sucedido el día anterior. El incienso en la Cámara de las Cien Curaciones; la sangre que salpicaba el suelo, roja como amapolas; el grito de Dilaya, que poco a poco se tornó en una serie de sollozos amortiguados. Y luego, el silencio. La luz dorada del qì de Dé'zǐ iluminaba las profundas arrugas alrededor de su boca y en su frente mientras trazaba el Sello.

—Este Sello obligará al demonio a dormirse. Sin embargo, si tu vida se ve en peligro puede llegar a romperse —había dicho el maestro supremo en tono quedo—. Pero, tal y como te ha enseñado el maestro Gyasho, todos los Sellos, este incluido, son tan fuertes como tu voluntad de mantenerlos activos. No es más que una capa de protección contra la influencia de tu demonio. Los cimientos del Sello, Zen, descansan en la voluntad de tu corazón.

El recuerdo se desvaneció.

Zen se golpeó el pecho con una mano y oyó el tintineo del metal al caer en la arena junto a él. Giró la cabeza y vio cuatro agujas y un puñal, todo ello ensangrentado. Recordó de forma vaga al mago que le introdujo esas agujas en las venas. El que le clavó la hoja en el pecho.

Entonces se vio la mano. El cielo se volvía plata, la luz débil del alba lejana comenzaba a iluminarle la piel con una enfermiza palidez. Una piel tersa. Sin marcas.

Empezó a temblar. Los fragmentos de un sueño volvían a su mente: Erascius le clavaba la hoja en el pecho, el dolor que le estallaba como llamas por los huesos. Y luego: estar arrodillado en el suelo de piedra, la presión del metal a su alrededor, el poder del demonio liberado en su interior, el Sello que cedía en el momento en que Zen había comenzado a morir. Su mente se dividió en dos. Sintió que el poderoso qì del demonio se arremolinaba en la herida del pecho y la curaba. Contempló los ojos de eclipse del demonio y ya no supo nada más.

—¿... Zen?

Con un sobresalto, se irguió hasta quedar sentado con tanta rapidez que le dio vueltas la cabeza. Acurrucada bajo un sauce cerca del lecho del río estaba Lan. Tenía el rostro demudado y lo contemplaba con ojos desorbitados, abrazada a sus propias rodillas.

El alivio se derramó sobre él. Casi volvió a dejarse caer sobre la arena. Viva..., Lan estaba viva.

—Lan —graznó y se giró hacia ella.

Lan retrocedió.

Zen se quedó inmóvil. La chica lo contemplaba con una patente expresión de miedo. Y lo peor fue que Zen reconoció esa expresión. La había visto en más de una ocasión.

—Lan —se esforzó por hablar en tono calmado—. ¿Qué... qué ha pasado? Por favor. No... no me acuerdo.

Ella movió el brazo y entonces Zen cayó en la cuenta de que el estampado color cereza del *páo* de Lan en realidad eran manchas de sangre.

—¿Cómo puede ser que no lo recuerdes? —susurró.

El tono acusador de su voz le dolió más que cualquier herida. El último que le había hablado en aquel tono había sido Shàn'jūn, arrodillado en la Cámara de las Cien Curaciones, acunando a una Yeshin Noro Dilaya de once ciclos de edad y cubierta de sangre.

El terror le cerró la garganta hasta que casi no pudo respirar. Se llevó las manos a la cara. Aquellas manos tersas y carentes de cicatrices, que empezaron a temblar.

Lan había sido la única persona de su vida que no estaba al tanto de su pasado. Zen había deseado que siguiera en la ignorancia. Lan había confiado en él, y Zen se había aferrado a aquella confianza como se aferra al aire quien se está ahogando. Le gustaba el modo en que Lan lo miraba, aquellos ojos libres de los prejuicios que nublaban la mirada de los demás habitantes del Fin de los Cielos.

Le había gustado vivir con ella una mentira.

—Están muertos —balbuceó Lan con voz ronca—. Todos. Has acabado con todo el puesto fronterizo elantio.

Destellos de recuerdos: llamas anaranjadas que lamían el cielo, un jardín de flores cuyas hojas estaban bañadas de un rocío limpio y rojo. *¿Por qué era rojo el rocío?*, se preguntó, y vio que Llamanoche estaba manchada de carmesí. La oscuridad había regresado al interior de Zen; se había introducido por sus venas como el caudal embriagador de una droga. Había vuelto a entregarse al control del demonio porque la verdad de lo que había hecho, de lo que había hecho Zen, era demasiado dolorosa como para soportarla.

Había masacrado el puesto fronterizo elantio.

Había matado a todos los soldados.

Y, junto con ellos, a todos los hin que tenían prisioneros.

—Tu demonio. —La voz de Lan lo obligó a volver al presente, al pinar y la ribera del río que corría junto a ellos. Apenas recordaba haber usado el poder del demonio para trazar un Sello de Portal que los llevó lejos del puesto fronterizo—. ¿Dónde está tu demonio?

—Ya no está.

Las meras palabras le arañaron la garganta. Eran unas palabras que jamás pensó que llegaría a pronunciar, pues el pacto con el demonio se había torcido. Días después de haberse vinculado al poder de Aquel que Tiene los Ojos Ensangrentados, Zen había partido hacia la Capital Celestial con la intención de destruir al Ejército Imperial que había acabado con los últimos miembros de su clan.

Lo que no sabía era que llegaría justo al principio de la Conquista Elantia y el colapso de la Corte Imperial. La caída del poderoso Último Reino. No sabía que lo capturarían y lo estudiarían, y que su demonio permanecería dormido durante doce ciclos a la espera del pago.

Hasta la noche anterior.

Se oyó el sonido de las sandalias contra la arena y el susurro del *páo* de Lan al ponerse de pie. *Márchate*, quiso implorarle Zen. *Mejor que no me veas así.*

Sin embargo, los pasos se acercaron a él. Zen sintió el roce de una tela fría contra su mano.

Alzó la mirada. Aquellos ojos conocidos, inquisitivos como los de un gorrión, le escrutaron el rostro.

—Hiciste un trato con un demonio —dijo Lan.

Así de sencillo, como si hubiese dicho «has comprado boniatos en el mercado».

Zen cerró los ojos. Asintió.

—¿Y ya has cumplido tu parte del trato? ¿Has hecho el pago? —preguntó sin alzar la voz.

Zen volvió a asentir. Buscó en aquel nuevo vacío en su interior, en el lugar donde la oscuridad del ser demoníaco se había enroscado durante más de doce ciclos.

La noche anterior, Aquel que Tiene los Ojos Ensangrentados había salvado la vida de Zen. Y a cambio se había cobrado cien almas del puesto fronterizo elantio.

—Eso es bueno —prosiguió Lan.

Zen la oyó moverse y percibió un chapoteo. A continuación sintió que le ponía una tela mojada en la frente. Al abrir los ojos, vio que Lan se sentaba con las piernas cruzadas junto a él y que le limpiaba la frente con la manga del *páo*. La tela se enrojeció.

—Ahora mismo estamos a salvo. Tú descansa y…

—Basta —se le rompió la voz. Apartó el brazo de Lan de su cara. El tacto de la chica intentaba calmarlo; lo último que se merecía era la dulzura con la que le hablaba—. ¿Es que no tienes miedo?

Ella apretó los labios durante un instante.

—En el puesto fronterizo, sí —confesó—. Pero ahora creo que no.

—¿Por qué no? Soy un practicante demoníaco. He perdido el control de una de esas criaturas. Podría haberte matado.

Ella inclinó la cabeza y le escrutó el rostro con ojos entrecerrados.

—Pero no lo has hecho —dijo. Todavía tenía el *páo* húmedo apretado contra su frente. Zen estaba muy quieto. Le daba miedo que Lan se apartase si se movía—. Eres tú, Zen. Me has salvado la vida en varias ocasiones. Me has enseñado la práctica y me has dado la oportunidad de defenderme. Me daba miedo tu demonio, pero tú no.

Las palabras de Lan rompieron algo en el interior de Zen.

—¿Sabes qué pacto hice con el demonio?

No tenía la menor idea de por qué seguía hablando. Quizá fue por la cantidad de ciclos que había pasado oyendo que era un monstruo, porque durante toda su vida lo habían comparado con el demonio que tenía dentro. Quizá necesitaba confesar sus pecados, demostrar que no merecía el perdón de Lan.

—Encontré al demonio un ciclo después de que asesinaran a toda mi familia. Tenía siete ciclos de edad. Juré que si me daba poder le entregaría cualquier cosa que me pidiese. ¿Y sabes lo que me pidió? —Incluso en aquel momento oía la voz distorsionada de la criatura, una voz que llenaba de nubes invisibles el cielo azul y hacía temblar la hierba—. Me pidió cien vidas. Cien almas de las que alimentarse. La sangre de cien cuerpos con la que saciar su sed. Me grabó el trato en las manos: una cicatriz por cada alma que le debía. —Por fin se atrevió a mirar a Lan a los ojos—. ¿Es que algo así no te aterra? ¿No te da pavor que un niño de siete ciclos haga semejante trato sin pensárselo dos veces?

Algo aleteó en el rostro de Lan. Algo parecido al reconocimiento. Acto seguido se le aclaró el semblante.

—Cuando los elantios asesinaron a mi madre —dijo—, yo también lo habría dado todo. Habría entregado mi alma por salvarla. Habría destruido la Capital Celestial a cambio de su vida. No creo que lo que hiciste sea tan raro. Las opciones que tenías eran una mierda, así que hiciste lo mejor que pudiste.

—He matado a más de cien personas —las palabras le salieron en forma de sollozo ahogado—. La mayoría, inocentes. Da igual lo que digas, Lan, no tengo perdón.

—Quien los mató fue tu demonio —dijo ella—. Ahí reside la diferencia, ¿no?

Un recuerdo vino a él: estaba a los pies de la escalinata de piedra por la que se salía de las mazmorras. Tras él había un reguero de sangre, como si de cadenas se tratase. Recordó que Llamanoche pesaba en sus manos, que de pronto sintió flaquear su qì. En la oscuridad de las celdas a su espalda sintió energías yīn de desesperación y muerte. El demonio se había detenido a absorberlas todas.

Una luz se había derramado desde las puertas en lo alto de la escalinata e iluminaba una figura en sombras. Erascius se giró hacia Zen. No se le escapó el destello en los fríos ojos azules del mago. Estaba sonriendo.

—Ahora te recuerdo —dijo en aquel idioma de palabras largas y vibrantes, aquella lengua que le traía recuerdos de otra cámara de interrogatorios, de una larga mesa hacía doce ciclos—. Eras el chico cuya alma estaba vinculada a un demonio. Te atrapamos el primer año de la conquista. Contigo aprendí que se podía obligar a los demonios a servir a un mortal.

Zen avanzó a trompicones, pero en su mente no había más destellos de hambre, de sed de sangre… la sed del demonio, no la suya.

Con un gruñido gutural, Aquel que Tiene los Ojos Ensangrentados se abalanzó en un remolino de humo negro. Hubo un resplandor de metal, una luz cobriza que se alzó para enfrentarse a la oscuridad. Zen contempló con un horror ya conocido el escudo brillante como el sol que repelió al demonio. Sintió leves punzadas de dolor cuando el qì del demonio tocó la magia de metal.

La risa de Erascius resonó en la oscuridad.

—Hace doce años aprendí mucho de ti, incluyendo el modo de subyugar el poder de un demonio. Si te hubiera reconocido antes, quizás esos soldados de la cámara seguirían con vida… así como los pobres e inocentes hin que hay en las celdas.

La ira de Zen llameó al rojo en su interior. El demonio gruñó. Se había condensado hasta formar una tupida masa de sombras, una criatura de cuatro patas del tamaño de un camello. Era la misma forma que había adoptado en la nieve cuando Zen se vinculó a él. La criatura se paseó arriba y abajo frente al escudo dorado de Erascius, con un destello carmesí en los ojos.

—No puedes controlarlo, ¿verdad? —Erascius hablaba con voz suave, encantada—. Te aterra tanto perder el control que has permitido que anidase en tu interior, dormido, durante toda tu vida.

Esbozó una sonrisa de dientes resplandecientes. Al inclinarse hacia delante, las sombras y la luz le dividieron el rostro en dos.

—Si yo tuviese ese poder, no malgastaría el tiempo intentando reprimirlo. Si yo fuera tú, lo dominaría. Pero ahí es donde siempre fracasáis los hin, ¿verdad? Mis colegas dirían que en eso reside la naturaleza inferior de vuestra raza, pero yo no pienso así. Yo creo que lo que ha destruido la civilización hin es el principio del equilibrio que tenéis en tanta estima. *Zhōng Yōng Zhī Dào*: la Doctrina del Punto Medio. He leído vuestros clásicos y he aprendido vuestras filosofías. Por ello, esto te digo: aquel que sigue el camino entre los dos extremos termina con las manos vacías.

Dicho lo cual, el mago se fundió con las sombras. Sombras que se apoderaron nuevamente de la mente de Zen en el momento en que el demonio volvió a tomar control de él.

—Está vivo —dijo Zen con palabras afiladas e indecisas que le arañaron la garganta—. Erascius sigue con vida.

Lan palideció.

—¿Cómo puede ser? —susurró.

—Erascius era uno de los elantios que me capturaron y me… estudiaron. Aprendió el modo de luchar contra un demonio, de contenerlo. —Zen se llevó un dedo al pecho, al lugar donde el demonio había curado aquel tajo mortal—. Sin embargo, no llegó a descubrir el Sello que Dé'zĭ colocó sobre el demonio. Sobre *mi* demonio. No sabía que sus poderes permanecerían dormidos hasta que mi vida estuviese en peligro. Erascius no sabía que, al intentar matarme, lo que estaba haciendo era salvarme la vida.

Aunque, ¿cuál había sido el precio?, le susurró una voz en la mente. Zen pensó en los prisioneros hin atrapados en las mazmorras, en su sangre manchando a Llamanoche, en las almas hin que habían alimentado al demonio.

Una pregunta brotó en su mente: si hubiera tenido control absoluto sobre el demonio, ¿habría sido capaz de destruir el puesto fronterizo elantio y salvar a los hin?

Aún oía la risa insidiosa del mago en la oscuridad. «Si yo fuera tú, lo dominaría».

Se puso en pie de pronto y fue consciente de lo mucho que le dolían los huesos. Su qì parpadeó, apenas cenizas del fuego que había estallado al cumplir el pacto con el demonio. No importaba lo mucho que quisiera negarlo, el qì del núcleo del demonio se había combinado con el suyo y le había dado fuerza durante los ciclos en los que habían coexistido. No era casualidad que hubiese ascendido tan rápido entre los discípulos de la escuela. El poder de un demonio, por más encadenado que estuviese bajo un Sello, reforzaba inevitablemente a cualquier practicante.

Examinó el entorno. Reconoció el gran río que discurría junto a ellos: era el Río del Dragón Serpenteante, también conocido como el Azul Sin Fin, tal y como lo llamaba su gente. Empezaba en las montañas de hielo de las Estepas Boreales y serpenteaba a través de las Cuencas Shǔ hasta las Planicies Centrales. Sus aguas eran de un pálido tono aguamarina, debido a los minerales atrapados en el hierro derretido. El río fluía hasta convertirse en un brizna azul que se introducía en las cordilleras lejanas.

Hasta allí había llevado a Lan con el Sello de Portal después de que Aquel que Tiene los Ojos Ensangrentados hubiese masacrado el puesto fronterizo. El demonio había soltado la mente de Zen y había empezado a desvanecerse, una vez cumplido el trato que lo encadenaba a su núcleo. Con el poco poder que le quedaba, Zen había trazado un Sello de Portal que los llevase a un lugar que su instinto considerase seguro. Aquel río estaba a pocas horas de viaje de las Montañas Yuèlù, el escondite del Fin de los Cielos. Durante sus primeros ciclos en el Fin de los Cielos, Zen recordaba haber descendido por la noche los novecientos noventa y nueve escalones hasta aquel río que lo conectaba con su hogar en el norte. Un hogar que ya no existía.

«Si yo fuera tú, lo dominaría».

Si su padre hubiese aprendido a dominar la práctica demoníaca en lugar de haberle dado la espalda, ¿habría sobrevivido su gente? Aún recordaba cómo aquel ejército que marchaba bajo el emblema del Luminoso Emperador Dragón había prendido fuego a su hogar. Lo lejos que parecían al principio, apenas un brillo de escamas que atravesaba las heladas mesetas de las Estepas Boreales. La uniformidad de aquel ejército envuelto en rojo y oro había tenido cierta belleza terrible.

Oro por el fuego y la destrucción que traían. Rojo por la sangre que derramaban.

Y de pronto, un ciclo más tarde: Tiān'jīng, la Capital Celestial, en llamas. Llamas que devoraban los tejados picudos de tejas grises. Llamas que brotaban de las manos de piel pálida de unos monstruos armados con brazaletes metálicos. Un ejército de color plata y azul.

Plata por el metal que empuñaban.

Azul por los cielos que gobernaban.

Zen cerró los ojos, pero las imágenes seguían grabadas a fuego en su mente. Toda aquella destrucción, toda aquella muerte... solo porque no había tenido poder. Porque le habían enseñado a temerlo en lugar de a dominarlo.

—Zen. —Oyó la voz de Lan como si llegase desde muy lejos. Al volver a abrir los ojos vio que la chica estaba frente a él, su silueta recortada contra el alba en ciernes—. Deberíamos ponernos en movimiento. Si Erascius está vivo, el sortilegio localizador debe de seguir activo en mi brazo. Aún podría encontrarnos.

Zen se centró.

—¿Me permites?

Ella alargó el brazo. De algún modo, el metal le había subido hasta el codo y asomaba en las venas hasta la superficie de la piel.

Con delicadeza, Zen presionó los dedos contra el metal. Lan se encogió. El chico empezó a trazar el Sello para cubrirlo, pero al intentar controlar los hilos del qì a su alrededor vio que apenas era capaz de lograrlo. El qì se arremolinaba en sus dedos y desaparecía.

Lo intentó de nuevo, pero algo se había roto en su interior tras la masacre y la partida del demonio.

—Mis disculpas. —Las náuseas se apoderaron de su estómago al tiempo que le soltaba el brazo—. Me parece que hoy me he exprimido del todo.

En medio de esos bosques neblinosos y callados, junto al cauce del río, una sensación nueva floreció en él. Tardó unos instantes en darse cuenta de lo que era: indefensión. Era algo que no sentía desde hacía doce ciclos, pues incluso en las situaciones más peligrosas había sabido que tenía escapatoria, que podía recurrir a algo. Que, en caso de que no le quedase salida, podía jugar una última carta.

Por más que hubiese intentado resistirse, había llegado a depender del poder del demonio que anidaba en su interior.

Pero ya no tenía nada. No le quedaba qì para trazar un Sello que los escudase del sortilegio localizador, que protegiese a Lan del dolor de la metalurgia. Ni siquiera era capaz de trazar otro Sello de Portal para regresar al Fin de los Cielos.

No tenía nada con lo que luchar ni nada con lo que defenderse. No tenía poder para proteger a sus seres queridos.

Y lo que era peor: los elantios se acercaban a las Planicies Centrales, a la escuela, al último resquicio de esperanza que Zen tenía de que los hin recuperasen su reino y la libertad.

«Las opciones que tenías eran una mierda», había dicho Lan, y había estado en lo cierto. La opción de seguir la senda del bien, de practicar el Camino del equilibrio, era un lujo. Zen había dedicado los últimos once ciclos a seguir ese rumbo y había desembocado en lo sucedido aquel día. En aquel momento. En cien muertos por su mano y, aun así, en ningún poder para aplastar a los elantios.

La totalidad de la historia de su reino había sido escrita con las mismas opciones.

Matar o morir.

Conquistar o ser conquistado.

Su alma ya estaba mancillada. Así había sido desde el momento en que había hecho un trato con su demonio. No tenía sentido seguir intentando ser bueno, fingir que podía ser un discípulo devoto del Camino, dado que su historia y su linaje demostraban lo contrario.

«Aquel que sigue el camino entre los dos extremos termina con las manos vacías».

—No pasa nada —le dijo Lan en tono quedo, sacándolo de sus pensamientos—. Regresaremos al Fin de los Cielos. Se supone que el maestro Nóng ya debe estar allí. La maestra Ulara y él extraerán la metalurgia. Tendremos… tendremos que contárselo todo.

Regresar al Fin de los Cielos. Zen pensó en la primera noche que entró en la escuela hacía tantos ciclos, en la mirada de repugnancia de los maestros cuando se enteraron de lo que era y de lo que albergaba en su interior. En la distancia a la que se mantenían los demás discípulos tras el incidente en la Cámara de las Cien Curaciones. En las miradas y los susurros que lo seguían.

Su mirada descendió hasta aquellas manos tersas y libres de cicatrices. ¿Qué dirían los maestros cuando se enterasen de lo que había hecho? ¿Qué pasaría cuando supieran que había perdido el control del demonio al que estaba vinculado y había masacrado indiscriminadamente a elantios y civiles hin?

—Si lo contamos no volverán a dejarnos salir del Fin de los Cielos —dijo en tono quedo—. Confiscarán tu ocarina. A mí me someterán a la férula y me pondrán en aislamiento.

Los dedos de Lan se cerraron con fuerza sobre la suave superficie negra de la ocarina. Zen se dio cuenta de que la llevaba escondida entre las mangas del *páo* todo el tiempo.

—Mi madre me ha dejado los mapas de los Dioses Demonio por un motivo —dijo—. No permitiré que nadie me los quite. Tengo que comprender... tengo que comprender lo que mi madre quiere que haga con ellos.

—Y ahora los elantios han visto los mapas —añadió Zen en tono monocorde, con cuidado de que no se percibiese lo que estaba pensando. En aquel momento era importante que Lan llegase a la conclusión por sí misma.

—Erascius sigue vivo. Y lo que lleva buscando todos estos ciclos..., el motivo por el que mató a mi madre..., está aquí —dijo Lan, que lo miró a los ojos con horror—. Lleva todo este tiempo buscando a los Dioses Demonio, Zen.

—Me dijo que, si tuviera el poder de un demonio, intentaría dominarlo, no aprisionarlo. Los elantios quieren dominar el poder de los Cuatro Dioses Demonio. Ya has visto lo que el demonio menor que tenía en mi interior era capaz de hacer. Imagina el poder absoluto que poseerán cuatro seres legendarios —dijo con voz grave—. Los elantios serían imparables.

—No podemos permitir que encuentren a los Dioses Demonio —susurró.

Zen contempló las montañas lejanas en aquel cielo que empezaba a despertar.

—No —concordó—. Lo cual significa que tenemos que encontrarlos nosotros antes.

23

«El deber de un practicante es defender en lugar de atacar, proteger en lugar de dañar, buscar la paz en lugar de la guerra».

Dào'zǐ, *Libro del Camino* (*Clásico de Virtudes*), 3.4.

La primera vez que Lan llegó al Fin de los Cielos, la escuela apareció ante ella como un sueño. Los tejados curvos de los templos que asomaban por entre las escarpadas montañas salpicadas de pinos verdes. Los edificios provenientes del pasado que, de algún modo, habían vencido al paso del tiempo.

En aquel momento, sin embargo, el tiempo apremiaba.

Era por la tarde y el sol se desplomaba en el oeste, rojo, irrevocable. Habían dedicado el día entero al viaje de regreso. Empleaban las Artes Ligeras y se detenían a descansar cada vez que se notaban exhaustos. Zen avanzaba a regañadientes, con el rostro pálido y demudado. De vez en cuando, sus ojos descendían a contemplarse las manos.

El Sello de Barrera se les antojó desacostumbradamente silencioso al traspasarlo. Incluso el ascenso por los novecientos noventa y nueve escalones les pareció rápido. Primero atravesaron la Cámara de la Cascada de Pensamientos, donde el Maestro de Textos estaba impartiendo una lección a los discípulos más jóvenes. Al ver a Zen y a Lan, el rostro del maestro Nán palideció. Con un tartamudeo le ordenó a un discípulo que supervisara la clase y se apresuró a llevarlos a los dos a la Cámara de las Cien Curaciones.

El maestro Nóng había regresado. Lan podría someterse a la operación que le extraería la metalurgia elantia del brazo. El Maestro de Medicina, un hombre sereno con barba larga y blanca y profusas cejas, le ordenó que se tumbase en el lecho *kàng* y le tendió un cuenco de caldo amargo. El sedante empezó a hacer efecto y Lan oyó que el maestro Nóng le decía a Zen que solo él y sus ayudantes podían permanecer en la cámara. Lan quiso hablar, pedirle a Zen que se quedase con ella, pero le pesaba la lengua y los párpados se le cerraban. El rostro de Zen flotó en las tinieblas hasta que las sombras se lo tragaron y el nombre de Lan se esfumó de sus labios.

Cuando despertó era noche cerrada. Una lámpara de papel sobre la mesita junto al lecho *kàng* iluminaba con un suave resplandor y proyectaba sombras sobre los marcos de las ventanas. Alguien la había tapado con una manta.

Lan se miró el brazo izquierdo. De ahí provenía el dolor que sentía. Parecía como si alguien le hubiese cortado trozos de carne y los hubiese vuelto a coser. Un bálsamo reluciente le cubría la piel y se mezclaba con la sangre. Sin embargo, en medio de todo el desastre que era su brazo seguía la pálida cicatriz del Sello de su madre.

La tocó, aliviada. Se dio cuenta de que tenía la cabeza más despejada sin la molesta metalurgia del brazo. Hacía mucho tiempo que sus sentidos no estaban tan calmados. Cerró los ojos y sintonizó con los hilos de qì que fluían a su alrededor como los vívidos trazos de un pincel, como música.

Esa música estaba por todas partes: en la cera derretida bajo la llama de la vela, en el susurro del viento entre los pinos, en el gorgoteo del agua en el exterior y en el suspiro del aire dentro de la cámara. El qì fluía a través de ella, a su alrededor: cuerdas melódicas que podía alcanzar, tocar, invocar.

Se oyeron unos leves pasos y asomó un rostro familiar. La luz de las lámparas se encargó de suavizar su contorno. Lan se dio cuenta de que, si se concentraba, casi podía percibir el qì que manaba de él: un agradable goteo de agua, el claro tañido de una campana, el tintineo de una cuchara contra un cuenco de porcelana.

Shàn'jūn se sentó junto al *kàng* y le acercó el cuenco.

—Bébetelo —dijo en tono suave—. Atenuará el dolor.

Shàn'jūn la ayudó a erguirse en la cama. Lan aceptó el cuenco y bebió. El líquido era muy amargo, pero no llegó a percibir el aroma del sedante que le habían dado antes. Aquel caldo caliente le abrasó el esófago hasta la barriga.

—Así que otra vez vienes a darme la bienvenida con sopa —dijo con una sonrisa torcida.

Shàn'jūn le devolvió la sonrisa, pero Lan percibió que había algo que no iba bien.

—Siempre.

A medida que volvía a pensar con claridad, los recuerdos regresaban a ella.

—Shàn'jūn —dijo—. Cuando llegué traía conmigo una especie de instrumento. Una ocarina con un loto grabado. ¿La has visto?

Shàn'jūn dejó el cuenco en la mesita y sacó un rollo de gasa de la bolsita de cáñamo que llevaba. Empezó a envolver el brazo de Lan con la misma delicada precisión que dedicaba a todas sus tareas.

—No te preocupes, Lan'mèi. Zen me ha pedido que la custodiase. Como discípulo de Medicina, sin embargo, tengo que recordarte que lo más importante es el reposo…

—Después de haber probado tu sopa de gusanos me siento completamente revitalizada.

Shàn'jūn emitió un suspiro.

—Bueno, parece que la extracción no te ha mermado el ingenio —murmuró. Metió la mano entre los dobleces de las mangas y le tendió la ocarina a Lan.

Ella cerró los dedos sobre la suave superficie de cerámica como quien se aferra a una cuerda de salvamento. Milagrosamente, el instrumento había sobrevivido a la batalla sin rasguño alguno, aparte de la ligera capa de mugre que lo cubría. Lan lo restregó hasta que el loto de nácar grabado quedó limpio como el hueso.

—Todos los maestros se preguntan qué ha pasado —dijo Shàn'jūn en tono quedo, con los ojos clavados en el instrumento—. Cuando descubrieron que Zen y tú habíais desaparecido, todos pensaron... —bajó la vista— pensaron que Zen te había hecho algo.

Lan alzó la cabeza de golpe. Zen había estado junto a ella en aquella misma cámara antes de que diera comienzo la extracción.

—¿Dónde está? —preguntó. Shàn'jūn guardó silencio, así que volvió a preguntar en voz más alta—. ¿Dónde está Zen?

—Con la maestra Ulara —se oyó una voz.

Tai entró en la Cámara de las Cien Curaciones. Tuvo que agacharse un poco para pasar bajo el dintel. Sus ojos circundados de oro emitieron un destello al mirarlos. Clavó la vista en la ocarina que Lan sostenía en las manos.

—He oído las almas que contiene esa cosa. Las he oído.

—¿Cómo que está con la maestra Ulara? —quiso saber Lan.

—Lan'mèi, por favor —dijo Shàn'jūn, al tiempo que se ocupaba de la mano herida de Lan—. No debes alterar tu qì...

—Lo están interrogando —dijo Tai en tono monocorde—. En la Cámara de la Claridad. Puede que con la férula.

—La férula —repitió Lan, aturdida.

Zen había mencionado la férula, aunque ella no tenía la menor idea de a qué se refería. Aun así, si tenía algo que ver con Ulara, no pintaba bien. Recordó la mirada asesina que le había dedicado la Maestra de Espadas a Zen.

—¿Por qué lo están interrogando?

—Lan'mèi, ¿tienes idea de lo que ha sucedido? —preguntó Shàn'jūn en tono apagado.

—A menos que tu sopa de gusanos cause pérdida de memoria, tengo bastante claro...

—Entonces sabrás que Zen ha roto la única condición bajo la que se le había admitido como discípulo en la Escuela de los Pinos Blancos. —La tristeza ensombrecía el rostro de Shàn'jūn—. Usó el poder de su demonio, cosa que había jurado no hacer jamás. Los dos regresasteis envueltos en qì demoníaco.

—¡No le quedó alternativa! ¡Nos habían capturado los soldados elantios! ¡Vimos el Puesto Fronterizo Central Elantio! —Las palabras se derramaban de los labios de Lan, fragmentadas, mientras intentaba aclararse las ideas. Paseó la vista entre Shàn'jūn y Tai, ambos con sendas expresiones lúgubres—. ¿Dónde está el maestro supremo? Le voy a contar todo lo que ha sucedido.

—No depende del maestro supremo —dijo Shàn'jūn—. Se ha iniciado una investigación formal: tras pasar a Zen por la férula por haber roto el Código de Conducta, un jurado formado por maestros decidirá por votación si puede permanecer en la Escuela de los Pinos Blancos… y si ha de administrársele un castigo mayor.

—¿Un castigo mayor? ¡Nos ha salvado la vida!

—La práctica demoníaca está prohibida —dijo Tai—. Según la ley imperial, el castigo es la muerte.

—Y con razón —añadió Shàn'jūn al notar la expresión de Lan—. Los practicantes demoníacos tendían a perder el control, a permitir que los demonios controlasen sus cuerpos. A menudo, las consecuencias eran mucho peores que los beneficios. Por ejemplo, Muertenoche…

Todo aquello había salido terriblemente mal. Zen la había acompañado porque Lan necesitaba ir a la Montaña Cautelosa…, y ahora iba a recibir un castigo. Y lo peor era que habían encontrado la ocarina que le había dejado su madre, que habían abierto los mapas que contenía en su interior…, mapas estelares que llevaban hasta los Cuatro Dioses Demonio…, mapas estelares que el Mago Invierno había visto y robado.

Erascius planeaba encontrar a los Dioses Demonio e invadir las Planicies Centrales. Fueran cuales fueren las reglas que Zen había roto, el daño que había causado no tenía comparación con lo que sucedería si no detenían a Erascius.

—Llévame a eso de la férula —dijo Lan—. Yo misma le explicaré a Ulara…

—No. No —dijo Tai.

—Tu presión sanguínea, Lan'mèi… —dijo Shàn'jūn al mismo tiempo.

—¡Me da igual mi presión sanguínea! —chilló Lan—. Zen ha roto las reglas para salvarnos la vida. Si hay alguien que merece un castigo soy yo. ¡Nos fuimos porque se lo pedí yo! Y encontramos la ocarina que me dejó mi madre, Shàn'jūn. Contiene mapas estelares que llevan a…

Se detuvo de pronto e inspiró hondo. Zen ya le había advertido que los maestros les prohibirían salir de la escuela si averiguaban sus planes.

Por más cariño que le tuviese a Shàn'jūn, ¿y si su amigo era del mismo parecer?

Shàn'jūn y Tai intercambiaron una mirada. El discípulo de Medicina suspiró.

—Lan'mèi, no hay nada que puedas hacer para ayudar. Yeshin Noro Ulara lleva tiempo esperando la oportunidad de echar a Zen de la escuela. Ostenta un puesto superior debido a su linaje, lo cual le da muchísima influencia sobre los demás. No puedes hacer nada. Zen está bajo investigación, que es la forma más estricta de juicio según el Código de Conducta. —Shàn'jūn vaciló—. Por no mencionar que están a la espera de que despiertes para empezar con tu propia investigación. Les supliqué que te concedieran un día de reposo. Por ello, te pido que no causemos más problemas, a menos que quieras que te expulsen de la escuela.

—¿Que me expulsen? —Lan volvió a elevar la voz. Shàn'jūn alzó una mano con gesto tranquilizador, pero ella lo ignoró y empezó a hacer aspavientos—. ¡Los elantios planean una invasión! ¡Si esperamos más tiempo, quizá no quede escuela alguna de la que me puedan expulsar!

—Por favor, Lan'mèi —dijo Shàn'jūn—. De verdad que te creo. Hace un rato oí que Zen le explicaba esto mismo a los maestros. Estoy seguro de que lo argumentará todo durante la investigación. —Le dio un suave apretón en la mano con unos dedos muy fríos—. Si planeamos bien cómo vamos a actuar, puede que consigamos salvar la escuela y a Zen. Puede que Ulara tenga mal temperamento, pero raciocinio no le falta.

—Quédate aquí —le pidió Tai de pronto—. Tienes que quedarte aquí. Irrumpir en la investigación de Zen no hará más que avivar la ira de Ulara.

A Lan le apretaba el pecho. Se centró en calmar la respiración cada vez más agitada. No tenían ni idea, ni la menor idea, de todo lo que había sucedido la noche anterior. No habían visto el puesto fronterizo construido con el sudor de los prisioneros hin. No sabían de lo que era capaz Erascius, lo que planeaba hacer…

Por más que esos pensamientos le ocuparan la mente, todo lo que alcanzó a susurrar fue:

—¿Por qué lo odia tanto?

Tai cruzó los brazos y le lanzó a Shàn'jūn una mirada cargada de intención. El chico asintió y se giró hacia Lan con un semblante desacostumbradamente grave.

—Cuando Zen llegó a la Escuela de los Pinos Blancos, su demonio no estaba sujeto. Era el demonio quien tenía el control la mayor parte del tiempo. El maestro supremo convenció a todo el mundo de que se le concediese una oportunidad. Creía que, si Zen aprendía el Camino en esta escuela, el aprendizaje podría salvarle la vida. Sin embargo, hubo un accidente en el segundo año de Zen. —Bajó aquellos ojos de largas pestañas y paseó la vista por la cámara—. Sucedió aquí mismo. Tres discípulos jugábamos aquí a las peleas, pero a la tercera se le fue la mano. Zen perdió el control y casi la mató.

La historia concordaba con todo lo que Lan había descubierto sobre Zen en las últimas semanas. Aquella rígida observación de los principios del Camino. El estatus que tenía en la escuela, poderoso y reverenciado, aunque también temido. La culpa con la que hablaba de la práctica demoníaca.

Y la noche anterior, la historia se había repetido.

Pero ya se ha librado del demonio, pensó Lan. Aun así, por su cabeza cruzó la imagen de aquellas manos pálidas y tersas, libres de cicatrices. Zen había cumplido el pacto con el demonio…, y había pagado un precio enorme por ello.

—¿Quién era la discípula? —preguntó en tono quedo—. Esa que casi murió.

La mirada de Tai se cerró. Shàn'jūn inspiró hondo.

—Yeshin Noro Dilaya —dijo—. El demonio de Zen le arrancó un brazo y un ojo antes de que el maestro supremo consiguiera detenerlo.

Dilaya. Yeshin Noro Dilaya, con el parche y esa manga vacía.

Lan cerró los ojos. Todo había cobrado sentido. Aquel odio que los Yeshin Noro le profesaban a Zen, el miedo que despertaba en todos ellos la práctica demoníaca. ¿Le harían caso a Zen cuando dijese la verdad, cuando hablase de los planes de los elantios de invadir las Planicies Centrales en busca de los Dioses Demonio? ¿Le perdonarían? ¿Confiarían en él lo bastante como para colaborar juntos para detener al enemigo común, o bien cederían al odio?

Lan pensó en la destrucción que había ocasionado Zen. Todo un escuadrón de soldados elantios y muchos prisioneros hin habían caído por su mano.

Por la mano del demonio, se corrigió.

«Ya has visto lo que el demonio menor que tenía en mi interior era capaz de hacer». Zen había tenido un vacío terrible en los ojos al pronunciar aquellas palabras. «Imagina el poder absoluto que poseerán cuatro seres legendarios». Erascius había visto los mapas estelares, tenía una idea de dónde podían estar ubicados los Cuatro Dioses Demonio. Si los encontraban, las Planicies Centrales caerían en sus manos, incluyendo la Escuela de los Pinos Blancos. Cualquier esperanza que pudieran albergar los hin de recuperar la libertad quedaría destruida.

Si Lan no podía ayudar a Zen enseguida, solo le quedaba una cosa por hacer.

Apretó la ocarina con tanta fuerza que se le pusieron los nudillos blancos y se giró hacia Shàn'jūn.

—Necesito tu ayuda —dijo, y también se dirigió a Tai—. Y la tuya.

El discípulo de Medicina asintió con una lúgubre determinación. En cambio, el invocador de espíritus le dedicó una mirada de confusión.

—Tengo que saber más sobre los Dioses Demonio.

Shàn'jūn casi dejó caer el cuenco de caldo que acababa de recoger para volver a darle de comer.

—¿Perdón?

Lan decidió empezar por el principio: les contó que el Sello de su madre le había enviado una visión que la llevó hasta la Montaña Cautelosa, donde estaba la ocarina. Les contó que Erascius la había perseguido y que los elantios los habían capturado en la Escuela de los Puños Cautelosos. Les dijo que había tocado la ocarina y que había abierto los mapas estelares que llevaban hasta los Dioses Demonio. Para cuando acabó, Shàn'jūn tenía los ojos desorbitados y Tai la mandíbula floja.

—Pero si los Dioses Demonio llevan perdidos desde hace dinastías —dijo Shàn'jūn—. La Tortuga Negra desapareció con Muertenoche. —Le lanzó a Tai una mirada subrepticia—. Y la Corte Imperial perdió el control del Fénix Carmesí cuando los elantios nos invadieron.

Tai no dijo nada.

—¿Cómo es que tu madre guardaba esos mapas estelares? —prosiguió Shàn'jūn—. Es más, aunque los mapas sean correctos, ¿qué quería tu madre que hicieras cuando hallases a los dioses?

Lan se dio cuenta de que no tenía respuesta alguna para las preguntas de Shàn'jūn.

—Lo único que importa ahora es que tenemos que llegar hasta ellos antes que los elantios —dijo—. Cuando toqué esta ocarina, el mago real elantio vio los mapas estelares y los memorizó. Sobrevivió al ataque del demonio de Zen y ahora planea apoderarse de los Dioses Demonio para conquistar el resto del reino.

—¿Y cómo sabías tocarla? —Tai señaló la ocarina.

—Crecí entre instrumentos musicales —respondió Lan—. Creo... creo que mi madre tenía la habilidad de luchar usando canciones.

Los ojos de Tai no se apartaron de ella. El borde dorado de sus iris pareció destellar.

—Y tú también —dijo—. ¿Verdad?

Ella vaciló.

—No estoy segura. Pude usar la canción de mi madre para contener al mago. Pero no sé si se trataba del poder de la ocarina… o del mío. Además, a veces… a veces me parece que puedo oír música en el qì. Como si las diferentes hebras de energía fuesen notas que pudiese tocar.

No había tenido oportunidad de hablar con Zen del modo en que había usado la ocarina para atacar a Erascius en la cámara de interrogatorios. Habían estado demasiado centrados en los Dioses Demonio y en el demonio de Zen.

—¿Hay algún tipo de práctica que funcione así? —preguntó.

—Lo hay —dijo Tai en tono quedo—. O lo había. Murió. Con los clanes.

Intercambiaron una mirada que duró lo que dura un latido. Con cautela, Lan alzó la ocarina.

—Aquí dentro debe de haber huellas del alma de mi madre. Si quieres leer la ocarina, puede que encontremos respuestas.

Antes de que Tai pudiese responder, las puertas de madera de la Cámara de las Cien Curaciones se abrieron de golpe.

—Respuestas que usaremos como pruebas en tu investigación —dijo una voz.

Yeshin Noro Dilaya tenía los labios apretados en una línea que le daba a su rostro un aspecto funesto. Aquellos ojos grises como el acero se iluminaron en una mirada victoriosa. Alzó su espada, Colmillo de Lobo, y la apuntó con el filo.

—Apartaos de mi camino, Mascahierbas y Fantasmitas —dijo con brío, e hizo un gesto con el mentón—. Si intentáis algo os denunciaré a vosotros también. No es la primera vez que os pesco conspirando. Era vuestro deber traerla a la Cámara de la Claridad en cuanto despertase.

—Las acusaciones falsas van en contra del Código de Conducta, regla cincuenta y tres —dijo Lan—. Yo intentaría comprobar la veracidad de los hechos antes de salir corriendo a delatarme a mamá otra vez. La marca del último bofetón que te dio aún se ve desde aquí.

—No te preocupes, creo que esta vez he comprobado la veracidad de todo —dijo Dilaya en tono cruel—. Estáis buscando a los

Cuatro Dioses Demonio. No esperaba menos de una niñata con espíritu de raposa como tú, pero que se unan a tus desvaríos dos apreciados discípulos de la escuela, bueno…

—Por favor, Dilaya *shī'jiě*, todo esto es un malentendido —dijo Shàn'jūn, y alzó las manos.

Dilaya, en cambio, no hizo más que empuñar con más firmeza el *dāo*.

—No lo creo —dijo. Sus ojos aterrizaron en la ocarina—. Así que has encontrado el instrumento que te dejó tu madre, el que mencionaba la huella fantasmal…, ¿qué es lo que decía? Que salvaría el reino o algo parecido.

—Es una ocarina, pedazo de gorrina, huevo de tortuga —espetó Lan, cosa que no sirvió para borrarle la mueca a Dilaya.

—Me da igual lo que sea, me la voy a llevar.

Lan decidió cambiar de táctica. Por más que se detestaran, tenía que creer que Dilaya estaba en su mismo bando en lo tocante a los elantios.

—Dilaya —dijo, y adoptó un tono tranquilizador—, por favor, escúchame. Los elantios están buscando a los Dioses Demonio para quedarse con su poder. Quieren invadir las Planicies Centrales y destruir la escuela. Tenemos que detenerlos.

—¿Ah, sí? Qué raro, Zen no mencionó nada de todo eso en la investigación —espetó Dilaya.

—¿Estuviste… presente? ¿En la investigación? —balbuceó Tai.

La mente de Lan se había quedado helada. Zen no les había contado a los maestros el plan de Erascius de buscar a los Dioses Demonio. El descubrimiento más importante de aquel viaje. ¿Por qué?

—Mi madre solicitó que asistiese en calidad de ayudante —respondió Dilaya en tono altanero—. Estaban a punto de acabar la sesión del día, pero yo decidí acercarme a ver si esta niñata con espíritu de raposa andaba tramando algo. Y mira tú por dónde.

Aquellas palabras pusieron de nuevo en movimiento el cerebro de Lan. Si Zen no les había contado nada a los maestros, sus razones tendría.

Lan tenía que ver a Zen. Tenía que hablar con él.

La ocarina pareció latir en su mano. Pensó en la canción que había parecido extraer de su interior, la música que había tejido la ilusión de los mapas estelares, los Dioses Demonio que habían resplandecido en cuatro colores distintos sobre sus cabezas. Luego recordó la canción que había tocado para enfrentarse a Erascius.

La canción de su madre.

Lan le lanzó a Tai una mirada de soslayo. ¿De verdad tenía la habilidad de luchar usando canciones, tal y como sospechaba que podía hacer su madre? Solo había una manera de averiguarlo.

Enarboló la ocarina.

—¿La quieres? —le dijo a Dilaya—. Pues ven a por ella.

Dicho lo cual, se llevó la ocarina a los labios y sopló.

Do-do-sol.

Las primeras notas restallaron por la cámara como una tempestad. Por todas partes volaron hojas de papel. Las llamas de la lámpara se sacudieron, frenéticas. Dilaya se abalanzó sobre ella. El tiempo pareció ralentizarse. Colmillo de Lobo hendió el aire. Lan tocó los siguientes acordes de la canción y las notas atravesaron a Dilaya como cuchillos invisibles, sacudiendo las mangas de su *páo* y chocando contra la hoja con un tañido audible.

Lan cerró los ojos y tocó las siguientes notas… excepto por que en aquel momento las cambió ligeramente. Fue una alteración muy sutil, pero al soplar notó que algo cambiaba, que el qì envolvía la música de un modo diferente, con otros componentes…, casi como si dibujase un Sello.

Do… sol-do.

La melodía chocó contra Dilaya, pero fue un golpecito idéntico al que Erascius le había dado a Zen en el cuello, justo en el mismo lugar. Dilaya se tambaleó, entreabrió los labios en una expresión de sorpresa y se quedó paralizada. Se derrumbó en el suelo y la espada tintineó a su lado.

Shàn'jūn se arrodilló, pálido. Contempló a la discípula de Espadas, que había quedado inconsciente. Despacio, Shàn'jūn alzó la mirada hacia Lan.

—¿Qué has sido eso? —susurró. Lan vio que los ojos de Shàn'jūn caían sobre la ocarina—. ¿Qué has hecho?

Cuánto le habría gustado poder darle una buena explicación. Le habría gustado poder explicar todo lo que había sucedido desde aquella noche en Haak'gong. Desde que decidió emprender aquel camino, seguir el fantasma de la canción de su madre.

—No lo sé —contestó—. Mis disculpas, Shàn'jūn.

Se giró hacia la puerta.

Unos dedos se cerraron sobre su muñeca. Dedos largos y cálidos que la sujetaron con fuerza. Al mirar por encima del hombro, Lan vio que no se trataba de Shàn'jūn, sino de Tai. Un mechón de aquella pelambrera despeinada le caía sobre los ojos. Tenía medio rostro envuelto en sombras. La luz cambiante de la lámpara iluminaba la otra mitad.

—Tu madre —dijo en tono quedo—. ¿Era miembro de algún clan?

Lan no tenía ni idea de cuál era la respuesta a aquella pregunta. Ni siquiera sabía si la pregunta era relevante en aquel momento.

Se le acababa el tiempo.

—Si quieres saberlo, pregúntale a su fantasma —respondió—. Suéltame.

Para su sorpresa, Tai la soltó y dio un paso atrás. Aun así, siguió clavándole la mirada.

—Lo sé —fue todo lo que dijo—. Ahora sí que lo sé.

Lan temió que, si se quedaba allí más tiempo, ya no pudiera marcharse. Se giró, ocarina en mano, y echó a correr en mitad de la noche.

24

«Un practicante no solo requiere la devoción del cuerpo sino también de la mente y el alma. Un cuerpo obediente con una mente traicionera lleva al autoengaño».

—Dào'zǐ, *Libro del Camino* (*Clásico de Virtudes*), 1.6.

Zen había estado en la Cámara de la Claridad en otras dos ocasiones. La primera, recién llegado al Fin de los Cielos. La segunda, cuando lo sometieron a juicio después de que su demonio mutilase a Yeshin Noro Dilaya. En ambas ocasiones, el maestro supremo se había dirigido a los demás maestros en su defensa. Les había dicho que aún se le podía enseñar, que se podían corregir aquellas tendencias aberrantes si Zen aprendía los principios del Camino.

Sin embargo, en aquel momento Dé'zǐ guardaba silencio. La cámara estaba oscura, completamente hecha de piedra, con grabados del panteón hin, dioses y demonios que los observaban desde las cornisas. No había ventanas; la luz provenía de varias lámparas de papel. Zen estaba arrodillado frente a todos los maestros de la Escuela de los Pinos Blancos. Un dolor sordo le recorría la espalda: la férula le había dejado marcas rojas en la piel.

Hacía tiempo que Dé'zǐ había declarado que la férula era un método anticuado de castigo. «Aquellos que tienen suficiente voluntad pueden resistir el dolor», había dicho en cierta ocasión, palabras que habían resonado en aquella cámara con carácter definitivo. «Es más conveniente centrarse en la mente».

Estabas en lo cierto, shī'fù, pensó Zen. *El dolor no es más que una sensación a flor de piel.*

Las cicatrices que llevo están en mi alma.

Ulara había tenido una expresión de satisfacción al encadenarlo al poste de hierro, lo bastante fuerte como para que no pudiera moverse. A Zen no le importó. Fuera como fuere, iba a aceptar la férula en silencio.

No era un precio alto a pagar por lo que había hecho, por lo que estaba a punto de hacer. Si los maestros se enteraban de que pretendía ir en busca de los Dioses Demonio, ser expulsado del Fin de los Cielos sería un castigo demasiado amable para él.

—Bueno, ¿eso es todo? —rezongó Fēng'shí, el Maestro de Geomancia, y se echó hacia atrás.

Llevaba al pecho un saquito de cáñamo con caparazones de tortuga, huesos y una pipa que solo apagaba en presencia de Dé'zǐ. La geomancia, la interpretación del destino según la posición de las estrellas en el cielo y los huesos en la tierra, había sido la materia que peor se le daba a Zen cuando era discípulo. El maestro, impredecible e imparcial ante todo lo que no fuese su propio humor, no lo tenía en alta estima. Afirmaba haber visto el mal encarnado en el alma de Zen. Las estrellas le habían dicho que acabaría desviándose del Camino.

—Así que los elantios os localizaron a ti y a la chica, y luego destruiste todo el puesto fronterizo. ¿No vas a contar nada más?

—Diría que ha contado de sobra, maestro Fēng —dijo Ip'fong, el Maestro de los Puños de Hierro. Grande, pesado y básicamente doscientos *jīn* de puro músculo, era hombre de acción y de pocas palabras—. Los elantios están preparando una invasión largo tiempo pospuesta sobre las Planicies Centrales. Hemos tenido la suerte de evitar a sus exploradores a lo largo de los ciclos, pero nuestro Sello de Barrera no resistirá contra un ejército al completo.

—Y sin embargo —dijo el Maestro de los Asesinos, que carecía de nombre, con una voz que recordaba a humo en una noche sin estrellas—, queda por resolver la cuestión de qué hacían esos dos discípulos fuera del Fin de los Cielos.

—¿Acaso no lo he dejado claro ya? —preguntó Zen. Las cadenas tintinearon cuando alzó la cabeza y paseó la vista entre los maestros por toda la cámara—. Íbamos en busca del fantasma de su madre. Accedí a llevar a la chica para que encontrase la paz y dejase de obsesionarse con el tema. El duelo afectaba a sus estudios.

—Y eras consciente de que no debías hacerlo —dijo el Maestro de Textos en voz alta—. Sabes que no se debe contravenir el Código de Conducta, Zen.

Él no dijo nada.

—El chico miente —dijo al fin Ulara.

Estaba un poco apartada, fuera del círculo de luz de las lámparas. Tenía el rostro en sombras, pero Zen alcanzaba a verle el brillo en los ojos. Los dos *dāo* que llevaba colgaban de su cintura. La luz destellaba sobre la hoja de Garra de Halcón.

—Dilaya los sorprendió una noche —prosiguió—. Mencionaron que iban en busca de una ocarina.

—Mera nostalgia —dijo Zen en tono frío.

Aquella noche, de camino a la Cámara de la Claridad, se había asegurado de repasar todos y cada uno de los detalles de la historia en busca de lagunas o incongruencias. No había olvidado la irrupción de Dilaya en la biblioteca hacía varias noches…, ni tampoco la presencia de Shàn'jūn y de Tai. Tendría que ir a buscarlos luego.

—La madre de la chica tocaba la ocarina para ella cuando era pequeña —explicó—. Supongo que la maestra Ulara no se rebajará a usar deseos infantiles como pruebas de investigación.

Desde donde estaba no alcanzaba a ver la expresión de Ulara. En aquel momento se oyó otra voz.

—¿Una ocarina?

Las llamas lamieron el rostro de Dé'zǐ, que se acababa de inclinar hacia adelante. El fuego acentuó las arrugas y perfiló los pómulos del maestro supremo. De pronto parecía más viejo. Zen miró a los ojos a su maestro y se esforzó por no apartar la mirada. La decepción que había en aquellos ojos era difícil de soportar.

—Sí, *shī'fù* —dijo Zen, no muy seguro del motivo por el que su maestro se había quedado con ese detalle—. Le dije que teníamos otros instrumentos más comunes en la escuela y que podía tocar el que quisiera, pero que aquí no había ocarinas.

Dé'zǐ miró a Zen durante varios instantes. Acto seguido volvió a echarse hacia atrás. Zen captó algo peor que la decepción en el semblante de su maestro. Parecía… atribulado.

—Ya ha ardido todo el incienso —dijo el maestro Gyasho en medio del silencio. Hizo un gesto hacia el brasero de latón que colgaba de una hornacina en la pared de piedra; de las barritas de incienso no quedaban más que tres cabos ennegrecidos—. Ha pasado una campana entera, se hace tarde. Será mejor que retomemos la sesión para discutir las noticias sobre la invasión elantia y concedamos a Zen algo de descanso físico y reflexión espiritual.

Dé'zǐ miró a Ulara.

—¿Dilaya nos avisará en cuanto despierte Lan? —preguntó. Ulara asintió y el maestro supremo se puso en pie—. Muy bien. Prosigamos con la sesión en la Cámara de la Cascada de Pensamientos.

Los maestros salieron de la cámara. Dé'zǐ se acercó al lugar donde Zen seguía arrodillado.

—Si te hubieras arrepentido, no habría habido necesidad de usar la férula —dijo el maestro supremo en tono quedo.

—Sí que la había —replicó Zen—. De lo contrario, los maestros no habrían creído una sola de mis palabras. Ya han tomado una decisión con respecto a mi destino, *shī'fù*.

Dé'zǐ tenía aspecto triste.

—Pero la férula tampoco va a salvarte, Zen. Su uso no te acercará a la verdad ni al Camino. —Alzó una mano y tocó la sien de su alumno. Durante un instante, Zen aceptó el contacto de su maestro, tal y como había hecho de pequeño—. Si la mente está decidida, el daño físico no la detendrá.

Zen se apartó.

—Dime, Zen —dijo el maestro supremo en voz baja—. ¿Hay algo que no nos hayas contado sobre la historia de la ocarina?

Zen entreabrió los labios. Dé'zǐ le dedicaba una mirada directa y clara como una hoja que hendiese hasta los rincones más oscuros de su alma. Tal y como había hecho cuando Zen era un niño, Dé'zǐ podía ver partes de él que nadie más había visto, las sombras y las cicatrices que escondía ante el mundo.

En su día quizá se habría arrodillado a los pies de su maestro y suplicado su perdón. Quizá le habría contado a Dé'zǐ todo lo que habían averiguado sobre los Dioses Demonio. Le habría confesado el plan para impedir que los elantios se apoderasen de ellos.

Sin embargo, Zen se dio cuenta de que no importaba cuánto se esforzase Dé'zǐ en salvarlo, no podía escapar de su destino. Un destino que había estado escrito en las estrellas, el destino de un niño que había perdido todo en las Estepas Boreales del Último Reino. Su alma había estado condenada desde el día en que había decidido aceptar el pacto con el demonio. Su historia solo podía tener un final, un final que Dé'zǐ no iba a poder reescribir por más que se esforzase.

—No, *shī'fù*. —Le resultó sorprendentemente fácil mantener un tono uniforme—. Nada.

Dé'zǐ retrocedió. Las sombras le oscurecían el semblante.

—Está bien —dijo con suavidad, y giró sobre sus talones—. Te dejaré para que tengas oportunidad de reflexionar y arrepentirte. Espero que encuentres la manera de regresar al Camino.

Las lámparas parpadearon al paso del maestro supremo, apenas un borrón blanco de su *páo* hasta que la noche se lo tragó.

Zen soltó todo el aire de los pulmones y relajó la tensión de los músculos. Las ataduras le habían dejado roces, pero esa era la menor de sus preocupaciones. Tenía que encontrar la manera de enviarle un mensaje a Lan, para que les contase la misma historia que él cuando despertase y la trajesen a la investigación.

Y los Dioses Demonio... Zen pensó en aquellos implacables ojos azules de Erascius, en la promesa que contenían. Era un milagro que, sin saberlo, Lan hubiese podido mantener en secreto la ubicación de los Dioses Demonio, que el mensaje de su madre hubiese permanecido oculto bajo el Sello hasta hacía unas cuantas semanas. Fuera quien fuere la madre de Lan, lo había planeado todo a la perfección.

«Ahora te recuerdo», había dicho el mago. «Eras el chico cuya alma estaba vinculada a un demonio. Te atrapamos el primer año de la conquista».

Zen cerró los ojos mientras hacía memoria. La cámara de interrogatorios, aquella mesa larga con utensilios metálicos, la gente de rostro pálido que lo estudiaba mientras lo herían una y otra vez en busca de una respuesta por parte de su demonio. Imaginó el rostro de Erascius entre ellos, el brillo en sus ojos invernales, más intensos que los de los demás.

«Contigo aprendí que se podía obligar a los demonios a servir a un mortal».

Era culpa de Zen. Él tenía la culpa de que los elantios supiesen de los demonios y de la práctica demoníaca. Era culpa suya que sospechasen de la existencia de la Escuela de los Pinos Blancos, del Fin de los Cielos y de los discípulos y maestros que se escondían allí, en aquella última reliquia hin que había sobrevivido a las pruebas del tiempo y a la conquista contra todo pronóstico.

«Si yo fuera tú, lo dominaría».

Si los elantios encontraban a los Dioses Demonio, serían imparables. Las pocas esperanzas que pudiesen albergar los hin de recuperar el reino quedarían extintas como una vela en plena tempestad.

Su alma estaba condenada, así que solo le quedaba una última cosa por hacer: evitar que los elantios se apoderasen de los Dioses Demonio.

El crujido de las hojas, una rama que se rompía, una suela que acariciaba la piedra. Los ojos de Zen se abrieron de golpe en el mismo momento en que la puerta de la Cámara de la Claridad se abría con un insidioso chirridito y las lámparas se apagaban. Sintió otra presencia en la estancia, un qì afilado con el sonido de palabras aceradas.

Ulara.

Se detuvo frente a él, rompiendo las tinieblas como una espada. El filo del *dāo* se apretó, frío, contra el cuello de Zen.

—Siempre me ha parecido que la escuela era demasiado burocrática, demasiado pegada a las reglas —dijo con voz grave y desapasionada—. Mi clan dispensaba justicia con la misma rapidez con la que repartía muerte.

Zen se quedó muy quieto. A pesar del frío, una gota de sudor le corrió por la sien. Las ataduras, que la propia Ulara había cerrado, le apretaban las manos con fuerza.

—Sé que tú y esa pequeña niñata con espíritu de raposa estáis planeando algo —prosiguió Ulara—. «¿Oír la canción de la ocarina y seguir su poder?». Uno no puede cambiar la naturaleza del alma ni la historia que lleva escrita en la sangre. Puede que hayas podido engañar a Dé'zǐ, pero yo siempre he visto quién eres en realidad, Temurezen.

Hacía mucho tiempo que no oía su nombre auténtico. Aquel nombre siempre había despertado en su interior una combinación de culpabilidad, dolor y furia. Por eso había adoptado el apodo más corto.

En aquel momento, sin embargo, se dio cuenta de que le daba igual.

—La historia siempre te ha nublado el juicio, Ulara —replicó. La hoja le cortó la piel. Si respiraba demasiado hondo, si a Ulara se le iba un poco el dedo, acabaría con la garganta rajada—. Pero en mi caso, quizá te equivoques al tiempo que aciertas. No me importa el estado en que se encuentre mi alma, como tampoco me importa ya seguir el Camino. Mi padre y mi familia ya lo intentaron y acabaron muertos. Si puedo sacrificar mi alma para alcanzar el bien mayor, ¿acaso no valdrá la pena? El error que Muertenoche cometió fue entregar su alma sin intentar controlar al Dios Demonio. Si hubiese dominado sus poderes, si hubiese podido controlarlo en lugar de permitir que lo dominase a él, nuestra historia habría sido bien distinta.

—Tú... —Los ojos de Ulara se desorbitaron al comprender. La mano le tembló de pronto y Zen sintió que la hoja hendía la piel. Un líquido cálido le corrió por el cuello—. No serás tan idiota como para pretender buscar a los Dioses Demonio.

Le escrutó el rostro, y lo que vio en él avivó el horror en el suyo.

—No. ¿Acaso no has aprendido nada de la historia? Tras todos estos ciclos, ¿no te hemos enseñado nada?

—Todos me castigasteis por algo que hice para vengar a mi familia. A todos os importaban más vuestras estúpidas reglas y vuestros miedos supersticiosos que lo que debería ser nuestra prioridad: derrotar a los elantios, recuperar el reino. —Por fin, la ira que llevaba tiempo fría en su corazón empezó a brotar como lava derretida—. Tú y yo deberíamos estar en el mismo bando, Ulara. El enemigo de mi enemigo es mi amigo..., y sin embargo, jamás me has tratado como tal. Todo lo que yo deseaba era luchar a tu lado, al lado de los demás maestros, contra nuestro enemigo común.

Ya no veía la cara de Ulara. La hoja, sin embargo, giró un poco y reflejó un resquicio de luz.

—Tú y yo jamás hemos estado en el mismo bando —replicó ella pausadamente—. Quizá podríamos haber colaborado para expulsar a los elantios y salvar el Último Reino, pero el mundo que viniese tras la invasión no podría albergarnos a los dos. Debí hacer esto hace muchos años. Perdóname por no haber sido capaz de arrebatarle la vida a un niño hace tantos ciclos. Ahora que somos iguales, no me vacilará la mano.

El frío embargó a Zen. Intentó forcejear con las manos, pero las cadenas eran fuertes y no tenía sus papiros *fú*.

—Ulara...

—Lo siento, Zen —dijo, y sonó como si lo sintiese de verdad—. Quiero que entiendas que hago esto por la seguridad de lo que queda de nuestro pueblo. Una vida por un bien mayor. Espero que los dioses sean clementes contigo. Que tu alma vaya en paz, y que encuentres el Camino a casa.

Un viento frío sopló al tiempo que la luz de la luna se derramaba entre las nubes. Garra de Halcón emitió un destello bajo la luz.

En algún momento durante su conversación, las puertas de la cámara se habían abierto apenas una rendija y la blancura había invadido la estancia... excepto por una sombra.

Se oyó una música, pero no una música cualquiera. Zen sintió que las notas hendían el aire como si de un Sello se tratase. El qì se reunía y afilaba alrededor del sonido hasta formar un vórtice. Zen ya había visto algo así la noche anterior, entre las nieblas del dolor.

Ulara ni siquiera tuvo tiempo de reaccionar. Las notas la alcanzaron. Arqueó la espalda y sus labios se abrieron en un grito silencioso de sorpresa.

Se derrumbó sin emitir sonido alguno. Garra de Halcón repiqueteó en el suelo a su lado.

—Es un punto de acupuntura, pero si se golpea con suficiente fuerza se corta en dos el qì del oponente —dijo Lan con voz temblorosa—. Parece que sí que he aprendido un par de cosas aquí.

Zen soltó todo el aire.

—Lan.

Ella llegó a su lado al momento. Tenía el brazo izquierdo envuelto en gasa, pero se llevó la ocarina a los labios con la mano derecha y sopló.

Sonaron dos notas, rápidas y entrecortadas, y el qì a su alrededor cambió. Algo atravesó el aire y zumbó junto a las orejas de Zen, que sintió dos impactos gemelos en las cadenas. Con leves repiqueteos, ambas cayeron al suelo. Le había cortado limpiamente los grilletes de las muñecas.

Zen cayó hacia delante, los brazos doloridos. Sintió los dedos de Lan en la cara, tan fríos como caliente tenía él la piel afiebrada. No se había dado cuenta hasta aquel momento de lo débil que estaba. Una idea penetró las nieblas de su mente. Sintió que se le doblaban los labios en una sonrisa.

—Has venido a por mí.

—No seas imbécil —replicó ella—. Pues claro que he venido a por ti. No pienso ir yo sola a buscar a los Dioses Demonio.

La sonrisa de Zen se ensanchó, no pudo evitarlo. Quizá se debió al dolor, que lo hacía delirar un poco.

—En vista de tus habilidades de lucha actuales, quizá sirvas de pienso para demonios —dijo.

—He cambiado de idea —dijo Lan—. Te voy a dejar aquí.

—No. —Con un único movimiento, Zen le pasó el brazo por la cintura a Lan. Aquel familiar aroma a lirios lo envolvió. Ella se giró hacia él—. Te necesito.

Con delicadeza, Lan se pasó el brazo de Zen por los hombros y lo ayudó a levantarse. Él se irguió y al instante se encogió de dolor. Le ardían las heridas de la espalda. El *páo* le colgaba hecho pedazos de los hombros. Antaño, un estudiante al que se hubiese castigado con la férula no recibía nuevas vestimentas hasta pasados varios días. Caminar por la escuela o la aldea con ropas hechas jirones era la prueba de que un discípulo había cometido una severa violación de la moral.

—¿Estás segura de esto? —preguntó Zen, con la respiración alterada por el esfuerzo—. Cuando nos vayamos… ya no podremos volver.

Tenía que saberlo. No podría vivir con la culpabilidad de haber destruido el poco refugio que Lan había encontrado.

—Allá donde vayamos no encontraremos seguridad alguna. No habrá garantías de nada.

—Jamás ha habido seguridad ni garantía —replicó ella—. En un mundo como este, no. Ni las habrá mientras existan los elantios. Los maestros han pasado tanto tiempo en el Fin de los Cielos que han olvidado cómo nos trata la vida a quienes estamos fuera. —Negó con la cabeza—. El Fin de los Cielos parece un mundo del pasado. Y en pasado se convertirá si no detenemos a los elantios. Estoy decidida a luchar por lo que queda de nuestro pueblo y de nuestro reino.

No había estrellas que brillaran en el cielo. Huyeron de la Cámara de la Claridad; el viento que soplaba desde lo alto de la montaña a través de los pinos ahogó sus pasos. A aquella hora, los discípulos llevarían ya tiempo en la cama. Zen sabía que los maestros se habían congregado en la Cámara de la Cascada de Pensamientos.

Al llegar al pie de la escalinata de la montaña, Zen se detuvo. Contempló el Fin de los Cielos, las escarpadas montañas que ascendían al firmamento, los pálidos templos que anidaban en ellas como gemas sobre la piel de un dragón dormido. En pocas horas la campana que llamaba a despertar sonaría alta y clara entre los somnolientos zarcillos de niebla. Los discípulos se despertarían para llevar a cabo las tareas matutinas. Taub empezaría a cocinar en el refectorio y los maestros saldrían rumbo a sus primeras clases de la mañana.

Zen le dio la espalda a aquel lugar que había sido su casa durante los últimos once ciclos. Cuando él y Lan llegaron al último de los novecientos noventa y nueve escalones y cruzaron el Sello de Barrera, la chica se giró hacia él.

Zen vaciló. Tenía que trazar un Sello de Portal para poner tierra de por medio entre ellos y el Fin de los Cielos… pero no le quedaban fuerzas.

La vergüenza, junto con aquella odiosa sensación de indefensión, amenazaron con ahogarlo. Si aún tuviese al demonio, unos meros azotes jamás lo habrían dejado tan débil.

Sin embargo, en lugar de esperar a Zen, Lan dijo:

—Yo me encargo de trazar el Sello de Portal.

Aquello espantó los pensamientos de Zen. Frunció el ceño.

—No puede ser que lo hayas aprendido.

Lan puso los ojos en blanco.

—Te he visto hacerlo unas cincuenta veces.

Imposible. No, improbable. Pensó en la ocarina, en el Sello en la muñeca de Lan. En el hecho de que era ella quien tenía los mapas estelares, los secretos para encontrar a los Dioses Demonio. En lo intenso que era su qì y en cómo había luchado contra Erascius con nada más que un instrumento musical.

Se acercó a ella. Se le sacudieron los hombros al alargar una mano para apartarle el pelo de la cara, como si las respuestas estuvieran ahí mismo, escritas en sus ojos.

¿Quién eres?

—Un momento —dijo Lan, y se llevó la ocarina a los labios.

La canción manó de ella. Zen volvió a sentir el qì en cada nota. La energía se entrelazó a medida que las notas fluían. A su alrededor, el paisaje empezó a fulgurar. Lan cerró los ojos para concentrarse en lo que fuera que los transportaba, pero Zen le echó una última mirada al Fin de los Cielos.

Entonces la oscuridad los bañó como si de una marea se tratase y se llevó su hogar como si jamás hubiese existido.

25

«Y el Viejo Casamentero de la Luna les dijo a los amantes: "Yo os otorgo este hilo rojo. Se estirará y se enredará pero jamás habrá de romperse. Por los ciclos, los mundos y las vidas, vuestras almas quedan ahora selladas por el destino"».

«Los hilos rojos del destino», *Antología de relatos populares hin.*

Llegaron a una aldea antes del alba. Surgió como un milagro en medio de la lluvia, siluetas de tejados de arcilla que se curvaban con gracilidad en los extremos. Charcos de agua empantanada salpicaban los campos de cultivos de las laderas. Un viejo *pái'fāng* de madera daba una húmeda bienvenida a la Aldea del Brillante Estanque de Luna.

La quinta puerta a la que llamaron se abrió. La mujer de pelo blanco aceptó un *wén* de cobre del saquito de Zen como pago a cambio de comida y alojamiento. Los llevó a una estancia vacía al otro lado del patio. El papel de las ventanas estaba roto en un par de sitios, pero el lugar era habitable. Había un único lecho *kàng* y una pila de viejas mantas de algodón. Lan encendió una vela cuya llama tembló bajo las corrientes de aire que soplaban tras puertas y paredes. Las sombras ejecutaron una danza frenética por toda la habitación.

La dueña fue a calentarles agua y Zen se dejó caer contra una pared con un gruñido agradecido. Lan abrió las ventanas. La estancia daba a un pronunciado acantilado y a una amplia cordillera. En la lejanía, más allá de las nubes de tormenta, la luz del sol empezaba a incendiar el cielo. El canto de los niños de la aldea que pastoreaban búfalos de agua reverberó por las montañas.

Lan inspiró hondo y paladeó el goteo del agua de lluvia de entre los tejados grises, el paisaje de aquella tierra libre de elantios, ajena a la conquista.

—No sabía que siguiera habiendo aldeas no ocupadas —dijo en tono suave—. En los primeros días de la invasión vi señales de la conquista en casi todas las aldeas con las que me crucé.

Placas de metal clavadas a los *pái'fāngs* con aquel extraño idioma horizontal, cambios en los letreros de caminos y calles en pueblos más grandes y ciudades de manera que incorporasen los nombres del rey y la reina elantios…

—Esas aldeas estaban todas por la costa, ¿no? —La voz de Zen apenas era un susurro. Lan se giró y vio que el chico miraba por la ventana. El alba más allá de la tormenta se reflejaba en sus ojos—. Buena parte del centro del Último Reino sigue libre de las manos elantias. Casi todo está vacío y sin desarrollar, sobre todo comparado con el poder del litoral este, pero es lo único que nos queda.

«Lo único que nos queda». Resultaba difícil equiparar la tranquilidad de aquella montaña empapada en lluvia y rodeada de niebla y nubes con la violencia de la invasión elantia. Lan sentía como si intentase unir dos mundos completamente diferentes. La dueña volvió con un cubo de madera, dos teteras de latón llenas de agua caliente y un cesto de bambú con bollitos *mantou* hervidos. Lan empezó a comer uno y se aseó lo que pudo antes de girarse hacia Zen.

Se había quedado dormido contra la pared. Apenas una franja de su pecho, nervudo y pálido, asomaba por entre los jirones del *páo*, ascendiendo y descendiendo con suavidad a cada respiración. Tenía la mandíbula pronunciada y las cejas fruncidas bajo el pelo mojado incluso mientras dormía.

Lan le acercó el cubo y la tetera. Mojó en el agua humeante el trozo de tela del vestido que había estado usando y se lo puso en la cara.

La mano de Zen se cerró sobre su muñeca con una velocidad sorprendente. Lan soltó un grito ante el repentino dolor. Los ojos de Zen estaban abiertos. Por un instante, Lan creyó ver que el negro volvía a reemplazar al blanco en aquellos ojos. Sin embargo, Zen parpadeó y aquella expresión afilada se suavizó. La soltó como si el mero contacto lo hubiese quemado.

—Mis disculpas —dijo con la voz ronca de puro cansancio—. Es la costumbre.

—Bueno, deberías haber sabido que no iba a atacarte —dijo Lan, y alzó la tetera de agua caliente para verter un poco más en el cubo—. Esto no es una taza.

A través del vapor que se elevaba con delicadeza entre los dos, Lan atisbó la sonrisa de Zen. Una suerte de calidez la recorrió, y no fue solo por el agua.

—Tu espalda —dijo, intentando hablar en tono despreocupado—. Deja que te la lave.

La sonrisa de Zen flaqueó, al igual que lo hicieron sus ojos. De pronto parecían muy cercanos, muy oscuros.

Zen pareció darse cuenta de que le clavaba la mirada. Carraspeó, se giró y empezó a quitarse el *páo* hecho jirones. Lan tomó aire. Dos verdugones muy rojos le recorrían de los omóplatos a la cintura, aunque eso no era todo. Bajo aquellos tajos, la piel de Zen estaba llena de cicatrices, pálidas y resplandecientes.

Se inclinó hacia él y tocó las nuevas heridas tan suavemente como pudo. Había estado en compañía de muchos hombres, había flirteado con todos ellos sin la menor vergüenza para ver si le daban un par de *wéns* de propina. Y sin embargo, nadie la había puesto tan nerviosa como Zen. Estaba ruborizada y apenas se atrevía a respirar. El corazón le latía en el pecho con tanta fuerza que estuvo segura de que Zen podía oírlo.

—Estas cicatrices —dijo, y pasó la punta del dedo por una marca particularmente larga que Zen tenía en la columna—. ¿Cuentan una historia distinta de las otras?

Él se tensó levemente al contacto de Lan.

—No. También son de los interrogadores elantios. —Lan se arrepintió de haber preguntado, pero Zen prosiguió—: me torturaron para que les diese información sobre cómo vincular el alma a un demonio. Funciona así: una vez que haces un trato con un demonio, los intereses de la criatura se alinean contigo. El ser hará todo lo posible por mantenerte con vida, para así asegurarse de que recibirá lo pactado. Debido a ello… por más que lo desease, yo no podía morir.

Hablaba sin la menor emoción, cosa que perturbó aún más a Lan. Con delicadeza volvió a recorrer el contorno de la herida con el paño mojado. Lo único que se le ocurrió decir fue:

—¿Qué motivo tienen los demonios para establecer pactos con los practicantes?

—En la mayoría de los casos lo hacen para ganar poder —respondió Zen—. Ya que los demonios se forman a partir de pozos malévolos de yīn, siempre existe el peligro de que la energía se debilite y se desintegre con el paso del tiempo hasta regresar al flujo del qì del universo. La muerte refuerza la vitalidad del demonio, al igual que la destrucción y la podredumbre. Por eso, la mayoría de las historias hablan de demonios que arrasan aldeas y matan a sus habitantes. Algunos se han dado cuenta de que pactar con un humano es mucho más fácil.

Las heridas estaban limpias, ya no sangraban. Aun así, Lan siguió acariciando con suavidad la piel de Zen.

—¿Sabía algo de esto el niño que hizo un pacto con un demonio a los siete ciclos de edad?

Zen se quedó inmóvil. Cuando volvió a hablar, Lan sintió que la voz del chico retumbaba en el pecho bajo sus dedos.

—Sí. Pero lo había perdido todo: familia, hogar, todo su mundo. Pensó que adquirir el poder del demonio lo ayudaría a vengarse de aquellos que se lo habían arrebatado todo. —Una pausa—. Vaya idiota.

Lan estrujó la tela y el agua chorreó.

—Era solo un niño.

—¿Y cómo es que una chica sin el menor conocimiento de la práctica es capaz de canalizar el qì a través de un instrumento musical?

Zen se había girado hacia ella. Tenía una mirada imponente y fascinante. *Imperial*, pensó Lan, y recordó la primera impresión que le había dado. Estaba acostumbrada a las miradas sórdidas y ebrias de los clientes del salón de té. Era fácil sacudírselas de encima. Y sin embargo, cuando Zen miraba a alguien, lo miraba de verdad, como si no hubiese nada más en el mundo.

Para su sorpresa, Lan se inclinó hacia adelante. Con el corazón en un puño, le tocó la mejilla a Zen con la tela y le limpió la sangre de un corte. Los ojos del chico parpadearon pero no se apartaron de su rostro.

—Por mi madre. —La confesión se le escapó a Lan en un susurro—. El día en que los elantios invadieron nuestra casa, mi madre los rechazó con un laúd. Yo en el momento no entendí cómo había podido hacerlo, pero creo… creo que dominaba la práctica con música.

Zen inspiró. Lan vio que la arruga en su ceño se suavizaba y que a sus ojos asomaba un entendimiento que a ella se le escapaba.

—Deberías saber que dominar la práctica con música está al alcance de pocos.

—Lo sé, me lo dijo Tai.

—¿Y no te dijo nada más?

Ella no era capaz de apartar la mirada de Zen.

—Me preguntó si mi madre era miembro de algún clan. Le dije que no lo sabía.

—El arte de la práctica con música se ha perdido. Me he cruzado con alguna mención en textos que he estudiado, pero quedan contados registros. La Corte Imperial se esforzó mucho para enterrar toda la información al respecto. —El desdén en la expresión de Zen se suavizó al pronunciar las siguientes palabras—. La mayoría de las artes de práctica perdida provenían de los clanes. Muchos de ellos desaparecieron de la historia durante el Reino Medio, cuando los clanes empezaron a esconder sus linajes con la esperanza de escapar de la persecución de la corte.

Lan lo contempló mientras hablaba, pero su mente estaba muy lejos, repasando el mismo recuerdo como si de las páginas de un libro se tratase. Su madre, la nieve que caía, la música que atacaba, la sangre que salpicaba.

—Se tiene en mucha estima a los clanes, o se los tenía —prosiguió Zen—. Las artes de la práctica, características de cada uno de ellos, se transmitían solo dentro de sus linajes. Por eso los asesinaron a todos o bien los llevaron a la Corte Imperial a servir durante el Último Reino.

«Lo sé», le había dicho Tai a Lan antes de que se marchase. «Ahora sí que lo sé». Por supuesto; la había reconocido porque él mismo también había pertenecido a un clan. Porque a él también lo habían llevado a la Corte Imperial.

¿Era eso lo que había estado a punto de decirle?

—Mi madre. —Las palabras salieron a la fuerza de los labios de Lan—. Ella también servía en la Corte Imperial.

De pronto, un recuerdo llegó hasta ella. Un recuerdo que no había entendido hasta entonces, que había descartado porque era un puzle que no podía resolver. Había estado en el estudio, copiando obras del famoso poeta Xiù Fǔ, cuando su madre había entrado. Iba vestida con el bello y poderoso *hàn'fú* de la Corte Imperial. Lan se había puesto en pie rápida como el rayo y había soltado el pincel de cola de caballo para ir corriendo a abrazarla.

«Cuando sea mayor yo también serviré en la Corte Imperial como tú, Māma», había dicho en tono alegre.

La sonrisa de su madre se desvaneció. Apartó las manos de Lan de su cintura y se inclinó hacia ella con una rápida mirada en derredor por todo el estudio. «No, Lián'ér, no lo harás», dijo Sòng Méi en tono quedo. «Cuando crezcas, lo que harás será servir al pueblo».

—Lan —dijo Zen, cuya voz la trajo de regreso al presente. Aún la contemplaba. Gotas de agua le salpicaban el pelo negro, las largas pestañas, el pecho fibroso. La mirada del chico completó la pregunta: «¿Lo entiendes ahora?».

Cerró los ojos con fuerza. La respuesta había estado delante de ella todo el tiempo.

Māma había pertenecido a un clan, algo que Lan había aprendido a reconocer como la fuerza antagónica en todos los libros de historia que había leído y en todos los cuentos que había oído en pueblos y aldeas. En todas esas historias, Yán'lóng, el Emperador Dragón, había sido el héroe de armadura de placas doradas. El sol le coronaba la cabeza mientras acababa con los clanes rebeldes hasta unir la tierra y traer la paz y la prosperidad al pueblo.

Pero no a todo el pueblo. El Emperador había sacrificado el libre albedrío y la voluntad de la minoría. Los había convertido en marionetas en su propia corte para crear una ilusión de armonía que no era tal.

—Lan —repitió Zen. Sintió que los dedos del chico se entrelazaban con los suyos, firmes pero delicados. El calor floreció en aquellas partes donde sus pieles se tocaban—. Lan, mírame.

Lan obedeció. El reconocimiento que vio en los ojos de Zen fue como regresar al hogar: anhelo y dolor por una parte de su historia y de su identidad que jamás había conocido. El aire entre los dos se había vuelto más denso. Por alguna razón, el pulso le atronaba en los oídos y el corazón le galopaba en el pecho.

Sin apartar la mirada, Zen echó mano del saquito de seda negra. Al abrir la palma, a Lan casi se le cortó la respiración.

Zen sostenía una pequeña borla roja con cuentas negras y blancas en cuyo extremo descansaba un amuleto de plata tallado con llamas negras. De él partía un cordel rojo que se podía cerrar a modo de collar.

—Esta es una de las pocas reliquias que tengo de mi tierra natal —dijo—, junto con Llamanoche y Tajoestrella. Tenían que haber sido dos pendientes, pero el otro se perdió, así que convertí el que quedaba en un collar. Dentro de mi clan es tradición que recibamos unos pendientes de plata al nacer. Se supone que tenemos que regalarlos algún día.

«Dentro de mi clan». A Lan se le aceleró la respiración. Recordó que Taub había dicho que la mayor parte de los ancestros de los hin habían pertenecido a uno u otro clan. La mayoría había olvidado su propia historia cuando la Corte Imperial había intentado reescribirla. Sin embargo, parecía que ese no era el caso de Zen.

—Bueno… —Lan curvó los labios en una sonrisa y adoptó un tono de burla destinado a romper la repentina gravedad que reinaba entre los dos—. Puesto que solo te queda uno, más vale que te pienses bien a quién se lo quieres regalar.

Los ojos de Zen parpadearon. Con suavidad agarró la mano de Lan y la puso con la palma hacia arriba. Acto seguido, con mucha delicadeza, colocó su propia mano sobre la de ella. El amuleto, frío al tacto, le presionó la piel.

—Quiero que lo tengas tú —dijo Zen—. Para que recuerdes que no estás sola. Has perdido muchas cosas, pero… yo me alegro de haberte encontrado.

A Lan se le había acelerado tanto el corazón que bien podría estar borracha de vino de ciruela. Contempló el rostro de Zen, en el que asomaban una franqueza y una vulnerabilidad que Lan jamás había visto en él con anterioridad. En aquel momento le pareció que todos los trances y las tribulaciones por los que había pasado habían valido la pena.

Bajó la vista. De alguna manera, el cordón rojo del collar se había enmarañado entre los dedos de ambos, les unía las manos como si quisiera vincularlos. Lan pensó en lo que Ying había dicho sobre los hilos rojos del destino, que cada hin venía al mundo con una cuerda invisible que lo ataba a su destino.

—¿Eso es todo? —preguntó—. ¿Quieres que me sienta menos sola?

Él vaciló. Lan vio que tenía el rostro turbado. Las emociones luchaban por rebasar la barrera que siempre mantenía en alto. Entonces, de improviso, todas las capas defensivas y distanciadas se esfumaron de sus ojos. En ese momento, Zen pronunció unas palabras de absoluta entrega:

—Lo que quiero es que no vayas a ninguna parte sin mí. Ni en este mundo ni en otro. Lo que quiero es que te quedes conmigo. —Una pausa y, a continuación, en tono más suave—: Es decir, si es lo que tú quieres.

En el salón de té, Lan había aprendido a temerle al afecto de los hombres. Había escuchado suficientes historias nostálgicas de las demás cancioneras y se había asomado a demasiados pasajes de novela como para saber que siempre eran mentira. Manos ansiosas y grasientas, miradas lascivas y chicas tratadas como mercancía: eso era lo único que de verdad había aprendido de su mundo. Que la eligieran siempre era algo a lo que temer. Ella jamás tenía elección alguna.

Pensó en lo segura que se sentía con Zen, en lo dulce que era con ella. Su mera presencia podía iluminar todo el mundo y acelerarle el corazón. Había empezado a gravitar hacia él como la luna hacia el sol. Su contacto había atravesado las capas de imperfección y tragedia que le había impuesto la vida y le había recordado lo que era la esperanza.

Lan confiaba en él.

Todas aquellas terribles historias y recuerdos amargos se apartaron de ella. Encontró dentro de sí un instinto que la impulsó como un imán.

Respondió al contacto de Zen apretándole a su vez la mano.

—¿Me lo pones? —pidió.

La expresión de Zen se coloreó de incredulidad, seguida de alivio y una ráfaga de alegría. Se inclinó hacia delante. Ella oyó su respiración. Se apartó la melena para revelar la nuca desnuda. Cerró los ojos y se quedó inmóvil, intentando no pensar en el lascivo contacto de los clientes del salón de té.

Notó que el cordel se deslizaba por su garganta y que el amuleto le descansaba sobre el pecho. Se sobresaltó cuando la punta del dedo de Zen le tocó la piel. Aun así, la repulsión que había temido no llegó a ella. En cambio sintió algo nuevo. Un calor que floreció en su vientre y un deseo que le llameó en la sangre.

Se atrevió a abrir los ojos y vio que el rostro de Zen estaba a pocos centímetros del suyo, con las pupilas dilatadas. Olía a viento de montaña, a lluvia y a humo; un aroma que la hacía sentirse como en casa.

Fue natural inclinar la cabeza y posar los labios en los de él.

Ni siquiera la luz tenue consiguió disimular la sorpresa en el semblante de Zen. Una sorpresa que dio paso a algo más oscuro y vertiginoso que encendió a Lan cuando Zen tiró de ella hacia sí. Despacio, con suavidad, sin vacilación, con dedos que apenas se posaron sobre su cintura como si temiese romperla. Temeroso, comprendió Lan, de que el beso hubiese despertado en ella recuerdos de lo que las cancioneras se veían obligadas a soportar a manos de los elantios.

Lan recorrió la sedosa cascada de los cabellos empapados de Zen. El sabor de sus labios, a humo afilado y a noche sin estrellas, a pena callada y tierna esperanza, espantó los recuerdos de tantos ciclos en el salón de té. Aquella noche, Lan no era más que una chica a la que un chico tocaba. Por primera vez en su vida.

Con delicadeza, Zen se separó de ella. Aquella boca suave le besó la frente, la mejilla izquierda y luego la derecha. Le posó una mano en la nuca. Zen volvió a atraerla hacia sí. Eso fue todo lo que hizo: la abrazó. Los corazones de ambos latían al compás en medio del silencio, roto solo por el susurro de la lluvia en el exterior.

En ese momento Lan supo, *supo*, que Zen la comprendía más que nadie en todo el mundo. Y supo que ansiaba, más que nada, que la comprendieran de un modo que nadie había conseguido en los últimos doce ciclos. No como las amables abuelas de las aldeas por las que había pasado, ni como las cancioneras del salón de té, ni como el Viejo Wei o incluso Ying. A todos ellos les había dado partes de sí misma y de su pasado, pero había escondido mucho más de lo que ni siquiera sabía.

Era una de las últimas practicantes que quedaba con vida en un reino conquistado. Hija de una mujer que guardaba incontables secretos, de una familia desaparecida hacía mucho. Y había descubierto que también era la última del linaje de su clan, que tenía la habilidad de canalizar el qì mediante canciones.

No se dio cuenta de que estaba llorando hasta que Zen le acarició las mejillas con los pulgares. Lloraba por todos los ciclos de pena acumulada, por el alivio de haber descubierto parte de quién era y la alegría de haber encontrado a alguien que la entendía.

Mirar a Zen a los ojos era como volver a casa, como contemplar un reflejo de su propio rostro.

Zen la tendió en el lecho *kàng*. Alargó las manos hacia ella y Lan se tensó, pero lo único que hizo fue acariciarle el mentón. Los ojos del chico eran estanques negros e inmóviles. Aquella noche fue la primera vez que vio lo que escondían, en que atisbó más allá del muro de hielo, de las llamas vivas. Aquella noche había tranquilidad en los ojos de Zen, el brillo de algo que podría haber sido gozo al contemplarla, al absorber todos los detalles de su cuerpo.

Se quedaron así, tumbados uno al lado de la otra, contemplándose, maravillándose ante el milagro de dos vidas que se habían cruzado, de dos almas que se habían encontrado en aquel enorme mundo. Las ventanas de papel se abrieron de golpe y al otro lado estaban la gran extensión de las montañas, los cielos grises y el goteo de la lluvia. Y sin embargo, en el mundo de cada uno de ellos solo existía el otro.

26

«Dividimos el cielo nocturno eclíptico en cuatro regiones. Cada región la gobierna uno de los Cuatro Dioses Demonio. Como si fueran un reflejo de la tierra, los cielos también obedecen las leyes del yīn y el yáng, como evidencian las fases de la luna y los infinitos ciclos de días y noches».

Gautama Sidda, *Tratado Imperial de Astrología, Introducción.*

Rojo, azul, plata, negro: los Dioses Demonio flotaban en medio de los trozos ilusorios de cielo nocturno que se proyectaban en el cielo real que se extendía sobre el cielo de pizarra de su morada temporal. La luz que los recortaba cambiaba como el brillo de las luces fantasma del norte, que brillaban sobre las estepas durante las lunas de invierno. El padre de Zen le había dicho que aquellas luces eran el qì de las almas de los guerreros que protegían a su pueblo.

Tras observar con detenimiento los mapas estelares, Zen había tenido una revelación de lo más curiosa; algo que no había percibido en el puesto fronterizo elantio: dos de los cuadrantes se veían vacíos excepto por las formas de los propios Dioses Demonio, que resplandecían como fragmentos de polvo estelar coloreado. Los mapas estelares eran trozos de cielo nocturno dibujados en un punto concreto en un momento concreto. Mientras que en los otros dos aparecían las formas de los Dioses Demonio dibujadas sobre un cielo estrellado, el Tigre Azur y el Dragón Plateado estaban en medio de un lienzo hecho de vacío negro.

—Quizá Māma no llegó a averiguar dónde estaban los otros dos —sugirió Lan cuando Zen se lo comentó—. O puede que hayan sido destruidos.

Que Zen supiera, no había forma de destruir a un Dios Demonio, pero en cualquier caso no dijo nada. Lo que hizo fue centrarse en los dos mapas estelares viables.

A pesar de que solo se podía trabajar con dos, localizar aunque fuera uno llevaba su tiempo. Puesto que necesitaban oscuridad, decidieron dormir durante el día y despertar al ocaso, con los gritos de los niños de la aldea que volvían a casa de los campos de labranza excavados en las laderas de las montañas. Solo había un puñado de niños, pero sus canciones juguetonas, cantadas en aquel dulce dialecto sureño del idioma hin, insuflaban vida a lo que de otro modo habría sido una aldea yerma. *La conquista es extraña,* pensó Zen. Por un lado estaban Haak'gong y Tiān'jīng, cubiertas de señales del paso de los elantios; pero también existían lugares como el Fin de los Cielos y aquella diminuta aldea, pequeños refugios de bolsillo que habían escapado a la pesada mano de la invasión.

Por el momento.

La música se detuvo y los mapas de estrella desaparecieron. Lan, ocarina en mano, se dejó caer en el lecho *kàng* con un suspiro.

—Diré esto por primera y última vez: ojalá estuviera con nosotros ese cabeza de huevo podrido del Maestro de Geomancia.

Era la tercera noche que pasaban en la Aldea del Brillante Estanque de Luna, y la segunda que dedicaban a descifrar los mapas. Zen había aprendido nociones de descifrado de mapas en la escuela, bajo la tutela del maestro Fēng, si aquello podía ser llamado «tutela». En aquella época, los mapas estelares se le habían antojado algo inútil a Zen, un método de mapeo desfasado. ¿Quién necesitaba mapear el cielo nocturno cuando se podía hacer un mapa de la tierra, del duro suelo bajo los pies?

Cómo se arrepentía de no haber prestado más atención.

Apartó la mirada del pergamino sobre el que estaba inclinado. Había estado transcribiendo lo que había visto en las ilusiones que Lan había conjurado. Al otro lado de la ventana abierta, el sol se escondía tras una montaña y pintaba brillantes tonos naranjas y coralinos en el cielo. Los niños volverían pronto a casa. Se cantarían canciones, se encenderían velas y la aldea acabaría cayendo en un sopor apuntalado por el solitario silencio.

—Tienes que seguir tocando —dijo Zen—, de lo contrario no podré transcribir los mapas estelares.

—Deja que descanse unos minutos. —Lan bostezó y sus ojos adoptaron un brillo juguetón—. ¿Quieres tocar tú y yo dibujo?

Zen suspiró, pero no pudo evitar que una sonrisa le curvase los labios.

—Te burlas de mí.

—Jamás me atrevería.

—Si dejo que transcribas tú, nuestra búsqueda nos llevará hasta el otro extremo del mundo.

Lan le sacó la lengua.

—Y si yo dejo que toques tú, a todos los aldeanos se les caerán las orejas.

Zen alzó el trozo de pergamino para inspeccionar su trabajo. Habían tenido que suplicarle a la dueña que les prestase materiales de escritura. La dueña, por su parte, tuvo que buscar por toda la aldea hasta encontrar un puñado de viejos tomos y pergaminos amarillentos que un mercader ambulante había olvidado al pasar. En aquellos días no se escribía mucho.

Zen estaba a punto de ver algo parecido a una ubicación a partir de las cuatro formas de los mapas estelares. En su día, si hubiera tenido una biblioteca entera a su disposición, aquello habría sido pan comido. Los astrónomos hin habían mapeado el cielo cambiante de la noche hacía muchas dinastías a raíz de sus intercambios y colaboraciones con los sabios del reino vecino de Endhira, en la Ruta de Jade.

Todos aquellos registros habían quedado reducidos a cenizas. Los elantios los habían abrasado tras haber conquistado todas las grandes bibliotecas del Último Reino.

La idea de que los elantios pudieran estar cerca convenció a Zen para volver a centrarse en el pergamino. Empezaba a darle vueltas la cabeza. Si ya era malo tener que transcribir los mapas estelares, peor resultaba el hecho de carecer de clave alguna a la hora de interpretarlos. Se suponía que los mapas estelares incluían la hora y la fecha exactas para dejar constancia del momento, de la luna y del ciclo de estrellas que representaban. Los astrónomos hin habían comprendido hacía mucho que el cielo nocturno cambiaba con las estaciones. Algunas partes desaparecían durante varias lunas antes de reaparecer. Sin embargo, aquel gran ciclo volvía a empezar cada doce meses. Las mismas estrellas y constelaciones podían verse en la misma ubicación en la misma hora de cada ciclo.

Sin la fecha y la hora de los mapas, encontrar la ubicación de los Dioses Demonio por todo el cielo nocturno, repleto de estrellas de nácar, era como intentar identificar una silueta entre la arena del océano.

Zen alzó los ojos cansados hacia la ventana y contempló el auténtico cielo nocturno, que aquella noche estaba tan uniforme como un cuenco lleno de tinta. Fue entonces cuando lo vio.

Echó mano del pergamino que había estado estudiando y le dio la vuelta. Lo alzó frente al cielo nocturno que enmarcaba la ventana.

Se le cortó la respiración.

Uno de los dos trozos viables de mapas estelares empezaba a corresponderse con lo que veía en el exterior.

La Tortuga Negra.

El nombre se retorció en su interior como una daga. De entre cualquiera de los Cuatro que podrían haber encontrado, tenía que ser la Tortuga: un dios inextricablemente unido a la leyenda de Muertenoche.

Zen contempló los demás cuadrantes que había transcrito. El Tigre Azur y el Dragón Plateado seguían en sendos espacios completamente negros, por más que Lan hubiese intentado pintarlos de estrellas. El otro segmento legible, el mapa estelar perteneciente al Fénix Carmesí, no se correspondía con ninguna parte del cielo nocturno que habían estado observando.

Zen volvió a centrarse en la Tortuga Negra. Apartó todo pensamiento de su mente y dejó solo espacio para el puzle ante sí. El mapa se curvaba un poco en ciertas partes; algunas estrellas estaban más apartadas que otras. Eso significaba que lo estaba contemplando desde una ubicación ligeramente incorrecta. Es decir, se hallaba un poco al sudoeste del lugar donde se dibujó el mapa.

Lo cual significaba que la Tortuga Negra estaba al noreste de su ubicación.

El pánico se le agolpó en el pecho y empezó a ascender hacia la garganta mientras realizaba los cálculos necesarios. Apenas tardarían unas horas si empleaba las Artes Ligeras. También parecía estar dentro del alcance de un Sello de Portal.

La vela en la habitación tembló; un repentino viento frío sopló de la ventana abierta.

—¿Zen? —Lan se agachó a su lado.

Él no pudo sino contemplar el modo en que aquella luz tenue resaltaba el contorno de su figura, el brillo en sus ojos al mirar los mapas, al mirarlo luego a él. Los ojos de Zen pasearon por la boca de Lan hasta el hueco en su cuello, del que colgaba el collar rojo. El amuleto de plata descansaba sobre la curva de su pecho.

—¿Qué miras? —preguntó Lan.

Zen cerró los ojos apenas un instante. No soportaba ser incapaz de apartarla de sus pensamientos. ¿Cuándo había empezado a ser tan dolorosamente consciente de su presencia, de todos sus movimientos, sus cambios, del más leve gesto con la cabeza, del modo en que se colocaba el cabello tras las orejas o se mordisqueaba el labio mientras pensaba?

Durante los últimos once ciclos, Zen había vivido una existencia de autodisciplina austera. Había seguido todas y cada una de las reglas y se había aferrado a todos y cada uno de los principios que pudo encontrar. Estaba convencido de que, al hacerlo así, conseguiría apartar su alma del abismo, borrar al demonio que había escondido dentro de sí, el terrible pacto que había sellado hacía mucho tiempo bajo un cielo invernal.

Luego había roto las reglas del Código, se había escapado de la escuela, huido del hombre que lo había salvado, besado a una chica con quien no había intercambiado votos matrimoniales…, había roto una de las tradiciones más longevas de la sociedad hin.

«No solo nuestros cuerpos y nuestra carne han de complementar el Camino… también ha de hacerlo nuestra mente».

Por fin comprendía lo que había querido decir Dé'zǐ con aquellas palabras. Por más que se esforzase en seguir las reglas del Camino y los códigos recogidos en los clásicos, seguía habiendo una parte de su mente que se rebelaba, una parte imposible de dominar. Las reglas no habían sido más que cadenas que lo aprisionaban, que le aseguraban que estaba trabajando por el bien, por el equilibrio. Sin embargo, la persona que había bajo la superficie no había cambiado en absoluto.

El puesto fronterizo elantio había roto algo en su interior, o quizá lo había liberado. Los grilletes que se había colocado a sí mismo estaban comenzando a romperse.

Sintió unos dedos que se deslizaban sobre los suyos. Abrió los ojos de golpe y vio que Lan lo miraba con el semblante despejado y tierno.

—Nada —dijo. Se obligó a esbozar una sonrisa y le tocó la punta de la nariz—. Te miro a ti.

Ella esbozó una sonrisa.

—Se te pone cara muy seria cuando piensas —dijo, y se inclinó hacia él para abrirle la sonrisa con los dedos índice y corazón—. Sonríe, Zen.

Él tomó la mano de Lan en la suya y le abrió los dedos para cubrirse con ellos todo el rostro. Cerró los ojos y, con un suspiro, le besó la palma de la mano en el mismo instante en que se apagaba la vela.

Deseó que aquella noche no acabase nunca. Que pudieran vivir en aquel instante para siempre, en lugar de atravesar los largos ciclos que se extendían ante ellos, fuera lo que fuere lo que los aguardaba. Tras todos los ciclos de su vida que había pasado luchando contra sí mismo y contra el mundo, solo en momentos como aquel junto a Lan sentía que podía respirar de nuevo. Como si por fin hubiese despertado tras una larga noche de invierno que culminaba en un claro día de primavera.

Lan cambió de postura y se pegó a él. Le dio un beso y aquel familiar aroma a lirios lo envolvió. Esa vez Zen sí cedió; la apretó contra él aunque se odiaba a sí mismo. Mantuvo las manos en casta posición en la espalda de Lan, aunque quería más, siempre quería más.

No quería encontrar a los Dioses Demonio. No quería luchar contra los elantios.

No quería pensar en la escuela, en los maestros ni en lo que podría sucederles.

Lo único que quería en aquel instante era quedarse en aquella pequeña aldea en las montañas con la chica de la que se había enamorado. Quería sentarse junto a una ventana mientras llovía y ver cómo se le encanecía el pelo hasta tornarse blanco como la nieve.

Aquel deseo no era más que una fantasía; no tenía nada que ver con la realidad en la que habían nacido: la realidad de un gobierno elantio que apretaba cada vez más los cuellos de los hin. El pueblo hin tenía un dicho: «Si hablas del demonio, el demonio acude». Zen jamás había prestado atención al dicho, porque no solía caer en supersticiones idiotas, pero en aquel momento se quedó helado al oír una voz que atravesaba el cielo nocturno.

—¡Un ejército! ¡Un ejército!

La voz sonó alta y clara. Era la misma que cada noche cantaba aquellas canciones de los campos de labranza y del pastoreo de búfalos.

Zen se apartó y vio un reflejo de su propia expresión en la de Lan: la comprensión discordante de quien acaba de despertar de un sueño.

Salieron a toda prisa de la habitación y cruzaron el patio con pasos apresurados que espantaron a las gallinas que picoteaban por el suelo. En la calle se abrían de golpe las puertas, los aldeanos asomaban la cabeza con rostros tan asustados como curiosos. Expresiones idénticas a las de los niños, que se habían detenido no muy lejos y contaban con ojos brillantes lo que habían visto:

—... de color plateado y azul...

—¡... parecían un río, tiita!

—¿Dónde? —Zen agarró al niño más cercano, un niño de unos ocho ciclos de edad con un pelo disparejo que debía de haberle cortado su madre—. ¿Dónde estaban?

El chico le dedicó una mirada asustada. Lan le apartó la mano a Zen de un golpe, se giró hacia el niño y le mostró una sonrisa resplandeciente.

—¡Has visto a un ejército de diablos extranjeros! —exclamó, empleando el término que solían usar los hin para referirse a los elantios—. ¿Están cerca?

—Atravesaban el paso montañoso —respondió el chico, encantado con tener toda su atención. Señaló al norte, donde el cielo había adoptado hacía rato un tono índigo y las montañas no eran más que siluetas—. Por ahí.

El frío se cerró sobre el estómago de Zen. *Noreste*, pensó. La imagen del mapa estelar se le vino a la mente. Lan le había dicho que Erascius había conseguido copiar aquellos mapas estelares con magia metalúrgica en el puesto fronterizo. Con la superioridad de recursos de los elantios, no resultaba imposible que ya hubiesen localizado el lugar.

—Eres un chico listo —oyó que le decía Lan al tiempo que le pellizcaba la mejilla.

El niño miró a Lan con una expresión a caballo entre la fascinación y el miedo; la expresión de un chico que aún no comprendía los horrores que puede contener el mundo. Con ocho ciclos de edad se debía de haber criado después de la conquista y con la vida confinada a una pequeña aldea, sin saber nada del mundo exterior. En su día, los mercaderes ambulantes habían recorrido todo el Último Reino, pregonando sus mercancías y contando historias. Los mensajeros imperiales vendrían a caballo para recaudar impuestos y traer noticias del mundo exterior. Sin embargo, en la era de la Conquista Elantia, aquellas líneas de comunicación habían desaparecido.

—*Jiě'jie* —dijo el chico—. Hermana mayor, ¿qué harán si llegan aquí?

La sonrisa de Lan se ensanchó. Le limpió la mugre de la mejilla al chico.

—Nada, porque esos estúpidos cabezas de huevo no llegarán aquí —respondió—. *Jiě'jie* te protegerá.

—*Jiě'jie*, ¿eres un hada poderosa? —preguntó el niño.

Lan le guiñó el ojo y se llevó un dedo a los labios, aunque la sonrisa se desvaneció al girarse y regresar al patio de la dueña de la casa. La noche había caído casi por completo. El sol moribundo le envolvía el rostro en sombras.

—¿Qué hacemos si vienen a por los aldeanos? —preguntó en tono quedo.

No vendrán, pensó Zen. *La aldea no significa nada para ellos. Se dirigen al noreste, a la ubicación del primer Dios Demonio.*

Por supuesto, Lan pensaba en las vidas de los aldeanos, mientras que Zen..., Zen pensaba en sí mismo y en sus propios objetivos.

El sonido de la puerta del patio al cerrarse lo libró de tener que responder a la pregunta. Se giraron y vieron que la dueña de la casa los observaba.

—Sois vosotros, ¿verdad? —preguntó con voz tan fina como un jirón de humo. A Zen no le hizo falta oír las siguientes palabras para saber a qué se refería—. Sois practicantes.

Algo se tensó en su interior. La dueña de la casa era vieja, mucho más vieja que la Conquista Elantia, pero aun así no tanto como para haber vivido en los días en que los guerreros y los héroes caminaron sobre los ríos y lagos de los reinos Primero y Medio mientras luchaban contra el mal y protegían al pueblo.

—No hace falta que digáis nada —dijo la mujer—. Uno de vosotros salvó en su día a mi familia de un demonio. No quiso decir que lo era, pero yo lo supe. Todos vosotros tenéis un aire que os hace únicos. —Una sombra le sobrevoló el rostro—. Mi marido y mi hijo murieron en la guerra que perdimos contra los extranjeros. Lo único que no ha cambiado es esta aldea. Hace mucho que siento que estamos a la espera... pero no sabía qué era lo que esperábamos. Ahora lo sé.

La dueña de la casa se arrodilló, un movimiento que sobresaltó a Zen. Se puso en pie a la vez que Lan y ambos intentaron agarrar a la anciana por los codos.

—¡Abuela, por favor, no te arrodilles!

—Por favor, abuela...

—Salvad a los niños, os lo ruego —susurró la dueña de la casa.

Zen miró a Lan. Su expresión mantenía un cuidadoso control, contenida como siempre, mientras que la de ella se alteraba al son de sus cambios de humor, como un cielo de verano. Un profundo dolor relucía en los ojos de Lan, así como los destellos de una nueva resolución. Los dos ayudaron a la dueña de la casa a ponerse en pie. Zen vio que Lan sacaba la ocarina y la sujetaba con fuerza en el puño.

—*Năi'nai* —dijo la chica—. Abuela. Nosotros nos encargaremos. Ve dentro.

La súplica de la anciana siguió resonando en los oídos de Zen mucho después de que hubiese cerrado la frágil puerta de madera. Lan y él regresaron a la habitación y se asomaron codo con codo por la ventana abierta. A aquellas alturas ya se había hecho completamente de noche. Una terrible quietud se había adueñado del aire. La luna brillaba en el cielo, aunque Zen sintió un cambio en el qì a su alrededor, una fuerza que aumentaba como una nube de tormenta que se cerniese sobre ellos. Acto seguido ajustó sus sentidos al vaivén de las energías en el aire y encontró una masa oscura y sólida que atravesaba los suaves caudales de qì en las montañas y en el bosque.

Metal.

Elantios.

«Un río», había dicho el niño. Zen comprendió a qué se había referido al contemplar el movimiento de la masa metálica que atravesaba el qì. Un ejército, no solo el escuadrón de exploradores con el que había acabado en el puesto fronterizo. Aquello era un ejército real, enorme. Erascius no solo había sobrevivido; había regresado con unas fuerzas diez veces mayores. Zen cerró los ojos y sintió que el mundo daba vueltas a su alrededor.

Había arrasado un puesto fronterizo y a cambio había obtenido la ira del Imperio Elantio.

Y carecía de demonio que lo ayudase a luchar.

—Hemos de proteger la aldea —oyó que decía Lan con un leve temblor en la voz—. Aún estamos a tiempo. Podemos resistir mientras los aldeanos huyen.

—Jamás escaparán del ejército elantio.

Zen hablaba con una sensación de vacío por dentro. Las palabras parecían salir de la garganta de otra persona. Contemplaba la escena desde muy lejos.

—Y entonces, ¿qué? ¿Los dejamos morir? Somos practicantes, Zen. Hasta yo conozco las historias: este poder nos ha sido otorgado para proteger a quienes carecen de él. ¿No lo recuerdas?

Lo agarró por la pechera de la camisa nueva que le había regalado la dueña de la casa al ver el lamentable estado en que llevaba el *páo*. Aquella prenda era negra y tenía bordados patrones de nubes y llamas. Zen se había preguntado cómo era posible que una desconocida le regalase un material tan preciado como la seda. Por fin lo había entendido.

Cerró los ojos. Se odiaba a sí mismo y lo odiaba todo. Después de tanto tiempo, después de todo lo que había pasado y de todos los ciclos que había dedicado a entrenar, no era suficiente. Su poder había provenido del demonio, cuyo qì había aumentado sus prodigiosas habilidades para la práctica. Sin el demonio, no era nada. Un practicante ordinario que quizá podría vencer a un *mó* o a un *yāo* y ganarse la veneración del pueblo llano. Y sin embargo, frente al Imperio Elantio no sería más que un insecto irritante.

—No somos más que dos practicantes contra la fuerza del ejército elantio —dijo en tono seco—. Y ya no tengo el demonio vinculado a mí. No hay manera de que podamos ganar.

—Entonces, ¿qué? ¿Huir? —Lan lo soltó y dio un paso atrás, con el semblante retorcido en una mueca de incredulidad—. No voy…

—Los alejaremos de aquí si se acercan demasiado.

Solo había una posibilidad de salvar la aldea y evitar que los elantios encontrasen a los Dioses Demonio. Si Zen había albergado alguna duda en los días previos, el ejército elantio se encargó de despejarlas todas. No quedaban alternativas, y mucho menos tiempo.

—Se dirigen al norte —prosiguió—. Puede que pasen por aquí sin descubrir la aldea. Hemos de averiguar a dónde se dirigen exactamente.

El alivio aflojó las facciones de Lan, que asintió. Quizá creyera que Zen no era el monstruo en que los demás lo habían convertido, que había caído en un error al pensar que sería capaz de escapar y dejar que aquella gente muriese.

—Pues vamos.

—No.

Zen la agarró de la muñeca y la obligó a girarse hacia él. Solo podía rezar para que la superficie de su compostura no se agrietase. Se le rompía el corazón, pero no podía permitir que Lan se diese cuenta. Tragó saliva y contempló su rostro con atención, aquellos ojos brillantes y aquella boca de respuestas siempre rápidas, el cordón del collar que le había regalado.

—Tú ve a reunir a los aldeanos. Prepáralos para huir si es necesario —dijo—. Yo voy a intentar averiguar hacia dónde va el ejército. No actúes hasta que no te haga una señal. Si todo va bien puede que pasen de largo. Una aldea pequeña y oprimida en medio de las Planicies Centrales no supone nada para ellos.

Lan debió de ver algo en la expresión de Zen, porque le escrutó el rostro un instante antes de asentir. La confianza en sus ojos se le antojó una maldición.

Lan entrelazó los dedos con los de él y se llevó ambas manos al corazón. Fue apenas un leve roce, pero estuvo a punto de hacer pedazos la resolución de Zen.

—No me hagas esperar mucho —dijo, y se fue. Se escurrió de entre sus dedos como el viento.

Él sintió el impulso de llamarla, de contemplarla aunque fuese un último instante, de arrodillarse a sus pies y suplicar su perdón. Sin embargo, guardó silencio, atrapado dentro de su propio cuerpo mientras la oía recorrer el patio y espantar de nuevo a las gallinas.

Oyó el sonido de las puertas al abrirse; Lan había entrado en el salón principal de la casa.

Acto seguido, Zen se giró hacia el *kàng* en el que había depositado el pergamino con el mapa estelar. Lo dobló y se lo metió en el saquito. Luego se situó frente a la ventana y empezó a reunir qì, a acumularlo en su núcleo. Ya sentía la abrumadora mancha que suponía el metal en medio de las energías naturales, el modo en que atentaba contra el equilibrio del mundo.

Todo acabaría pronto.

En lugar de canalizar el qì a las suelas de sus pies para emplear las Artes Ligeras, Zen llevó toda la energía a las puntas de sus dedos y empezó a dibujar un Sello. Tierra y tierra a ambos extremos del círculo, separadas por líneas de distancia. Espiral, punto; partida, destino. Noreste. ¿Qué había al noreste de allí? Necesitaba un punto fijo, algún lugar en el que hubiera estado antes. Cualquier lugar cercano serviría.

La respuesta vino a él con un regusto irónico. El Río del Dragón Serpenteante corría al noreste antes de girar y avanzar en línea recta hasta las Estepas Boreales. Sin embargo, cerca de la intersección de las Planicies Centrales con las Cuencas Shǔ había un lago. Los cartógrafos solían representarlo como una perla que sujetase un dragón. Zen, desesperado por tener algún recuerdo de su tierra natal durante los primeros días que pasó en el Fin de los Cielos, había ido a contemplar el lago.

El Lago de la Perla Negra, pensó. Cerró los ojos y se concentró en aquella extensión de agua que parecía oscura incluso de día y que reflejaba a la perfección el cielo nocturno.

Mantuvo la imagen en la mente y terminó de dibujar los últimos trazos del Sello.

Una línea recta para unir partida y destino. A continuación, un círculo para cerrarlo todo.

La aldea, la ventana cerrada, el lecho *kàng* y la pequeña habitación que había compartido con Lan…, todo ello desapareció. La imagen que había en la mente de Zen se lo tragó.

En los instantes que tardaron sus ojos en adaptarse, Zen oyó el ruido de las olas al restallar contra la orilla. Sintió la suavidad de la arena bajo las botas. Poco a poco vio el contorno de las montañas que lo rodeaban. La franja de oscuridad ante él empezó a cobrar forma: la luz de las estrellas parecía hundirse en ella, como si se la robase al mismísimo cielo.

Se irguió y respiró el aroma del agua y del viento. Las montañas que bordeaban el lago le dieron la impresión de encontrarse en un mundo pequeño y exclusivo para él. El cielo y la tierra estaban plagados de estrellas.

Sacó un *fú* que le proporcionó luz. A continuación abrió el pergamino con el mapa estelar y lo sostuvo bajo el resplandor de la lumbre. Ahí estaba: los puntos que tan meticulosamente había transcrito en la hoja se correspondían casi a la perfección con el patrón de estrellas que vio en las alturas.

Estaba cerca.

Zen cerró los ojos y dobló el qì a su alrededor en busca de aquella maraña de rabia, miedo e ira con la que se había cruzado hacía trece ciclos en el lugar donde su clan había sido masacrado. No encontró nada más que una agradable oleada de viento y agua, de montaña y tierra; todos los elementos naturales del qì fluían en armonía.

Y sin embargo..., frunció el ceño y siguió buscando. Debajo de todo ello subyacía una corriente de pánico, un salvaje caudal que fluía bajo la superficie. La sensación de algo viejo, algo que no cuadraba en aquel lugar, algo parecido al terror que había empapado los huesos de las montañas, las raíces de los árboles y el fondo del lago.

El fondo del lago.

Zen pensó en aquel día de invierno de hacía trece ciclos, en las palabras que Aquel que Tiene los Ojos Ensangrentados le susurró.

—*¿Acaso no me has llamado tú? ¿Acaso no has elevado una plegaria silenciosa que imploraba poder, venganza? ¿No deseas la oportunidad de hacerles a ellos lo que le han hecho a tu familia?*

Sí que lo había hecho. Le había pedido todo aquello y no había conseguido nada, nada aparte de describir un perfecto círculo y acabar en el mismo lugar en el que había empezado. Excepto que ya no era un chiquillo inocente que ansiaba el afecto de su maestro, ni que lo aceptasen en el mundo, ni redención para su alma. No, ya era tarde para todo eso. Si podía conseguir algo a través del camino menos transitado, que así fuera.

Escarbó en sus recuerdos e intentó echar mano de todo lo que había aprendido a reprimir. Todo lo que contenía las emociones que había intentado no sentir durante los últimos trece ciclos: indefensión, dolor agónico a manos del equipo de interrogatorios de los elantios, terror al ver la figura ensangrentada de Yeshin Noro Dilaya, amargura ante la fría indiferencia de los maestros, rabia frente a la absurda injusticia de sus decisiones..., y furia hacia el ejército elantio por lo que le habían hecho a Lan, por lo que estaban a punto de hacerle a la aldea si Zen fracasaba.

Más hondo, más hondo..., hasta aquel día hacía trece ciclos en que había olido humo en las altas mesetas y había regresado a la carrera para ver el fuego que se alimentaba de las llanuras que en su día había considerado su hogar. Un fuego cuyo resplandor brillaba mezclado con el tono dorado y rojo de las libreas y los estandartes del Ejército Imperial.

Sintió que el qì aumentaba en su interior, que las energías yīn de muerte, dolor y furia le recorrían las venas como veneno. Y por fin, desde algún lugar..., llegó un eco. Una gran ola que se abrió, que creció hasta alcanzar el mismo nivel de la marea de emociones que embargaba a Zen. Abrió los ojos de golpe. El lago se extendía ante él, liso y negro. Lo único que perturbaba la superficie eran los fragmentos de luz estelar que caían sobre él desde las alturas.

Comprendió dónde descansaba el Dios Demonio.

Encauzó el qì hacia sí mismo y lo acumuló en las plantas de los pies. Saltó, y el viento le sopló en la cara al tiempo que trazaba un arco en el aire y caía como un cometa perdido en la oscuridad.

Lo recibieron unas aguas de una frialdad implacable, de una negrura infinita. Allí dentro lo envolvió el yīn de sus propias emociones y el tormento de sus recuerdos. Empezaron a quemarle los pulmones. El peso aplastante del agua helada tiró de él hacia abajo.

Abajo, abajo..., hasta que no pudo ver ni la mota de luz que era la luna. Hasta que la oscuridad fue tan completa que no pudo distinguir entre conciencia e inconsciencia. Hasta que se le helaron las extremidades, paralizadas mientras su mente les gritaba que se moviesen. Hasta que no pudo decidir si flotaba o se hundía.

Y entonces, en medio de aquel horrible silencio, del vacío, acudió.

Era sobre todo una presencia. Una existencia. Una corriente que acariciaba su cuerpo, un susurro en su conciencia.

—*Temurezem* —retumbó una voz que estaba en todas partes y en ninguna—. *Cuánto te he esperado.*

El tiempo pareció detenerse. Zen estaba suspendido en una existencia entre mundos, entre sí mismo y aquel ser que era más viejo que el tiempo, más antiguo que el mundo.

—*¿Has venido a invocarme al reino de los vivos? ¿Al yáng de la vida, del sol y de la tierra firme?*

Zen habló, pero solo percibió el eco de su propia voz en la mente.

—Dime quién eres.

—*Diría que sabes quién soy* —replicó aquel ser—. *Creo que llevas tiempo buscándome.*

—Pues te equivocas —dijo Zen en tono frío.

—*¿Ah, sí? Tras la masacre de tu familia, ¿acaso no dedicaste muchas lunas a buscarme? Sin embargo, te conformaste con el primer mó que apareció ante ti.* —La criatura chistó—. *Qué lástima. Qué pérdida de tiempo, cosa que a uno de nosotros no le sobra.*

La aldea. El ejército que se aproximaba. Y Lan. Se acababa el tiempo.

—He venido a vincularme a ti, demonio —dijo Zen—. Dime cuánto me costará. Bien sé cómo negocian los tuyos.

—*Así que lo sabes bien, ¿no?* —Sonaba levemente divertido—. *¿Vas a ofrecerme algo? ¿Algo de lo que carezca cualquier otro mortal?*

Zen apretó los dientes.

—Dime qué quieres.

El qì a su alrededor se arremolinó. Zen sintió que lo aplastaba, como si de pronto sostuviese el peso de toda una montaña, como si el mismo cielo se apoyase en él. En el espacio de un parpadeo, las aguas del lago se arracimaron. Algo más oscuro que la oscuridad surgió de algún lugar donde Zen había pensado que no había nada.

Zen se encontró contemplando el núcleo de la Tortuga Negra.

Era una sombra del tamaño de una montaña, un cuello delgado rematado por una cabeza borrosa. Ojos del color de la sangre en el agua, de llamas en el este.

—*Diez mil almas* —retumbó la voz de la Tortuga—. *Quiero diez mil almas... y a ti.*

Diez mil almas. Le pagaría a la Tortuga Negra con la sangre del ejército elantio.

Y luego... con la suya.

—Mi alma ya está condenada —replicó Zen—. No es mercancía nueva.

—*Te quiero a ti* —repitió el Dios Demonio—. *No tu alma. A ti entero. Mente, cuerpo..., y luego, una vez que estés listo, tu alma.*

Un rugido inundó la cabeza de Zen. Los hin creían que las almas atravesaban el Río de la Muerte Olvidada antes de alcanzar el descanso eterno. Su clan pensaba que eran la Gran Tierra y el Cielo Eterno los que absorbían los espíritus. Sin embargo, ambas creencias exigían como condición la bondad de dichas almas. Zen sabía que jamás alcanzaría ese requisito de bondad, y estaba listo para que su alma fuese condenada.

Su alma, pero no su vida. Su cuerpo y su mente, no.

Pensó en Lan, en el collar rojo que le había puesto, una promesa y un deseo que ella, milagrosamente, le había concedido. Que Lan albergase sentimientos hacia alguien como él parecía demasiado bueno para ser verdad..., pero no había impedido que soñase con un futuro a su lado. Un futuro libre de persecuciones, de guerra y de sufrimiento, donde pudieran explorar todo lo que el ancho mundo guardaba para ellos. Una vida normal, los dos juntos, en la que pudiera contemplar cómo se le arrugaba la piel y se le encanecían los cabellos.

Pero si no cerraba el pacto, Lan ni siquiera sobreviviría. No tendrían la menor oportunidad de disfrutar de esa vida.

Zen tomó una decisión.

—Primero, diez mil almas —dijo—. Luego el cuerpo. Después la mente. Y por fin, cuando esté listo, el alma.

—*Eso durará mucho* —siseó la Tortuga Negra—. *No pienso esperar a que me entregues diez mil almas para degustar el sabor de tu carne y tus pensamientos.*

Estaban en un punto muerto.

Zen aguardó y, por fin, la Tortuga Negra habló de nuevo.

—*Te haré una contraoferta: una entrega gradual. Cada vez que uses mi poder, con cada alma que me entregues, me cobraré un poco más de tu cuerpo. Luego, de tu mente y, por último, de tu alma.*

No, no, no, gritó cada fragmento de su ser. Era demasiado pronto, no iba a tener tiempo.

—*Es mi última oferta, mortal* —le advirtió el Dios Demonio, con una ira que hizo temblar las montañas—. *La tomas o la dejas.*

Zen cerró los ojos para bloquear aquellos infernales trazos rojos frente a él. Pensó en Lan. En la aldea, en la anciana dueña de la casa que se había arrodillado ante él. En el Fin de los Cielos. En su maestro, inclinado para oler las camelias recién florecidas.

Su vida a cambio de las de los demás.

—*¿Y bien, Zen?* —Las palabras de la Tortuga Negra adoptaron un tono burlón—. *¿Cerramos el pacto?*

En otro mundo, en otra vida, Zen podría haber tenido alternativa. Alguna opción mejor. Pero en aquel en el que había nacido Zen no había más que un camino a seguir. El mejor camino.

Zen abrió los ojos y contempló el ardiente núcleo del demonio.

—Sí —dijo—. Cerramos el pacto.

27

«No hay paz sin violencia, no hay armonía sin sacrificio, no hay unidad sin pérdida de individualidad».

Disertaciones del Primer Emperador, Dinastía Jīn, Ciclo I, Era del Reino Medio.

—*Năi'nai*. Abuela. Por favor, tenemos que marcharnos.

Toda la aldea estaba despierta. Las estrellas brillaban en el cielo pero Zen no había regresado. Lan había ido a buscarlo tras haber llamado a todas las puertas y ventanas de la aldea. No había rastro de él en la habitacioncita de la casa. La ventana había quedado abierta. Desde ella se veía la ladera de las montañas que seguía atravesando aquel rastro de plata que era el ejército elantio. Lan creyó percibir una suave brisa, la más leve alteración en el flujo del qì, casi como si acabase de extinguirse un Sello.

Y luego se dio cuenta de que el pergamino con la transcripción del mapa estelar había desaparecido.

Recordó la expresión de Zen antes de separarse. Tenía en el semblante un aire de triste fatalismo, la esperanza disminuía en sus ojos como el último temblor de una vela antes de apagarse. Algo anidó en el vientre de Lan, la semilla de una duda. ¿La habría dejado allí para que defendiera la aldea ella sola? ¿Para que muriera sola?

—*Gū'niang* —murmuró la anciana dueña de la casa. «Jovencita»—. ¿A dónde vamos?

—A cualquier parte —dijo Lan en tono desesperado—. ¡Lejos del ejército elantio!

La anciana suspiró. La vela exangüe agudizó las arrugas en su rostro.

—*Gū'niang*, la mayoría de nosotros ha vivido aquí toda la vida. Nuestras raíces están en esta aldea, en la tierra misma. Yo nací aquí, aquí me hice mujer y aquí crie a mi familia. Aquí los vi morir. Cuando me llegue la hora, me gustaría que mis huesos y mi alma fuesen enterrados aquí.

Lan contempló a la anciana sentada en una sillita junto a la mesa rota de madera, remendando un trozo de tela. La certeza la asaltó como una imagen que de pronto cobrase sentido: los elantios bien podrían arrasar sus ciudades y sus pueblos, bien podrían destruir sus libros y mermar su idioma. Y sin embargo, Lan podía contar con que los hin seguirían teniendo esperanza. La esperanza había sido el veleidoso y diminuto compañero de viaje que había ido con ella durante noches frías y amaneceres hambrientos, cuando el cansancio ante un nuevo día se abría de nuevo, largo y lúgubre, ante ella. Lan comprendió que la esperanza era justo lo que Māma le había legado, lo que le había dejado en el Sello en la muñeca: la promesa de que su historia aún no había acabado. Que aún sostenía el pincel con el que podría escribir el final.

Y sin embargo, aquella aldea y aquella anciana habían sobrevivido físicamente al asalto elantio, si bien su voluntad había sido quebrantada.

Lan se puso de pie. Apretaba la ocarina en la mano.

—*Nǎi'nai* —dijo—. Gracias por todo.

Salió por la chirriante puerta de madera, la misma que había cruzado junto a Zen hacía unas noches, hacía una vida. La aldea estaba sumida en el silencio. En las alturas, la luna bañaba la tierra con luz blanca, aunque unas nubes de tormenta asomaban por el oeste y empezaban a cubrir el cielo como un telón. Lan cruzó el camino embarrado hasta el *pái'fāng* que señalaba la entrada de la aldea. Un camino de ascenso, el mismo camino de bajada. No había rastro de Zen. Volvió a pensar en la extraña sensación que había tenido en la habitación, en la desaparición del pergamino con los mapas estelares que llevaban a los Dioses Demonio.

Lan reprimió el miedo que había empezado a crecerle en el vientre y se centró en el qì.

Frunció el ceño. Algo iba mal. Había sentido antes el abrumador y asfixiante hedor del metal, pero en aquel momento el aire se había despejado. Las energías de las montañas, el aire y el agua daban la sensación de ser más brillantes. La presencia del ejército elantio había disminuido; parecían estar alejándose.

Al noreste. Era la dirección que el chico había dicho que seguía el ejército. Por mero impulso, Lan se llevó la ocarina a los labios y tocó. Los cuatro segmentos de mapas estelares aparecieron ante ella. Las constelaciones de los Dioses Demonio resplandecieron delante del verdadero cielo en las alturas. Lan contempló el cuadrante noreste del mapa estelar. Casi se le paró el corazón.

El cuadrante del mapa era una copia casi exacta del verdadero cielo nocturno. Y en él, delimitada por la ausencia de luz, se dibujaba la forma de la Tortuga Negra.

La semilla de la duda que tenía en el pecho floreció. Sintió una presión tan grande que casi no pudo respirar. Las palabras de Zen habían cobrado significado. «Una aldea pequeña y oprimida en medio de las Planicies Centrales no supone nada para ellos».

Por supuesto. Lan solo se había centrado en la aldea, en proteger las vidas de aquel lugar. ¿Por qué iban a dirigirse los elantios a una aldea pobre y desamparada que apenas constituía un puñado de niños y viejos? No, Erascius les había dejado claro su objetivo: encontrar a los Dioses Demonio para luego dar caza a la Escuela de los Pinos Blancos, donde residían los últimos practicantes hin. Cuando acabase con lo que quedaba de la magia hin y tuviese el poder de los Dioses Demonio en sus manos, los elantios arrasarían las Planicies Centrales y el resto del Último Reino sin oposición alguna. Con eso asegurarían el control de aquella tierra para siempre.

Zen lo había comprendido… y había ido a buscar a la Tortuga Negra. Sin Lan.

«No somos más que dos practicantes contra la fuerza del ejército elantio. Y ya no tengo el demonio vinculado a mí».

La invadió el frío. Las pistas habían estado frente a ella todo el tiempo pero no las había reconocido. Había confiado en él.

Y él le había mentido.

Si salía a buscarlo en aquel mismo momento quizá podría darle alcance antes de que fuera demasiado tarde. No podía usar un Sello de Portal, porque no podía rememorar destino alguno en la cabeza. No sabía lo que había a varias horas de camino al noreste.

Acumuló qì hasta que sintió que brillaba en su interior. Luego lo envió a las plantas de sus pies y saltó hacia la noche. Las montañas escarpadas se convirtieron en un borrón a medida que ganaba velocidad y avanzaba más segura que nunca. Con cada salto se desplazaba más de lo que había conseguido hasta entonces. Y aun así… no dejaba de pensar en aquel remolino de qì que había trazado un Sello en la habitación. Si Zen se había desplazado con un Sello de Portal, bien podía encontrarse a horas de distancia.

No bastaba. Aunque se esforzase, no bastaba.

El tiempo pasó y el mundo se redujo al empuje rítmico del qì en sus pies, a buscar el siguiente árbol, o roca o saliente desde el que impulsarse. En las alturas brillaban las estrellas, que desaparecían a medida que los jirones de nubes empezaban a cubrirlas. «Date prisa», parecían susurrar a medida que Lan se acercaba al ejército elantio. El aroma a metal empezaba a dominar todas las hebras de qì. «Date prisa».

Sucedió después de lo que parecieron varias horas de viaje.

Una espiral de energías atravesó el aire. Lan se tambaleó y perdió el ritmo de los pasos. Se cernió sobre ella un torrente de energías yīn, de furia y de dolor. Chocó contra el borde de un acantilado y arañó el suelo con las uñas en busca de hojas y raíces a las que agarrarse. Sus pies derraparon contra las rocas y quedaron flotando en el vacío. Cerró los dedos en torno a algo, la raíz de una planta, pero pesaba demasiado y la planta empezó a romperse. Más abajo oyó el hambriento caudal de un río. En las alturas atisbó la luna a punto de desaparecer tras el borde de una gran cordillera montañosa.

—¡Zen! —gritó en el momento en que se rompió la raíz.

Notó que le agarraban la muñeca. Un dolor agudo en el hombro que interrumpió con brusquedad la caída. Lan se quedó colgando, suspendida en el aire sobre el borde del acantilado. La cara de quien la había rescatado asomó por el borde.

—Taimada niñata con espíritu de raposa —ladró Yeshin Noro Dilaya antes de que las nubes se tragaran los últimos rayos de luna—. Debería haberte dejado morir.

—Dilaya —jadeó Lan. Yacía en el suelo lejos del borde del acantilado. Intentó no sonar muy agradecida ante la chica que acababa de salvarle la vida—. ¿Tan grande tienes las narices que no puedes evitar meterlas en los asuntos de los demás?

—Vuelve a soltar uno de esos comentarios y te tiro por el acantilado —fue la respuesta, que vino acompañada del destello de una hoja, destinado a recordarle a Lan quién estaba al mando—. Aún me duele el cuello por culpa del truquito que usaste.

—¿Cómo me has encontrado? —preguntó Lan.

La última vez que había visto a Dilaya, la chica yacía inconsciente en el suelo de la Cámara de las Cien Curaciones.

—Tus amigos, Mascahierbas y Fantasmitas, me lo contaron todo —fue la respuesta—. He seguido el rastro de tu qì hasta este lugar.

En la lejanía, el latido de energías se había estabilizado, pero Lan aún sentía que fluía sobre ellas como la corriente de un río oscuro y asfixiante. *Yīn*, pensó. Se le encogió el estómago ante la marea de rabia, dolor y sufrimiento que chocaba contra su corazón. *Mó*: un espíritu nacido de la ira, la ruina, la rabia y un deseo no cumplido.

Recordó un rostro: piel reseca de un tono gris azulado pegada a un esqueleto como vitela seca. Ojos amarillos y ciegos, una boca descolgada, mechones de pelo suelto que caían como hierbajos. Y lo peor: lo mucho que aquel ser recordaba a un humano, el modo en que las largas mangas y faldones del *páo* pendían de él como un recuerdo fantasmal de la persona que había sido. El alma del maestro supremo se había convertido en un monstruo.

Recordó el horror con que Zen lo había contemplado, pero hasta entonces no comprendió por qué. El *mó* era un reflejo de uno de los posibles destinos que aguardaban a Zen.

Un destino que podría evitarse si Lan lo alcanzaba a tiempo.

Se obligó a ponerse en pie. Apartó de un golpe la mano que Dilaya le tendió. En el mismo movimiento sacó su propia hoja. Tajoestrella destelló como un diente.

—Si piensas ayudarme, vámonos ya. Si no, apártate de mi camino.

Dilaya la contempló con incredulidad.

—Pequeña niñata con espíritu de raposa, ¿de verdad crees que puedes vencerme con ese mondadientes?

—Menos palabras inútiles y más actos, cara de caballo. —Con un rápido movimiento, Lan envainó la daga—. No te quedes atrás.

La respuesta enojada de Dilaya se perdió en el rugido del viento cuando Lan decidió despegar. El qì la lanzó hacia la noche tormentosa. El latido de energías que sentía más adelante se había estabilizado, pero a cada paso notaba que el pánico le sacudía los huesos. La imagen del maestro supremo que había vinculado su alma a un demonio latía frente a ella.

La cadena montañosa se acercaba. Lan sentía que aquello que buscaba se hallaba al otro lado. En el centro: un vórtice de oscuridad y de qì compuesto de yīn. La superficie era opaca. A medida que Lan descendía en su dirección, percibía que succionaba las pocas hebras de luz que asomaban por entre las nubes.

Vaciló antes de avanzar los últimos pasos. Alzó el rostro al cielo. No había nada que hacer: las nubes habían oscurecido las estrellas y no tenía suficiente memoria como para haberse aprendido el mapa estelar. Sin embargo, el latido de energías había ganado en intensidad, como un tambor grave y espectral que resonase por su esternón y sus costillas. El yīn que arrastraba aquel redoble le hacía temblar los dientes y los huesos.

Tenía que deberse a un Dios Demonio.

Lan saltó, con la ocarina en una mano y Tajoestrella en la otra. Aterrizó en medio de arena fina y se dio cuenta de que la masa negra que había ante ella era un lago. Las olas fluían hacia la orilla como las fauces de una bestia enorme y violenta que se estirase hacia ella.

Oyó un golpe detrás; Dilaya acababa de aterrizar. Ambas contemplaron cómo el agua arañaba la tierra.

—Lo sientes, ¿verdad? —Por una vez, algo parecido al terror teñía la voz de Dilaya—. Son energías yīn. No en vano hablamos del equilibrio en la práctica, de usar el yīn y el yáng en armonía. Es imposible que un alma se defienda de tanto yīn durante mucho tiempo. Con el paso del tiempo acaba por corromperse.

Lan volvió a pensar en el maestro supremo de la Escuela de los Puños Cautelosos. Sintió un nudo en el pecho.

La quietud se apoderó del agua ante ellas. Un escalofrío recorrió los brazos de Lan.

—Dilaya —dijo—. Deberías marcharte. Escóndete en algún sitio seguro.

Por si la gravedad de la situación no hubiese quedado clara, Dilaya vaciló en lugar de protestar. Acto seguido desapareció en una ráfaga de viento.

Lan se acercó al borde del agua. De pronto fue consciente del silencio antinatural que reinaba allí. No cantaban las cigarras ni había animalillos que se escabulleran por los arbustos. Ningún pájaro canturreaba en las ramas. Era como si toda vida hubiese abandonado aquel lugar.

Toda vida..., excepto una.

—Zen.

Lan apenas movió los labios, pero algún extraño instinto le dijo que Zen la oiría.

Una sombra se agitó tras ella. Al girarse, lo vio: era él, pero al mismo tiempo no lo era del todo. Era el chico que conocía y su misma silueta delineada en la oscuridad. Tras un parpadeo, aquella oscuridad desapareció, como si se le hubiese nublado la visión un instante antes de volver a centrarse.

Zen estaba ante ella. La suave brisa le agitaba el *páo* negro. El redoble de aquellas terribles energías yīn había desaparecido. La quietud a su alrededor se esfumó. Regresaron las olas, los pinos en torno a ellos cimbrearon, las nubes en las alturas se movieron.

—Lan —dijo Zen. Era su voz, su rostro. El nombre de Lan en su boca; algo que tantas veces había oído durante las últimas semanas. La invadió el alivio—. ¿Por qué has venido?

Ella contempló aquel semblante frío e indescifrable que Zen había tenido la noche en que se conocieron. El semblante que poco a poco había sido capaz de penetrar, que se había desvanecido como la nieve bajo el sol.

En aquel momento parecían haber dado un paso atrás. La distancia entre ellos aumentaba.

—He venido a buscarte —dijo ella—. ¿Por qué te has llevado el mapa estelar?

Él la contempló con un destello en los ojos.

—¿Me lo he llevado? Debe de haber sido por accidente. He venido en busca de los elantios.

Otra mentira. Había sido él quien había atraído a los elantios hasta allí. Lan sentía en el aire que se aproximaban. La presencia de metal en el qì aumentaba poco a poco. No quedaba mucho tiempo.

—Aquí no hay elantios.

Aún no.

Y de pronto, el hilo que los conectaba se tensó. Zen entornó los ojos.

—No confías en mí.

—Me has mentido —replicó ella.

Zen cerró los ojos un instante.

—Lo último que querría sería hacerte daño.

—¿Qué has hecho? —susurró Lan, y los muros entre ellos se rompieron por fin.

—He sellado la única oportunidad que tenemos de alcanzar la victoria —dijo Zen—. Mi alma estaba condenada desde hace mucho, Lan. Estaba escrito en las estrellas, tal y como al maestro Fēng le gusta anunciar. Ha valido la pena sellar este pacto: una única persona a cambio del poder de salvar esta tierra y a su gente.

—Poder —repitió ella—. Todos los maestros y los clásicos dicen que el poder es un arma de doble filo que no puede ser usada sin equilibrio.

Zen apretó los labios.

—Y los maestros preferirían que yo renunciase a mi poder... ¿para qué? ¿Para poder quedarnos de brazos cruzados mientras los elantios nos atacan? Lo que quieren es lo mismo que quería la Corte Imperial cuando obligó a los clanes a renunciar a sus poderes. Los clanes entregaron su poder y mira cómo les compensó el reino.

Tenía razón. Tenía razón, pero dentro de Lan seguía clavada una advertencia, afianzada entre recuerdos ensangrentados. Los hin necesitaban poder para vencer a los elantios. Sin embargo, también tenían que ser capaces de controlar ese poder. Lan comprendió que el poder sin equilibrio solo acarreaba destrucción, daba igual quién lo emplease.

Contempló a aquel chico envuelto en una oscuridad que era la noche encarnada y lo entendió todo.

—Los maestros te pidieron que renunciases a tu poder porque no tenías control sobre él —dijo—. Y por lo tanto, no sabías equilibrarlo. No olvides lo que sucedió en el puesto fronterizo elantio. Lo que nos enseña la historia de Muertenoche.

—Y tú no olvides lo que nos han hecho los elantios. Lo que planeaban hacer si yo no hubiese destruido su asentamiento. No olvides el motivo por el que Muertenoche hizo lo que hizo, ni quién lo obligó. Jamás habrá un equilibrio perfecto, Lan, y menos ahora. En el mundo en el que vivimos hoy en día, es todo o nada.

Lan jamás había oído a Zen hablar así. Jamás había visto tanta amargura en aquel semblante.

—¿Y qué pasa con las personas inocentes que perdieron la vida? —preguntó. No supo si se refería a Zen o a Muertenoche—. ¿No significaban nada?

—Lan, no se puede ganar una guerra sin incurrir en bajas.

La sangre se le congeló en las venas al oír aquellas palabras. ¿Tan inocente había sido todo ese tiempo? Por supuesto que en las guerras había bajas. Los emperadores que habían gobernado aquella tierra dinastía tras dinastía… todos habían aceptado la idea de que alcanzar un objetivo y usar poder acarreaba bajas. Lan no podía considerarse más sabia que ellos.

Pero…, no, pensó. Ella misma había sido una de esas bajas. Los sirvientes de la casa de su madre y las cancioneras del Salón de Té del Rosal habían sido bajas anónimas, caídas por el ansia de poder de otra persona.

—Lan. —Unos dedos al rojo se entrelazaron con los suyos. Era como si bajo los rasgos que tan bien conocía de las manos de Zen yaciese el tacto de algo distinto—. Tú y yo somos iguales. De los últimos de nuestros clanes. De los últimos practicantes. De los últimos de este reino. Deja que haga esto por nuestra tierra, por todo lo que hemos perdido, por todo lo que no volverá.

Los ojos de Zen eran dulces. Casi resultaba sencillo dejar que sus palabras se le enroscasen en el corazón. La atrajo hacia sí.

—Deja que use el poder del Dios Demonio para echar de aquí a los elantios y restablecer un reino en el que los clanes vuelvan a tener el poder que tuvieron en su día.

Ahí estaba de nuevo: una hoja clavada hasta la empuñadura que rompía el razonamiento de Zen, el relato que contaba. Poder. Los emperadores de antaño habían guerreado con los clanes por el poder. Los elantios luchaban para afianzar su poder sobre los hin.

Pero Lan pensó en las palabras que le había dicho su madre.

«Debes servir al pueblo». En los muertos sin nombre ni rostro de las guerras luchadas en su nombre, pero jamás para ellos. Las cancioneras del salón de té, doblegadas y rotas bajo un régimen; los clanes que no habían querido más que paz, atrapados en el puño de un régimen distinto.

Despacio, Lan apartó la mano.

—Zen —dijo—. Por favor, no lo hagas. No es posible controlar el poder de un Dios Demonio.

—Lo controlo a la perfección, Lan.

—Pero no será así siempre.

Podía sentirlo en aquel mismo momento: de Zen manaba un suave pero insidioso latido de yīn. Dilaya había estado en lo cierto. Aquella energía acabaría por ocuparle la mente y corromperle el alma.

—Muertenoche perdió la cabeza —dijo—. No puedo soportar la idea de que te pase lo mismo, Zen. —Adoptó un tono más suave, suplicante—. Si nos das un poco de tiempo, nosotras podríamos...

—¿Nosotras? ¿Quiénes?

Escupió aquella última palabra con un siseo. Por un instante, Lan creyó ver un fulgor negro en los ojos del chico.

Algo atravesó el aire con la rapidez y la agudeza de una hoja afilada. Zen se giró. El siseo de Llamanoche, el beso del metal al chocar contra la otra espada con un tañido.

—Conquistador —gruñó Dilaya. Todo un relato de odio cabía en aquella palabra. Se irguió tras un pino junto al lago. La sombra del árbol dibujaba lazos de luz de luna sobre ella—. No permitiré que le hagas a esta tierra lo que tus ancestros le hicieron a mi clan bajo el pretexto de protegerlo.

—Yo soy diferente de mis ancestros —dijo Zen en tono frío—, pero tienes razón. No pienso quedarme de brazos cruzados mientras la historia se repite.

—Basta de palabras inútiles —espetó Dilaya. Enarboló Colmillo de Lobo con un gruñido—. Todo practicante demoníaco ha de ser eliminado antes de que el demonio lo controle. Será un honor encargarme de ello esta noche.

Dilaya se abalanzó sobre Zen. Luchaba como poseída. El *dāo* destellaba y cortaba en perfecto ritmo. Sus brazos se sacudían como si siguieran una melodía que solo ella pudiera oír. Por más roces que hubiese tenido Lan con ella, no pudo sino admirar la tenacidad de Dilaya en aquel momento, la naturalidad con la que se movía.

Sin embargo, no era rival para un Dios Demonio. Llamanoche salió al encuentro de Colmillo de Lobo y Zen alzó una mano. Y algo respondió.

Una explosión de qì reverberó por la noche, cruzó el aire y agitó hasta las mismas aguas del lago. Las nubes en las alturas parecieron estremecerse. Las rocas que los rodeaban temblaron ante una descarga de poder crudo y desenfrenado. Lan alzó las manos y trazó un Sello de Escudo contra el que chocó la descarga de energía. Dilaya, en plena carga, voló por los aires diez, veinte pasos. Lan oyó un golpe escalofriante, y a continuación silencio.

Zen bajó la palma y cerró los dedos en un puño. El qì se calmó. Durante un instante, Lan estuvo segura de que había visto la sombra de algo distinto en sus ojos. Luego Zen se giró hacia ella y aquella otra cosa asomó a sus ojos antes de desaparecer.

Lo que no cambió fue el semblante del chico. Frío, lejano, sombrío, y aun así, imbuido de una dimensión nueva, algo que jamás había visto en el Zen que conocía: rabia.

Lanzó una mirada de reojo a Dilaya, derrumbada contra el tronco de un pino. Sobre ellos, alrededor, la presencia del metal estaba tan cerca que presionaba cada uno de sus nervios y anulaba los demás sentidos. Hubo un movimiento en el camino entre las montañas a la espalda de Zen, el resplandor de una armadura extranjera. Los elantios se acercaban.

—Lan.

Casi dio un respingo antes de girarse hacia Zen. Las sombras ya no le envolvían el rostro. Por un instante creyó ver en la mirada del chico algo abierto, vulnerable.

Lo único que se le ocurrió decir fue:

—Por favor, Zen, no elijas este camino.

La expresión de Zen se arrugó. Al hablar, las palabras salieron entre dientes apretados:

—Solo los privilegiados pueden elegir un camino, Lan. ¿Qué es lo que no entiendes? ¡Tú misma lo dijiste, se nos dan opciones de mierda y tenemos que hacerlo lo mejor que podamos! —La voz se convirtió en un grito. Lan se encogió al oír la palabrota en sus labios—. Si pudiera elegir ser bueno, si pudiera elegir la senda del equilibrio que lleva al Camino, ¿por qué no iba a hacerlo? Por desgracia, estas son las cartas que me han repartido los dioses, las circunstancias en las que nací. Si tengo que seguir la senda del Renegado para salvar al reino, que así sea. Si he de ver las tinieblas para que nuestro pueblo encuentre la luz, tomaré la misma decisión una y otra vez.

Jadeaba un poco, con el rostro abierto y suplicante. Bajó la voz:

—¿Me acompañarás, Lan?

Sin embargo, lo único en lo que pudo pensar ella fue en el puesto fronterizo elantio, en los hin hambrientos y atrapados entre rejas. Padres, madres, niños. En que apenas eran sacos de huesos y sangre. En cómo quedaron rotos después de la masacre. Un poder desencadenado consumía la mente de quien lo empuñaba y creaba un camino de violencia, destrucción y muerte sin discernimiento. Así lo había enseñado la historia una y otra vez.

No pensaba caer en la trampa. Si buscaba poder se aseguraría de mantener el control. Y lo usaría para servir al pueblo. A las cancioneras, a los dueños de tiendas de empeño, a las ancianas viudas, a las masas sin voz del reino.

Negó con la cabeza.

—Zen…

Zen vio la respuesta en sus ojos. Se llevó las manos al rostro. Un temblor violento le recorrió todo el cuerpo.

Y luego se quedó inmóvil.

Al volver a erguirse, apartó las manos de la cara y las cerró. Aquella mirada salvaje y frenética había desaparecido. Los ojos eran fríos, negros e inescrutables, una noche sin estrellas.

—Yo he elegido mi camino. Si no estás conmigo, estás contra mí —dijo.

Lan comprendió que lo había perdido.

28

«El vaquero y la tejedora fueron expulsados a los extremos opuestos del cielo, separados por el Río de la Muerte Olvidada, para no volver a abrazarse jamás».

«El vaquero y la tejedora», *Antología de leyendas populares hin.*

Llegaron como un banco de nubes. Se desparramaron desde el paso montañoso que se abría hasta las orillas del lago. Armaduras blancas como el hueso bajo la temblorosa luna. El color de las tumbas. El color de la muerte.

Zen iba a detenerlos allí, aquella misma noche.

Pero no pudo darse la vuelta. No era capaz de apartar la mirada de la chica que se había convertido en lo que lo anclaba al mundo, en la persona que había bloqueado las tinieblas que ahora acechaban desde los bordes de su mente.

Lan retrocedió un paso, como si su sola presencia quemase. Le escrutó el rostro, y fuera lo que fuere lo que vio en él, una sombra de miedo y dolor cubrió su semblante.

Zen se obligó a endurecerse por dentro. Ya había visto aquella mirada en muchas ocasiones.

Lan se giró. Con apenas una ráfaga de qì, se arrodilló junto a Dilaya, que seguía inconsciente, y la asió por la cintura. Otra ráfaga más y echaron las dos a volar. El *páo* blanco fue apenas un borrón en medio del cielo nublado, tan brillante y breve como una estrella fugaz. Y así, desapareció, devorada por la noche.

Una vez más, Zen se quedó solo.

Habría sido muy sencillo perseguirla. Llamarla, exclamar: «¿Desde cuándo se te dan tan bien las Artes Ligeras?», y oír alguna respuesta deslenguada. Casi esbozó una sonrisa ante la idea, pero luego se giró hacia el ejército en la orilla del lago. El incidente en el puesto fronterizo elantio lo había cambiado.

El Fin de los Cielos había sido una flor en una vasija mientras el mundo alrededor se convertía en ceniza. El propio Erascius se había encargado de romper la porcelana de la vasija para Zen.

«Aquel que sigue el camino entre los dos extremos termina con las manos vacías».

Zen abrió los brazos hacia el gran núcleo de poder que acababa de enraizar en su corazón: un núcleo que parecía contener todo un mundo, desde el cielo al mar. Un núcleo que hervía de energía y ansia por masacrar elantios.

Había pasado mucho tiempo desde la época en la que apenas era un chiquillo ansioso de aprobación en el Fin de los Cielos. La época en la que deseaba apoyarse en algo tras haberlo perdido todo en la vida. Había intentado seguir la senda que marcaba su maestro, y había fracasado. Al final, sus intentos de reprimir el poder habían acabado en tragedia en lugar de en victoria.

El poder era una hoja. Lo único que se podía culpar era la debilidad de quien la empuñaba.

Esta vez será diferente, pensó mientras el yīn empezaba a agitarse en sus venas, a filtrarse por el aire y el suelo a su alrededor, a agitar hasta las aguas del lago tras él.

En aquella ocasión, Zen lo controlaría. En aquella ocasión lo dominaría por completo.

Zen invocó el poder de su Dios Demonio.

El mundo entero se expandió y se aplanó a un tiempo. Zen lo sentía todo: el barrido de las olas contra la arena, el suspiro del viento en las montañas, el murmullo de cada hoja y el movimiento de cada ser vivo, desde los grandes leopardos de las nieves que merodeaban los picos helados del norte a los coros de cigarras en los ginkgos dorados del sur. Y al mismo tiempo dejó de sentir por completo.

Era un Dios Demonio. Aquel mundo le pertenecía, podía jugar con él, podía conquistarlo. Todas esas vidas que había al otro lado del agua eran suyas. Podía cobrárselas.

Surgió frente a ellos. Aterrizó justo frente a la vanguardia del ejército extranjero. Su túnica revoloteaba bajo el fuerte viento.

Con un primer trueno empezó a hacer estragos entre los humanos. La tormenta creció en armonía con su poder. Se derramó la sangre de aquellos humanos arrogantes que pensaron que una pequeña capa metálica lo iba a frenar. Cuando los rayos atravesaron el cielo, él invocó a su qì de fuego negro, una llama hermosa y terrible que en su día había devorado el mundo entero.

La vida, la muerte, la luz, la oscuridad, el bien, el mal…, para él, todo ello no era más que parte de una eternidad efímera y siempre cambiante, al igual que las fuerzas de yīn y del yáng que lo habían creado. Aquel mundo no había sido creado para permanecer estancado y estable durante mucho tiempo. Los clanes se habían alzado para volver a caer después. Las dinastías se sucedían en el tiempo. Los emperadores que se creían grandes e inmortales perecían frente a él, con vidas más breves que el paso de una estrella fugaz.

Aunque su poder era infinito, el cuerpo humano al que se había vinculado no lo era. El chico se cansó; sintió el dolor que se arremolinaba en la presa que había alzado en su frágil corazón.

Muy bien, pues. Su trabajo había concluido. Volvería a dormirse hasta que el chico le trajese un nuevo festín.

Los pensamientos de Zen se fragmentaron y empezaron a girar en una mezcolanza de sueños y pesadillas, de voces que le pertenecían tanto a él como a la antigua criatura que se enroscaba en lo profundo de su alma. Cuando recuperó el sentido, vio que estaba solo en la orilla. Llovía; las gotas tamborileaban contra la superficie del lago y en las armaduras del ejército elantio que yacía ante él: una enorme masa de cadáveres esparcidos por el paisaje en una quietud horrible. Una estampa que corrompía la belleza de la naturaleza y la armonía de aquella tierra hasta entonces inmaculada. Zen los contempló y, aunque sabía que lo que habían hecho a los hin era cien o incluso mil veces peor, no pudo resistir las náuseas que le subieron a la garganta ni el temblor que se apoderó de sus manos.

No era lo mismo que un ejército entero hubiese llevado a cabo una masacre bajo el mando de alguien que haberla ejecutado él mismo. Había sido él quien había aniquilado a toda aquella gente por su propia voluntad, con sus manos desnudas. Sentía que la presencia del Dios Demonio se enfriaba dentro de él, un gran fuego en los huesos que en aquel momento quedaba reducido a humo.

—¿Cuántos? —jadeó.

La respuesta reptó por él hasta atenazarle el cuello.

—*Cuatrocientos cuarenta y cuatro* —susurró la Tortuga Negra, cuya voz se desvaneció como bruma. La respuesta en sí tenía cierta ironía: cuatro, *sì*, el número de la mala suerte que se asemejaba tanto a *sǐ*: muerte.

Muchísimos, y sin embargo apenas una gota del pozo que debía llenar. Zen cerró los ojos e imaginó un reloj de arena que había visto en cierta ocasión, un artefacto venido del reino de Masiria. Cada grano de arena que caía del reloj era una vida que se había cobrado.

¿Cuánto tardará en quedarse con mi cuerpo, con mi mente?

Zen reprimió aquel pensamiento antes de que se formase del todo y dijo con voz afilada:

—Te has apoderado de mi mente durante la lucha. Eso no entraba en el pacto.

—*Una mente humana no puede comprender lo que hago* —fue la respuesta—. *Soy más viejo que las montañas de esta tierra. Mi poder fluye más profundo que los ríos. Si tu mente intentase canalizar mi poder, dominarlo…, acabaría rota. Eres débil, chico. No eres apto para enarbolar esta hoja.*

—Soy yo quien controla tu poder —gruñó Zen—. Yo mando sobre ti. Esos son los términos del pacto.

Los Sellos se conjuraban como mero tecnicismo, sí, pero el maestro Gyasho siempre había afirmado que el corazón de cada Sello estaba en la voluntad del practicante. Por lo tanto, no era descabellado que el mismo principio se aplicase al control de un demonio… y, por ende, de un Dios Demonio. Con una voluntad lo bastante fuerte, acabaría por doblegarse.

Sintió unos maliciosos ojos negros, desprovistos de luz y sin embargo presas de las llamas tras una cortina de humo, que lo observaban desde todas partes y desde ninguna al mismo tiempo.

—*Tu pacto, tus términos* —respondió el Dios Demonio—. *Sin embargo, ya que he vivido más que todas vuestras dinastías y épocas, ya que he sido la fuerza que apoyaba a tantos emperadores y generales, veo en tu interior del mismo modo que veo en el interior de todos vosotros. Si intentas dominarme, jamás tendrás el poder que ostentaron tus precedentes.* —Hubo una pausa, el trazo de una sonrisa invisible—. *Xan Tolürigin decidió abrazar lo que soy, se me entregó por completo, y su nombre pervive en vuestra historia, ¿no es cierto?*

—¿Muertenoche?

Una risita grave.

Zen desenvainó Llamanoche y dio un tajo, pero no había nada que hacer. La silueta en la oscuridad no era más que una ilusión, un reflejo del ser que vivía en su interior. Oyó una sonrisa atronadora pero cada vez más lejana. Aquella pesada presencia se retiró de su mente hasta desaparecer.

Esa retirada repentina lo obligó a caer de rodillas. El poder de aquel fuego oscuro retrocedió en sus venas con una violenta sacudida. Por un instante se le encogió el corazón y sintió una punzada, como si le faltaran fuerzas para que siguiera latiendo. Le dolía todo el cuerpo. No podía respirar. Puntitos negros florecieron ante sus ojos.

Había sido un idiota al pensar que podría controlarlo de inmediato, dominarlo. Ni siquiera había sido capaz de manejar el poder y la voluntad de un demonio menor. Albergar la esperanza de controlar a un ser legendario que había existido desde el principio de los tiempos era una locura y una estupidez.

Apretó los dientes y clavó los dedos en el suelo empapado en sangre. Seguía lloviendo, pero una gota templada le corrió por la mejilla.

Ayuda. Necesitaba ayuda antes de perder por completo el control del cuerpo. Necesitaba llegar a algún lugar seguro. A un refugio.

Sintió que los restos del qì del Dios Demonio se ponían en movimiento. Empezaron a mover su cuerpo y a guiarlo solo mediante el instinto. Lo estaban salvando, pero no era un acto de amabilidad, por supuesto que no. Era autoconservación. Casi todos los demonios preferían proteger a sus recipientes humanos… al menos hasta que cumplieran su parte del pacto.

Tenía la conciencia fragmentada. A él llegaban trozos de escenario, momentos que surgían y volvían a hundirse. Cuando recuperó el sentido, se encontró en medio de un bosque, lejos de la orilla del lago y del suelo repleto de muertos. Estaba completamente solo excepto por los pinos y las sombras que lo rodeaban. El Fin de los Cielos asomaba entre la densa bruma, la forma de una montaña que Zen conocía tan bien como la palma de su mano. Aquella silueta penetró la vorágine de sus pensamientos como lo que era: un lugar de estabilidad, de seguridad.

La realidad y el sueño se mezclaron: un bosque de pinos, el murmullo de una catarata, el marco de una ventana, una medicina amarga mezclada con la brisa de la tarde. Un rostro esbelto de ojos amables y labios entreabiertos en una expresión afable mientras soplaba sobre un cuenco de caldo que sujetaba en las manos. La escena flotó en la mente de Zen hasta alejarse, y de pronto se encontró gritando mientras alguien lo arrastraba por una noche tormentosa. Una voz paternal lo halló en la oscuridad. «Todo irá bien, pequeño. Estás a salvo conmigo».

Era su maestro.

Shī'fù.

Su conciencia se redujo a los recuerdos más primarios. Se obligó a ponerse en pie y avanzó a trompicones hasta la base de la montaña, donde estaba la entrada secreta que protegía el Sello de

Barrera. Ahí estaba, la forma vieja y nudosa del Muy Hospitalario Pino, con las ramas extendidas como si le diese la bienvenida.

Zen dejó escapar un sollozo ahogado de puro alivio y avanzó. Sintió una oleada de qì fresco contra la piel, los susurros del Sello de Barrera al entrar.

Novecientos noventa y nueve escalones hasta llegar a la seguridad.

Zen estaba a punto de subir el primer escalón cuando lo asaltó un coro de gritos fantasmales. El aire a su alrededor adquirió una densidad inimaginable, se cerró sobre su nariz y su boca y se congeló sobre él como escarcha. De entre el hielo y la bruma brotaron rostros huecos por dentro y retorcidos en furiosas muecas malévolas.

—*Traidor* —aullaron las almas del Sello de Barrera—. *Asesino. Demonio.*

Zen no fue capaz de pensar, ni de respirar. No pudo hacer más que retroceder. Se llevó las manos al rostro como si así pudiese parar el ataque. El dolor le recorrió la piel como el golpe de un rayo y sintió la abrasión del fuego y el azote de un látigo, multiplicados por mil. Se retiró, medio ciego, mientras sentía que el qì se abalanzaba sobre él.

Salió a trompicones a la noche, al silencio. Cayó al suelo y allí se quedó un instante, resoplando, con el aliento entrecortado, en medio del aroma de la tierra, del suelo, del bosque.

Se irguió entre temblores y se limpió la sangre de los labios.

Alzó la vista justo a tiempo para ver que el Sello de Barrera volvía a cerrarse frente a él.

29

«Hasta el hombre más sabio sobrestima sus propias habilidades y subestima las de su oponente».

Analectas kontencianas (*Clásico de Sociedad*), 6.8.

Una campana antes

El Sello de Portal de Lan las escupió a ella y a Dilaya justo delante del Muy Hospitalario Pino. Con los dientes apretados y un chorro de maldiciones a cual más florida, Lan arrastró a Dilaya hasta el otro lado del Sello de Portal.

Los susurros del Sello eran urgentes, frenéticos, y aunque Lan jamás había llegado a entender las palabras que pronunciaban, sí que oyó algo parecido al miedo en las voces de los espíritus al cruzar. El Fin de los Cielos, como siempre, seguía impertérrito a pesar de los latidos desbocados de sus corazones. Las Montañas Yuèlù dormitaban en silencio, envueltas en una densa niebla. Nubes de tormenta se arremolinaban alrededor de la luna.

Tan cansada estaba que la cabeza empezó a darle vueltas en cuanto dejó a Dilaya en el suelo.

—Levántate, cara de caballo. Prefiero que caiga una maldición sobre dieciocho generaciones de mis ancestros a tener que subirte por todos esos escalones.

Dilaya estaba apoyada en el nudoso tronco de un pino cercano. El pecho le ascendía y le descendía con respiraciones superficiales. Tenía la mitad del rostro cubierto de sangre seca.

—Vamos, Dilaya. —Lan le dio un golpecito en la nariz en un intento por calmar el miedo que empezaba a crecerle en el pecho—. Lo retiro, ¿de acuerdo? Ya no quiero que te mueras. Tú… tú levántate.

—Nos ha pasado a todos. Todos hemos querido que se muriera en algún momento.

Lan se giró hacia aquella voz familiar. Tai bajaba los últimos escalones de la montaña. Atravesó los arbustos y se detuvo al lado de Lan, con los hombros caídos y el pelo despeinado. Sin la gracilidad despreocupada de Shàn'jūn a su lado, Tai presentaba una estampa de lo más extraña.

—Es una cabezota —dijo mirando a Dilaya—. Y un engorro. Pero vivirá. Shàn'jūn se encargará de que sobreviva.

—Tai —dijo Lan con voz reseca.

Tenía muchas preguntas, mucho que decir, pero el último recuerdo que tenía del chico llameó con fuerza en su mente: la mano en su muñeca, los ojos iluminados bajo aquel fruncimiento eterno de cejas. «Lo sé», había dicho. «Ahora lo sé».

—Fui yo —dijo Tai—. Le dije a Dilaya que te habías marchado con Zen. No le eches la culpa a Shàn'jūn, que pensó que… estabas en peligro. —El chico recorrió la escena con ojos sombríos que acabaron por posarse sobre Lan—. Hemos perdido a Zen.

Ella aguantó la respiración ante el súbito dolor que conjuraron aquellas palabras. Asintió.

Tai se acercó a Dilaya. Se detuvo a la sombra del pino recortado, los brazos colgando a los lados, y contempló a la chica tendida en el suelo.

—Yo la llevo —dijo al fin—. Tú sube, ve a ver al maestro supremo.

Los pies de Lan subieron los gastados escalones del familiar camino que llevaba a la escuela. Oyó el leve murmullo de las conversaciones al emerger de la arboleda. La noche, en la que normalmente solo brillaba el resplandor de la luna y las estrellas, estaba plagada de antorchas encendidas. Una temblorosa luz amarillenta, que más bien parecía una advertencia, bañaba el peñasco que tenía grabados los símbolos de la escuela, «Escuela de los Pinos Blancos».

Esa luz provenía de la Cámara de la Cascada de Pensamientos. Lan subió el camino de piedra a toda prisa y atravesó el umbral de madera que daba a la cámara.

Los maestros se encontraban allí, sumidos en pleno debate bajo la suave luz de las lámparas de loto. Todos alzaron la vista al entrar Lan.

Ella se detuvo. No tenía la menor idea de qué decir.

«Los Dioses Demonio han regresado. Los elantios se acercan».

Ambas idean sonaban completamente descabelladas.

Para su sorpresa, fue Yeshin Noro Ulara quien acudió en su ayuda al preguntar:

—¿Dónde está Dilaya?

La Maestra de Espadas vestía armadura completa. Tenía el pelo peinado con raya en medio, como siempre apretado en dos moños. Las dos espadas colgaban a su espalda. Las empuñaduras relucían bajo la tenue luz.

Lan parpadeó. Dado que Ulara había acabado inconsciente la última vez que se había cruzado con ella, no esperaba menos que una rabia asesina por parte de la venerable Yeshin Noro.

—Ha regresado conmigo —respondió—. Tai la está llevando a la Cámara de las Cien Curaciones.

Ulara hizo ademán de marcharse, pero en ese momento habló el maestro supremo:

—Ulara —dijo—. Dilaya estará bien.

A continuación miró a Lan, que se sintió como si el maestro supremo se asomase a los rincones de su alma.

—Así que habéis encontrado al primero de los Dioses Demonio —dijo Dé'zǐ al fin. Las palabras la sacudieron—. Y Zen se ha vinculado a él.

Lan lo contempló y reprimió la pregunta que tenía en la punta de la lengua: «¿Cómo lo has sabido?».

Dé'zǐ sonrió.

—Shàn'jūn y Chó Tài vinieron a verme poco después de tu partida de hace unos días para contarme lo que les habías dicho. Por eso hemos podido anticiparnos a los acontecimientos y planear las medidas defensivas necesarias.

—Los elantios buscaban a los Dioses Demonio. —Lan no tenía la menor idea de por qué seguía defendiendo los actos de Zen. Quizá parte de ella se sintiera culpable. Cómplice—. Zen y yo queríamos encontrarlos antes que ellos para detenerlos. Pero... Zen vinculó su alma al Dios Demonio para enfrentarse al ejército elantio con su poder. Cree que es la mejor manera de salvarnos la vida. De salvar la vida de todos los hin.

Lan había esperado algún tipo de reacción grave; quizá que los maestros empezasen a discutir al instante. Y sin embargo, lo único que presenció fue un intercambio de lúgubres miradas, una certeza que pareció contagiarse entre las diez figuras que había en la cámara.

—Esto nos concede algo de tiempo —dijo al fin el maestro supremo—. No importa cuál sea la situación, sigo depositando grandes expectativas en las habilidades de Zen. Hemos de acordar las medidas de contingencia que hemos discutido, maestros de la Escuela de los Pinos Blancos.

—¿Y no vamos a discutir la situación con Zen? —interrumpió Ulara—. Si permitimos que se repita la historia de Muertenoche nos enfrentaremos a un problema mucho mayor que los elantios.

—Muertenoche entregó demasiado de sí mismo a la Tortuga Negra, Ulara, y con eso quedó zanjado su pacto —replicó Dé'zǐ—. Por otro lado, de momento Zen solo ha vinculado su alma al Dios Demonio. Es más, Zen cree que puede salvarnos con ese nuevo poder. Como mínimo nos conseguirá algo de tiempo antes de perder el control. Hemos de decidir ahora mismo el curso de acción a seguir; en qué emplearemos el precioso tiempo que nos ha ganado.

—Evacuar —se apresuró a sugerir Ip'fong, Maestro de los Puños de Hierro—. Los únicos motivos por los que hemos sobrevivido a los elantios durante tanto tiempo han sido nuestra ubicación y la fuerza del Sello de Barrera.

—Si vienen a por nosotros, el Sello de Barrera aguantará —afirmó Gyasho, el Maestro de Sellos—. En los mil ciclos que lleva en pie esta escuela, nadie que no haya sido bienvenido aquí ha conseguido romper el Sello de Barrera. Como tampoco nadie que albergase aviesas intenciones hacia nosotros ha podido descubrir nuestra ubicación.

—Aun así sería conveniente tomar precauciones —aconsejó Nur, Maestro de Artes Ligeras.

—Yo no pienso quedarme aquí como un pato asustado a la espera de que nos masacren —dijo Ulara—. Maestro supremo, deberíamos atacar primero, mientras contemos con el elemento sorpresa. Esta es nuestra tierra, nuestro territorio. Conocemos el terreno. Aprovechémonos de ese conocimiento.

—Los elantios traían un batallón —intervino Lan—. Vi cómo atravesaban las montañas. —Había muchos. Muchísimos—. Ni siquiera tú puedes con tantos, maestra Ulara.

—¡Estamos condenados! —gimió Fēng, el Maestro de Geomancia—. Lo he leído en el augurio de los huesos…

—No estamos condenados —dijo Cáo, el Maestro de Arquería—. Al menos no si planeamos con cuidado y estrategia. Hemos de aprovechar nuestras ventajas. Contamos con un cuaderno de estrategias de guerra; usémoslo.

Mientras todos deliberaban bajo la temblorosa luz de las lámparas, la mirada del maestro supremo seguía clavada en Lan. Por fin, Dé'zǐ alzó una mano y los demás maestros guardaron silencio.

—Esperemos lo mejor, pero preparémonos para lo peor —dijo—. Maestro Nur, maestro sin nombre, evacuad a los más jóvenes por los acantilados traseros. Dirigíos al oeste… y esperad noticias mías.

El Maestro de Artes Ligeras y el Maestro de los Asesinos inclinaron la cabeza a modo de saludo.

—El resto —prosiguió Dé'zǐ—, reunid a aquellos que estén en condiciones y dispuestos a luchar.

—Maestro supremo —llamó Lan, pero Dé'zǐ salió con muchísima rapidez.

Para cuando Lan lo alcanzó, alguien ya había empezado a tocar las campanas con un tañido de guerra. Por toda la montaña se iluminaron lámparas de papel, pequeños puntos amarillos que se desperezaban mientras los discípulos despertaban.

Dé'zǐ se giró hacia Lan.

—Maestro supremo, no esperarás luchar contra el ejército elantio —dijo—. Tenemos que huir.

—Lan —dijo él, como si comprobase el sonido de su nombre—. Llegas a tiempo a nuestra segunda sesión juntos.

Lan abrió la boca para protestar. Los elantios estaban prácticamente a las puertas y habían perdido a Zen por culpa del Dios Demonio. No había tiempo para lecciones. Sin embargo, el maestro supremo le dedicó una mirada significativa.

—Por favor, esto es importante. Necesitaré unos minutos de tu tiempo.

El Fin de los Cielos comenzaba a despertar. Los discípulos aparecían entre los escalones de piedra que recorrían las montañas. Lan vio a muchos niños temblorosos que cargaban con hatillos. Vio que los discípulos mayores sacaban armas: lanzas, espadas y montones de flechas, la mayoría de las cuales estaba hecha de madera y no haría más que astillarse contra las armaduras metálicas de los elantios. Aquellos discípulos no eran mucho mayores que los niños. En sus ojos, sin embargo, no brillaba la luz de la juventud. Solo tenían la mirada cansada y endurecida de quien no ha conocido más que el sufrimiento.

El maestro supremo rodeó a los grupos reunidos en torno a cada uno de los maestros de las diferentes artes de práctica. Intercambió algunas palabras con cada maestro y prosiguió. Iban a emplear la Estratagema Número Treinta y Cinco del *Clásico de Guerra*: los Ataques en Cadena, que establecían que había que colocar diferentes capas de trampas para debilitar al enemigo de modos inesperados. Era la penúltima de las Treinta y Seis Estratagemas, ideal para situaciones en las que la fuerza enemiga era superior.

Sería el último recurso en caso de que el ejército elantio atravesase el Sello de Barrera.

—La Arquería será la primera línea de defensa —exclamó Ulara al frente de la congregación—. Luego, los Sellos. Por último, Espadas y Puños de Hierro.

Sin embargo, al mirar a los diez maestros y a los discípulos que habían decidido quedarse, Lan se dio cuenta de que no había estratagema alguna en el *Clásico de Guerra* que pudiese dar la victoria a un grupo de cien personas contra un ejército de varios miles. Contempló los rostros de los niños a los que el maestro Nur y el maestro sin nombre llevaban hacia los acantilados traseros. Vio el miedo puro en los ojos de los discípulos de más edad; un miedo que ningún arma ni armadura podría ocultar.

Y de pronto comprendió a la perfección lo que le había dicho Zen a la orilla de aquel lago de cristal negro. El pacto había valido la pena: una persona a cambio del poder para salvar aquella tierra y a su pueblo.

Porque, daba igual lo que intentasen, si Zen no hubiese buscado el poder de los Dioses Demonio, aquella batalla habría estado perdida. El poder era un arma de doble filo..., pero carecer de él suponía no tener arma alguna con la que luchar.

¿Habría rechazado Lan la oferta del Dios Demonio de haberse encontrado en la misma situación que Zen?

—Por aquí, Lan —dijo de repente el maestro supremo, que centró su atención en ella.

Lan reprimió aquellos pensamientos con un punto de culpabilidad y lo siguió hasta la Cámara de la Cascada de Pensamientos, a la terraza abierta. El sonido de la cascada aumentó y cubrió el ajetreo de las preparaciones de guerra de la parte delantera.

Las llamitas en las lámparas de loto dejaron de temblar cuando Dé'zǐ se detuvo. Contempló la cascada en silencio. Lan inspiró hondo.

—Maestro supremo. —Lo intentó de nuevo—. Tenemos que evacuar. El mago elantio ha traído un ejército, no solo un escuadrón de exploradores. A menos que puedas sacarte otro Dios Demonio de la manga, no tenemos ninguna oportunidad de vencer.

Aquella última frase pretendía ser una broma. Sin embargo, Dé'zǐ se giró y le dedicó una larga mirada. Varios instantes después dijo:

—Hay un motivo por el que pretendo defender esta montaña con mi vida. Un motivo que voy a explicarte ahora mismo. —Alargó la mano—. ¿Me permites ver la ocarina?

El corazón de Lan se le desbocó en el pecho. Había canalizado un arte perdido de la práctica a través de la ocarina para dejar atrás a las Yeshin Noro. ¿Y si ella también era Renegada?

—No deseo más que verla —dijo Dé'zǐ al percibir sus dudas—. Dilaya ya me informó que habías… ¿cómo fue la expresión que utilizó?… «lanzado una maldición musical sobre ella». Luego Chó Tài reconoció de qué se trataba. Y comprendió lo que… eres. Lo que era… tu madre.

Con la boca seca, Lan echó mano a la cintura y sacó el instrumento de entre los dobleces del fajín. El pálido loto de nácar resplandeció en la suave superficie negra al cambiar de manos.

Dé'zǐ contempló la ocarina un momento y luego miró a Lan con ojos cargados.

—Muchas personas de gran catadura, algunas de las cuales me eran muy queridas, dieron sus vidas para proteger el legado de tu madre.

Lan se quedó aturdida.

—¿Conociste a mi madre?

Él la contempló con una expresión inescrutable.

—Sí. A estas alturas ya debes de suponer lo que pretendía conseguir, lo que quería proteger. Sin embargo, quizá nos sea más conveniente que empecemos por los Dioses Demonio. ¿Te parece?

Lan no pudo sino asentir.

—Los Cuatro Dioses Demonio —empezó Dé'zǐ— son seres que no tienen más meta que acumular poder. No distinguen entre el bien y el mal, carecen de moral. Son tan viejos como los huesos de este mundo. A sus ojos, los seres humanos somos como copos de nieve; nuestras vidas son efímeras, desaparecen en un parpadeo. Somos recipientes con los que manipulan las corrientes del mundo y perpetúan su poder y su existencia.

—Creía que los practicantes se solían vincular a los Dioses Demonio para tomar prestados sus poderes —dijo Lan.

—Tal y como estipula el primer principio del *Libro del Camino*, el poder siempre proviene de alguna parte. No existe en el vacío y adquirirlo siempre tiene un coste. Esos practicantes que tomaron prestado el poder de los Dioses Demonio pagaron un alto precio: sus cuerpos, sus mentes y sus almas.

—Xan Tolürigin.

Dé'zǐ asintió.

—Así es. Tu madre era consciente de esto. En su día, ella y yo trazamos un plan para acabar con los dioses.

El mundo entero de Lan se agrietó. Inspiró hondo y dijo:

—¿Lo has sabido todo este tiempo? ¿Sabías lo que era mi Sello? ¿Conocías mi pasado? ¿Sabías qué era la ocarina?

—En un primer momento, no. Pero cuando Dilaya me habló de la ocarina y una vez que hube hablado con Chó Tài, no me cupo duda. Espero que no sea demasiado tarde.

El maestro supremo le devolvió la ocarina a Lan. De pronto parecía muy viejo y frágil.

—Dime, ¿te ha cantado la ocarina la Ruina de los Dioses?

Lan se sobresaltó. Recordó aquella melodía embrujada que traía el recuerdo del alma de Shēn Ài.

El mapa yace en el interior.
Cuando llegue la hora
la ocarina cantará
la Ruina de los Dioses.

—Sí —susurró Lan.

—¿Y cómo se mata a un dios?

Lan jamás se había planteado algo así. Ni siquiera se había atrevido a imaginárselo. Había sentido el poder del Dios Demonio en el Lago de la Perla Negra: asfixiante, absoluto, como si gobernase los cielos y moviese la tierra al mismo tiempo.

Dé'zǐ se giró hacia ella. Su expresión volvía a ser amable.

—Imagino que conoces la historia de tu país y sabes que los clanes guerreros se unieron para formar el Primer Reino. —Lan asintió—. ¿Nunca te has preguntado cómo fue posible que el Primer Emperador Jīn, en su día conocido como Zhào Jùng, que no era más que un general y ni siquiera estaba al frente de un clan, consiguiese vencer a los practicantes más poderosos de los Noventa y Nueve Clanes? ¿A aquellos que canalizaban el poder de los Dioses Demonio?

En cualquier otro momento, Lan habría esbozado una sonrisa y habría dado una respuesta ligera del tipo: «¿Quizá aprendió mejor que nadie lo que enseña el *Clásico de Guerra*?». Sin embargo, en aquel momento negó con la cabeza. No estaba de humor para adivinanzas. Se les acababa el tiempo.

—Puedo decirte la razón por la que los libros de historia no mencionan nada de esto —prosiguió Dé'zǐ—. Verás, el linaje del clan que llegó a convertirse en la familia imperial tenía un arma secreta. Al igual que cada uno de los elementos de las energías que nos rodean, los dioses también están sujetos a un ciclo de creación y destrucción. Los Cuatro Dioses Demonio no son ninguna excepción. Como pasa con el yīn y el yáng, hay una fuerza, o quizá más de una, que puede superarlos. Destruirlos.

»Los primeros chamanes de nuestras tierras tomaron su fuerza y la convirtieron en un arma: la Matadioses, capaz de romper el núcleo de poder y las energías que componen a los Dioses Demonio y de devolvérselas al flujo del mundo.

Una campana sonó en la cabeza de Lan. Había visto algo parecido, aunque a mucha menor escala. Algo que en aquel momento llevaba en la cintura.

Sintió las manos de Zen contra las suyas, la resolución que tenía en la mirada al decirle: «El nombre de esta daga es Tajoestrella. No solo es capaz de cortar carne humana, sino materia sobrenatural. Sirve para cortar el qì demoníaco».

Si había una daga capaz de cortar el qì demoníaco…, entraba dentro de lo posible que hubiese un arma aún mayor que pudiera cortar el núcleo de un demonio. Incluso el de un Dios Demonio.

—Los primeros chamanes le entregaron la Matadioses a unos guardianes, pues querían dejarla como último recurso en caso de que el poder de los Dioses Demonio escapase de su control. La Matadioses era el modo de mantener el equilibrio en el mundo, de conquistar lo que se resistía a ser conquistado.

»Sin embargo, en lugar de mantener el equilibrio, los guardianes de la Matadioses se volvieron codiciosos al ver que los vínculos con los demonios aumentaban el poder de los clanes. Y un día, un general llamado Zhào Jùng arremetió contra los clanes armado con la Matadioses.

—Pero se sabe que la familia imperial también se ha vinculado con los Dioses Demonio —dijo Lan, que recordó la conversación entre Shàn'jūn y Tai que había oído a escondidas en la biblioteca—. Tai dijo que tenían el poder del Fénix Carmesí.

—Y ahí reside el problema —dijo Dé'zi—. Los guardianes no debían usar la Matadioses para su propio beneficio, para acumular poder. Después de que se estableciese el Reino Medio, la familia imperial empezó a codiciar el control sobre los Dioses Demonio. Escondieron la Matadioses y lanzaron campañas contra los clanes en un intento por consolidar el poder. —Dé'zi le clavó una mirada pesada aunque firme—. Y así se creó una alianza secreta: la Orden de las Diez Mil Flores, flores que representan a las gentes de esta tierra. Empezó como una congregación de antiguos miembros de clanes, pero luego se unieron otros. Esta escuela servía como base de operaciones… sin que lo supiera la Corte Imperial. Nuestra misión era mantener a raya el poder de la familia imperial… y restituir el equilibrio al reino. Quizá nuestro mayor triunfo fue el acuerdo que el clan Sòng cerró con la familia imperial para servirlos como consejeros. Fue un intento por encontrar la Matadioses. Tu madre estuvo involucrada.

—Mi madre —repitió Lan. Sus dedos fueron hasta el Sello de la muñeca izquierda.

Māma había dejado un rastro de piezas de un puzle que Lan no había sido capaz de descifrar antes de su muerte. Ahora lo veía claro: la cicatriz que formaba el Sello en su muñeca la había guiado hasta la ocarina, los mapas estelares señalaban la ubicación de los Dioses Demonio…

La última pieza que faltaba era la Matadioses.

—Tu madre —dijo Dé'zi en tono quedo—. Sòng Méi.

Pronunció el nombre con grave entonación, como quien canta una canción, una historia por contar. La atención de Lan se centró en el maestro supremo. Sabía muy poco de aquel hombre. No tenía ni idea del modo en que su historia… se complementaba con la de Māma.

Con la suya propia.

Una idea empezó a formarse en su mente cuando, de pronto, una ráfaga de energía explotó en el aire.

El mundo físico permaneció incólume, pero un maremoto de energías yīn golpeó a Lan. Se dobló sobre sí misma y se llevó las manos al pecho.

Pareció pasar una eternidad hasta que sintió que aquella marea de poder y oscuridad retrocedía. El remolino de energía estaba preñado de dolor, furia, remordimiento…, de yīn. Y sin embargo, había algo en aquel qì que le resultaba familiar. Algo que reconoció enseguida.

Zen.

Unos pasos resonaron, urgentes, en el suelo de piedra al acercarse. Dé'zǐ ayudó a Lan a levantarse al tiempo que Yeshin Noro Ulara aparecía ante ellos. Lan jamás había visto tanta furia en el rostro de la maestra.

—Es él, Dé'zǐ. ¡Siempre te he dicho que ese chico nos condenaría a todos! —gruñó Ulara, los nudillos blancos de tanto apretar la empuñadura del *dāo*—. Ha perdido por completo el control. ¡Ese qì atraerá a los elantios hacia nosotros como un faro! ¡Voy a matarlo!

—Ulara —el tono de voz de Dé'zǐ contenía una amenaza—. No vas a hacer tal cosa.

Más pasos. El resto de los maestros entró a toda prisa.

—El Sello de Barrera se ha cerrado —dijo Gyasho en tono grave—. Uno de los nuestros nos ha traicionado.

—Jamás debería haber sido uno de los nuestros —espetó Ulara.

—Entonces, ¿es cierto? —Hasta el maestro Ip'fong tenía el semblante lúgubre al acercarse—. ¿Se trata de Zen?

—Hace once ciclos vi que esto iba a pasar, ¡pero aun así aceptaste a ese chico, Dé'zǐ! —chilló Fēng—. Lo leí en los huesos, ¡me lo dijeron las estrellas!

—Silencio. —Aquella única palabra del maestro supremo tuvo el mismo efecto que si hubiese desenvainado una espada. El silencio reinó en la Cámara de la Cascada de Pensamientos—. Seguiremos según lo planeado. Maestra Ulara, ha llegado la hora. Tocad las campanas de nuevo. El Fin de los Cielos va a entrar en guerra.

Por más dolor y acritud que tuviesen en aquel momento los maestros, lo desecharon todo en aquel mismo instante. Sin vacilación alguna, los maestros que quedaban de la Escuela de los Pinos Blancos se llevaron el puño a la palma contraria.

—¿Y si falla alguna de nuestras defensas? —preguntó Ulara.

Le clavaba la mirada a Dé'zǐ. Entre ellos y los demás maestros pareció establecerse una comunicación que Lan no llegó a captar. Un entendimiento mutuo, una suerte de pacto silencioso. Todos se giraron hacia el maestro supremo.

Él respondió en tono sereno:

—Si fallamos habremos de liberar lo que hay sellado en el corazón de esta montaña.

¿Qué hay sellado en el corazón de esta montaña? Lan reprimió la pregunta. Dé'zǐ unió puño y palma y se inclinó en una profunda reverencia.

—Maestros de la Escuela de los Pinos Blancos —dijo—, y, sobre todo, amigos míos: ha sido el mayor honor de mi vida luchar a vuestro lado. Que el Camino nos guíe.

Todos se pusieron en movimiento. Los maestros salieron a toda prisa y la luz de las lámparas de loto empezó a temblar sin control en medio del barullo.

—Sígueme, Lan —dijo Dé'zǐ.

Ella se apresuró a ir tras él. El maestro supremo salió raudamente de la cámara. En el aire de la noche resplandecían las antorchas. En el patio había movimiento: los discípulos seguían a sus respectivos maestros para ocupar posiciones.

Dé'zǐ iba tan rápido que a Lan le costó no quedarse atrás. El maestro supremo se dirigía a la entrada, al camino que descendía montaña abajo.

Latidos de qì seguían emanando de aquella dirección. Eran como olas invisibles que lamiesen el Fin de los Cielos e hiciesen temblar las llamas de las velas y las lámparas con una brisa de puro yīn.

Zen.

—Maestro supremo —Lan corrió para mantenerse a su altura. Sin pensar en lo que hacía, lo agarró de la manga. Él redujo la velocidad, pero no se detuvo—. Dijiste que hay un motivo por el que hay que proteger esta montaña. ¿Tiene que ver con lo que hay sellado en su interior?

—Sí.

—¿Y qué es? —balbuceó ella, incapaz de dominar la curiosidad—. ¿Tiene que ver con Zen?

—Tiene que ver con todo, Lan —respondió el maestro supremo—. Tengo que hacerte una petición: encuentra a Shàn'jūn. Cuéntale todo lo que ha pasado con Zen, si es que no lo sabe ya. Él sabrá qué hacer. ¿Puedes hacerme ese favor?

Ella siguió agarrada a la manga del maestro supremo. Quería insistir para que respondiese a sus preguntas, pero a cada instante que pasaba no hacía más que retrasar la ayuda que pudieran prestarle a Zen y cualquier esperanza que pudiera tener.

Despacio, Lan apartó los dedos de la manga de Dé'zǐ. Lo miró a los ojos y asintió.

—Sí, *shī'fù*, claro que puedo.

El maestro supremo vaciló. Acarició la cara de Lan con la mano ahuecada, en un gesto dulce. Por un instante, Lan pensó que estaba a punto de decirle algo que respondería todas sus preguntas, que volvería a poner su mundo patas arriba.

Sin embargo, Dé'zǐ se apartó.

Se alejó y Lan se quedó sola en el camino de piedra, contemplando cómo desaparecía en la oscuridad.

30

«Hasta los muros más grandes caen por culpa de un ladrillo mal colocado».

Lady Nuru Ala Šuraya, del Clan del Acero Jorshen, *Clásico de Guerra.*

Zen flotaba en el mar sin estrellas de la noche, entre llamas que quemaban, como aguas negras. Allí dentro no había dolor, ni miedo ni pena que pudiese alcanzarlo.

Había estado allí en otra ocasión, después de que masacrasen a todo su clan. Había sentido que su cuerpo, su mente y su alma se fracturaban, que ya no le pertenecían. Como si lo contemplase todo tras un biombo de papel, como en un espectáculo de sombras.

El lugar que había considerado su hogar lo había rechazado. Zen sintió que la pena lo abrumaba, y bajo la pena había una oleada de furia…, de poder.

Se sentía bien al ser un dios. Se sentía bien al no sentir nada en absoluto.

—*Estás lleno de remordimientos.* —La voz del demonio reverberó en la mente de Zen, a su alrededor—. *Quizá debería enseñarte qué es lo que sucede cuando empiezas a tener remordimientos. Cuando uno se ablanda y empieza a creer que el poder necesita estar bajo control, encadenado, en equilibrio.*

La voz se concretaba en un tono humano. Asimismo, la oscuridad de su mente empezó a tomar forma. Adoptó la silueta de un hombre, alto y musculoso, vestido con una armadura que le resultó horrible y dolorosamente familiar. Escamas brillantes y resplandecientes láminas, llamas negras y rojas que se retorcían en las junturas. El rostro se formó y Zen se tensó de pura conmoción: había visto aquel semblante en los dibujos de los viejos tomos, esas facciones retorcidas en una mueca de fría resolución o ira desenfrenada, según quién la dibujase.

Sin embargo, jamás había visto aquella expresión de impotencia. De desesperación.

—*Por favor* —suplicó Xan Tolürigin en tono quedo. En el recuerdo tenía los ojos fijos en algún punto más allá de Zen—. *Si perdonas a mi clan aceptaré una tregua y contendré el poder de la Tortuga Negra.*

En el mismo recuerdo, frente a la forma de Xan Tolürigin, zarcillos de humo empezaron a componer la forma de otro hombre. Llevaba una armadura de placas doradas, nueva y resplandeciente, sin una sola marca de guerra. En el pomo de su *jiàn* se arrebujaba un dragón dorado.

El emblema del Emperador.

Yán'lóng.

Zen contempló con horror cómo el Emperador echaba la cabeza hacia atrás y soltaba una sonora carcajada.

—*¿Y qué te hace pensar que estás en posición de negociar conmigo?* —preguntó. Al hablar, unas alas llameantes parecieron desplegarse tras él, de un tono tan carmesí como la sangre—. *Te olvidas de que yo también tengo el poder de un Dios Demonio.*

Alzó la mano y la dejó caer como un hacha.

—*Matadlos a todos.*

El humo barrió la escena y dibujó un ejército de soldados imperiales tras él..., y una hilera de guerreros del clan Mansorian arrodillados y con las manos engrilletadas.

Las hojas destellaron. Salpicó la sangre.

La risa del Emperador y el grito de Xan Tolürigin resonaron en los oídos de Zen. El recuerdo se desvaneció.

—¿*Ves, hijo?* —canturreó aquella voz hecha de oscuridad—. *El último acto de Muertenoche fue intentar conseguir el equilibrio. Pero esa es la naturaleza del mundo: un ciclo sin fin de consunción, de fuertes que devoran a los débiles. Ahora su clan yace enterrado en tumbas de nieve invernal. La historia lo retrata como un villano, un loco. Recuerda esta lección.*

Zen tenía un grito atrapado en el pecho. Un grito que le arañó el corazón y le apretó la cabeza hasta que pensó que le estallaría debido a la presión. Abrió la boca…

De pronto, una llamarada de qì, brillante y ardiente, al rojo vivo, se retorció hasta formar un grueso y terroso anillo que lo atrapó en una jaula de luz dorada. El Sello creció y cerró aún más el cerco al rojo vivo a su alrededor, encadenándolo.

La oscuridad de la Tortuga se disipó. Zen cayó de espaldas al suelo. A él volvieron los olores y sonidos del mundo: un bosque de hojas perennes en la noche.

—Zen —dijo una voz—. Despierta.

Abrió los ojos de golpe. Un rostro familiar flotaba sobre él. Solía encontrar consuelo en ese rostro, una sensación de pertenencia, la seguridad de que su dueño lo protegería.

—*Shī'fù* —susurró.

Pero todo se había estropeado. Todo había cambiado desde el día en que aquella persona le había salvado la vida. La cabeza le retumbaba. Algo en su interior se retorció y los recuerdos regresaron a él. Había traicionado la protección del maestro supremo, el hombre al que había visto como un padre desde hacía tanto tiempo. Había perdido la confianza de la chica a la que amaba. Se giró para contemplar el Muy Hospitalario Pino y comprendió que el Sello de Barrera de aquel lugar que había considerado su hogar desde hacía once ciclos se había cerrado para él.

El dolor le quemó por dentro. Se irguió hasta quedar sentado y se llevó una mano al pecho.

—Has colocado otro Sello dentro de mí —dijo.

—Para ayudarte —replicó Dé'zǐ. Hablaba con voz suave y sin embargo cargada de autoridad, sinceridad y algo parecido a la tristeza.

—*Mentira* —dijo una voz dentro de Zen. Un eco lejano, venido de un remoto abismo—. *El Sello de Barrera te ha rechazado. Tu propio maestro te ve como un peligro, una amenaza a la que hay que subyugar.*

Zen apartó las manos del maestro y se puso en pie.

—Mientes —dijo, aunque le tembló la voz—. Quieres reprimir el poder en mi interior, tal y como has hecho desde el principio.

—No —dijo Dé'zǐ. Él también se había erguido. Aunque el maestro supremo era media cabeza más pequeño que Zen, a pesar de la complexión delgada que tenía resultaba mucho más imponente—. Quiero ayudarte a controlar el poder en tu interior. Ahora mismo estás permitiendo que te controle.

—*Te considera débil. Te considera incapaz de dominar este poder.*

—Jamás has querido que usase este poder —dijo Zen en tono frío—. ¿Por qué? ¿Prefieres que el Fin de los Cielos y nuestro reino caigan a manos de los elantios?

—Tanto tú como yo sabemos lo que sucederá si rompo las cadenas que le he impuesto al ser que albergas dentro. No quiero que la historia vuelva a repetirse.

A pesar del tono calmado del maestro supremo, una leve película de sudor le cubría el rostro. Zen sintió que el qì del Sello de Dé'zǐ flaqueaba.

Quizá Dé'zǐ fuese capaz de subyugar el poder de un demonio normal y corriente, pero no era rival para un Dios Demonio.

—Así que me temes. O al menos temes lo que puedo llegar a hacer.

La ira en su interior aumentó, un resentimiento forjado a lo largo de todos aquellos años de haber odiado una parte de su legado, de tener que inclinar la cabeza cada vez que alguien mencionaba su clan.

—Tú y todos los demás maestros me juzgasteis desde el primer día en que llegué a la escuela. A mí, a mi linaje, a mis ancestros y a lo que es mío por derecho de nacimiento. —Alzó la voz—. Te da miedo que organice la siguiente revuelta de clanes, que cambie la historia de este reino para que vuelva a ser lo que debería ser.

—Lo que me da miedo —dijo Dé'zǐ en tono quedo— es que tomes decisiones basándote en el odio que albergas dentro en lugar de en el amor.

—¿Has visto cómo desprecia tu lealtad, tu devoción de hijo? ¿Has visto cómo ve tu sacrificio?

—¡Todo lo que he hecho ha sido por amor! —a Zen se le quebró la voz sin poder evitarlo—. Yo amaba nuestra escuela. Amaba a nuestro pueblo, nuestra tierra, nuestra cultura. Te amaba a ti. —El maestro soltó un jadeo, pero Zen continuó. Las palabras salían de él a raudales—: Pero también amaba a mi clan. Amaba a mi padre, a mi familia, a mis ancestros. He intentado negar todo ese amor hasta ahora, pero se acabó. ¿Tan malo es que quiera usar su legado como un medio de ayudar a los hin? ¿Que quiera restablecer el reino como fue en su día, con los clanes de nuevo autónomos y libres para practicar sus costumbres, sus artes de práctica?

—Puede que todo este tiempo, aquellos a quienes amábamos más hayan sido nuestros enemigos —susurró la Tortuga Negra—. *Al final han mostrado su verdadera forma. ¿Has visto que todos te traicionan? ¿Has visto que te abandonan? ¿Has visto lo mucho que te temen?*

—Tu padre, tu familia y tu clan han dejado este mundo. —Había pena en los ojos de Dé'zǐ, pero Zen ya sabía de los trucos de su maestro—. No puedes vivir para aquellos cuyas almas descansan en el sueño eterno de la próxima vida..., sino para aquellos que aún se esfuerzan por encontrar la paz en este.

Hubo un cambio en el qì a su alrededor: el rizo voluble de una brisa pasajera, una inquietud que recorrió las raíces de los árboles a su alrededor, que reverberó en las piedras y el suelo. La tierra retumbaba con la constante marcha de miles de pasos. La presencia del metal inundó el aire.

Imposible.

Zen ya los había derrotado a orillas del Lago de la Perla Negra. Había sentido la sombra del Dios Demonio revolviendo los cuerpos, bebiéndose a lengüetazos el yīn de sus almas. Aquellos a quienes devoraba un demonio no alcanzaban el descanso eterno, porque no podían cruzar el Río de la Muerte Olvidada.

Zen se giró hacia el paso que cruzaba las Montañas Yuèlù y el pinar que llevaba hasta el Fin de los Cielos. Lo que vio le heló la sangre. Atisbó un pálido lazo compuesto de partes brillantes, como una masa de insectos plateados, como las inconexas escamas de una criatura rota.

—Los elantios han usado una de nuestras propias estratagemas contra nosotros —dijo Dé'zǐ en voz baja—. «Atravesar abiertamente el paso montañoso mientras trepan en secreto por la montaña». No usaron más que una fracción de sus tropas como cebo, para que creyeses que los habías derrotado y bajases la guardia. Te han seguido hasta aquí con la mayor parte del ejército… y con sus magos reales.

—Entonces habré de corregir mi error.

Zen dio un paso al frente y desenvainó Llamanoche. Le tembló todo el cuerpo por el esfuerzo: no le quedaba qì y tenía los músculos agotados como un fuego ya extinto.

Necesitaba fuerza. Necesitaba poder. Necesitaba a su Dios Demonio.

—Deshaz el Sello que me has puesto, *shī'fù*. No puedo luchar si me pones obstáculos.

El fuego negro de aquel nuevo poder se sacudió y arremetió contra la jaula dorada del Sello de Dé'zǐ. Una gota de sudor cruzó el lateral del rostro del maestro.

—Zen, por favor. No te entregues a él. No permitas que influencie tus pensamientos.

—¿Prefieres morir a dejarme usar mi poder? ¿Sacrificarías el Fin de los Cielos y a todos los que forman la Escuela de los Pinos Blancos? Con este poder puedo ganar, *shī'fù*. ¡Puedo derrotar a los elantios y volver a construir el reino!

—Me temo que, cuando hayas vencido, no quedará nada del reino que puedas reconstruir.

—*No tiene fe en ti* —siseó la Tortuga Negra—. *Cree que cometerás el mismo error que Muertenoche.*

—¡Yo no soy Xan Tolürigin! —gritó Zen.

Dé'zǐ tenía la mirada serena.

—No, es verdad. Pero, al igual que él, no eres más que un humano.

La rabia de Zen aumentó y se convirtió en algo frío y afilado, capaz de cortar. Metal derretido que se tornaba en hoja de acero.

—Deshaz el Sello, Dé'zǐ.

Las facciones de su maestro se cerraron.

—Mis disculpas, Zen —dijo—. Prefiero morir a dejar libre a ese ser que llevas dentro.

—Prefiere que vivas una vida a medias antes que sacrificar su propio orgullo. —Los gruñidos de la Tortuga Negra aumentaban como un tambor de guerra—. *Prefiere que acabe este reino, que acabe su gente, antes que liberarte. A ti, a quien de verdad eres: Xan Temurezen, descendiente de Xan Tolürigin, heredero del último gran practicante demoníaco.*

La oscuridad se aclaró en su cabeza. Comprendió la verdad, tan pura como una franja de negra noche. La única manera de que todo aquello acabase. La única manera de poder ser quien tenía que ser. La única manera de romper el Sello que le había impuesto su maestro, de derrotar a los elantios y de restablecer el Último Reino tal y como debía haber sido.

Zen se giró y le clavó la espada a su maestro.

Lo que más sorprendió a Zen fue el hecho de que su maestro ni siquiera intentase resistirse. Había sabido que, en los últimos once ciclos de entrenamiento, su poder había aumentado hasta equipararse al del propio Dé'zǐ. Era lo único que había pretendido; ser poderoso para que nadie volviese a hacerle daño. Para que nadie volviese a hacer daño a sus seres queridos.

La espada le tembló en las manos al compás de la respiración de Dé'zǐ, que empezaba a volverse trabajosa. Las sombras que atisbaba por el rabillo del ojo retrocedieron, el fuego negro que ardía en su mente se enfrió. Parpadeó y vio el mismo rostro que lo había rescatado del laboratorio de experimentos de los elantios hacía tanto tiempo, de aquel lugar donde lo habían rajado y vuelto a coser un millar de veces. Un rostro que le había sonreído a pesar de quien era y de lo que albergaba en su interior. El único que lo había mirado cuando los demás le habían dado la espalda.

Zen soltó la espada y agarró a su maestro mientras caía. Se entrelazaron en sus dedos unos cabellos cuyo color negro como la tinta se había convertido en gris niebla. Unos hombros que en su día habían sido musculosos se habían vuelto delgados. ¿Cuándo se había convertido su maestro en alguien tan frágil, tan pequeño?

Dé'zǐ tosió y una mancha roja le corrió por el mentón. Sin embargo, alargó las manos hacia Zen, que sintió un agudo dolor en la garganta, una presión en la cabeza que no hacía más que aumentar.

—¿Por qué? —graznó Zen—. ¿Por qué no te has resistido?

Algunos habían descrito los ojos de Dé'zǐ como nubes de tormenta en movimiento, mientras que otros afirmaban que tenían un tono de niebla densa y cambiante. Sin embargo, a Zen siempre le había parecido que los ojos de su maestro eran del color del acero, tan afilados que podían clavarse con una mirada. Al mirar a los ojos a su maestro en aquel momento, se dio cuenta de que era Dé'zǐ quien tenía la mano ganadora.

—No podría haberme enfrentado al poder de un dios con la esperanza de ganar —dijo la voz de Dé'zǐ, rasposa. Apretó los dedos de Zen—. Sé que la senda que has recorrido no ha sido fácil, Zen, que está empañada con la sangre de tus ancestros. Lo que he intentado en los últimos once ciclos ha sido ganarte… con amor. Te he amado tanto como cualquier padre puede amar a su hijo. Jamás esperé que me devolvieses ese amor…, pero si me has profesado algún tipo de afecto, entonces aún hay esperanza.

Zen no podía respirar.

—Quería hacerte un último regalo: el regalo de mi muerte. Espero que sea el amor y no la venganza lo que guíe tus decisiones. Y espero que, en tu búsqueda de poder, recuerdes este momento, este dolor que sientes. Espero que recuerdes qué precio tiene el poder. Que este recuerdo te guíe… en tus momentos más oscuros.

La voz del maestro supremo menguaba, sus palabras se volvían lentas, arrastradas. Y sin embargo Zen sentía que se las arrancaba una a una de la piel.

Notó cómo el maestro se alejaba, la respiración cada vez más leve. El Sello también empezaba a debilitarse. La jaula invisible que Dé'zǐ había levantado sobre el poder de Zen se derrumbaba. La oscuridad que mantenía a raya estaba comenzando a derramarse. Un susurro surgió de los rincones de la mente de Zen, más helado que los más poderosos vientos invernales. El viejo al que sostenía en brazos pareció enfriarse.

Con suavidad, Zen depositó a su maestro en la entrada del Fin de los Cielos, bajo el Muy Hospitalario Pino. Se puso de pie y unió los puños a modo de saludo. Le resultó notable la firmeza en sus propias manos, teniendo en cuenta que todo en su interior estaba a punto de derrumbarse.

—Que la paz sea con tu alma y que encuentres el Camino a casa.

Hizo una, dos, tres reverencias. Se le nublaba la mente; un humo de obsidiana se arremolinaba sobre sus pensamientos. La antigua presencia se desperezaba.

Zen extrajo a Llamanoche del pecho del maestro y la volvió a envainar. La sangre le manchó las manos, cálida y pegajosa. Se irguió y de pronto el mundo se le antojó distinto, como si aquel fuese un punto que separase para siempre el pasado del futuro en su vida. Un momento definitorio. Llevaba demasiado tiempo huyendo de la persona que tenía que ser.

Era el momento de enfrentarse a su destino.

Para el clan de Zen, el destino lo dictaban las estrellas bajo las que uno nacía. Un destino tallado en los huesos del caballo salvaje que le asignaban al nacer y escrito al son que soplaban las arenas rojas de las llanuras en las Estepas Boreales. Era algo innegable, algo escrito en historias que duraban más que el tiempo. Su padre lo había sabido cuando se sacrificó para salvar a Zen. Su bisabuelo, Xan Tolürigin, lo había sabido cuando se enfrentó al Emperador del Reino Medio.

Y Zen lo supo al alejarse del Fin de los Cielos, espada en mano, con llamas que brotaban de su piel y se arremolinaban a sus pies. El rugido de las energías aumentaba como un grito hacia los cielos.

El Sello dorado de Dé'zǐ se desvaneció y algo se alzó en su interior, a su espalda; algo tan grande como el mismísimo cielo nocturno, tan negro y profundo como un abismo. Una voz reverberó dentro de Zen, antigua, enorme. Una sombra carente de luz.

—*Xan Temurezen, último heredero del clan Mansorian* —susurró el Dios Demonio—. *Por fin te has liberado.*

31

«El dolor es para los vivos. Los muertos nada sienten».

Pŭh Mín, sabio imperial e invocador de espíritus,
Clásico de Muerte.

El Fin de los Cielos bullía actividad. Todos corrían de un lado a otro; los discípulos de Arquería ocupaban puestos ventajosos, los discípulos de Sellos se colocaban en primera línea de defensa, mientras que los de Espadas y Puños tomaban posición en ubicaciones propicias para emboscadas, entre árboles y edificios. En las alturas se acumulaban nubes de tormenta que atravesaban el cielo, arrastradas por un viento cada vez mayor. El aire estaba cargado. La lluvia era inminente.

Lan se abrió paso entre la multitud.

—¡Lan'mèi!

Ella se giró y dejó escapar el aliento de puro alivio al ver el rostro esbelto y la pálida túnica de Shàn'jūn, que se acercaba a ella desde la Cámara de las Cien Curaciones. Ni mil palabras podrían explicar lo que había sucedido desde la última vez que se vieron. Lan se preparó para recibir la rabia, la tristeza o la decepción de su amigo. Sin embargo, al llegar hasta ella, lo que hizo Shàn'jūn fue apretarle las manos.

—Tài'gē me lo ha contado todo —dijo. Llevaba la bolsita a un lado. Del interior se oía el repiqueteo de varias botellitas y viales, su equipo de emergencia—. Dilaya está despierta y ya está pidiendo la espada..., aunque con el chichón que tiene va a parecer aún más cabezona durante unas semanas.

Lan se obligó a esbozar una sonrisa.

—Bien. Dilaya lucha mejor cuanto más enfadada está, así que me atribuiré todas las bajas que cause en el ejército elantio. —Adoptó una expresión más sobria—. El maestro supremo me dijo que viniera a por ti. Creo que va a intentar salvar a Zen.

Shàn'jūn entreabrió los labios. Paseó la mirada en derredor y contempló a los discípulos que iban de un lado a otro. Suavizó la expresión de un modo que solo conseguía cuando miraba a Tai.

Lan se puso de puntillas y también buscó, pero no había rastro de aquel chico tan alto de cabellos rizados.

Shàn'jūn se ruborizó al ver que Lan había comprendido que lo buscaba.

—Vámonos —dijo, y le tironeó de la mano.

Lan vaciló. Sabía bien lo que dolía no despedirse del ser amado.

—*Ài'ya.* —Shàn'jūn dejó escapar un leve suspiro—. Lo veré pronto.

El camino por los novecientos noventa y nueve escalones de la montaña jamás se le había antojado tan largo. La energía había cambiado en el Fin de los Cielos. La oscuridad, el sabor del yīn, impregnaba el aire. Las sombras se alargaban, se retorcían y cambiaban mientras ellos descendían los escalones a la carrera. Empezaron a dibujarse rayos en las nubes que se acumulaban en las alturas. Siguió el sonido del trueno.

Casi habían llegado cuando, de pronto, Shàn'jūn la agarró de la mano y la obligó a detenerse. Entreabrió los labios y, por un instante, no hizo más que mirar a Lan con el miedo pintado en el rostro.

—Creo... creo que acaba de suceder algo. —El discípulo de Medicina tragó saliva y cerró brevemente los ojos—. No se me da muy bien canalizar el qì, pero tengo mucha afinidad con sus flujos. De yáng a yīn, de calor a frío..., de vida a muerte. Algo acaba de suceder, Lan..., y me da miedo averiguar qué ha sido.

De pronto, Lan también lo sintió: hubo un parpadeo en el mundo del yáng, una pérdida de vitalidad, como si una estrella se hubiese apagado de pronto. Una estrella solitaria y pequeña…, pero una estrella que Lan conocía.

Maestro supremo, pensó.

Al llegar al último escalón vieron cómo temblaba el Sello de Barrera. Shàn'jūn la obligó a detenerse de un tirón. Despacio, muy despacio, se llevó un dedo a los labios. Y señaló.

Lan miró hacia la silueta recortada del Muy Hospitalario Pino en medio de la noche.

Su mirada cayó, demasiado tarde, sobre la figura que yacía tumbada a los pies del pino. Llevaba túnica de practicante, blanca como la nieve. Luego, un movimiento la sacó de sus pensamientos. Una figura se apartó del cuerpo. Había estado tan quieta que Lan había pensado que aquel *páo* negro era parte de las sombras del lugar.

La luna se asomó entre las nubes en aquel instante y pintó la escena de blanco y negro hasta convertirla en un escenario de siluetas y fantasmas. Zen se irguió sobre el cadáver del maestro supremo, bañado en sangre y rodeado de oscuridad, como si lo hubiesen recortado del mismísimo material del que estaba hecha la noche. Algo se alzó tras él y se expandió hasta alcanzar una altura mucho mayor que la más alta de las montañas, algo que pareció devorar la luna y apagar las estrellas. Lan apretó con fuerza las manos de Shàn'jūn y contempló boquiabierta a aquel ser, aquel monstruo, que dejó escapar un aliento capaz de hacer temblar las montañas.

A continuación, la enorme sombra pareció envolver a Zen, y ambos desaparecieron.

El rostro de Shàn'jūn se había quedado pálido.

—¿Eso era…?

Despacio, Lan asintió.

—Eso —dijo con voz grave— era la Tortuga Negra.

Se las arregló para erguirse y aferrarse a la mano de Shàn'jūn. Tiró de él hasta descender los últimos escalones. Cruzaron el Sello de Barrera con aquel coro fantasmal de gritos de advertencia. Al otro lado, el yīn era más fuerte, las sombras más profundas.

Se arrodilló junto al maestro supremo. La sangre resplandecía sobre la túnica. Brotaba del pecho y goteaba sobre el suelo y la hierba del bosque. El rostro del maestro supremo estaba pálido, las manos frías, notó Lan al tomarlas entre las suyas. Pensó en lo formidable que siempre había parecido cada vez que lo había visto en el Fin de los Cielos: su complexión delgada aunque poderosa recortada contra el brillante y escarpado horizonte.

—*Shī'zǔ* —susurró, y a continuación gritó con pánico incontrolable—. ¡Shàn'jūn! ¡Shàn'jūn, ayúdale!

—Aquí estoy —Shàn'jūn se arrodilló junto al maestro supremo, con un vial de un líquido claro y verdoso ya en las manos. Se lo llevó a la nariz al maestro supremo y vertió una única gota.

Un siseo, una ráfaga de yáng. Durante unos instantes no sucedió nada.

Y entonces, Dé'zǐ dejó escapar el más leve de los alientos. Abrió los ojos y los posó en Lan.

—Aguanta, *Shī'zǔ* —dijo Shàn'jūn—. Voy a salvarte. Aguanta, por favor.

Lan se maravilló del tono tranquilizador de la voz del chico, de la firmeza de sus manos, que sacaron un trozo de tela y lo apretaron contra el pecho del maestro supremo.

—Sujeta este paño ahí y aplica presión —le dijo Shàn'jūn a Lan.

—Lan —resolló Dé'zǐ. Sus dedos se apretaron contra los de ella—. Me alegro de que hayas venido. Escúchame con atención, pues no nos queda tiempo.

—Por favor, *Shī'zǔ* —dijo ella—. Tienes que guardar fuerzas…

—Sòng Lián.

Los labios del maestro supremo habían pronunciado su nombre verdadero. Lan se quedó inmóvil, helada de pura conmoción.

Su nombre verdadero. El maestro supremo sabía su nombre verdadero. Lan nunca se lo había dicho.

—Te pareces muchísimo a Sòng Méi —siguió Dé'zǐ. Si ya había pronunciado el nombre verdadero de Lan con afecto, el nombre verdadero de su madre fue como una plegaria en sus labios—. Fue ella quien me enseñó a verlo todo desde otra perspectiva. El bien y el mal suelen ser dos caras de la misma moneda. Todo depende de cómo se mira.

—*Shī'zǔ* —suplicó ella—. Ahorra fuerzas…

—Escúchame. —Los ojos de Dé'zǐ ardían como fuego—. Has de recordar esto, Lián'ér. El alzamiento de los clanes no fue bueno ni malo; la unificación del Reino Medio fue al mismo tiempo el acontecimiento más grande y el más terrible que jamás hubiera sucedido en esta tierra. Muertenoche no se equivocó al luchar por su clan, pero… ¿acertó al matar a miles de inocentes por la misma causa? —Dé'zǐ se detuvo y soltó una violenta tos. La pechera de la camisa se le manchó de sangre oscura—. Yīn y yáng. Bien y mal. Grande y terrible. Dos caras de la misma moneda, Lián'ér. En el punto medio es donde reside el poder. La solución es encontrar el equilibrio entre los dos. ¿Lo comprendes?

Lan temblaba ante el peso de aquellas palabras, de las historias antiguas y enormes de las que hablaba, tan complejas que apenas podía entenderlas, mucho menos aceptarlas.

—Encontrar el equilibrio —repitió con un castañeteo de dientes—. Dime cómo puedo hacerlo, *shī'zǔ*.

—Jamás se habría permitido emplear el poder de los Dioses Demonio sin una manera de mantenerlos a raya. —El maestro supremo suspiró y parpadeó varias veces—. Guíate por la canción de tu madre…, trae el equilibrio a esta tierra condenada…, encuentra la Matadioses.

Las palabras le recorrieron las venas con una sacudida, como el golpe de un rayo. Lan agarró el *páo* del maestro supremo.

—¿Cómo? —preguntó, perdida ya la paciencia. Estaba harta de respuestas enigmáticas—. ¿Qué es lo que hay sellado en el corazón de la montaña, *shī'zǔ*?

Se inclinaba hacia él. En ese mismo momento, el viento se alzó entre los árboles y casi se llevó consigo el suspiro de Lan hasta el punto de que solo ella pudo oírlo.

—Dos de los cuatro mapas estelares están vacíos —dijo Dé'zǐ con voz áspera—, porque la Orden de las Diez Mil Flores ya los había encontrado. En el corazón del Fin de los Cielos descansa... bajo un Sello... un Dios Demonio.

El mundo pareció detenerse. Se pararon las hojas sacudidas por el viento, las nubes que atravesaban el cielo aminoraron hasta que no quedaron más que Lan y el hombre moribundo ante ella.

—El Tigre Azur —concluyó Dé'zǐ—. El Dios Demonio que juré proteger bajo un Sello hasta que la Orden encontrase la manera de destruirlos a todos.

Dos encontrados, dos perdidos. La Tortuga Negra estaba con Zen, el Fénix Carmesí ocupaba una parte del cielo nocturno al oeste. El Tigre Azur había estado allí todo el tiempo.

Entonces...

—¿Dónde está el Dragón Plateado? —susurró Lan.

Un parpadeo en los ojos del maestro supremo.

—*Shī'zǔ*, no cierres los ojos —oyó que decía Shàn'jūn, pero Lan seguía inclinada hacia el maestro supremo, escrutando su rostro en busca de la verdad. Quería saber quién era y cómo encajaba en su historia.

—Zen —jadeó el maestro supremo, con la frente perlada de sudor y el semblante blanco como el hueso—. Hay algo... que debes saber... sobre Zen. Su nombre verdadero... es... Xan Temurezen.

Xan Temurezen. El nombre la golpeó como un rayo. Le atravesó las venas. Rugió en sus oídos. *Xan*.

Las palabras de Zen reverberaron en su interior. «Recuerdo el día en que el emperador hin vino a por mi clan», le había dicho una noche en la Aldea del Brillante Estanque de Luna. «Yo estaba pastoreando ovejas cuando oí los gritos».

Dé'zǐ asintió al ver la expresión de Lan.

—El ultimo del clan Mansorian..., biznieto y heredero de Xan Tolürigun..., Muertenoche. Quien se vinculó a la Tortuga Negra.

Lan se sintió como si le estuviese contando una vieja leyenda creada por poetas y bardos, un cuento de reinos, linajes y Dioses Demonio. Y sin embargo, al unir las diferentes piezas que tenía en el recuerdo, todas dieron forma a una historia que no había sabido ver por más que la hubiera tenido delante todo el tiempo. El modo en que Zen tensaba el rostro cada vez que oía mencionar a Muertenoche. El conflicto que asomaba a los ojos del chico cuando ella le preguntaba por la práctica demoníaca. La resolución de usar a los Dioses Demonio para luchar contra los elantios.

El vínculo con la Tortuga Negra y no con ningún otro de los Dioses Demonio. Todo encajaba a la perfección.

—¡*Shī'zǔ!* —exclamó de pronto Shàn'jūn, dejando el hilo y la aguja con el que había empezado a suturarlo—. ¡*Shī'zǔ*, no cierres los ojos...!

Lan contempló a aquel hombre moribundo y comprendió que habían llegado demasiado tarde. Tenía mil preguntas más que hacerle pero solo quedaban segundos.

Se aferró a lo que menos importaba... aunque para ella significaba el mundo entero.

—¿Cómo conociste a mi madre?

El dolor abandonó las facciones de Dé'zǐ. Sonrió y de pronto volvió a parecer un hombre joven.

—Yo la amaba —suspiró, la mirada prendada del rostro de Lan—. Me reuniré con ella en la otra vida... agradecido... por haber pasado mis últimos instantes... contigo... con mi hija, Lián'ér.

Soltó todo el aire al pronunciar su nombre. Sus ojos se cerraron y los labios callaron.

Una fuerte brisa recorrió el bosque. Las nubes ocultaron la luna y los pinos y ginkgos empezaron a sacudirse. La tierra tembló y un resplandor de luz tiñó el mundo de un solo color. El tiempo pareció detenerse, las nubes ahogaban el cielo. Las hojas estaban inmóviles en medio de una frenética danza. Las primeras gotas de lluvia quedaron suspendidas en el aire, resplandecientes como diminutas joyas de cristal tintado.

Y luego cayeron.

A su lado, Shàn'jūn, cuyas manos no habían dejado de moverse desde que se arrodilló junto al maestro supremo, había guardado silencio. Tenía los dedos manchados de la misma sangre que corría en regueros a su alrededor en medio del chaparrón y que manchaba la túnica del maestro supremo.

Lan se sintió muy lejos, presa de las últimas palabras del maestro supremo, atrapada en esos últimos instantes de verdad.

«Mi hija, Lián'ér».

De pequeña, siempre se había preguntado quién era su padre. Esa curiosidad se había visto cortada de cuajo con la conquista, con la necesidad de sobrevivir y de averiguar lo que su madre había escrito en la cicatriz de la muñeca. Pero en aquel momento, al comprender que la posibilidad de tener un padre había estado frente a ella durante la última luna, Lan sintió el repentino impulso de gritar.

Contempló el rostro de Dé'zǐ, sereno hasta en la muerte, y la sangre que manchaba el suelo y le encharcaba el *páo*. ¿Desde cuándo lo había sabido? Intentó buscar en sus propios recuerdos. Debió de ser después de que Lan hubiese dejado inconsciente a Dilaya con la canción para poder ir a salvar a Zen. Había sido Tai quien le había dado la pista.

Lan no lo había conocido tan bien como para sentir algo que no fuera conmoción y aturdimiento en aquel instante. Pensó todo lo que había acabado con la muerte de Dé'zǐ:

La posibilidad de defender el Fin de los Cielos.

La posibilidad de derrotar a los elantios.

La posibilidad de tener un padre.

Desde lejos llegó hasta ellos un temblor del qì: una energía oscura y corroída, repleta de yīn, con la furia de un demonio.

De un Dios Demonio.

—Lo ha dejado libre —dijo de pronto Shàn'jūn—. Yo estuve allí hace once ciclos, cuando el maestro supremo se lo llevó a mi maestro en busca de ayuda. Era más demonio que niño. Lo que había dentro de él se había apoderado casi por completo de su mente.

Shàn'jūn tenía el rostro pálido bajo la lluvia.

—Tenemos… —dijo—. Tenemos que detenerlo. No podemos permitir que vuelva a perder el control.

Lan pensó en la manga vacía del brazo de Dilaya, en el parche que llevaba en el ojo. En los cientos de vidas tanto elantias como hin del puesto fronterizo. Todo eso había ocurrido con el poder de un demonio ordinario. No quiso ni imaginar las consecuencias de que Zen liberase el poder completo de un Dios Demonio allí, tan cerca del Fin de los Cielos. Un dios a quien no le importaba quién vivía y quién moría.

El yīn a su alrededor aumentó. La lluvia caía sin parar, el viento chillaba.

El maestro supremo había muerto.

Tengo que detenerlo.

Lan se puso en pie y echó a correr. Oyó que Shàn'jūn la llamaba y sintió las gotas de lluvia que le empapaban el rostro. Se llevó las manos al fajín de la cintura y sacó la ocarina, que se acomodó con ansia entre sus manos como si tuviese voluntad propia.

Lan redujo la velocidad y se llevó el instrumento a los labios.

La melodía que tocó fluyó entre sus dedos y su alma. Era una canción que albergaba en la memoria y que llegó a ella como un sueño: un bosque de bambú, una cálida hoguera, un chico cuya frialdad se había derretido como el invierno al llegar la primavera bajo la luz de la canción.

Cerró los ojos mientras tocaba. Una lágrima solitaria y caliente le corrió por la mejilla. De haber sido posible que la mera voluntad revirtiese el paso del tiempo, Lan habría estado segura en aquel momento de ser capaz de lograrlo. De volver a aquel momento en el bosque de bambú.

Poco a poco, el yīn menguó hasta desaparecer. Se oyeron unos pasos que se acercaban entre la lluvia. De pronto, una mano cálida le acarició la mejilla.

Abrió los ojos. Zen se arrodilló ante ella. Tenía una mano en el vientre. Un tajo le desgarraba la túnica. La lluvia se mezcló con la sangre y goteó por su rostro.

Lan bajó la ocarina.

—Lan —jadeó Zen.

Ella se encogió al oír el sonido de su voz. En su día podría haber sentido una punzada en el corazón al verlo herido y sangrando.

Pero esa punzada la habría inspirado Zen, el chico que la había salvado en las murallas de Haak'gong, el que le había enseñado pacientemente el arte de la práctica, el que observaba los dogmas del Camino con rígida obstinación.

El que le había limpiado las lágrimas con besos y le había prometido que jamás volvería a estar sola.

Al contemplar la figura ante ella, aquel chico que goteaba energía yīn y arrastraba sombras como fuego negro, Lan no estuvo segura de dónde acababa el humano y dónde empezaba el Dios Demonio.

—Has asesinado al maestro supremo —dijo.

Él cerró los ojos. Varias emociones le sobrevolaron el rostro, como si luchase contra algo en su interior. Lan añadió:

—Me has utilizado para ver los mapas estelares de los Dioses Demonio. Para encontrar a la Tortuga Negra. Sé qué eres y quién eres, Xan Temurezen.

Un violento temblor lo sacudió. Le corrían regueros de lluvia por la cara.

—No he sido sincero contigo en muchos aspectos —dijo—. Pero lo único que no puedo controlar ni negar es que eres tú quien tiene mi corazón, Lan. No te he utilizado para nada.

Por suerte, pensó Lan, la lluvia disimulaba la humedad de sus propios ojos. Tras ellos dos, el cadáver de Dé'zǐ se enfriaba. Pronto regresaría a los elementos de la tierra, al ciclo natural de todos los componentes del mundo.

—Nada de eso importa —dijo ella en tono quedo— si decides recorrer otro camino. Renuncia a la Tortuga Negra, Zen. Encontraremos otro modo de traer el equilibrio a esta tierra y de liberar a nuestro pueblo. Un modo que no pase por sacrificar vidas inocentes.

Alargó una mano hacia él.

Una sombra cruzó la expresión de Zen. Cerró los ojos y se llevó una mano a la cara, tenso, como si estuviese librando una batalla con una fuerza invisible.

Dé'zǐ había dicho que los practicantes que canalizaban el poder de los Dioses Demonio perdían sus cuerpos, mentes y almas. Zen seguía ahí dentro. Seguía luchando.

Lan se arrodilló frente a él y contempló aquel rostro ciego y aturdido. *Es Zen,* se dijo. *El chico que te salvó la vida. El que te ha protegido todo el tiempo.*

Se inclinó hacia delante y le besó las mejillas para limpiar la lluvia. Besos que le supieron a sal.

Zen se estremeció. Tras lo que pareció una eternidad, pronunció una única palabra:

—Lan.

Él abrió los ojos, que estaban despejados.

Lan casi lloró de alivio.

—Sí. Aquí estoy.

Zen tomó las manos de Lan entre las suyas y le acarició la muñeca izquierda con el pulgar.

—Tú querías poder para proteger a tus seres queridos. Hay algo más que tu madre escondió en este Sello, algo que aún no has descubierto.

De pronto, Lan sintió un mal augurio.

—Voy a enseñártelo ahora mismo —dijo Zen, y le clavó los dedos en la cicatriz.

El dolor le recorrió el brazo y se le clavó en la mente. Una llama negra hizo pedazos el mundo entero. Lan sintió que le ardía la piel, como si los mismos huesos se hubiesen convertido en metal derretido, como si se derritiese desde el interior. La oscuridad le envolvió la mente.

Ante ella vio un punto blanco que titiló con el más leve resplandor. Alargó la mano hacia él, pero los zarcillos de fuego oscuro tiraron de ella y la alejaron. Con la mente nublada por el dolor, vio que el punto blanco se acercaba, que crecía hasta convertirse en un círculo roto.

No, no era un círculo. Era un símbolo. Un Sello.

Su Sello.

Lan soltó todo el aire de los pulmones. La oscuridad se alejó de ella, los zarcillos negros se abalanzaron sobre el Sello flotante que brillaba como la mismísima luna. Detrás del Sello, algo se retorcía.

Las sombras se aferraron al Sello, se enroscaron alrededor de los trazos y ahogaron su luz. Por toda la superficie surgieron grietas. Las llamas negras lo devoraron.

Hasta hacerlo pedazos.

Lan gritó. El Sello de su madre se desvaneció en las tinieblas. Realidad e ilusión se mezclaron ante sus ojos. La cicatriz en el brazo, que en su día había sido una arruga pálida, se tornó negra como una costra podrida. Algo empezó a latir con un brillo cada vez más fuerte que acabó por borrar todo el tejido cicatrizado.

La luz se descompuso. Lan tuvo la impresión de que estaba en lo alto de una montaña helada, o en un lago congelado de aguas brillantes. Frente a ella, la sombra de Zen proyectaba un arco negro sobre su luz. El chico alargó la mano y le acarició la mejilla.

—Mis disculpas, Lan —dijo—. Ojalá no hubiésemos tenido que llegar a esto. Desde el principio noté que el Sello de tu madre era poderoso y que contenía muchas capas: la primera debía reprimir tu qì y la segunda tenía que llevarte a la Montaña Cautelosa y a la ocarina. Tras cruzarme con la Tortuga Negra comprendí que había un último secreto en su interior. —Apretó los labios—. Quizá con esto cambies de parecer con respecto a los Dioses Demonio.

Los ojos de Zen se oscurecieron. Le clavó las uñas en el mentón y la obligó a girar el rostro para mirar a su espalda.

Frente al Sello de Barrera del Fin de los Cielos se alzaba, más alta que la cumbre de la propia montaña, la serpentina forma blanca que se había cernido sobre ella en la ilusión del cielo nocturno conjurada por la ocarina.

Solo que no era una ilusión.

Lan alzó la vista hacia la forma fantasmal del Dragón Plateado del Este, que se elevaba más allá de las Montañas Yuèlù.

Y que la miraba a ella.

32

«El Emperador no temía a la espada enemiga que le apuntase al pecho, sino al veneno que le administrase su amante en el lecho».

Gran Historiadora Sī'ma, *Registros de la Gran Historiadora.*

El demonio de Zen le había advertido en un susurro que se guardase del ser que se enroscaba en el corazón del núcleo de Lan. Lo había visto; era patente en el modo inexplicable en que había matado al soldado elantio en el salón de té, en el modo en que había reaccionado en la Cámara de la Cascada de Pensamientos, cuando Dilaya la había amenazado. Y por fin, la respuesta había llegado a él en las palabras de su Dios Demonio.

—Otro de nosotros yace dentro de esa chica. Otro Antiguo, al que los mortales conocéis como Dragón Plateado.

De pronto lo comprendió todo. Comprendió por qué había notado al principio de todo el qì demoníaco que desprendía Lan y por qué esos trazos demoníacos no aparecían en el qì normal de la chica.

Su madre había sellado el Dragón Plateado dentro de ella. La única condición que ponía el Sello era que la criatura defendiese la vida de Lan en caso de hallarse en peligro. Eso explicaba los prodigiosos avances de Lan a la hora de aprender la práctica, la asombrosa velocidad con la que había aprendido a manipular el qì para trazar Sellos. El poder de un Dios Demonio, si bien encadenado, aumentaba sus habilidades.

Un remolino de emociones y pensamientos se desató dentro de Zen. Las líneas entre sus propios pensamientos y los del Dios Demonio se diluyeron. Aún sujetaba el mentón de la chica. Vio terror en ellos al reflejar la luz del Dragón Plateado. Apretó con más fuerza. Lan, boquiabierta, intentó tomar aire mientras luchaba por zafarse de él. Zen la contempló con la misma indiferencia con la que alguien contemplaría un pez que boquea al sacarlo del agua o un insecto a punto de perder la vida.

El resplandor del Dragón Plateado parpadeó y empezó a menguar. Zen le clavó los dedos con más fuerza y sintió una oleada de náuseas y furia en el estómago, una oleada dirigida a él. El chico que se había vinculado a él. El chico seguía intentando recuperar el control de su cuerpo. Y estaba furioso.

Humanos. Qué débiles, qué frágiles. Qué sentimentales.

Aun así, el control que tenía sobre el cuerpo del chico seguía siendo tenue, al igual que sobre su mente y su alma.

Se retiró.

Los pensamientos de Zen regresaron, sombras que volvían a la luz, y se encontró parpadeando bajo la lluvia que le mojaba las mejillas. Apretaba los dedos con fuerza sobre la garganta de Lan, tanto que los ojos de la chica se habían puesto blancos. En aquel momento, la luz del Dragón Plateado no era más que un tenue resplandor en la muñeca izquierda, una brasa moribunda.

Zen soltó todo el aire y apartó la mano de ella. Lan cayó hacia delante. Él la sujetó y la abrazó. La cabeza de Lan se apoyó en su cuello, los brazos colgando.

—Perdón —susurró—. Por favor, Lan, perdóname. No quería hacerte daño.

Sintió que se movía. Y de pronto, sin previo aviso, una punzada en su pecho.

Zen tosió. Manchas negras le salpicaron la vista. Dentro de sí gritó una voz que no era la suya, chillidos que amenazaron con hacerle pedazos la mente. Las sombras de su qì parpadearon alrededor. Se desvanecían.

Lan alzó la vista, con la mano cerrada en la empuñadura de Tajoestrella. La hoja estaba alojada entre las costillas de Zen. La sangre teñía las manos de Lan.

—Me dijiste que no fallase —dijo—. Y no he fallado.

Giró la hoja y la extrajo.

33

«En la guerra no es sabio dejarse guiar por las emociones, pues la ira se aplaca y la vanidad es hueca, pero los reinos que se pierden y las vidas que se destruyen jamás regresan».

General Nuru Ala Šuzhan, del Clan del Acero Jorshen,
Clásico de Guerra.

Zen cayó de bruces. La sangre le chorreó de la boca y de la herida en el pecho, y se derramó en regueros por el suelo a la entrada del Fin de los Cielos. Se despejaron las sombras en sus ojos. Cuando alzó la mirada hacia Lan, con el pelo pegado al rostro por la lluvia, ella comprendió que volvía a contemplar al chico del que se había enamorado en una aldea envuelta por la niebla.

Los labios de Zen se curvaron en una leve sonrisa.

—Mejor… que… una taza —susurró.

Acto seguido se desplomó sobre el barro. Sus ojos se cerraron.

A Lan le temblaron las manos. El cuchillo que sujetaba chorreaba sangre roja. Aquellas últimas palabras la trastornaron. Fueron un recuerdo de los buenos tiempos, del futuro que había esperado tener antes de que los destinos de ambos se convirtieran en una maraña de desventuras.

«Hay que apuntar al núcleo de qì del demonio, el equivalente al corazón». La mano de Zen, tan delicada y firme sobre la suya, apuntándose con la daga al pecho. «Y luego se la clavas».

La pregunta, sin embargo, era: ¿había cortado el núcleo del demonio o el corazón de Zen? ¿O ambos?

¿Qué he hecho? Lan dejó caer Tajoestrella al suelo como si quemase. La daga fue a parar a un charco junto al cuerpo inmóvil de Zen. *¿Qué he hecho?*

—¡Lan'mèi!

La voz de Shàn'jūn la sacó de su ensimismamiento. El discípulo de Medicina emergió de entre la lluvia, con las manos ensangrentadas y el rostro ceniciento. Tras él venía también Tai, con el pelo pegado a la frente, sin aliento tras haber descendido todos los escalones.

—Todo el mundo lo ha sentido —jadeó el invocador de espíritus—. Dos explosiones enormes de qì en la base de la montaña. Vine corriendo en busca de Shàn'jūn. ¿Qué ha pasado?

—Ayudadle, por favor —susurró Lan.

Shàn'jūn se arrodilló junto a Zen.

—Tiene pulso —dijo, y echó mano de la bolsa—. Así que hay esperanza. Tài'gē, luz, por favor.

El invocador de espíritus se arrodilló junto a Lan y alzó una lámpara de loto. Con un par de gestos trazó un Sello de Fuego. Contempló trabajar a Shàn'jūn con la mirada firme.

—Shàn'jūn —dijo—. El Sello de Barrera. Tenemos que resguardarnos detrás del Sello de Barrera.

—No puedo —fue la débil réplica del discípulo de Medicina. Tenía los labios apretados y las cejas fruncidas. Sus manos revoloteaban entre viales, agujas y manojos de hierbas—. El Sello de Barrera ha rechazado a Zen.

Lan pensó en cómo Zen había hecho pedazos el Sello de su madre y en la brillante luz blanca que había explotado en su interior. La misma luz blanca que había visto cuando murió Māma, en el salón de té y cuando conoció a Dilaya en la Cámara de las Cien Curaciones.

Buscó dentro de sí y percibió una presencia enroscada alrededor del corazón, un núcleo de qì que latía levemente y que enviaba ráfagas de energía por su carne y su sangre.

Así que había un último secreto que Māma había escondido en mi interior. El descubrimiento era tan abrumador que casi no pudo respirar. El Dragón Plateado.

Contempló al Dios Demonio y sintió miedo, aunque por debajo corría una corriente de puro asombro. En aquel momento podría haber entendido la decisión de Zen, por qué lo habían seducido el poder y la majestuosidad de la Tortuga Negra, cómo había acabado por someterlo.

Sin embargo, Lan sabía que Māma no había sellado el Dragón de Plata dentro de ella para que emplease su poder.

Le había entregado aquel Dios Demonio a Lan para que pudiera destruirlo.

—Escúchame bien, Shàn'jūn —dijo Tai—. Al otro lado del Sello de Barrera, los maestros han dispuesto las líneas defensivas según la Estratagema Treinta y Cinco. No me pidas que me quede mirando cómo arriesgas la vida.

—Y tú no me pidas que no cumpla con mi deber —replicó Shàn'jūn. Habló con tono suave pero le dedicó a Tai una mirada firme—. Zen tiene dentro a la Tortuga Negra, Tài'gē. Tengo que salvarlo. He de intentarlo.

—Se curará —dijo Tai en tono obstinado—. El Dios Demonio lo curará.

—No, no lo hará. —A Lan se le quebró la voz. Echó mano de Tajoestrella—. Lo he apuñalado con esto.

El semblante de Tai se tensó al instante.

—Tú —dijo en tono hueco—. Has hecho lo peor que podía hacerse. Esa hoja. Esa hoja no destruye el núcleo de un demonio. Lo único que hace es cortar temporalmente el qì demoníaco. Solo merma al demonio y al mortal vinculado. ¿Sabes… sabes lo que pasará si Zen muere?

Lan no quería saberlo.

—Cuando muere el alma vinculada a un demonio, ese demonio se limita a buscar otra alma con la que hacer un pacto. Empieza un nuevo ciclo de guerra y destrucción. —Las siguientes palabras que pronunció Tai fueron como el tajo de una espada—. Si Shàn'jūn no consigue salvar a Zen... puede que hayamos liberado a la Tortuga Negra. Justo ante las manos ansiosas de los elantios.

No habría manera de detenerlos.

—*Sí que la habría* —dijo una voz remota en su interior. Una parte de ella, o mejor dicho, la parte que ahora sabía que residía dentro de ella. Creyó ver un destello plateado, un gélido ojo que se abría para contemplarla—. *Tú podrías hacerlo.*

No, no, no podría ni pensaba hacerlo. Y aun así, mientras contemplaba la sangre que oscurecía el suelo debajo de Zen, Lan sintió que su madre le había encargado una tarea imposible. Le había otorgado todo el poder del mundo pero en lugar de decirle que lo usase, que luchase con él, le había pedido que lo destruyese.

Empezaron a castañetearle los dientes. Se abrazó a sí misma. En aquel momento se sentía completamente sola y perdida.

—Tài'gē, necesito que traigas al maestro Nóng. No tengo suficientes habilidades como para salvarle la vida a Zen.

Las mangas de Shàn'jūn estaban empapadas de sangre. Las llamas de la lámpara de Tai se mantenían firmes. Las energías yīn en el aire, el qì del Dios Demonio, seguían menguando. Cuanto más brillaba la lámpara, más menguaba la vida de Zen.

Tai frunció el ceño y cerró los ojos. Parecía luchar contra sí mismo. Al abrirlos de nuevo había en ellos una mirada tan tierna como triste. Acunó la mejilla de Shàn'jūn en una de sus grandes manos.

—Espérame —dijo.

La lluvia pintó la sonrisa de Shàn'jūn.

—Siempre.

Tai se giró hacia Lan, con la mandíbula apretada.

—Tienes que ir a por la maestra Ulara. Es la que está más cerca, se encuentra al mando de la segunda línea de defensa junto con los discípulos de Espadas, en los escalones que suben hasta el Fin de los Cielos. Ella te ayudará. Hay que mantener a los elantios lejos de Zen.

—Ulara preferirá dejar morir a Zen —replicó Lan.

—Ulara protegerá al Dios Demonio —dijo Tai—. Es miembro de la Orden de las Diez Mil Flores.

Lan soltó un jadeo. Sin embargo, si lo pensaba bien, tenía sentido. Ulara se había opuesto con todas sus fuerzas a los Dioses Demonio, había intentado detener a Zen antes de que decidiese vincularse a la Tortuga Negra.

Māma, Dé'zǐ y Yeshin Noro Ulara… si había más miembros de la Orden con vida, quizá hubiera esperanza.

Lan se puso de pie y le acarició los hombros a Shàn'jūn.

—Espéranos —dijo, y dio un salto impulsada por una ráfaga de qì.

Cruzó el Sello de Barrera en medio de un ominoso silencio. Tras ella oyó los pasos de Tai, más torpe con las Artes Ligeras, levantando ruido.

Poco a poco, la oscuridad se retiró y dio paso al lejano brillo de las lámparas de loto. Lan creyó ver la roca de la entrada y los muros blancos de los templos de la escuela. Le quedaban menos de doce escalones para llegar a lo alto.

Y entonces sucedió. El qì se revolvió a su alrededor, se separó y dio paso a algo distinto: el abrumador hedor del metal.

Un escalofrío recorrió la nuca de Lan. Conocía aquel aroma y aquella abrumadora sensación en el qì.

Se giró.

El pinar bajo la montaña bullía de actividad: destellos de armaduras metálicas por doquier que se extendían por el paso entre el Fin de los Cielos y el resto de las Montañas Yuèlù. Rodeaban por completo el bosque.

El ejército elantio había llegado.

Varios pasos por debajo de ella, Tai se posó tras un chorro de qì. Desorbitó los ojos al contemplar el bosque a sus pies.

—No. No. —Se le quebró la voz—. Shàn'jūn. ¡Shàn'jūn!

—¡Tai! —gritó Lan. El invocador de espíritus giró sobre sus talones y empezó a retroceder por donde habían venido—. Tai…

Relámpagos de tormenta partieron el cielo en dos. De los pinares surgieron llamaradas que explotaron contra el Sello de Barrera con una fuerza que sacudió todo el suelo. Lan cayó contra un lado de la montaña. Le vino un sabor cobrizo a la boca.

—¡SHÀN'JŪN!

Tai había caído a cuatro patas. Las llamas de la explosión lo tiñeron de dorado en una estampa que Lan jamás olvidaría: los ojos desorbitados, el blanco de los ojos ensortijado en los iris, las venas protuberantes en el cuello y las sienes, los dedos alargados en dirección al chico al que amaba.

—¡SHÀN'JŪN! —gritó de nuevo, y se lanzó hacia adelante—. ¡SHÀN...!

La noche entera se iluminó con una segunda explosión. El mundo entero se sacudió y una punzada de dolor le atravesó la cabeza a Lan, seguida de un pitido agudo. Entonces todo pareció ralentizarse. Las gotas de lluvia se quedaron inmóviles en el aire, resplandecientes. Una silueta surgió entre ellas. Era una silueta pálida y serpentina que Lan ya había visto antes. Su voz se enroscó a su alrededor, conocida, parte de ella.

—*Sóng Lián* —dijo el Dragón Plateado en tono suave—. *Dentro de ti albergas el poder de un Dios Demonio. Si lo usaras, podrías ser la salvación de tu pueblo.*

No... no. Cuando Zen había liberado el poder de su demonio, el ser se había cobrado las vidas de todos los hin inocentes que había en el puesto fronterizo. Muertenoche había canalizado el poder de la Tortuga Negra y casi había destruido todo aquello por lo que había luchado.

—*¿De verdad quieres hacerte a un lado y contemplar cómo van hacia una muerte segura?* —preguntó el dios con voz doliente—. *¿No prefieres tener la oportunidad de salvarles la vida?*

Una luna atrás, Lan había presenciado la destrucción de todo lo que había conocido en su vida. Había jurado volverse poderosa para no tener que ver sufrir a sus seres queridos. Ya tenía todo ese poder, ¿no iba a aprovechar la oportunidad de usarlo?

Pero jamás había sido sencillo. El poder siempre costaba algo. Cada victoria se conseguía pagando un precio. No tenía la menor idea de qué pacto había sellado su madre. No sabía cuáles eran las condiciones, ni lo fácilmente que podría perder el control del dios que había enroscado en su interior. Bastaba un error, un truco por su parte, y caería al abismo.

Por otro lado… ¿y si conseguía cercenar el poder del demonio cuando estuviera a punto de perder el control? Sentía las manos frías, pero aún enarbolaba la pegajosa empuñadura de Tajoestrella. Con ella había cortado el control de la Tortuga Negra sobre Zen, aunque solo fuese temporalmente. ¿Y si pudiera hacerlo también consigo misma?

Si tenía éxito, podría salvar el Fin de los Cielos. Y si podía usar el poder para proteger a sus seres queridos, podría salvar el Último Reino.

Varios pasos por debajo de ella, Tai yacía inconsciente sobre la pared montañosa contra la que lo había lanzado la explosión. El pecho del chico subía y bajaba con respiraciones rápidas. El pelo, enredado y húmedo, le cubría la cara. Lan pensó en el modo en que había sonreído al ver a Shàn'jūn dándoles de comer a las carpas bajo la luz de la luna.

Lan pensó en Shàn'jūn, que la había cuidado con tanta paciencia bajo el marco de la ventana de la Cámara de las Cien Curaciones.

Pensó en Taub, con el rostro enrojecido por el calor y el vapor de las cocinas. En Chue, que charlaba con ella mientras almorzaban en el refectorio. En las campanas matutinas, en la conversación de los discípulos bajo la fría luz del sol invernal a través de la niebla. Pensó en todo el gozo que había conocido en el Fin de los Cielos. En todo lo que hacía que mereciera la pena vivir la vida.

Pensó en Ying, que corrió a salvarle la vida pertrechada con nada más que un fino vestido de loto.

Y pensó en Zen: en la primera vez que lo había visto en el atestado salón de té. En el modo en que la había rodeado con sus brazos mientras le hablaba en susurros del futuro que tendrían juntos. En el roce de sus labios al besarle las mejillas para limpiarle las lágrimas.

Con la lluvia corriendo cálida por su piel, Lan apretó los dientes. Zen ya no estaba allí para limpiarle las mejillas. Quizá nunca volvería.

Se le rompió el corazón y, con él, también se hizo pedazos su voluntad.

La ira la colmó.

El Dios Demonio se alzó y emitió una luz que cubrió las montañas como si de una segunda luna se tratase. La contempló con ojos tan azules como el corazón de una llama, las escamas resplandecientes como la primera nevada helada. Una visión, una ilusión, una parte de sí misma.

Lan alargó una mano y hundió el dedo en el caudal de poder que fluía desde el núcleo de su Dios Demonio.

El mundo respiraba. Lo sentía todo, el roce de las gotas de lluvia que acariciaban las hojas y ramas de los pinos, las que caían al suelo, las que repiqueteaban contra las armaduras del ejército elantio que se alargaba hasta la siguiente montaña.

El miedo y la ira crecieron en su garganta. Y también llegó algo más: una curiosidad dirigida a la batalla que se abría ante ellos. Un estudio clínico de las posibilidades, como si estuviese frente a un tablero de ajedrez y cada persona, cada vida, fuese una pieza que podía usarse y desecharse a voluntad.

Así que esto es lo que se siente al ser un dios, pensó Lan, y en ese momento, juró no flaquear jamás. Pasara lo que pasare, recordaría hasta el fin por qué lo había hecho todo. Ying. Shàn'jūn. Zen. Dé'zǐ. Māma.

Mientras recordase lo que la hacía humana, jamás se convertiría en un dios.

Dio la orden:

Destrúyelos.

Un Sello fluyó de las puntas de sus dedos, aunque fue el dios quien lo dibujó. De pronto, Lan comprendió a qué se había referido Zen al decir que dibujar Sellos era una de las mayores formas de arte. El tejido de energías era más complicado que nada que hubiera visto jamás: tan intrincado que podría tardar horas en desentrañarlo todo, con trazos a caballo entre la ciencia y el arte. Sus manos se movían en una danza que no conocía, guiadas por una presencia ajena.

El poder zumbó en el aire a su alrededor. Lan empezó a emitir un brillo que bañó las montañas de blancura y se alzó hasta el mismísimo cielo.

En el preciso instante en que el Sello se cerraba, una onda expansiva latió de su interior y se extendió a través de los árboles. Lan la sintió, pues se encontraba en todas partes y en ninguna a la vez, entre las nubes y la lluvia y cayendo sobre la ladera de la montaña. En las profundidades de la tierra, algo comenzó a cambiar: hubo un temblor que ascendió hasta el lugar que ocupaba el ejército elantio.

A través de la lluvia y la oscuridad, lo único que Lan alcanzó a ver fue una masa que se alzaba, más oscura que el cielo nocturno, como unas gigantescas fauces que se abrían tras el ejército. La mismísima tierra se doblegaba a su voluntad, los pinos y arbustos y el suelo se alzaban en un enorme maremoto destinado a enterrar a los elantios. El aire se llenó de chillidos y los soldados, de pronto muy pequeños, empezaron a huir del Sello de Lan.

Una risita grave reverberó en la garganta de Lan.

—*El poder reduce a aquellos que en su día temiste a poco más que gusanos retorcidos. ¿No te parece fascinante?* —murmuró el dragón.

Fascinante, pensó Lan. Mientras los contemplaba, intentó recordar todas las veces que los elantios la habían agraviado. Sin embargo, lo único que había en su mente en aquel momento eran los gritos desesperados. Las vidas de los soldados se apagaban como velas mientras la tierra los engullía. Lan sintió que se alejaba, arrastrada por la gran corriente de qì que fluía a través de sí misma.

Una silueta borrosa apareció entre la lluvia, chocó contra ella y la tiró al suelo. Perdió la concentración y el río de qì flaqueó. El Sello empezó a menguar.

Lan parpadeó. Yacía en el suelo, en el mismo lugar donde había estado durante la segunda explosión, sobre los escalones. Ante ella estaba Yeshin Noro Ulara, su silueta recortada contra el débil resplandor amarillento de los edificios de la escuela, a una docena de pasos de distancia.

—¿Qué has hecho? —exclamó la Maestra de Espadas.

La lluvia y el barro que cubrían su rostro no conseguían enmascarar la expresión de terror de esos ojos desorbitados. Fue la primera vez que Lan vio a Ulara atemorizada.

—Estoy ayudando a ganar la guerra —gritó.

—¡Vas a destruir el Fin de los Cielos! —gritó Ulara—. La montaña se cimienta en el suelo del pinar. ¡Le estás arrancando las raíces!

El miedo recorrió los huesos de Lan junto con un augurio horrible, enfermizo. Había creído que ella sería diferente, que sería la excepción a la regla. Había pensado que sería capaz de gobernar el poder de un dios. Pero el poder siempre tenía un precio y no había victoria sin pérdida.

—¡Basta! —resopló, y se golpeó las sienes—. ¡BASTA!

Una risa suave y sedosa reverberó en su cabeza.

—*Tus deseos son órdenes* —dijo el Dragón Plateado. Lan vio más allá de su propia visión unos ojos entrecerrados que la contemplaban con cierta diversión—. *Y tú deseaste que los destruyese.*

—¡Lo que deseaba era proteger el Fin de los Cielos! —chilló Lan.

—*No fue eso lo que me pediste.*

—¡Pues ahora te ordeno que pares!

Más abajo, la masa de tierra y árboles se alzaba hacia la base de la montaña como una ola inmutable, tan alta que cubría el cielo y silenciaba hasta la lluvia. Un silencio forjado en los chillidos de los moribundos. En el estruendo de la tierra que continuaba arrancándose sus propias raíces.

Si se acercaba más, el Fin de los Cielos acabaría engullido igual que el ejército elantio.

Lan se llevó las manos a la cintura y halló dos objetos en el fajín. La suave estructura de la ocarina y la familiar empuñadura tallada con estrellas que bailaban entre llamas. Lan desenvainó Tajoestrella.

—¡BASTA! —gritó, y se hincó la daga en el costado.

Hubo un siseo parecido al del agua al caer sobre las llamas. La hoja penetró en el caudal de poder que fluía del núcleo de Lan. En su mente, la forma serpentina del dragón se retorció para alejarse del dolor. El Sello destructivo que había conjurado, que hasta aquel momento había brillado como una luna llena ante Lan, parpadeó y se apagó.

Montaña abajo, la masa de tierra se derrumbó con un sonido parecido al de una explosión, a mil troncos de árbol que se rompían en dos.

El dolor le barrió la mente. Apenas fue consciente de que le fallaban las piernas. No cayó al suelo; la sostuvieron un par de brazos firmes cubiertos con una armadura de placas.

—Has hecho lo correcto —dijo Yeshin Noro Ulara.

Lan miró a la Maestra de Espadas.

—Jamás pensé que llegaría a oír un cumplido por tu parte —graznó.

Y entonces presenció una imagen que quedaría para siempre grabada en su memoria: una leve mueca en los labios de Ulara. Media sonrisa.

Se oyeron pasos en mitad de la noche: Dilaya apareció en la escalinata seguida del maestro Nóng. El Maestro de Medicina invocó un Sello que se cerró sobre los cuerpos de Lan y de Tai y los alzó con delicadeza. Era como estar envueltos en una manta calentita.

La vista de Lan se emborronaba y volvía a centrarse en los escalones. Tras un parpadeo se encontró tumbada por completo en el suelo. Alguien le acercó una lámpara que iluminó un rostro familiar.

—Maestro Nóng —graznó.

El maestro estaba inclinado sobre la herida y colocaba en ella bálsamos y hierbas, aunque Lan también reconoció el brillo de un Sello recién trazado. Aquel nuevo Sello tenía mucho de tierra en su composición y exudaba yáng cálido. Junto a Lan, apoyado en una columna y con el cuello envuelto en una gasa, estaba Tai. Sentado en silencio, el rostro desprovisto de cualquier emoción, las ropas y el pelo chorreando agua.

—He contenido el sangrado y el dolor con un Sello —le dijo el Maestro de Medicina a Lan—. Ahora el cuerpo debe hacer su parte. Has perdido mucha sangre.

Le acercó un cuenco y dijo:

—Bébetelo.

Se irguió hasta sentarse y se encogió un poco ante la punzada amortiguada de protesta que sintió entre las costillas. Se dio cuenta de que estaban en la Cámara de la Cascada de Pensamientos, y que las lámparas de loto que siempre prestaban su luz al lugar habían desaparecido. La lluvia caía constante por las tejas curvas del exterior.

Lan aceptó el cuenco y bebió. Volvía a estar en el Fin de los Cielos, aunque ya no sentía la misma calidez. Parecía una hoguera cuyas llamas se hubiesen extinguido, una casa-patio sin madre. Dé'zǐ, que había sido el alma de la escuela, había muerto. No había rastro de Shàn'jūn, que debería haber sido quien se sentara junto a la cama armado con un cuenco lleno de algún mejunje nauseabundo. Y Zen…

—Zen —balbuceó Lan. Sentía tanta presión en el pecho que apenas podía respirar—. La Tortuga Negra…, la maestra Ulara debería…

—Calma. —El maestro Nóng alzó una mano—. No hemos detectado nada que indique que la Tortuga Negra se haya liberado…, aún. Los maestros están reunidos fuera, discutiendo qué camino seguir. Ven.

Lan se obligó a ponerse en pie, con el maestro Nóng tras ella, y atravesó cojeando el espacio abierto de la Cámara de la Cascada de Pensamientos. Tras ellos, Tai también se puso en pie y los siguió, callado como un fantasma.

En el exterior brillaban los fuegos de la batalla por todo el Fin de los Cielos. Desde los puntos más altos, los discípulos de Arquería iban soltando flechas a las órdenes del maestro Cáo. Los maestros Ip'fong y Ulara aguardaban en el patio junto con sus discípulos de Espadas y Puños. Todos miraban al cielo.

En las alturas, la barricada invisible del Sello de Barrera resplandecía entre vetas de qì agrietado que más bien parecían venas. Lan vio que otra explosión causaba más fisuras en la barricada. En cierta ocasión había visto un cristal romperse en un quiosco del mercado vespertino: un comerciante de unas de las tierras del Próximo Occidente tenía un panel de cristal de Masiria con el que hacía arte. Lan presenció cómo el comerciante golpeaba el cristal con un martillo de piedra, y las grietas parecidas a telarañas que se esparcieron por la superficie suave y traslúcida hasta que saltaron esquirlas.

Se acordó de aquel día al ver el Sello de Barrera aguantando golpe tras golpe de los elantios.

Los discípulos de Sellos se repartían por la terraza, cuerpos y manos en movimiento en una danza invisible. El qì fluía hacia arriba y nutría el Sello de Barrera. Sin embargo, los discípulos apenas cubiertos con sus *páos* temblaban bajo la lluvia, y el brillo del moribundo Sello de Barrera emitía una luz carente de color sobre sus rostros demudados y exhaustos. Las líneas de defensa, los ataques en cadena..., la estrategia de batalla al completo dependía de un grupo de niños. Y todo empezaba a deshilacharse.

Lan cerró los ojos y buscó en su interior. Había una herida en el lugar donde se había encontrado con el Dios Demonio. Un corte que sangraba qì con profusión; un corte que había hecho Tajoestrella. Lan sintió una extraña mezcla de qì acumulada en el tajo, los residuos que había dejado el puñal, y que bloqueaba el acceso al Dios Demonio. Al otro lado flotaba la silueta del Dragón Plateado.

Sin embargo, aunque contase con el ataque del Dios Demonio, había muchísimos elantios. Demasiados.

De algún lugar en las alturas llegó un grito:

—¡No nos quedan flechas!

Un crujido que recorrió del cielo a la tierra sacudió el silencio que siguió. Las fisuras del Sello de Barrera brillaban al rojo mientras los ataques de fuego de los elantios seguían intentando abrir una brecha. Fragmentos de qì, quizá trozos de Sellos, se arremolinaban en el aire como fragmentos de papel en llamas, cada uno apenas un parpadeo de luz que se apagaba al instante. La noche pareció llenarse de estrellas que se apagaban. Las ondas de energía que habían resguardado el Fin de los Cielos a través del ancestral y ajetreado paso de las dinastías empezaron a caer como cenizas. Por último, el Sello de Barrera se hizo pedazos.

34

«La Garra de Halcón, una de las doce espadas legendarias de la historia, recibió su nombre del general Yeshin Noro Fulingca, fundador de la noble casa Yeshin Noro del Clan del Acero Jorshen. La hoja era tan rápida que, según se decía, Fulingca pudo cercenar la garra de un halcón en pleno vuelo durante una caza».

Varios eruditos, *Estudios sobre los Noventa y Nueve Clanes.*

Una tormenta azotaba la entrada del Fin de los Cielos, y con ella traía las aplastantes energías del metal. A los pies de la montaña, de entre los pinares blancos, los soldados elantios ascendían en tropel los novecientos noventa y nueve escalones que llevaban al Fin de los Cielos, un río de armaduras metálicas que se desbordaba como una presa rota.

Novecientos noventa y nueve escalones: eso era todo lo que los separaba del resto del ejército elantio.

Lan miró en derredor. Los discípulos de espadas y puños ocupaban sus posiciones de batalla: más o menos un centenar de practicantes, de niños temblorosos, vestidos con *páos* empapados de lluvia. De pronto le pareció ridículo lo mal que se habían preparado para la invasión elantia. Lan había visto de cerca las armaduras elantias, aquellas placas pesadas y duras en comparación con las finas escamas de las cotas de malla de los hin, impenetrables ante todo lo que no fuera una espada contundente. Por no mencionar la absoluta mayoría de soldados elantios a los que se enfrentaban.

—Retirada.

Era Yeshin Noro Ulara quien había hablado. Las gotas de lluvia se prendían a sus pestañas y chorreaban por los labios apretados. La maestra contemplaba el ejército que se acercaba. Alzó la vista y se dirigió a lo que quedaba de la escuela:

—No vamos a ganar esta batalla. Propongo una retirada.

La inseguridad recorrió a los demás maestros y discípulos.

—No podemos, Ulara-jiě —dijo en tono quedo el maestro Ip'fong—. Hemos de proteger lo que hay bajo el Sello de la Cámara de las Prácticas Olvidadas.

—Nosotros no nos retiraremos —dijo Ulara, y señaló con el mentón al puñado de discípulos que los contemplaban con ojos desorbitados—. Solo los discípulos. No tienen nada que ver con lo que empezó hace muchos ciclos. No voy a pedirles que se sacrifiquen por la Orden. Precisamente son sus vidas lo que juramos proteger.

—Estoy de acuerdo —la voz suave del maestro Gyasho se oyó por encima de la lluvia—. Los discípulos deberían seguir el camino trasero que atraviesa las montañas, al igual que el maestro Nur, el maestro sin nombre y los niños. Nosotros, los maestros de la Escuela de los Pinos Blancos, concentraremos la defensa en una única zona de la montaña: la Cámara de las Prácticas Olvidadas.

—Si nos enfrentamos cara a cara con el ejército elantio deberíamos eliminar a los magos primero —dijo despacio el maestro Ip'fong, con un asentimiento—. Si todo lo demás falla liberaremos lo que protege el Sello de la cámara, y que se enfrente a los elantios. No tienen ni idea de qué es, el elemento sorpresa está de nuestro lado.

—En ese caso hemos de apresurarnos —intervino el maestro Cáo, que acababa de llegar con su arco y un carcaj vacío—. Los elantios han entrado en los terrenos de la escuela. Hay diecinueve magos y alrededor de un millar de soldados.

Lan paseó la mirada entre los maestros. Hasta el hosco maestro Nán y el agresivo maestro Fēng parecían mostrarse de acuerdo en silencio. En aquellos rostros no había más que una lúgubre resolución.

Lan tenía muchas preguntas, pero el tiempo goteaba como la lluvia. La presencia del metal aumentaba cada vez más en el aire.

Dilaya formuló en voz alta los pensamientos de Lan:

—*É'niáng*, no me pidas que te abandone. Tengo mi espada y es mi deber.

—¿Qué deber es ese, Yeshin Noro Dilaya? —Ulara se volvió hacia su hija. Su voz resonó en la noche como el trueno—. Tu deber es el mismo que el mío. Te debes a nuestro legado, a nuestro pueblo y a esta tierra.

—¡Y a ti, *É'niáng*!

—Nuestros ancestros no han pavimentado el camino hasta el presente para que te zambullas como una idiota en el Río de la Muerte Olvidada. —Los ojos de Ulara llameaban—. En el *Clásico de Guerra*, nuestros ancestros escribieron: «De las Treinta y Seis Estratagemas, la mejor es la retirada». La mayoría no comprende esta frase y cree que el clásico fomenta que los cobardes se rindan. Sin embargo, esta estratagema nos dice que la supervivencia es el único camino para avanzar una vez que se tienen en contra todas las posibilidades. Vivir un día más supone una oportunidad para contraatacar. Una oportunidad para ganar.

—La Orden de las Diez Mil Flores —dijo el maestro Nán en medio del repentino silencio. Lan se dio cuenta de que todos los discípulos que tenían alrededor se habían girado para escucharlos—. ¿Por qué elegimos ese nombre? Las flores son frágiles, y sin embargo crecen con tenacidad fiera. Esta es una tierra de diez mil flores, una tierra vuestra, de todas las criaturas, clanes e historias que lleváis con vosotros. Los maestros han dedicado sus vidas a plantar las semillas de nuestra cultura, nuestro legado, la belleza de nuestras sangres y nuestros orígenes diversos…, todo lo que compone el Último Reino. Y vosotros, niños, lleváis ese legado. Vivid para demostrarles que esta es la tierra de las diez mil flores.

Las palabras le recordaron algo a Lan. Pensó en Zen, en el Bosque de Jade, la noche en que se conocieron: «Mientras vivamos», había dicho, «llevaremos en nuestro interior todo lo que han destruido. Ese es nuestro triunfo. Esa es nuestra rebelión».

Aquellas palabras parecían haber cobrado otro cariz, ahora que Lan había descubierto que pertenecía a un clan, ahora que sabía hasta dónde se remontaba su historia. Apartó el recuerdo, con la garganta tomada. Contempló aturdida que los demás maestros empezaban a dar órdenes a los discípulos restantes para que se marcharan. Los discípulos guardaron silencio, inmóviles. La lluvia les corría por la cara y empapaba sus *páos*.

Entre ellos se movió de pronto una figura: Tai.

Todos vieron con asombro que el invocador de espíritus se postraba ante el maestro Nán, maestro de su disciplina. Lan jamás habría pensado que alguien tan orgulloso, altivo, frío y sarcástico como Tai fuese capaz de hacer algo así.

—¡*Shī'fù!* ¡Estudiar contigo ha sido el mayor honor de la vida de Chó Tài! —gritó Tai por encima del ruido de la lluvia—. ¡Este discípulo llevará tus enseñanzas en la mente, el corazón y el alma por toda la eternidad!

Desde algún lugar de la multitud se oyó otro grito:

—¡*Shī'fù!* ¡Esta discípula te está eternamente agradecida por tus enseñanzas!

—¡*Shī'fù!* ¡Este discípulo jura llevar tu arte de práctica a los ríos y lagos de esta tierra y más allá!

Uno tras otro, todos los discípulos de la Escuela de los Pinos Blancos cayeron de rodillas. Los *páos* ondearon como las corrientes de un gran río blanco.

Lan miró de nuevo a cada maestro. Gyasho, calvo y decrépito, el rostro de ojos vendados alzado hacia el cielo con una expresión de serenidad. Fēng, ceño fruncido y encorvado como una gamba, con la verruga en la nariz y la bolsita de huesos de oráculo y demás materiales de adivinación. Nán, que parecía extrañamente perdido sin el acostumbrado montón de libros que solía llevar entre las manos. Ip'fong, alto y recio como un oso, con pinchos amarrados a los puños. Cáo, con el carcaj y el puente de *siyah* ensangrentado. Nóng, normalmente sombrío, con la cabeza inclinada, quizá como recuerdo de su pupilo más dedicado. Y Ulara, con ambas manos en las empuñaduras de las espadas y los labios apretados hasta formar una línea carmesí.

Siete personas contra el poder del Imperio Elantio.

—El honor ha sido nuestro —dijo el maestro Gyasho, llevando el puño a la palma contraria—. La próxima vez que nos encontremos será como iguales, ya sea en esta vida o en la otra. Llevad con vosotros nuestra historia y nuestro legado. Sobrevivid un día más. El reino antes que la vida, con honor hacia la muerte.

Los demás maestros unieron las manos a modo de saludo.

Lan, aturdida, vio que los discípulos se dirigían a los escalones de la parte trasera, que se internaban en la montaña. Vio a Chue, con el brazo por encima de los hombros de Taub. Los maestros también se giraron, dispuestos a marcharse. Desaparecieron en la lluvia como fantasmas, como si jamás hubieran estado allí.

Y sin embargo, Lan fue incapaz de obligarse a mover los pies.

—Esperad —dijo. Se apresuró a alcanzar a la última maestra—. Espera, maestra Ulara, por favor.

Ulara se giró hacia ella con las cejas alzadas en un interrogante.

—Déjame ir con vosotros —dijo Lan—. Mi madre dio la vida por la Orden de las Diez Mil Flores. Mi deber es ayudar.

—*É'niáng*, por favor —suplicó Dilaya. Ella tampoco se había movido. Por primera vez, Lan y ella estaban del mismo lado. Tai también se mantenía cerca—. ¿Qué es eso tan preciado que contiene la Cámara de las Prácticas Olvidadas? ¿Por qué tenéis que arriesgar vuestras vidas para defenderlo?

Habría sido de esperar que Ulara montase en cólera ante la negativa de su hija a marcharse. Sin embargo, lo que hizo la maestra fue apretar los labios. Echó una mirada en derredor y, al ver que los demás maestros ya se habían retirado, se volvió a dirigir a su hija.

—Sellado en el corazón de la montaña —dijo en tono quedo—, está el Tigre Azur.

Dilaya se quedó boquiabierta. No fue capaz de decir nada. Tras ella, Tai se había quedado inmóvil.

—A diferencia de las demás escuelas de práctica, la Escuela de los Pinos Blancos jamás custodió un Arte Final en la Cámara de las Prácticas Olvidadas —prosiguió Ulara—. Esta escuela se convirtió en el hogar de los clanes que se unieron para formar la Orden de las Diez Mil Flores, el movimiento rebelde que intentaba poner fin a la vieja lucha de poder entre la Corte Imperial y los clanes... destruyendo el origen de las mayores luchas de poder de la historia: los Dioses Demonio.

»Muchos de los nuestros dieron su vida por esta causa. Incluida su madre. —Los ojos agudos de Ulara se giraron hacia Lan, que pensó que por un momento aquella mirada se había suavizado—. Dimos caza a los Dioses Demonio y los atrapamos bajo Sellos mientras buscábamos el instrumento con el que matarlos. Sin embargo, los elantios nos invadieron antes de que pudiéramos concluir nuestra misión.

Hubo un destello de luz plateada. Una repentina tempestad recorrió la entrada de piedra del Fin de los Cielos, arrastrando consigo las aplastantes energías del metal. De las tinieblas surgió una silueta alta y pálida, cubierta con armadura metálica. Sus muñecas resplandecían con varios tonos grises, dorados y broncíneos.

Erascius, el mago real elantio, dio un paso al frente. Sus facciones afiladas se curvaban en una fría sonrisa.

—Por fin —dijo en aquel idioma elantio retumbante y siniestro—. El esquivo hogar de los últimos practicantes de esta tierra.

En apenas un parpadeo, Ulara se situó entre el mago y los tres discípulos. Movió los dedos y se alzó un Sello de Escudo ante ellos: una pared hecha de metal, arena y hielo del tamaño de una pequeña colina que abarcaba los extremos de los precipicios que los rodeaban a ambos lados.

Al otro lado del escudo, el rostro de Erascius se descompuso en una carcajada. Hizo un gesto con las manos e invocó un ariete de metal que se estrelló contra el escudo de Ulara con un crujido atronador.

Ulara agarró el hombro de su hija. Le clavó las uñas, con los nudillos blancos.

—Corre —dijo por lo bajo—. Corre y protege a Lan con tu vida. Tiene en su interior al Dragón Plateado de Oriente. No importa lo que pase, no permitas que los elantios lo encuentren.

El rostro de Dilaya palideció de pura conmoción, pero su madre prosiguió:

—Llévate esto.

El *dāo* resplandeció al desenvainarlo. La empuñadura estaba resplandeciente, como si la hubieran tallado de hueso. En el centro había un grueso anillo de jade.

Del otro lado de la pared se oían ruidos atronadores. La pared temblaba y por todas partes empezaban a saltar esquirlas que llovían sobre ellos.

—¿Garra de Halcón? —Dilaya alzó la cabeza de un latigazo—. *É'niáng…*

Ulara agarró la mano de su hija y puso en ella la empuñadura de la espada. La apretó hasta que los nudillos se le pusieron blancos.

—Algún día liderarás un clan, a un pueblo entero. Para ello tienes que aprender el significado del sacrificio. Vete —repitió Yeshin Noro Ulara. La más fiera de las expresiones dio paso a una profunda ternura en su semblante—. Volveremos a encontrarnos, hija mía, si no en esta vida, en la otra.

Lan vio una vez más a su madre, enfrentándose a un ejército insuperable con un laúd. En aquel momento comprendió. Mientras siguiera la guerra también seguiría el sacrificio. Mientras hubiera poder habría derramamiento de sangre.

Mientras hubiera vida habría esperanza.

La matriarca del clan Yeshin Noro se giró para enfrentarse al enemigo. Su hija le dirigió una mirada a Lan. Ella asintió. Giró sobre sus talones y, con una ráfaga de qì, empezó a encaminarse a los escalones de la salida trasera de la montaña. Dilaya y Tai la siguieron.

Estaban total y completamente solos. A su alrededor, un vacío espectral se había apoderado del Fin de los Cielos. Los pabellones curvos y los salones estaban vacíos y oscuros. Lan no pudo evitar pensar en la Escuela de los Puños Cautelosos, en cómo se había visto reducida a poco más que un recuerdo fantasmal en mitad de la noche. En sus ocupantes, que habían pasado a la otra vida hacía tanto tiempo.

La presión del metal se reforzó en el aire, hasta el punto de que Lan casi podía saborearlo. Le llenó la garganta y ahogó el resto de elementos del qì a su alrededor. La lluvia empezó a escampar. Los árboles, los edificios, las rocas y los huesos de la propia montaña parecieron guardar silencio.

Estaban a medio camino de la cumbre. La Cámara de las Cien Curaciones se asomaba en medio de la noche, con las ventanas huecas y las puertas abiertas. Pasaron junto a los escalones que llevaban a los aposentos de los discípulos y pronto se encontraron en la escalinata que se introducía en la montaña y acababa en el Pico de la Discusión Celestial. Lan sabía que, en el otro extremo, las escaleras se desviaban y descendían por un camino secreto que llevaba a los acantilados.

Miró hacia abajo. Desde aquel pico había una vista perfecta de la entrada del Fin de los Cielos. En la terraza abierta de la Cámara de la Cascada de Pensamientos, dos figuras se enzarzaban en batalla.

Erascius había roto el escudo de Ulara y avanzaba hacia ella golpe a golpe. Las manos de Ulara eran un borrón que arrojaba *fús* escritos en el aire hacia Erascius. Los *fús* explotaban alrededor del mago con nubes de azufre y fuego. Antes de que las nubes se disiparan, Ulara se apresuró a dibujar un Sello.

Erascius emergió de entre el humo. Chasqueó un dedo. Pinchos de metal atravesaron el aire y se clavaron en el Sello de Ulara. La espada de Ulara se convirtió en un borrón. Mientras se defendía del ataque, Lan pudo oír desde donde estaba el repiqueteo del metal contra el metal.

Buscó en su interior hasta dar con el lugar donde la silueta del dragón se alargaba, brillante y plateada. Sin embargo, no encontró más que cenizas y un debilísimo latido proveniente del núcleo del

Dios Demonio, que sangraba qì del corte que le había hecho Tajoestrella.

Un chirrido metálico cruzó el aire. Erascius obligó a Ulara a retroceder. La magia metálica se enroscó a su alrededor como un látigo. La matriarca de los Yeshin Noro tuvo que defenderse con una combinación de espadas y Sellos.

Dilaya apretaba la empuñadura de Garra de Halcón con los nudillos blancos. Todos se habían detenido a presenciar el enfrentamiento.

—Seguid vosotros —dijo, pero entonces lo vieron.

De la oscuridad entre los árboles surgieron más figuras que penetraron en el Fin de los Cielos. Más de una docena de magos con holgadas túnicas azules y metal en las muñecas. Alzaron los brazos y el cielo se iluminó como respuesta.

Alrededor de todos ellos cayeron relámpagos que explotaban en una erupción ígnea allá donde tocaban el suelo. Ulara, enfrascada en una danza mortal con Erascius mientras peleaban tanto con espadas como con magia. A su alrededor empezaron a sonar explosiones que rompieron su concentración. La maestra flaqueó apenas una fracción de segundo.

Erascius trazó un arco cortante con la mano y una de aquellas hojas flotantes de metal le rebanó el cuello a Ulara como tijeras que cortasen papel.

Dilaya gritó.

Lan contempló la escena con un aturdimiento cada vez mayor en el corazón. Yeshin Noro Ulara, Maestra de Espadas y fiera matriarca del clan, siempre le había parecido indomable, una persona con una tenacidad en la vida que más bien parecía fuego. Al morir, en cambio, se desplomó sin el menor sonido.

Dilaya hizo ademán de abalanzarse hacia delante. Lan se lanzó sobre ella y la agarró de la pierna. Sintió una punzada en el torso, pero consiguió aferrarla. Alzó la mirada.

Ante Lan, Dilaya no había mostrado más que ira y desdén. Por eso se asustó tanto al ver el terror, el dolor y la impotencia que pintaban el rostro de la chica. Dilaya aferró Garra de Halcón y guardó un terrible silencio mientras más y más elantios aparecían entre las sombras de la noche. Las botas del enemigo pisotearon el cadáver de su madre mientras avanzaban.

Delante de todos ellos, Erascius alzó la vista y miró directamente a Lan.

35

«De las Treinta y Seis Estratagemas,
la mejor es la retirada».

General Yeshin Noro Dorgun del Clan del Acero Jorshen,
Estratagema Trigésimo Sexta de las Treinta y Seis
Estratagemas, *Clásico de Guerra*.

Lan dio un paso atrás y se apretó contra la pared montañosa, pero fue demasiado tarde. El mago la había visto. Algún instinto desconocido le dijo que iba a venir a por ella para acabar lo que no había podido hacer hacía doce ciclos.

El trueno retumbó en el cielo. Cuando Lan volvió a mirar abajo, Erascius había desaparecido.

Dilaya estaba inmóvil en el borde de los acantilados, contemplando el lugar donde había caído su madre. La conmoción, el dolor, la pérdida y la ira se mezclaban en su rostro. El ejército elantio se desparramaba por la Escuela de los Pinos Blancos como una marea. Lo destruían todo a su paso: las terrazas abiertas, los pinos, las rocas, los templos de la escuela. Dilaya se giró hacia Lan. Cerró el ojo que le quedaba. Tragó saliva. Y su semblante se despejó. Cuando volvió a abrir aquel ojo gris como una tormenta, lo único que quedaba era una determinación acerada. Apuntó con Garra de Halcón hacia la cumbre. Su propia espada, Colmillo de Lobo, le colgaba de la cintura en la vaina.

—¿A qué esperáis? —espetó—. ¡Continuemos!

Los escalones eran traicioneros. Lan y Tai avanzaron despacio; apenas les quedaba qì a causa de sus heridas. Por fin llegaron a terreno llano.

El Pico de la Discusión Celestial aullaba con la furia de una tormenta. Nubes negras se arremolinaban en las alturas, tan cerca que casi podían tocarlas. Una lluvia helada les cubría el rostro. La caída desde allí era mortal, los riscos y los árboles descendían empinados hasta perderse en una niebla gris. Los demás discípulos debían de haber llegado sanos y salvos abajo, razonó Lan. Los maestros estarían esperando cerca de la Cámara de las Prácticas Olvidadas, listos para defenderse y liberar al Tigre Azur en caso de que los elantios llegasen hasta ellos.

—Ah, pequeña cancionera. Por fin te encuentro.

Las venas de Lan se llenaron de enfermizas esquirlas heladas al oír la voz, el idioma, las palabras.

Giró sobre sus talones. De pie delante de los escalones que acababan de subir estaba el Mago Invierno. Incluso bajo la lluvia despedía un fulgor sobrenatural: la pálida armadura y la capa azul cielo, el rostro y el pelo blancos, el metal que rodeaba sus muñecas.

Sonrió.

—¿De verdad creías que tus truquitos me iban a detener? —soltó una risita—. Puede que a los demás les resulte extraño mi deseo de leer todo lo que tu civilización considera literatura…, pero yo he encontrado compasión hacia vosotros en varios puntos. «Conoce a tu enemigo y te conocerás a ti mismo. De ese modo será imposible derrotarte».

Tai hizo ademán de interponerse entre el mago y Lan, pero Dilaya lo detuvo.

—¡Vete, Lan! —gritó.

Alzó Garra de Halcón y se colocó en posición. El anillo de jade soltó un destello. Con aquella luz tenue, el pelo recogido en dos moños y la espada de su madre en la mano, parecía que el fantasma de Yeshin Noro Ulara hubiese aparecido dentro de la sangre y los huesos de su hija.

—¡No permitas que mi madre haya dado su vida para nada!

—Dilaya, no —gritó Lan—. ¡Es demasiado fuerte!

Pero nada hubiera podido detener a Dilaya. La chica soltó un rugido que acarreaba toda la furia y el dolor de la pérdida que había sufrido.

Y cargó contra él.

Lo único que Lan llegó a ver fue un destello de metal. Dilaya voló por los aires y chocó contra Tai. Garra de Halcón se le escapó de las manos y cayó con un tintineo al suelo.

Lan había visto la magia metalúrgica elantia antes, pero siempre se asombraba de cuán poderosos eran aquellos sortilegios. Cuando Zen o a los maestros de la escuela luchaban, tenían que tomarse su tiempo, extraer energías qì, hilvanarlas hasta formar Sellos funcionales. Aquello podía entenderlo porque había ciencia y proceso en la práctica hin.

En cambio, la magia elantia parecía un regalo de los dioses. De *sus* dioses.

Lan dio un paso al frente y se colocó entre Erascius y sus amigos.

—Corred —les dijo por encima del hombro. Y luego sacó la ocarina.

—Lan, no. No —gritó Tai—. Si te atrapa, se acabó.

Sin embargo, Lan vio la sangre que manchaba la armadura de Dilaya, en brazos de Tai.

—Enternecedor —dijo el mago. Los contemplaba con una expresión extraña, más curiosa que hostil—. Más pruebas de que vuestra raza tiene las complejidades de las emociones, y que por lo tanto mis colegas se equivocan. Lástima que vuestra civilización no vaya a avanzar más.

Extendió una mano.

—Vamos, cantora. La resistencia es inútil. Puede que tu madre consiguiese evitar que me adueñase del poder que poseía gracias a un truquito, pero no volverá a pasar.

Lan comprendió que aquel hombre no ansiaba solo a los Dioses Demonio desde hacía doce años, sino que también lo movía una venganza personal. El ingenio de Sòng Méi había evitado que los elantios capturasen al Dragón Plateado, cosa que Erascius veía como un fallo personal. Lo había derrotado un pueblo al que consideraba poco más que gusanos.

No descansaría hasta corregir semejante fallo. Hasta demostrar que Sòng Méi había tenido éxito gracias a un golpe de suerte.

No había manera de ganar mientras los dos viviesen.

—¿No? —Erascius bajó la mano—. ¿De verdad creías que tú y tu grupo de practicantes erais rivales para el gran ejército elantio? ¿Que nos ibais a ganar gracias a un jueguecito del escondite?

El miedo que había corrido firme por el cuerpo de Lan se convirtió de pronto en la punta afilada de un puñal.

—La verdad es que yo también estuve a punto de creerlo cuando entré en la escuela vacía —dijo Erascius lentamente—. Pensé que de verdad habías huido del nido y te habías llevado todo lo que valoras. Pero en el momento en que se derrumbaron los muros que ocultaban la presencia de la escuela, lo sentí. —Curvó los labios y sus dientes blancos resplandecieron en la noche—. Parece que no he encontrado solo a uno, sino a dos de los proverbiales Dioses Demonio esta noche.

Lan pensó en los maestros que protegían la Cámara de las Prácticas Olvidadas, en el Dios Demonio que yacía sellado dentro. ¿Habría descubierto Erascius que el Tigre Azur también estaba custodiado en la montaña?

—Qué hermoso derroche de poder habéis mostrado tú y el otro chico contra nuestro ejército, con la Tortuga Negra y el Dragón Plateado —continuó Erascius.

Lan comprendió que no sabía nada del Tigre Azur, cosa que le supuso cierto alivio. El mago se pasó la lengua por los labios. Sus ojos se posaron en la muñeca de Lan.

—Parece que tu madre era mucho más lista de lo que yo había pensado. Buena idea, esconder el Dios Demonio dentro de su hija. Sin embargo, sus jueguecitos se acaban esta noche.

Lan se llevó la ocarina a los labios, pero antes de que pudiese tocar, la magia se enroscó alrededor de su cuerpo y la arrastró, como una muñeca sujeta por hilos, hasta los brazos de Erascius. Percibió el olor a óxido de la armadura y sintió las callosidades de las manos cuando sus dedos se le cerraron sobre la garganta. Ambos estaban al borde de la cima, donde el suelo se abría a un acantilado altísimo.

—Tú y yo vamos a descubrirlo todo del Dios Demonio que tienes dentro —canturreó Erascius. Les lanzó una mirada de soslayo a Dilaya y a Tai, arrebujados en lo alto de la cumbre—. Pero antes... parece que tenemos más huéspedes de lo necesario esta noche. Adiós.

Alzó otra mano.

Lan tuvo la repentina imagen de Tai y Dilaya, tumbados sobre los escalones, los corazones de ambos arrancados y en la mano del mago como algún tipo de preciado trofeo. Doce ciclos después, la historia estaba a punto de repetirse.

No.

Lan cerró los brazos alrededor del cuello del mago. Erascius gruñó; la sorpresa había disipado el sortilegio que se disponía a lanzar.

Y de pronto, un estruendo empezó a sacudir la montaña bajo sus pies. Un latido de puro qì brotó del interior de la montaña, cargado del yīn que Lan había llegado a asociar con energías demoníacas.

Dentro de ella, el núcleo del Dragón Plateado se agitó. Sintió que una cabeza se alzaba, curiosa, en dirección a aquel maremoto de qì, y que unos ojos pálidos del tamaño de una estrella, de un mundo entero, parpadeaban expectantes.

Se abrió un abismo en la montaña y de él surgió una tempestad de energías, tan azul como el corazón de una llama, que se elevó hacia el cielo. El resplandor iluminó la noche y, entre capas y capas de nubes de tormenta, Lan vio una enorme sombra en movimiento.

Los maestros habían liberado al tercer Dios Demonio. Aquella nube solo podía significar una cosa: los elantios habían roto las defensas de los maestros, que habían tenido que optar por el último recurso: dejar libre al Dios Demonio antes de que fuese a parar a manos elantias.

Cayeron relámpagos; el cielo entero parecía moverse. Durante un instante, Lan atisbó una silueta que caminaba a través de las nubes, y los dientes de unas fauces que se abrían en un rugido triunfante. Acto seguido, la silueta dio un salto y se desvaneció.

La luz residual se derramó por el rostro de Erascius, que contemplaba el cielo: las cejas alzadas, los ojos teñidos de un leve brillo espectral, los pálidos cabellos empapados de lluvia.

Lan tiró de él hacia sí, clavó los talones en el borde de la montaña y se impulsó. El suelo desapareció bajo sus pies y se hundieron en una espiral de niebla, lluvia y oscuridad.

Lan y Erascius cayeron.

A Lan le pareció oír gritar a Dilaya, y luego a Tai. Sin embargo, el mundo se había convertido en un borrón gris en el que solo existía el rugido del viento. En manos resbaladizas de lluvia que luchaban entre sí. Lan cerró las piernas en torno a Erascius y apretó su cara contra la del mago, para ser la última cosa que viera antes de su muerte, para que jamás la olvidara.

Sin soltar la ocarina, buscó la daga con la otra mano, pero en medio del vértigo de la caída le fue imposible sujetarla con fuerza. La punta de Tajoestrella se hincó en la armadura de Erascius y resbaló.

Metal elantio: impenetrable.

Hacia ellos ascendía el frío y duro suelo, la promesa de una muerte rápida. Erascius llevaba armadura, pero Lan no tenía nada que la protegiese. Sin embargo, al igual que sucedía con los practicantes, los magos reales elantios no eran capaces de volar.

A fin de cuentas, ninguno de los dos eran dioses.

Lan alzó la mirada hacia el hombre que había matado a su madre y destruido su reino.

—Mírame —siseó en su idioma—. Mírame para que, cuando entres en la otra vida, no olvides mi cara.

Una furia absoluta deformaba las facciones de Erascius.

Atravesaron la niebla hacia el bosque de pinos y hojas perennes que había bajo el Fin de los Cielos.

El reino antes que la vida, pensó Lan. *Con honor hacia la muerte.* Se enfrentaría a la muerte con los ojos bien abiertos.

Y así vio que la noche misma se abría ante ella para tragársela.

Unos brazos hechos de sombras la rodearon y la apartaron de un tirón de Erascius, ralentizando la caída. Oyó el grito de furia del mago, pero el viento rugía con fuerza y aquellos trazos negros ante su vista tomaron la forma de… llamas. La trayectoria de la caída cambió; los escarpados pinos y los riscos bajo ella se alejaron.

Ya no caía. Estaba volando.

Unas manos firmes le sujetaron con delicadeza la cabeza y la alejaron del final que aguardaba a Erascius.

El rostro pálido y carente de expresión de Zen, que más bien parecía una figura tallada en porcelana negra y blanca. Tenía los ojos entornados, quizá cerrados. Las pestañas y las cejas eran un trazo curvo de tinta. Esas llamas negras le corrían por el cuerpo y ardían con un fuego que Lan no sentía.

Se alzaron e incluso la lluvia se apartó para dejarlos pasar. En las alturas, una sombra del tamaño de una montaña oscureció las estrellas. El qì de esa figura la envolvió en un océano. De pronto caían, una caída lenta e imposible. Lan estaba empapada de lluvia. El viento debería haberla helado, pero los brazos de Zen la escudaban y la calentaban.

Cerró los ojos y apoyó la mejilla contra el hombro del chico. Estaba vivo, estaba vivo. Lan no sabía si quien tenía el control era Zen o el dios, pero a juzgar por el modo en que la sujetaba, quiso creer que se trataba de aquel chico que la había amado.

Aterrizaron con suavidad a la sombra de un precipicio. Zen se arrodilló. La túnica de practicante ondeó bajo una fuerza invisible. Lan sintió que el qì que los rodeaba se retiraba.

Apartó la mano de él. Zen sangraba menos. Tenía un Sello curativo en la herida que le había causado Lan al apuñalarlo. Reconoció a quién pertenecía aquel Sello.

—Shàn'jūn —se le quebró la voz—. ¿Está vivo?

Zen no dio muestras de haberla oído.

—Zen —dijo. No hubo respuesta. La embargó la desesperación—. Zen. ZEN.

Le agarró la cara con tanta fuerza que le clavó las uñas en la piel. Le alzó el mentón para que la mirase.

Los ojos de Zen estaban negros. Vacíos. El rostro, inmóvil, bien podría haber sido la estatua más bella jamás tallada. La lluvia le corría por las mejillas. Y sin embargo, se dio cuenta Lan de pronto, el aire estaba seco. Ahí residía el poder de un dios: la capacidad de detener incluso las nubes, la naturaleza misma de la tierra.

«Esos practicantes que tomaron el poder de los Dioses Demonio pagaron un alto precio: sus cuerpos, sus mentes y sus almas».

—Basta —dijo Lan de pronto, y lo abofeteó—. Zen, basta.

Otra bofetada.

—¡Deja de canalizar su poder!

Y otra. Lo abofeteó una y otra vez hasta que le dolieron las palmas y se quedó sin fuerzas para seguir haciéndolo. Zen seguía arrodillado, sin responder. Encajaba las bofetadas sin siquiera un parpadeo.

El qì demoníaco, cargado con una terrible cantidad de yīn y de poder crudo, seguía latiendo en él.

Las lágrimas recorrían las mejillas de Lan. No había salvado a Dé'zǐ. No había salvado el Fin de los Cielos. No había salvado a sus amigos.

Y tampoco podía salvar a Zen.

Apretó la frente contra el hueco del cuello del chico. Notó que se le clavaba el amuleto en el pecho. El futuro que había estado casi a su alcance se alejaba cada vez más, los separaba un abismo más y más amplio, imposible de salvar.

—Me dijiste que no querías que volviese a estar sola. —Las palabras salían de sus labios como fragmentos rotos y aserrados.

El pecho de Zen se agitó en una respiración brusca y repentina. Agarró con fuerza los hombros de Lan y la apartó de sí.

Tenía los ojos claros de nuevo.

Durante un instante, la mantuvo a distancia con una mano extendida. Le recorrió el rostro con los ojos, del mentón a los labios y de los labios a los ojos, como si intentase grabar hasta el último detalle en la memoria.

Acto seguido, se puso en pie.

El qì volvió a llamear por todo el cuerpo de Zen; se abrió como alas en medio de la noche. Con un salto, el chico se alejó. Había vuelto a escapársele de entre los dedos como el viento.

36

«Aquellos que han nacido con la Luz corriéndoles por las venas han de soportar la carga de llevar esa misma Luz a aquellos que no la tienen».

Libro Sagrado de la Creación, Primera Escritura, Verso Nueve.

En medio de la luz acuosa de antes del alba, Lishabeth contempló el asedio de su ejército a la fortaleza que había sido la última escuela de práctica hin. Qué satisfacción contemplar cómo arrasaban aquellos muros y edificios que tan esquivos habían sido durante los últimos doce años.

Al final, la resistencia era fútil. Nada podía con ellos, mucho menos una raza inferior. Los trucos que los hin usaban para distraerlos eran patéticos juegos de niños en comparación con el poder del Imperio Elantio.

Aquello era inevitable. Los seres humanos que habían nacido con el favor del Creador tenían la responsabilidad de iluminar a los inferiores. Construir un nuevo mundo implicaba destruir los restos del viejo.

Sin embargo, sus soldados no destruían por destruir. Habían arrasado ciudades hin con un motivo: fomentar el control y el respeto. Luego recogerían los pedazos de aquel reino y usarían todo lo que pudieran para afianzar su mando.

Entre los restos siempre había mucho que aprovechar.

Lishabeth había apoyado una mano en el peñasco que se alzaba en lo alto de los escalones. Novecientos noventa y nueve, nada menos, y sin manera alguna de subirlos que no fuera un escalón tras otro. Una auténtica señal de lógica bárbara. Lo recorrían símbolos hin en una maraña indiscernible que no tenía el menor parecido con las pulcras líneas horizontales de las letras elantias. Su traductora le había dicho que lo que había escrito en el peñasco era el nombre de aquel lugar: Escuela de los Pinos Blancos. También le había dicho el ridículo nombre que le habían puesto a la montaña; otro signo de locura: pensar que los ríos podían fluir contracorriente y que los cielos tenían fin. Sea como fuere, los siete practicantes hin habían sido unos rivales impresionantes; eso había que admitirlo. Puede que Erascius hubiese hecho bien al leer sus libros, estudiar su magia y desear su poder.

Al clarear el día, dos soldados vinieron a informar que habían descubierto un pasaje secreto que se adentraba en la montaña. Los practicantes se habían dispuesto alrededor de la entrada del pasaje en una emboscada que, Lishabeth tenía que admitirlo, casi había tenido éxito. Los dos practicantes demoníacos habían mermado a las tropas de Erascius e incluso habían matado a tres magos elantios.

Sin embargo, al final se había impuesto la superioridad numérica. Ni siquiera la magia podía vencer al poder de las armas y las armaduras de metal.

Lishabeth paseó por la entrada de aquella caverna secreta. La Cámara de las Prácticas Olvidadas, había dicho su traductora. Le dio una patada con cierta repugnancia a un saquito lleno de caparazones de tortuga. Yacían desparramados alrededor del cuerpo de uno de los practicantes hin, que tenía los dedos extendidos hacia ellos, como si hubiese intentado en vano alcanzarlos antes de que los soldados le hubiesen cercenado el brazo.

Alguien había traído hasta allí el cadáver de la espadachina alta, la primera practicante que les habían salido al paso a las puertas de aquel lugar. Sus sables curvos yacían junto al cuerpo inerte y roto.

También estaba el hin enorme con aires de oso, el que llevaba pinchos de metal pegados a los nudillos. Había sido uno de los luchadores más impresionantes del grupo. Lishabeth casi lamentaba no haberlo podido mantener con vida para interrogarlo y averiguar más sobre eso que los hin llamaban «artes marciales».

Ver su cuerpo derrumbado junto a la cueva le dio a Lishabeth una repentina satisfacción.

Dos de los magos que la acompañaban sujetaban el cuerpo de un practicante calvo y delgado. Era el que había empleado la magia de un modo que había impresionado hasta a Lishabeth.

Vio con cierta repugnancia que los dos magos le abrían y cerraban la boca al cadáver mientras se echaban a reír.

—Dejadlo —espetó—. No son juguetes. Ahora son una propiedad valiosa del Imperio Elantio y de Su Majestad el rey.

Los dos magos, uno de bronce y otro de cobre, los rangos menores y capaces solo de emplear un único metal, se apresuraron a dejar el cadáver.

Dos comandantes entraron en la caverna para dar un informe sobre los progresos. Habían demolido hasta la última columna del salón de rezos del primer nivel y se aproximaban al siguiente objetivo: la cámara medicinal.

—Recordad que debéis buscar hasta el último rincón —dijo ella—. Quiero que os llevéis todo lo de valor para que lo podamos examinar. ¿Dónde está el escuadrón de rescate que ha ido a por Erascius?

Al percibir la impaciencia en su tono de voz, los dos comandantes se apresuraron a marcharse.

Lishabeth casi puso los ojos en blanco. Le habían informado que el mago aleador había caído de un precipicio en lo alto de la montaña. Los exploradores lo habían encontrado en medio de un pinar, ensangrentado y apenas capaz de respirar.

No tardó en oírse un grito:

—¡Honorable Lady Lishabeth!

Lishabeth se giró y vio a un escuadrón de soldados que se acercaba a ella. Traían una carretilla sobre la que yacía el cuerpo ensangrentado de Erascius, con sus extremidades y su armadura destrozadas.

—¿Sigue con vida? —preguntó Lishabeth en tono escéptico.

—Sí, mi señora.

—Muy bien.

Centró su atención en la caverna. Estaba casi segura de que ahí abajo había algo. Sentía que de la oscuridad llegaba un levísimo latido de magia. Una magia parecida a la que había sentido en el lago, al ver cómo el chico hin exterminaba a toda una división de su ejército.

Lishabeth les lanzó una mirada de soslayo a los soldados. Le quitó la antorcha al que tenía más cerca de un manotazo. Una chispa surgió del brazalete de acero templado. La llama de la antorcha cobró vida.

—Seguidme —les espetó a los soldados. Giró sobre sus talones y entró en la caverna.

Avanzó en medio de un aire húmedo y cargado que odió al instante, como también odiaba el modo en que la magia hin parecía brotar de las escarpadas paredes de piedra. Se le puso la piel de gallina. Se sentía observada.

Al final de la caverna había unos escalones que se adentraban en la pared montañosa. Lishabeth empezó a descenderlos. El aire se volvió aún más denso. A cada paso, el sabor de la magia hin era más y más enfermizo. En un par de ocasiones, Lishabeth estuvo segura de haber visto por el rabillo del ojo una sombra en movimiento, o bien haber oído algún eco en el silencio que la rodeaba.

Pasaron los minutos y, de pronto, los escalones terminaron. La luz tenue de la antorcha iluminó una cámara circular excavada en la piedra. Entró.

La cámara estaba vacía, aunque algo habitaba ahí dentro. Algo con una magia tan vieja y poderosa que había acabado por impregnar la roca. Lishabeth no lo vio hasta que no rodeó todo el perímetro de la cámara.

En las paredes y el techo de la estancia, brillando con un leve resplandor azul, se veía la silueta de un gran tigre.

Del Tigre Azur.

La conmoción y la sorpresa la dejaron sin habla por un instante. A continuación sintió incredulidad y luego furia. Así que eso era lo que habían protegido aquellos practicantes hin en la montaña. Debían de haberlo liberado en los últimos instantes de la batalla, para que no lo capturasen los magos elantios.

Durante doce largos ciclos, Erascius había buscado obsesivamente a aquellas bestias mitológicas que, se suponía, estaban compuestas únicamente de energía mágica hin. Y, sin embargo, habían vuelto a escurrírsele de entre los dedos. Por otro lado, el fanatismo del mago aleador por los hin había estado en lo cierto al menos en una cosa: Lishabeth había visto el poder de un Dios Demonio aquella noche, y era un poder inimaginable.

Uno libre, pensó. *Quedan tres.*

El segundo estaba dentro del chico cuya magia llameaba como fuego negro.

El tercero, dentro de la chica que lanzaba sortilegios como si de música se tratase.

Y, por último, había un cuarto que no habían podido encontrar aún.

—Enfermeros —dijo—. Enviad al Alto General Erascius a la mejor instalación médica que tengamos. Si muere, tanto vosotros como vuestro escuadrón lo acompañaréis a la tumba. ¿Me habéis entendido?

El enfermero se apresuró a hacer el saludo militar.

—Avisadme en cuanto despierte —prosiguió Lishabeth, mientras volvía a examinar la cámara vacía. La huella de la magia en la forma de aquel tigre azul resplandecía levemente en las paredes—. Pronto empezaremos a buscar al Tigre Azur.

37

«La mayor fuerza reside en volver a levantarse después de haber caído».

Analectas kontencianas (*Clásico de Sociedad*), 7.1.

El alba despuntó con un tono blanco y acuoso que se desparramó por el cielo. La lluvia había escampado. La tierra guardaba silencio. Las gotas de lluvia colgaban como perlas de los pinos y se deslizaban por las escuálidas hojas como escamas de dragón de los helechos. Un delgado sudario de niebla serpenteaba por entre los árboles del bosque.

Dilaya se arrodilló en medio de la húmeda tierra, hundió los dedos en ella y frunció el ceño mientras examinaba el suelo.

—Vinieron por aquí —fue todo lo que dijo antes de volver a erguirse y seguir caminando, con la mano de nuevo sobre la empuñadura de Garra de Halcón, como si temiese que el arma fuese a desaparecer.

Lan la seguía, con Tai detrás.

Habían caminado en un silencio casi total en medio de la noche. Avanzaron rápido a grandes saltos, gracias a las Artes Ligeras. Poco después de que Zen se marchase, Dilaya y Tai dieron con Lan en el fondo de los escalones de huida tallados en los acantilados. Juntos intentaron seguir el rastro de los demás discípulos. Había dos grupos: los más jóvenes y vulnerables, a quienes guiaban el maestro Nur y el maestro sin nombre; y el grupo de discípulos que habían recibido la orden de huir cuando los elantios rompieron el Sello de Barrera. Lan tenía la impresión de que Dilaya avanzaba implacablemente para no tener que pensar. Para que ninguno de ellos tuviera que digerir la conmoción de lo que había sucedido.

De repente, Tai emitió un gemidito a su espalda. Lan se giró y lo vio quieto, con la cabeza inclinada, meciéndose con suavidad.

—Ya no siento el alma de Shàn'jūn —murmuró, y negó con la cabeza—. Soy invocador de espíritus y sin embargo…

De pronto, el invocador de espíritus se hincó de rodillas en el suelo y se echó a llorar.

Lan lo contempló, con dolor de corazón. No estaba muy segura de qué podía hacer para consolarlo. Tai jamás se había relacionado con nadie de forma muy expresiva. Se limitaba a seguir como una sombra la luz que emitía Shàn'jūn. Verlo sin la sonrisa fácil y el rastro que dejaba la risa del discípulo de Medicina era desolador.

Lan miró al frente. Dilaya, que no se había detenido, dio un puñetazo contra el tronco de un árbol y soltó una maldición.

—Qué listos —dijo—. Han usado técnicas evasivas para huir, con lo cual no podemos seguirles el rastro. Al principio se dirigieron hacia el oeste, pero ahora no hay manera de ver a dónde se han encaminado.

—Dilaya —dijo Lan. En un primer momento había seguido a la chica, aturdida, mientras se alejaban tanto como podían del Fin de los Cielos. Sin embargo, la noche ya había pasado y, con la luz del día, necesitaban enfrentarse a los horrores de los que huían—. ¿Podemos aminorar la marcha y… hablar?

—Hablar —gruñó ella—. ¿Hablar de qué, Lan? ¿Del hecho de que somos lo único que queda para enfrentarse a un imperio entero?

Lan reprimió el impulso de soltarle un comentario cortante. La gravedad de todo lo sucedido aún le oprimía el pecho, al igual que las palabras finales de sus maestros.

Les habían cedido la responsabilidad de cumplir con la misión final de la Orden de las Diez Mil Flores. Se la habían cedido a ella.

Restaurar el equilibrio. Destruir a los Dioses Demonio.

Había pasado toda la noche reflexionando sobre los eventos que los habían llevado hasta aquel punto: piezas de un puzle que le había dejado su madre, el camino que marcaba ese puzle. La senda que tenía que seguir.

Māma había sido parte de una rebelión. Una rebelión que no servía a los clanes ni a la Corte Imperial, sino al pueblo. Habían intentado destruir a los Dioses Demonio para así eliminar la fuente del poder que ansiaban todas las facciones que luchaban por él. Junto con Dé'zǐ, su madre había encontrado a dos Dioses Demonio. Ella se había vinculado con uno, y habían aprisionado al otro dentro del Fin de los Cielos.

Eso dejaba a la Tortuga Negra y al Fénix Carmesí. Sin embargo, las piezas del tablero se habían movido: la Tortuga Negra se había vinculado a Zen, mientras que el Tigre Azur estaba libre. El único aspecto de la ecuación que seguía inalterable era el misterio que rodeaba al Fénix Carmesí. Se decía que estaba en manos de la familia imperial..., pero la familia imperial había muerto.

Las manos de Lan descansaron sobre la tersa superficie de arcilla de la ocarina que llevaba en la cintura. Iba a encontrar a los Dioses Demonio, sin importar dónde estuviesen. Y también iba a dar con la Matadioses.

Y así los destruiría a todos.

—Sí —le contestó a Dilaya—. Justo de eso quiero hablar. Hemos sobrevivido. Estamos vivos, queramos o no. Llevamos el legado y la esperanza de todos los que han muerto en la batalla. Nuestro deber es cumplir con esa esperanza. —Estrechó los ojos—. ¿O acaso has olvidado las famosas palabras de tus propios ancestros?

—No... —Dilaya tenía el rostro pálido y los dedos apretados en la empuñadura de la espada—. No te atrevas a mencionar el nombre de mis ancestros.

El pecho de Lan se agitaba como una tormenta que le daba ganas de gritar, de atacar, de destruir todo el mundo y a sí misma con él.

Miró a Dilaya a los ojos.

—Pues no huyas de las palabras que tanto tus ancestros como nuestros maestros nos han dejado. Todos hemos perdido a alguien en la batalla. —Notó que Tai se erguía para mirarla—. Hemos sobrevivido para luchar por ellos. Y para eso necesitamos un plan.

Dilaya fue la primera en romper el contacto ocular, en darle la espalda.

—¿Y qué plan propones? —dijo, aunque en un tono algo menos mordaz.

Lan se sentó. Le temblaban las piernas de cansancio. Cada parte de su cuerpo le pedía que se acostase en la hierba plateada, que no volviese a levantarse.

Inspiró hondo.

—Para ganar esta guerra hemos de derrotar a dos enemigos —dijo—. A los elantios… y a nosotros mismos. A nuestros Dioses Demonio.

Se percató de que Tai se apoyaba en las raíces nudosas de un viejo árbol ginkgo y la escuchaba. El pelo del invocador de demonios le caía en bucles empapados por la cara. Entre ellos asomaba el destello de sus ojos circundados de dorado.

—El maestro supremo me contó la historia de los Dioses Demonio. Me habló de equilibrio, del contrapunto que debía tener el poder de los Dioses Demonio. —Se llevó las manos al fajín, a Tajoestrella—. Estos instrumentos son solo contrapuntos temporales para ese poder, porque no pueden romper el ciclo de poder y caos que causa la presencia de los Dioses Demonio. Para hacer tal cosa tenemos que cortar del todo sus cadenas.

Dilaya entornó los ojos.

—Así que necesitamos ese instrumento que mencionó mi madre.

Lan asintió.

—Tu madre se refería a un arma capaz de romper el núcleo de qì que forma a un Dios Demonio, cosa que permitiría que regresase al flujo de energía entre este mundo y el otro. Los primeros chamanes la diseñaron como un modo de contrarrestar el poder de cualquier practicante que se volviese demasiado codicioso por culpa de la influencia de un Dios Demonio.

—La Matadioses —dijo Tai en tono quedo. Tanto Lan como Dilaya se giraron sorprendidas hacia él, que miraba al frente—. La familia imperial tenía muchos secretos, entre ellos este. Sin embargo, los consejeros más cercanos sabían de su existencia.

No solo lo sabían, sino que la buscaban. En secreto, arriesgando sus propias vidas.

—Eso me lo contó el maestro supremo —dijo Lan—. Antes... antes de morir me dijo que nuestra tarea más importante es restaurar el equilibrio del reino. Toda nuestra historia está plagada de tensiones entre clanes guerreros, ascensos y caídas de dinastías y linajes imperiales. Y todo... ¿por qué? ¿Por poder?

Arrancó un manojo de hierbas y las lanzó hacia el cielo cada vez más claro.

—Ya es hora de que alguien haga lo que es mejor para la gente de este reino, y no para el trono.

—No sabía que prestabas atención en clase —murmuró Dilaya.

—Os voy a contar mi plan —prosiguió Lan—. Primero encontraremos la Matadioses. Y luego usaremos el poder de los Dioses Demonio para luchar contra los elantios.

Miró a los ojos a Dilaya y a Tai.

—Y luego destruiremos los núcleos de los Dioses Demonio con la Matadioses. Cueste lo que costare.

—Absurdo —dijo Dilaya.

—No —replicó Lan—. Según el primer principio del *Libro del Camino*, el poder se puede tomar prestado. Su naturaleza debe ser pasajera. Los primeros sabios y practicantes usaban la expresión «tomar prestado», porque implica que hay que devolverlo, no poseerlo. Y por eso los primeros chamanes y practicantes podían emplear el poder de los Dioses Demonio. Sin embargo, cuando se perdió la Matadioses, la familia imperial ganó un inmenso poder gracias al Fénix Carmesí. Se la quedaron para sí.

Adquirir poder solo por tener poder va contra las enseñanzas del Camino.

Vaciló y, a continuación, añadió:

—Mi madre me dijo que quienes tienen poder deben proteger a quienes no lo tienen. Sé que es peligroso. Pero también sé que no podemos quedarnos de brazos cruzados y ver que nuestro pueblo sufre como… como ya está sufriendo. —Miró a Dilaya y a Tai a los ojos—. Quiero encontrar la Matadioses. Quiero usar el poder de mi Dios Demonio contra los elantios. Y quiero que los dos me tengáis vigilada por si…

Un rápido suspiro, el recuerdo de un rostro hermoso con ojos negros, insondables.

— … por si pierdo el control.

Varios segundos de silencio mientras ambos digerían sus palabras.

—Bueno, ¿y qué te sucederá a ti? —preguntó Dilaya con un tono extraño en la voz—. Si destruimos a un Dios Demonio, ¿qué pasa con quien tiene su alma vinculada a él?

Lan había reflexionado sobre esa cuestión toda la noche. Miró de soslayo a Tai, pero el invocador de espíritus tenía la cabeza inclinada. Los rizos le ocultaban el rostro.

—No lo sé —dijo en tono quedo—. Supongo que tendremos que averiguarlo.

—Y hay otro problema: has dicho que la familia imperial se quedó con la Matadioses —dijo Dilaya—. Pero la familia imperial ha muerto, así que el arma debe de haber desaparecido.

—No —dijo Tai de pronto desde el lugar donde se agachaba junto al árbol ginkgo en una postura extraña. Lan y Dilaya lo miraron—. No ha desaparecido.

—¿A qué te refieres? —preguntó Lan. Se irguió y centró toda su atención en él.

—La familia imperial estaba paranoica —respondió Tai—. El Emperador y sus herederos jamás coincidían en el mismo lugar. Se aseguraron de esconder objetos preciados en una ubicación secreta que no conocían ni los miembros del consejo.

A Lan se le secó de pronto la boca.

—Si queda algo que encontrar —dijo Tai—, estará en Shaklahira, la Ciudad Olvidada de Occidente. Allí, el Emperador construyó un palacio secreto, oculto a ojos del mundo. Es allí donde escondió sus posesiones más sagradas.

Lan había oído historias de las llanuras y desiertos en Occidente, de los mitos que los acompañaban. Los hin hablaban en susurros de demonios que se escondían en las dunas de arena, de monjes inmortales que vivían en templos de muros dorados y trazaban Sellos maliciosos. Shaklahira no era un nombre hin, era un nombre perteneciente a los clanes que en su día gobernaron las llanuras de Occidente.

Pero los hin también contaban cuentos parecidos sobre las Estepas Boreales. Hablaban de los salvajes clanes Xan, a quienes todos temían. Se decía que comían carne humana y bebían la sangre de los niños.

El prejuicio, comprendió Lan, no era un concepto que hubiesen introducido los elantios al llegar a aquella tierra.

Se puso en pie.

—Entonces nos dirigiremos al oeste. Encontraremos la Matadioses. Encontraremos al Tigre Azur y al Fénix Carmesí. Volveremos las fuerzas de los Dioses Demonio contra los elantios. Los destruiremos y reconstruiremos por completo este reino.

Más adelante, el pinar se abría a un terreno cuajado de montañas que se alzaban imposiblemente altas hacia el cielo. Un mar de nubes flotaba por entre las cumbres. El sol se elevó en el cielo mientras las contemplaban. Un sol que brillaba lenta, trabajosamente, pero también de forma inevitable. Un núcleo dorado cuya luz se derramaba como el fuego, caliente, llameante, carmesí.

Lan tuvo la impresión de encontrarse en el borde del mundo. Se llevó la ocarina a los labios.

«Guíate por la canción de tu madre».

Cerró los ojos y empezó a tocar. Se dio cuenta de que la canción era el mejor conducto hacia el monstruo que dormía en su interior. En aquel instante cantó para despertar el qì del dragón.

Dentro de su mente, el núcleo plateado del Dios Demonio empezó a expandirse. El resplandor de la criatura se intensificó y su cuerpo se convirtió en una masa de escamas brillantes y garras afiladas como cuchillos. Un único ojo se abrió, con una pupila lo bastante grande como para tragarse todo el cuerpo de Lan. El qì era firme, curado ya de la herida que le había causado Tajoestrella.

Lan se giró hacia su Dios Demonio.

—Dragón Plateado de Oriente —dijo—. Oye mi llamada.

El Dios Demonio dio un lento y largo parpadeo.

—*Sòng Lián, ya has invocado mi poder en muchas ocasiones. Es solo que no lo sabías. Todas las veces que has evitado la muerte no han sido gracias a tu confianza ni a tu pericia. Si has llegado tan lejos es gracias a mi poder.*

—Y, sin embargo, me necesitas —replicó Lan. No pensaba parpadear, ceder ni doblegarse—. Sin mí no eres nada. Sin mí no puedes más que contemplar desde lejos lo que sucede en el mundo, por más que ansíes tomar parte en él. —El dragón la contempló, perezoso.

—*Conoces bien los términos de nuestro pacto* —dijo, pero Lan lo interrumpió:

—No —dijo despacio—. No los conozco. Jamás he hecho un pacto contigo.

Los ojos del Dragón Plateado se curvaron en algo que podría haber pasado por una sonrisa.

—Yo no me vinculé a ti —prosiguió Lan—. Fue mi madre. El pacto es suyo, no mío. No tendrás acceso a mi mente, ni a mi cuerpo ni a mi alma.

—*Qué mortal tan lista.*

—Dime los términos del pacto de mi madre.

—*Muy bien.* —El dragón retrocedió y descorrió el telón de hilera tras hilera de dientes blancos y resplandecientes—. A *cambio de proteger tu vida, tu madre me prometió su alma. Eso fue todo.*

Los dedos de Lan se detuvieron. La música calló. Y sin embargo, el Dios Demonio siguió ante ella, una ilusión que viajaba en las corrientes de qì. Y que la contemplaba.

—Su alma —susurró Lan, helada.

Zen le había dicho que las almas que devoraba un demonio jamás alcanzaban descanso, que jamás cruzaban el Río de la Muerte Olvidada. Que un alma quedase encadenada al mundo tras la muerte… era un destino peor que una eternidad de sufrimiento.

Lan se irguió. De pronto le temblaban las manos.

—Libera el alma de mi madre.

—*Me temo que eso no fue parte del pacto* —replicó el dragón—. *Un pacto es algo irreversible, joven mortal.*

—Siempre se puede encontrar un modo —dijo Lan—. Dime qué pides a cambio. Dime qué condición exiges.

—*Oh, pero es que su alma vale muchísimo* —canturreó el Dragón Plateado. Lan tuvo el impulso de hundirle las uñas en la cara y de sacarle los ojos a la criatura—. *Me temo que es bastante irremplazable. A menos…*

Se le acercó tanto en poco más de un parpadeo que Lan se encogió.

—*Quizás el alma de su hija sea equivalente. Más joven y con el mismo poder.*

—Trato hecho —replicó Lan—. Cuando acabe contigo tendrás mi alma a cambio de la de mi madre. Pero solo mi alma. Ni mi mente ni mi cuerpo. Y una vez que hayas cumplido tu deber de proteger mi vida… estaré lista para entregártela.

El Dragón Plateado entrecerró los ojos.

—*El pacto queda sellado* —dijo, y de pronto se abalanzó sobre ella.

Lan se encontró cayendo; el cielo y la montaña y los árboles desaparecieron en un túnel blanco. Dentro de su mente vio que el núcleo blanco del Dragón Plateado le latía en el pecho y que zarcillos del qì de la criatura se enroscaban en su brazo izquierdo hasta que empezaba a brillar. El dolor le recorrió la muñeca. Al bajar la mirada vio que el Sello de su madre se desvanecía, cada trazo desaparecía como agua que se seca al sol. En su lugar aparecieron nuevos símbolos que se trazaron con tajos pálidos que se convirtieron en cicatrices.

Su nombre verdadero, Sòng Lián, con símbolos interpuestos. Un círculo que lo rodeaba y completaba el Sello. El nuevo pacto.

El brillo, el fuego y el dolor menguaron. Lan parpadeó en medio de la pálida luz de la mañana. Poco a poco, los sonidos del bosque volvieron a ella: el canto de los pájaros, el zumbido de los insectos, el susurro de las hojas. Tras ella, Dilaya y Tai se apoyaban en el tronco de un árbol, enfrascados en una conversación en voz baja. No sabían nada de lo que acababa de pasar, pues había sucedido en el interior de la mente de Lan.

Nada había cambiado. Había cambiado todo.

Lan se giró y vio que el Dragón Plateado aún la observaba con una parpadeante mirada helada. Movió la cola y de pronto se irguió dentro de su mente hasta alcanzar toda su altura, que superaba la de las montañas más altas y se alzaba hasta que la cabeza cornuda tocaba el cielo. Aquellas fauces enormes podrían haber engullido el sol.

Los ojos azul cielo se curvaron en algo parecido a una sonrisa.

—Bueno, bueno, Sòng Lián. ¿Qué crees que conseguiremos tú y yo juntos?

Lan volvió la mirada al sol del alba, hacia las montañas en las que estaba el Fin de los Cielos. Donde yacían los cuerpos de ocho maestros entre las ruinas de lo que en su día había sido uno de los pináculos de su cultura y su legado.

Según había dicho Dé'zǐ, el clan Sòng había acordado servir a la familia imperial en calidad de consejeros en un intento por localizar la Matadioses. «Incluyendo a tu madre».

—Viajaremos al oeste, hasta Shaklahira, la Ciudad Olvidada —le dijo Sòng Lián a su Dragón Plateado—. Encontraremos a los otros Dioses Demonio para terminar lo que mi madre empezó.

»Y luego, juntos, destruiremos el régimen elantio.

EPÍLOGO

«Yīn y yáng, bien y mal, grande y terrible, reyes y tiranos, héroes y villanos. Los tropos de los clásicos de antaño no son más que cuestión de perspectiva. En realidad son dos caras de la misma moneda. Quien vive para contar el relato es quien decide a qué bando pertenece».

Colección de textos apócrifos y prohibidos, de origen desconocido.

La noche se retiraba y la luz del día se extendía por el mundo. La niebla en su mente empezó a despejarse también. Se decía que la Tortuga Negra extraía su energía de la oscuridad y la noche. Se había percatado de que el día lo incomodaba más cuanto más poder extraía del Dios Demonio.

Zen se detuvo sobre la cumbre de una montaña. El poder de un Dios Demonio era de lo más notable. Tras una noche viajando había avanzado más que en dos semanas de viaje normal. A sus pies, el paisaje empezaba a cambiar. Un gran río serpenteaba más allá de las montañas. Era el río que separaba las Planicies Centrales de las Cuencas Shǔ: una franja de territorio hundido y repleto de árboles de hoja ancha que en su día había sido hogar de varios clanes. Zen sabía que a varias semanas de viaje hacia el este se extendían los arrozales y las granjas de té hasta donde alcanzaba la vista.

Sin embargo, lo único que interesaba a Zen era lo que había al otro extremo de las Cuencas.

Con delicadeza dejó en el suelo al chico que llevaba en brazos. Aparte de varios rasguños en las mejillas, Shàn'jūn apenas tenía heridas de la batalla. Zen había conseguido protegerlo de la mayor parte del fuego y las explosiones.

Sacó un trozo de tela de la bolsa del discípulo de Medicina, que seguía empapada a causa de la lluvia, y comenzó a vendarle las manos al chico. Al igual que la tierra que ensuciaba unas aguas claras, la sangre no le sentaba bien a Shàn'jūn.

La mirada de Zen recorrió el rostro del chico. Un rostro que en su día había sido buena parte de su mundo. Habían sido amigos íntimos en el pasado, antes de que Zen perdiese el control del primer demonio, antes de hacerle daño a Dilaya. A partir de entonces, Zen había hecho lo posible por alejarse de sus seres queridos.

Sin embargo, con Lan no lo había conseguido. Incluso en aquel momento, después de que Lan hubiese decidido interponerse entre Zen y su objetivo, no podía imaginar un mundo sin ella. Entre la densa niebla que empañaba los recuerdos de la noche anterior, recordaba el instinto que había sacudido su corazón. Quizá solo había sido un sueño, pero creyó recordar que la había abrazado, que había respirado el aroma a lirios que la envolvía, que había sentido el pelo de Lan en las mejillas. Y su voz, una luz plateada en aquel mundo antes de que las tinieblas del Dios Demonio lo hubiera consumido de nuevo.

Sintió una punzada en el pecho al pensar en ella, un dolor tan intenso que se vio obligado a detenerse un instante y llevarse una mano al corazón. Apretó los dientes. En su interior sintió una ira creciente que pertenecía a un ser distinto, un ser que habitaba dentro de su cuerpo.

—*Cuerpo, mente y luego alma* —siseó el eco de una voz.

El alba empezaba a despuntar. El aire se volvió más cálido, rebosante de los aromas de los pinos, de la tierra y la lluvia. Zen respiró hondo y sacó la jícara del saquito. Con delicadeza alzó la cabeza de Shàn'jūn y le llevó la jícara a los labios.

Shàn'jūn tosió. Abrió los ojos, de aquel cálido tono marrón que Zen siempre recordaba. Cuando lo vieron, esos mismos ojos se desorbitaron de miedo. El discípulo de Medicina se irguió hasta quedar sentado y se alejó de Zen. Él también retrocedió.

—¿Qué ha pasado? —preguntó Shàn'jūn. Miró en derredor—. ¿Dónde están todos?

Zen supo que Shàn'jūn se refería a una persona en particular: a Chó Tài, el chico a quien pertenecía su corazón. Pensó por un instante en proteger a Shàn'jūn de la verdad, tal y como Shàn'jūn había hecho con él cuando eran niños. Sin embargo, eso había sido hacía mucho tiempo.

—El Fin de los Cielos ha caído —dijo en tono monocorde—. No sé qué destino han corrido los demás.

Excepto una.

Los labios de Shàn'jūn perdieron todo el color. Cerró los ojos.

—Ya veo.

El dolor se adueñó de las facciones de Shàn'jūn y Zen apartó el rostro de él. Quizás en su día habría podido pronunciar palabras de consuelo para su amigo.

Pero el pasado era el pasado, que no dejaba de cambiar constantemente, como las arenas del Desierto Emaran, que se enterraban sobre sí mismas un día tras otro.

Zen tenía que centrarse en el futuro.

—Es un nuevo día —dijo—. Otra oportunidad de seguir, de contraatacar. No tienes ninguna obligación hacia mí, Shàn'jūn. —El chico se encogió cuando Zen pronunció su nombre—. Pero me vendría bien un aliado allá donde me dirijo.

—¿Y a dónde te diriges? —susurró el discípulo de Medicina.

Volvió el rostro en dirección al alba. La luz teñía de rojo sangre sus delicadas facciones. Bajo sus pestañas asomaban perlas de lágrimas que resplandecían bajo la luz del sol.

Algo se encogió en la boca del estómago de Zen. Mientras el sol rojo ascendía sobre el horizonte, reconoció que aquel podía ser otro de esos momentos en los que el camino de su vida se bifurcaba.

Nada de mirar atrás. Nada de arrepentirse. Todo lo que había pensado que era posible tener con Lan tendría que quedarse en aquella lejana aldea en las montañas, suspendido entre el sueño y la realidad.

«Si no estás conmigo, estás contra mí».

Xan Temurezen se puso de pie y miró hacia el norte, a la tierra de sus ancestros.

—A casa —respondió.

SOBRE LA AUTORA

Amélie Wen Zhao nació en París y se crio en Pekín, en una comunidad internacional. Su educación multicultural le inculcó un profundo amor por las relaciones entre los pueblos y las perspectivas transculturales. Siempre intenta volcar esa pasión en las historias que escribe, desarrollando personajes de reinos de diferentes puntos del mundo. Fue a la universidad en Nueva York, donde reside actualmente. Amélie es autora de la serie Blood Heir: *Blood Heir, Red Tigress* y *Crimson Reign,* así como de *La leyenda del Último Reino.*

ameliezhao.com

Escríbenos a

puck@edicionesurano.com

y cuéntanos tu opinión.

ESPAÑA /MundoPuck /Puck_Ed /Puck.Ed

LATINOAMÉRICA  /PuckLatam

/PuckEditorial

¡Gracias por vivir otra
#EXPERIENCIAPUCK!